KB274329

한국의 민담 1

최운식 편저

재판에 붙이는 말

이 책이 세상에 나온 지도 어언 12년의 세월이 흘렀다. 그동안 이 책은 많은 독자들의 사랑을 받으며 쇄(刷)를 거듭하여 발행하였다. 몇 년 전 문화관광부에서는 이 책을 '좋은 우리 고전'으로 선정해 전국의 도서관과 마을문고 등에 보급하여 좋은 반응을 얻기도 하였다. 이 책이 이처럼 많은 독자들의 사랑을 받을 수 있었던 것은 아직도 우리의 옛날이야기를 좋아하는 사람과 이를 연구하는 사람이 많이 있음을 말해주는 것이어서 흐뭇하다.

이 책의 초판은 1987년에 활판으로 찍은 것이어서 12년의 세월이 흐르고 보니, 글꼴이나 판형이 눈에 설게 되었다. 그래서 이번에 컴퓨터 조판으로 글꼴과 판형을 재편집하여 재판을 찍게 되었다. 이 책이 새로운 모습으로 독자를 대할 수 있게 되어 매우 기쁘며 독자들의 사랑을 받을 수 있게 되기 바란다. 이 책이 새로운 모습으로 태어나도록 애써주신 시인사 김종수 사장님과 그외 관계자 여러분께 감사드린다.

1999년 여름에
최운식

일러두기

1. 제목을 붙인 103편의 민담은 구연 내용을 원음대로 전문을 수록하였다.
2. 사투리, 고어, 특수어의 뜻이나 풀이 중 간단한 것은 ( )안에, 긴 것은 각주로 처리하였다. 구연자가 특별히 길게 발음한 것은 ─을 그어 나타냈다.
3. 구연자의 행동, 청중이나 채록자의 말 등은 〔 〕안에 넣어 채록 상황이나 구연 분위기를 알 수 있도록 하였다.
4. 채록 일시, 구연자의 인적 사항, 만나게 된 경위 및 채록 상황, 청중 구성, 청중 반응, 처음 들은 때 및 들려준 사람, 구연 경력 및 제목의 전승 여부 등을 적어 설화 연구 자료로서의 충실을 기하려 했다.
5. 차례는 편의상 다음의 4개 항으로 나누어 배열하였다.
   1) 동물 이야기 : 동물 유래담·본격 동물담, 동물 우화
   2) 신비한 이야기 : 변신·재생·점복·풍수·신앙·이인(異人)·괴물·귀신·도깨비·이조(異助)·금기 등
   3) 일상적인 이야기 : 효·교훈·복·세태 등
   4) 웃음과 지혜 이야기 : 치우(癡愚)·지략·외설담·형식담 등
6. 부록으로 수록 민담 분류표를 실었다. 모티프에 따라 수록 민담 전부를 분류하였으므로 색인을 겸할 수 있을 것이다.

한국의 민담 1 / 차례

동물 이야기

일상적인 이야기

동물 이야기

1. 호랑이의 형

그전에 일찍 부모를 여의고 숙모의 학대를 받으며 지내던 소년이 집을 나와 숙부가 준 백설기를 먹으며 산길을 걷고 있었다.

이를 본 호랑이는 소년이 차돌을 먹는 것으로 생각하고, 소년에게 먹고 있는 것을 좀 달라고 했다. 소년은 호랑이 몰래 차돌을 집어주었다. 호랑이는 자기가 씹을 수 없는 차돌을 씹어먹는 소년을 형님으로 모시겠다고 했다. 그래서 그는 호랑이의 형님이 되어 호랑이와 함께 살았다.

얼마 후, 호랑이는 그에게 장가들라고 하면서, 신방에 들려던 신부를 업어주었다. 그는 그 여자와 함께 산 속에서 살았다.

삼 년이 지난 어느 날, 호랑이가 그 여자에게 말했다.

"형수님, 형님과 함께 친정에 다녀오십시오."

호랑이는 자기 몸에 당나귀 가죽을 덮어씌우고, 그 위에 타라고 했다. 내외가 등에 타자 호랑이는 그 여자의 집으로 달려갔다.

죽은 줄 알았던 신부가 살아서 돌아왔다고 하자, 그 여자와 혼례를 치르었던 남자가 와서 그에게 내기를 하여 이기는 사람이 여자를 차지하자고 했다. 첫번째 시합은 활쏘기였는데, 호랑이의 도움으로 그가 이겼다. 두번째 시합은 말을 타고 강을 뛰어넘기였는데, 혼례를 치른 신랑이 탄 말이 호랑이 소리를 듣고 물에 빠지는 바람에 그는 죽고 말았다.

다시 산으로 돌아와서 몇 년을 산 뒤에 호랑이가 그에게 말했다.

"나는 죽을 날이 가까왔습니다. 나는 어차피 죽을 몸이니, 내가 죽으면서 형님 벼슬이나 시켜드리겠습니다. 내일부터 내가 장안에 가서 말썽을 부리면 나라에서는 벼슬을 걸고 나를 잡으라 할 터이니, 그때 형님이 나를 죽여주십시오."

그는 호랑이의 말대로 하여 벼슬을 하고, 산을 내려가 잘 살았다.

그전에 한 사람이 조실부모를 했어요. 그래서 삼춘한티 가 있는디, 숙모가 어트게 박대를 허는지 삼춘이 보다보다 딱하니께는, 하루는 쌀을 한 말 담가가지구는 백설귀(백설기)를 쪄주었어요.

"너 이거 짊어지구, 네 숙모한테 학대받는 거보다 어디든지 가거라. 나두 보기 딱하다."

이놈두 삼촌이 그러니겐 백설귀 한 말 쪄주는 늠 짊어지구는 가는 거여. 어떤 골짜구니의 어귀를 뎀벼들었는디, 한 30리 되는 재티(고개)란 말여. 한데 사람들이 우글벅쩍거리며 못 가구 있거든. 그런디, 막 올라오니까는 붙잡는단 말여. 왜 그러냐니께,

"여기는 사람이 1백 명이 차야 가지, 1백 명에 하나만 빠져두 호랭이한테 다 잡아먹히구 못간다."

이거야.

"에이 그까짓 눔, 나 같은 거 죽어봐야 그렇다."

허구선 그냥 오는 거지.

중간에 올라가면서 배가 고프니깐 백설귀를 꺼내서는 '우드덕 우드덕' 먹으면서 올라가는 거여. 호랭이가 가만히 서서 보니, 아 쬐끄만(조그만) 놈이 차돌을 깨물어 먹으며 올라온단 말여.

한참 올라가는디, 호랭이가 참, 여산대호(如山大虎)가 떡 앉았단 말여. 이놈은

"잡아먹을 테면 잡아먹구 맘대루 해라."

하구 가니께, 호랭이가

"너 먹던 거 나 좀 달라."

이런단 말여.

그런디 얼뜻 내려다보니까는 하얀 차돌이 하나 있단 말여. 저놈 몰래 얼른 집어서 줬단 말여. 주는디, 이빨만 부러질 지경이지 아무 맛두 없단 말여. 차돌을 깨물으니까 그럴 수밖에.

그래서 호랭이가 인저

"아이구, 형님."

그랬단 말여. 그리구는,

"형님, 왜 이렇게 혼자 다니쇼?"

하거든.

"나는 부모두 없구, 난 이판사판여서 돌아다니는 놈이다."

"그럼 여기서 나허구 살면, 형님 장가두 들여주구 할 테니, 나허구 삽시다."

아, 그런디 그놈의 호랭이가 창 댕이면서 재목두 날러오구, 목수를 낚어서 업어오는 거여, 그냥. 그래서 집을 떡― 지어놓구서 사는데, 그 뭐 양식 걱정을 허나, 뭐 아무 걱정이 없지. 양식이야 호랭이가 다 업어오구 허니께. 남구에(나무에).

그런데 하루는 별안간,

"형님 장가들어야지요."

"야, 이놈아 장가들어두 너하구 사는디, 누가 여기 색시가 와서 산다니?"

"하루만 있으면 됩니다. 색씨 내가 훔쳐오지요."

아, 이느무 호랭이가 하루 저녁 자구선 어슬렁거리구 내려가. 가더니 어디서 금방 잔치드리는 새댁을 하나 들쳐업구 왔단 말여. 아, 이느무 신부가 신랑청에서 뭣하러 한디(방 밖)를 나왔던지, 신부가 한딜 나오는 걸 그냥 후리쳐 업구왔단 말여.

호랭이한티 잡혀오는디, 여자가 온전할 리가 있어? 그래 방에다 눕혀놓구 미음을 쒀먹이구 그랬단 말여. 그걸 먹이구 나니까, 깨어났단 말여. 깨어난 다음에,

"사실은 헐 수 없으니께, 당신은 나하구 살어야 된다."

이거야.

"내 동생이 사실은 호랭인데, 나 장갈 들일려구 당신을 업어온 거여. 그러니께 근심말구, 아무것도 그리울 것이 웁스니깐 나하구 같이 살자." 그러니 간다구 가다간 담박에 호랭이한테 잡아먹힐 거, 헐 수 없이 살어야 된다 이거여.

"그럽시다."

이럭저럭 한 삼 년을 살으니께, 호랭이가 허는 말이,

"아주머니, 친정에 가구 싶지요?"

"가구 싶지만 워트게 가유."

"걱정 마슈. 형님두 인저 처갓집이 좀 가구, 아주머니두 친정에 가야지요."

그러구서 하루는 호랭이가 가더니 워디서 당나귀 새끼를 한 마리 업어왔단 말여. 물어다가는,

"형님, 이거 하나두 찢지 말구 껍데기를 고대루 베껴놓으시오."

"그래 워트걸라구(어떻게 할려고) 그러느냐?"

"아 글쎄 베껴만 놔유."

그래서 칼을 싹 갈아가지구 베꼈어.

"괴기 좀 잡수쇼. 나두 먹구 형님두 잡수쇼."

아 그러구선 당나귀 껍데기를 뒤집어쓰는 거여. 뒤집어쓰니께 당나귀 새끼가 되는 거지. 그러구선 즈이 형수보구,

"아주머니, 떡두 몇 말 하구 좀 저거허슈. 그래서 내 등허리에다 다 짊구, 형님하구 아주머니하구 내 등허리에 타슈. 집은 내가 아니까, 내가 갈 테니까 걱정 마시구. 가서 우리 당나귀는 아무것두 주지 말구 조밥을 홀홀 날아가게 해서 한 사발만 갖다주슈."

허시오.

그래 떡 가는디, 즈이 성(형)은 처갓집이 워딘지 아나? 즈이 형수두 밤에 붙들려왔으니 어디루 가는지 모른단 말여. 조금 있다 어떤 집에 당도했는디, 그 여자가 보니께 자기 집이란 말여.

아, 딸이 호랭이 물려간 줄 알았더니 살어왔다구 난리지. 당나귀는 마굿간에 매놨네. 여물을 쒀줄라구 허니께, 그 여자가

"우리 당나귀는 여물은 안 먹으니께 조밥이나 홀홀 날아가게 해서 한 사발 갖다주면 된다."

구 허거든. 조밥 한 사발 갖다주니께, 당나귀가 개 올 때만 기다리구 있는

거지. 가만히 있으니까 개가 와서 얼른거린단 말여. '훅' 하고 조밥을 부니까, 개가 흩어진 조밥을 주워먹느라구 야단인디, 그때 개를 그만 줏어 먹어버렸단 말여.

그러구 있는디, 호랭이한티 물려갔던 신부가 살어왔다 허니께, 본남편이 찾아온 거여. 남자가 와가지구 성짜리헌티 내기를 허자는 거여.

"내기를 허자. 내기 해서 이기는 사람이 색씨를 갖기루 허자."
하는디, 성짜리가 가만히 생각허니께, 아무래두 색씨를 뺏기게 생겼단 말여. 그래서 가만히 호랭이한티 가서,

"애, 내기를 허자니 어트거니?"

"허슈. 무슨 내기던지 허면 이길 테니까 헌다구 승낙만 허시오."

활쏘기를 하는디, 표시판을 만들어놓구서 맞추는 사람이 이기구 못 맞추는 사람이 지기루 한 거여. 아 이눔이 활을 쏴보았으야 허지. 그런디, 호랭이가 둔갑을 해가지구 표시판 뒤에 가 있는 거여. 뒤에 있으면서, 본남편짜리가 쏠 때는 그만 조화를 부려 헛나가게 해버리구, 즈이 성이 쏠 적에는 맞도록 해주구. 그래 본남편이 졌단 말여. 그러니껜,

"말을 타구는 강을 근너뛰기를 허자."

자, 이느무거, 꼬마가 생각허니 말을 타봤으야 강을 근너뛰지. 큰일 났거든. 그런디 호랭이보구 그 얘기를 허니까,

"걱정 마슈, 그까짓 거 날래며는 물에 빠뜨려버리든지 할 테니까 걱정 말고 허시오."
이거야. 아, 그래 이늠은 당나귀를 올라타구, 본남편은 큰 호말을 집어타구서 내기를 허는 거여. 이느무 말이 용맹을 주구서 근너가는데, 뒷발이 강에가 '출렁' 하구 닫는단 말여. 그때 이 당나귀가 용맹을 주어 '흐흥' 소리를 치면서 근너뛰니, 이 말이 난데없는 호랭이 소리를 들으니까 정신을 차릴 수가 없어 펑덩 빠졌단 말여. 그래서 이기구 며칠 묵다가

"갑시다."

친정 부모네가 가만히 보니까 당나귀가 호랭이 같단 말여, 아무래두. 그래서 딸헌티 물었지. 물으니께 사실 얘기를 허는 거여.

“애 얼른 가라. 얼른 가거라.”

부모네가 겁을 먹는 거여.

그 질루부터 두 내외가 호랭이 등을 타구서 왔어. 만고에 그릴 것이 없단 말여. 낭구 해와, 양식 호랭이가 업어와, 옷티(옷이) 웁스면 채단 가서 짊어져 와. 그러다가 호랭이가 죽을 때가 됐어.

“성님, 내가 죽을 테니까, 인저 가서 작폐질을 허구 죽을 테니까, 그럴 적에 하여튼 아무런 포수가 와두 날 뭇 잡을 테니까, 호랭이 잡는 사람이면 베슬을 준다구 할 꺼요. 그럴 적에 부러진 총이라두 가지구와서 앞발 들라구 하면 내가 앞발 들 테니까, 가슴패길 쏘슈. 죽거든 앞산에다가 갖다 묻어주슈. 그러면 형님 베슬해가지구 여기서 살지 않구 내려가서 살 수 있을 테니까 그렇게 하슈.”

“그래 내가 너하구 같이 살구서 어떻게 쏴 죽이느냐?”

“저는 죽을 때가 됐으니까, 형님 벼슬이나 한 자리 주구 죽을 테니까 꼭 그렇게 허슈.”

뭇허것다니까, 결국 그렇게 해야 된다는 거여. 그래서

“그렇게 허마.”

하루는 아침을 먹더니,

“오늘은 내려갑니다. 형님은 그 소문이 퍼지걸랑 내려오슈.”

자, 이눔이 내려가서 사람을 잡아먹든 않구 사람을 물어제키구 허는디, 세상에 포수가 아무리 쏴두 죽어야지. 아, 나라에서 헐 수 없이,

“호랭이 잡는 사람이면 정승을 준다.”

허구 광고를 붙였단 말여.

나버텀두 벼슬이 욕심이 나서, 일류 포수들이 모여들어서 쏘면 물어제키구 물어제키구 허는디, 잡을 늠이 없단 말여.

그래, 이 소문을 듣구서 내려가서 헌 총을 하나 줏어가지구 실탄을 한 발 쟁여가지구 가서는,

“앞발 들어라.”

허니까, 앞발을 번쩍 들구, 가서는 한 방 쏘니까, 벌떡 나자빠진단 말여.

이 사람이 짊어지구 가서는 거기다 묻어줬네. 나라에서 그거 잡는 사람이
면 정승을 준다구 했으니 안 줄 수가 옳거든. 그래 정승을 줬네.
　이 사람은 산에서 안 살구설랑 정승해가지구 아들 딸 낳구 잘 살더래
유.

채록 일시 : 1972. 4. 15. 밤
구연자 : 이호태 (남, 38세, 농업, 국문 해득)
사는 곳 및 나서 자란 곳 : 강원도 원성군 판부면 금대 2리 일론동 1230
채록 장소 : 같은 마을 김상겸 씨 댁 안방
만나게 된 경위 및 채록 상황 : 채록일인 4월 15일(음력 3월 3일)은 이 마을의 공동제의인
　　산제(山祭)가 있는 날이다. 그래서 김태곤 교수, 이상일 교수와 함께 산제에 대한
　　조사도 할 겸 이 마을을 찾아갔다. 미리 연락을 받은 이장 김상겸 씨가 찻길까지
　　마중을 나와주었다. 김씨 댁으로 가서 저녁 식사를 마친 후 마을 어른들 몇 분과
　　함께 산제 시간인 자정까지 민간신앙에 대한 조사를 하고, 이야기판을 벌여 우호
　　적인 분위기에서 몇 가지 이야기를 채록하였다.
청중 : 마을사람 6명, 김태곤 교수, 이상일 교수
처음 들은 때 및 들려준 사람 : 어렸을 때 어른들한테 들었음.
구연 경력 : 몇 차례 했음.
제목 : 채록자가 붙였음.

2. 불알 발린 호랑이

그전에 어떤 사람이 원하던 대로 성질 급한 사위를 얻었다. 장인은 그 사위에게 산골짜기에 있는 논을 갈고 오라고 했다.

사위는 그 논을 갈다가 호랑이가 논가에 와서 앉아 있는 것을 보고, 바삐 소를 몰면서 소리쳤다.

"이려 이놈의 소, 이렇게 느려서 언제 논 서 마지기, 99다랑이를 갈고, 삼천 리 밖에 있는 장에 갔다 오려느냐?"

이 말을 들은 호랑이는 놀라서 자기가 그 소처럼 빨리 달리지 못하는 이유를 물었다. 그 사람은 호랑이에게 불알이 있어서 그렇다고 했다. 호랑이는 더 빨리 달릴 수 있다는 말에 불알을 발라달라고 했다.

그 사람은 아내가 점심밥을 가지고 오자, 밥도 먹기 전에 눕혀놓고 올라탔다. 이것을 본 호랑이가,

"나도 불알을 발려서 아파 죽겠는데 저놈도 불알 발리는구나."

하고 중얼거렸다.

그전이 워떤 사람이 과년 닳은 딸이 있어. 있는디,

"에이, 성질 급한 놈 좀 내가 인저, 사위 좀 을으야 한다."

구 그러니께, 워떤 30살 된 도령이 장가 좀 갈라구, 게 가서 그 사람 보는디, 내궁지(내)를 신두 안 벗구 막 터덕터덕 건너가거든.

"야 야 야, 나 좀 봐. 나 좀 봐."

"왜 그리유? 바쁜디."

"아녀, 바빠도 좀 일루 오라구. 내가 너처럼 성질 급한 사위를 좀 얻으얄 텐디, 너 우리 집이, 내 사위 좀 되라."

18

구 그러거든. 그러니께,

　"그럭허라."

구. 그래서 인저 처가살이 들어가서 잘 살어.

　사는디, 소는 좋은 놈 먹이더랴.

　"자— 건너가 산 밑이가, 논 서 마지기가 있는디, 이—, 그게 99다랑이
다. 그걸 좀 가 갈구오너라."

그러거든.

　"그럭허라."

구. 아, 참 소 끌구, 쟁기 지구 가서 갈어. 가는디, 갈며보니께, 호랭이란
놈이, 논을 가느라니께, 호랭이가 와서 쳐다보구 있거든. 그런께 소괴뺑
이를 냅다 코에 얹으면서,

　"이려, 이놈으 소야, 원제 논 서 마지기 99다랭이 갈구서라무니, 삼천
리 강토 장에 갔다 올려느냐?"

구 막 휘몬단 말여, 그러니께 물고붓이 뿌옇게 뜨면서, 소가 담박질하지.

　그 호랭이가

　'나는 죙일 가두 삼천리 강산을 못 가는디, 저 소는 워째 논 서 마지기
99다랭이를 갈고 삼천리 강산 장엘 갔다 오나?'

하구 생각하구 있다가,

　"아저씨 아저씨."

묻거든, 호랭이가.

　"나는 죙일 가두 삼천리 강토를 못 가는디, 워째 그렇게 논 갈구두 삼
천리 강토를 갔다 오느냐?"

구 그러니께,

　"이 소가 불알 있나 보라구. 불알 없어서 그렇게 걸음이 재다."

구. 보니께, 참 암소니께 불알이 없거든.

　"나는 불알 있어서 못 댕이는 게냐?"

구 허니께,

　"불알 있어, 그 발르면 그렇게 잘 간다."

구 그러니께,

  "내 불알 좀 발라달라."

는 거, 호랭이가.

  "그러라구."

  쟁기 꽂아놓군 가서 불알을, 이렇게 [몸을 한 쪽으로 비스듬히 해보이며] 드
러누운 늠 가서 살살 만지니께, 아 이놈이 눈을 감실— 감구 있거든. 족족
훑어가꾸서는 무슨 노깽이라(노끈이) 있던지, 그늠으로 꼭 동이구서라무
니 칼루 싹 베어버렸단 말여.

  "인젠 불알 발랐다."

구 그런께, 배창세(배창자) 켕기구 당체 못해여. 견딜 수가 없어.

  그런디, 저 새악시가 여태 안 가니께, 가지 않으니께, 밥을 해서 이구
왔거든. 보니께 호랭이가 산에가 드러누웠는디, 워째 이렇게 괜찮게 논을
가나 하구선 밥 갖다놓구 먹으라니께, 밥 먹으러 나오더니만, 이늠이 밥
은 안 먹구서라미, 그 한참놈이니께 견디것남. 새악시 게다 뉘어놓고 냅
다 그걸 잡어 헌단 말여. 그런께, 호랭이란 놈이 허기를,

  "나두 불알 발라서 죽것는디, 저놈도 불알 발리는구나."

하하하.

채록 일시 : 1986. 12. 31. 15:35~39
구연자 : 이봉을(남, 75세, 농업, 국문 해득)
사는 곳 및 나서 자란 곳 : 충남 서산군 인지면 야당리 3구 350
채록 장소 : 야당리 원당경로당
만나게 된 경위 및 채록 상황 : 채록자가 경로당으로 찾아가니, 동네 노인 15~16명이 모여
    있었다. 한쪽에서는 화투판을 계속했고, 채록자에게 호의적인 10여 명은 구연자
    를 중심으로 둘러앉아 이야기판을 벌였다. 구연자 이씨는 마을에서 이야기 잘 하
    고, 노래 잘 하는 사람으로 소문이 나 있었다. 이씨는 먼저 전설 4편을 구연하고,
    이어서 민담 10여 편을 구연하였다. 그리고 민요도 몇 곡 불렀다. 이씨는 기억력
    도 좋고, 구연력도 뛰어났다.
청중 : 마을 노인 10여 명
처음 들은 때 및 들려준 사람 : 어렸을 때 어른들한테 들었음.
구연 경력 : 몇 차례 했음.
제목 : 채록자가 붙였음.

3. 호랑이와 두꺼비

    옛날에 대사가 덫에 치인 호랑이를 구해줬다. 그런데 호랑이가 대사를 잡아
먹으려고 했다. 대사는 억울하니까 재판을 하자고 하고 소와 소나무에게 물으
니 잡아먹으라고 했다. 마지막으로 두꺼비에게 묻자, 두꺼비는 맨 처음에 어떻
게 되었는지 가보자고 하며, 호랑이를 다시 덫에 걸리게 해놓아 대사를 구했다.
    간신히 덫에서 빠져나온 호랑이는 두꺼비를 잡아먹으려 했다. 두꺼비는 자
기만 먹기보다는 자기 식구 모두를 먹는 게 낫다며 집으로 데리고 갔다. 두꺼
비가 자기 식구를 부른다고 하고는 집으로 들어가서 나오지를 않자, 호랑이는
성이 나서 바위를 받다가 머리가 깨졌다.

    옛날에 그저— 대사가 한 고개를 넘었는디, 호랭이가 참 덮치기(덫)에
치었단 말여. 그래서 대사보고 살려달라구 사무 그러는데, 그 대사가 허
는 말이,

    “네가 인저, 너를 살려주며는 나를 잡아먹을 게 아니냐? 그래서 못 살
려주겠다.”
이러니깐,

    “안 잡아먹겠다.”
이렇게 말을 했단 말여. 그래서 덮치기의 돌멩이를 치우구서는, 이렇게
[두 손으로 들어올리는 시늉을 하며] 덮치기를 드니께 호랭이가 나오는데, 배
가 고프단 말여. 결국은 대사를 잡아먹는다 이거지.

    “아 내가 하두 억울하니께, 어디 가 재판을 해서 지며는 잡아먹어라.”

그래 인저, 재판을 하러 가는디, 어딜 갔느냐 하면, 처음에 가다 소를 만났단 말여. 그래, 소를 만나서는 재판을 해달라구 물어보는 거지.

"여보, 내가 사실은 호랭이 죽는 것을 살려줬는디 나를 잡아먹어야 옳으냐?"

그런디, 소는 사람이 소를 잡아먹는 관계로

"잡아먹어라."

이렇게 말을 한다 이거지. 그래두 억울하다구 한 번 더 가서 해보자구 가는디, 소나무한티 가서 물어보니께는, 나무두 역시 사람이 타치를 허기(손을 대기) 때문에 잡아먹으라구 헌단 말여. 그래서

"세번째 가서 한번 더 해가지구 내가 지면 그때 잡아먹어라."

인제 두꺼비를 가다가 만났어요. 그래 인저, 두꺼비를 보구 하는 말이,

"내가 인제 호랭이를 덮치기에 치인 것을 살려줬는데, 날 잡아먹어야 옳으냐?"

그러니께, 두꺼비가 허는 말이,

"그 장소를 가보자."

한다 이런 말여. 그래서 인저 두꺼비허구, 사람허구, 호랭이허구 그 장소를 가서는 인저,

"그래 처음에 그러니까는, 어떻게 했었느냐?"

그러니까, 호랭이가

"이렇게 있었다."

허구 엎드리니까, 사람보구

"덮치기가 어떻게 있었느냐? 뇌봐라."

먼저대루 놓으니까는,

"그럼 돌멩이두 치들어놔라."

그래, 다 치들어놓으니까는,

"그럼 당신 갈 데루 가라. 난 나 갈 데루 간다."

그러구서 헤어져서는 가니께, 아 이눔의 호랭이가 죽것지. 하두 용을 쓰니께 어떻게 해가지구는 이눔이 나왔단 말여. 간신히 나와가지구서는, 두

꺼비가 가면은 월마를 갔을꺼야. 두꺼비를 보구서는,

"야 이눔, 너 나를 그렇게 해놨으니까, 널 잡아먹것다."

두꺼비가 하는 말이,

"아유ㅡ 얘, 너 날 잡아먹어야 네 성애두 차질 않을꺼구 그러니깐 우리 집에 가면은 우리 마누라도 있구, 자식두 있다 말여. 그러니께 내가 불러 내면은 네가 다 잡아먹으면 네 성애가 찰꺼다. 그러니깐 우리집으로 가 자."

그러구서, 두꺼비하구 같이 가는데, 큰 바위가 있는데,

"요기가 우리집인데, 내 마누라를 부를 테니까 요기 있거라."

그러구서는 제 굴루다가 뛰어들어갔으니, 호랭이가 워트케 할꺼냐 이거 야. 그러니까 그만, 이눔의 호랭이가 갖은 심술이 다 나거든. 그래 바위를 디리받으니까, 제 대가리가 깨졌지, 뭐야. 허허허 ……. 그랬다는 얘기가 있어, 옛날에.

채록 일시 : 1972. 8. 16. 16:35~39
구연자 : 이금손(남, 59세, 농업, 국문 해득)
사는 곳 및 나서 자란 곳 : 경기도 연천군 전곡면 전곡 1리 2
채록 장소 : 구연자의 집 안방
만나게 된 경위 및 채록 상황 : 구연자는 채록자의 친척 어른이므로 방학을 이용하여 찾아 가서 만났다. 이야기를 잘하는 분으로 소문이 나 있는 구연자는 채록자를 반가이 맞아주고, 여러 가지 이야기를 해주었다.
청중 : 구연자의 처인 김갑순 씨와 이질인 편성권 씨.
처음 들은 때 및 들려준 사람 : 20세경에 아버지한테 들었다 함.
구연 경력 : 몇 차례 했음.
제목 : 채록자가 붙였음.

4. 호랑이와 나물 보따리

　　그전에 부녀자 몇 사람이 산으로 나물을 뜯으러 갔다. 그 중에 한 여자가 나물을 뜯다보니, 고양이 새끼 같은 것이 바위 밑에서 놀고 있었다. 그 여자는 그 새끼가 귀여워 쓰다듬어주었다. 그랬더니, 바위 뒤쪽에서 '어흥' 소리가 났다. 고양이 새끼가 아니고 호랑이 새끼였다는 것을 안 그 여자는 혼비백산하여 나물 보따리도 내버린 채 집으로 달려왔다.
　　집에 와서 자고, 이튿날 아침에 나가보니, 나물 보따리가 문 밖에 있었다. 제 새끼를 귀여워해준 것을 아는 호랑이가 가져다준 것이었다.

　　호랭이에 대한 얘긴데, 이저 지금부터 한 백 수십 년 전인데, 뭐 그리 오래잖은 얘긴데, 생생한 얘긴데, 그짓말두 없는 실질적 얘긴데, 전해온 얘긴데, 그래 인제 양력 5월 중순쯤 되는데, 산에 나물을 하러 갔는데, 산채, 옛날엔 식량이 부족하구 이러니까네 갔는데, 갈 적에는 단독으로 안 가고, 깊은 산중으로 들어가니까네, 5∼6인이나 혹은 7∼8인이 모여가는데, 그러나 나물을 뜯고 캘 제는 자꼬 산적이 될 게 아닙니까? 여럿이 같이 가서 뜯고 그러니까는, 차츰차츰 뛰어들어가다보니께는, 저녁때가 되구보니께는, 한참 올라가다가 뜯고보니께는, 아주 깊은 산골까지 들어가버렸거든요.
　　가다, 이레− 가보니께는, 이런 바위 밑에 고양이 새끼가 한 마리 있었어요. 그런데 고양이 새끼가 아, 예쁘거든요. 그래 이분은 그게 호랭이 새낀 줄 모르고 고양이 새낀 줄만 알았거든요. 하 예쁘니깐 쓰다듬어줬어

요. 고양이 새끼를 말이지. 그분의 생각은 고양이 새낀 줄 알구 쓰다듬어
주고, 조금도 해코지 않고, 뭔가, 얼려주고 사랑스런 태도를 보였는데, 한
참 그러다 봉께는 '어흥' 하거든요. 보니께는 호랭이가 밑에를 내려다보
구 지키구는, 웃는 기색이지 골낸 기색은 읎거든요. 그러니까는 혼비백산
해가지구 그만, 나물을 인저 보따리다 뜯었거든요. 보에다가 싸서 묶거든
요. 가져오기 편리하기 위해서, 그 묶은 보자기까지 혼비백산해가지구서
다시 뒤돌아보지두 못하구 그냥 집까지 돌아왔거든요. 그러나 입이 안 떨
어지거든요. 호랭이를 만나봤으니, 항차 남자도 아니고 여자가 깊은 산중
에 가서 말이지.

그래서 잤는데, 자구서 식전에 일어나니께는 아, 보따리가 와 있어요.
호랭이가 인저 자기 새끼를 그렇게 사랑스레한 그 일로 인해서.

이건 아주 생생한 이야기입니다. 어느 집 애기라구두 알고 있어요.

채록 일시 : 1976. 5. 25. 23:40
구연자 : 남인석(남, 62세, 농업, 초졸·한문 수학)
사는 곳 및 나서 자란 곳 : 경북 울진군 근남면 행곡리 구미동
채록 장소 : 같은 마을 남효중 씨 댁 사랑방
만나게 된 경위 및 채록 상황 : 성균관대학교 학술조사반(전설반)과 함께 가서 남효중 씨 댁
    에서 자게 되었다. 남효중 씨는 같은 마을에 사는 친척인 남인석 씨에게 연락하여
    오게 하였다. 구연자 남씨는 유식할 뿐더러 구연력도 좋은 분이었다. 우호적인 분
    위기에서 그 지역의 전설 5편과 이 이야기를 채록했다.
청중 : 마을사람 1명, 조사반원 5명
처음 들은 때 및 들려준 사람 : 어렸을 때 어른들로부터 들었음.
제목 : 채록자가 붙였음.

5. 여우와 황새

까치가 새끼를 낳았는데, 여우가 와서 새끼 한 마리를 주지 않으면 다 잡아
먹겠다고 했다. 까치는 다 잡아먹히는 것보다 한 마리 주는 게 낫다고 생각하
여 한 마리를 줬다. 이렇게 며칠을 하자, 새끼가 한 마리밖에 남지 않았다.
　　까치가 황새에게 사정 이야기를 하자, 황새는 여우가 나무에 올라오지 못함
을 알려주었다.
　　다음날, 또 까치에게 새끼를 달라고 했다가 거절당한 여우는 이 꾀를 알려
준 것은 황새라고 생각하고 황새를 잡아먹으려고 자기 집으로 초대했다.
　　황새가 오자 여우는 굴 속에서 꼭 붙잡고 잡아먹으려고 했다. 황새는 꾀를
내어 '까욱―' 소리를 내고는 여우에게 이 소리가 하늘에서 여우를 잡으러오는
소리라고 속였다. 놀란 여우는 황새의 꼬리를 물고서 숨었다. 이때 황새는 훌
쩍 날아올랐다. 그때 꽁지가 빠져서 지금도 황새는 꽁지가 없다.

　　여우가 인제 한 마리가 사는데, 까치가 둥지를 지었는데, 까치 새끼를
다 잡아먹어야것다 그런 말여. 그래서 인저, 그 까치를 보구 허는 말이,
　　"네 새끼 한 마리만 주면 내가 안 잡아먹지."
그러니까 그 까치가 다 잡아먹히는 것보다는 한 마리만 잡아먹히는 게
나니깐, 이제 한 마리를 떨어뜨려주니께, 한 마리를 먹구서, 그 이튿날 또
와서 그런단 말이지. 아 이전 댓 마리를 깐 거를 너덧 마리째 하루하루
와서는 다 잡아먹구 한 마리가 남았는데, 내일 또 와서 잡아먹을 거를 까
치가 생각하면 안타까운데, 까치란 놈이 이젠 허는 말이 황새한티 가선,
　　"내 새끼를 여우가 날마다 와선 다 잡아먹는다구 허니, 어뜨커면 좋으

냐?"
고 허니께는,
　"아이 그까짓거를 뭘 걱정을 허느냐?"
고. 인제 황새란 놈이 그런단 말이지. 그러구선 그 황새가,
　"아, 내일 와서 달래거든 '네까짓 게 누운 나무에두 못 올라오는 게 선
나무엘 워트게 올라오느냐?' 이렇게만 해라."
　아 그 이튿날, 여우가 마지막 남은 걸 달라구 허는 걸,
　"네가 누운 나무에도 못 올라오는 게 선 나무엘 어뜨케 올라오느냐?"
허니껜 여우가 가만히 생각허니껜, 그럴 사람이 읎는데, 황새란 놈밖에는
읎다 이런 말여. 그래서 황새한티 가서 여우가,
　"아, 아주머니가 이 까치 새끼 잡아먹는 거를 그런 흉계를 꾸며준 게
아니냐?"
그러니까는,
　"그렇다."
구 하거든.
　그 여우가 그 황새를 잡아먹어야 할 텐데, 자 이눔이 어뜨게 허다가
　"내일이 내 생일이니까는 생일을 잡수러오슈."
그러구서 가니껜, 황새란 놈이 여우네 집엘 갔다 이런 말여.
　그래 인저, 가보니께는 굴 속에서 이렇게 여우란 놈이 내다보구 있다
가는, 아 꼭 묶어놓구는 놔야지. 아— 황새가, 꺽 붙잡아놓구는 놔야지.
꼭 잡혀먹게 됐는데, 황새란 늠이 한 꾀를 꾸며가지구는 '까욱—' 허구
이러니께는, 이 여우가 놀래서는,
　"이게 무슨 소리냐?"
구 허니께는, 하늘에서 여우를 잡으러오는 소리라구 이러니께는,
　"아 그러면 날 숨겨줘요."
이러구서는 굴 속에 들어가서는 꽁지를 물구서 놓지를 않구 있으니께는,
아 이늠의 황새가 가만히 생각하다가는 훨쩍 나르니께는 꽁지가 확 빠졌
어. 황새 꽁지 있나봐. 황새 꽁지 읎다구.

채록 일시 : 1972. 8. 16. 20:10∼13

구연자 : 이금손(남, 59세, 농업, 국문 해득)

사는 곳 및 나서 자란 곳 : 경기도 연천군 전곡면 전곡 1리 2

채록 장소 : 구연자의 집 안방

만나게 된 경위 및 채록 상황 : 구연자는 채록자의 친척 어른이므로 방학을 이용하여 찾아
가서 만났다. 이야기를 잘하는 분으로 소문이 나 있는 구연자는 채록자를 반가이
맞아주고, 여러 가지 이야기를 해주었다.

청중 : 구연자의 처인 김갑순 씨와 이질인 편성권 씨.

처음 들은 때 및 들려준 사람 : 20세경에 아버지한테 들었다 함.

구연 경력 : 몇 차례 했음.

제목 : 채록자가 붙였음.

6. 삼 대를 먹인 고양이와 개

옛날 어떤 부잣집에 중이 와서 시주를 받아가지고 가면서, 그 집이 삼 년 안에 망할 것이라고 했다.

주인이 중을 불러서 환난을 면할 방도를 물으니, 개 세 마리를 대문 밖과 안, 마루 밑에다 키우라고 하였다.

그렇게 키우기를 삼 년이 되던 해 섣달 그믐날 밤, 밖에서 요란하게 싸우는 소리가 났다. 다음날 나가보니, 개 세 마리와 고양이가 죽어 있었다.

이 집에는 삼 대째 기르는 고양이가 있었는데, 전에 제상의 산적을 핥다가 담뱃대로 맞아서 한쪽 눈이 빠진 후로 사라졌었다. 그 고양이가 삼 년간 도술을 닦아 복수하러 왔다가 개한테 죽임을 당한 것이었다.

옛날 어떤 사람이 부귀루 지나. 지나는디, 하루는 워떤 꽹매기중*이 와서래미 참, 동냥을 달라구 해서 그걸 줬는디, 그 사람이 인제, 에— 딴 디루 가면서 헌단 말이 말여,

"이 집 삼 년 안에 전멸허것다."

이거거든. 그 소리를 누가 들었느냐 헐 것 같으면, 식모가 빨래 널다가 그 소리를 들었다 이겨. 듣구서 줸보구서 그 얘기를 엥겼거던(옮겼거든).

"야 가서래미, 얼른 가 데려오라."

구.

가서 데려왔단 말여, 그 꽹매기중을. 그래 묻거든.

---

* 꽹과리를 치면서 시주를 받으러 다니는 중.

"사실이 약차 이만저만 얘길 했으니, 그걸 가지구서래미 그 환을 면허게 얘길 해주어야 헐 것 아니냐?"
허니께, 그 꽹매기중이 헌다 소리가,
"당신네 집이서래미 고이(고양이)를 멕인 일이 있잖소?"
이거거든.
그런디, 고이를 멕인 제(지)가 주이 증조부텀 멕였어. 멕였는디, 저것 하면 삼 대지. 그 워니 날 저녁일런지, 기고(제사)가 들어서래미 인제 음식을 모두 차려놨거든. 차려놨는디, 그런 법이 읊드니, 그 고이가 가서래미 단적을 핥어. 부애가 나니께, 담뱃대루 쌔린다는 게 눈이 쑥 빠졌어. 한쪽 눈이. 그날 저녁부텀 고이가 읊어졌어 아주. 그래서래미 고이 멕인 일이 읊느냐 묻는디, 그 얘길 전부 다 해줬거든.
"그러냐구. 당신 이 동네 가시(가에) 영업가(營業家)가 있잖우?"
이러거든.
"있다구."
"거기 새달이먼 거시기, 가이 새끼가 낳아. 꼭 수캐 시 마리가 날 테니 말여. 그 개를 꼭 돈 주구 사다가서래미 집이 멕이라구. 멕이되, 하날랑은 말래(마루) 밑구멍이다 멕이구, 하날랑 싸래문(사립문) 안이다가서래미, 대문 안이다 아주 자게 졸업을, 하날랑은 대문 밖이서 자게 아주 이렇게 졸업을 시켜라."
이겨. 그래야 그 화를 면헌다 이게지.
아 참, 그 뒷달에 보니까, 그 가이가 참 새끼가 싯(셋) 낳아. 그래, 쥔보구서래미,
"내게 팔으라."
구. 예전이야 개새끼 판 벱이 워딘나베(어디 있나)?
"파는 게 뭐냐구. 그럼 다 가져가시라."
구. 갖다, 이늠을 갖다 멕이는디, 참 잘 멕여. 그래 졸업을 그렇게 꼭 시켰거든, 아주.
삼 년 되는 날, 슫달 그믐날 저녁에 집안 식구가 두러눴는디, 대문 밖

이서 참 무너져. 아주 뭐가 그러는지 물른단 말여. 아이, 조끔 조용허더니, 대문 안이서 또 그 야단나거든. 그 야단나는 통에 말래 밑이 가이가다 뛰어나가는 소리가 난단 말여. 아 한참 북새를 치더니, 아무 소리두 읎어. 아주 그래니께, 쥔은 미서니께(무서우니까), 나가보지두 못허네, 아주.

이 고이가서래미 인제, 여러 해를 묵어왔기 때문에, 자기가 도술을 배워가꾸 말이지, 그 아주 식구를 전멸시킬라구 슫달 그믐날 저녁에 오는 질이라 그게여. 오는디, 대문 밖이 있는 가이허구 경쟁이 났거든. 경쟁이 났는디, 그 가이를 지기구 말여, 대문을 뛰어넘어오니께, 대문 안이 있는 가이가 나와서래미 쌈을 허니께, 말래 밑구멍이 있는 가이두 쫓어가서 둘허구 고이허구 쌈을 했단 말여. 가이 싯두 다 죽구, 고이두 죽어버렸어. 식전이 나가보니께. 그래서 그 환을 면허더라.

채록 일시 : 1971. 8. 20. 14:45~50
구연자 : 박남화(남, 73세, 농업, 국문 해득)
사는 곳 및 나서 자란 곳 : 충남 홍성군 갈산면 와리
채록 장소 : 와리 김봉복 씨 댁 안방
만나게 된 경위 및 채록 상황 : 구연자 박노인은 이야기 잘 하는 분으로 소문이 나 있었다. 채록자는 누님댁을 방문하고, 누님께 부탁을 드려 구연자 박노인을 누님댁으로 모셔왔다. 술과 음식을 나누며 박노인으로부터 6편의 민담을 채록하였다.
청중 : 마을사람 3명
처음 들은 때 및 들려준 사람 : 어렸을 때 사는 곳에서 들었는데, 들려준 사람은 기억 못함.
구연 경력 : 몇 차례 했음.
제목 : 채록자가 붙였음.

7. 황새와 구렁이

전에 어떤 사람이 들에 나갔다가 황새 새끼를 잡아먹으려는 구렁이를 살포로 찔러 죽였다. 그때 살포의 끝이 부러져 구렁이의 몸에 박혔다.

어느 날, 그 사람이 삼치를 사서 먹었는데, 갑자기 온몸이 퉁퉁 부어서 죽게 되었다. 그때 황새떼가 와서 그 집 둘레에 앉아 있었다. 사태를 짐작한 그가 마당에 가서 옷을 벗고 누워 있으니, 황새떼가 날아와 그의 몸을 쪼아 낫게 해주었다.

그가 먹다 남은 삼치를 자세히 살펴보니, 그 속에 살포 끝 부러진 것이 들어 있었다.

전에 어떤 사람이 들에를 가는데, 아 이 황새란 놈이 온통 아, 둘러싸고 야단이거든요. 아 그러니, 이 큰 대망(구렝이)이란 놈이 황새 새끼를 잡아먹으러 남긔(나무)로 올라가는 거예요.

아 그러니까, 이 영감님이, 못물 보는데 그전에 지단(기다란) 작대기에다 요만한 삭가래(살포)라구 있는데, 가래를 꽂아가지구선 진 걸(긴 것을) 집구댕기거든요. 그리군 논틀에 서서 버선 신발 한 채, 벼 포기 쓰러진 거를 그 진 놈으루 이렇게 [손으로 일으켜세우는 시늉을 하며] 하구, 이런단 말씀요.

아, 그늠이 하두 괘씸하니까, 새끼를 잡아먹으러 올라가는 거를 그 삭가래루 찔러 구렝이를 잡았단 말씀야.

그래서 얼마만큼 인제 있는데, 하루는 삼치 장사가 와서 삼치를 사라

더라 이거요. 그래 삼치를 보니, 참 삼치가 좋구 크거든요. 참 좋은데,

"얼마냐?"

하니깐,

"암만요. 암만 주고 사쇼."

그래, 이놈을 샀습니다.

사가지구 이제 토막을 쳐서 큰 가마솥에다 삼치를 끓였는데, 그놈을 잡을 때 그 삭가래루 찔렀는데, 삭가래 끄트머리가 부러져서 구렝이 몸둥이에 배겼단 말여. 그런 놈을, 이늠을 그냥 내버렸거든. 그런디 이놈이 죽어가지구 삼치가 됐단 말여. 구렝이가 삼치가 되어가지구 그 영감을 보(報) 갚음을 할라구, 죽였으니까 보 갚음을 할라구, 황새 새끼 잡아먹으러 올라가는 걸 못 잡아먹게 하구 죽인 그 갚음을 갚을라구 삼치가 됐단 말요.

아 그래서 이 삼치를 사가지구 참, 토막을 쳐서 큰 가마솥에다 끓여가지구 먹을라구 하는데, 어느 집안이든지 어른부텀 드리지 애들이나 가족이 먼저 먹는 예가 없거든요. 예나 지금이나.

그래 인저 이늠을 다 과가지고, 그 시아버지 방에다 드렸단 말요.

이 냥반이 그걸 좀 잡쉈거든. 그런데 이 냥반이 별안간 몸이 그냥 채독같이 붓는다 이거요. 붓구 도저히 용납을 못하는데, 그 삼치 담은 그릇과 수저가 새파랗게, 시커멓게 죽는단 말이어요. 하두 이상해서 나머지를 인저 버리구 이랬는데, 그 시아버지는 자꾸 부어서 인제 죽을 판이지.

아 그런데 난데없는 황새가 그냥 집을 삥 둘러쌌어요, 그냥. 와가지구서 그냥 막 울어대니 으쩐 일인지 웬 영문을 모르지요.

그런디, 그 노인이 지각이 있으니 인제 자손들을 불러가지고,

"야, 이 황새가 이 집을 둘러싸구 야단을 치니, 나 멍석을 깔구서 한데다 내놓아다오."

이렇게 자손들한테 일렀어요.

그래 자손들이 부모가 그리 요구허지마는, 멍석을 내깔구서는 거기다 갖다가 뉘어놨단 말여. 몸이 이렇게 [두 손을 벌리며] 부었으니 옷이 맞는

옷이 있나. 적신(赤身)이지.

아 황새란 놈이 그냥, 그 많은 숫자가 덤벼서 그냥 막 드리 쫀단 말야. 쪼니까, 그냥 몸의 물이 출출 흐르구, 그냥 구렝이 새끼가 몸에서 쏟아지구.

이래가지구서 그 몸이 회복이 돼가지구 그분이 살어나더랍니다. 그래서 그 삼치 토막을 내중에 갈라가지구서보니까, 삭가래 부러진 늠, 그늠이 삼치 토막에 꽂혀 있었단 말여. 그래서 그 영감이 살어가지구 삼치 토막을 갈라보니 그 삭가래 부러진 게 나와서 구렝이가 죽어가지구 삼치가 되었다는 것을 인정을 하더래요.

채록 일시 : 1972. 8. 11. 밤
구연자 : 이상윤(남, 62세, 농업, 국문 해득)
사는 곳 및 나서 자란 곳 : 강원도 원성군 판부면 금대 2리 일론동
채록 장소 : 구연자의 집 안방
만나게 된 경위 및 채록 상황 : 김태곤 교수, 이상일 교수와 함께 찾아가 만났다. 지난 4월 15일에 이어 두번째 찾아간 마을이어서 동민 7~8명과 함께 우호적인 분위기에서 이야기판을 벌일 수 있었다.
청중 : 부락민 8명, 조사반원 2명
처음 들은 때 및 들려준 사람 : 어렸을 때 나서 자란 곳에서 어른들한테 들었음.
구연 경력 : 몇 차례 했음.
제목 : 채록자가 붙였음.

8. 방아깨비·개미·청조새의 천렵

　　예전에 방아깨비·개미·청조새 셋이 천렵을 하는데, 방아깨비가 물고기를 잡
으러 물에 뛰어들었다가 오히려 물고기에게 잡혀먹혔다. 청조새가 물고기를 잡
아 배를 갈라서 방아깨비를 구해주니까, 방아깨비는 제가 잡은 것처럼,
　　"아유, 더워."
하며 머리를 쓰다듬으며 나왔다.
　　그래서 방아깨비는 머리가 벗어졌고, 그걸 보고 웃던 개미는 허리가 가늘어
졌으며, 청조새는 고맙다는 소리도 안하니까 화가 나서 주둥이를 삐죽 내밀어
서 지금도 주둥이가 삐죽하다.

　　예전에 방아개비하구, 그러니까 개미하구, 청조새하구 셋이서 모여서
천렵을 가자구 해서는, 셋이서 강가엘 나갔는데, 방아개비더러 가 고기를
잡아오라고 하니까, 방아개비가 물에 뛰어들어가서 고기를 잡을려고 하
는데, 고기가 방아개비를 집어먹어서 방아개비를 오히려 고기 배때기 속
에 들어가서, 청조새가 그걸 보구서는 가서 고기를 찝어서 내다가 배를
갈라가지구서 하니까는, 방아개비가 썩 나오면서 허는 말이, 제가 잡은
것마냥 허면서 고기를,
　　"아유 더워!"
하면서, 머리를 쓰다듬어서, 방아개비가 인저 그때 머리가 훌렁 벗어졌다
는 거야.
　　그리구, 그냥 그걸 보구 개미는 간간대소를 허구, 허리를 쥐구 웃어서,

허리가 개미는 그때 가늘어졌다는 거구. 또 청조새는 인저 기껏 건져주었어두 공없는, 고맙다 소리도 안했기 때문에 화가 나서 주뎅이를 삐죽허게 내밀었다는 거야. 해해해. 원인은, 그때 그래서 청조새는 주뎅이가 삐죽허구, 개미는 그때 허리가 웃어서 잘룩허구, 방아개비는 더웁다구 대머리를 이렇게 [손으로 이마를 문지르며] 하는 바람에 대머리가 까졌다는 거야. 하하 …….

채록 일시 : 1972. 8. 16. 22:20∼22
구연자 : 이금손(남, 59세, 농업, 국문 해득)
사는 곳 및 나서 자란 곳 : 경기도 연천군 전곡면 전곡 1리 2
채록 장소 : 구연자의 집 마루
만나게 된 경위 및 채록 상황 : 구연자는 채록자의 친척 어른이므로 방학을 이용하여 찾아가서 만났다. 이야기를 잘하는 분으로 소문이 나 있는 구연자는 채록자를 반가이 맞아주고, 여러 가지 이야기를 해주었다. 저녁식사 후에는 마을사람들까지 모이게 하여 이야기판을 벌여 여러 가지 이야기를 채록했다.
청중 : 구연자의 부인과 마을사람 7명
처음 들은 때 및 들려준 사람 : 어렸을 때 어른들한테 들었음.
구연 경력 : 몇 차례 했음.
제목 : 채록자가 붙였음.

9. 가재에게 눈을 빼앗긴 지렁이

옛날에 가재는 목에 금띠를 둘렀고, 지렁이는 눈이 있었다.
지렁이는 가재가 금띠를 띤 것이 부러워 그것을 자기의 눈과 바꾸자고 하였다. 가재가 좋다고 하여, 서로 바꿨다.
눈도 없이 금띠를 두른 것이 무의미하다는 것을 깨달은 지렁이는 가재에게 눈을 도로 달라고 했다. 눈을 주기 싫은 가재는 뒷걸음질하여 도망을 했다.
그후 지렁이는 그게 분하여 '또르르' 하고 운다고 한다.

옛날에 지금은 인저, 가재가 눈이 배기구, 인저 그랬구. 그전에, 지렁이는 눈이 옛날엔 배기구, 그 지렁이 보면 여기가 금이 있지. 하얀 거 이렇게 [손가락으로 허공에 짧게 금을 그으며]. 그거를 가재가 가졌었대유.

그런디 지렁이가 가재를 보니께, 금띠를 띤 게 그렇게 막 욕심이 나가지구, 하루는 가재한테,

"야, 나 너 눈 주께, 너 금띠 나 줄래?"

그러니께, 참 가만히 생각하니께, 가재가 눈 없이 까짓거, 금띠만 띠면 뭐 하여. 그러니께 인저 가재가,

"그러자."

구. 그래서 인저, 금띠를 인저, 지렁이 벗어주구, 지렁이가 눈을 인저 가재를 줬대유, 그래가지구, 며칠 바꾸다 보니께, 눈이 없으니께 뭐허유. 그거 못살것지.

그러니께 막 지렁이가 가재한테 가서 눈 달라구 그러니께, 막 뒤루 도 망친다는 게 그럭하구. 밤에 '또르르' 하구 지렁이가 울잖어? 그게 그렇 게 눈을 뺏기구 안달을 하구 운다구 그래유.

채록 일시 : 1986. 12. 24. 15시경
구연자 : 김창화(여, 47세, 농업, 초졸)
나서 자란 곳 : 충남 서산군 부석면 월계리
사는 곳 : 충남 서산군 해미면 동암리 308-5
채록 장소 : 동암리 윤상석 이장 댁 안방
만나게 된 경위 및 채록 상황 : 윤상석 이장 댁에서 오전 조사를 하고, 점심식사를 하였다. 식사를 마치고 조금 있으니까, 함께 간 다른 분야 민속조사단원을 안내하고 갔던 동암리 부녀회장인 구연자와 마을의 부인 4명이 왔다. 그래서 오전부터 함께 왔 던 오영렬(여, 65세) 씨, 이장부인 등과 함께 윤상석 씨의 민요를 듣고, 수수께끼 를 조사한 다음, 다시 이야기판을 벌여 우호적인 분위기에서 10여 편의 민담을 채록하였다.
청중 : 마을사람 7명
처음 들은 때 및 들려준 사람 : 어렸을 때 친정 어머니한테 들었음.
구연 경력 : 몇 차례 했음.
제목 : 채록자가 붙였음.

10. 닭과 개의 좌담

옛날에 저, 닭하고 개하고 둘이가 좌담회가 열렸었대요. 근데 무슨 좌담회가 열렸냐면, 닭이

"개 아저씨, 개 아저씨, 당신은 왜 생겼소?"

"나는 도둑을 지킬려고 생겼지유."

"왜, 도둑을 지킬려면 짖지 않고 가만히 있느냐?"

고 그런께,

"아이구, 주인이 도둑늠인디 내가 어찌 짖갔소?"

그러더래요.

"그러면, 닭 아저씨, 닭 아저씨, 닭 아저씨는 왜 생겼소?"

하닌께,

"나는 시간을 맞춰줄려고 생겼소."

"그러면 왜 안 우느냐?"

고 그러니께,

"아, 지금 식모도 시계를 찬 시대가 돼서, 이젠 내가 필요가 없어서 내가 목청을 빼서 울고싶으면 초저녁에도 울고 아무때나 운다."

구 그랬대유.

채록 일시 : 1980. 1. 27. 21:58~22:00
구연자 : 송정구(여, 50세, 농업, 국문 해득)
나서 자란 곳 : 충남 당진군 순성면 갈산리

사는 곳 : 충남 당진군 면천면 죽동리

채록 장소 : 죽동 감리교회 주택

만나게 된 경위 및 채록 상황 : 구연자 송씨를 비롯한 이 마을의 몇 분들은 교회 관계로 채록자와 전부터 아는 분들이다. 그래서 채록자가 찾아가거든 옛날이야기를 많이 해달라고 미리 부탁을 하고, 이날 찾아갔다. 이날은 주일날이어서 밤예배를 마치고 교회 주택에 들어가 이야기판을 벌였다. 처음에는 구연자와 장웅렬(여, 56세) 씨만이 들어와 교대로 한 가지씩 이야기를 했는데, 뒤에 이재숙(여, 53세) 씨, 이택(여, 64세) 씨 등도 들어와 매우 우호적인 분위기에서 18편의 민담을 채록했다.

청중 : 마을사람 4명

처음 들은 때 및 들려준 사람 : 3년 전에 서울에서 아는 여자한테 들었음.

구연 경력 : 몇 차례 했음.

제목 : 구연자가 말한 것임.

비고 : 이 이야기는 최근에 만들어진 것으로 시대상을 잘 반영하고 있다.

신비한 이야기

신비한 이야기

11. 아내를 훔쳐간 산돼지 퇴치

어떤 부부가 달아나는 토끼를 잡으려고 쫓아갔는데, 갑자기 산돼지가 나타나서 부인을 업어갔다.

남편은 아내를 찾아 산 속을 헤매다가 깊은 굴 속 나라에 있는 산돼지의 소굴을 알아냈다.

집으로 가서 칼을 가져온 그는 다시 그 굴 속으로 들어가 아내를 만났다. 얼마 후, 산돼지가 돌아오자 그의 아내는 산돼지에게 아주 상냥하게 대하며 술을 많이 먹여 잠이 들게 하고, 남편을 도와 산돼지를 죽였다. 그리고 갇혀 있는 많은 여자들을 구하고, 그 안에 있던 재물을 가지고 나와서 잘 살았다.

산중호걸, 어느 날 산중호걸 호랭이가 생일날이 돼서 여러 짐승들이 많이 모였는데, 거기서 호랭이는 담배를 피고, 원숭이는 술을 먹구 얼굴이 빨개지니까, 토끼가 그걸 보구서 하두 우습구, 그 얼굴이 빨간 것을 보니께 베기실키두 허구, 그래서 깡쭝 뛰어 달아났대.

그러는 순간에, 어떤 부인이 그걸 보구서 토끼가 간다구

'아이 토끼 잡어야것다.'

구 뒤럽다 쫓아가다가 그만 산으로 올러갔는디, 산으로 들어가니께, 큰 산돼지가 나와서 그만 툭 채트려서 업구가버렸어, 부인을. 그런디 남편두 따라나왔었거든. 그래 남편두 따러나왔는디, 토끼는 간 곳 없고, 인저 부인만 업어가버렸어. 그래서 남편이 어트게 할 길이 없어서 차점차점(찾고 또 찾아), 그 산돼지가 가는 질루(길로) 깊은 산중으루 들어갔거든.

그래, 깊은 산중엘 들어갔는디, 하루에 다 뭇 가구, 메칠 인저, 굶어가며, 자가며, 그냥 들어갔는디, 깊은 산중으로 들어가니께, 큰 바위, 집채만한 바위가 있는데, 그 바위가 문이 있어. 그래서 가만히 보니께, 참 반질반질한데, 굴이 있어서 차츰차츰 들어갔거든. 들어가니께, 아주, 거기서 빨래 소리두 나구, 깔깔거리구 웃는 소리두 나구, 또 풀밭두 있구, 그 속에는.

그래, 풀밭에 가서 가만히 앉아 들으니께, 가만히 보니께, 그냥 빨래하는 여자들이 웃기도 하구, 또 울기두 허구 그러는디, 막 그냥 피 묻은 옷두 빨구 하거든. 그래 가만히 앉어보니께, 이상허거든. 그런 산중이서. 그래, 그 얘기를 들으니께,

"아이구, 나는 냄편을 두구와서 우리집 식구는 다 워츠게 됐나 물르지."

또 어떤 사람은

"아이구 나는 아들 두구 이렇게 와서 워측헐지 물르지."

"나는 이렇게 우리 냄편 날 찾어오다 죽지나 않았나 물러. 죽었지나 않은가?"

서로 각각 얘기허는디, 이상허거든. 무어한티 그러는지 물르거든.

"그러니, 그느무 산짐승을 워츠거야 죽이야 옳으냐?"

구 그러니께, 또 하나가

"쉬, 아뭇소리 말라구. 대장 들으면 큰일 난다."

구.

그런디, 그냥 빨래들을 죽— 해가꾸서는 인저 들어가는디, 가만가만 뒤를 따라가봤어. 들어가는디, 큰, 그 안에도 더 좋은 대문이, 더 좋은 대문이, 아주 쇠문으루 탁 세운 문이 있는디, 그늠을 '삐닥—' 열구 가거든. 열구 들어가는디, 거길 따러들어가야 헐 텐디, 따러들어갈 수가 없어. 문은 잠그지도 않구 떡 열어났는디. 인저,

"그 산돼지가 올 때가 됐으니까 이 문은 열어놔야 된다."

구 그러거든.

'잘됐다. 저녁에 그루 들어가면 되것다.'

그래 가만히 생각허니께, 빈손으루 왔으니께, 헐 수가 읎어. 그래, 도루 인저 살금살금 인저 나왔지. 밖이는 사람이 읎으니께. 아무것두 읎으니께, 집이 가서 큰, 저- 작두만한 단도를 해서, 그늠을 차구서 갔어.

인저, 들어가서, 그 굴문으루 들어가니께, 그때두 또 역시 인저 빨래들을 헌단 말여. [채록자 : 굴문을 들어갈 때는 어떻게 해서 들어갔다는 얘기가 없나요?] 굴문으루 들어갈 때는 그냥 훤하게 열렸으니께, 들여다보니께 훤해. 그러니께, 그루 쑥 들어가니께, 풀밭이 있구, 갈대밭이, 유둑밭이 있구 그래. 거기루 들어가니께, 사람도 보이지 않는 곳인디, 빨래소리가 나는 곳으로 살금살금 가보니께, 물이 막 흐르는 디서 빨래를 하거든. 그래 인저, 거기가 숨어 있어서 인저, 가만히 얘기 들으니께,

"오늘은 워디 갔다 올지 물르니께, 빨리 빨래허구 다 들어가서 다 준비해놓야지 큰일 난다."

구. 그런디, 가만히 보니께, 거기가 참 부인이 거기 있거든. 그 빨래허는 틈에.

그런데 그 여자는 아무 말두 허는 일이 없구 그냥 그런디, 빨래허다가서, 어쩌다가서 그 유둑이 흔들흔들 허는디, 보니께 거기가 사람이 앉었어. [채록자 : 유둑이 뭐예요?] 유둑이라구, 산에 갈대순처럼 나온 것이야. 개구랑(도랑)에 나는 것을 갈대라구 하구, 산에 나는 것은 유둑이라구 허지. 그런디, 그 여자가 간밤 꿈에 자기 냄편이 찾어온 것을 보았어. 칼을 들구 온 걸 봤는디, 이상하다 허구 심난해 하면서, 그날두 나가서 빨래를 허는디, 숨어 있는 사람을 가만히 보니께, 자기 냄편이 분명해, 아주. 그래 다른 사람이 다 말을 해두 말두 못허구 있는디, 그러니께 그 부인은 빨래를 시키지 말라구 했어. 그 돼지가. 그건 새루 데려다났으니께, 인물두 이쁘구 그런디, 하두 갑갑해서 나왔어. 간밤에 자기 냄편이 꿈에 보이기두 했구, 그래서 나왔거든.

"아이구, 어서 아씨 들어가시라구 큰일난다구. 우리 다 죽는다구."

그러니께 그러라구. 빨래를 해가꾸 죽- 가는디, 자꾸 어서 먼저 들어가

라구.

먼저 그 여자가 들어가가지구서는, 뒤루 문이 있는디, 뒤루 비밀루다가 뒤루 구멍이 있어. 그 산돼지가 거기 모두 저거 허구 들어올 때는 소리가 나구 막 저거 허는디, 소리두 나구, 올 적이 그 문이 다 모두 열두 문이 열린댜. 열두 대문이 있는디, 열두 대문이 다 열린다느먼그려. 그런디, 그 문으루서 인저, 그 열두 대문을 열구서는 바깥으루 빨래를 허구 나온께, 그 사람들은 산돼지 몰르게 나왔지. 알먼은 큰일나. 그 안에서 해야지. 그런디, 하두 답답허구, 도망은 뭇 가구 허니께, 빨리 나왔다가 들어가는 문이지. 저녁때 되면은 인저, 산돼지 올 때면은 그 열두 대문을 다 열어놔야 된다거든. 그러니께 그것을 알았기 때미 처음에는 알지두 뭇 허다가 살금살금 유둑밭으루 해서 들어가니께, 그 참 산 뒤루 들어갔는디, 그 여자가 안 들어가구서 뒤루 작은 문이 하나 있는디, 그 문으루 가면서 이렇게 보니께, 그 문으루 이렇게 내다보는 사람이 있어. 그래서 보니께, 자기 부인이거든. 이렇게 손을 까부르는디, 그래 가서 암말두 말라구 숨을 죽이구선,

"오치게 이렇게 왔느냐?"
구 그래서 자기가 찾어서 이렇게 오다가서 굴이 있어서 들어왔든 얘기, 어제 왔다가 이렇게 칼 가지구 온 얘기를 허니께, 그러냐구.

"여기 있는 사람은 다 거기, 지금 그늠에게 다 매가꾸서 종노릇하면서 빨래허구, 빨래두 밖으루 뭇허러 나간다구. 자기는 나가게두 뭇허는디, 몰래 이렇게 나갔는디, 오늘 저녁이 둘오면은 또 그늠더러 일르면은 나를 더 죽일라는지 몰르니께, 하여튼 내가 좋은 술을 해서 노상 먹이니께, 술을 멕일 테니께, 술을 멕이구서 잠들여놓거들랑 둘오라."
구 그랬거든. 먼저 약속을 했지. 그래 인저, 여자들은 다른 부인들은 다 인저 다른 데루 들어가구, 인저 새루 후려온, 새로 업어온 늠을 데리구 살려구 그러는 거여 인저.

그래, 혼저 두구서 인저, 저녁때 되니까 막 산천이, 난 지금 비행기만 뜨구, 그 오투바이 소리만 들어두 그 생각이 나, 자꾸. 어디서 막 그냥 그

러니께, 그 남자는 안이서 숨었지. 같이 들어가서. 뒷문으루 들어와, 뒷문
으루 들어오라구 해가꾸서, 인저 뒷방이다 숨겨두었어. 막 산천이 울리고
막 하늘이 움직이는 소리가 나거든. 그러니께,

　"이게 무슨 소리냐?"
구 허니께,

　"이게 그늠이 지금 산문 밖이 오느라구 그러는디, 점점 커지니께 놀래
지 말라."
구 그랬거든. 인저 그러구 약속을 허구 있는디, 참 아주 산이 무너지구 하
늘이 뒤덮는, 산이 무너지는 소리를 허더니, 열두 대문이 참 다 열리구,
소리가 벽력같이 나더니만은 그늠이 들어와.

　아, 들어오더니,

　"아 참 오늘은 재수가 읎다."
그러거든, 그러니께 그 여자가 나가서,

　"아이구 오티게 이렇게 오시느냐구, 왜 재수가 읎느냐?"
구 그러니께,

　"오늘은 하나두, 한 계집두 뭇 만났다."
구. 여자는 잡아갔다가 인저 말 안 들으면 잡아먹는 게야. 잡아먹구, 이쁘
구 얌전한 늠은 지가 데리꾸 살구. 그 말두 안 듣구, 인물도 읎구 헌 늠은
빨래시키구, 인저 말두 안 듣는 늠은 잡아먹구. 그렇게 허는디,

　"아 오늘 재수가 읎다구. 밥거리를 장만해얄 텐디, 오늘은 밥거리를 장
만 뭇해서 이거 안 됐다구. 고기를 먹어야 살지 않느냐?"
구 그러거든. 그러니,

　"아 있는 고기 잡수시고 내일 또 가면 되잖느냐구?"

　"아 그렇기는 그렇다. 아 자네가 여기 있으니, 뭐가 그리울 게 있나?
아 약주술 가져오라구."

　큰 독주를 해서는 빚어놓은 늠을 큰 동이루 들이키니께, 큰 동이을 갖
다놓구서 동이채 드르르 들어마시구, 돼지두 다 업어날르니께, 돼지두 큰
늠 있으니께, 돼지고기를, 저 큰 통돼지루 갖다놓으니께, 꼬리를 호이호

이 감어서 와득와득 통채로, 대가리서부터 다 깨물어먹거든. 저, 또 술 한 동이를 또 갖다놓으니께, 꺼꾸로 하지. 그 돼지가 집채만 해. 워트게 큰지. 그러니께, 그 통돼지가 한입으루 들어가잖어. 또 한 동이 갖다놓구, 또 통돼지 하나 갖다놓으니께, 그늠 한 동이 다 마시구, 또 꼬리 한번 휘휘 감어서 또 와닥와닥 다 깨물어먹어버려. 또 한 동이 갖다놓으니께,

"아 취하는걸. 그만 먹어야지."

그러니께,

"아 요거 한 동이 더 잡수시라구. 즉어두 삼배인디, 석 잔은 먹어야잖느냐구?"

"아 그렇지."

그래가면서, 또 한 동이를 다 드러마셔.

[채록자 : 그게 무슨 술이라는 이야기는 없나요?] 그게 여러 가지루다 빚는 거래. 그 안에서, 그러니께, 이름은 독주라구만 했으니께 독주지. 돼지 뼉대귀 갈어서 그저 그렇게 해서, 그늠을 워츠게 해서, 해가꾸서 술을 빚는디, 독주라느먼그려. 그 여자들이라 나가서, 산이 가서 가을 산국화를 따다가서, 국화나무를 뜯어다가서 그늠을 넣구서 허먼은 독주가 된다느먼그려. 그늠을 해서 마시고 석 동이를 먹구 나더니,

"아 취한다."

그러거든.

"하루 종일 피곤하구 기분두 나쁘신디 또 한잔 하시라구."

또 한 동이를 갖다놓구, 또 갖다놓으니께, 그늠두 다 마셔. 다섯 동이를 다 마셔. 그러더니 그만 쓰러져버렸거든. 그래서 잠들어버렸어. 잠들었는디, 코를 고는디, 방 안이 드릉드릉해. 막 여자가 떠올러갔다 내려왔다 허게 골어. 어트게 호디게 고는지.

그런디, 그 남자가 뒤 골방에가 앉었는디, 참 벌벌 떨려, 아주. 가만히 와서는,

"진정하시라구. 진정하시구, 맘을 단단히 먹으라구. 막 술을 이렇게 먹기는 처음이니께, 세 동이까지는 먹었어두 다섯 동이는 처음이니께, 정신

물르니께, 칼을 가지구 목을 질르라."

구 그러거든. 그런디, 코 고는 소리만 들어두 자기가 올러갔다 내려갔다 혀, 막. 워츠게 큰지.

그래, 맘을 단단히 먹구서는 나가서 참, 골방이 앉어서 기도를 했어.

"하나님께서 이느무 산돼지가 많은 생명을 죽였으니, 하나님 불쌍히 보시고, 오늘 저 산돼지를 오늘 잡어야만 사람이 살것으니 잡게 나에게 담력을 주시옵소서."

기도하구서는, 나가서 눈을, 참 이를 악물고, 눈을 부릅뜨고서는 칼루다 가 냅다 멱을 탁 찔렀어. 찔르니께,

"음―"

큰 소리하고 돌려눕거든. 끄덕두 않구. 피는 쏟아지는디. 또 한번 달려 들어 냅다 치니께, 그만 반쯤은 짤러졌는디, 그래두

"음―"

하구 돌려눕는디, 코 고는 소리가 좀 들려. 세번째 냅다 탁 치니께, 대가 리가 뚝 떨어져서 천정이가 딱 붙드니, 눈을 화등잔같이 딱 뜨구서는

"음―" [큰 소리]

소리를 치는디, 뭐 기절허게 되었어. 그러니깐, 그 여자가 치마 앞이다 가 맨재, 맨재라구 산에서 콩을 심어서 콩깍지를 한 그 재. 콩깍지재, 맨 재를 갖다가, 치마 앞이다 맨재허구, *꼬추가루허구 끄리구* 와 있었거든. 소금허구 그렇게 해서 갖다가. 아 그게 천정이 가서 딱 붙더니,

"이늠―"

하더니만 꽝 떨어지더니, 펄펄 뛰거든. 맨재를 언졌거든. 그러니께 그 뛰 는 게 가라앉거든.

그러니께, 다 집어내버리구 가자구. 나가자구. 그러구 그 여자들 다 데 리구 나와서 각각 자기 집으루 보내구, 먼저 밖이에는 그늠이 있는 그 밖 으루두 문이 있었으니께, 문을 셋 열구 나와야 창고가 거기 있었어. 그러 니께, 창고에 인저 금 창고, 은 창고, 곡식 훔쳐다 둔 창고, 뭐 사람 도둑 질만 허는 게 아니고 짐승, 사람 먹을 것, 돈 뭐 다 도둑질허는 거여. 그

러니께 옰는 게 옰어, 거기는. 아주 비단이구 뭐 필목이구, 광목이구 다
그 사람이 다, 한 여자들이 50명쯤 되는디, 아 참 150명, 각각 나눠주구,
자기도 금·은을 가꾸 자기 부인 데리고와서 잘 살었대야.

채록 일시 : 1972. 4. 21. 20:00∼20
구연자 : 이일순(여, 65세, 초졸)
나서 자란 곳 : 충남 홍성군 갈산면 쌍천리
사는 곳 : 서울특별시 성북구 석관동 284-4
채록 장소 : 채록자의 집 서재
만나게 된 경위 및 채록 상황 : 구연자는 채록자의 어머니다. 전에 녹음하지 못한 이야기를
　　　다시 녹음하였다.
청중 : 채록자 외 없음.
처음 들은 때 및 들려준 사람 : 어렸을 때 나서 자란 곳에서 친정 어머니한테 들었음.
구연 경력 : 몇 차례 했음.
제목 : 채록자가 붙였음.

12. 땅 속에 사는 도둑 퇴치

옛날에 훌륭한 아들을 둔 서울의 어느 높은 사람이 사방으로 며느릿감을 찾던 끝에 시골 색시를 며느리로 맞이했다.

그런데 마적단이 그 색시의 친정집에 와서, 딸을 한번 보여주면 많은 재산을 준다고 하였다. 재산이 탐이 난 그 색시의 친정 부모가, 병이 위급하다고 속여 서울에 있는 딸을 데려오자 도적들은 색시를 아주 빼앗아가고 말았다.

딸을 빼앗긴 부모는 거짓 장사를 지내고는 딸이 죽었다고 했으나, 신랑은 속지 않았다. 그리고는 배를 만들고 장정을 뽑아 색시를 찾으러 떠났다.

어느 섬에 닿은 그는 산신령의 도움으로 땅 속 깊은 동굴 속에서 마적굴을 찾아냈다. 그는 거기서 아내의 시비 옥잠이가 구해준 동자삼을 먹고 힘을 길러, 마적 도둑을 죽여 마적단을 소탕하고, 변심한 아내를 죽였다. 그는 그 안에 잡혀와 있던 사람과 짐승을 구해가지고 돌아왔다.

서울로 돌아온 그는 옥잠이와 혼인하여 잘살았다.

옛날에, 서울 일류 가는 사람 하나가 아들을 하나 참, 모처럼 낳아가지구서 참 귀엽게 길렀어. 원체 인물이거든. 인물은 서울 장안의 인물여. 그래가지구서는,

'야 우리 아들같은 며누리를 하나 은어야것다.'

하구서 보따리를 하나 싸짊어지구서, 이 고을 저 고을 다니면서 며누리를 고르는 기여.

그래 인저, 조선 팔도를 다 돌아다니면서 봐도, 자기 아들 같은 인물이 있들 안혀. 그래 인제 참 도회지루 다니다가 산골루 이렇게 허향해서 가

만히 보니께, 참 갯바닥두 끼구 참 오죽잖은디 와서래미, 워떤 새악씨 하나가 재를 쳐가지고 나오는디, 참 인물이 좋거든.

'야―, 저 새악씨만 해두 우리 아들허구 비슷하구나. 내 저 색씨 집을 찾아가서 내 사둔을 삼아야것다.'

허구서 들어갔어. 들어가서 인제, 이런 얘기 저런 얘기 하다가 사둔 허자는 얘기를 해가지구서 사둔을 결정했다 이거여. 그러구서 인제, 사주를 보내구, 택일을 해가지구서 장가를 들은 겨. 들구나서래미, 참 서울서 부자니께, 시방 말로 하면 식모를 두고, 이런 참, 시비니, 머느리 인저, 공경하는 참 식모두 두고 해서 잘 지내넌디, 아 느닷없이 처갓집으로 어떤 도둑패가 들어왔다 이거여.

아 도둑늠패가 들어왔는디, 옛말로 마적단이지. 마적단이 썩― 하니, 큰 배에다 곡식이니 보물이니 가뜩 싣고 들어와서는, 그 집을 찾아온겨. 그 장모네 집일. 장모네 집일 찾아와서, 배를 갯바닥가에다 대구서는, 한 사람이 찾아들어와서는 무어라고 하느냐 하면,

"야, 당신의 딸이 천하의 일색이랴. 그러니께 당신의 딸 얼굴 한번만 보면은 저기 배에 실은 물건을 전부 당신네 줄 테니 당신 딸 얼굴 한번만 봅시다."

이런 조약을 자꾸 하는 겨. 그래가지구서는 어떻게 할 수 없어서, 시집을 보냈으니께 뵐 수는 없으니께, 떡하니 딸을 오게 하느라고 그짓말을 썩― 꾸며가지구서,

"야 저, 우리 딸 얼굴 한번 보면은 저 배에다 실은 거 다 준다니께 저 늠 가지면 부자가 될께 아니냐? 그러니께 딸 좀 잠깐 오라구자."

그래가지구서는 뭐라고 편지를 했느냐 하면, 당장 친정 어머니가 죽게 생겼으니, 딸 좀 잠깐 데려오라구 이렇게 편지를 했어. 아 주이 친정 어머니가 죽것다구 하니까, 물론 딸이 왔지. 와서 인저 방에다 들여앉히구서는, 인저 뱃사람들더러

"인제 우리 딸이 왔으니 보시오."

허구 기별을 했다 이거여. 그러니께 인저, 그 딸이 친정은 가난하지만 대

갓집으로 시집을 갔으니께, 참 더 단장했으니까, 더 이쁘다 이거야. 그래 방에다 앉히구서는, 주렴을 늘이구서 보라구 이렇게 얘기를 했어. 그러니께, 그 마적단 도적늠들이

"이왕이 저 배에다 실은 물건을 다 주구서 당신 딸 얼굴을 한번 보기 위해서 저 물건을 다 주는디, 주렴 안에서 쳐다본다는 것은 도저히 있을 수 없는 일이다. 떳떳하게 보구서 주야 옳지. 주렴 안에다 놓구서 본다는 건 말이 아니다 말이여. 떳떳하게 뵈다고."

"그러면 그렇게 해라."

허구서 떳떳하게 뵌겨.

아, 이 마적단 도둑늠이 본다는 게 아니라 냅다 딸을 채가지구서는, 배에루 가지구서는, 뱃장에다 넣구서는, 배를 몰구 그냥 가버렸어. 가만히 생각해보니께는, 딸두 잃어버리구, 재산두 배에다 실은 거 하나 뭐 준단 말 안 준단 말 없이 그냥 도망가버렸거든. 딸만 하나 도둑 맞은 거지. 할 수 없는 거여. 사위가 물론, 사위 집에서 와서 공격을 헐텐디, 뭐 어떻게 헐 수가 없어. 그래선 에— 두 내외가 꾸며대기를 어떻게 꾸며댔느냐 하면,

'친정 어머니가 앓더니만, 느닷없이 딸이 와가지구는 딸이 앓어서 죽었다.'

구 이렇게 핑계를 대가지구서는, 늘(널)을 짜서 갖다 장사를 떡하니 지내구서는, 인저 사위 오기만을 기다리는 거지.

그래 인저, 아니나 가나 친정에 가서 가물치 코꾸멍이니께(소식이 없으니까) 사위짜리가 떡하니 갔어. 가서, 가니께, 장모짜리 쟁인짜리가 나오면서 인사를 허며 운다 이기여. 아니 왜 그러시냐구 허니께,

"아 내가 앓더니만, 딸이 오니께 느닷없이 딸이 앓어서 딸이 죽구 나는 이렇게 살어났네. 그래서 아무디나 이렇게 장사를 지냈다."

"그러냐구. 그럼 헐 수 있느냐구. 그럼 하여간 죽은 시체라두 다시 한번 얼굴을 좀 보구서, 내가 다시 장가를 들더라두 들구, 가서 살더라두 살 것다. 그러니께 갑시다. 장사 지낸 디루 갑시다."

가서는 사위 혼자 그냥 파자치는 겨. 파자치구서 그 송장이라는 것을 끄내놓구보니께, 늘을 뗴구서보니께, 송장이 아니구 흙을 하나 담아서 묻어놨더라 이거여. 그래 인저, 장모, 장인더러 얘기를 하는 겨.

"사실을 느이가 확실히 얘기해라 말여. 만일 당신이 돈이 생각나서 딴 디다가 팔아먹었다든지, 에─ 누구한티 도둑을 맞었다든지. 아주 실지대로 얘기를 해주야 내가 사실을 알구서 가겠다."

아 인저, 뭐 헐 수 없지. 그짓말을 해놨으니까 할 수 있느냐 이거여. 그래서 참 바른 대루

"사실이 지차해서 배에다 하나를 싣구 와서 그 딸 얼굴 한 번을 보며는 배에 있는 거 다 준다구 해서 재산에 욕기 나서 그러구 했더니, 이늠이 도둑늠들이어서 내 딸을 훔쳐가지구서 그냥 갔다 말이여. 그래서 어떻게 민목허기를(면목이 없어서) 이렇게 허면은 쏘그까(속을까) 해서 했더니, 이런 환경이니께 헐 수 있느냐구. 죽을 죄를 졌으니께 그저 허구 싶은 대로 허슈."

이렇게 사위더러 간구를 하며 빌었어. 그러니께,

"잘 알았다구. 그만두쇼. 나는 그 웬수를 갚을 테니께, 갚을 때까장 기다리구 여기 사쇼."

허구서는 서울로 돌아와가지구서, 이 사람이 워떻게 했느냐 하면, 배를 자기가 자작으루 지었어. 자작으루 배를 하나 짓구, 제일 뻬비(뽑히고 뽑힌)장정 열 명만 달라구 해서, 서울 바닥에서 제일 뻬비장정, 시방 말루 허면 깡패 되는 이런 사람을 열 명을 딱하니 지목을 허구, 삼 년 먹을 것을 달라구 해서, 삼 년 먹을 것을 주었어. 그래 줘놓구서는, 이 배를, 자작으로 진 배를 강에다 띄워놓구서는, 돛을 달어놓구서는, 이루 가면 가구, 저루 가면 가구, 뭐 워떻게 할 것 없이 뭐 옴낫할(움직일) 것 없이, 이 사람들이 가는 대루 내버려두는 겨. 제─ 하느님만 축수하구선. 그저 웬수만 갚게 해달라구, 이런 축수만 허구선 앉아 있는 겨.

그래, 하루는 배가 무한 가더니, 참 높은 산 어덕쟁이(언덕) 갖다가, 갯바닥 가시, 물도 쓰지도 않는 그 산 높은 디다가 떡허니 대더니, 아마 시

방 말루 여기서 말하자면 제주도 한라산 같은 이런 산였든지 물러. 떡허니 대니께,

"야 여기서 내려서 이 산을 넘어가라구 허는 일이니께, 넘어가야 것다."

그러구서 그 열 명 데리구 간 사람들은

"여기서 있는 곡식을 밥 해서 먹구살구, 나는 이 산을 넘어가 볼 테니 배에 있으라."

그러구서는 그 산을 넘어가서는, 아 쬐그마한 오두막집이 하나가 있는디, 보니께, 할메 하나가 살어. 인제 그 집에서 메칠을 살었는디, 하루는 그 할메가 인도를 하여,

"이 질루(길로) 월마큼 가면은, 에― 쪼그마한 굴 하나가 있을 게다. 그러니께, 그 굴루 들어가면은 네 원수를 갚을 수가 있어. 그러니께 그 굴루 들어가봐."

그러구선 작별을 해서 참 그 길루 무한 가니께, 가다가 고단해서 잠을 잤어, 질껄가시서(길가에서). 질껄가시서 자구서 일어나보니께, 옆에가 크막한 굴 하나가 있거든.

'아 산신 할머니가 일루 들어가라는 모냥여. 그러니께 일루 점(좀) 들어가봐야겠다.'

떡허니 한참 들어가보니께, 도루 이 세상 같은 디여. 참 집이 동네처럼 크막하게 동네가 되여 있는디, 거기다 아주 참 제일 일등 가는 집 하나를 지었는디, 참 지와집으로 이루 꺾어짓구, 저리 꺾어짓구, 무지하게 큰 지와집을 지었어. 그래 가서보니께, 마당 가시(가에)에 새암(샘) 하나가 있는디, 새암 있는 가시에 버들나무가 하나 있거든. 능수버들나무가. 그런데 인제, 버들나무에 올라가서 구경하구 있는 기여. 보니께는 저녁때가 되서 물을 질러 나오는디, 지와집에서 물을 질러 나오는디, 보니께 자기 마누라가 데리구 있던 그 종 지지배, 종 지지배한치 다 후려갔어. 둘 다 후려갔는디, 그 지지배가 물동이를 이구 나오거든. 물동이를 이구 나와서는 물을 떠서는 시수를 허구, 물동이를 가서서는, 물을 한 동이 붜놓구서

는, 뭐라구 허느냐 허면, 그 지지배가 뭐라구 허느냐 하면,

"조선국 서방님."

그러니께 서울 있는 서방님이지.

"서울 있는 서방님, 그저 이곳으루 점 하루 바삐 오셔서 만나게 해주셨
으면 감사하겠다."

구 하느님께 축수를 헌다 이거여. 그래 인저, 버들나무 꼭대기 있다가 버
들나무 잎새를 족— 훑어서, 버들나무 잎새를 내려트렸어. 내려트리니께,
이늠의 버들나무 잎새가 물동이루 들어간다 이거여. 들어가니께, 쏟아놓
구는 또 빌구, 이냥 세 번을 빌어. 그래 세번째 버들나무 잎새기를 훑어내
리니께, 버들나무를 쳐다보더니, 아— 참, 자기 서울 있던 서방님이거든.

"아이고 인제서 서방님이 오셨느냐구. 얼른 내려오시라."

구. 인저 참, 내려가니께, 자기는 마적단 도둑늠패에 잡혀와서, 이 굴 속
에 들어와서, 시방 삼 년을 살고 있는디, 인저서 서방님이 오셨냐구.

"서방님이 찾아오시기는 잘 허셨는디, 까딱 잘못허면 서방님두 죽구
나도 죽습니다. 그러니께 정신차려서 허셔야 된다."

구 그러구서, 참 얘기를 나누구서, 떡허니 들어가서 자기 마누라 됐든 사
람을 부른다 이겨. 부르니께, 마누라 됐든 사람이 떡허니 나오드니 뭐라
고 하느냐면,

"아이고 서울서 워트게 그것이 다 왔다니? 저 옥에 갖다가둬라. 영감
님 오시면은 워떻게 해결할 테니께, 영감님 오실 동안 가두라고 말여."

이렇게 말하는 기라. 기막힐 일이거든, 옥에 갇히여 가만히 생각허니께,
참말루 기가 막히거든.

'내가 여기 죽으러 왔구나!'

허구서 있는 판인디, 자기가, 종 지지배 이름은 뭐라고 해야 허나 잊어버
렸네. [잠시 생각하다가] 옥잠이, 옥잠이라고 지어놓구서 사는 판인디, 옥잠
이가 인제, 그 집에서 밥을 해주는 사람이구, 자기 마누라 됐든 사람은 마
적단 대장마누라가 됐어. 그래가꾸 거기에 홀딱 빠졌드라 이겨.

그래 인저, 옥잠이라는 사람은 그 원수를 갚기 위해서라미 아주 진심

노력을 다해가면서, 그 서울서 온 그 참 자기 서방님에게 참 무한한 얘기를 해가면서, 그 옥에 갇힌 사람 밥을 끄니(끼니) 때마다 주고, 그 도 내에 동자삼이라는 삼이 있는디, 게 소경 탄수치는(점치는) 사람한티 가야 동자삼을 캐여. 게- 새벽참에 인저, 저녁에 가서 인저, 소경한테 가서 인저, 단수를 짚어서, 그 지하국에 그러니까, 소경이 있어. 게- 어트게 했느냐 하면은,

"내가 그 여러 사람을 밥두 해주다보니께, 몸이 패래(파리)해서 삼을 좀 먹어야 하것으니 삼 좀 하나 달라."

구 인제 간구하구, 소경이 참 새약시가 간청을 허니께, 들었다 이겨. 그래 동자삼, 시 개 있는 것을 훌렁 캐서 참 서울서 온 서방님을 다 먹였다 이겨. 아 이늠 시 개를 먹고 나니께, 그 지와집 다 때려부셔도 션찮여(시원찮아) 그깬 겨(그까짓 거). 기운이, 기운이 세다 이겨.

그래가꾸선 인저, 삼을 다 멕여놓구선 얘기헌 겨.

"야 에, 이 마적단 도둑늠들이 나가면은 일 년 만에두 오구, 삼 년 만에두 오구, 워떤 때는 여러 해 만에두 오는디, 아마 곧 올 때가 된 모양 같으니께, 정신차리쇼."

이렇게 허구서는 기다리는 겨.

옥잠이라는 새약시가 워트게 했느냐면은 열씨(삼씨) 술을 해놓구서는, 가다리다가 인제 참 서방님 왔는디, 와서 얘기하는 겨.

"밖에서 무슨 소리가 나두 놀래질랑 마시유."

이렇게 참 단수를(단속을) 허구선, 아니나가나 하루는 이 밖이서 시방 말루 총소리가

"탕"

하구 난다 이겨. 그러니께, 옥잠이가 들어와서 뭐라구 하느냐 하면,

"이것은 공포다 말여. 그러니께 놀래지 마슈. 세 번만 공포소리가 나면은 이 집에 당도가 됩니다."

"그러냐?"

구. 참 아니나가나 총소리 세 번이 나드니 우굴트굴 막 도둑늠들이 들어

오느라구 부산하다 이겨.

   그래 인저, 들어오니께 자기 마누라 됐던 그 단심이가 뭐라구 허느냐면, 자기 냄편내가 오니께,

   "어 영감님, 이번에는 가서 많이 도둑질 했노라오?"

   "에 이번에는 재수없어서 별것 못했어."

이러고 얘기를 허거든.

   "그럴 껴. 나는 여기 앉어서두 했시다."

   "앉어서 뭐를 했어?"

   "아, 그전에 내 냄편 됐든, 서울서 그 사람이 왔어. 그래서 저 옥에다 가뒀는디, 영감님 처분허쇼."

   "아, 옥에다 가뒀으면 천천히 니열(내일) 처분해두 되어. 걱정 말어."

그래 인저, 그래가지구서는 인저, 그러구 허니께, 옥잠이라는 새약시는 서방님 오셨다구 막— 이루 갔다 저루 갔다 야단을 해가면서는,

   "서방님 수고 많이 혀셨다."

구 해가면서, 방에 들어앉으며 막 그 술을 갔다가 디리는 겨. 그러니께, 막 한 잔이라는 것이 한 동이씩여. 시 동이를 갖다줘서 세 잔을 자셨어. 그러구서는 안주를 갖다주는디, 통돼지 잡어서 그냥 뭐 털만 뜯어서 그냥 갖다주니께, 그늠을 그냥 다 새겨 먹어버린다 이겨. 원첸 무지한 늠이거든.

   그래 인저, 그렇게 열씨술허구 술을 먹구서는 아, 이눔이 코를 골구 잔다 이겨. 그래 인제, 자는 판에 떡허니 그 옥잠이가 나가니, 그 갇힌 디를 다 부시구서 니와 앉았어. 그러니 그만큼 힘이 세져서, 인삼 먹어서. 그래 인저 좋은 칼을 옥잠이가 갖다주면서,

   "이 칼루 당신 심(힘) 있는 대루 목을 치야지, 만일 사렸다가는 죽지 않는다. 그러니께, 정신차려서 치쇼."

그래서 칼을 가지구서, 제일 좋은 느무 칼을 드려서, 안방으로 썩허니 가꾸 들어가서는 힘 있는 대루 치라구. 친 느무 게 깜짝 놀라.

   "뭐가 이렇게 따갑다니? 어, 목아지서 뭐가 문다."

   쓱 이렇게 [손으로 목을 만지며] 더듬는다 이겨. 그러니께, 이 사람이 어

이없어. 그래서 가만히 보니께, 이 사람이 비늘이 총총 백혔는디, 숨을 가라앉혔을 때는 이 비늘이 싹 가라앉으니께, 이 칼이 받지 않구, 숨을 내쉴 때는 이게 벌떡 일어날 거루 예측이 된다 이겨. 그래선,

"아, 숨 내쉴 적에 글력껏 내치쇼."

그래 인저 그러다가두, 원체 술에 취해 정신없으니께, 도루 자. 그래 참 숨을 내쉴 적에 글력껏 쳤어. 치니께, 아니나가나 목아지가 딱 잘라져가지구서는, 참 문을 '딱—' 치구 나가서는 바깥마당에가 뚝 떨어지거든. 그래 참 그짓말 보태서, 아 도루 붙어댕길라구 헌다 이겨. 그러니께 옥잠이가 소금허구 꼬추가루허구 섞은 늠을 갖다가 냅다 목아지다 비벼댔어. 그래 인저 붙질 못허구서 죽은 기여.

죽구 나서, 아 거기서 대장이 죽었으니께, 인제 그 이하는 전부 부하들이니께, 그까짓 거 볼 거 있나? 마루창을 냅다 발길루 굴르면서, 냅다 보라구 소리를 쳤어. 그러니께 그 안에서, 그 동굴 안에서 사는 마적단 도둑 늠들이 전부 메(모여)들었다 이겨.

"이늠들! 만약간 내 말을 거역하는 늠이 있으면은 이 칼로, 이 누이(너희) 대장 지기듯 전부 지길 테니께 내 말 하나두 그역 말라."

구 소리를 지르니께, 인제 벌벌 떨며 비는 겨.

그러커라구 그렇게 해놓구서는, 떡허니 인저 마누라를 불러내놓구서는,

"너는 천하에 고얀 년이니 너는 아주 살 생각을 말라."

구. 인저 광이나 어디 전부 끌러 내놓구서보니께, 말이던지 소던지 그냥 사람이던지, 쓴다는 것은 전부 다 잡어다 가뒀어. 가둬놓구서는 있는디, 전부 내놓구서, 아주 인저, 짐승버터(부터),

"에—, 짐승두 누이 고향으루 갈 사람은 이 문 앞으루 나서구, 여기서 이 재산을 가지구서 살라구 의욕을 가진 사람은 안으로 들어서라."

이렇게 경계를 했다 이겨. 그러니께 반반이여. 고향에 나가 산다는 사람허구, 여기서 있는 재산을 가지구 산다는 사람허구 반반 된다 이거여. 그래서 그러냐구 허구, 인저 사람을 끄내놓구서,

"고향에가 살 테냐? 부모처자 찾어보구 살 사람은 이 밖으루 나서구,

여기 있는 재산이 참 수만대루, 너희가 먹구 살 재산이, 이늠을 갖꾸 산다
는 사람은 안으루 들어서구."

이렇게 허니께, 반반이다 이겨. 사람두 반반, 짐승두 반반이다 이겨. 그래
인저 그렇게 반반이라구 해서, 이 자기 마누라 됐든 사람을 그, 성틀(형
틀)에다 놓구서, 그 톱질하는 그 성, 그 이 성틀에다 그 여자를 매놓구서,
나가는 사람마다 한 번씩만 그으라구 했어.

"한 번, 한 번씩만 잡아다녀라."

그렇게 인저 그 성으로 켰지. 배를 짝 갈른 겨. 대가리서부터 꽁댕이까
장. 그래 인저 창세기(창자)를 끄냈지. 창세기를 끄내서, 인제 참 보에다
싸고 싸고 싸서, 가지고 올 것으루 예측허구.

그래 인저, 거기서 산다는 사람은 그 안에다 전부 집어넣구 이러구서,
그 소경한텔 찾아갔어. 그 소경 때문에 내가 출세했다는 것을 생각허구
소경한테 찾아가서,

"장님은 어트게 하실토? 우리를 따라가서 세상에 가서 삽시다."
이렇게 권고를 했어. 그러니께,

"이, 나는 여기에 있는, 그 우리는 장군이라고 했든 사람이 죽었으니
께, 나는 이것으루 끝나구서 여기서 죽겠다. 날랑 데리구 갈 생각 말라구
말여."
그래 자기가 자살해서 죽어버렸다 이겨.

그러구서는 거기서 남어서 산다는 사람은 전부 지졌어, 그냥. 전부 지
기구서 거기 있는 재산이든지, 그 안 도구에 있는 집은 전부 불을 놔서
다 지져버리구, 태버리구서 그 굴을 나왔어.

그래 인저, 옥잠이허구 둘이 떡허니 나와선, 자기 인저, 그 산골상에서,
오두막집에서 밥해주던 집, 이 집으루 도루 찾아왔어. 찾아와서래미보니
께, 그전 집은 없고, 조그마한 바위 하나가 있어. 이렇게 [고개를 빼어 보는
시늉을 하며] 넹겨다 보니께, 큰 호랭이 하나가 앉았거든. 그게 인저, 산신
령님이다 이겨. 그래서 인저,

'산신령님이라 이렇게 인도해서 원수를 갚게 해주었군.'

그러구서는 참, 축원을 허구서는, 그 고개를 넘어왔어.

산 고개 넘어오니께, 그 자기가 데리고 갔던 열 명, 참, 뻬비장정 열 명이 그 배에다 싣고 갔던 곡식을 먹어가면서 그때까지 살고 있다 이겨. 그래 인저 배에 와서 타고서 돌려대니께 참, 쏜살같이 자기 처가집으루 가. 처가집으루 떡허니 가서, 배에서 내려서는 처가집으루 들어강 겨. 들어가서, 자기 장모, 쟁인짜리를 불러내놓구선,

"야, 당신 딸한테 공부를 해서 이냥 찾어갔드니, 당신 딸이 대하기를 이렇게 대합디다 말여. 당신이나 당신 딸이나 속이 다 똑같은 속여. 그래서 딸의 창세기를 가지구왔어. 그러니께 똑같은 창세기는 당신네가 먹어야 되니께 먹어라 말여."

그래, 장모, 쟁인께 자기 딸 창세기를 멕이구서 참, 서울 자기네 집으루 떡허니 와가지구서, 딴사람허구 결혼 안쿠, 자기 아버지가 그러케 골라서 여윈 딸을 그냥 웬수루 삼구서 지겨서는, 그냥 나쁜 행동을 하기 때미. 그래 인저 그 시비루 있던 종 지지배허구 약혼을 해가지고서 잘 살았대야.

채록 일시 : 1971. 8. 19. 12:15∼40
구연자 : 안도학(남, 49세, 농업, 국문 해득)
사는 곳 및 나서 자란 곳 : 충남 홍성군 갈산면 쌍천리
채록 장소 : 쌍천리 이태영(남, 48세, 채록자의 외종형) 씨 댁 안방
만나게 된 경위 및 채록 상황 : 이곳은 채록자의 고향으로 구연자는 물론, 모인 분들도 모두 아는 분들이었다. 채록자가 고향에 갔다가 동네 사람들이 많이 모이는 외종형 댁에서 기다리니, 마침 비가 오는 날이라서 들에 나가지 못하므로 여러 분이 놀러오셨다. 그래서 우호적인 분위기에서 이야기판을 벌였다. 구연자는 이 동네에서 이야기 잘하는 분으로 소문이 나 있는 분으로 몇 편의 민담을 구연했다.
청중 : 마을사람 7명
처음 들은 때 및 들려준 사람 : 어렸을 때 어른들한테 들었음.
구연 경력 : 동네 사람들에게 몇 차례 했음.
제목 : 채록자가 붙였음.
비고 : 이 이야기는 채록자도 어렸을 때 이 마을에서 자라며 외종형 이범영(38세, 농업, 중졸) 씨한테 들은 적이 있음.

13. 동굴 속의 살기 좋은 나라

　　어떤 나무꾼이 토끼와 노루를 쫓다가 동굴 속에 있는 살기 좋은 나라를 발견했다.
　　그는 길을 잃을까 염려하여 콩을 뿌리며 집에 돌아와서 가족들을 데리고 다시 가려 했으나, 날짐승들이 콩을 다 집어먹었으므로 길을 찾지 못해 다시 가지 못했다.

　　옛날에 한 나무꾼이 살았는데, 나무를 하러 가다가, 나무를 하다가 토끼가 튀어나와서,

　　'토끼나 잡아야 되겠다.'

생각하구서 도끼를 갖구 토끼를 쫓아가는데, 저쪽에서 노루가 또 튀어나오니까,

　　'저놈의 노루나 잡아야겠다.'

하구서 쫓아가다가 노루가 동굴 속으로 들어가자, 그 노루를 따라 쫓아들어가보니, 동굴이 여러 갈래로 갈라지면서 길이 어디가 어디인지 몰라 분간을 못하구서, 손으로 더듬으면서 동굴 속으로 들어가보니, 햇빛이 비치면서 또 하나 다른 이상한 세계가 나타났는데, 한 90 길에 들어선 한 노인이 나오더니,

　　"아, 어서 오셨느냐?"

니까,

"저 세상에서 왔습니다."

하고 대답을 하니까,

"같이 갑시다."

하여서, 어떤 집으로 들어가보니, 그 집은 때아닌 잔치가 벌어졌습니다. 그래서

"오늘이 웬 잔칫날입니까?"

하니까, 그 노인이 하는 말이,

"아니오, 오늘은 잔칫날이 아니라 우리나라는 날마다 이렇게 잔치를 허구 농사를 안해도 온갖 농작물이 잘 자란단 말이오."

하니까,

"아, 우리 식구도 여기 와서 살아도 됩니까?"

"아, 될지 잘 모르겠습니다. 옛날에 우리 선조께서 돌아가셨을 때, 아무 사람이구 피해를 받지 않구 잘 살아가게 하기 위해서 이루 피신을 왔는데, 아마 될지 모르겠습니다. 오고싶으면 오시오."

하고 말하니까, 그 나무꾼이 콩 세 말만 달라니까, 왜 그러느냐니까,

"가다가 콩을 뿌려놓을까 합니다."

하구서 콩 세 말을 들구 나오면서 뿌려놓고 집에 와서, 그냥 집·논·밭을 다 헐값에 팔아버리고, 식구들하고 당장 먹을 것, 입을 것, 쌀 두 되만 가지구 지구서 산 속으로 가는데, 산 중턱쯤 오니까 콩이 안 보여서,

'왜 이거 콩이 안 보이지?'

하고 생각하니까,

'혹시 산짐승이 다 집어먹은 게 아닌가?'

하고 생각했습니다.

그래서 우리 할머니가 말씀하시는데, 그 나라는 마음씨 나쁜 사람은 못 들어가는 곳이랍니다.

채록 일시 : 1973. 7. 15. 14:30~33
구연자 : 박용선(남, 13세, 중학생)

나서 자란 곳 : 경기도 오산군 가남면 오산리 144

사는 곳 : 서울특별시 동대문구 보문동 5가 214

채록 장소 : 서울시 성북구 석관동 284-4, 채록자의 집 서재

만나게 된 경위 및 채록 상황 : 채록자의 담임반 학생인 박군이 채록자의 집에 놀러왔기에
　　　채록자가 권면하여 구연한 것이다.

청중 : 채록자와 단둘이 앉아 구연했음.

처음 들은 때 및 들려준 사람 : 10살 때 나서 자란 곳에서 할머니한테 들었음.

구연 경력 : 동생, 시골에 사는 친구들에게 5차례 했음.

제목 : 채록자가 붙였음.

14. 혼(魂)쥐

　　예전에 한 여자가 낮잠 자는 남편의 코에서 나온 작은 쥐가 가는 곳을 뒤따
라 가보았다.
　　얼마 후, 그 쥐가 다시 코 안으로 들어가자, 남편은 잠에서 깨어나 꿈이야기
를 했다. 그는 꿈에 금이 있는 곳을 가보았다고 했다.
　　그가 꿈에 갔다는 길은 여자가 쥐를 따라갔던 길과 똑같았다. 그들은 그곳
에서 금을 발견하여 잘 살았다.

　　옛날에 두 내외가 살았는데요, 옛날 옛날 아주 옛날 옛날, 간날 갓적
더꺼머리 총각 적에 [화자가 장단을 치며 가락을 붙여 재미있게 구연해서 좌중 폭
소. 옆의 사람이 “좋다! 그렇게 나와야지요.”] 그래 인저 참, 부인은 바느질을 하
고, 남편은 낮잠을 주무시드라 이거여. 떡허니 인제, 비개(베개)를 비고.
　　여자가 바느질을 허고 있는데, 뭐 콧구멍에서 쥐새끼가 들랑달랑 하드
래요. 그런데 인제 하두 문주방이 높은데, 거길 못나가서 애를 쓰드라는
구먼. 그래서 인제, 요렇게 [손을 비스듬히 펴며] 인저, 바느질 자를 놓아주
었대요. 아이 그런데 쪼르르르 나가더니 아이 그래 참 얼마를 있더니, 아
주 미끈하게 바느질을 얼추 참, 저고리를 하나 다 하다시피 했는데 들어
오드래. 남편이 부시시 깨더라는구먼.
　　“아이 참 잘 잤다.”
　　“뭐 그리 잘 잤어요?”

"아이구 나는 어디를 가는데, 아주 이 어떤 언덕을 넘어갈라는데, 달구(자꾸) 못 넘어가는데, 어떤 예쁜 새댁이 앉아서 다리를 놓아주드라 이거여. 그래서 내가 어디를 어디를 갔는데."

참 응, 그래서 인제, 그 부인이 다리를 놓아주고서 그걸 따라갔어요. 사뭇 따라가보니까, 아주 어디를, 어디를 가는데, 또 가서니 이런 다리를 못 가서 이렇게 애쓰드래. 그래 또 이제, 요렇게 [손을 비스듬히 대며] 갖다 놓아주면 또 가구. 그 자꾸 놓아줬으니까, 사뭇 따라가니까, 어느 한 언덕 밑에 요런 [손을 비스듬히 펴보이며] 데를 가드라는 거예요. 거기 굴이 있드 래요. 거길 들어가더니만 얼마 있다 나오드래요. 그래서 인제, 또 인제, 다리를 놔줘서 집으로 가더래. 집으로 사뭇 따라와서 천연시리 바느질을 하고 앉았는데, 이 여자가 앉았는데, 일어나드래요.

"내가 참 꿈을 꿨는데 이상한 꿈을 꿨어. 아주, 어떤 여인이 날 따라다 니며 다리를 놔주고 인도를 해줘서 갔는데, 그 안에를 들어가보니까 아주 요만한 [두 손을 마주 펴서 둥글게 해보이며] 항아리에다 금을 묻었는데, 그게 어딘지 지향을 모르겠다구. 아이, 그걸 찾았으면 내가 부자가 될 텐데." 이런 얘기를 했단 말여.

"그래유, 갑시다."

마누라가 인제 가자니께,

"당신이 어떻게 가?"

"갑시다."

인제 쌀을 요만큼 해가지구선 갔어요. 거길 가가지고, 이 마누라는 그 렇게 간 지 오래 안 됐으니까, 그 사람이 정착은 거기밖에 안 했거든. 그 래 인제, 거기서 인제, 밥을 가서 해서는 거기다가 제사를 지내구선, 응 그 제사를 지내야 허거든요. 그 여자가 아마 될 때가 된 거예요. 남자는 나가면 나가나보다 허지 누가 따라나가겠어. 그래서 실실 인제, 구뎅이가 쇠소리가 나드래요. 이제 쇠소리가 나서 그 소두방(솥뚜껑)을 요래 [뚜껑 을 열고 들여다보는 시늉을 하며] 열고보니, 아주 그냥 요렇게 금이 하나 가뜩 들었더라는구먼.

그래 인저, 그 남편하고 그걸 해서 갖다가 인제 참, 고래등같은 기와집을 짓고 아들, 딸 낳구 그래서 인제 잘살다가, 잘살다가 엊그제 죽었는데, 내가 화장(장지)까지 갔다왔어. [좌중 웃음]

[박덕순 씨 : 아 인제 이렇게 있다니까루 남편이 인제 자는데, 보니까 인제, 여기서 코에서 요맨한 쥐가 한 마리 나오더니, 또 한 마리 나오드래요. 그래 그랬는데, 그 다음에 인저 또 한 마리가 나오니까, 요건 가외거든. 아, 코가 두 개면 그냥 두 개만 나와야 되는데 세 개가 나오니까, 뭐 요건 가외다 싶으니까, 소쿠리를 가지고 고걸 딱 때렸대요. 그러니까 죽으니까, 그래두 죽더라네. 세 마리 중에서 하나를 때렸는데. 그랬다죠?]

[채록자 : 그게 도둑놈이었답니까?]

[박덕순 씨 : 예, 그래니까 요기 요기 꼬 그게 하나 둘이니까 응, 응, 왜 저기 그 쥐새끼가 혼이 세 개냐 이거여. 그러니까 요 혼을 없애줘야 된다구. 도둑, 도둑놈이 참 낮잠을 자다 그랬다지? 잘 알지는 못해두 그래].

채록 일시 : 1980. 1. 13. 22:08∼15
구연자 : 엄순애(여, 50세, 농업, 무학)
사는 곳 및 나서 자란 곳 : 충북 제원군 봉양면 주포리
채록 장소 : 같은 마을 박덕순 씨 댁 안방
만나게 된 경위 및 채록 상황 : 17시경, 채록자가 동행한 학생 4명과 함께 주포리 박덕순 씨 가게에 들르니, 구연자가 와서 박씨와 이야기하고 있었다. 채록자가 두 사람에게 이야기를 해달라고 하니, 할 이야기는 많이 있는데 지금은 시간이 없다고 하였다. 그래서 저녁에 다시 만나기로 하고 헤어졌다가 저녁식사 후 다시 찾아가서 만났다. 그 집 주인인 박덕순(여, 51세) 씨, 엄순애 씨, 김영복(여, 64세) 씨와 이야기판을 벌여 우호적인 분위기에서 13편의 민담을 채록하였다.
청중 : 김영복 씨, 박덕순 씨, 동행한 학생 김기창, 이인오, 김창진, 권병렬
처음 들은 때 및 들려준 사람 : 어렸을 때 친정 아버지한테 들었음.
구연 경력 : 한 적 없음.
제목 : 채록자가 붙였음.

15. 저승에 갔다온 사람

박경래란 사람이 중병이 들어서 죽게 되어 정신이 몽롱한데, 밖에서 어떤 사람이 자기 이름을 부르며 나오라고 하기에 나가니 저승으로 끌고갔다.

그가 저승에 가니, 재판관이 '박영래'를 '박경래'로 잘못 데려왔으니 다시 가라고 해서 집으로 왔다. 집으로 오자 그는 깨어났는데, 가족들은 죽었다고 울고불고 하면서 장례를 치르려고 하다가 깨어나는 것을 보고 기뻐했다.

그가 아들을 시켜 '박영래'라는 사람을 찾아보라고 했더니, 정말 '박영래'라는 사람이 그 날, 그 시에 죽었다고 했다.

이건 옛날 얘기가 아니구 6.25때 충청도 지방으루 피난 갔을 때 만났던 사람이 실지 겪었다는 얘기여.

그 사람이 저승에를 갔다가 왔다는 거지. 그래 그 사람도 그 얘기를 허구 그이 마누라두,

"우리 영감님은 저승엘 갔다왔답니다."

하고 얘기를 허군 그랬어.

그래 그 사람을 만났어. 그래서

"그래 얘기를 허우. 어떻게 해서 당신이 저승엘 갔다왔다는 거여?"

저승엘 갔다왔다니까 말여.

"그런게 아니라 내가 작년 겨울에 아주 중병이 들어설랑 아주 죽게 됐는데, 아 하루는 정신없이 혼돈해서 있다시피 하는데, 느닷없이 찾드라 그런 말야."

자기 이름을 부르면서, 박경래를 부르면서 나오라구 하더래. 그래 나갔다. 나가니까 다짜고짜로,

"우리 가자."

그래서 따라갔대야. 뭐 가자구 하는데, 안 따라갈 수가 없더래. 혼이 따라간 거지 말하자면.

그래 따라가니깐. 하 얼마를 가더니, 아 정말 저승이라는 데를 간 모양이지. 뭐 대문, 중문 이렇게 다 열구서 들어가니께, 떡― 점잖은 분이, 재판관이 떠억 앉아설랑,

"네가 '박영래'냐?"

하고 묻더래.

"아뇨, '경래'입니다."

"경래야?"

뭐 치부책을 뒤척뒤척 허구 허더니,

"아 이놈덜"

그게 사자인 모양이지 말하자면.

"이놈덜 '박영래'를 잡아오라구 했더니 '박경래'를 잡아왔구나. 너는 여덟 달 후에 들어올 놈이니까 넌 나가라."

그리구는 내보내더래야.

그래 나오는데, 이놈들이 벌벌 떨면서, 잘못 잡아왔으니까 떨면서, 그 잡아온 사람덜이 말야,

"아, 이거 안됐다."

그러면서 비를 하나 주더래요. 비를 하나 주면서,

"네 간 자국을 쓸면서 가라."

구 말야. 그래 그 빗자루를 받아가지구서나 쓸면서 이렇게 왔는데, 아 집에 와보니깐, 깨어난 거지. 깨어나보니까, 발상을 허구 모두 울구불구 야단이구 말야. 이래서 꿈실꿈실 하니까 모두 놀라구. 그래서 죽었다 살아났다 이런 말이지.

그래 인제 그래가지구, 그 병이 그냥 스스로 낫더래야. 그래 인제 치료

두 허구 해서 나왔는데, 하두 이상스러워 '박영래'라는 사람을, 그 아들을 내세워,

"너 이 근처에 '박영래'가, 어디 '박영래'라는 사람이 있었나 없었나 찾아보아라."

그래 참 아들두 참 이상스러우니까, 아버지가 시키는 대로 찾아보니까, '박영래'가 있는데, 그 날 그 시에 죽었더라 그런 말야. 그 사람이.

그래, 저승이란 것이 있다구 할 수도 없구, 없다고 할 수도 없지.

채록 일시 : 1972. 8. 17. 14:30~33
구연자 : 권태선(남, 68세, 농업, 한문 수학)
나서 자란 곳 : 경기도 연천군 연천면 차탄리
사는 곳 : 경기도 연천군 전곡면 전곡 2리
채록 장소 : 전곡면 전곡리 경로당
만나게 된 경위 및 채록 상황 : 채록자가 경로당으로 찾아가니 노인 6명이 모여서 담소하고 있었다. 노인들은 채록자의 설명을 듣고 바로 협조해주어서 우호적인 분위기에서 몇 편의 민담을 채록하였다. 이야기는 3명이 돌아가며 했고, 다른 사람이 이야기할 때에는 모두 경청하면서 맞장구를 쳤다.
청중 : 마을 노인 6명
처음 들은 때 및 들려준 사람 : 6.25때 충청도로 피난을 갔었는데, 거기서 박경래 씨로부터 들었다 함.
구연 경력 : 몇 차례 했음.
제목 : 구연자가 말한 것임.
비고 : 이 이야기는 박경래 씨의 경험담이라고 하지만, 민담적인 요소를 많이 지니고 있기 때문에 민담으로 정리하였다.

16. 저승에서 받아온 쪽지

어떤 여자가 염병을 앓다가 죽어 저승에 갔는데, 어떤 무서운 사람이 책장을 넘기며 찾아보더니, 아직 올 때가 안 되었으니 나가라고 해서 다시 살아났다.
그 여자는 저승에서 다시 오라는 날짜를 적은 쪽지를 받아가지고 나와서 사람들에게 보여주기도 했는데, 거기에 적힌 날까지 살다가 죽었다.

여기 강삼봉이 어머니 죽었다 깨났다구 할 때 그 얘기 ……. [채록자 : 그 얘기 좀 해주시지요.]

강삼봉이 어머니란 그 양반이 [채록자 : 그분은 어디에 사시는 분인가요?] 경상도서 왔대유 이사를. [채록자 : 이 동네루요?] 예, 이 동네루요. 그이, 살던 집은 뜯겼시유.

그 양반이 아주 가난허게, 아들, 딸 남매를 두구서 혼저 됐었대유. 혼저 되어서 혼저 살다가 앓어서, 그런게 예전엔 옘병*들을 많이 앓어서 그 병을 앓다가 죽었는디, 인저 그이두 죽었어. 헌께 인저, 아이들이 울구 허니께, 이웃분들이 와가꾸서 인저 집안들을 찾아서 수세를 거둘라구(염습을 하려고) 허니께는, 가만 놔두라구 하더래유. [채록자 : 누가요?] 동네 어른들이유. 그 수세 거두러 왔던 이가,

"이분은 그냥 놔두라구. 살어날 것 같으니께 놔두라."

---

* 염병·장질부사

구 그래서 그냥 뇌뒀다느먼유. 그랬는디, 뇌뒀는디, 그이두 인저 아마 한 20시간 넘어서 깨어났나봐유.

"아이 내가 죽었었다구. 내가 그 저승이라는 디를 갔는데, 그냥 막 무서운 사람이 책장을 넘기구 호령을 하면서 누가 오라구 해서 왔느냐?"

구 막 야단을 하더래유. 그래서

"누가 오라구 했는지 그 사람을 내가 워트게 아느냐구. 나를 업어왔다."

구 그러니께, 그러냐구 허더니, 다시 책장을 훨훨 넘겨보더니,

"너 올 시간이 못 됐으니께, 아무때 가서."

[옆의 할머니를 보면서] 그이가 일흔 몇 살에 죽었지?

"그 나이 먹거든 부를 테니까 그때 오라."

구 그러더래유.

그이는 종이조각, 하얀 백지다가니(백지에다가) 요거만한 [손바닥 반쯤을 가리키며] 데다가 그 오라는 날짜까지, 시까지 써서 손에다가 쥐구 나왔대유. 그래서는 이 사람 저 사람 그걸 뵈구 만날(맨날) 자랑허구 그랬었는디, 죽을 무렵에는 그 종이를 잃어버렸다구 아주 큰 걱정을 허구 그랬어요. 그 할머니가. 나 중신(중매)두 허구 그랬는디. 그래 그렇게 허더니 오라는 때 죽었다구 그러데유.

채록 일시 : 1979. 12. 29. 10:20~24
구연자 : 이혜희(여, 64세, 정미업, 국문 해득)
사는 곳 및 나서 자란 곳 : 충남 청양군 청양읍 백천리
채록 장소 : 같은 마을 엄상덕 씨 댁 안방
만나게 된 경위 및 채록 상황 : 경희대 대학원에 재학중인 이복규, 국제대학 국문과에 재학중인 김기창, 이재걸, 장장식 군과 함께 이 마을을 찾아갔다. 이곳은 동행한 김기창 군의 고향이어서 마을사람들이 퍽 호의적으로 대해주었다. 김 군의 주선으로 전날밤에 이어서 아침 일찍부터 우호적인 분위기에서 이야기판을 벌여 몇 편의 민담을 채록하였다.
청중 : 동행한 학생 4명, 집주인 엄씨의 부인
처음 들은 때 및 들려준 사람 : 처녀 때 사는 곳에서 마을 어른들한테 들었음.
구연 경력 및 제목 : 구연 경력은 없고 제목은 채록자가 붙였음.
비고 : 이 이야기는 주인공의 경험담이라고는 하나 민담의 성격을 짙게 띠고 있으므로 민담으로 정리하였음.

17. 죽은 사람을 살리는 자[尺]

예전에 한 총각이 정처없이 떠돌아다니다가 어느 산 밑에 가보니, 새끼 두
마리를 데리고 있는 족제비와 구렁이가 싸우고 있었다. 한참 싸우더니 구렁이
는 족제비 새끼를 물어죽이고는 어디로 가버렸다. 족제비는 조그만 자[尺] 하
나를 가져다가 그것으로 죽은 새끼를 재고 또 재니까 살아났다. 총각이 소리를
지르니, 족제비는 자를 놔둔 채 도망갔다.
총각이 그 자를 주머니에 넣고 어디를 가다보니까, 공주가 뱀에 물려 죽게
되었는데, 이를 고쳐주는 사람은 사위를 삼겠다는 방이 붙어 있었다. 총각은
그 자로 공주의 병을 고쳐주고 공주와 결혼하였다.
얼마 후, 이웃 나라의 공주가 병으로 죽게 되었다. 왕은 사위에게 가서 고쳐
주라고 했다. 그 사람은 다시 이웃 나라 공주의 병을 고친 다음, 그 공주와도
결혼하였다.
그 사람은 두 공주와 함께 잘 살았다.

이전에 조실부모하구 암것도 없이 쬐그만 것이, 아마 거처 없이 나갔
던게벼. 나가서 머슴을 살았던 겨. 쪼그만 게. 심부름해주고 밥이라두 얻
어먹었지.

아, 그러는데 하루는, 근 스무 살이나 먹었던가, 꿈을 꾸니께, 한짝 다
리는 서울 압록강에다 넣구 흔들구, 한짝 다리는 미국 강에다 넣고 흔들
더래요. 다리를 찟쳐(씻어)뵈더래요. 가만히 생각허니께, 이상스럽드래요.
꿈이 참 이상스럽드래요. 왜 찟치면 한 강에다 넣고 두 다리를 찟치, 양쪽
에다 찟칠 필요가 없드래요.

“에이 나가서 팔도강산을 좀 돌아다녀볼거라.”
구 나갔대요. 거처없이.

나가니께, 어디만치 가니께, 산 밑에 따땃한 데 가니께, 쪽제비란 놈이 새끼를 낳고, 큰 구렝이하구 싸움이 났더래요. 싸움을 막 하더니, 그 새끼를 두 개를 다 죽이드래요. 구렝이가 물어서. 죽이구서, 구렝이는 실실 내빼구, 쪽제비는 워디로 가버리드래요. 새끼 죽은 거 놓고가더니, 워디 가요만한 [엄지와 검지를 펴보이며] 자막대기 하나 갖고오더니, 물구오더니, 가만히 이렇게 [들여다보는 시늉을 하며] 보니께, 아래로 재고 위로 재고, 거 새끼 죽은 거에다 대고 자꾸 재더래요. 자꾸 재니께, 툭툭 털고 일어나드래요. 두 개가. 이제 그 사람이 ‘왁’ 하니께, 쪽제비란 놈 서이가 내빼드래요. 그 자때기, 자는 거기다 놓고. 그래서 자는 줏어서 넣었지. 호랑(호주머니)에다.

줏어서 넣고 어디만치 가니께,

“아이구, 나랏님 딸이, 어린애가 시방 구렝이가 물어서 죽게 생겼다.”
구, 독쟁이(항아리)만치 부어가지고 금방 죽는다고 난리가 났더래요. 아니나 다를까 안에 가보니께,

“죽었다고, 우리 딸 살려내는 사람은 아주 비렁거지라도 사위를 삼겠다.”
고 방방곡곡에 방을 붙였드래요.

그래서 가서, 그때는 사람이 여간해서 여자하구 남자하구 보기나 했어요? 이전에는 그러니께, 참 아무도 못 들어오고, 자기 아버지하고 그 사람하고만 들어가서 보니께, 독쟁이만치 부어가지고 죽었거든. 나랏님 딸이니께 인물병풍 둘러치구, 사람 하나도 꾀지 않게 이렇게 해놨는디, 들어가서는 그놈으로 아래로 재고, 위로 재니께 쪽제비 하던 대로 하느라고 그러니께 숨을 내쉬며 ‘휴우’ 쉬더니 살아나더래요. 살아나 가꾸, 거시기가 홀짝 빠지면서 살아나서 살았시요. 그러니까 얼마나 좋겠시유. 나랏님이 막 사위를 삼았어요.

사위를 삼아가꾸 얼마 사는디, 아 또 미국 천자 딸이 죽는다구 야단났

더래요. 그러니께 그와 같이, 그렇다구 그러니께, 그 소리 들어갔던가, 또 실으러 왔더래유. 그래 갔는디, 가보니께 죽었어. 그럭해서 그 사람마냥 또, 가서 이렇게 [재는 시늉을 하며] 아래로 재고 위로 재고 하니께, 또 살아났잖여. 그러니께 미국 나랏님이 사위로 삼는다 하니께, 그 사람 하는 말이,

"나는 여자가 있으니께, 나는 못하겠다."

구 이렇게 말허니께,

"조금치두 뒤가 없을 테니께, 걱정 말라구. 나를, 죽게 된 사람을 살려줬으니께 어떡하것느냐?"

구 사정을 하거든. 그래서 도루 데리구왔어. 생전 변치 않구, 하나는, 미국서 난 마누라는 요쪽 [자기의 한쪽 다리를 가리키며] 다리 찟구, 조선서 얻은 마누라는 다른 쪽을 찟구 항상 이렇게 해서 생전 호강을 허구 잘 살다 죽었드래요. 하하하. 그랬다구싸유. 다 그짓말이지 뭐.

채록 일시 : 1987. 1. 6. 12:15
구연자 : 박봉신(여, 66세, 농업, 무학)
나서 자란 곳 : 충남 서산군 안면읍 신야리
사는 곳 : 충남 서산군 고남면 고남리 1구
채록 장소 : 같은 마을 김두영 씨 댁 안방
만나게 된 경위 및 채록 상황 : 채록자가 고남면 부면장 김휘 씨의 안내로 김두영 씨 댁을 찾아가니, 동네 아주머니 5명이 함께 이야기하고 있었다. 매우 우호적인 분위기에서 전설 2편과 민담 3편을 채록하였다.
청중 : 마을사람 5명, 김휘 부면장, 김태곤 교수
처음 들은 때 및 들려준 사람 : 어렸을 때 어른들한테 들었음.
구연 경력 : 몇 차례 했음.
제목 : 채록자가 붙였음.

18. 용왕이 도운 소금장수

옛날에 형제가 사는데, 가난하게 지내던 동생이 소금장사를 하여 잘 살게
되자, 부자인 형이 동생의 재물을 자꾸만 빼앗으려고 했다. 동생이 형의 요구
를 다 들어주지 않자, 형은 동생을 물에 빠뜨려 죽였다.
착한 아우가 물에 빠지자 용왕은 그를 건져 거북의 등에 태우고, 많은 돈을
주어 세상으로 내보내면서 말했다.
"사해용왕이 너의 형네 식구를 용궁으로 부르니 다 오라고 해라."
이 말을 들은 형은 용왕을 만난다고 가족들을 데리고 물에 뛰어들어 모두
죽었다.

옛날에 어떤 사람이 소금장사를 하는디, 형은 잘 살구 아우는 못 살았
어. 아우가 소금짐을 지구 맨날 소금을 팔아 잘 살 만하게 됐어. 잘 사는
데, 즈이 형이 동생 잘 사는 게 밉살머리스러워 자꾸 뺏으러 왔어. 뺏으러
오는디, 소금장수를 해가지구 어렵게 모은 재산이니까 자꾸 대줄 수도 없
구, 형네는 또 잘 살구 그러니께, 형이 달라구 요구하는 걸 다 주지 않으
니께, 동생이 미워서 동생을 잡아다가 큰 멍구럭*에다 넣어서 배 타구 한
섬 가운데에 큰 나무가 있는디, 거기 가서 남구(나무)에다가 께달아 매구
나왔어. 그러니 게서 애걸복걸하다가 굶어서라두 죽지 살것어. 그거 그런
디, 거기 가서 매달려서 하나님께 기도를 드렸어.
"하나님, 나는 자식두 여럿이구, 소금장사를 해서 하루하루 먹구살다

---

* 퍽 성기게 떠서 만든 구럭. 물건을 담는 데 씀.

가 논 몇 마지기를 장만한 거 그것두 내가 지으야 하구, 내가 없으면 살수가 없는디, 이걸 어떻게 해야 좋습니까? 하나님, 그저 살려주십시오."
하고 기도를 하는데, 형이 와서 칼루 구럭끈을 뚝 짤러서 '텀부덩' 빠쳐버렸어. 그냥 빠져죽었지.

그런데 물 속의 용왕이 받들어서 거북이 등에 태워서 밖에다 뉘면서
"사해용왕이 너의 형네 식구를 용궁으로 부를 테니 다 오라구 해라."
그러면서 돈을 많이 주었어. 수억대를 주어서 가지고 나왔거든.

동생이 돈을 많이 가지구 왔다구 하니까, 형이 이상허지 않겠어? 물에 빠져 죽은 놈이 왔다구 허니께,

"너 어떻게 해서 이렇게 왔느냐?"

"나는 사해용왕님이 구해주시고, 거북이 등에 태워 이렇게 내보냈습니다."

그 사람은 고지식한 사람이라 고대루 얘기를 했어.

"돈도 많이 주면서, 소금장사 하지 말구 잘살으라구 하면서, 형님두 사해용왕께서 전가족을 다 부른다구 허는디 가실랍니까?"
하니까,

"아―, 가구 말구."
하면서, 금방 간다구 하거든. 삭구가 여덟 식구인데 나룻배 하나를 타구 가서, 그 나무 밑에 가서 들어가면 용왕님이 받을 꺼라구 얘기를 했어. 그러니께, 그대루 했지.

나룻배를 타구 그 나무 밑에를 가서,

"형님 부르십니다."

"텀부덩."

"형수님 부르십니다."

"텀부덩."

"조카 아무개 부른다."

"텀부덩."

"아무개 부른다."

“텀부덩.”

“…….”

“…….”

　여덟 식구를 다 장사를 지냈대야. 용왕이 부른다니께 그런거지, 아우가 악한 거는 아니지. 그렇게 하구 아우는 잘 살았대야.

채록 일시 : 1972. 4. 21. 20:25～30
구연자 : 이일순(여, 65세, 초졸)
나서 자란 곳 : 충남 홍성군 갈산면 쌍천리
사는 곳 : 서울 특별시 성북구 석관동 284-4
채록 장소 : 채록자의 집 서재
만나게 된 경위 및 채록 상황 : 구연자는 채록자의 어머니다. 전에 녹음하지 못한 이야기를
　　다시 녹음하였다.
청중 : 채록자 외 없음.
처음 들은 때 및 들려준 사람 : 어렸을 때 나서 자란 곳에서 친정 어머니한테 들었음.
구연 경력 : 몇 차례 했음.
제목 : 채록자가 붙였음.

19. 환생한 아버지

예전에 어떤 사람이 죽었는데, 그 아들의 눈에는 아버지의 영혼이 보이므로, 아들은 아버지의 영혼을 따라갔다.

아들이 보니, 아버지의 혼이 뱀이 교미하는 곳으로 가서 자리를 잡으려고 했다. 그래서 회초리로 쫓으니, 이번에는 소가 교미하는 곳으로 갔다. 또 쫓아내니 이번에는 개가 교미하는 곳으로 가므로 또 쫓아냈다. 이러기를 여러 차례 한 후에 아버지의 영혼은 산 속에 사는 어느 젊은 부부의 집에 가 자리를 잡았다.

일 년 후에 그 사람이 그 집에 가보니, 농부는 아들을 낳았는데, 그 얼굴이 자기의 아버지와 똑같았다. 그 사람은 그 아이를 아버지라 하면서 자주 찾아다니니까, 그 아이가 철이 든 후에 죽고 말았다.

예전에 어떤 분이 인제 참 살다가, 두 내외 살다가 인제 남편이 죽었어요. 그 인제 죽었는데, 아들이 참 과연 참 아들이 있는데, 아버지가 돌아가시니까 참, 혼이 나오더라 이거요. 그 사람 귀신을 좀 봤겠죠. 그래 나왔는데, 아버지를 따라서, 인제 혼을 따라서 가보니까, 그 뱀이 두 마리가 저거한 데로, 인제 저거하드라 이거요. 뱀 두 마리가 인제. 인제 키쓰를 하는데, 그러니 그만, 회초리로 쫓으니까, 그래 인제 쫓겨갔드라 이거여.

그 인제 쫓겨가는데, 인제 또, 따라가다 보니까 참, 소가 여름철에, 소가 인제 참 거기서 저걸 하니까, 거기서 또, 쫓았어요. 그래 또, 쫓았는데, 또 가다보니까, 인제 개가 있는데, 또 개를 인제 또 쫓구, 또 쪼끔쪼끔 가다가 보니까, 얼마를 따라가. [채록자 : 표현을 제대로 안 해서 무슨 얘기 하시는지 잘 모르겠네요. 개가 어떻게 할라구 그랬는데요?] 개가 인제 그 덩구는(교미하는) 데를 [좌중 웃음] 사람 혼이, 그래 인저, 강아지가 되는 거지. 그 인제 또, 아들의 눈으로 보니까, 쫓아냈다 이거요, 혼을.

그래 쫓겨가서, 그 다음에는 인저 얼마만큼 가보니까, 참 산골에서 밭을 매드라 이거요. 두 젊은 내외가. 그래 인저, 젊은 내외 밭 매는 데로 그 혼이 결국 갔죠. 그리 인저 갔으니까, 인제 그 인제, 결국 두 내외한테 갔으니, 그 집 아들로 태어났죠. 그 인제, 그 이듬해 가보니까, 참 그 집에서 애기를 낳았는데, 자기 눈에는 자기 아버지하고 형(形)이 똑같드라 이거여.

그런디, 그걸 아버지라고 인제 가서 인사를 허구 이러니, 꽤 우습잖어요? 그거. 이제 아버지라구 꽤 자주 댕기구. 아버지라구 댕기니께, 그게 철이 나서 아니까루 죽드래요 또.

그래 죽어서, 그래 죽으니까 자꾸 아버지라구 그러니께루, 이건 아무것도 모르는데, 이게 인제 남이 볼 때는 아버지라구 그러구 댕이니께, 저 사람이 뭘 아는가 보다 생각을 했는데, 자꾸 아버지라구 댕이고 그러니께, 그만 그 사람이 죽어서 그 다음에는 그 혼이 어디로 간지 물르지. [채록자 : 그 다음에는 못 봤어요?] 그렇지 못 봤지. 그 아들이 인제 죽은 후에 그 혼을 결국은 놓쳤다 이거예요.

채록 일시 : 1980. 1. 13. 22:00~04
구연자 : 엄순애(여, 50세, 농업, 무학)
사는 곳 및 나서 자란 곳 : 충북 제원군 봉양면 주포리
구연 경력 : 몇 차례 했음.
채록 장소 : 같은 마을 박덕순 씨 댁 안방
만나게 된 경위 및 채록 상황 : 17시경, 채록자가 동행한 학생 4명과 함께 주포리 박덕순 씨 가게에 들르니, 구연자가 와서 박씨와 이야기하고 있었다. 채록자가 두 사람에게 이야기를 해달라고 하니, 할 이야기는 많이 있는데 지금은 시간이 없다고 하였다. 그래서 저녁에 다시 만나기로 하고 헤어졌다가 저녁식사 후 다시 찾아가서 만났다. 그 집 주인인 박덕순(여, 51세) 씨, 엄순애 씨, 김영복(여, 64세) 씨와 이야기 판을 벌여 우호적인 분위기에서 13편의 민담을 채록하였다.
청중 : 김영복 씨, 박덕순 씨, 동행한 학생 김기창, 이인오, 김창진, 권병렬
처음 들은 때 및 들려준 사람 : 어렸을 때 친정 아버지한테 들었음.
구연 경력 및 제목 : 구연한 적은 없고 제목은 채록자가 붙였음.

20. 신선이 된 젊은이

옛날 어느 부잣집 아들이 부모를 여읜 후, 자기 재산을 가난한 사람들에게
다 나눠주고 신선이 되겠다고 길을 떠났다.

가다가, 시주를 많이 했다는 중과 좋은 일을 많이 했다는 여인을 만나서 같
이 갔다.

갈림길에서 미륵불을 만나 물으니, 그 사람은 오른쪽 길, 중과 여자는 왼쪽
길로 가라고 했다.

오른쪽 길로 간 그 사람은 신선이 되어 잘 지내다가, 나머지 둘이 궁금하여
왼쪽 길로 가보니 그들은 구렁이가 되어 있었다.

미륵불에게 그 이유를 물으니, 그 사람은 없는 사람을 도와주어서 신선이 되
었으나, 중은 남의 피땀 흘린 것을 받아다 절에서 편히 먹고 살았고, 여자는 총
각·홀아비에게 접촉하는 좋은 일밖에 한 일이 없어서 구렁이가 되었다고 했다.

옛날에 부잣집 아들이 있는데, 어머니, 아버지가 단지 외아들 하나란
말야. 그러다가, 어머니, 아버지가 다 돌아가시구, 그 재산을 혼자 가지구
있으니까는, 어려운 사람, 그저 밥 없는 사람 밥 주고, 돈 없는 사람 돈
주고, 옷 없는 사람 옷 주고, 좋은 일을 그 사람이 많이 했단 말여. 그 사
람이, 아들이.

그래가지구서, 재산을 다 돌라줘버리구 혼자 몸뚱이만 있으면서 인제
좋은 일을 많이 했으니까, 천당엘 가겠다 하구선 개나리 봇짐을 해짊어지
구 지팽이를 하나 집구서 한없이 간단 말여. 자꾸 가는데, 어디만큼 가다
가 쉬는데, 중이 터덜터덜 와서 쉬면서,

"댁은 어딜 가십니까?"

이러거든.

"나는 거처 없이 가는 사람이오."

라구 얘기 얘기 하면서,

"나는 천당에나 좀 가볼까 하구 이렇게 간다오."

"어떻게 해서 천당을 간단 말이오?"

"나는 좋은 일을 많이 해서 간다오."

"그럼 나두 같이 댁을 찾아서 신선이 되어 앉겠소."

"그래 무슨 좋은 일을 했소?"

그러니까는,

"절을 많이 이룩해서, 시주를 얻어다 절을 이룩했으니 좋은 일 한 거 아니오?"

그러구서 가는데, 워디만큼 가다가 앉아서 쉬는데, [채록자 : 함께 가나요?] 그렇지. 부잣집 아들하구 중하구 둘이지. 워디만큼 가다가 앉아서 쉬는데, 어떤 여자가 하나 허우대구 또 오더래. 오더니, 젊은 여잔데, 앉아 쉬는 데를 털석 앉으면서, 무슨 공론들을 그렇게 하시냐구 해서 그래 신선 되러 가는 얘기를 하니까,

"저두 같이 좀 따라가 신선이 돼보고 싶습니다."

"그래 무슨 좋은 일을 하였소?"

그러니까는 좋은 일은 많이 했다구. 그럼 가자구. 그래 셋이 죽― 간단 말이지. 죽― 가. 워디만큼 갔더니, 가니깐, 길이 세 갈래 길이 벌어져 있는데, 거기에 큰 바위가 하나 있더래요, 미륵이. 그래서 그 신선 되러 간다는 부잣집 아들이 미륵한테다 갖다 절을 하면서,

"미륵님, 제가 왔는디, 신선이 되고 싶어서 왔습니다."

그러니까 미륵이 말허는 말이, 인저 셋이 다 그렇게 말을 했단 말여. 미륵이 하는 말이, 그 부잣집 아들, 신선 되겠다는 아들은 오른쪽 길로 가거라. 또 중하고 여자하구는 왼쪽 길로 가거라 하고 일러주더래.

그래 신선이 되러 가겠다 하구서, 어디만큼 가니까, 참 개와집이, 참

좋은 개와집이 있는데, 거길 찾아 들어가보니까는, 참 아주 신선당이더래. 그냥. 그래서 그 부잣집 아들은 신선이 되서 앉았는데, 하두 갑갑하구 인저,

'같이 오던 일행이 어떻게 됐나?'
생각이 들어가서 도루 나와가지구 그 미륵님한테다 물었단 말야.

"미륵님, 같이 온 그 일행이 어디 가 있는지 좀 봤으면 좋겠습니다."
그러니께, 미륵이 하는 말이,

"그건 봐 무얼 하느냐? 그것 보면은, 놀래면 안 된다."
그러니까는, 안 놀래겠다구 그러니까는,

"그러면은 정신을 바짝 차리구 오른쪽으로 들어가면은, 거기에 당신이 있는 것과 같은 집이 있을 거다. 그러면, 그 집으루 들어가서 대청 마루가 있는데, 마루창을 떼구서 들여다봐라."
그래 그렇게 하겠다구 하구서는, 그 길루 돌아서는 얼마를 가니까는, 기와집이 있는데, 대청 마루가 있는데, 떡 올라가서 마루창을 떠들구서보니까는, 그 중하구 여자하구는 구렝이가 되었드래. 구렝이가 되어가지구 '찍찍' 대면서 내두르구 허위대더래. 그래서 그 도루 덮어놓구 미륵님한테 와서 물었어. 인저 그 사람이.

"이거 어떻게 돼서 저와 같이 온 사람인데, 그렇게 됐습니까?"
그러니깐, 미륵이 하는 말이,

"당신은 돈을 가지구 없는 사람을 도와주구 잘해서 이렇게 신선이 되어 앉았지만, 그 사람들은, 중은 문전 문전 다니면서 남이 피땀 흘려 지은 것을 시주 받아다가 절에 가서 편히 먹구 살았으니깐, 그것은 좋은 일이 안 되구, 여자는 또 그냥 좋은 일만 했다구 하는데, 뭐 좋은 일을 했느냐 하면 총각·홀애비 이런 사람하구 접촉이 돼서 그런 좋은 일밖에 안했으니, 그러니깐 구렝이밖엔 안 된다. 어서 돌아가서 신선이 되어서 당신이나 가 앉아 있소."
그래 도루 돌아가서 그 사람은 신선이 되서 앉아 있구, 죄 있는 사람은 구렝이밖에 안 됐다는 얘기여.

채록 일시 : 1972. 8. 17. 9:50~10:00

구연자 : 김갑순(여, 58세, 농업, 국문 해득)

나서 자란 곳 : 경기도 연천군 전곡면 전곡리

사는 곳 : 경기도 연천군 전곡면 전곡 1리 2번지

채록 장소 : 구연자의 집 안방

만나게 된 경위 및 채록 상황 : 구연자는 채록자의 친척 어른이므로 방학을 이용하여 찾아
　　가서 만났다. 이야기를 잘하는 분으로 소문이 나 있는 구연자는 채록자를 반가이
　　맞아주고, 여러 가지 이야기를 해주었다.

청중 : 구연자의 처인 김갑순 씨와 이질인 편성권 씨.

처음 들은 때 및 들려준 사람 : 어렸을 때 친정 아버지한테 들었음.

구연 경력 : 몇 차례 했음.

제목 : 채록자가 붙였음.

21. **구렁이가 된 쌀장수**

쌀장수가 좀더 이익을 보려고 쌀에다 돌같은 것을 섞어팔았다. 그 사람은
그 벌로 죽어서 구렁이가 되었다. 이를 본 그의 가족들은 절에 가서 빌기도 하
고, 굿을 하기도 하여 그의 구렁이 허물을 벗겨주었다.

싸장수(쌀장수)가 말여, 싸장사를 허는디, 나쁘지. 그렇게, 돌같은 걸
섞어서 말여, 싸장사를 했다 그 말여.

인제, 사다 먹은 사람은 괜찮지만, 장사는 큰 죄가 아녀? 죄를 지어서
죽어서 구렝이가 되었어요. 구렝이가 되었넌디, 죽은 사람이 구렝이가 되
니까, 집안에서 그 좋을 것이여? 나쁘지. 구렝이 허물을 벗겨줘야거든. 죽
어서두. 그래 가꾸 어느 절에 가서 그 제를 지내가지구, 굿을 했어요. 무
당들 데려다가 그냥 막 참 빌구, 그냥 막 쌀두 갖다, 막 가마니 쌀루 갖다
놓구 말여 빌구, 워쩌구 해두, 이느므 구렝이 허물을 못 벗네.

그래가꾸, 거액의 돈을 들여가지구, 여러 날 날을 받어가지구 제를 지
내구 말여, 구렝이 허물을 벗었다는 얘기는 옛날에 들었어요.

채록 일시 : 1972. 8. 22. 22:38~40
구연자 : 장기선(남, 56세, 농업, 한문 수학)
나서 자란 곳 및 사는 곳 : 전북 부안군 부안읍 선은리 3구 664
채록 장소 : 구연자의 집 마루
만나게 된 경위 및 채록 상황 : 김태곤 교수가 인솔한 원광대학교 민속조사반 학생들과 함
　　께 김교수가 전에 만난 적이 있는 구연자를 찾아갔다. 구연자는 이웃에 사는 매형
　　인 김종학(71세) 씨에게 연락해 오게 하여 구연자의 모친, 부인과 함께 이야기판

을 벌였다. 우호적인 분위기에서 14편의 민담을 채록하였다. 구연자는 전라도 말씨로 대화를 구분하며 구연했다.

청중 : 구연자의 매형인 김종학 씨, 구연자의 모친과 부인, 김태곤 교수, 원광대학교 민속조사반 학생 6명

처음 들은 때 및 들려준 사람 : 어렸을 때 어른들한테 들었음.

구연 경력 : 몇 차례 했음.

제목 : 채록자가 붙였음.

22. **첫날밤에 소박맞은 여인의 복수**

옛날에 산골에 사는 총각이 바닷가 마을로 장가를 갔는데, 첫날밤에 창문에 비치는 문어의 그림자를, 자기를 해하려는 간부의 그림자로 잘못 알고 도망을 했다.

10년이 지난 어느 날, 그 사람이 그 집에를 가보고싶어 길을 떠났다. 큰 고개 마루에 이르자 머리가 하얀 노인이 앉았다가,

"너는 그곳을 가도 죽고, 가지 않아도 죽으니 가되, 가서 이리이리 하라." 하고 말하면서 계란 하나를 주었다.

그가 그 집에 가니, 마을은 폐허가 되었는데, 그 집만 그대로 있었다. 그는 그 방에 들어가 신부에게 잘못을 빌고 그 옆에 누웠다. 얼마 후, 신부가 나가는 것을 본 그는 송판더미 밑에 숨었다.

조금 있으니까 호랑이가 와서 그를 잡아먹으려고 그 송판을 치우기 시작했다. 호랑이가 송판을 거의 다 치웠을 무렵, 그의 주머니에 있던 계란이 닭이 되어 울었다. 닭이 울자, 그 호랑이가 마당에 가서 나자빠졌는데, 그것은 호랑이가 아니라 그 여자였다.

그가 다시 그 고개에 이르자, 그 노인이 기다리고 있다가 반가이 맞아주면서 말했다.

"첫날밤에 죄 없이 소박맞은 신부는 너에게 복수하려고 10년을 별렀다. 그래서 너는 꼭 죽게 되어 있었다. 나는 네 조모의 정성을 보고 네가 태어나도록 해준 산신령인데, 내가 점지한 너를 살리기 위해 여기에서 기다린 것이다."

옛날에 어떤 산골에 사는 김씨가 한 분 계셨는데, 그이가 아들 하나를 낳아서 잘 길러가지고 여울(여월) 참인데, 저 산골에서, 저 해변가이, 바닷가이 그런 데로 장가를 보냈는데, 산행길로 떠억 들어가 앉아 있는데,

첫날 저녁에 아들로 방에다 신방을 채려놓고 보니, 이상스럽게도 그 아들이 밤에 잠을 자다가 생각을 하니, 이상스런 생각이 들어. 여기가 위험한 곳이라는 생각이 들더라고. 그러자 동쪽 들창문에서 보니께, 머리를 아주 싹 깎은 중 같은 게 하나 그림자가 하나 왔다가 갔다가 이렇게 그래.

"하하 큰일났구나! 내가 이 어둠을 타고 도망을 쳐야겠다."

그러구 인자, 문을 열고 나와서 도망을 쳤어. 저 즈그 아버지한테 와서,

"아버지, 이러고 이러고 하니 틀림없이 간부가 있습니다. 그런께, 내가 여기 누워 자다가는 더욱 큰 화를 입을 것 같으니 갑시다."

인자 도망을 친 거지. 간다고 말도 없이 둘이 온기라. 야반 도주를 했지.

집에 돌아와 인자 다른 데 며느리를 참 볼라고, 다른 디 정해놓구 봤단 말여. 보구 아들 딸 놓구 잘 살았는데, 한 10년이 지났는데, 아, 이 사람이 발동이 났는디, 어떤 발동이냐 허면은, 내가 전에 갔던 처가집을, 배반하고 왔던 처가집을 그렇게 가고싶을 수가 없어. 그 사람 마음이. 10년 후에. 10년이 다 돼가는데. 그래서 하루는 인자 말길을 내서 솔질을 하고, 타고 인자 향했단 말이여. 향하는디, 큰 태산준령을 넘어갈 적인데, 이짝 산 밑의 숲 속에서, 보니께, 한 모발이 허연 할아버지가 앉아서 지킨단 말이야.

"늬가 올 줄 알았다."

그런게 마상에서 내려서 절을 하고,

"저, 무슨 말씀이냐?"

구 그러니,

"늬가 바로 오늘 가는 그 집이, 늬 처음에 장개 갔던 그 집을 찾아가는 모양인디, 오늘이 마지막, 10년이 마지막 가는 날이다. 마지막 가는 날인디, 오늘 저녁이 네 게 가도 죽고, 안 가도 죽는 날이다. 바로 오늘이 별명을 받은 날이다. 그러니까 가보라."

그래서 거 앉어서 굴복을 했지.

"할아버지, 죽는 거를 아는 할아버지가 사는 방법도 있을 끼다. 사는 방법을 좀 선택해줄 수 없는가?" [웃음]

하고 애걸을 했다 말여. 하니까,

"음, 그렇지 않아도 늬를 좀 구해볼까 싶어서 앉았다. 다른 거는 없고 내 호주머니에 있는 계란을 한 개 내줄 끼니, 이 계란을 네 호주머니에다 잘 지니고 가서, 늬 처가댁엘 가보믄, 그 백여 호가 살던 그 동네가 한 집도 없어지고, 너 자던 방 한 개가 딱 떨어져 있을 끼다. 가면은 느그 안식구가 고대로, 첫날밤 고대로, 그 머리 단정한 양 고대로 누워 있을 테니께, 가서 빌어라. 빌어도 꼼짝을 않을 끼고, 머리도 안 돌아볼 끼다. 그렇거들랑 이불 밑에 발을 옇고 같이 자는 척하고 흩잠을 자고 있어봐라. 있어보면, 밤중이 되면, 그 여자가 나갈 끼다. 나가거든 뒤를 따르라. 뒤를 따르라고 해서 따라가지 말고, 늬가 자는 뒤를 돌아보믄 동네 전부 마룻장을 빼다가 사모지게 이렇게 [손으로 크게 사각형을 그려보이며] 쌓아놨을 끼니께, 제일 밑에 들여다보면 늬가 엎드려서 기어가다가 엎어지면 빠듯이 들어갈 기다. 그기가 엎어져가 있그라. 있으면 무슨 일이, 방법이 생길 기라."

이러거든. 워쩌. 가도 죽지, 안 가도 죽지. 가긴 가야 해. 시키는 대로. 살 방법은 그것밖에 없으니까.

그래 인자 갔어. 아, 가보이, 과연 참, 아닌게 아니라 백여 호 됐던 집이 한 집도 없이 싹 없어지고, 자기가 자던 작은 방 한 개가 탁— 남았어. 마당에다 인자 말을 매놓고, 방문을 싹 열어보니께, 뭐 10년이 돼 있는데 고대로여. 그래서 인자 가서 인자, 무릎을 꿇고 빕니다. 빌어본께, 뭣인가 들어야지. 꼼짝을 안합니다, 그대로. 그래가지고 누워 있지. 그래서 인자 밤은 야심하고, 시키는 대로 이불 밑에 발을 넣고 드러눴다. 드러눴은게, 에 잠이 들었다 싶은가 문을 살짝 열어 나갔는데, 뒤로 밟았다. 밟아가지고 전부 시키는 대로 후면을 돌아가니까, 참 그, 송판조각을 이렇게 [손을 위로 들어 가리키며] 게(고여)놨는데, 굉장히 송판때기를 게놨어. 그래 그 밑에 들어가보니께, 근근히 지가 옆으로 배를 밀고 들어가니께, 바듯이 들어가는 길이 있는디, 거기 들어가 있어. 들어가 있으니까, 이제 조금 있으니까, 그 근방에 바람이 쑥쑥쑥쑥 일어나는데, 난데없는 바람이 일어나더니 아, 그 대문 밖에 들어오는데 보니께, 밖에서 들어오는데 보니, 막 호랭이가 그 집 한쪽으루 뭐, 맘으루 무수아서(무서워서) 그렇겠지. 막 아우성을 치고 들어오는데, 문을 막 앞발로 끌어잡아댕겨서 뒷발로 미는데, 뭐가 있어야재. 그래 그러는데, 그 호랭이가 하는 얘기가,

"내가 10년을 초생당을 모아놓고 공을 들였는데, 공을 들여가지고 이놈의 원수를 갚을라구 했는데, 아무산 산신령님이 석 달로 참식을 안 해 주더라. 그랬더니, 이기 요술이 다른 게 아니고 그 산신령님의 요술이다."

이걸 인저 낭독을 합니다. 그 소릴 들어보니 참, 그 판에 들은기 살은 놈은 아니야. 이미 죽은기지. 그래가지고는 후면으로 돌아오더니, 이제 괴어놓은 꼭대기에 올라가더니, 그저 마구 물어뜯는디, 뭐 이거 [채록자 : 마룻장을?] 마룻장을 물어뜯는디, 뭐 감당을 못하것어. 물어뜯는디, 이래 물어뜯으니 한 시간도 갈 기 없어. '인자 죽는다' 하고 있었는데, 우에 한 너더댓 거풀로 바람이 슬슬 들오니, 바람이 들어오는 걸 보니까, 마음으로 한 대여섯 거풀 덮였나 만나 이런 정도 생각이 난다 말야. 이래 앉아서, 걸터앉아서 좀 숨을 쉬고, 쉬더니 다시 일어났어 인자. 거진 다 뒤 등어리가 보이는데, 지(제) 호주머니 있던 알이 활기(활개)를 툭툭 치고 닭이 운단 그 말이야. 우니까, 마당에 가서 팩 치는 소리하면서 나자빠져, 그 호랭이가. 나자빠졌는데, 그래 일어나서 나가보니까, 막 큰 불이, 이제 그 아우성을 쳤은게 난리지. 인자 나가보니까, 호랭이가 아니구 여자라. [채록자 : 아, 그 여자군요.] 그 여자라.

그래, 말을 끌어 타구 채질을 해 도망쳐 나왔단 말여. 오다가 호주머니를 만져보니, 알이 없어. 울고 나간기여. 그래서 아 마음은 한 30여 리 달렸다 싶은데, 말 타고 달렸다 싶은데, 그때 가서 비로소 첫닭이 울더라. 그래 인저, 그 태산준령을 넘어서 이짝 재 밑에 숨으니까, 할아버지가 그냥 앉았어. 음. 오니까,

"참 너 걸어서 살아 올 줄은, 나도 너 생각을 못했다."

그래 그 앞에서 마상에 내려서 뭐 했다고. 참 으찌된 사실이냐고 그러니까, 하는 소리가

"이거를 보아라. 느구 할무니가, 느그 산 뒤에 가면은 큰 바위가 있어. 그 바위 밑에서 너를, 삼대독자 너를 얻을라고 공을 무척이나 들였어. 들여가지고 너를 얻었다. 그런데 너를 태아 내줘놓고, 너를 얻도록 만들어준 내가 너 죽는 꼴을 볼 수가 없어. 천필을 청하는데, 가지 못했어. 석달 안 갔다. 안 가고 너를 살릴라고 했느니라. 그런게, 느그 할무니 공을 알아야 한다. 날로 만날라면, 느그 할무니가 공 드리던 그 자리로 오니라. 아무 바위 밑으로 오니라. 그러면 만날 수 있다. 그때면 내가 이 사람이 아닐 께다. 사람이 아닐 께다. 겁내지 말고 나한테 오라."

그래서 인자, 그 소릴 듣고 하직을 하고 막 말발 채질하고 왔더라. 왔단 말이야. 와가지고, 아주 찬물에다가 깨끗하니 목욕하고, 장을 정결키 봐가지고, 참 예의바른 절로 섬겼다. 아무디로 가서 진심으로 섬겼다. 그러구 내려다보니까, 아 눈, 눈알도 안 뵈는 호랭이가, 큰 호랭이가 와 앉았어. 그래서 인자, 거기서 공을 드려. 떡허니 나와본게. 그라고 나서 참, 즈그 할머니도 참 대대로 끊어지지 않고 잘 살았더란 이런 이야기를 듣습니다.

　[채록자 : 그 여자가 왜 그렇게 했나요? 소박맞았다고 그랬나요?] 그건 다른 기 아니고, 해변가에 가면 문어가 달밤이 되면 똥도 주서(주워) 먹고, 뭐 주서 먹을라고 집을 슬슬 걸어다닌다 말여. 사람처럼. 그 그림자를 보구 이 사람이 소박을 했다. 그래 여자는

"나는 분하다. 이렇게 분하다. 나는 원수를 갚어야겠다."
이렇게 생각했다. 그래서 10년을 공을 들였다 이 말여.

채록 일시 : 1980. 1. 25. 17:54~18:07
구연자 : 하재율(남, 56세, 상업, 국문 해득)
나서 자란 곳 : 경남 밀양군 부북면 대학리
사는 곳 : 충남 부여군 규암면 외리 1구
채록 장소 : 외리 1구 노인회관
만나게 된 경위 및 채록 상황 : 노인회관을 물어서 찾아가니 노인 10여 명은 둘러앉아 이야기를 하고 있었고, 7~8명은 화투를 하고 있었다. 둘러앉아 담소하고 있던 분들과 이야기판을 벌이니, 화투하던 분들 중에서도 이야기판에 끼는 분이 있었다. 담배,

술, 과자를 나누며 우호적인 분위기에서 20여 편의 민담을 채록하였다.

청중 : 마을 노인 10명. 동행한 학생 3명(장윤수, 배원룡, 김이곤)

처음 들은 때 및 들려준 사람 : 어렸을 때 나서 자란 곳에서 어른들한테 들었음.

구연 경력 : 젊어서 많이 했음.

제목 : 채록자가 붙였음.

비고 : 나서 자란 곳에서 30여 년 전에 지금 사는 곳으로 이사했다고 하는데, 아직도 경상도 말씨를 쓰고 있었다. 많은 민담을 기억하고 있는 분이었는데, 처음에는 경상도 말씨라고 사양하다가 몇 가지 이야기를 구연했다.

23. 배나무골 이도령

옛날에 계모의 명을 따라 한겨울에 나물을 뜯으려고 온 산을 헤매던 처녀가 동굴에 공부하러 왔던 배나무골 이도령의 도움으로, 참나물·딸기 등을 구했다. 이를 안 계모는 이도령을 죽이고 딸을 쫓아냈다.

그 여자는 계모가 죽인 이도령을 살려내어 같이 동굴 속에서 살았다. 그런데 공부가 끝난 이도령은 집으로 가서 오지 않았다.

기다리다가 지친 이 여자가 여러 가지 고난을 이기며 배나무골로 이도령을 찾아가니, 그날이 바로 이도령의 결혼식 날이었다.

이도령은 그 여자와, 결혼한 여자 중, 내기에서 이기는 사람과 함께 살겠다고 했다. 그 여자는 얼음판 위를 나막신 신고 물동이를 이고 가는 내기에서 이긴 다음, 호랑이 눈썹을 구하러 산 속으로 갔다. 그 여자는 산 속에서 노파로 변신한 호랑이의 도움으로 눈썹을 구한 다음, 노파가 주는 노란병, 빨간병, 파란병을 던져 쫓아오는 호랑이를 물리치고 돌아왔다.

내기에서 이긴 그 여자는 이도령과 오래 잘 살았다.

옛날에, 이제 한 사람이 자기 어머니를 여의고서, 서모를 얻으면 아무캐두 서모가 괄시를 하니까, 서모를 얻어가지구서 인제 서모의 몸에서 딸이 하나 있구, 두 형제가 살았답니다.

두 형제가 사는데, 그 어머니가 그렇게 전실 자식을 괄시를 하기가 짝이 없이 괄시를 하는데, 그 엄마가 병이 났다구 하구서는 딸보고서니, 뭐 약을 해가지구 오라구 하니, 딸이 뭐 약을 해가지고 올 수가 있어? 그래 딸을 고생시키기 위해서 딸보고서나 아주 동지 슫달에 참나물을 뜯어오라구서니, 그냥 그렇게 막 야단을 쳐가지구서 내쫓았단 말요. 저의 엄마가 병이 나지도 않구 딸을 내쫓기 위해서 그렇게 한 거죠, 뭐.

그렇게 내쫓았더니, 인제 딸이 얼마만큼 가다가서니, 인제 암만 가두 눈 속이니 어디 가서 참나물을 뜯어요. 그래 얼마만큼 가다가 인제 모이(墓)가 있는데, 한짝에 양지가 나니까, 눈이 녹은 데 가서 들어누웠다가 잠이 들었대요.

잠이 들었는데, 자다가 꿈을 꾸니까,

"너는 어째서 이렇게 잠만 자느냐? 여기서 어디 만큼만 갈 것 같으면 큰 바위가 있는데, 그 바위 있는 데 가가지구서, 저기, 배나무골 이도령을 찾아라. 그럴 것 같으면 그 문이 열리면서 어떤 사람이 나올 것이다."

그래서 깨니까 꿈이라서 이상하다 생각하면서, 그래 얼마만큼 가니까, 정말 큰 바위가 있더래요. 큰 바위가 있어서 거기서 정말

"배나무골 이도령님, 이도령님!"

하구 찾으니께, 아 그 문이 확 열리더래요. 그리구서,

"어째 이리 왔느냐?"

구 그 남자가 물으니까,

"그런게 아니라 우리 어머니가 병환이 나셨는데, 참나물을 뜯어오라구 해서 이렇게 왔습니다."

하니, 그러냐구 그러면서, 그러면 방에 가 앉아 있으라구. 방에루 들여보내구는 쌀을 쪼그만 거 하나를 가지구 나가더니 어떻게 씻어가지구 밥을 한 그릇 해다주더래요. 그래서 그 밥을 맛있게 먹고,

"나는 얼리(얼른) 가야 되겠는데, 어떻게 해줄 수 있습니까?"

그러니까 걱정 말라구 그러더니, 뜨신(따뜻한) 물을 이렇게 조금 가지구 이렇게 [손으로 물 뿌리는 시늉을 하며] 슬슬슬 주는데, 참나물이 올라오더래요. 그래가지고, 한바구니를 뜯어주더래요. [채록자 : 참나물은 어떤 나물인가요?] 산에 나는 나물이 있어요. 나물 중에 제일 좋다는 나물이죠.

그래서 한바구니를 뜯어줘서 가지고 왔을 거 아니유. 오니까는 그 엄마가

"이 눈 속에서 이애가 참나물을 어떻게 뜯었냐? 참 아무래두 애가 보통 애가 아니고 이상하다."

그러면서,

"너 어디서 훔쳐온 거 아니냐?"

구. 옛날에 콩쥐 얘기매루 막 야단을 하니까, 막 그렇지 않다구 이래요.

그래서 잘, 맛있게 먹구서 얼마만큼 있더니,

"내가 또 병이 났다. 딸기가 먹구 싶어서 병이 났으니 딸기를 따오너라."

또 내쫓았어요. 눈이 하얗게 왔는데요.

그래 또 쫓겨나가지고 또, 얼마만큼 가다가 보니까루, 그 참 배나무골 이도령을 또 거기가 찾았대요. 먼저 갔던 데를 가서 또 찾으니께, 또 문을 열어주더래요.

"그래 어떻게 이렇게 왔느냐?"

구 그래서

"저의 어머니가 딸기가 잡숫구싶다고 그래서 이렇게 찾아왔습니다."

그러니까 아 그러냐구. 들어오라구 그래서 방에가 조금 앉았으니까, 쌀을 하나 가지구 가서 밥을 해다주더래요. 그래 먹구, 그래 인저 딸기를 한바구니 따줘서 가지구 왔대유.

그래 아무케두 딸이 이상허거든. 귀신이 그랬지. 뭐 그건 보통 사람이 하는 짓이 아니지. 그래서 딸기를 실컷 먹구서 아무케두 애가 이상허니까, 한번 뒤를 밟아볼 것이라구. 그러면서, 또 그렇게 막 야단을 하면서, 또 뭐가 먹구싶다고 그랬다나 막 야단을 했대요. 그러니까, 아이― 사실 얘기를 다 하라구. 사실 얘기를 다 하라구 그러니까, 딸이 얘기를 했대요.

"얼마큼 가대니까 모이 곁에서 자댔는데, 꿈에 어딜 가면 바위가 있을 테니 거기 가서 주인을 찾으면 문을 열어줄 꺼라구. 그래 문을 열어줄 것 같으면 그리 들어가라구. 거길 가서 딸기를 따달래면 줄거라구. 그래서 가서 따가지고 왔노라."

구. 그러니까, 그러냐구 그러구서, 딸이 다 얘기를 허니까, 이 어머니가 딸을 집에 놔두고 거길 가만히 갔대요. 가만히 거길 가니까 정말 바위가 있더래요.

가가지고 정말 배나무골 이도령을 찾으니까, 정말 문을 열어주더래요. 문을 열어줘서 들어가니까,

"아니, 어째 먼저 왔던 아가씨가 아니 오고 딴사람이 왔소?"
그러니까, 이 어머니가 가가지고 얼른 이 남자를 죽여버렸어요. 그 남자를 아주 직여버리고 나왔어요.

직여버리구 오구서나, 딸을 또 보냈어요. 딸이 거기 가서 아무리 배나무골 이도령을 찾아두 대답이 없어요. 그래서 '이상하다' 생각하고 암만 들어갈 데를 찾아두 들어갈 데가 없더래유.

그래 얼마를 찾다가보니까, 이만한 [두 손으로 굴뚝 모양을 만들며] 굴뚝이 하나 있더래요. 그래서 거기루 간신히 빠져서 들어갔대유. 굴뚝 있는 데루.

그래 들어가서 보니까루 문이 이렇게 닫겼는데, 문을 퍼떡 여니까, 아주 방엔 피가 말두 못하구 사람은 떨어져 죽었더래잖아요. 그래서

"아 이러니까 대답을 안하구서루 문을 안 열었구나."
허구서는, 그래 이 처녀가 밖에서 보니까, 거기를 어떻게 도저히 들어갈 수가 없더래유. 피가 아주 말두 못하게 있지. 사람은 죽어서 그렇지.

그런데 방 저쪽에 책상이 하나 얹혀 있더래유. 책이 떠억 펴져 있더래유. 그래서 괜히 거기를 가구싶어가지고 껑충 뛰어가니까루, 책상에 껑충 가겠더래유. 문지방에서 껑충 뛰니까요, 피 한 자루 안 묻히고 가겠더래유. 뛰어가서 맥없이 책을 뒤지면서 주욱죽 책을 읽어버렸대유. 책을 막 읽으니까유, 사지가 떨어졌던 게 그저 척척 붙더래잖아요. 그래가지구 그 사람이 '후유' 한숨을 쉬면서 일어나더래유. 그러면서

"한잠 잘 잤다."
그러면서 일어나더래유. 그래서

"왜 한잠을 잤느냐? 왜 이랬느냐?"
구 그 처녀가 막 붙들구 울 거 아네유. 그러니까,

"그런게 아니라, 당신 어머니가 와가지고 말요 이렇게 죽였는데, 어떻게 여기를 건너와서 책을 읽었는가?"

그러더래유, 그 청년이.

"나두 모르게 거길 뛰어가게 되고, 책을 읽었어요."

"그러냐? 나하구 살 인연이 되어서 그런가보오."

그러면서, 처녀를 못 가게 했어요.

"이젠 가지두 말구 딴사람이 와서 뭘 시켜두 열어주지두 말구, 여기서 살자."

구. 그래 그 어머니는 필경 그 남자를 죽이고 딸을 쫓았으니까, 죽었거니 생각허지 그 딸이.

그 여자는 그 남자하구 굴에서 사는 거요. 그런데 이 남자가 거길 공부하러 왔대요. 공부하러 와서, 시기(기한)가 자기 공부할 만큼 다 차가지구서 집에를 가는데, 그 배나무골 이도령이 집에를 가야 되는데,

"나는 아무케두 집에를 갔다와야겠다. 그러니까 여기 혼자 있으라."

구. 처녀가 꼭 가야 되느냐니까 꼭 가야 된다니 집엘 보냈지요. 그러니까 갈 적에 배나무를 하나 심어주고 갔대요. 배나무를 하나 심어주고 가면서,

"배나무가 커서 가지가 안으로 뻗으면 내가 오는 줄 알구, 밖에루 뻗으면 내가 안 오는 줄 알라."

구 이러면서 가더래유.

그래서 얼마를 기다리고 있는데, 배나무가 커서 가지를 벋는데 자꾸 내벋더래요.

"아무케두 그분이 오시지는 않구 인저, 내가 찾아가는 수밖에 없다."

그러구서 여자가 나섰대잖아. 그래 여자가 나서니, 뭐, 아주 중 행세를 하구서 나섰대요. 중 행세를 허구 나와서니 얼마만큼 그 사람을 찾아가는 거요. 그 사람이 배나무골에 산다는 근거는 알기 때문에 배나무골만 찾아가는 거요. 어디만큼 찾아가는데, 사람들이 있는 데 가서,

"여보세요 여보세요. 여기 배나무골이 어디예요?"

하구 물으면 증말, 빨래하는 사람한티 물으면,

"이 빨래 다 빨으면 가르쳐주지."

빨래 다 빨아주고 어디 있느냐고 물으면,

"여기서 얼마만큼 가면 사람이 있을 테니, 거기 사람한테 가서 물어라."

그래 얼마만큼 가다가 사람한테 물으면, 일하는 거 다 해주면 가르켜준대요. 해주고 나면 또 다음 사람한테 가서 물으래.

가다가다보니까, 새를 쫓는데, 새를 쫓는 아이가 있더래요. 인저 가을이 되어가지구 새를 쫓는디, 하는 소리가 뭐냐 하면,

"훠어이, 오늘은 우리 배 먹구 내일은 배나무골 이도령 잔치 먹으러 가라."

그러더래요, 인제 새 쫓는 아이가.

그래서는 가만히 있다가는, 그런 소리가 나구 그래서

"애야 애야, 너 지금 뭐라고 그랬니? 한 마디만 더 해봐라."

그러니까,

"훠어이, 오늘은 우리 배를 먹더라두 내일은 배나무골 이도령 잔치 먹으러 가라."

그래서 개를 붙잡구서,

"배나무골 이도령이 어디 살며 무슨 잔치를 하느냐?"

그러니까,

"배나무골 이도령은 이짝에 살구, 요밑에 동네 살구, 저기, 내일 장개를 간다."

구. 그러느냐구. 그래서 여자가 인저 찾아가는 거여. 배나무골 이도령네 집을.

가니까, 뭐 마악 잔치를 허느라구, 뭐 잔치 준비를 허느라구 야단이더래유.

그래서 그 집에 가가지고 동냥을 좀 달라구. 시주를 하라구 그러니까, 거기서 주인이 나오는데, 쌀을 하얀 양재기에 가지구 나오더래유. 큰 양

재기를 하나 가지고 와서 붜주는 거를,

"우리 부처님은 이 쌀을 안 잡숫구 좁쌀을 잡숫는다오."

그러니까, 그 사람이 그 쌀을 갖다 두고 좁쌀을 한 양재기 갖다주더래요.

이걸 붓는데, 옛날에 전대 있지 않아요? 이렇게 밑에 그거 없는 거. 거기다 펄썩 부우니까 확 쏟아질 거 아니유. 퍼썩 쏟아지니까루,

"아이구 이걸 어떡하나?"

그래가면서, 하는 소리가 뭐라구 허느냐 하면,

"물 한 대야하구 젓가락 하나만 갖다주시오."

그러더래유. 나무 젓가락 하나. 그래 이 사람들이 젓가락하구 물, 한 대야하구 갖다주더래잖아요.

그 젓가락으로 하나 집어서 물에다 씻어담고, 담고 그러더래요. 그래서 이걸 언제 그러느냐구. 이걸 내버리구 우리가 새루 준다구 그러니까,

"그럴 것 같으면 죄를 받기 때문에 안 됩니다. 우린 이걸 다 해가지구 가야 됩니다."

그러구서 쌀두 하루 칭일 걸릴 텐디, 좁쌀이니 말이나 되유. 그래서 그러구 앉았자니까, 해는 넘어가지. 아무캐두 안 되겠는데, 정말 배나무골 이도령이 나왔더래요. 그래서 이 사람이 그걸 다 쓸어담구서래미 하룻밤 자구 가자니까 자구 가라구.

그래 자구 가라구 해서 자는데, 마침 신랑 되는 사람의 그 뒷방에다 재우더래유. 그 여자를. 뒷방에 재우는데, 신랑은 밤새 내일 장가갈 텐데 글을 그렇게 읽더래유.

그러는데, 세상에 어쩌면 자기를 몰라보면 그렇게두 몰라보느냐 싶어 얼마나 있다가서, 밤중이 됐는데, 글을 읽는데,

"사람은 새 사람이 좋습니까? 헌 사람이 좋습니까?"

글을 읽는데 그러니까,

"사람은 헌 사람이 좋다."

이러더래요.

"옷은 새 옷이 좋습니까? 헌 옷이 좋습니까?"

"옷은 새 옷이 좋지."

이러더래요.

"그런데 도련님은 어떻게 그렇게 사람을 몰라보십니까?"

그러니까, 도련님이 깜짝 놀라서 누구시냐구 그러지 않겠어요. 그래서

"저는 아무디 있는 누구라."

구, 인저 얘기를 하니까, 남자가 문을 열어보니, 자기가 그전에 데리구 살던, 말하자면 안이(아내)지 뭐.

"어떻게 이렇게 왔소?"

그래서

"배나무는 점점 내뻗어서 도련님이 안 오시는 것 같아서 기다리다가 찾아왔습니다."

그러느냐구. 나는 일단 결혼을 하게 됐다구. 그러니까 당신은 그리 알라구. 그러느냐구. 그래서 색씨는 웃방에서 자구, 남자는 안방에서 밤새도록 글을 읽구.

밥을 갖다주더래유. 식전에 인자 그 남자를. 신랑을. 그래 밥을 갖다주니까, 신랑이 밥을 먹던 거를 색씨를 주었대유. 그래 색씨가 먹구. 또 세숫물을 갖다주는 거를 자기가 하고 색씨가 하구. 그래서 물두 드럽구, 밥두 다 먹구.

"아, 인제 우리 새신랑 될 사람이 밥두 잘 먹구, 물이 어째 이렇게 검은가?"

부모네가 물었대유. 그걸.

"밤새도록 먹 글씨를 쓰구, 글을 쓰다보니까 그렇게 검답니다."

그러구 얘기를 허구, 밥은 공부를 많이 해서 시장해서 다 먹었다구. 인제 그, 자기는 색씨를 먹이느라구 그랬지.

그래서 잔치를, 신랑이 장가들러 갔어요. 색씨는 집에 있구. 그래 신랑이 장개들러 가서, 장가들라구 신랑이 대례청에 써억 나섰는디, 색씨가 나올 거 아니래유 인저. 신랑이 인저 대례청에 섰으니까 색씨가 나왔는데, 아주 색씨가 빡빡 얽은 데다가 곰보, 그리고 저시기 쌔까맣더래유. 얽

은 데다가 껌더래유. 그래 신랑이 대례를 지내구 하는 소리가,

"에이그, 읽을라면 껌지나 말구, 껌을라면 읽지나 말지."

그래서 할 수 없이 데리고 왔지, 뭐. 장개를 들었으니까. 부모 영이 무서워 데리고 와가지고서는 ……

인제 중은 거기 있으니께, 가긴 가야 될 몸인데 안 갈 수도 없잖아요? 그래서 나와가지구 새루 평복을 갈아입구 가서 사는 거유. 그 집에 가서, 그 어머니 있는 데, 신랑집에서.

"여기서 좀 쉬어가겠습니다."

하니까, 쉬어가라구 하지요. 뭐, 옛날이야 인심이 좋으니까 쉬어가라구 그래서 그 집에서 이 여자가 같이 사는 거야. 그 장가든 여자두 살구.

그 어머니보구 신랑이, 색씨 한 대루

"어머니 어머니, 옷은 새 옷이 좋습니까? 헌 옷이 좋습니까?"

물으니까 그 어머니가 있다가,

"옷은 새 옷이 좋지."

대답을 허더래유. 그 어머니두.

"어머니, 그럼 사람은 헌 사람이 좋습니까? 새 사람이 좋습니까?"

물으니까,

"사람은 헌 사람이 좋지, 새 사람보다."

이러시더래유.

그래 어머니한테 얘기를 했어요.

"어머니, 지금 저 여자가 아무디 가서 글을 읽을 적에 같이 살던 여자라우."

그러나구. 그러니까 같이 살도록 해달라구. 부모야 할 수 없지. 부모야 어떡해유. 같이 살라구.

뭐든지 허는 게 장가들은 그 읽은 색씨보다 이 색씨가 잘하지 뭐. 그러나, 어느 것 하나 버려두 버려야 될 텐데, 이젠 버릴 수가 없더래유.

그래서 얼음이 얼어가지구서 빙판에 그 색씨는 나막신, 옛날에 그 나막신 있지 않유? 그 나막신을 신켜가지구 물동이를 이구 물을 이어오라

구 시키구, 그 장가들은 얽은 색씨한테는 짚시기를 신구 가서 물을 이어 오는데, 한 방울도 흘리지 말고 이어오라구 했어요. 가뜩해서. 그런데 그 나막신 신은 여자는 물을 이어가지구 왔는데, 한 방울두 안 흘리고 이어 가지고 왔더래유. 그런디 이건 짚시기 신구두 이어온게 반은 다 흘리구 왔더래유.

그래 인저 늬가 한 번 졌다구. 내기를 해가지구 지는 사람은 인저 물러 나기야. 내기를 해서 지기만 하면 그 집에서 물러나긴데. 그래두 한 가지 했는데, 져두 안 물러나거든.

그래서 꾀를 써서 호랭이 눈썹 빼오는 사람을 데리구 산다구 그랬어요. 그래 호랭이 눈썹 빼가지구 오는 사람을 데리구 산다구 그랬는데, 이 여 자, 얽은 여자, 아무리 돌아다녀도 호랭이 눈썹 빼오는 재주가 있어야지. 그래 집에 와가지고 못 빼왔다구 집에 왔는데, 이 여자는 얼마큼 산중엘 자꾸 들어가대니까는, 정말 한 오막살이 집이 있더래유. 그래 날은 저물 고, 그 집에 가서 자고 가자구 그러니까, 허연 노인이 나오더래유. 그래서

"할머니, 할머니 저 여기 좀 자고가요."

"우리집에는 못 잔다."

구. 왜 못자느냐니까,

"우리집에는 아들이 일곱이나 있는데 잘 수가 없다."

구.

"그럼 어떻게 하느냐구. 꼭 좀 재워달라"

구.

"그래 어떻게 왔느냐?"

구 노인이 물으니까,

"나는 정말 남편이 두 아내를 데리고 사는데, 나하구 장가들은 여자하 구 둘 데리구 사는데, 호랭이 눈썹 빼가지구 오는 사람을 데리구 산다구 그래서 호랭이 눈썹을 빼러 나왔어요."

그러냐구. 그럼 자구 가라구 그러면서,

"우리 아들 일곱이 다 호랭이라구. 다 호랭인데 오래 살다보니까, 이렇

게 사람 둔갑을 해가지고 사람으로 살고 있다."

구 그래서 자구 가라구 그래서 자는데,

"조금만 있으면 우리 아들 일곱이 인제 들이닥칠 꺼라구. 들이닥치면 자취만 하면 잡아먹힐 테니 그리 알라."

구 그러는데, 정말 뭐 '쿵덕쿵덕' 소리가 나더래유. 그러니까 이 노인이 얼른 일어나더니, 옛날에 큰 채독 있지 않어유? 이렇게 채 가지루 엮은 채독 있지 않어유 왜. 채독 안에다 얼른 여자를 뒤처넣더래유.

"얼른 이 안에 들어가라."

구 그래서. 그 여자는 얼른 쫓겨들어가구, 얼른 채독 뚜께를 덮어버리구.

덮구 있자니까, 아들 일곱이 들어오더니 사냥해온 짐승들을 막 내놓고 들어오면서,

"어이, 인내 난다. 인내 나."

그러니까, 그 어머니 있다가,

"어유 이 녀석들아, 인내가 무슨 인내냐? 이 에미가 하두 늙으니까 인내가 나는 거다."

그러니까 아니라구, 인내가 난다구.

"아니다. 이 에미가 하두 늙으니까, 인내가 나니 그런 줄 알아라."

이렇게 그 어머니가 걱정을 하시니까 아들들 일곱이 아무 소리두 안 했지. 그러니까 그 아들더러

"어이, 네 눈썹에 뭐가 붙었니?"

하면서 잡아다려 뽑구,

"네 눈썹엔 뭐가 이렇게 붙었니?"

하면서 아들 일곱 눈썹을 그렇게 뽑았대유.

다 뽑아놨다가 아들들이 그날 자구서니, 다 사냥을 나갔거든. 그러니까, 그제서야 여자를 채독에서 내놓구,

"그동안 내가 호랭이 눈썹을 이렇게 뺐으니 가지구 가라."

구 그러더래유. 그래 할머니가 밥을 해주니, 사냥해온 고기랑 이렇게 얼어먹구서니, 호랭이 눈썹 뽑은 거 싸주는 것을 받아가지구 올라구 나서니

까, 할머니가 있다가서니,

"가다가 일이 있을 꺼라."

구 병을 세 개를 주는데, 하나는 빨간 병, 하나는 파란 병, 하나는 노란 병, 이렇게 세 개를 주더래요. 그래 세 개를 주면서,

"이거 가지고 가다가 아주 급하거든 저기, 노란 병을 던져라."

그러더래유.

"아주 급하거든 노란 병을 떤지구, 그 다음에 아주 급하거든 빨간 병을 떤지구, 그 다음에 아주 급하거든 파란 병을 떤져라."

그래서 병 세 개를 얻어가지구, 호랭이 눈썹 빼어준 것을 가지구 오다보니까, 얼마만큼 오다보니까, 아유 호랭이 일곱이 막 따라오는데, 그러니께 그 아들들이지. 호랭이 일곱이. 그러니께 그 노인은 아들들이 어서 만나두 만날 것이라는 것을 짐작을 했었던가봐요.

그래서 막 쫓겨서 오다보니까, 달락말락 정말 붙잡힐 것 같은데, 노란 병을 콱 던졌대유. 그러니까 갑자기 까시덤풀이 꽉 들어서더래유. 그러니까, 호랭이들이 빠져나올 수가 없더래유. 여자는 그동안에 얼마만큼 뛰어서 막 오니께, 워티게 까시덤풀을 거진 다 빠져나오더래지 않아요. 이 여자는 자꾸 쫓겨나오는데.

그래서 또 붙잡힐 것 같더래유. 오긴 다 와가는데. 그래서 빨간 병을 콱 던졌대유. 그러자 까시덤풀에 불이 붙어가지구 막 타더래지 않아요. 그래 불이 막 타니께, 그 호랭이들이 불을 비켜가며 나오자니께, 또 얼마나 더디어요. 그래 막 왔대요. 거진 다 와가는데, 또 따라오더래요. 불을 피해가지구.

그래서 파란 병을 '콱' 던졌대유. 그러니까, 바다가 탁 허니 가로막더래지 않어유. 그래가지구 이 여자는 그만 집엘 다 왔대유.

집엘 와가지구서루 호랭이 눈썹을 갖다가 남편한테 바쳤대유. 그러니까 어른들두 그렇구, 남편두 그렇구 이 여자는 보통 여자가 아니라는 거를 알지유. 호랭이 눈썹을 떼어왔으니 뭐.

그래 어머니두 그렇구, 이 여자두 참 자기는 어디가 호랭이 눈썹을 감

히 빼볼 생각두 못했는데, 이 여자는 참 호랭이 눈썹을 빼왔으니, 자기두 물러가야 그게 원칙상이지.

그래 인저 자기는 물러가구, 이 여자는 호랭이 눈썹 빼다줘가지구 그 남자허구 평생을 살더래유.

채록 일시 : 1972. 8. 11. 21:00~35
구연자 : 강낙원(여, 36세, 농업, 국문 해득)
나서 자란 곳 : 충북 제천시 서부동 101
사는 곳 : 강원도 원성군 판부면 금대리
채록 장소 : 구연자의 집 안방
만나게 된 경위 및 채록 상황 : 김태곤 교수, 이상일 교수와 함께 찾아가 만났다. 지난 4월
    15일에 이어 두번째 찾아간 마을이어서 동민 7~8명과 함께 우호적인 분위기에
    서 이야기판을 벌일 수 있었다.
청중 : 부락민 8명, 조사반원 2명
처음 들은 때 및 들려준 사람 : 17~18세 때 나서 자란 곳에서 친정 아버지한테 들었음.
처음 들었을 때의 느낌 : 그런 여자는 하늘이 낸 사람이로구나 하는 생각이 들었음.
구연 경력 : 몇 차례 했음.
제목 : 채록자가 붙였음.

24. 불여우와 주역

　　그전에 어떤 사람이 아들을 장가보냈는데, 도중에 여우가 그 신랑을 죽이고 둔갑하여 그 신랑 행세를 했다.
　　여우가 아들로 변신한 것을 모르는 아버지는 아들에게 강 건너에 사는 자기 친구한테 가서 문안을 드리고 오라고 했다. 그 친구의 아들이 보니, 그는 발에 물을 묻히지 않고 강을 건너다니는 것이었다. 이것을 이상하게 여긴 친구의 아들이 자기 아버지에게 그 이야기를 하니, 아버지는 아들에게
　　"주역을 3천 번 읽고 그 집에 가보라."
고 했다.
　　그가 주역을 3천 번 읽고 그 집에 가니, 그 집 아들이 죽어넘어지는데, 보니까 그것은 꼬리가 아홉 가진 불여우였다. 이에 놀란 새댁이 낙태했는데 그것 역시 여우 새끼였다.

　　그전에 인저, 한 사람이 아들을 낳아가지구 참 장가를 보내는디, 예전에 원래 여우가 둔갑을 잘했거든요. 그래 인제, 하인들을 가마채를 메켜가지구 어느 산모통가지(산모롱이)를 돌아가는디, 신랑이 소변을 그 자리서 봤으면 괜찮은데, 사람들 안 뵈키는 데 가서 소변을 보는 도중에서 여우가 신랑을 해치우고는 둔갑을 한 거지. 둔갑을 하구 신랑 옷을 싹 베껴 입구는 대신 인저 신랑 노릇을 허구는 가잔칠 지내구, 참 뻐젓이 인저 아들 노릇을 허구 사는 거란 말여.
　　사는디, 예전에 저, 친구가 멀리 있으면 아들을 보내서 문안인사를 보낸단 말여. 보내는데, 그 참 저쪽에서 노인 아들이 떠억 강을 내다보고 있

으니 웬 초립동이가 강을 건너는디, 물에 서기가 무섭게 그냥 건너온단 말여.

'참 이상하다.'

하구는 열심히 서서는 물에 인저 빠졌나 하구보니까는, 신발 하나 안 젖었단 말야.

'그 참 이상하다.'

그 참해서는 며칠 놀다 갔어요. 가는 도중에 또 가는 걸 열심히 보니까는, 또 물에 채지두 않구 근너가거든. 그래,

'희한하다.'

하며 집에 들어와서는 자기 아버지 보구서는,

"아버님, 저 왔다 간 사람이 올 적에두 그렇고, 갈 적에두 그렇고, 물을 육지처럼 건너가니 무슨 이칩니까?"

"그럼 너두 가서"

예전에 주역이라구 있거든요.

"주역 1천독(千讀)만 하면 물에 빠지지 않는다."

이 사람이 그 질루 들어가설랑은

"에이, 물에 안 빠질거니 주역 1천독을 할거다."

하구선,

"1천독을 했습니다."

"가 디뎌봐라."

아 디디니, 쑥 들어가지 안 빠질 리가 있나? 그래 집에 들어가서,

"아, 빠집니다."

"으응 그래. 또 들어가 1천독을 해라."

그래 또 들어가 1천독을 해. 2천독을 했대요.

"또 가 디뎌봐라."

아, 가 디뎌보니 또 빠지거든요. 그래 또 들어가,

"빠집니다."

하니까,

"으음, 들어가 1천독을 더 해라."

그래 이 노인은 벌써 알았기 때문에, 아 그래 3천 독을 하구는,

"또 가 디뎌봐라."

디디니 빠지지 안 빠질 재주가 있나?

"너 그러지 말구 인제 차리구, 아무개 그 사람한티 가서 문안을 드리구 오너라."

그래 이 사람이 차리구 이제 갔단 말여. 가서는 참 찾으니까, 사는 곳을 적어가지구 찾으니까 있단 말여. 그래 참 문안을 드리구 나니까, 아들을 부르는 거지.

"거 아무데서 너 아무 제께 갔다 온 그 친구가 왔으니까 나오너라."

이거 뭐, 안방문 여는 소리가 나더니, 조금 있더니 사랑문을 여는데, 다리 한 짝 디밀더니 나가자빠진단 말여. 나가자빠지는데 보니까는, 꼬리 아홉 가진 불여우라, 아 그러니, 신부는 참 잉태중인데 낙태를 했단 말여. 놀래가지구. 낙태를 했는데 보니까, 여우 새끼 몇 마리를 쏟아났더래요.

그래가지구, 그 사람이

"사실이 어떻게 된 것이냐?"

구 하니까는,

"아 글쎄, 그 모르겠다구."

"그때 그 신혼청에 갔던 하인들을 좀 불러오시오."

그래 하인들을 불러다놓으니,

"너희들 중간에 가다가, 신랑을 데리구 가다가 어떻게 했느냐?"

"게 암대 산모랑가질 돌아가다가 소변을 본다구 서방님이 우리한테서 돌아가서 소변을 본 적밖에는 없습니다."

"그래, 그럼 당장 거길 가봐라."

그냥저냥 한 이태 됐던지, 우터케 됐던지 신체가 참 옷티(옷) 제 벗구 상한 신체가 하나 있단 말여.

그래 참 갖다가 장사를 지내구, 이 사람은 또 집으루 돌아오구는, 그 집은 외아들인데 그만 뭐가 되고 말았지.

그래 주역을 3천독을 하면은 귀신이, 귀신이구 뭐구 그 앞엔 범접을
못한다느만요.

채록 일시 : 1972. 4. 15. 밤
구연자 : 이호태(남, 38세, 농업, 국문 해득)
사는 곳 및 나서 자란 곳 : 강원도 원성군 판부면 금대리 일론동 1230
채록 장소 : 같은 마을 김상겸 씨 댁 안방
만나게 된 경위 및 채록 상황 : 채록일인 4월 15일(음력 3월 3일)은 이 마을의 공동제의인
　산제(山祭)가 있는 날이다. 그래서 김태곤 교수, 이상일 교수와 함께 산제에 대한
　조사도 할 겸 이 마을을 찾아갔다. 미리 연락을 받은 이장 김상겸 씨가 찻길까지
　마중을 나와주었다. 김씨 댁으로 가서 저녁 식사를 마친 후 마을 어른들 몇 분과
　함께 산제 시간인 자정까지 민간신앙에 대한 조사를 하고, 이야기판을 벌여 우호
　적인 분위기에서 몇 가지 이야기를 채록하였다.
청중 : 마을사람 6명, 김태곤 교수, 이상일 교수
처음 들은 때 및 들려준 사람 : 어렸을 때 어른들한테 들었음.
구연 경력 : 몇 차례 했음.
제목 : 채록자가 붙였음.

25. 조천석의 모험

　그전에 힘이 센 청년 하나가 어머니를 모시고 가난하게 살았는데, 어머니가 조를 심어서 가꾸라고 하였다. 그는 큰 구덩이에 조 한 말을 다 뿌렸다가 싹이 난 후에 다 뽑아버리고 한 그루만 가꾸니, 고목나무처럼 자라서 조를 1천 석(千石)이나 거둬들였다. 그래서 이름을 ‘조천석’이라 했다.

　천석이는 집을 나와 길을 가다가 큰 바위를 공 굴리듯 하는 ‘돌선이’를 만나 의형제를 맺었다. 두 사람은 또 길을 가다가 숨쉴 때마다 고목나무를 이쪽 저쪽으로 쏠리게 하는 ‘고목선이’, 맨손으로 큰 나무를 베어 장작 만들기를 잘하는 ‘장작선이’, 쟁기질을 잘하는 ‘쟁기선이’, 똑딱하는 사이에 똑딱선(작은 배)을 만들어내는 ‘똑딱선이’와 의형제를 맺었다.

　6형제가 산골짜기에서 하루 쉬어가려고 한 오두막집에 가니, 호랑이 여섯 마리가 사람으로 변신해 있었다. 호랑이는 이들을 잡아먹으려고 장작쌓기내기를 하자고 했다. 6형제가 힘을 합하여 호랑이가 던져주는 장작을 높이 쌓아놓으니, 호랑이들은 장작더미에 불을 질렀다.

　불길이 치솟아 위험하게 되었을 때, ‘똑딱선이’가 똑딱 하는 사이에 배를 만들고, 주머니에 담아 온 물을 뿌리자 사방이 모두 강이 되었다. 그래서 호랑이는 모두 물에 빠져 죽었다. 이들은 그 배를 타고 나와서 힘을 합하여 잘 살았다.

　그전에 모재(母子) 한 사람이 살고 있었더란 말이여. 그런디, 그 오머니가 즤(저의) 아들더라.

　“너, 딴 사람들은 스슥(조)도 가는데 워째 스슥도 안 가느냐?”

고 이렇게 얘기를 했어.

　“그러면 스슥 갈게 스슥 한 말만 주쇼.”

그래서 스슥 한 말을 줬어. 스슥 한 말을 가지고 나가서 이걸 어떻게 했느냐 하면, 무슥(무우) 구데기(구덩이)마냥 큰 구데기를 파고, 스슥 한 말을 다 부었어. 그리고, 다 갈고왔다고 왔어.

그리고 얼마 후 어머니가

"넘덜은 스슥밭 매는디 넌 왜 스슥밭두 안 매느냐?"

구 하니, 밭을 매러 가서 다 뽑아내뜨리고, 하나만 냉기구 그냥 왔어. 오줌 한 장군 짊어지구 가서 거기다 붓구.

그 후 어머니가

"넘덜은 스슥을 비어다가 바슴두 하는디 넌 왜 않니?"

"아 비여다가 하지유. 도치(도끼) 하나 을어다주야 스슥 비유."

그래서 장자집에 가서 도치 하나 을어다주었어. 그래 가서는, 이놈의 스슥나무를 도치로 벼서 들커메고 왔어.

즉 오메가 보니까, 이놈이 구목나무를 비여왔어.

"야 이늠아, 스슥 벼가꾸 오라니까 워디서 고목나문 벼가꾸 왔늬? 이 거 가지구 나가라."

구 했어. 그러면 나가겠다구 하구서 그늠을 얼켜메구 어디만큼 가다가 넓은 마당이 하나 있어서 갖다 '쾅' 하고 메부치니까 스슥이 모두 떨어졌단 말이여. 그래서 그늠을 다 쓸어서 담어보니까 1천 석이여. 그래서 인제 '천석'이라고 이름을 지었어.

그래, 즉 어머니는 아들을 내보내고 그냥 혼자 사는 거지.

그래 인제, 천석이가 워디만큼 가니까, 아 집뎅이만한 돌팍을 '띠굴띠굴띠굴 띠굴띠굴' 둥글리구 가는 놈이 있거든.

"야 이놈아, 그 사람두 두렵구 하구먼, 왜 그걸 둥글리냐구?"

"야 이놈아, 늬가 뭐간 나더러 인마, 돌을 굴리구 가거나 말거나 늬가 무슨 상관 있느냐?"

구 시비를 들어붙는다 이기여. 그러니께,

"야 너두 세구 나두 센 것 같으니까, 그만두구 의형제나 하자."

하구 둘이 가면서,

"너는 돌을 굴리다 만났으니 널랑 '돌선'이라구 하자. 나는 천석이라고 이름을 졌으니께. 너는 '돌선이'라고 이름을 지여."

그러구서, 무한 가다가 한가운델 가니께, 들판에서 어떤 놈이 코를 골구 자. 자는디, 아 큰 구목나무가 둥둥 떠와서 콕구멍께로 왔다, 코로 숨을 내쉬면 잘루(저기로) 갔다 이러거든. 아 이놈의 새끼가 콧심이 월마나 센지 그렇다 이기여. 그래서 그놈의 귀싸대기를(빰을) 천석이가 한 대 패 갈겼어.

"이눔 새끼, 들판에서 자면서 이게 무슨 행동이냐구 말이여?"

그러니께 이눔이 벌떡 일어나서,

"넘 잠 자는데 왜 패느냐구 말이여. 이 쌍눔의 새끼를 직여(죽여)버린다."

구 벌떡 일어나거든. 일어나서,

"두 눔의 새끼 다 직여버린다."

구 뎁다(도리어) 지랄이거든. 가만히 보니까, 기운이 세게 생겼거든. 그래서

"야 임마! 그만둬. 너두 세구 나두 세니께, 그러구 보니께, 너두 늬 오메(어머니)한티 쩨껴(쫓겨)난 모양이니께, 그만두구 의형제나 해서 가자."

"그렇거라."

구. 그래서 의형제를 했어.

"그럼 넌 '구목나무선이'라고 이름을 짓자."

그러구서 무한 가다가 한가운데를 가니까, 아 어떤 놈이 쟁기를 꽂아놓고 서 소를 몰면서 소리를 질르니까, 소리를 어떠큼 크게 질렀던지 소가 죽 어버렸네.

"야 이눔의 새끼 월마나 글력(근력)이 세간(세기에) 소를 죽였느냐?"

그러구선 시비를 들러붙으니께, 이놈도 센 놈이니께 말여,

"내 소 내가 직였는디, 늬들이 무슨 상관 있느냐?"

구 시비를 붙거든. 이렇게 시비를 들어붙으니까,

"야, 그만두구 의형제 허자."

그러구선 무조건 의형제야. 만나면 다 의형제야. 그래서 '천석이', '돌 선이', '구목나무선이', '쟁기선이' 이렇게 4형제 이름을 다 지였다 이겨.

4형제 이름을 짓구서,

"소가 죽었으니 어떻건다늬? 뭐 늬덜 걱정할 거 없다. 느이시(넷이) 먹 어버리자."

하구서, 느이시서 소 한 마리를 가짠 다 먹어버렸어. 먹구서는 또 가는 겨.

또 한참 어디만큼 가니께, 아 산에서 장작을 패는디, 어떠큼 잘 패는지 번쩍하면 한 평 패구, 번쩍허면 한 평 패구 허거덩.

"야 이눔아, 월마나 기술이 좋구, 재주가 좋칸 장작을 잘 패느냐구 말 이여?"

"장작만 잘 패는 줄 아늬 임마. 느이덜 하는 것 다 헌다."

"그만두구 의형제나 허자."

"그럼 그렇거라구."

그래 인제, 무한 가는 겨. 인제 오 형제지. 무한 가다보니까, 아 '똑딱' 하면 배 하나 짓고, '똑딱' 하면 배 하날 지여.

"야 인마 무슨 재줄 가져간 '똑딱' 하면 배 하나 짓고, '똑딱' 하면 배 하나 짓늬?"

"아 재주 좋아서 짓는 건디, 재주 좋아서 시비할 께 뭐 있어? 당신네 갈 길이나 가쇼. 난 글력 없으니께 기술로 이거나 합니다."

"그렇거나 어쩌커나 의형제나 허구 같이 갑시다."

그래서 의형제나 합시다. 그래 인제 6형제가 [채록자 : 그러면 이름이 뭐유. 4형제는 그렇구. 다섯째는?] 다섯째는 장작패는 늠은 '장작선이'지 '장작선 이'. 그리구 똑땍이 '똑땍선' 그렇게 6형제가 됐다 이기여.

그래 인제, 무한 가다가, 산골짜기루 산골짜기루 가다보니께, 쩨그만 (조그만) 오두막집이 하나 있어.

"야 저기 가서 쉬어서 가자."

그러구선, 글루 다 들어강겨. 가서보니께, 거기두 여섯 사람 있어. 그런디 이건 사람이 아니구 이게 호랭이들이거든. 그래 인제 새끼 호랭이, 에미 호랭이가 있어가지구, 이 사람들을 잡아먹을라구 꾀를 쓴다 이기여. 그래 선 내기를 하자구 말이여. 그렇거자구 하구서 사람들이 말하기를,

"무슨 내기를 헐래?"

그러니까,

"야 우리가 내기를 하되, 이 산엔 장작이 무한 있다. 우리는 장작을 던 져줄 테니께, 던지는 것하고, 쌓는 것하구 내기를 하자."

구 하거든.

"응 그렇게 해라."

그래서 사람은 쌓기루 하구, 호랭이는 던지기루 하는 기여.

그래 이제, 무한 던지는디, 아. 이늠의 호랭이들이 얼마큼 던져서 장작 을 높이높이 쌓았는데, 가만히 내려다보니까, 개미 새끼만한 호랭이덜이 아래다 불을 질른다 이겨. 불을 질러서 이 장작이 타게 되면, 사람이 죽게 생겼거든. 큰일났다 이겨. 내기를 잘못했어. 그래 인제, 영락없이 죽게 생 겼거든. 의형제 6형제가 죽게 생겼다 이거야.

"야 이거 안 되겠구나!"

탄복을 하고 앉아 있으니까, 제일 막내둥이 똑땍이가 주먼지(주머니)다 가 물 한 주먼질 느코 왔어. 느코 와서는 장작으로 냅다 똑땍 하니까 똑 땍이를 만들구, 물을 하나 주먼지차 냅타 풀어내뜨리니까, 아 그 근방이 강이 돼뻐렸어.

그래, 똑땍이가 통탕통탕 하구 가니께 여섯 사람이 타가지구서는, 보니 께는 호랭이는 개바닥 속에서 죽어버리구. 그래서 사람 여섯이가 똑딱선 타구서 나와가지구 힘을 합해서 잘 살았더란 말이여.

채록 일시 : 1971. 8. 19. 11:40~46
구연자 : 안도학(남, 49세, 농업, 국문 해득)
사는 곳 및 나서 자란 곳 : 충남 홍성군 갈산면 쌍천리
채록 장소 : 쌍천리 이태영(남, 48세, 채록자의 외종형) 씨 댁 안방
만나게 된 경위 및 채록 상황 : 이곳은 채록자의 고향으로 구연자는 물론, 모인 분들도 모두
    아는 분들이었다. 채록자가 고향에 갔다가 동네 사람들이 많이 모이는 외종형 댁
    에서 기다리니, 마침 비가 오는 날이라서 들에 나가지 못하므로 여러 분이 놀러오

셨다. 그래서 우호적인 분위기에서 이야기판을 벌였다. 구연자는 이 동네에서 이야기 잘하는 분으로 소문이 나 있는 분으로 몇 편의 민담을 구연했다.

청중 : 마을사람 7명

처음 들은 때 및 들려준 사람 : 어렸을 때 사는 곳에서 들었는데, 누구한테 들었는지는 기억 못함.

구연 경력 : 동네 사랑방에서 마을사람들에게 몇 번 한 적이 있음.

제목 : 구연자는 '조천석이 이야기'라고 했는데, 채록자가 바꿨음.

비고 : 이 이야기는 채록자도 어렸을 때 이 마을에서 외종형 이범영(38세, 농업, 중졸) 씨한테 들은 적이 있음.

26. **금송아지**

옛날에 어떤 부자가 늦도록 아들이 없자 두 첩을 얻었다. 뒤늦게 본처가 아들을 낳자 이를 시기한 첩들이 본처 몰래 아기를 된장 항아리에 처박아 죽였다. 그런데 그 된장을 먹은 소가 송아지를 낳았다. 첩들은 아기가 죽어서 송아지가 된 것을 알고, 꾀병을 앓으면서 송아지의 간을 먹어야 병이 낫는다고 했다.

송아지를 잡으려던 백정은 송아지가 우는 것을 보고, 송아지를 풀어주고는 개를 대신 잡아 간을 보냈다.

서울에 올라간 송아지는 '그 북을 울리는 사람은 임금님의 사위가 된다'는 짚북을 울려서 임금의 부마가 되었다. 공주와 결혼한 송아지는 탈을 벗고 인간으로 변신하여 잘 살았다.

이전에 그 뭐야, 재산은 그럭저럭 촌에서 먹구살기에 넉넉하단 말여. 썩 부자는 아니래두. 그래, 그분이 나이 40이 되두록 자식이 없어요. 그래 우떡하면 자식을 볼까 하구, 이— 말하자면 지금 이 신작로 같은, 예전에 왜 그 도보루 댕기니까 그럴 거 아닙니까?

그런 질 도막에다, 길가셍에(길가에) 밭이 한 대엿 마지기 되는데, 거기다 차미(참외)를 낳어. 차미를 놓구는 돈 있는 사람한테는 돈 받구, 돈 없는 사람은 그냥 먹여서 보내구. 그래 적선이란 말여. 내가 어떡허면 자식을 볼까 하구 적선을 허는 거지.

하루는 한 60. 70, 한 60여 세 되는 남자가 점잖은 양반, 양반은 아니지만 관상 깨나 보는 이런 사람이란 말야.

“아, 이 원두막에 좀 쉬어 갈까?”

원두막을 떠억 쳐다보거든.

“아, 쉬어가실려면 이루 올라와서 쉬어가시오.”

쉬었단 말여. 거기 올라가 쉬는데, 내려가더니 차미를 서너 개 따다가

“깎아 잡수슈.”

“아니 난 돈이 없우, 돈이 없이 댕기는 사람이우.”

“아 돈이나 마나 잡수시우, 돈 받을라구 드리는 거 아니니까.”

아 그래, 서너 개 먹구는, 원주 첨지, 옛날에는 젊은 사람두 원주 첨지를 알았어. 원주 첨지를 자꾸 훑어보구 그런단 말여.

“거 여보슈, 워째 그리 날 자꾸 훑어보십니까?”

그러니까,

“으응, 당신 자식이 없어서 자식 볼라구 거시기 이런 길가에다 차미를 놓구 이렇게 하지 않는가?”

“아 그렇습니다.”

“으음, 당신 아들을 꼭 보기는 보는데, 보기는 볼 텐데, 작은마누라 둘을 봐야 본다.”

“그래요?”

“아무 날 아무 시에 오시에 여기에 여자가 둘이 보따리 해서 이고 여기 와서 쉴 테니, 그 여자를 대접을 허구는 뭐야, 자세한 얘기를 하구는 작은마누라 둘을 둬라. 그렇게 하면 자식은 둔다.”

“그래요.”

그러군 갔어. 간 후에 메칠 있다가 그 사람이 온다는 날 기다리구 있으니까 참 여자가 둘이 보따리 요만한 [두 손을 벌리면서] 거 해들구는 떠억 오더니, 차미막 밑에 오더니,

“차미막 밑에 쉬어 가야겠다.”

“아 쉴라면 여기 올라와야지, 평평한 데 여기 와서, 그 땅에서 그럴 것 없이 쉬시오.”

“아이, 올라가두 괜찮은가유?”

"아 괜찮아요. 어서 올라와요."

올라가서 떠억 쉬는데, 이 사람이 뻘떡 일어나 참외 고랑에 가더니, 이
것저것 만지더니 대여섯 개 따가지고 온단 말여.

"이것 잡숫고 쉬시오."

"아이구, 우린 돈이 없는디유."

"에이, 돈 없는 양반한테는 돈 받지 않구 그냥 대접합니다. 그러니까
어서 잡수슈."

"어이구, 미안합니다."

따다가 주는 거를 깎아서 다 먹었단 말여. 그런데

"거 당신네 어디로 가시는 부인네요?"

그러구 물으니께,

"예. 이거 부지거처(不知居處) 없이 나섰습니다."

"그래요. 그러커들랑으니, 여보슈, 두 분이 그러구 다닐 것 없이, 내가
거리 곁에다 참외를 놓구 참외 장사를 할망정 뭐 우리 살기두 괜찮은 사
람이니까 당신네 웬만하거든 나하구 살면 어떻소?"

"아니, 부인네가 안 계십니까?"

"아니, 있어요. 있지만 자식 못 나, 자식 볼라구 그러우. 그러니까 뭐
좀 그렇게 해봅시다."

그러니까 아 그만, 둘이 그만,

"그럼 그렇게 허것소."

그래 자기네 집 몇 마장 떨어져서 집이 떡— 나서, 사서래미

"자기들 둘은 여기서 살구, 우리는 저기 저 집이가 내 집이야. 그러니
댕기기두 좋지 않은가?"

아 그러니, 생전 오나? 큰마누라가

"마누라 둘씩 얻었다면서 어째 마누라 한 명두 안 오나?"

하구 큰마누라가 기다리구.

이럭저럭 안 댕기구, 서루 그러는데, 아 이거 맨날 그 여자, 작은마누
라 집에 가서만 자구 집에는 안 온단 말여.

"이, 이거 이렇게두 안 오니 ……."
그러나저러나 그렇게들 살지.

사는데, 우째 하룻밤 하루 저녁 놀러오더니, 하룻밤 자구 나가서, 아 큰마누라 몸에 애가 있네.

그래서 아, 큰마누라가 애를 가져서 배가 차차 불러 가니까,

"아이그 제미, 작은마누라가 그까짓 거 뭐하는 거야?"

아, 그만 큰마누라한테 가서 산단 말야. 하이, 어떻게어떻게 꼬셔서래미. 애들이나 늙은이나 안늙은이를 시켜 꼬여서 데려나가면 쪼금 가 있구는 큰마누라한테 온단 말여.

그럭저럭해서 10삭이 떠억 차니까 아들을 하나 낳았는데, 참 떡두꺼비같이 잘 낳았거든. 아이, 아들 낳았다 소리를 듣구는 첩의 집에 당체 안 가구 큰마누라 집에 와서 노박 산단 말여. 아 이년들이 뭐 우떡해 해야 양식을 대서 먹어야 할 텐데, 우떡하나 하거든.

이럭저럭 키우다가, 아 그거 돌이 인저 곧 돌아오니까, 서울루 노리개, 노리개 하러 갔단 말여. 머슴애 돌에 해 채워줄려고, 노리개 하러 쓰윽 간 새에, 아 여편네 둘이 하얗게 광목을 해다 끊어서 하얀 소복을 하구서 보따리 해 이구서, 장사를 다닌단 말야.

아, 그 집에 떠억 가서,

"아이구, 애두 시루떡같이 잘 낳으셨습니다. 아이구 참 잘나셨습니다."
하면서 노리개 해가지구 다닌다구,

"이것 좀 사서주시라구요."

"우리 바깥 양반 서울루 노리개 허러 갔는데, 아 그 노리개 해가지구 오면 어련히 노리개 찰라구. 어이구, 나는 돈도 없구, 안 사우."

"아이구 댁에 잡숫는 대루 쌀이라두 좋습니다. 쌀이라두 주구 사시지요."

"에이그, 그거 안 사겠소."

아, 하두 쪼르니까 아, 광으로 쌀 푸러간 사이에 애를 네미 그만 장독간에, 장 항아리, 커다란 된장 항아리 속에다 콱 쑤셔박아 짱아찌를 박구는

그만 내뺐단 말야.

아, 쌀 퍼가지고 나오니까 없지. 애두 없지. 옛날에는 밤엔 불을 켜놨어두 어둡지. 찾다찾다 못 찾아서,

"어휴, 이게 웬일인가? 자식을 잃어버렸으니."

아 그럭저럭 있는데, 서울서 영감이 노리개를 해가지구 떠억 와보니까 애가 없지.

"애 어쨌소?"

"아 웬 방물장사 여편네 둘이 오더니 '아이그, 아들 잘 낳았다' 그러면서 하다가 잠깐 새에 훔쳐갔는지 없으니 어떡허우. 잃어버렸지."

"허허, 그거 참. 그래 자식을 잃어버리구 앉았어? 아이구, 참. 에이 작은마누라 집에나 가야겠다."

가더니 안 온단 말야.

아 장을 떠다가 지지니까, 밥을 해가지구 먹는디, 떠먹어보니 아주 냄새가 기가 막히구 못 먹겠단 말여.

"야, 이거 웬 일이냐?"

할 수 없이 그 집에 소를 먹이는디, 암소를 먹인단 말야. 암소를 먹이는디, 암소를 죽을 쑤어주는디, 아 된장을 퍼다가 섞어서 해먹이구, 해먹이구, 아 그 된장 다 먹도록 그러구.

소가 새끼를 뱄는데, 새끼를 낳았는데 보니까, 아 새끼가 등허리에 금줄이 죽죽 내려가면서 나구, 아주 새끼가 참 예쁘단 말여. 아 그래, 그 마누라가 무엇인가 취미 붙일 게 없어서 송아지를 소 궁뎅이, 지기 집에 먹이는 소 궁뎅이, 게다 갖다 자리를 쓰윽 깔구서 자는데, 거기서 자면서 송아지를 재운단 말야. 아 젖두 먹이구. 자기 젖두 먹이구.

그래서 그랬는데, 그 소문이 떠억 그 첩의 집에 났어. 첩의 집에 나서 그 주인 영감이 와서 마누라 보구서,

"당신 그 소 오양간에서 자리를 깔구서 잔다니 정말야?"

"그래유. 아 이거 봐요. 소가 새끼를 낳았는데 이상스럽게 등에 금줄이 죽죽 배기구 좀 좋수? 아 이걸 업기두 하구 그러우."

"거기다 취미를 붙였군."

영감이 오더니, 아 그 송아지에 취미를 붙여서 방에 데리구 들어가서 복판에다 뉘구는, 재우구는, 마누라 영감 이건 양짝에서 잔단 말여.

아 그래 키우는데, 차차 차차 크는데, 좀 잘 커. 떠억 크는데, 작은 첩네 집에서 소문이 났는데,

"아무게 양반 작은마누라 둘은 싸들어 누워 앓는데, 다 죽게 됐다."
구 그런단 말여.

"그래 와서 우리 영감이, 내가 당신 무당보구 물어보라구 그럴 테니, 불러다가 묻거든 송아지 간을 먹어야 산다구 그러라구."
그랬단 말야. 아 그래서 어쨌든지 들어와서 하 심부름을 하구 그러니까,

"내 가보구 올께."
그러구는 가보니, 아주 죽는다구 대가리를 모두 뭐여, 싸뎅이구 드러누어 끙끙 앓는데, 기가 막히단 말야.

"아, 그 어디가 아퍼 그래?"

"아이 모르겠어유. 아이 그 저 뒤에 아무개, 그 무당 양반, 그 노인 좀 불러다가 물어봐요."

"그럼 가 불러오너라."

심부름을 시켜 불러왔지.

"그 우리 저, 점 좀 해봐."
그래 점을 떠억 하니,

"하아. 그거 참, 병환이 깊습니다. 대단합니다. 곧 안 고치면 죽습니다."

허어, 그 남의 여편네 둘씩이나 데려다놓구 안 고치면 다 죽는다니, 그 야단났단 말야.

"그래 뭐이면 낫느냐?"

"아이그, 그 병환이 이상합니다. 아 댁에 송아지 한 마리 있지 않아요?"

"아 있지."

“그거 간을 먹어야 낫는답니다.”

“그려. 그거 참, 그러나저러나 죽는다는걸 살려야지, 송아지 키우자구 그거 살릴 수가 있나? 거 아무개 장인(백정) 하나 불러오너라.”

“저 집에 송아지 하나 있지. 요새 낳은 거. 그거 잡아서 고기는 느이덜이 다 먹구 간은 끄내오너라.”

“아 그러지요”

갔단 말야. 아 가서래미,

“댁의 송아지를 끌러왔습니다.”

“아이, 송아지는 왜?”

“아 잡으랍니다.”

“잡다니? 그게 무슨 소리야? 아 송아지는 왜 잡어?”

“아, 그 작은마누라님 댁의 두 댁네가 송아지 간을 먹어야 낫는답니다. 그래 잡으라구 기별이 와서 끌러왔습니다.”

“하, 그거 참.”

아 영감이 끌어다 잡아오라는 건데 말하면 소용이 있겠느냐 말이야.

“아, 끌구가게.”

송아지를 목을 붙들어매서 끌구 갔지. 갖다가 그놈을 잡을라구 울타리 가지에다 떠억 붙잡어 매어놓구는 칼을 간다. ‘쓰윽쓰윽’ 가는데, 칼을 갈면서 송아지를 쓰윽 보니까, 송아지가 눈깔에서 눈물이 ‘뚝뚝’ 떨어지거든.

“아, 이거 이상스러운 송아지니까 안 되겠다.”

칼을 싹 갈아가지구, 그 쟁이네들 집에 개를 먹이던 모양야. 강아지, 중강아지 되는 거 고거만한 거, 그걸 부르니까 와. 네미, 강아지를 목아지를 쩌매서 뭐, 저 블꺼이 같은 거 그걸루다 제치니까 ‘깨앵’ 하더니 그냥 죽어버렸지. 껍데기 베끼나마나 그냥 배아질 썩 갈라서 간을 꺼냈지. 개 간이나 쇠 간이나 뭐 한가지라구. 쪼끄만 거니까. 커야 송아지 간두 크지. 에이 그걸 갖다가,

“송아지 간 내어왔습니다.”

“아 이루 가져오너라.”

갖다주었지. 갖다주니까,

“도마 가져와.”

도마를 심부름 시키는 애들이 가져오니까, 자기 손으루 ‘쓰윽쓰윽’ 쓸어서,

“소금 좀 가져오너라.”

소금 갖다놓으니까,

“자, 일어서들 먹어. 실컨들 먹구 일어나야지. 사람들, 그걸 아프다구 드러누어 있어?”

일어나서 간 서너 자매(점)씩 처먹구는,

“아이, 이젠 정신이 차차 나유.”

“나야지. 죽으면 되나? 나야지.”

아 그리구, 백정이 송아지 새끼를 칼루 썩 끊어서,

“야 이눔아, 밤에 어디든지 네 맘대루 가거라.”

가버렸어. 일어나 꾸부렁꾸부렁 하더니, 들구 뛰었단 말야. 들구 뛰어서 어디를 갔느냐 하면, 서울을 갔어. 서울 가서래미 돌아댕기니, 뭐 뭐, 송아지가 뛰어나서 댕기거니 하지 뭐, 누가 아느냐 말여.

남대문에다가 짚북을 크게 해서 떠억 달아놨단 말여, 그러구 방맹이, 서울 그 종각 방맹이 해서 걸어놓듯 그렇게 해서 걸어놓구, 광고를 써붙였어.

“나라 상감님이 이 짚북을 쳐서 소리가 나면 사위를 삼는다.”

아 이라구 방을 써놨단 말여.

송아지가 이걸 써억 보더니,

“좀 쳐볼까?”

아 저만치 뛰어나갔다가서 모둠 발루 뛰어들어오면서랑으니 돌아서서 뒷발채루 그 방맹이를 펄쩍 차니까 ‘꿍’ 한단 말여.

상감님이 가만히 들으니까 짚북소리가 난단 말여. 아 그 신하더러

“짚북이 소리가 난다.”

이눔이 한 서너 번 쳤단 말여. 다 났거든.

쫓아나갔지. 나가니까, 송아지가 한 마리가 떠억 북 앞에 앉아 있단 말야.

"사람은 없구 송아지가 한 마리 있으니 이거 안 되겠다."

그러구 새끼를 구해서 목아지를 매서 끌구 나라에 들어가서 보고했단 말여.

"사람은 없구, 아무것도 없구, 이 송아지 한 마리만 짚북을 쳐다보구 가만히 앉아 있는 것을 한 번 더 쳐보라구 하니까 저희 보는데 쳐서 소리가 나서, 이눔을 데리구 왔습니다."

"으응?"

그러니 이거 나라 상감님으로서 사위를 삼는다구 했는데, 아 송아지를 사위 삼을 수가 있나? 아 그거 원 야단 났단 말여. 그러나 뭐, 따님더러,

"그 야, 어떡하니? 나라 상감님으로서 내 너를 사위를 삼을라구 했는데, 네 신랑을 구할라구 했는데, 짚북을 암만 때려봐라. 소리 나나? '픽픽' 하지. 얘, 그 송아지가 뒷발질루 차서 소리가 났어. 사람으루 때려봐라. 소리가 나나? 이거 이상스러운 일이니 이거 어떡할래? 시집가야 하지 않느냐?"

"아버님이 거시기 허신 거를 거역할 수가 있습니까? 가것습니다."

그래서 할 수 없이 저기다 세워 놔뒀지. 신하더러

"송아지래두 내 방으로 데리구 들어와. 내 신랑이여, 이제는. 아버지가 천거한 신랑인디, 한데루 자꾸 들어내니 그게 말여? 데려와."

그리곤 데려왔지. 데려다놓구는,

"이거 참 이상허다. 대관절 어떻게 되어서 이런가?"

그래 참 한심하니까, 아마 좀 뭐했던 모양이지.

"사람으로 태어나 원 송아지한테 시집가다니! 보통 사람이 아니구 상감님의 딸이. 이게 말인가 뭔가?"

그러나저러나 야단났거든.

송아지가 가만히 졸구 앉아서 시악씨 눈치만 꾸벅꾸벅 본단 말여. 그러더니, 그 소는 왜 쪽다리가 아니지. 이— 연필을 붓하구, 먹하구 내놓으

라구 그 여자를 찌르더니, 아 냅다 글씨를 쓰는데, 송아지가 글씨를 쓰는데, 참 잘 모르는 거거든.

"참, 나두 공부를 했지만, 이거 이런 공부가 있나? 이상허다."

그래서

"대관절 거기 좀 드러누우라구요."

시악씨가 그러니까, 그만 송아지가 자빠졌거든. 칼루다 깊이는 안 찌르고 쓰윽 내리찔러 배를 갈르구 턱 보니까, 하 세상에 미인이면 그런 미인이 어디 있나. 기가 막힌 미인이 쓰윽.

"거 왜 그리 조급한 마음을 먹구 그래 응? 송아지가 뭐 다 아냐? 그러니 가만히 점(좀) 있으라."

구. 거식허더니 도루 가죽을 쓰구는 집어매라구. 가죽을 집어매구는,

"내가 장가 가는 날까진 송아지루 가것다."

"아 그러슈."

아 상감님이 가만히 딸의 얼굴색을 보니까, 희희낙낙 하는 게 좋아한단 말이거든.

"거 연분인가부다. 짐승이래두 좋아하는 걸 보니. 그거 참."

그래 인제, 날을 받어서 예를 했단 말여. 한방에 들어가서 자는데,

"야, 이제 베껴. 첫날밤 자구서 내일 아침 나가서 장인, 장모를 뵈어야 할 테니 베껴."

또 타개서 베꼈지.

아침에 자구 건너방 문이 바스스 열리더니, 딸이 먼저 슬그머니 나와서 세숫물을 떠다가 떠억허니 대령해놓구 그리구는,

"세숫물 떠다났습니다."

그러니까, 신랑이 나와서 세수를 헌단 말여. 문을 열구 떠억 내다보니,

"어어, 이런 미인이 어디 있나. 세상에 원 저런 사람이 왜 송아지 속에가 들었어, 응? 이것 좀 보시오."

"아 참 그래. 미남자가 거기 있었군 그래. 송아지 속에."

그래가지구는 장갤 들어서 거시끼 해가지구 상감님한테 그런 상소를

했다 이런 말야.

"제가 상감님, 어렸을 적에, 갓난쟁이(갓난아이) 적에 저를 장 항아리에다 넣어서, 어머니가 장을 지져잡술라구 하다가 못 잡숫고 소를 다 줘서 소 속에서 나왔습니다. 그래 나와서 이렇게 뵙습니다. 또 첩이라는 작은 부인네가 송아지 간을 내어 먹이래서 송아지 간을 먹인다는데, 지가 울었습니다. 목아지 붙들어매구 그러는 데서 울었더니, 우니까 백정이 즈이 개를 잡아서 개 간을 내어주구는 제 목아지를 맸던 새끼를 끊어주면서 '네 맘대루 가거라' 하길래 이렇게 왔습니다."

이렇게 공부두 모두 송아지 뱃속에서 했대야.

채록 일시 : 1972. 8. 11. 23:20
구연자 : 이상윤(남, 62세, 농업, 국문 해득)
사는 곳 및 나서 자란 곳 : 강원도 원성군 판부면 금대 2리 일론동
채록 장소 : 구연자의 집 안방
만나게 된 경위 및 채록 상황 : 김태곤 교수, 이상일 교수와 함께 찾아가 만났다. 지난 4월 15일에 이어 두번째 찾아간 마을이어서 동민 7~8명과 함께 우호적인 분위기에서 이야기판을 벌일 수 있었다.
청중 : 부락민 8명, 조사반원 2명
비고 : 이 이야기는 같은 마을 이호태(남, 38세) 씨의 '27. 정승의 사위가 된 송아지' 이야기에 이어서 구연한 것임.

27. 정승의 사위가 된 송아지

옛날 어떤 사람의 소실이 본처가 아들을 낳자마자, 그 아들을 소에게 갖다주었다.

얼마 후, 아기를 받아먹은 소가 송아지를 낳았다. 송아지는 방으로 들어가 본처의 젖을 먹곤 했다.

소실은 아기가 송아지가 되었음을 알고, 꾀병을 앓으면서 송아지 간을 먹어야 낫는다고 했다. 송아지를 잡아 간을 꺼내오라는 말을 들은 백정은 송아지가 우는 것을 보고 불쌍히 여겨 놓아주고는 다른 짐승의 간을 갖다주었다.

송아지는 서울로 가서, 그것을 울리는 사람은 영의정의 사위가 된다는 종을 울려서 영의정의 사위가 되었다. 그 후 송아지는 연못에 들어가서 목욕을 한 후 탈을 벗고 사람이 되었다.

벼슬이 높아져 정승이 된 그는 고향으로 내려가 사실을 밝힌 후, 아버지의 소실에게는 벌을 내리고, 자기를 살려준 백정에게는 상을 주었다.

옛날에 어떤 사람이 소실을, 전실을 두고 인저 소실을 두었는디, 전실 몸에서 아들을 터억 낳아놓고 허니깐, 이건 아들을 못 낳았다 이거여.

그 남편네 어디 간 새에 몸을 풀었는데, 낳자마자 그냥 소를 갖다주어 버렸어. 첩이 말여. 그래 소가 널름 받아가지고 꿀꺽 삼킨단 말야.

그래 인저, 산모는 몸이 차지차 가꾸 사경인데. 그래 남편이 어디 갔다 오니까는, 애는 간 곳이 없구 산모는 몸이 차지차 가꾸 있구.

"그래, 아이는 워처케 했냐?"

"낳자마자 죽어서 갔다가 끌어묻었다."

그래 정신이 나니까,

"낳았는데, 죽었는지 살았는지 난 알지를 못한다."

구 그래가지구, 소가 배가 붓는 거요. 배가 붓더니 떡— 낳았는디, 참 송아지를 낳았거든. 송아지를 낳았는디, 송아지가 다짜고짜 낳자 마자 방으루 뛰어들어가는 거여. 그래 산모는 몸이 뚱뚱 불어가지구, 젖을 디리 빨아먹는단 말여. 그러자 몸이 홀쭉해진단 말여. 그 송아지가 젖을 먹구 싶으면 여자한티 가서 빨아먹어.

그런디 그 첩이 가만히 생각하니, 애가 틀림없이 송아지가 되어서 나왔거든. 생으루 드러누어 앓으면서,

"난 저 송아지 간을 먹어야 살지 못 살겠다."

이거야. 그래 남편이 가만히 생각하니까, 송아지 하나 잡으면 간을 내서 살릴 건데, 여자를 잡을 팔요가 없거든.

그러니까, 예전엔 그 백정의 집이 있는데, 백정에게루 송아지를 끌구 갔어요. 가가지구는,

"이 송아지를 잡아서 간을 하나두 손대지 말구 보내달라."

"예 잡지요."

송아지가 눈물을 '주욱주욱' 흘린단 말여. 백정이 가만히 생각허니께 이상하다 말여. 그러구 인제 주인은 가구. 생각허니

"에이, 깐 놈의 거, 송아지구 아무거구 대신 보내주면 될 테지. 자기가 알긴 뭘 알랴."

그러구서는 송아지 간을 대신 다른 걸루 보내구서는, 송아지 목대를 끊구서는 그만 끌러놔버렸지. 그러자, 송아지가 들구 달리는 거요. 이거 뭐 부지거처하구 내빼버렸단 말요.

"살아가겠으면 살아가라."

서울을 갔네, 송아지가. 서울을 갔는데, 영의정의 딸 하나, 무남독녀 외딸을 두었는디, 저 높이, 아주 높이다 무슨 종을 매달아놓구는,

"이 종을 쳐서 소리를 내는 사람이면 사위를 본다."

이거거든. 그러나 허다한 사람이 와서 아무리 때려봐야 소리가 안 나거

든. 사다리를 만들어놓고 인저 올라가서 허는데.

그런데 송아지가 떠억 그 밑에 가서는 섰더니, 바루 그 사다리를 기어 올라가는 거여. 기어올라가더니, 입으루다가 끄나풀을 물구는 꽉 냅다 치니까는, 소리가 굉장히 난단 말야. 이건 뭐 소리 내는 사람은 사위 본다구 했으니 사위를 안 볼 도리가 없단 말야.

그래, 송아지를 사위루 봐가지구는 참 한가한 데다가 놔두는디, 이 송아지가 밥을 갖다주면은 어엿이 먹구, 신부가 가만히 생각하니 한심하거든.

그래 그냥 서너 달을 있더니, 그 뒤에 연못이 있는데, 하루 저녁에는 나가더라 이거요. 송아지가.

'이상하다!'

뒤를 밟아 나가 보니까는 연못 속에 들어가거든.

"이젠 죽는가보다."

그러구는, 참 며칠을 있다가는, 한밤중쯤 됐는데, 참 한다하는 청년이 문을 열구 들어오거든. 여자가 놀라가지구,

"아 당신이 어떤 남잔데 아닌 밤중에 유부녀 혼자 있는 방에 들어오느냐?"

"그런 게 아니구 내가 송아지루, 당신 신랑 노릇하던 송아지다." 이거야. 그래,

"어떻게 해서 사람으로 됐느냐?"

"그게 아니고 애초에 내가 사람으로 태어났었는데, 약차 이만저만해서 이제 지금 연못에 빠져가지구 인상(人象)을 타가지구 여기 왔지 않나."

"아 그러냐."

구. 그날 저녁에 장모구 장인이구 다 모여서 참 반가워서 뭐했지.

거기서 참 영의정의 뭐니까, 공부를 해가지구는, 참 정승 지위에 올랐단 말여.

"에―, 인저 복수를 해야겠다."

그래, 시골루 내려간 거지. 내려가가지구 참 백정놈을 찾아간 거지. 살

려준 은인이니까. 백정을 찾아가서 인사를 허니까, 고양이 앞에 쥐인데, 정승 앞에서 꼼짝이나 할 수 있어요. 예전에야. 아 그래, 모발이 허옇게 센 이인데,

"내가 아무때에 여기서 송아지를 살려준 게 나라구."

아 백정이 가만히 생각하니, 원 그짓말 같거든.

"자초지종 얘기는 이따가 할 테니까, 집에 좀 갔다와야것다."

그래 집에를 가서나, 자기 부모네는 참 호호 백발 노인이지. 그런데 그 소실 몸에서두 자녀가 하나두 읎구. 그래 인제 가가지구는

"아버님!"

하구 인사를 하니까는, 아 그 깜짝 놀랄 수밖에. 아들이, 읎던 아들이 별안간 아버지를 찾으니까.

"난 아들이 읎다구."

"그런게 아니라, 아무저께 내 간을 먹어야 산다구 해서 날 갖다 백정 갖다 준 그 송아지라구."

아버지가 가만히 생각해보니 무슨 쪽은 있거든. 그제서 그 작은마누라를 족친 거지. 족치니까 그제사 사실 얘기여.

"사실은 송아지를, 소를 줬더니, 송아지를 낳은 거를 송아지를 죽일려구 내가 또 간을 먹을려구 했노라."

구.

그래, 그 아들이 그 소실을 죽이구, 그 백정을 거기다가 베슬을 주어가지구, 백정을 면하게 만들어가지고 살더래요.

채록 일시 : 1972. 8. 11. 23:10~19
구연자 : 이호태(남, 38세, 농업, 국문 해득)
사는 곳 및 나서 자란 곳 : 강원도 원성군 판부면 금대 2리 일론동 1230
채록 장소 : 구연자의 집 안방
만나게 된 경위 및 채록 상황 : 김태곤 교수, 이상일 교수와 함께 찾아가 만났다. 지난 4월 15일에 이어 두번째 찾아간 마을이어서 동민 7~8명과 함께 우호적인 분위기에서 이야기판을 벌일 수 있었다.
청중 : 부락민 8명, 조사반원 2명

28. **함흥부사와 지네**

　　조선 중엽에 함흥부사가 부임하기만 하면 부임 첫날 밤에 죽곤 하므로 함흥부사를 하려는 사람이 없었다. 이때 김탁이라는 말단 관리가 스스로 원하여 함흥부사가 되었다.

　　그는 부임하여 즉시 담배와 숯을 준비하게 하고, 마루에는 명주실을 이리저리 매놓았다. 밤이 되자 부사는 방안에 화롯불을 피우고 계속하여 담배잎을 태웠다. 한밤중이 되니, 이상한 물체가 방 안으로 들어오려고 하다가 담배 연기가 자욱하니까 그대로 없어졌다.

　　날이 샌 다음, 부사가 사람을 시켜 명주실을 따라가보니 지붕의 용마루 속으로 들어갔다. 부사는 큰 가마솥에 기름을 가득 부어 끓이게 한 다음, 장정들에게 준비해놓은 쇠집게를 들고 지붕으로 올라가라고 했다. 장정들이 용마루를 떠들어보니, 거기에는 큰 지네가 있었다. 장정들은 부사의 명령대로 그 지네를 잡아 토막낸 다음, 기름가마에 넣고 끓였다. 그때 가마솥에 파란 기운이 뻗쳐나와 부사의 얼굴을 쐬니, 부사의 얼굴에 붉은 점이 생겼다.

　　그후 부사가 아들을 두었는데, 얼굴에 점이 있어서 이름을 '자점(自點)'이라고 했다. 후에 김자점이 역적이 되어 삼족이 멸망하는 화를 당했는데, 이것은 지네의 복수였다고 한다.

이조 중엽에 함흥부사라고 하면 꼭 죽고 죽고 그래요. 부사라고 가면 부임초에, 그날 저녁에 그냥 죽고 죽고 하거든요. 그래 함흥골이 비었어요. 지원자가 없어. 가면 죽으니께 누가 지원하겠어.

그래 일부러 자격 없는 사람이라도 그 함흥부사로 보낼려고 하는디, 지원자가 있어야지. 그것 땜에 군민이 도탄에 빠지고, 빠지면 행정이나 뭐나 봐주는 사람이 있어야 할 터인디, 어른이 없는 고을이 되니까요. 이 것 쓰것시오? 궐 내에서도, 대궐 안에서도 그것 땜에 고민을 하구서 상의 도 허구. 하루는,

"함홍골을 비어도 되겠느냐 말여? 그런께, 함홍골로 누가 갈 분이 있 으면, 원을 하라."

저 말석에 있는, 그 참 말직에 있는 분인디, 김탁이라고 외자 이름이여. 김탁이라는 분이

"지가 가겠습니다."

보니께, 참 말직에 있는 그런 벼슬아치여.

갔어. 가서는 이방을 불러서,

"함홍골살이 오면은 누구든지 죽는다고, 그날 저녁에 죽는다고 허니 대관절 어떻게 된거냐?"

"어떻게 된 건지 도대체 알 수가 없습니다. 오면 그날 저녁에, 에― 그 이튿날 공사를 또 할려고보면 그냥 죽어서 시신으로 계시고, 계시고 허니 께, 도대체 그 이유를 모르겠습니다."

그런디, 함홍골에 담배가 명산지인 모양이여.

"담배를 몇 십 발 구해오너라. 그리고 명지꾸리 좀 몇 십 개 좀 갖다가 이 마당으로 어디로, 마루로 명지꾸리 좀 갖다놓아라. 그리고 목탄을 좀 한 가마니 구하여다가 내 방 화로에다가 목탄을 좀 피어서 대령하라."

숯불을 피워놓구서는, 거기다 담배를 갖다가, 연해 갖다가 담배를 모깃 불처럼 쓴게요. 그래 방이 자욱하죠.

밤중에, 삼경이 자났는디, 밖에서 뭐이 저벅저벅저벅 소리가 나요. 나 더니, 그 밀창 바깥으루 뭐이가 대가리를 내미는디, 짐승도 같구 이상스 런 물체가 안개처럼 연기가 자욱허니께, 담배를 모깃불처럼 피워서 담배 연기가 자욱하고 그러니께, 그걸 마다고 허는 모양인디, 에 도루 참 퇴보 를 허더니, 어디로 참 행적이 없어져버려. 그래 그냥 밤을 새웠어. 새고 보니께, 거 이방이란 것이 와서, 어떻게 됐나 또 죽었나 와서 동정을 보는 거지.

"게 누구 있느냐?"

허니께, 아, 살았단 말여. 허 정말 이 양반이 자원해서 왔다더니, 정말 용약이 있으니께 그랬단 말여.

"너 거 명주꾸리가 어디로 끌려갔나봐라."

그렁께, 명주실을 마루에다 그 마루에다 모두 그냥 전부 흩어놨는디, 그놈이 지붕 위로 해서 용마루 속으로 들어갔어. 그 이방을 불러서 가마솥을 갖다가, 인제 동헌 뜰 마당에다 갖다 가마솥을 걸어놓고, 거기다 기름을 몇 동이 구해서 갖다가 가마솥에다 기름을 붓고, 인제 장작불로 끓여요. 그리구선 대장간에서 집게를 치는디, 한 발씩 이렇게 [두 팔을 벌리며] 넘어 되게 이렇게 집게를 쳐서, 장정들을 한 10여 명 모두어서 지붕으로 올라가서 용마루를 떠들어봤어. 떠들어놓구 보니께 지네가 용마루가 꽉 찼어유. 큰 지네가 용마루 밑에 가 그냥 엎드렸어. 그래 장정이 모두 용마루 밑에 올라가서 집게로 대갈빼기 잡고, 중간 잡고, 모두 수십 명인께 붙잡구서는, 동헌 마당으로 뚝 떨어뜨렸어. 떨어뜨리니께, 그 밑에서 모두 집게로 꼭 붙잡고서 지네를 모두 동강을 냈어. 몇 도막을 모두 냈어. 짜르구서는 끓는 기름에다가 갖다 처박구 하는 거여.

헌디, 마지막 대갈빼기를 거기다 처박으니께, 가마솥에서 기름 끓는 거기서, 새파란 기운이 나와요. 세파란 기운이 떡— 오더니, 동헌 마루에 앉은 김탁이, 함흥군수 간 김탁의 얼굴짝으로 와서 이렇게 [손을 얼굴쪽으로 움직이며] 쐰단 말이여. 쐬니까 난데없이 예가 [얼굴을 가리키며] 이렇게 빨갛게 점이 배기유. 그렇게 하인들이

"아, 사또 나리 저 얼굴에 점이 웬 점이냐?"

그런단 말여. 거울 갖다놓고 보니께, 그 점이, 없던 점이, 그 지네가 그 새파란 독기가, 자기 얼굴을 보더니, 얼굴에가 빨간 점이 하나 생겼단 말여. 그러나 몸은 아무 이상도 없어. 그래 지네는 그냥 죽었구.

그 뒤로 24삭을 사는 겁니다. 골살이 가면 24삭을 살면, 이제 따지면 내 집으로 들어가서, 고향으로 가서 인제 벼슬을 더 올려주거나 그대로인디, 24삭이 만기여.

24삭을 인제 살구서는, 자기 집에 가서 자기 부인하구 인제 하룻밤을 잤어. 자고보니께, 이 빨간 점이 없어졌네유. 인제 그러구나서 자기 부인이 잉태를 해서 임신이 되어서 10삭 만에 아들을 낳구보니께, 그 아들이 볼테기가(볼이) 빨간 점이 있어요. 그래서 이름을 김자점이라고, 스스로 자(自)자, 점 점(點)자, 김자점이라고 했어요. 김자점이가 역적질하다가 아주 멸망을 하지 않았시유.

그래서 그런 오래된 짐승이라고 허면, 죽어도 그렇게 웬수를 갚는다는 게요. 네. 그래서 함흥골살이 가서 지네 죽이구 아들을 하나 낳았는디, 그 점이 아들에가 배겨서 김자점이, 뭐시 잘못돼가지구서 삼족을 멸하지 않았시유? 그렇게 원수를 갚았다는 거유.

채록 일시 : 1979. 8. 2. 11:54~12:03
구연자 : 김태영(남, 66세, 어업, 한문 수학·보통학교 졸업)
사는 곳 및 나서 자란 곳 : 충남 보령군 오천면 효자도리
채록 장소 : 구연자의 집 대청마루
만나게 된 경위 및 채록 상황 : 국제대학 학술조사반원과 함께 원산도에 가서 조사를 하고, 그곳에서 얼마 떨어지지 않은 효자도로 건너가 선착장에서 이야기 잘하는 분을 물으니 김씨 댁으로 가라고 하여 찾아가서 만났다. 조용하고 우호적인 분위기에서 10편의 민담을 채록하였다.
청중 : 우인섭 교수, 동행한 학생 5명(유영봉, 이인숙, 이재걸, 장장식, 조내회)
처음 들은 때 및 들려준 사람 : 어렸을 때 나서 자란 곳에서 들었는데, 이야기해준 사람은 기억 못함.
구연 경력 : 몇 차례 구연했음.
제목 : 채록자가 붙였음.

29. 사람을 잡아먹는 지네

    그전에 한 아이가 절에 가서 공부를 하고 있었다. 그 절에서는 섣달 그믐날
이 되면 꼭 사람이 하나씩 죽으므로, 그날이 되면 중들은 모두 산 아래 마을로
가서 밤을 지새곤 했다.
    섣달 그믐이 되어 다른 중들은 다 마을로 내려가는데, 이 아이는 그대로 남
아 있었다.
    한밤중이 되니 흰 투구를 쓴 사람이,
    "양상지괴(梁上之怪)야!"
하고 부르면서 문을 열더니, 이 아이가 있는 것을 보고 그대로 물러갔다. 조금
있더니, 이번에는 황금투구를 쓴 자가 와서 전과 같이 하였다. 새벽에 이 아이
가 천정 대들보 밑을 힘껏 치니 바디만한 지네가 죽어 떨어졌다.
    황금투구 쓴 자와 흰 투구를 쓴 자는 그 절을 짓고 남은 금 서 말과 은 서
말을 파묻은 것이 사(邪)가 된 것이라고 한다.

    그전에 한 사람이 열 살 적에 부친이 작고했는데, 이제 자기 어머니가
참 장난이 원래 심한 아이니까, 집에서는 인저 공부를 가르칠 힘이 없어
서, 그전부터 자기 아버지하고 친한 중이 한 분이 있었는데, 경상도 우성
이래요. 그래 그 중이 참 모처럼 왔는데, 참 그 부탁을 하니까,
    "데려다 가르치겠다."
고 그랬대요. 그래 그 중을 따라가서 인저 공부를 하는데, 참 한 몇 달 됐
든지, 섣달 그믐날이 됐드래요.
    그러니께 중들이 다 그 밑에 마을로 놀이 가는 거요. 그래 오늘 저녁에

는 해마다 사람 하나씩은 죽는다거든, 그 자리서. 그런데 이제 노소 뭐야, 빈부 없이 다 참 절에 있는 사람은 다 놀이 간단 말여. 그 놀이 가면서 참, 그 상좌중에게,

　"이런 일이 있으니까 놀이 가자."

그러니까,

　"무슨 상관이냐? 공부하는 데는 공부나 하지. 그런 미신은 난 관계하지 않는다. 난 안 간다."

　굳이 안 간다구 그래서 참 억지로 끌구갈 수는 없는 거구. 참 그 양반이 안 간다구 하니깐, 끌구갈 수 없다구, 그냥 놔두고 간다구. 참 모두 갔단 말야.

　그래 밤이, 참 지금의 12시나 1시, 2시쯤, 술시쯤 됐다 말이여. 그래 무슨 참, 바람 소리가 나드래요. 참 배깥에 바람이 굉장히 부는데, 그 문이 활딱 열리거든요. 열리더니, 백갑옷, 갑옷을 허옇게 입은 장군이 열구서는 호령을 하더래요.

　"너는 이렇게 공부하고 앉았느냐?"

그러니께, 그래 그러거나 말거나 앉아서 글만 읽는 거요. 돌아다도 안 보고. 그래, 문 탁 닫고 나가거던요.

　그래 또 한 30분 있자니까, 또 참, 바람이 불고 야단을 치더니, 문이 또 활딱 열리거든. 그 담에는 참 뭐야, 황금 갑옷을 입고서는 또 문을 열고 그런 말을 하거든요. 또, 대꾸도 하지 않구 그냥 글만 읽었단 말이요. 그랬더니, 나중에는 배깥에서 무슨 소리가 또 났는데,

　"양상지괴야!"

양상지괴라고 그랬대요. 대들보 양(梁)자, 웃 상(上)자, 갈 지(之)자, 괴물이라구 귀신 괴(怪)자지.

　"괴야!"

그러니까, 뭐라고 대답은 하는데, 모기 소리만치 나오더래요. 그래구서는 참, 내가 말을 덜 했구먼. 그러구 하니까, 불르면서 문을 열드란 말이요. 그러니께 이제 황금투구를 쓴 사람이나 하얀 투구 쓴 사람이나 번번이

다 그 소릴 하구 문을 열드란 말야.

"양상지괴야!"

하구.

그래구, 아무 대답이 없으니께는, 그 다음날 다 간 뒤에 도대체 그 양상지괴란 이 대들보 위에 뭐가 있는 긴데, 그 참 거기 간(갑)이 있든지, 나무때기가 있든지, 그 대들보를 일어서서 '탁' 쳤드래요. 그 말소리가 나던 데를 탁 치니깐, 처음에는 아무 소리도 없거든요. 두세 번을 치니깐, 뭐가 거기서 딱 떨어졌단 말야. 땅바닥에 '철석' 하고 떨어지는데 보니까 지네야. 한 바디만한 지네가 뚝 떨어지더래야. 뚝 떨어지니까, 그 물론 놀랜 건 사실인데, 뭐 그냥 웃목에다 붙여놓구서는 공부할 건 다 했단 말야. 그냥 잘 때 자구.

그런데 식전이 됐는데, 아무 기척이 없는데, 쪼금 있으니까 그 아래로 놀러갔던 중들이 이제 올러오면서 문이, 그전엔 올러오면 다 닫혀 있었는데, 그래 오늘 저녁엔 우짠 일인지 문이 열려 있거든.

"열려 있거나 닫쳐 있거나 사람은 죽은 사람이니까, 장사지낼 연구를 하자."

이제 응, 그 중들 말이. 그러니께,

"그 아무데 어디 가면 그런 거 잘하는 아무거시기가 있으니까, 그 사람을 불러다가 염을 하고 장사를 지내도록 하자."

응. 그래고서는, 이제 사람 하날 보냈단 말야. 그래가지고 이제 올러오는데, 이제 문을 열어놓았는지 닫았는지 그건 분간을 잘 못하것는디, 이제 그 다음 문을 열 거 아녀? 문을 열 적에 '화다닥' 하고 일어나면서,

"왜 인제들 오느냐?"

구 그러니께,

"저 사람이 죽은 사람인가, 산 사람인가?"

중들끼리 말을 하거든.

"아니 엊저녁에 본 사람을 그렇게 못 알아보느냐구? 난 그대로라구. 옷두 그대루 있구, 사람 얼굴도 그대로 있는데, 왜 딴소리하느냐?"

구.

　그제서야 그 참, 중들이 다 와서 이제 보는데 말야,

　"그래 무슨 아무 변괴가 없드냐?"

그러니까,

　"몰러. 저 웃목에 있는 거, 저거 가보라구."

그러니까, 참 보니까, 지네가 참 바디만한, 그 굉장한 거 아녀. 죽었단 말여. 때려서 죽어 떨어진 거니까. 그러니께, 이제 그걸 갖다 끌어묻으라구 내주었단 말야. 그 죽은 것도 이제 갖다묻을 힘도 없는 거 아녀, 중들은.

　그래, 나중에 그걸 물으니까 처음에 그 백투구 쓰고 온 사람은, 그 절 지을 적에 걸립(乞粒)을 해다가 짓는 거 아니여. 그 뭐라 그러지? [채록자 : 시주 받아다가] 으응, 시주를 받아 짓는 것. 그러니까 그 짓군, 그 절 짓구 나머지가 남는 걸 가지구 은 서 말을 한짝 대들보 밑에, 상기둥 밑에 묻고, 금 서 말은 이짝 좌로다가 묻었단 말야.

　그것이 이제 사(邪)가 돼가지구, 사가 돼가지고서, 이제 이렇게 둔갑을 했단 말이여. 그게 일 년에 한 번씩, 섣달 그믐날, 꼭 제석날이면 지네와 함께 나타나서 사람을 죽게 했는데, 그 사람이 그걸 다 물리쳐서 고쳤단 말이, 그전 말이 있어요.

채록 일시 : 1980. 8. 9. 17:24～34
구연자 : 박달순(남, 66세, 농업, 한문 수학)
나서 자란 곳 : 충북 괴산군 칠성면 두천리
사는 곳 : 충북 괴산군 칠성면 두천리
채록 장소 : 괴산읍 서부리 노인회관
만나게 된 경위 및 채록 상황 : 채록자가 칠성면 서부리 노인회관을 찾아가, 그곳에 모여 있던 노인 8명과 이야기판을 벌여 우호적인 분위기에서 몇 편의 민담을 채록하였다. 구연자 박씨는 집이 좀 멀리 떨어져 있지만 이곳으로 놀러왔다고 하였다.
청중 : 모여 있던 노인 8명
처음 들은 때 및 들려준 사람 : 20살 때 나서 자란 곳에서 이웃집 노인한테 들었음.
구연 경력 : 몇 차례 했음.
제목 : 구연자는 '양상지괴(梁上之怪)'라고 했으나 채록자가 바꿨음.

전에 어떤 선비가 10년 공부를 하고 과거를 보러 가는 길에 날이 저물어, 어떤 잔칫집에서 하루를 묵으면서 대접을 잘 받았다.

다음날, 그는 보답을 하겠다며 종이 위에 고기 어(魚)자를 써놓고는 낚시대를 갖다달라고 하여 종이 위에서 잉어를 잔뜩 잡아주고는 서울로 갔다.

전에 어떤 선비가 한 10년 공부를 했던가봐요. 그래가지구서 과거를 보러 가는데, 괴나리 봇짐을 해가지구서루 워디만큼 가느라니까, 아주 크게 잔치를 하는 집이 있더래유.

잔칫집에를 들어가서,

"지나가다 날이 저물었는데, 좀 쉬었다 갑시다."

그러니까, 들어오시라구 해서 들어가서 참 여장을 풀어놓구서 이제 보니깐드루,

"어째 이렇게 사람이 많이 모여 있습니까?"

그러니깐드루, 내일 우리 딸이, 아들이 장가를 간다구 했든가, 시집을 간다구 했든가, 잔친데, 마침 손님이 잘 오셨다구.

"아 그러십니까? 난 지금 가다가 날이 저물었으니 쉬어갑시다."

그렇게 하시라구. 그래서 거기서 잤어요. 자구서, 저녁을 잘 은어먹구서 가는데, 가는 길에 뭐라고 그랬느냐 하면,

"나는 지금 10년 공부를 해가지고 과거 시험을 보러가는 길인데, 돈이

한 푼도 없으니, 내가 돈 대신 밥값을 하구 갈 테니, 벼루하구 먹하구 붓하구 가져오시오."

그래 인저, 갖다줬어요. 갖다주니깐드루 뭐야, 큰 종이에다 붓으루 큰 고기 어(魚)자 하나를 써주더래요. 문종이에다가.

종이에다 고기 어 자를 써놓더니만, 낚수(낚시) 끈하구 낚수대하구 가져오라구. 낚수 끈하구 낚수대하구 갖다주니까서루, 고기 어 자 써놓은 종이에다 이레 [낚시하는 시늉을 하며] 대구서 턱 잡어채니까, 잉어가 한 마리 펄턱 튀어나오구, 또 튀어나오구 이래가지구 잉어를 한 양재기 잡아주더래요. 이만하면 오늘 잔치에 쓸 만하다구. 그래 잔치를 잘 지냈대유. 그걸 가지구. 그래 밥값을 허구 서울루 가더래유.

채록 일시 : 1972. 8. 11. 22:00∼03
구연자 : 이상윤(남, 62세, 농업, 국문 해득)
사는 곳 및 나서 자란 곳 : 강원도 원성군 판부면 금대 2리 일론동
채록 장소 : 구연자의 집 안방
만나게 된 경위 및 채록 상황 : 김태곤 교수, 이상일 교수와 함께 찾아가 만났다. 지난 4월
    15일에 이어 두번째 찾아간 마을이어서 동민 7∼8명과 함께 우호적인 분위기에
    서 이야기판을 벌일 수 있었다.
청중 : 부락민 8명, 조사반원 2명
처음 들은 때 및 들려준 사람 : 어렸을 때 나서 자란 곳에서 어른들한테 들었음.
구연 경력 : 몇 차례 했음.
제목 : 채록자가 붙였음.

31. **소원을 풀어주는 그림**

    못사는 친구가 잘사는 친구에게 도움을 청하자, 잘사는 친구는, 다리를 때리면 돈이 나오는 학을 그려주면서 하루에 한 번씩만 때리라고 하였다. 그러나 돈에 욕심이 생긴 그 친구는 학의 다리를 너무 많이 때려 부러뜨리고, 다시 도와주기를 청했다.

    이번에는 미인도를 하나 주었다. 그는 그 미인도에서 나온 미녀와 함께 좋은 집에서 살았는데, 100일 동안 웃지 말라는 금기를 깨뜨렸기 때문에 집도 미인도 다 없어져버렸다.

    다시 그 친구를 찾아가니, 이번에는 돈 궤짝을 그려주면서 하루에 한 번씩만 돈을 꺼내라고 했다. 그 궤에서 꺼내는 돈이 실은 나라의 돈이었는데, 그 친구가 욕심을 부려 한꺼번에 많이 꺼내다가 붙잡히고 말았다.

    두 친구가 함께 사형을 당하게 되자, 그 친구는 죽기 전에 그림을 한 번만 그리게 해달라고 했다. 사형집행관이 허락하자 그는 말을 그려, 그 말을 타고 친구와 함께 도망쳤다.

    이제, 친구가 둘이 다정하게 컸대유. 어려서 다정하게 커가지구 친구가 서루 약속을 하기를,

    "네가 커서 잘되면 나를 도와주구, 내가 잘되면 너를 도와주구 같이 잘 살자."

구 서로 약속을 했대요.

    약속을 해가지구서루 정말 컸는데, 둘이서 약속을 허구 컸는데, 둘 다 결혼을 해서 사는데, 하나는 친구가 못산대유. 하나는 멀리 살아서 가보

두 잘 못허구 사는데, 하나는 참 못살구 있고. 그래,

"우리가 어려서 약속을 허구 큰 게 있는데 내가 그 친구를 찾아가봐야겠다."

구. 자기 부인보고. 부인이 정말 머리를 짤라가지고 다리*를 팔아서 여비를 해주더래요. 그래서 그 여비를 해가지구 친구를 찾어간 거요.

친구를 찾어서, 말하자면 한양 가 살었던가부지. 친구를 찾어서 가니께, 친구는 호화롭게 그렇게 잘살더래요. 그래 잘살어서,

"내가 이렇게 왔다."

구 하니까,

"아 반갑다. 왜 인제 찾아왔는가?"

하구서니 서로 붙잡고 머, 정말 반가움을 나눴겠지. 그래 들어가서,

"나는 사실이지 너무너무 못살어가지구 지금, 여자 머리를 베서 여비를 해가지구 왔노라."

고 하니까,

"진작 오지 왜 인저 왔나?"

이런 얘기를 하구서 그래, 하룻밤을 자구서니,

"나는 얼리(얼른) 가야 되겠다. 못사니까 돈 좀 다오."

그러구 가겠다니까, 걱정 말라구. 여기서 며칠 놀다 가라구 친구가 붙잡더래유.

친구가 붙잡어서 친구네 집에 잘먹구, 한 사흘 묵어가지구 가야겠다구 하니까,

"인제 가봐라."

그러면서 정말 그 친구가 뭘 줄 때를 바라니까루, 이만한 종이에다가 학을 한 마리 그려주더래요. 학을, 학을 한 마리 그려주면서 가지고 가라구 그러더래지 않아요.

"이게 뭔데 이것만 가지고 가라는가? 친구를 찾아와서 돈이라두 줄줄

---

* 여자들이 숱을 많이 보이게 하려고 덧넣는 딴 머리.

알구 왔는데, 이걸 가지구 가면 마누라 머리 잘라가지고 온 사람이 돈 한 푼 안 주면 어떻게 가느냐 말이야."

"그래 여비는 줄 테니까루 이제 이거만 가지구 가라구. 가지구 가는데, 이거 쓰는 방식을 가르쳐줄 테니까, 꼭 나 시키는 대로만 해야 하네." 그러더래요. 그래서 그럼 그러겠다구. 가르쳐달라구 그러니까, 회차리(회초리)를 이레 [주는 시늉을 하면서] 주면서, 하루에 꼭 학 다리를 한 번만 때리라구 그러더래유. 그림의 학 다리를 하루에 꼭 한 번만 때리라구.

그러라구. 그리고 싸줘서 괴나리 봇짐을 메구서 오는디, 얼마만큼 오다가 생각하니, 그게 궁금해죽겠더래. 하루에 그걸 한 번만 때리라구 허구 종이에 한 장 그려준 게 궁금해서,

"도대체 돈은 한 푼 안 주고 이것만 주니 이상도 하다." 고 그걸 펴놓고 학 다리 한 번 '탁' 때리니까루 돈 꾸러미가 '털꺽' 하구 나오더래지 않우. 학 다리 한 번 털꺽 때리니까루. 그래서 그거 참 괴상하거든.

그래서 그 돈 한 뭉치를 가지구서래미 서울의 여관에 들어가서 돈을 써가면서 놀았대요.

"꼭 하루 한 번씩만 때리구서, 집에 꼭 가지고 가라." 구 친구가 시킨 거를, 아 나서서 놀다 한 차례 때려보니 돈이 나오니까, 이거 좋구나 하군 서울에서, 여관 집에서 그걸 하루 한 번씩 때려가지구서, 실컷 먹구 노는 거요.

그래, 첫 날은 한 번만 때리구, 그 돈 가지구 실컨 쓰구두 남더래요. 그런디 하루는 점점 지내다보니, 하루는 두 번 때려두 그 돈이 모자르고, 그저 서울서 자꾸 색시집에 다니면서 술 먹다보니까루, 어떻든지 한정이 없거든.

"에이 이거 한번 실컨 뚜들겨가지구 돈 나오는 거루 실컨 뚜들겨 먹구 서루 집엘 가야 되겠다." 하고서 한 20번 때리니까, 학 다리가 뚝 부러지더래지 않아요. 그림의 학 다리가. 학 다리가 뚝 부러지니, 뭐 돈이 나올 수가 있어요?

그래 할 수 없이 그 돈만 가지구 실컨 쓰군, 또 친구한테 찾아갔지.

"그래, 너 시키는 대루 안하구 이러다가 보니까루 학 다리가 부러지구 돈은 안 나오구, 집에두 못 가구 큰일 나서 왔으니 어떻게 하면 좋은가?"

"그럴 줄 알았다."

그러면서 또 친구네 집에서 한 사흘 잘먹구 잘 놀았지요.

그래 요번에는 이쁜 색씨를 하나 그려주면서, 아니 돈 궤짝을 커다란 거 하나 그려주더래요. 이쁜 색씨가 아니구 돈 궤짝을 하나 그려주더래. 응 그러느냐구. 아니여, 이쁜 색씨를 하나 그려주더래요.

이쁜 색씨를 하나 그려주면서,

"이걸 가지구 가라."

"이것만 가지구 가면 어떡허나?"

"아, 글쎄 가지구 가라구. 이걸 가지구 가는데, 석달 열홀을 웃지를 마라."

고 하더래요. 석달 열홀만 웃질 말라고 하더래요.

"그럼 그러겠다."

구 색씨를 하나 그려주는 것을 짊어지고는 오다가서는, 큰 소나무 밑에 와서 잠이 와서는 그만 자버렸네.

드러누워 자니께루, 자다가 펄쩍 깨보니까, 큰 기와집이다가 비단 이부자리를 턱 피구서 자기가 거기 드러누워 자더래요. 기와집에서. 퍼떡 깨니까루, '하 이상하다' 그랬는데, 이쁜 색씨가 인저 옆에가 앉아가지구

"하이고, 인제 일어나시느냐?"

구. 이래 인사를 하거든.

그래 가만히 생각하니, 자기가 나무 밑에 드러누워 잔 기억이 나구, 친구가 웃지 말라는 기억이 나더래유.

"아 당신은 어떤 사람이요?"

"아, 당신허구 살 사람이라구요."

그 색씨가. 그러냐구. 그 길루 인저 그 색씨하구 사는 거요. 그 집에서. 기와집에서.

맨날 머 색씨가 잘 해다주니까, 먹구 놀기만 하는 거요. 부인 생각은
인저 다 잊어버린 거여. 다 잊어버리구 그 여자하구 인저 사는 거야. 살다
가, 이래저래 석 달이 거진 다 가구 인제 석 달 열흘째, 내일이면 열흘이
야. 백일. 내일이면 백일인데 오늘같이 이레 앉아 있는데, 비가 죽죽 내려
오더래지 않아요. 그래 비가 쏟아지는데 물방울이 하나 똑 떨어져서 빠끄
르 끌쿠, 물방울이 하나 똑 떨어져서 빠끄루 끌쿠 허는데, 그걸 들여다보
니 그렇게 재미가 있고 신기하더래지 않우. 그래 물방울이 똑 떨어져서
방울이 이는데, 그래서 픽 웃어버렸대요. 거기서 그만 씨익 웃어버렸더
니, 그만 웃었는데, 깜짝 깨구나니까루 그 소나무 밑에서 자던 그대루 일
어났더래유. 소나무 밑에서 괴나리 봇짐 비구 잔게 그대루 자기가 거기서
자구 있더래유. 깨어보니깐. 그래서

"야, 이것 참 웃지 말라는 거를 하루를 내가 못 참아가지구 내가 이렇
게 됐구나."

그래 그 길루 또 친구를 찾아가는 거야. 친구를 찾아가서 그 얘기를 했
대.

"그래, 내 그럴 줄 알았다. 그렇지만, 요번에 시키는 것은 꼭 좀 들으라
구. 요번엔 실수만 허면 너하구 나하구 다 죽을 테니깐 그런 줄 알라."

"그럼 요번엔 내가 꼭 모든 것을 지키구 그러겠다."

그래 큰 돈 궤짝을 하나 그려주더래지 않아유.

"이걸 가지구 꼭 집에 가서, 하루 꼭 그 돈 궤짝에 한 번씩만 손을 넣
으라."

구 그러더래요. 한 번씩만.

그러니까 이 사람이 인저 가지고오는 거여. 오다가 집엔 가지두 않구
또, 서울 여관에서 손을 한 번 넣으니까, 돈이 한 꾸러미 잡혀나오더래지
않어. 그래가지구, 그걸 가지구 또 먹구 노는 거여. 이 사람이.

그래서는 먹구 놀다가 하루는 한 번 꺼내서 써두 모자르구, 하루는 두
번 꺼내두 모자르구, 하루는 세 번 꺼내두 모자르더래유. 그러니께,

"이게 얼마나 많이 들었기에 이렇게 나오는지 모르겠다."

그리군 실컨 있다가,

"한번 얼마나 나오는지 시험을 해봐야겠다."

그런데 나라에서 큰 돈 창고 안에 돈이 쥐두 물어갈 틈이 없는데 꼭 하루 한 꾸러미, 두 꾸러미 없어지기 시작하더니, 이상하게 나라 창고 안의 돈이 없어지거든.

"참 이상하다."

지키는 사람을 암만 많이 두구 지켜두 그 돈을 지킬 수가 없더래유. 그래 어떡하면 잡을런지 도둑늠을 잡을 수가 없다구. 그래 지키는 사람이 여럿이 모여 지키는데, 하루는 이상하게 창고 안의 돈이 쩔렁쩔렁 허더니 자꾸 어디루 나가더래지 않아.

"그래 이상하다. 도대체 이상하다."

그런데 지붕에 공기통 구멍을 내어놓은 데, 글루 돈이 올라가기 시작을 허더래지 않우. 돈이 돈을 따라서 죽죽 올라가는데, 말두 못하게 올라가더래유.

그래, 그 사람들이 인저 찾아가는 거유. 돈만 따라서, 돈 지키는 사람들이 자꾸 따라가니까, 큰 여관집으루 들어가더래유.

그러더니, 그 집 창고를 하나 빌려달래더니,

"또 나온다. 또 나온다."

하면서 그렇게 끄내내더래요. 그래서

"어이쿠 또 나온다. 어이쿠 또 나온다."

그러면서 돈을 끄내는디, 돈은 연줄루 나오더래유.

그래 지키는 사람들이 한 집에 가니까, 웬 사람이 종이 안에 돈 궤짝을 그린 데에 손을 불쑥 넣으면 하나를 꺼내구, 꺼내구 하구 있더래지 않아. 그래서

"뭐 이런 늠이 있느냐?"

면서 여럿이 대들어 꽉 붙잡었거든. 이 사람이 틱 정신을 차리니까루 자기를 정말 붙잡으러왔거든. 그런데 돈은 이렇게 더미로 쌓아놓았거든. 그래서

"이놈이 그렇게 돈을 훔쳐가는 것을 몰랐다."

그러구선 붙잡혀갔대요. 붙잡혀 가선두루 막 문초를 받을꺼 아니유, 인제.

"어떻게 그런 짓을 배웠느냐?"

구 문초를 받다, 뚜들겨 맞다 당할 수가 없으니까, 친구 얘기를 했지.

"우리가 어려서 크면 서로 도와주며 살자는 친구가 있었는데, 내가 나뻐서 그렇게 친구가 해주는 거를 그렇게 하다보니 잘못됐습니다."

그래 인제 친구까지 다 붙잡혀들었지. 친구까징 다 붙잡어 들여가지구 서루,

"이 사람들은 이런 재주를 가졌기 때문에 놔둘 수 없다."

구 죽이는 거야. 사형 선고를 받았어. 갇혀서 실컨 갇혀 있다가 둘이서,

"그 저 이 사람아, 내가 뭐라고 시켰나? 하루에 한 번씩만 꺼내면 자네 네 식구 살지 않나?"

"그러게 말일세. 다시는 안 그럼세."

"안 그러나마나 이제 죽을 판인데."

사형날이, 그 날짜가 되어서 끌려나오는 거래유. 끌려나와가지구, 사형을 할 때에는, '한 가지 소원을 말하라' 소리를 옛날엔 했다데유. 그래 소원을 얘기하라니까,

"나는 그림 그리는 게 소원인데, 이번 한 번만 그리구 죽도록 해달라."
구.

"그래라."

큰 종이에다 먹하구, 붓하구 해서 달라구 그래서 큰 종이에다 먹하구, 붓하구 갖다주니까루, 거기다 큰 말을 하나, 백말을 하나 그리더래유. 백말을 하나 크게 그려놓구는 회초리를 하나 그려놓더래지 않아유.

인저는 다 됐다구. 나팔을 하나 그리구. 인저는 다 됐으니 가자구. 그래 그림을 그린 거는 그 사람을 주구. 먹하구, 붓하구 치우구 났는데, 이제 가자구. 그럼 가자구.

인제 죽으러 가는 사람이 다 가가지구, 그림 그린 것만 들구가는 거유.

인제 죽을 사람이 가선, 인제 죽을 판인데,

"저 내가 그린 그림을 한번 자세히 보구서 죽도록이나 해주시오."
그러니까,

"그럼 그래라. 그까진 죽을 사람의 원인데 그까짓 거 못 듣느냐."

그림을 크게 펴놓구는 친구를 버쩍 끌어당기더니, 그 그림 그린 백마를 타구 올라앉은 다음,

"백마야, 가자."

하구 때리니까루 그만 '부루웅' 하구 떠올라 가더래지 않아. [옆의 사람 : 하늘루 올라갔나, 어디루 갔어?] 하늘루 올라갔지. 말을 타구서. 그리구서래미 나팔을 불면서 딜라리 가니까, 사형할라구 죽이러 가던 사람이 얼이 빠져서 쳐다보느라구 그만 정신이 없더래유. 흐흐흥. 그래서 얘기가 끝이어유. 흐흐흥ー.

채록 일시 : 1972. 8. 11. 22:20~40
구연자 : 강낙원(여, 36세, 농업, 국문 해득)
나서 자란 곳 : 충북 제천시 서부동 101
사는 곳 : 강원도 원성군 판부면 금대리
채록 장소 : 구연자의 집 안방
만나게 된 경위 및 채록 상황 : 김태곤 교수, 이상일 교수와 함께 찾아가 만났다. 지난 4월
    15일에 이어 두번째 찾아간 마을이어서 동민 7~8명과 함께 우호적인 분위기에
    서 이야기판을 벌일 수 있었다.
청중 : 부락민 8명, 조사반원 2명
처음 들은 때 및 들려준 사람 : 처녀 때 나서 자란 곳에서 오빠한테 들었음.
구연 경력 : 몇 차례 했음.
제목 : 채록자가 붙였음.

32. 산삼과 이무기

    그전에 어떤 사람이 두 친구와 함께 산삼을 캐러 갔다. 그는 낭떠러지 밑에 산삼이 많은 것을 발견하고, 칡덩굴로 줄을 만들어 타고내려가 산삼을 캐서 바구니에 담아 올려보냈다.

    위에 있던 친구들은 산삼을 자기들끼리만 가질 생각으로 줄을 내려보내지 않고 그대로 가버렸다. 그 사람이 낭떠러지 밑에서 탄식하고 있을 때, 큰 이무기가 나타났다. 그가 이무기의 등에 올라타자 이무기는 절벽을 기어올라왔다.

    그 사람이 집으로 오다보니, 산삼을 가지고 간 두 친구가 정자나무 밑에 죽어 있었다. 그 사람은 그 산삼을 가지고 돌아와 부자가 되어 잘 살았다.

    욕심쟁이 얘깁니다. 전라남도 사람인디, 참 그 사람두 삼을 캐러 댕기는 사람인디, 이웃 동네에 친구가 둘이 있어. 서이(셋이) 삼을 캐러 갔어.

    사방 천지를 찾어댕기야 없어. 그런디, 한군데를 가니까 삼이 참 많이 있는데 낭떠러지가 있어. 그래 거기를 쳐다보니 말여, 비조(飛鳥)라도 거기를 못 내려가겠어. 삼은 꼭 찼는데 그 안에가, 비조라도 못 가게 생겼어.

    그래서 풀뿌리, 칡뿌리 같은 거 모두 캐가지고, 뜯어가지고는 줄을 맸어. 줄을 매가꼬는 먼저 가자 한 사람, 원 당자를 그루 내려보냈어. 캐서 올리라구.

    그래, 바구니를 갖구 내려가잖았어. 줄을 타고, 넝쿨로 만든 줄을 타고 내려갔는디, 캐서는 줄에다 해서 올려보내고, 빈 바구니를 내려보내면 올려보내구 해서 죄다 캤어.

그래서 죄다 했는디, 줄을, 다 캔 뒤에는 안 내렸어. 그리구는,

"야, 이눔아, 거기서 못 올라오면 거기서 죽어."

올아오들 못혀. 거기서 비조라두. 저희들끼리 삼을 가지구 갔어.

가서는, 얼마 가다가 정주나무(정자나무) 밑에가 둘이 쉬고 있는데 ……

아 가만히 생각하니, 이거 죽지 살 획책이 없거든. 얼마만큼 있으니께, 큰 이메기(이무기) 구렝이가 옆으로 지내가는디,

"나는 죽는 사람인게 무서워할 필요가 없다. 저늠한테 죽으나 내가 여기서 못 올라가 죽으나 매사 일반이다."

걱정할 것 없이 가만히 앉아 있는디, 해(害)를 않고 말여 그 비탈에, 고기를 이렇게 [손을 비스듬히 세우며] 있더라. 비탈에가 이렇게 올라가꾸 있어. 비탈에가 붙어 있어.

그래 가만히 생각허니,

"저놈이 날 구원할 놈이다."

허고 꽁지를 이렇게 잡아봤어. 잡어도 가만히 있거든. 그래서 우(위에) 가서 탔어. 탔는디, 그 구로(위로) 그냥 올라갔단 말여. 사람을 게 싣구 올라가서 딱 놓구는, 어디루 간 곳이 없어, 구렝이는.

그래, 살기는 살었는디, 삼은 다 갖구 갔으니께 큰 문제라. 하여간 오던 길로 자기 집을 갔단 말여. 가는디, 정지(정자)나무, 중간 정지나무 밑에서 그랬는지, 삼 바구니만 놓구서는 죽어뻔졌어. 앉어서, 이렇게 [눈을 감고 고쳐앉으면서] 앉어서 죽었어, 둘이.

그러니 삼은 있으나, 이걸 동네 들어가서 워치게 죽었다구 이걸 말할 수가 없단 말여. 참. 그런디, 그 부락이서 참 신용가요, 참 착실하기루 유명한 이고, 참 부락에서 이렇게 현명이 났어. 그래, 삼은 헐 수 없이 갖고 가서는, 말을 했어. 그 두 죽은 집에 가서.

"같이 오두 뭇허구 먼저 와서, 오다가 어떤 죽음인지 몰라두 죽음은 죽었는디, 그 이유를 모르겠다."

구. 그 집에서 월마나 놀랐을 것이요. 삼을 두 집에다 나눠주고는, 갖다가 ―, 그 사람이 죽인 것이 아녀. 그 삼을 갖고 부자가 됐대요.

그렇게 욕심이 많으면 죽어.

[채록자 : 구렁이가 죽인 것이 아닌가요?] 그런 것두 아냐, 누가 죽인 건지 몰라. [옆에 있던 김종학 씨 : 그러니까, 구렁이 입김으루 그런 거지.] 그렇게 욕심을 부리면 안 된다는 거지요.

채록 일시 : 1972. 8. 22. 21:30～34
구연자 : 장기선(남, 56세, 농업, 한문 수학)
사는 곳 및 나서 자란 곳 : 전북 부안군 부안읍 선은리 3구 664
채록 장소 : 구연자의 집 마루
만나게 된 경위 및 채록 상황 : 김태곤 교수가 인솔한 원광대학교 민속조사반 학생들과 함께 김교수가 전에 만난 적이 있는 구연자를 찾아갔다. 구연자는 이웃에 사는 매형인 김종학(71세) 씨에게 연락해 오게 하여 구연자의 모친, 부인과 함께 이야기판을 벌였다. 우호적인 분위기에서 14편의 민담을 채록하였다. 구연자는 전라도 말씨로 대화를 구분하며 구연했다.
청중 : 구연자의 매형인 김종학 씨, 구연자의 모친과 부인, 김태곤 교수, 원광대학교 민속조사반 학생 6명
처음 들은 때 및 들려준 사람 : 어렸을 때 어른들한테 들었음.
구연 경력 : 몇 차례 했음.
제목 : 채록자가 붙였음.

33. 신통한 꼬챙이

옛날 어느 산골에 집이 하나 있었는데, 그 집에 가서 사는 사람은 모두 죽었다. 그래서 그 집에 가서 하룻밤을 지내고 오는 사람에게는 많은 재물을 준다고 하여도 가는 사람이 없었다.

어떤 담력 센 사람 하나가 그 집을 찾아갔다. 방에 들어가서 한참 있으니까 어떤 놈이 와서 '꼬챙아' 하고 부르더니,

"그 사람 잘 모셔라. 내가 저녁에 와서 데려가겠다."

고 하고는 다시 갔다.

그 사람이 시험삼아 '꼬챙아' 하고 불러보니 대답하였다.

"너의 정체가 무엇이냐?"

하고 물으니, 자기는 전에 이 집에 살던 할아버지가 공동묘지에서 주워온 인골(人骨)로 만든 신골 꼬챙이인데, 사(邪)가 되어서 말을 한다고 했다.

그 사람이 꼬챙이에게 아까 왔던 게 누구냐고 물으니, 그것은 요 위 연못에 사는 구렁이라고 했다. 그 구렁이가 이 집에 오는 사람을 모두 잡아먹었고, 오늘 밤에는 그 사람도 잡아먹을 것이라고 했다. 그 사람은 꼬챙이가 일러주는 대로 하여 그 구렁이를 죽이고, 꼬챙이와 함께 집으로 돌아왔다.

그때 나라에서는 공주의 병을 고칠 용한 의원을 널리 찾고 있었다. 마을사람들이 그를 천거했다. 그 사람이 대궐에 가 앉았는데, 쥐 한 마리가 들어왔다. 그는 꼬챙이가 시키는 대로 그 쥐를 때려죽였다. 그러자 한 마리의 쥐가 바늘을 가지고 나와 죽은 쥐를 콕콕 찌르니 살아났다. 그 사람은 꼬챙이가 시키는 대로 그 쥐를 죽이고 바늘을 빼앗아, 그 바늘로 공주를 낫게 하였다. 왕은 공주를 그와 결혼시켰다.

얼마 후 그 사람은 중국 공주의 병을 고치기 위해 중국으로 갔다. 그는 꼬챙이의 도움으로 첫째 공주를 잡아먹고는 그 공주의 모습으로 변신하여 천자를 해치려던 불여우를 물리쳤다. 중국 천자는 둘째 공주를 그 사람과 결혼시켰다.

그 사람이 집으로 돌아오는 길에 공동묘지에 이르자, 꼬챙이는 그 사람의

눈을 찔러 눈이 멀은 것처럼 보이게 해주면서, 영력(靈力)을 잃어서 이제는 남의 병을 고쳐줄 수 없다고 하라고 했다. 그 사람은 꼬챙이를 공동묘지에 매장해주고 돌아와 두 아내와 함께 잘 살았다.

옛날에 산골에 집이 하나 있었는데, 그 집에를 가면은, 항상 사람이 죽어나온단 말이유. 죽어버리유. 그러면 중간에, 그 산에 들어갈라면 중간에 널 짜는 사람이 있어가지구, 그 시체를 또, 가서 치는 사람들이 있시유. 그래서 항상 그 집에 가기만 하면 죽어나오고, 죽어나오고 허니까, 이 ― 한 사람이 있다가, 그 집에 갔다 오는 사람은 큰 재산을 준다고 해서, 그러니께 갔다가는 못오니께유, 죽어나오니까. 그러니까,

"에이 빌어먹을 거, 내가 좀 가보것다."

구, 재산이 탐 나서유. 그래서 그 집을 갔단 말이유.

그래 가보니께, 전부 몬탱이만(먼지만) 방 안에 콱콱 차구, 사람은 없거든요. 그래서 거기서, 방 안에서 가만히 앉았노라니께,

"옥시나 뚱뚱 옥시나 뚱뚱."

해가면서, 어느 사람들이 몇이 오는 소리가 나요. 그래서 가만히 이렇게 앉았노라니께, 문을 '턱' 열더니,

"어허, 안 죽었구먼."

그러구 나간단 말유. 그 사람들이 누구냐 하면은, 그 중간에 널 짜구 있는 사람들이거든요. 그 사람들이 하는 말이, 방 안에 들어앉은 사람이 하는 말이,

"야 요놈들, 워디라구, 여기 감히 누가 죽는다구 여기루 왔느냐?"

구 혼내서, 호령을 일러서 내보냈시유. 내보내구 또, 가만히 앉았노라니께, 어떤 놈이 참, 대문을 썩 열더니만,

"꼬챙아!"

불른단 말여. 그러니까 그 집에 사람이 하나도 없는데,

"예."

하고 대답을 해유. 그래서 가만히 듣구만 있지유, 그 사람은. 그런께,

"너 여기 온 사람이 없니?"

"있시요."

그러면은,

"그 사람 잘 모셔라. 내가 저녁에 오너서 데려가것다."

그런단 말여. 이상한 일이란 말여. 그 사람이 듣고보니까.

"아, 이게 무슨 소린가?"

하구서, 그 사람들 간 뒤에 자기두 한번 해봤단 말이여.

"꼬챙아!"

하구 불러봤거든. 그러니까, 역시

"네."

한단 말여. 그래서

"네 이놈, 이루 오너라."

하니까, '통통통' 오는 소리가 나요. 그러더니 문을 썩 열더니, 문을 탁 치면서 아무 소리도 없단 말여.

"네 이놈, 온다구 하더니 어디가 있니?"

하니께,

"여기 있시유."

그런단 말요. 아무것두 없는디.

"무엇이, 늬가 대답을 했니?"

허니께,

"고 앞의 쬐그만 신골 꼬챙이가 있지 않습니까?"

그런단 말여.

"응, 늬가 기구나."

"예."

"그러면은, 늬가 어떻게 되서 꼬챙이가 됐니?"

그러니까,

"저는 옛날에 우리 할아버지들 적에 공동묘지 가서 인뼉다귀를 줏어다

가 꼬챙이를 만들어서 신골 꼬챙이로 해서 그놈을 사용하다가, 대청 밑에
빠쳐가지구, 그게 사(邪)가 돼가지구서 참, 이렇게 대답을 합니다.”

그렇게 얘기를 허거든.

“응, 그려. 그러면은 아까 왔던 놈들은 뭣이냐?”

그러니께,

“그것은 이 위에 연못이 있는디, 연못 안에가 큰 구렝이가 있다구. 그
래서 그 구렝이가 어르신네를 저녁이면 데려갈려구 ……..”

그러니께, 잡아간다 소리지유.

“데려갈려구, 지금 오너서 저녁에 데려간다구 허지 않느냐?”

구.

“그러냐? 그러면, 저놈을 워떡해야만 내가 살 수 있것느냐?”

그러니까,

“그러면은, 여기서 살아 나가실라면은 당장 이 자리에서 나가서, 사람
을 여럿을 데려다가, 칼두 갖구 그저, 연장을 많이 가진 사람을 데려다가
문 앞에 대기하구 있다가, 그눔이 들어오는 대로, 꼬추가루도 좀 갖구오
고 해서 이럭해가꾸, 짜르면서 고추가루 삐구(뿌리고), 짜르면서, 고추가
루 삐고 해야지, 그냥 짤르면 맞붙으니까 안 된다구. 그럭해서 잡아야만
됩니다.”

“그러면 살 수 있니?”

“예. 그럭하면 살 수 있시유.”

그래서 참 즉시 나가서 사람을 데려다가, 그렇게 마련을 해놨거든요,
전부. 그래가지구서, 저녁을 대기하구 있으니까, 역시 어떤 놈이 오더니
만은,

“꼬챙아!”

불른단 말여. 그러니께,

“네.”

하구 나가서,

“대문 열어라.”

그러니께, 대문을 삐주구니 여는 소리가 나요. 그래서 참, 자기두 준비를 허구 있지유. 그렇게 헐 준비를. 그러니까 참 커다란, 무지무지한 대망(大蟒)이가 슬슬 기어들어온단 말유. 그눔을 옆이서 냅다 칼루 짤르구 고추가루 삣구, 칼루 짤르구 고추가루 삣구 허니께는,

"내가 이럴 줄을 몰랐더니, 꼬챙이 저놈새끼 때문에 내가 죽는다."

구 소리 질러가며, 이눔이 죽어번진다 말여.

그럭해가꾸, 그 자리에서 그 사람은 살아 나갔시유. 살아서 나갈 적에 그 사람이 하는 말이,

"내가 너 때미 살았으니께 ……."

그 꼬챙이보구 허는 말이유.

"너 때미 살았으니께, 나는 늬가 인연이여. 그러니까 너 나하구 한치(함께) 댕이야 겠다."

그래가꾸 호주머니다 꼬챙이를 넣구 갔대유.

그래가지구서, 갖구 가서 집에가 딱— 있노라니까, 이 용한 사람, 이 용한 의원이 누구냐고, 나라에서 찾구 뭣하니까, 그 사람이 거기, 다 죽는 디 가서 살아나왔으니께, 더 말할 수 없는 사람이거든요. 그래서 그 사람을 좀 나라에 보내야것다구 이렇게 보내니까, 역시 나라, 천자의 딸이 병이 들어가꾸 죽게 됐는디, 그 딸을 고쳐야만 될 텐디, 용한 의원이 없어서 못 고치구 있는디, 그 사람을 데려다가 고치라구 했거든요. 그이가 제일 낫다니께 고쳐라. 그래가지구 고치는데 도저히, 바늘두 안 만져 본 놈이 침이, 옛날에는 침으로 많이 고쳤으니까요. 침이 워치게 됐는지 뭐 알아야지요. 그래서 아무도 없을 적에,

"야, 꼬챙아 내가 인제는 죽게 생겼다. 그러니까 늬가 좀 살려줘야지 어떡한다냐?"

그러니까,

"걱정 말라구. 내가 살려주마."

구.

그래서 참, 거기 앉았으니까, 아 쥐란 놈이 한 마리 '또르르' 하고 나온

단 말여. 호주머니 안에서 그 꼬챙이가 하는 말이,

"저 쥐를 토막으로 쌔려(때려)잡으라."

구 그러거든. 쌔리니까 죽었단 말여. 조금 있으니까 한 마리가 또, 바늘을
물구나와서, 고 쥐를 콕콕 찔르더니, 고놈이 발발 떨더니, 나갈라구 허거
든요. 그래서 그 바늘 문 쥐를 또, 토막으로 후려쌔렸단 말이유. 쌔려가지
구서 잡았시유. 잡아가지구서 그 바늘을 가지구서, 그 여자를 침을 주니
까, 하, 금방 죽게 생겼던 여자가,

"아이고, 잠 한번 되게 잤다."

구 그래가면서 일어나요.

그래가꾸, 그 여자를 고쳐가지구서, 고쳐놓구서 나갈라구 하니까, 그
천자의 말씀이,

"나는 네가 아니면은 내 딸을 고칠 수가 없었는디, 네가 고쳤으니까,
너 처를 삼아라."

이렇게 해가꾸 그 여자를 그 사람을 줬단 말이유.

그래서 데리구오너서 사는 중인데, 중국 왕의 딸이 또 죽게생겼다구.
한국의 용한 의원이 있으면 하나 보내달라구 이렇게 얘기를 하거든. 그럭
허라구 그래가꾸, 한국의 임금이 그 사람밖에, 즈이 사위밖에 보낼 사람
이 없어서, 할 수 없이 그 사람을 보냈단 말여. 보내서 거기 가서 병을 보
게 됐는디, 그때에 또 그 얘기를 했시유.

"야 꼬챙아!"

"예."

"너 워티게, 내가 인제 여기 오너서 이 병을 못 고치면 나는 죽어나가.
너하구 나하구 한티(함께) 나가느냐, 너만 나가느냐 이게 문제다."

그러니까,

"걱정 마슈. 하여간에 내가 하라는 대로만 하라."

구.

"그렇게 하라."

그러구서, 가만히 앉았으니까, 대국 천자가 하는 말이,

"우리 딸 맥 좀 봐달라."

구 그런단 말여.

"내가 그 방에 들어갈 수는 없구 그러니까, 그 홀목(손목)에 실을 묶어서, 나 있는 방으루, 문구녕으로 해서 이렇게 통해서, 나 있는 방으로 보내달라."

구 그러니까,

"그럭하라. 그러면 더욱 좋다."

구 그래서 그렇게 했거든요. 그런디, 그 실을 딱 붙잡고 앉았으니까, 꼬챙이가 하는 말이,

"철맥, 철맥, 철맥"

한단 말여. 그래서 오걸래,

"철맥이라."

구 그러니께,

"아니, 철맥이 뭐냐. 사람의 손에다, 홀목에다 묶어놓고 왔는데, 철맥이 무슨, 철맥이라면은 쇠에다 묶어놓은 것인데 그런 법이 어디 있냐?"

구.

"아이, 가보시라."

구. 오너보니까, 문고리에다 묶어 매놨단 말이유.

"아, 이건 왜 여기다 묶어 매놨느냐?"

"답답해서 거기다 묶어 매놨다."

구.

"그러냐구, 그러면 이번에 맥을 볼라구 그러니께, 홀목에 꼭 묶어 매놓고 있으라."

구 그러구서, 손목에다 묶어놓고 또, 가서 맥을 보라구 하니께,

"목맥, 목맥, 목맥"

한단 말유 꼬챙이가. 그래서 목맥이라구 하니까,

"아니 목맥이라니 사람의 홀목에다 묶어 매놨는데 목맥이 무슨 목맥이냐?"

"가보시라."

구. 그래서 또 가보니께, 토막에다 묶어 매났시유.

"아 이럭하면 안 된다구. 여기다 꼭 묶어놓구, 홀목에다 묶어 매놔라."

그래가지구, 홀목에다 묶어 매놓구 기다리구 앉았었시유. 그러니께,

"수맥(獸脈), 수맥, 수맥"

허거든요. 그땐 인제 기달렸다가 또, 가서 물어보니께, 수맥이라 이거요.

"아니, 수맥이라니, 내가 사람 홀목에다 매놓구 기다리고 있었는데 수맥이라니, 수맥이라면 짐승 수(獸)자, 짐승이란 말 아니냐?"

아, 짐승이라구. 무조건 그 사람을 때려잡으라구.

그 사람이 용하니께 그 의원 하는 대루 무조건 즈이 딸이나마나 후려쌔렸단 말이유. 아, 쌔리니까 역시 빨간 불여수(불여우)가,

"내가 느이 딸 잡아먹구 너까지 잡아먹을라구 했더니, 너는 놓친다."
그래가면서 죽더래요.

"그래서 우리 딸 시체를 찾으야 할 텐데 어떡해야 찾느냐?"
고 묻더래요. 꼬챙이가 하는 말이,

"시체는 이 위의 산에 소나무 꼬챙이에다 꿰달아맸으니 가보시라."

구. 그래서 참 가보니까 역시 그렇게 해놔서 장사를 잘 지내고, 작은 딸을,

"나는 네 은혜를 갚을 수 없으니까 작은 딸을 너를 주겠다."

이렇게 해가지구서, 거기서 새악시를 하나 또 얻었지유.

얻어서 참, 고향 땅에 나오는디, 어떤 공동묘지에 오니까, 꼬챙이가 하는 말이,

"고향은, 내 고향은 이게 내 고향이요. 그러니까 나는 여기다 묻어주고 가쇼."

그러드래요. 그래서

"야, 너를 묻어주면 난 영원히 죽는 사람이여. 어디서 병 봐달라구 하면 누구보구 문의를 하니?"

그래가면서, 탄복을 하니까,

"그러면, 제가 죽지 않게 헐 수가 있으니까 묻어주고 가쇼."

"그러면 죽지 않게 해다구."

그놈이 촐싹 나오더니 눈을 콕콕 찔르더래유. 자기 눈 찔렀어두 자기가 보기는 잘 뵈거든요. 넘이 보기는 눈이 멀어 뵌단 말유. 그래서

"그러면 너를 여기다 묻구 가겄다."

구. 잘 묻어서 장사를 지내주구 집으루 왔시유.

오너서 잠을 자노라니까, 즈이 새악시 둘이, 둘이니까요, 여름에 날이 뜨습다구 수건에 물 묻혀가지구 팔, 다리를 이렇게 슬슬 문질러주거든요. 깜짝 놀래서 일어나보니까, 그 전번에 즈이 집이서 꿈 꿀 적에, 어느 새악시가 둘이서 오너서 수건에 물 묻혀가지구 팔, 다리를 문질러줬단 말이유. 그래서 그 꿈이 그때서 풀어났지유. 그래서 잘 살았다는 얘기유.

채록 일시 : 1986. 12. 28. 12:10

구연자 : 설부영(남, 58세, 농업, 초졸)

나서 자란 곳 : 충남 서산군 근흥면 정죽리 3구 153

사는 곳 : 충남 서산군 근흥면 정죽리 3구 153

채록 장소 : 구연자의 집 안방

만나게 된 경위 및 채록 상황 : 정죽리 3구 가르미 마을의 새마을 지도자인 설의식(남, 29세, 농업, 고졸) 씨의 안내로 구연자의 집을 찾아가서 만났다. 우호적인 분위기에서 전설 3편과 이 이야기를 들었다.

청중 : 같은 마을에 사는 구연자의 친구 1명과 함께 들었음.

처음 들은 때 및 들려준 사람 : 어렸을 때 스님으로 계신 숙부한테 들었음.

구연 경력 : 몇 차례 했음.

제목 : 채록자가 붙였음.

34. **오이를 먹고 낳은 아들**

　　예전에 한 처녀가 냇가에서 빨래를 하다가 냇물에 떠내려오는 오이를 먹고
임신이 되어 아들을 낳았다.
　　그 집에서는 양갓집 처녀가 아이를 낳았다고 하여 아이를 산에다 버렸다.
그런데 산비둘기들이 와서 그 아이를 날개로 감싸서 보호하였다. 이를 보고 그
집에서는 그 아이를 다시 데려다 길렀다. 아이가 두 살이 되었을 때, 그 집에서
는 아이를 절로 보내어 그곳에서 자라게 했다.
　　아이가 7, 8세 쯤 되었을 때, 중국에서는 조선에 큰 인물이 태어난 것을 알
고, 사람을 보내어 그 아이를 데려갔다. 그래서 그 아이는 그곳에서 성장하여
어른이 되었다.
　　중국에서는 이 사람을 다시 조선으로 보내면서, 조선에서 큰 인재가 날 형
국의 지맥(地脈)을 모두 끊으라고 했다. 이 사람은 조선에 와서 몇 군데의 지맥
만 끊고, 자기가 난 고장의 지맥은 끊지 않았다. 그리고는 조선의 지맥을 끊게
한 앙갚음으로 중국에 낙태서기(落胎瑞氣)를 보내어 중국인들이 임신만 하면
낙태가 되도록 하였다.
　　중국에서는 이 사람이 낙태서기를 보낸 것을 알고, 이 사람을 찾아와 이를
중지해달라고 했다. 앞으로는 서로 이러한 일을 하지 않기로 약속이 되자 이
사람은 낙태서기를 거두었다.

　　깊은 산중에도 내깔(내)이 있잖어유. 그― 처녀가 김 뭐시라데유. 그런
디, 잘살어. 잘사는디, 내깔창으루(냇가로) 빨래를 빨러 갔다 그말유.
　　가서 빨래를 빨고 있응께루 주먹만한, 워디서 외(오이)가 둥글둥글 떠
내려오더래요. 빨래 빠는 시악씨 앞으로. 그래, 누렇고 하두 좋아서 그놈

을 빨래 방망이로 끍어 잡아댕겨서, 그늠을 팍 깨물어먹었어. 먹고는 빨
래를 하고는 집엘 간 게라.

아, 또더락또더락 배가 불른다 그거여. 배가 불러. 애기가 배버렸어. 배
가 이만치 [손으로 자기 배에 원을 그리며] 불러오니까, 즈그 집에서 양반이라
구 허구 허니께, 참 큰일 났거든. 방에다 따악 감춰놓고는, 달수를 인자
그 배부른 날짜부터 말여, 그 거시기부터 날짜를 쳐보니께, 애기를 낳게
되었거든 말여.

그래서 낳았넌디, 머슴애를 낳았어. 그래 이러두저러두 못하지 어쩔 것
이여 그거. 아 그래, 딱 감춰놓고는 이거 어디서 생긴 것이니께, 집어내뜨
리자구 말여. 그래 머슴보구 가만히 퍼대기다(포대기에다) 싸서 말여 앞
산의 따땃한 디다 갖다 놔두라고 말여. 그러면 지가 죽기 아니면 살기라
구 보내놓고, 보내는 놨지만 생각해보니까, 기가 막히더래요.

문을 열고 가만히 거기를 봉게로 아기를 산비둘기가 말요, 비둘기가
수십 마리 와서 그냥 잉— 애기를 날개로 싸고 말요 응, 눌러놓고 그냥
날개로 싸고 말요, 뺑뺑 둘러서 하거든. 그래보니께, 참 묘한 일이거든.
가서 머슴 시켜 데려왔어, 애기를.

애기를 데려다놓고는 참 두어 살 먹여서 말요, 남 몰래 키워서 두어 살
먹여놓고는, 더 키울 수 없어서 어느 절로 보냈다 그 말요. 절에다 맡겼
어. 잘 키우라구. 키우면은 나중 무슨 임자가 있을 테니, 어느 정도까지
키우라구. 그러니께 중이 인저 참 그전에는 뭔가, 새로 사람을 데려다가
유모라구 다른 사람 데려다 키운단 말요.

한 살 먹어, 두 살 먹어 그렁저렁 칠팔 살 먹었어. 먹었는디, 그때는 대
국서 인자(인재)가 나며는, 조선서 인자가 나며는 대국서두 알구 말여, 대
국서 인자가 나며는 조선서두 알구 그랬든 갭니다. 그런디 아 대국서 가
만히 저시끼를 본 게로, 조선이 큰 인자가 생겼어. 인자가 생겼는디, 대국
서 스기(瑞氣)를 내려봤어. 그러니께 조선으로 스기 줄이 떨어진다 그 말
여. 아 스기 줄이 조선으루 떨어졌는디, 조선 가서 스기 줄을 알아야 할
텐디 말여, 알아야 할 텐디, 인자를 알라구 배에다 말여, 그전에는 비단

있잖요. 인조. 비단 그런 거 대국서 많이 나오지. 그늠을 배에다 싣구 말여 왔어.

와서는, 조선 와서 스기를 보니께 말여, 깊은 산중으루 들어갔넌디 말여. 그 스기 줄을 따라서 배를 대어놓고는, 그 스기 줄을 따라서 와보닝게로, 어느 절, 절에 가서 떨어지거든. 절에 가서 떨어져서 절에 가서 봉게로, 중들이 대국 사람들이 오닝게로 굉장할 거 아니오. 중들이 뫼드는데(모여드는데), 비단을 막 중들에게 주면서 옷도 해입고 뭐 어쩌라고 좋은 걸루 주니께 좋다구 헐 게 아니오? 그래 다 나눠주고 그 에린애만 안 줬어. 에린아만 안 주니께로, 그러니까 스기 줄이 에린아께로 떨어졌단 말여. 그러니께 에린아를 데리구 대국으로 도둑질해 가꾸 가야할 텐디 말여, 다 주구는 에린아만 안 주구는, 가가(그 애가) 있응게로 인저

"너는 가져온 것을 이리저리 다 주구는 말여, 네 것이 없다. 그러니 저기 가 있으면, 따라가면은 좋은 것을 주마."

그래서는 따라갔단 말여. 따라강게, 배루 데리구 가서 뱃전에다 넣구 그냥 닻 걸어서 대국으루 데리구 가버렸네.

이제 대국서 커서, 대국 거시기가 되어버렸네. 가서 시험을 해보닝게 참 인재여. 뭐 말헐 수가 없어. 그래서 그늠을 인자 차차 차차 키워서 인자, 커가지구 참 큰 인자가 되아버렸어.

그래서 그늠 보구 인자

"너 조선 갔다 오라구 말여."

시킨게 인자 안 올 수 있간디. 왔어. 인저 왔는디, 조선을 뭐하러 갔다 오라구 했느냐 하면은, 와서는 산을 다 끊어버리라구, 지형, 혈(穴)을 다 끊어버리라구. 아무디 가서 끊구, 암디 가서 끊구, 다 끊어버리라구, 그리라구 말여.

와서는 워디 치 허구, 광주 어디라구라디야 허구, 즈그(저의) 고향 광주 옆이 워디라디야. 즈그 사는 동네 산은 안 끊었어. 혈을 안 끊구는 인자 서너 간디는(곳은) 끊었어라디야. 끊구는 이늠이 인자 대국으루 가야할 텐디, 안 가구는 대국으루 거시기 서기를 줬네. 요놈이 여기서 보개피(報

갚음)를 허니라구 말여. 그런디 낙태서기를 줬어. 대국 놈들 애기만 배면은 못 낳구 그냥 뱃속이서 죽구, 애기를 배면 뱃속이서 죽구. 그냥, 낙태서기를 내려버렸단 말여. 아 대국서 말여 애기만 배면 다 죽어서 낳구, 애기만 배면 죽어서 다 낳구 허는디, 이 재주가 요놈 재주뿐이여. 얘(이애) 재주뿐이여. 그래서 대국서 와가지고 야를 데려갔어.

"그래 워떤 재주냐?"

"느가(너희가) 나 고향에 간다구 허니까, 암디 지형을 다 끊으라구 허지 않았냐? 내가 안 끊기는 했지만, 내가 몇 가운데를 끊었다. 그렇지만 나는 느그 복수를 헐라구 말여 내가 거시기를, 낙태스기를 느이 나라루 말여 준 것이다 말여."

아, 그래가꾸는 거시기 안 허기루 가(그애)게다 굴복을 허구 말여, 항복을 허구 말여, 이거 해제를 말여, 거시기 지금 말루 허면 해직 시키드끼 말여. 서루 그렇게 허지 않기루 말여 허자구 말여 조약이 됐더래유.

채록 일시 : 1972. 8. 22. 22:30∼36
구연자 : 장기선(남, 56세, 농업, 한문 수학)
사는 곳 및 나서 자란 곳 : 전북 부안군 부안읍 선은리 3구 664
채록 장소 : 구연자의 집 마루
만나게 된 경위 및 채록 상황 : 김태곤 교수가 인솔한 원광대학교 민속조사반 학생들과 함께 김 교수가 전에 만난 적이 있는 구연자를 찾아갔다. 구연자는 이웃에 사는 매형인 김종학(71세) 씨에게 연락해 오게 하여 구연자의 모친, 부인과 함께 이야기판을 벌였다. 우호적인 분위기에서 14편의 민담을 채록하였다. 구연자는 전라도 말씨로 대화를 구분하며 구연했다.
청중 : 구연자의 매형인 김종학 씨, 구연자의 모친과 부인, 김태곤 교수, 원광대학교 민속조사반 학생 6명

35. 해인사의 불을 끈 김복선

　　옛날에 김복선이란 하인이 상전을 모시고 서울을 가고 있었다. 그는 가다가
목이 마르자 말채찍으로 땅을 찔러 물이 솟아오르게 하여 마셨다.
　　한참 가다가 그는 합천 해인사에 불이 나서 아까운 재물이 다 탄다고 하면
서, 자기의 오줌을 말채찍에 묻혀 세 번을 뿌렸다. 서울에 도착한 그의 상전이
해인사로 사람을 보내어 알아보니, 바로 그 시간에 불이 났었는데, 북쪽에서
몰려온 소나기 세 줄기가 그 불을 꺼주었다고 했다.
　　그의 상전은 그가 이인(異人)임을 알고, 그를 속량(贖良)해주었다.

　　옛날에 요 근처에 김복선이란 사람이 있었대유. 한번은 그 상전이요
육칠월, 아마 더욱 폭염이었던 모양이유. 서울을 가시는디, 산곡을 넘게
됐는디유, 아 바쁘기는 한디 왕왕하거든요, 김복선이가.

　　"아, 바쁘다. 어서 가자."

그러니께,

　　"아, 소인 물 좀 먹구 가야겠습니다."

　　"이 건곡(乾谷)이서 내깔두 없구 헌 디서 무슨 물을 먹는다구 이러니?"

이러니께,

　　"소인이 목마르니께 샘을 파겄습니다."

　　"바쁜데 어서 가얄 텐데, 무슨 샘을 파."

그러니께, 말 모는 말채, 말채루다가 이렇게 [땅에 박는 시늉을 하며] 쑤욱
찔르니께 물고붓이 막 이렇게 올르거든요. 그눔을 따라 먹구선, 흙으로

다동다동 해놓고 간단 말여.

가더니, 쪼금 있다가 또 김복선이가 소변이 마렵더래요. 왕왕 하니께,

"야 바쁘다. 어서 가자."

그러니께,

"저 합천 해인사 아까운 재물 다 탑니다. 그 재물 좀 건져주고 가야겠네요."

그러니께,

"네가 여기서 워치게 그걸 아니?"

"제 눈에는 뵙니다."

그 말채라는 게, 이전 저, 말꼬랑댕이같이 이렇게 또 뭘 답니다. 거기다가. 그걸루다가 오줌을 거기다 '지르륵' 누더니, 시 번을 뉘서 뿌리거든요.

"인젠 꺼졌을 테지."

이러구서, 서울로 갔네요.

그러니께, 하 이상시런 일이니께, 그 사람 모르게 그 상전이 사람을 하나 샀어요. 지금으로 말하자면 저 배달부. 아주 급사. 전보 친 거지유. 합천 해인사에 보냈시유.

"어제 어느 시에 불이 나가꾸 워치게 돼서 불이 꺼졌나 그 내막을 알구오너라."

"아 불이 났는디, 서쪽에서 소나기 시(세) 줄금이 들어와가꾸서, 그 불이 꺼졌다."

구 이러더라느먼요. 그래서 와서 상전보구서,

"아무 시인디, 불이 무지하게, 아주 화광이 충천하게 타는디, 소나기 석 줄금이 들어와가꾸서 꺼졌다."

구 이랬시유.

"아, 참 이인이구나. 이 사람은 내가 부릴 수가 없으니께 ……."

아주 문서를 다 도려줬어. 예전에는 남의 집에 가서, 이렇게 참, 고공(雇工)을 하게 되면은 문서를 했습니다. 그래 가꾸서 뭣하는디, 그 문서를

다 들어내주구선, 아주 하질 말라구 그랬시유. 자기 종노릇 허지 말라구.
이인인 줄 알고.

채록 일시 : 1986. 12. 25. 17시경
구연자 : 이억룡(남, 71세, 농업, 한문 수학)
나서 자란 곳 : 충남 서산군 인지면 성리
사는 곳 : 충남 서산군 성연면 명천리 195
채록 장소 : 명천리 노인회관
만나게 된 경위 및 채록 상황 : 서산지역 민속조사반 일행이 명천리 이장의 안내로 노인회
　　　관을 찾아가니, 노인 5~6명이 모여앉아 담소하고 있었다. 노인들은 채록자의 취
　　　지를 바로 이해하고 협조하여 곧바로 이야기판을 벌일 수 있었다. 구연자 이씨는
　　　기억력이 뛰어나고, 입담이 좋은, 보기 드문 이야기꾼이었다. 처음에는 구연자만
　　　이 이야기했으나 혼자만 이야기하는 것은 싱겁다 하여 같은 마을의 최학재 씨와
　　　김종철 씨가 거들었다. 그러나 그게 잘 안 되어 구연자가 한 가지 이야기를 하면
　　　채록자가 답례로 한 가지를 하기로 하고, 구연자와 채록자가 교대로 이야기했다.
　　　그렇게 하여 구연자의 민담 20여 편을 채록하였다.
청중 : 마을 노인 5명과 동행한 김창진 선생
처음 들은 때 및 들려준 사람 : 어렸을 때 나서 자란 곳에서 어른들한테 들었음.
구연 경력 : 몇 차례 했음.
제목 : 채록자가 붙였음.

36. 죽은 아들에게서 손자 보는 묘자리

　예전에 어떤 사람이 장가도 들기 전에 죽은 아들을 '죽은 아들에게서 손자 본다는 자리'에 묘를 쓰고, 옆에 묘막을 지어놓았다.
　그 이듬해, 어떤 처녀가 소나기를 만나 그 묘막에 들어갔는데, 잠깐 잠이 든 사이에 총각이 덤비는 꿈을 꾸었다. 그후로 태기가 있어서 아들을 낳은 그 처녀는 그 시집으로 가서 살았다.

　예전에 나이가 40이 지나도록 아들 하나를 낳았는데, 그 아들이 그러니깐 미혼으루, 그러니깐 장가 가기 전에 그 아들이 죽었어요. 죽어서는 그 한, 그― 죽은 사람의 아버지 되는 이가 외아들이 죽었으니까, 산소 자리를 좀 봐서 쓰겠다구서는 지관을, 참 아는 사람을 찾아가서는,
　"죽은 우리 아들 뫼를 쓸 만한 데 써주게."
그러니까는, 그 지관이
　"그러면, 내 손자 볼 자리에다가 써주마."
그래서는,
　"아 어떻게 죽은 사람에게서 손을 볼 수가 있나?"
그러니까는,
　"그런 수가 있으니까, 내가 산소 쓰라는 자리에다가 뫼를 쓰게."
그래서는, 인제 어디만큼을 가다가는 참 길 옆인데,
　"여기다 산소를 쓰면은 손자를 볼께야. 삼 년 안에."

168

그래서는 거기에다 묘를 쓰고, 묘막을 하나 옆에다 지어놓으라구 그래서는 묘막을 지어놓고 왔는데 …….

그러자 아마, 그 이듬해가 됐는지, 어떤 처녀가 지나가다 말구 별안간 소내기를 만났어요. 소내기를 만나니까, 인제 묘막 지은 데를 들어가서 앉았느라니간, 혼곤하게 졸린 생각이 들어가서, 거기서 잠이 들었는데, 그 처녀 꿈에 총각이 그냥 처녀한테를 덤비더라 그런 말여. 그래서는 그 때에 그런 꿈을 꾸어가지구 집엘 갔는데, 차차차 태기가 있어가지구 아이를 배서, 집에서 자꾸 어떻게 된 일이냐구 묻구, 인제 부모네가 물으니까는,

“나는 아무 일두 없구, 그때 아무때, 어디 오다가 그 묘막 속에 들어가서 그 좀 졸려서 자는데, 꿈에 총각이 덤비던 그런 생각밖에는 없다.” 구.

이러니깐, 그 아이를 낳았는데, 아들을 낳아서는, 그러니께 그 시집으루다, 남편 없는 시집으루다가 애를 낳아가지구 가서, 거기서 살았다는 그런 얘기여. 해해해. 산이 그렇게 좋으면, 한국에 그렇게 영특한 묘자리두 있다구 그런 얘기를 들었어.

채록 일시 : 1972. 8. 16. 22:25∼28
구연자 : 이금손(남, 59세, 농업, 국문 해득)
사는 곳 및 나서 자란 곳 : 경기도 연천군 전곡면 전곡 1리 2
채록 장소 : 구연자의 집 마루
만나게 된 경위 및 채록 상황 : 구연자는 채록자의 친척 어른이므로 방학을 이용하여 찾아 가서 만났다. 이야기를 잘하는 분으로 소문이 나 있는 구연자는 채록자를 반가이 맞아주고, 여러 가지 이야기를 해주었다. 저녁식사 후에는 마을사람들까지 모이게 하여 이야기판을 벌여 여러 가지 이야기를 채록했다.
청중 : 구연자의 부인과 마을사람 7명
처음 들은 때 및 들려준 사람 : 어렸을 때 어른들한테 들었음.
구연 경력 : 몇 차례 했음.
제목 : 채록자가 붙였음.

37. 계란이 우는 묘자리

　　그전에 아주 가난한 집에 도사가 찾아와 아무것도 먹지 않고 사흘을 묵었다. 도사가 계란을 하나 사다달라고 하자, 그 사람은 곯은 달걀을 하나 사다주었다. 중은 그 달걀을 가지고 산으로 가서 한 곳에 묻고 앉아서 그 달걀이 울기를 기다렸다. 시간이 되어도 울지 않자 도사는 그대로 내려왔다. 그 다음날, 다시 계란을 사다달라고 하여 이번에는 성한 것을 사다주니, 전날과 같이 하였다. 그런데 시간이 되니, 그 자리에서 '꼬끼요' 하고 닭 우는 소리가 들렸다. 도사는 무릎을 치고 좋아하며 내려왔다.

　　도사가 떠난 후에 그 사람은 그 자리에 자기 아버지 산소를 이장했다. 며칠 후 도사가 와서 좌향을 바로잡아주겠다고 했으나 거절하였다. 그후에 그 사람은 자손을 많이 두고 부자가 되어 잘살았다.

　　거기서, 장성 무슨 면이라구 하던가? 저 거시기 정읍군. 그 사람두 빈한했어. 빈한한디, 한 도사가 들어와서, 집이 조그만 오막살인디, 집에를 찾아와서는, 한 사날을 굶구 있거든. 그래 워쩐 일인가 물르것다구 말여, 그 인자, 가난하게 사는 사람이 뒤를 밟았다 그 말여.

　　밟고보니까, 사흘만에 겨란(계란)을 하나 사다달라고 하더래요. 겨란. 그래서 묘헌 일이라구. 그래서 인자 동네 돌아다니면서 곯은 겨란을 사다줬어. 곯은 겨란을 사다준게로, 겨란이라구 주니께로, 곯았는지 뭔지 알거여?

　　가꾸 산으루 갔다 말여. 산에 가서―, 참 명사든 모냥여. 지관이구. 옳

은 지관이구. 그래서 참 땅을 쿡쿡 파더랴. 호미로. 조그만 호미를 내서
루. 파서는 겨란을 묻어. 그 사람이 한참 있는디, 그 사람은 뒤에서 따라
가서, 솔포기 밑에서 엿봤어.

아, 이느므 시간을 보니께로 겨란이, 닭이 울을 때가 됐는디 말여, 안
울드라 그 말여. 그래서 파갖고는 그대로 왔어.

그날 저녁에 자고는 그 이튿날, 겨란 하나 더 사다도라구 말여. 헌게
그때는 옳은 성한 겨란을 사다줬다 그 말여. 안 곯은 놈을. 사다주고는 뒤
를 따라갔어. 따라가서 가만히 솔포기 밑에서 엿을 보고 있응게로 그 자
리에 도로 묻거든. 땅에 묻어놔.

그렁게로 한 시간쯤 되고 있응게 닭이 울더라 말여.

"꼬끼요."

닭이.

"그러면 그렇지!"

하구 볼기짝을 뚜드리구 일어나서 그대루 오더래요. 그래서 그이는 먼저
와버렸어. 일어나기 전에 닭이 우니께 '그러면 그렇지' 하고 볼기짝을 뚜
드리구 일어나는 순간에 산으루, 그 참 뛰어서 집으루 와서 있으니께 오
거든.

"워디 갔다 인저 오시나요?"

그러니께,

"나 워디 좀 갔다와요."

그날 저녁에 잠을 자더니 일찍 떠나더래, 그 사람이. 그래서 가면서루
그러더래요.

"내가 한 열흘만 있으면 다시 찾아오리다."

간 뒤에 그 사람이 그 자리에다 주이 부모네 장사를 모셔버렸네. 뫼를
써버렸어. 그냥.

한 열흘 되니까, 그이가 왔어. 와서는

"이거 누가 썼냐?"

구 말여. 그래,

"사실은 이만저만해서 내가 참 나무 지게를 지구 댕기면서 본게, 항상 거기가 시양이 들어서 눈도 녹고, 양지바루도 되고 그래서 할 수 없이 내가 이 나무꾼이면 그전에 말여, 작대기 지관두 있더라구 말여. 작대기두 좋은 것이라구 말여. 내가 항상 작대기루 꼽아놓은 자리라구 말여. 그래서 거기 갖다가 우리 부모를 모셨다."

구. 그러냐구 말여.

"그러나 뫼를 쓰기는 썼어도 응, 그 안대를 잘못했으니 쇠(나침판)를 놔가지구 잘 해줄 터이니, 뫼를 봉분을 헐어라. 다시 지어주마."

허니까, 에이 이거 내가 내 자작으루 헌 것이니께-무슨 심사를 부릴까 무서워서-,

"내 자작으루 헌 것잉께 놔두슈."

"그럴 수가 있느냐 말여. 이것은 당신 자리다 말여. 당신이 임잔디 말여, 심사는 절대루, 그런 심사는 안 가지구 있으니께 말여, 당신 봉분을 헐어라. 헐면은 쇠를 놔서 어느 거시기를(방향을) 잡아주겠다 말여."

"놔두라구요."

덮어놓고 그냥 두라구, 놔두라구 그러구는 사흘까징 그 집에서 건의를 해두 안 듣거든. 그러니께,

"그러냐구, 안 듣는디는 헐 수 없는디, 당신이 내 맘을 몰라서 허는 것이란 말여."

그러구는 그냥 떠버렸어.

거기다 묘를 쓰구 말여 자식덜두 몇 형제씩 두구 말여, 두둑두둑 살림살이가 일어나는디 말여, 일어나는디, 참 호구를 잘살더랴. 그래서 참 그냥 살 수가 없어서 떴어.

떠가지구는, 그 지관 이름을 알구, 사는 곳를 알아 그 지관을 찾어서 말여 그 뒤의 대가를 상당히 많이 해주었어.

[채록자 : 쇠를 놓구 다시 잘해준다는 거는 무엇이었나요?] 그렇게 옳게 해줄랴구 했지만서두 먼저 쓴 사람은 무슨 심리를 부릴까봐 말여 놔두라구 헌 거지요.

[채록자 : 그럼 다시 했으면 더 잘됐을지두 모르지 않아요?] 그렇지요. 알 수 없지요. 더 잘됐을지두요.

채록 일시 : 1972. 8. 22. 20:45 ~53
구연자 : 장기선(남, 56세, 농업, 한문 수학)
사는 곳 및 나서 자란 곳 : 전북 부안군 부안읍 선은리 3구 664
채록 장소 : 구연자의 집 마루
만나게 된 경위 및 채록 상황 : 김태곤 교수가 인솔한 원광대학교 민속조사반 학생들과 함께 김 교수가 전에 만난 적이 있는 구연자를 찾아갔다. 구연자는 이웃에 사는 매형인 김종학(71세) 씨에게 연락해 오게 하여 구연자의 모친, 부인과 함께 이야기판을 벌였다. 우호적인 분위기에서 14편의 민담을 채록하였다. 구연자는 전라도 말씨로 대화를 구분하며 구연했다.
청중 : 구연자의 매형인 김종학 씨, 구연자의 모친과 부인, 김태곤 교수, 원광대학교 민속조사반 학생 6명
처음 들은 때 및 들려준 사람 : 전북 정읍군 장계에서 20세 전후에 어느 시장 노인한테 들었음.
구연 경력 : 몇 차례 했음.

38. 우연히 잡은 명당자리

예전에 머슴살이하던 사람이 겨울에 아버지의 시체를 짊어지고 산으로 묻으러 갔다가 미끄러져서 시체가 그 아래로 굴러 떨어졌다. 이 사람은 혼자 어쩔 수 없어 그대로 두었다.

그후 이 사람은 큰 부자가 되었다. 부자가 된 그는 아버지를 잘 모시려는 생각에서 지관을 불러 명당자리를 잡게 하여 그곳으로 이장을 하였다. 그로부터 그의 살림이 점점 줄자 그가 다른 지관을 불러 물으니, 그전 자리가 명당이라고 했다.

예전에 가난한 사람이 남의 집 머슴을 들다가, 자기 아버지가 죽었어요. 그래 뭐 머슴살이가 돈이 있을 리도 만무하고, 지금과 달라서 예전에는 참 기막힌 성세(형세)가 있거든요.

자기 아버지가 죽었는데 하필 겨울이여요. 눈이 잔뜩 쌓였는데 자기가 지게를 지구서, 자기 아버지를 지구서 가다가, 산골인데, 미끌어져서 자기 아버지 시체가 떼굴떼굴 굴러갔지. 가다가 어느 소나무가 큰 것 있는데 거기 가서 척 걸쳐 있더라는군요. 그 어떻게 혼자 이걸 새로 들 수도 없고, 끌어올릴 수도 없고, 그냥 거기 내버려놔뒀어요. 놔뒀는데, 그 뒤부턴 차차 차차 이 사람이 성세(形勢)가 나아져가지고 부자가 됐어요.

그후 부자가 된 뒤에, 어느 지관(地官)이 와가지고서, 저희 아버지를 그냥 거기에 놔둘 수는 없으니깐, 그 묘자리를 하나 좀 봐달라고 인저 이렇게 하니깐, 어떠한 묘자리를 봐줬는데, 그리로 옮겼어요. 그 시체를. 그냥

놔둬도 괜찮은데. 옮겼더니 옮긴 날, 그 해부터 괜히 자꾸 망해들어가요. 그래가지고,

'이게 웬일인가?'

하고서 그 누구한테 물었어요. 어 참 낫다는 지관한테 물으니까,

"거기가 명당이다. 늬 아버지를 그냥 내버려놔뒀으면 괜찮을걸 고연히 (공연히) 옮겨가지고 늬가 또 절단났다."

이런 말이 있었습니다. 그런데 이것이 사실인지 아닌지 모르죠. 하하하.

채록 일시 : 1980. 8. 9. 16:38~40
구연자 : 심선택(남, 68세, 전 회사원, 중학교 중퇴)
나서 자란 곳 : 충북 중원군 살미면 목벌리
사는 곳 : 충북 괴산군 괴산읍 동부리
채록 장소 : 괴산읍 서부리 노인회관
만나게 된 경위 및 채록 상황 : 채록자가 칠성면 서부리 노인회관을 찾아가, 그곳에 모여 있던 노인 8명과 이야기판을 벌여 우호적인 분위기에서 몇 편의 민담을 채록하였다. 구연자 박씨는 집이 좀 멀리 떨어져 있지만 이곳으로 놀러왔다고 하였다.
청중 : 모여 있던 노인 8명
처음 들은 때 및 들려준 사람 : 40세 때 나서 자란 곳에서 이웃 노인한테 들었음.
구연 경력 : 몇 차례 했음.
제목 : 채록자가 붙였음.

39. 명풍수와 산신령

    예전에 전라도 어떤 사람이 제천에 사는 명풍수사(名風水師) 이삼득을 찾아
왔다. 그는 한 달간 그 집에 유한 후, 많은 패물을 주고 가면서 자기가 죽거든
좋은 묘자리를 잡아달라고 했다.
    얼마 후, 그의 아들들이 이삼득을 찾아와 아버지가 세상을 떠났으니 좋은
묘자리를 잡아달라고 했다. 이씨는 전라도로 가다가 산 속에서 날이 저물어 어
느 오두막집을 찾아들어갔다. 그 집에는 대사 한 사람이 먼저 와 있었다.
    잠을 자려고 할 때, 그 대사가 옷을 벗다가 장삼 자락으로 이씨의 눈을 때렸
다. 이씨는 아픈 것을 참고 그대로 잠을 잔 후 약속 장소로 가서 좋다고 생각되
는 묘자리를 잡아주었다.
    돌아오는 길에 이씨는 또 그 집에서 자게 되었는데, 먼저 그 대사가 또 와
있었다. 그 대사는 옷을 벗으면서 또 다시 장삼 자락으로 이씨의 먼저 때렸던
눈을 때렸다. 이씨가 화가 나서 대사에게 호통을 치니 대사가 조용히 말했다.
    "나는 이곳의 산신령이다. 네가 묘자리를 잡아준 그 사람은 돈을 벌 때 나쁜
짓을 많이 한 사람이다. 그런 사람에게 네가 좋은 자리를 잡아주어서 복을 받
게 해주면 되겠느냐? 그래서 내가 어제는 네 눈을 어둡게 하느라고 때린 것이
고, 오늘 때린 것은 네 눈을 다시 밝게 해주느라고 때린 것이니 그리 알아라."
    이삼득은 죽기 직전 아들들에게 자기가 묻힐 자리를 이야기했으나 그들이 찾
지 못하고, 노루가 자고나간 자리에다 썼는데, 자손이 번성하지 못했다고 한다.

    예전에 요 전라도 어떠한 사람이 자기가 뭔 소문을 듣고서, 제천땅에
를 왔지요. 제천땅의 어디냐 하면, 구모골이라는 데가 있습니다. 거기에
어떤 사람이 있나하면, 이삼득이라 하는 국내 명풍수이지. 지리박사입니

다. 묘터를 잘 잡는 명풍이 있어서 왔지요. 그분을 찾아왔지요.

한 달 간을, 이 사람을 사귀기 위해서 그 집에서 묵으며, 얘기도 하고, 바둑 장기를 뒤가면서 놀다가, 마 그저, 갈 무렵 해서, 자기가 부자니까, 아주 부자니까, 패물을 가져와서 패물을 이삼득이에게 주면서,

"내가 죽거든 당신이 와서 내 신후지지(身後之地)를 잘 잡아달라."

구. 그래서 이제, 부탁을 하니까, 한 달 가량 서로 친했고 놀다보니, 또 패물도 주고 하니, 자기 아는 소원대로 안 해줄 수도 없고, 대답을 했노라 이 말씀이야.

그가 돌아가서 한 이삼 년 후에 그 사람이 작고를 했지. 하니까, 그때에 자기 자제한테다가,

"네 인마를 갖추고 가서 아무데, 아무 곳에 가면 어떤 분이 계시니까, 거기 가서 그분을 모셔오너라."

그래, 이 사람들이 직접 인마를 갖춰가지고 거기에 갔다 이 말씀이야.

"어디서 왔는데, 아무개 자손이올시다."

하, 그때 같이 놀던 친구요, 패물도 많이 받고 그랬으니까, 안 갈 수 없 잖아요? 인제, 행장을 차려가지고서 가는데, 과거 그때로 말할 것 같으면, 시방으로부터 50~60년 전 일이니까, 거의 100년 전이라고 해도 과언이 아니지요. 그때로 말할 땐 참 신작로가 없고, 인마로 다니는 소로 길밖에 없던 때니까, 산길을 걸어가게 됐는데, 가다가다 보니까, 날이 일모해서 잘려고 보니깐, 딱 한 집밖에 없더라 이거여. 오막살이집. 방이란 보니까, 딱 단칸방인데. 주인을 불러

"일모하니 하루만 자고 가자."

하니깐, 그래 할 수 없이 인가도 없고 하니까, 그러니 안 재울 수 없으니까,

"들어와 주무시오."

그래 들어가 본즉, 단칸방에 뭐가 앉았느냐 하면, 아랫목에 떡— 대사 하나가 도포를 입고 떡하니 앉아 있더랍니다. 그전으로 말할 것 같으면, 대사 이런 사람이라면, 국내 명풍과 원래 한자리에 앉지 못하는 법이요. 허

나 무인지경이요, 객지에 간 사람이니께, 그걸 가릴 수도 없는 거고.

　같이 앉았는데, 앉았다가 잘려고 이제 옷을 훌렁훌렁 벗는데, 장삼 소매로다가 이삼득의 오른쪽 눈을 훌러덩 냅다 갈기는 거라. 갈기니까, 눈이 아퍼가지고 쩔쩔매면서도 큰소리를 못하고, 그냥 그날 저녁을 지내고서, 그날 딱 당도해가서, 좌초를 정해가지고, 그 산을 올라가보니까, 참 그전으로 말할 것 같으면 명풍들이 얘기하는 것이 뭐 구룡쟁주(九龍爭珠)니, 구사쟁와(九蛇爭蛙)니 뭐 여러 가지 설이 있지요. 하 그래 가보니까, 자기 이삼득의 눈에는 구룡쟁주가 되더라 이거야. 구룡쟁주란 구슬 하나를 가지고 용 아홉이 다투는 형상이지요. 참 좋더라 이거지요. 그래 거기다 떡 자리를 잡아서, 시를 잡아가지고 장사를 지내라 이 말이지요. 장사를 지낸 후에 나는 가겠노라 하니까, 또 거기서 예물을 인마를 갖춰가지고 사람과 함께 보내는 거지.

　오다가보니까, 거기 오니까, 그 집에 당도하니까, 또 그렇게 날이 저물었다 이거야. 일모하니깐 또 들어가 잘 수밖에는. 들어가 자는데, 보니깐, 그때 그 대사가 그냥 앉아 있더라 이거야.

　'하 저놈이 연직(아직까지) 기달렸구나.'

　아 그러니 도리없지. 아 들어가서 앉았다가 잘려고 하니깐, 아 저놈이 그때 때렸던 눈을 또 때린단 말야. 장삼 소매루다가 옷 벗는 척하고 훌러덩 때리니까 아퍼죽겠지. 그때서야 이삼득이가 호령을 하는 거지.

　"천하의 괘씸한 놈, 아무리 네가 여기 단칸방에 나하고 같이 앉았다 하더라도 조심할 것이 아니라, 요전에 갈 적에도 내 눈을 이러더니, 또 시방 또 그러니, 천하의 괘씸한 놈이 어디 있느냐?"

호령을 하니까, 그 대사가 가만히 하는 말이 뭐냐 하면은,

　"네가 이삼득이가 아니냐?"

이거야, 대번.

　"나는 이 산골, 산중에 있는 신령이다. 왜 네 눈을 갈 적에 때렸느냐 하면, 그 사람 장사지내러 가는 것을 내가 알아. 아는데, 그 사람이 과거에 그 돈을 벌 때에 악질로 번 사람이다. 악질로 번 사람을 네 그, 아주

참, 박사, 지리를 잘 아는 사람이 좋은 데를 넣어주면은 죄를 받아 못써. 하니까 내가 그걸 못하게 하기 위해서 네 눈을 가린 거야. 한 번 때리면 너는 눈이 어두워. 내가 그걸 가린 거야. 시방 네 눈을 때린 것은 그걸 밝히기 위해서 때린 거야. 응, 내중에 좋은 사람은 좋게 넣어주고, 나쁜 사람은 나쁘게 넣어줘야 되는 거지, 좋은 사람을 나쁜 터에 넣어주고, 나쁜 사람을 좋은 데 넣어주면, 너는 좋은 명풍이 못되는 거야. 그러니까, 내 그것을 밝혀주기 위해서 그랬으니, 나한테 너 조금치도 오해를 말아라.”

그러더니 문을 열고 나가는데, 예전 호랭이 담배 먹던 시절 얘기니까, 돌아서서는 장삼 속을 훌훌 벗더니, 둔갑을 하더니, 큰 대호가 돼서 나가더라 이거야. 해서 그후에 참 이삼득이가 돌아왔지만은, 또 이런 얘기를 하면 모르겠습니다만, 그가 명풍으로다가 이 근동(近洞)에 좋은 자리 많이 잡아줬지요.

그러더니 잘살고 있는데, 자기 죽을 적에 자기가 봐놓은 자리가 한 서너 군데 됐지요. 됐는데, 자기 운명 당시에 아들을 불러놓고, 아문데 아문데 가면 있고, 아무데 가도 있으니, 다 좋은 곳이니 찾아써라. 그래서 참 자기 아들들이 찾으니 세상에 있어야지. 못 찾는기라. 밤이 돼서 되로(도로) 돌아오는 도중에 자기 이웃 산천에 당도했었는데, 노루가 한 마리 있다가 나간 자리가 있거든. 그 아들들이 보고서 거기다가 썼는데, 시방 말하기를 뭐라고 하느냐 하면은 고모동이구, 고모동이란 거미를 가지고 고모라 해. 거미혈에 썼다 이렇게 말들 하고, 지금 그 묘가 있는데, 시방 자손이 약 형제밖에 없는데, 유손은 없어요. 안 되는 거지요 이게.

채록 일시 : 1980. 8. 8. 16:26~34
구연자 : 권희덕(남, 65세, 정미업, 한문 수학)
나서 자란 곳 : 충북 제원군 봉양면 신리
사는 곳 : 충북 음성군 맹동면 쌍정리
채록 장소 : 맹동면 쌍정리 노인회관
만나게 된 경위 및 채록 상황 : 채록자가 노인회관을 찾아가니 노인 11명이 담소하고 있었다. 채록자가 찾아온 까닭을 설명하니 노인들은 바로 이해하고 협조해주었다. 우호적인 분위기에서 10여 편의 민담을 채록하였다.

청중 : 동행한 중학생 최진형 군과 마을 노인 11명
처음 들은 때 및 들려준 사람 : 어렸을 때 나서 자란 곳에서 동네 노인한테 들었음.
구연 경력 : 많이 했음.
제목 : 채록자가 붙였음.

40. 점쟁이 김계관의 출생과 죽음

옛날에 어떤 사람이 장가들기 전에 죽은 외아들을 대사의 말대로 손자 본다는 묘자리에 묻었다. 얼마 후, 한 처녀가 그곳을 지나는데, 갑자기 배가 아파 가마를 멈추고 쉬다가 깜빡 잠이 들었다. 그런데 비몽사몽(非夢似夢)간에 그 묘가 갈라지더니 그 속에서 한 도령이 나와 겁간을 하였다. 그가 가면서 신표로 은장도를 주므로 처녀는 반지 한 짝을 빼어서 그 도령에게 주었다.

그후 처녀는 임신을 하자, 묘 앞에서 겪은 일을 이야기하며 은장도를 내놓았다. 처녀의 아버지와 그 도령의 아버지가 사실을 확인하기 위해 묘를 파고 확인해보니, 관 속에는 그 처녀의 반지 한 짝이 들어 있고, 매장할 때 넣어둔 장도는 없었다. 몇 달 후 그 처녀가 아이를 낳았는데, 그 아이는 관을 열었기 때문에 정기가 빠져 장님이 되었다. 그래서 아이의 이름을 '김계관(金啓棺)'이라 하였다.

김계관은 점을 잘하여 못 맞히는 것이 없었다. 그는 서울로 가다가 날이 저물자 돌을 던져 숲에 떨어지니 '임석중(林石中)'의 집에 가서 쉬어야겠다고 하고 그 집(고을 원님의 집)에 가서 쉬었다. 원님이 쥐 한 마리를 잡아놓고 무엇을 잡아놓았겠느냐고 하니, 쥐 열한 마리라고 했다. 쥐의 배를 갈라보니, 새끼 열 마리가 들어 있었다.

그는 서울로 가서 임금의 총애를 받았다. 어느 날 임금님은 제비 한 마리를 잡아놓고 무엇인가 알아맞히라고 하였다. 그가 제비 세 마리라고 하자 임금은 틀렸다고 하고 그를 죽이라고 하였다.

그는 사형장으로 끌려가면서 옹달샘이 있는가를 묻고, 그 옹달샘 때문에 자기가 죽을 것이라고 했다. 제비의 배를 갈라 그 속에 알이 두 개 들어 있음을 확인한 임금은 그의 사형을 중지하라는 명령을 내렸다. 그런데 그 명령을 전달하러 가던 군사가 목이 말라 물을 먹느라고 영기(令旗)를 땅에 놓은 사이에 형리는 그대로 사형을 집행하였다.

예전에, 이건 그런 비슷한 얘기가 아니고, 김계관이라고 열 계(啓)자, 널 관(棺)자, 김계관이라는 장님이 하나 있어. 소경, 그런디 아주 점술로 유명한 이였어. 김계관이. 뭐 틀림없이 맞히니까, 그가 자기 죽을 날짜까지 다 알았다는 김계관이여.

김계관이 할아버지가 아들은 일찍 죽고, 음— 아들이 독신인디, 아들이 독신인디, 참 결혼 전에 죽었단 말여. 그래 인제 집안에서 아들 하나 있는 거 제물에 죽었으니까, 울고불고 장사지낼 줄도 모르네. 그것 갖다 파묻어야 할 건디, 파묻는 것두 잊어버리구 옆에 두구서 울고불고하니 집안이 울음꽃이여. 그 아버지, 할아버지, 계관이 할아버지는 진사여.

그 이튿날인디, 문간에서 웬 중이 와서 동냥을 달라 그려. 목탁을 '똑 똑 또드락 또드락' 두드리면서.

"시주하십시요."

그런단 말여. 그래 하인이 나가서,

"시주고 뭐고 여보, 이 집이 악상이 생겨서, 어— 참 울음꽃이 핀 것을 보지 않소? 시주가 지금 무슨 시주가 할 경황이 있다고? 그렇게 그냥 가라."

고 그러니,

"많이 안 주셔도 됩니다. 쪼끔만 해주시고, 정히 그렇다고 하시면, 내가 주인 어른 좀 뵙고 여쭐 말씀이 있습니다."

그런단 말여.

"아이 경황중에 쥔 어른이 뭐 객을 대객(對客)할 정신도 없고 그렇게 후차에 가서 얘기하더라도 거 돌아가시겨."

하니까,

"아니 오늘 내가 꼭 긴히 여쭐 말씀이 있으니까, 꼭 좀 뵙게 해달라."

고 그런단 말여. 그러니 쥔 어른보고 그 말씀을 전달해달라고 그래서 하인이 가서 쥔 어른보고,

"중이 와서 동냥을 달라고 그런디, 이 집에 악상이 나서 정황이 동냥 여부가 없다고, 드릴 여부가 없다고, 그러니 물러가라고 그러니 쥔 어른

보고 꼭 여쭐 말씀이 있다고 그러니 어떡할까요?"

"그럼 들어오락 해라."

그래서 중을 참 맞이하고 보니께, 중이

"이게 좀 허황된 말씀 같습니다만 집이 무매독자(無妹獨子) 외아들, 어른 자제가 어— 참, 변사를 한 줄로 알읍니다. 허황된 말씀 같습니다마는 자제가 돌아가셨어도 손자를 볼 수가 있어요. 허니께, 제 말을 좀 쏙는 셈 잡고서 저 하라는 대로, 제가 묘자리 하나를 잡아줄 테니까, 거기다 그 자제를 갖다가 장사를 지내시오."

그 뭐 죽은 자식, 그 뭐 허황된 소리 했거나 말았거나 집안에 화가 있을 바는 아니니까, 에이 한번 쏙는 셈치고 그리 해야겠다 말여. 어디냐고 가보자고 하니까 사람 많이 통행하는 신작로 가시(가)여. 양지발른 곳인디, 자기 생각에도 역시 좋것어.

그래 참 거기 묻었어. 그런디 그놈의, 그 양반의 후예로 시골로 낙향해서 오는 재상 하나가 있시유. 과거에 참 재상으로 지내던, 판서로 지내던 분인디, 시골로 낙향해서 오는디, 참 고놈의 동네에 자기 또 큰댁이 있네. 그 큰댁에 잔치가 있어서, 그 집 처녀가 가마를 타고 큰댁 잔치에 가게 됐어. 가마를 타고오다가, 따지면 그 계관의 아버지를 갖다 묻은, 총각으로 죽은, 애 묻은 거기께 오니께, 난데없이 배가 아퍼 영 죽겠단 말여. 그래 하인들보구서,

"야 이거, 가마 좀 여기다 멈추란 말이여. 나 배 아퍼 영 죽것다."

하두 죽는다 해싸니께, 하인들이 거기다 가마를 세웠어. 그 사람의 묘가 있는 신작로 가에다 가마를 세웠단 말이여. 그러니께 가마를 세우고 나니께, 그냥 흥건히 잠이 들어. 잠이 들었는디, 꿈을 꾸니께, 비몽사몽(非夢似夢)간이여. 비몽사몽간이란 거는 꿈도 아니요 꿈도 같다는 얘기지. 비몽사몽이여. 비몽사몽간에 거기가, 그 모이(묘)가 딱 갈라져. 응— 그 처녀는 거기가 모이가 있는지 없는지도 물렀지. 그런디 모이가 딱 갈라지더니, 거기서 웬 도령이 하나 나와. 나오더니 가마 속으로 들어가서 참 수작을 건네는 거여. 그래서 당했어. 당하고 나서 인제 참 배가, 아프던 것이

배가 안 아프고. 인제 정신을 채리고보니께, 아참 어, 몸의 증세가 이상혀.

　‘아참, 이상허구나’

그래 하인배보구서

　“여 어디 여기 신작로에 무덤 있느냐?”

그렇게,

　“예 무덤이 있습니다.”

　“그 무덤이 얼마가 된 무덤이냐?”

　“얼마 되지 않았습니다.”

　“안 아프니께 가자.”

　자기 큰댁에 가서 인제 거 잔치를 치루고 집에를 왔어. 에, 그 달부터 몸이 이상해지고 허더니, 그냥 잉태를 하네요. 허허, 그래 10삭 만에 참 인제 만삭을 했는디, 즈이 아버지 어머니가 볶아대는 기여.

　“너 이놈의 기집애 같으니라구, 이게 어디 될 법이나 한 일이냐구? 그래 어떤 남삭(남자)의 자식이냐?”

　“참 지가 죽을 죄를 졌다구. 그런디, 저는 절대로 그런 일은 없구 월전에 큰댁에 잔치가 있어 갈 때에, 그때 가마를 타고 갈 때, 뜻빡쎄(뜻밖에) 배가 그렇게 아파요. 그래서 신작로에다 좀 세웠는디, 홍건히 잠이 들어서 잠이 들었는디, 꿈 가운데 비몽사몽간에 그 모이가 갈라지더니, 거기서부터 도령이 나와요. 그래서 수작을 걸어서 그렇게 당한 일밖에 없습니다.”

　‘이 참 이상하다.’

　그래 참 수소문하고 보니께, 아무 진사의, 김진사의 아들이 죽어서 거기다 중이 와서 거기다 묻으라 해서 묻었다는 거여.

　그렇게 친구를 모아놓고 그 얘기를 했어.

　“내 여식이 잉태를 했는디, 그런저런 일, 그런 일밖에 없다 그리여. 그런디 보니께, 에 그때에 가마 속에서 당할 때 처녀가 뭐라고 그랬는고 하니, 우리가 참 양반의 자식이 이런 불미스런 일이 있었으니 피차 신표라

도 있어야 할 게 아니냐고 그러니께, 그 총각이 은장도를 띠어주더라는
기여. 은장도를 띠어주고는, 자기는 지환을 한 짝 빼서 줬다는 기여. 그러
고 보니께, 자고 나니께, 지환이 한 짝 없더라는 기여. 그러고서는 자기
앞에는 은장도가 놔 있더라는 기여. 그거 이상하지!"

동네 친구들 다 모아놓구서, 에— 그, 따지면 죽은 총각의 아버지 그분
도 오셔가지구 술을 같이 나누는디, 일부러 그 은장도를 자기 앞에다 놓
아두었더라는 거여. 옷고름에다 차고서 앉은 거여.

다른 놈들은 술을 먹고 하니께, 주흥이 일어나서 인제 흥미도 나서 얘
기도 하구, 노래도 부르고 시조도 하구 하는디, 아 그 어른은 남이 볼까
안 볼까 대꾸(자꾸) 눈물을 흘리고 그리여. 그 이상해서,

"여보 진사님, 거 다른 친구들은 내 생일에 와서 거 참 기분이 좋고 그
런디, 아 노형은 왜 남이 볼까, 안 볼까 이렇게 눈물을 대꾸 흘리니 웬일
이오?"

허니까, 뭐라고 허는고 허니,

"노형이 차고 있는 그 은장도가 흡사 내 자식의 은장도와 비슷해서 그
럽니다."

그런단 말여.

"그 무슨 말씀이요?"

"에 내 자식이, 자식이 독신인디, 무매독자여. 했는디, 에— 멫 달 전에
죽어서, 에— 중이 여사여사해서, 에— 아들은 죽었어도 손자 볼 뭐시가
있다고, 내 말 쏙는 셈 잡고서 아무 신작로에다 갖다 묻었소. 그런디 내
자식이 사랑하던 패물이기 때문에 장도도 널 속에다 그냥 넣어서 장사를
지냈었단 말이지. 그런디 그 장도가 틀림없이 내 자식의 패물 같아. 그래
서 그 장도칼을 보니께, 자식 생각이 나서 그런단 말여."

그래. 그때사 이야길 했어.

"내가 그래서 오늘 잔치를 했는디, 내 생일도 아녀. 내 여식이 지금 잉
태를 해서 임신중인디, 월전에 내 큰댁에 잔치가 있어 거기를 가다가 뜻
박시 그 모이 밑에 가니께, 배가 아퍼 죽겠더란 거여. 그래서 가마를 쉬고

서 홍건히 잠이 들었는디, 비몽사몽간에 거기서 모이가 갈라지더니, 거기서 도령이 하나 나와서 참 당했어. 당하고 난 뒤 잉태를 했는디, 그때 꿈을 깨고보니께, 잠을 깨고보니께, 제 지환 한 짝은 신표로 주어서 가져 갔고, 그 도령이가 신표로 주고 간 은장도는 제 치맛자락에, 치마폭 앞에 있더란 거여. 그래서 이 장도의 임자를 찾기 위해서 그래서 내가 일부러 이 은장도를 옷고름에 차고 앉은 기여.”

아 그러니께, 그 좌중에서도 다 신기한 일 아니냐 그거여.

“그 중 참 땅을 잘 알아. 그게 이 집 운이여. 그런디 그 참 파묘를 하고 보면은 은장도는 없을 께고, 그럼 지환 한 짝은 묘소에 가 있어야 할 게 아니여? 하니께, 그 실지를 증명하려고 하면은 아, 지금이라두 거 파보면 될 게 아니여?”

그런단 말여.

“그 말이 옳다. 파보자.”

아 파보니께, 과연 은장도는 없고, 그 색씨 지환 한 짝은 널 위에가, 널 속에가 있더라 그거여. 틀림없이 인제, 그 중의 말대로 아들은 죽었어도 손자 볼 수 있게 됐단 말이여.

아 그러자, 며칠 있응께, 그전에 중이 찾아왔어. 찾아와서, 쥔 보구서 그져 백배 사죄를 허는 거여.

“이 늙은 놈이 정신이 없어가지고 꼭 부탁할 말을 못했으니 어떻게 합니까?”

“아 거 무슨 말씀입니까?”

“손자를 볼 겁니다. 손자를 보시는데, 그때 파묘를 하지 말어야 할 건디, 파묘를 허기 때문에 눈이 멀습니다. 묘를 파지 않았으면은 그대로 성실한 아이를 날건디, 묘를 파기 때문에 정기가 빠져나가서 눈이 멉니다 말여. 허니, 이건 모두 제 죄올습니다.”

하고 백배 사죄를 하네.

10삭 만에 낳고보니, 참 아들은 그냥 후하게 생겼는디, 얼굴은 잘 생겼는디, 눈이 멀었어. 허허 그래서 이름을 열 계(啓)자 널 관(棺)자, 널을 열

었다고 이름을 계관이라고, 김계관이라구 했어. 그래가지구서 소경이 돼
서 차차 자라면서 당체 모르는 게 없어유.

'야 이거 서울로 올라가서 사람 많은 데 가서 살아야것다.'

하구서 서울로 올라가니, 가다가 해가 저물었는디, 어디 하룻밤을 투숙해
야 할 텐디, 마땅한 디가 없어. 어, 돌팍을 집어서 냅다 집어 던지니께, 수
풀 속으로 떨어지는 소리가 나.

"어ㅡ, 임석중이구나 임석중이."

수풀 림(林)자, 돌 석(石)자, 가운데 중(中)자. 돌팍을 집어던지니까 수
풀 가운데 떨어지니께 임석중이.

산 위에 서서는,

"임석중이, 임석중이!"

허고 들고 불르네. 해해해. 불능께, 임석중이 누구냐 허믄 그 고을 관장이
여. 군수여. 허허. 아 하인들이 쫒아와서 보니께, 웬 놈의 소경놈이 서서
는 임석중이를 그냥 외치고 서 있단 말여. 아 이런, 쪼그만 소경놈이, 이
게 이 고을 관장님이신디 관장님을 찾고 서 있어. 묶어 갔어.

"너 이놈 웬 일이냐? 웬 일이여?"

"아 그런게 아니라, 아 보시다시피 저는 눈먼 장님 아닙니까? 하룻밤
을 좀 쉬어야 할 텐디, 제가 단수를 쳐봤죠. 돌팍을 집어서 던져보니께,
수풀 가운데 가 떨어지요. 그러니께 임석중이 아닙니까? 그래서 임석중이
집을 찾아야 오늘 편하게 자겠어요. 그래서 그런 겁니다. 임석중 씨를 부
른 겁니다."

"그려!"

거 이상히여. 허허, 보통 놈이 아녀. 그래서 하인들을 시켜서

"너희들 쥐를 잡아오너라."

쥐를 잡았어. 쥐를 잡아다놓구서,

"내가 뭐를 잡았는디, 이거 뭐인가 맞춰봐라."

손을 꼼짝꼼짝 하더니,

"쥐올습니다."

"몇 마리냐?"

"열한 마리올습니다."

"어 이놈 죽여야겠어. 쥐를 한 마리 잡았는디, 쥐가 열한 마리래. 너 이놈 쥑여야 한다."

고 하니께, 김계관이가 뭐라고 하느냐면,

"쥐를 갈라보라고요. 새끼가 들었는지 압니까?"

어 배를 갈라보니께, 새끼가 열 마리 들었어. 허허 그 그러니께, 열한 마리 잡은 게지. 허허.

차차 차차 서울로 올러와서, 에— 어전에까지 불려왔어. 어전에 두구서는 국가에 비상사태가 일어난다면은 물어보는 기여. 대책을 물어보는 기여. 그런디 그가 하라는 대로 하면은 참 방비가 되고 그리여. 그런디, 참 금석으로 아끼다시피 하는디, 한번은 무엇인가 물으니께, 제비를 잡았어. 제비를 잡아놓구, 단수를 쳐보니께, 제비라고 한단 말여.

"제비가 몇 마리냐?"

에, 제비가 세 마리라고 한단 말여. 그러니께 불문곡직하구서 한 마리 잡았는디, 세 마리라고 하니께, 죽이라고,

"이놈을 갖다 참형하라."

구.

끌려가는 거지. 마춰대 있는 데루. 예전엔 사람 머리를 칼로 치니께, 마춰가 흐르면 칼로 치니께. 그리 끌고 가는디, 단수를 쳐보니 오늘은 영락없이 죽었어. 죽었는디, 중간에 가다가 옹달샘이 하나 있어. 거 끌고 가던, 그 따지면 자객들을 보구서

"여기 쪼끄만 옹달샘이 있느냐?"

"옹달샘이 있습니다."

"아 난 그 옹달샘, 그것 때문에 죽는구나."

"왜요?"

"옹달샘 땜에 나는 죽어."

허 참, 마춧대에 올려놓구 금방 목을 벨라 그러는디, 영기를 들거든요.

그래 어떤 급한 전령들이 있으면 영기를 들고서 인제 나졸들이 오는 기여. 영기를 아 보내놓고, 제비를 죽이고보니께, 알이 두 개가 들었어. 그렇게 제비가 세 마리란 말여.

"그런 것을 모르고선 그냥 덮어놓고, 아이고 아까운 사람 죽일려고 했다. 영기를 들고 빨리 죽이지 말라고 가서 전달을 해라."

아 영기를 들고오니께, 인제 그 자객들이 목을 칠라고 하다가 영기를 들고오는 놈이 있으니께, 참 멈칫했어. 아 이놈이 달려오다가 목이 들구바텨. 허니께, 둘러보니께, 옆에 쪼그만 옹달샘이 있어. 허니께 옹달샘에다 엎드려서 물을 먹느라고, 엎디려서 물을 먹느라고 영기를 탁 뉘었거든. 그 자객들이 영기를 뉘는 걸 보니께 빨리 치라고 하는, 목 비라고 하는 거라고 목을 탁 쳐버렸어. 허허허ㅡ. 그러니께, 옹달샘 땜에 나는 죽는구나 허는 것까지 알았다는 거여. 그런 얘기가 있지. 김계관이.

채록 일시 : 1979. 8. 2. 11:28∼50
구연자 : 김태영(남, 66세, 어업, 한문 수학, 초졸)
사는 곳 및 나서 자란 곳 : 충남 보령군 오천면 효자도리
채록 장소 : 구연자의 집 대청마루
만나게 된 경위 및 채록 상황 : 국제대학 학술조사반원과 함께 원산도에 가서 조사를 하고, 그곳에서 얼마 떨어지지 않은 효자도로 건너가 선착장에서 이야기 잘하는 분을 물으니 김씨 댁으로 가라고 하여 찾아가서 만났다. 조용하고 우호적인 분위기에서 10편의 민담을 채록하였다.
청중 : 우인섭 교수, 동행한 학생 5명(유영봉, 이인숙, 이재걸, 장장식, 조내희)
처음 들은 때 및 들려준 사람 : 20세 전후에 장항에 사는, 음성(音聲)을 파지(把知)하는 소경한테 들었음.
구연 경력 : 몇 차례 했음.
제목 : 구연자는 '김계관 이야기'라고 했는데, 채록자가 바꿨음.

41. 수명을 늘린 부자

　옛날에 열아홉 살 먹은 부자가 점을 쳐보고, 관상을 보니 21살 되는 해 대보름날 자손도 없이 죽을 것이라고 했다. 부자가 관상쟁이에게 살 수 있는 방법을 묻자, 삼 년간 어려운 사람을 도와주라고 했다.
　그는 주막을 지어놓고 적선을 하던 차에, 그 고을 원이 청렴하게 살았기에 돌아가신 아버지의 장사비용도 없음을 알고 도와주었다.
　어느 날, 그 원님이 꿈에 저승에 가서 낡은 수명부를 다시 작성을 하게 되었는데, 그 부자가 자손도 없이 21살 대보름날 죽게 되어 있는 것을 알고, 70살까지 살고 자손도 있는 것으로 고쳐놓았다.
　바로 그해 대보름날, 관상쟁이는 그가 살아 있음을 보고, 자기가 관상을 잘못 봤다고 했다. 그러자 그곳에 와 있던 원님이 꿈얘기를 했다. 그때 관상쟁이가 다시 상을 보니, 나이는 70에 아들, 딸 삼 형제를 낳고 잘 살 것으로 얼굴에 나타나 있었다.

　중국에 어떤 사람이 큰 부자로 사는데, 나이는 아마 그러니깐 20 안쪽, 18, 9세쯤 됐는데, 그 사람이 인제 문복쟁이를 데려다가 점을 하니까는, 아 문복쟁이가 하는 말이,
　"아 그만큼 잘사는데 물어보긴 뭘 물어보시오?"
　"그래두, 좋아두 물어보는 수가 있지 않으오?"
　그런데 문복쟁이가 점을 하니까는, 그 사람이 열아홉 살인데, 내년 스무 살만 먹으면 죽겠다는 걸, 명이 그렇게 단명하다는 걸 점괘에 나와서는, 그러구 자식두 뭐 스무 살 먹어서 죽으니께는, 언제 장가 가서 손 볼

190

여가두 없구. 그래서는 거시끼를 하는데, 걱정을 하구 있느라니까, 한 관상쟁이가 지나가다가, 그러니까 지나는 게 아니라 관상쟁이를 불러서 물어봤던 모양야.

그래 물어보니깐, 아 그러니깐 삼 년 되는 해, 그러니깐 스물한 살 되는 해, 대보름날 죽는다구 관상 보는 사람이 나온단 말여. 이건 좋은 것두 무슨 얘기가 있어야지. 덮어놓고 좋다구만 하면 어떻게 하느냐구 그러니까, 그 관상쟁이가,

"내가 말하기는 어렵지만은 스물한 살 먹는 해 대보름날에 인저 죽는다."

[채록자 : 먼저 그 문복쟁이는 그저 좋다구만 하구 가버렸나요?] 그렇지. 그 문복쟁이는 명이 단명하다는 걸 얘기를 했구, 관상쟁이를 데려다 보니까는 스물한 살 먹는 해 대보름날 죽는다구 그렇게 얘기를 허는 거지.

"사람이 죽는 것을 아는 사람이 사는 방책은 모른단 말이요? 그러니 그것을 가르쳐주시오."

하고 이 사람이 졸라대니까, 관상쟁이가 허는 말이,

"그러면은, 이제 여기서 걸어가면 그저 쉴 자리, 그만큼 가다가 주막을 짓구서는 오고가는 사람을, 인제 쉬어 갈 사람은 쉬어가구, 밥을 하구 잔치를 무진장하며, 배고픈 사람을 불러서, 돈을 받지두 않구, 이렇게 해서 삼 년 동안이라는 거를, 노자 없다는 사람은 노자를 주구 허시오."

이렇게 시켜서 하는데, 여기루 말하면 군수쯤 되는 사람이 그 고을에 들어가서 원을 하구 사는데, 자기 아버지가 돌아갔는데, 영, 원체 마음이 고지식해가지구 장사 지낼 비용이 없었단 말여. 그래서 그 밑에 있는 사람들이,

"아무개가, 정만인이라는 사람이 그렇게 부자인디, 그 돈을 그렇게 잘 쓰구 그런다는데, 장례비를 좀 요청하면 줄게 아니겠소?"

그러니깐,

"체면에 내가 어트케 그런 말을 할 수 있나?"

"그래두 좋다구만 하시면, 그런 말은 우리가 가서 하겠습니다."

그래서 그 밑에 있는 사람들이 가서 그런 얘기를 허니까, 그게 무슨 걱정이냐구 하면서 장례비를 주어서 장례를 지내구 이리구 나서는, 거시끼 장례를 지내구, 장례 지낸 사람의 아들이 꿈을 꾸는데, [채록자 : 그러니까, 원이 꿈을 꾸는 거지요?] 그렇지. 꿈을 꾸는데, 아마 저승엘 갔던 모양야. 저승엘 가서보니까는, 그 인제 거시끼 문서, 명단이 다 낡았으니까는 그걸 다시 작성할려구 그 사람을 불렀다구 그러면서, 그걸 좀 빨리 작성을 하라구 그래서 그걸 넘기면서 다시 그것을 적는데, 아 그 사람이 그날 오게 됐단 말여. 그래서 가만히 생각하니까는, 책을 하다가 덮어놓고 있으니까,

"아 왜 시간 바쁜데, 얼른 빨리 적지를 않는가?"

그러니까,

"이 사람만은 내가 신세가 많이 진 사람인데, 이거 참 어려워서 적을 수가 없는데요."

그러니까,

"그러니까 그 사람만은 빼고 적어라."

그러더래요. 그래서 그 사람은 나이가 스물한 살 되던 해 대보름날에 거기 올 텐데, 그것을 칠 자로 고쳐놓고 또 인저, 자손 없다는 것두 아들 삼형제, 딸 형제루 고쳐놓고, 그렇게 낳게끔 해놓고서는, 이제 그러커구서 가라구 해서 왔는데, 아 이 사람이 잠을 깨구보니까 꿈이다 그거여. 그래 이상두스럽지. 그런 꿈을 꾸었는디, 점잖은 사람으로서 거기 가서 꿈 이야기를 할 수도 없는 거구.

그래 하두 이상스럽다구 있는데, 대보름날이 되어서, 거기서 오라구 그래서 서로 술잔이라두 나누자구 그래서 그 부잣집에서 오라구 그래서 거기를 가서 앉았으니까는, 관상쟁이두 오늘 죽었거니 허구. 아주 그건 조상하러 간 걸루 생각해서 삼 년 만에 오겠다는 거를 약속하구 갔거든. 죽은 뒤에 오는 거지. 보름날 오면, 그 사람은 죽는 거지. 그게 뭐야.

그러구 그 문복쟁이하구 셋이 뫼서, 그러니까 문복쟁이는 안 들어갔구나. 두 사람이 거길 가서, 원은 그 군수라는 사람은 거기 앉아서 술을 먹

는 거지. 술을 먹으면서 얘기를 못하구 앉았는데, 바같에서 어름어름하구 그래서는 한 사람이, 그래서는 누군지 들어오라구 그러면서 참 내다보니까는, 관상쟁이란 말야. 아 그래서 반가와서 나가서 맞이하면서 오라구 말이지. 그러니까, 막무가내루 난 싫다구. 그래서는 싫은 게 뭐냐구. 막 잡아 끌으면서, 앉아서 술을 한 잔 먹으면서 얘기하기를,

"내가 눈깔을 빼버리든지 해야지. 남 멀쩡하게 이렇게 산 사람을 오늘 죽는다구 했으니, 내가 어떻게 살겠느냐구 말여?"

이제 그렇게 얘기를 하니까는, 군수 지위 되는 사람 허는 말이, 그때서야 꿈 얘기를 허는 거지.

"그렇게 해서, 내가 가서 정리를 하다가 70살로 고치고, 자손도 있는 걸로 하구, 재산은 그 재산을 그냥 가지구 있게끔 문서를 해놨다."

그러면서, 해놓은 얘기를 허니까,

"아 그러면 그렇지."

그러구 관상쟁이가 무릎을 탁 치구, 상을 보니까는, 그 사람 얘기하는 것과 같이 나이는 70살, 아들은 삼 형제, 그렇게 낳구, 벌써 그게 얼굴에 다시 되었드래요. 그래서 잘 살았더라는 그런 말이 있어요. [웃음]

채록 일시 : 1972. 8. 17. 10:40∼47
구연자 : 이금손(남, 59세, 농업, 국문 해득)
사는 곳 및 나서 자란 곳 : 경기도 연천군 전곡면 전곡 1리 2
채록 장소 : 구연자의 집 안방
만나게 된 경위 및 채록 상황 : 구연자는 채록자의 친척 어른으로 방학을 이용하여 찾아가서 만났다. 이야기를 잘하는 분으로 소문이 나 있는 구연자는 채록자를 반가이 맞아 주고, 여러 가지 이야기를 해주었다. 전날 밤에 못한 이야기를 아침에 구연하였음.
청중 : 구연자의 처인 김갑순 씨와 이질인 편성권 씨.
처음 들은 때 및 들려준 사람 : 20세경에 아버지한테 들었다 함.
구연 경력 : 몇 차례 했음.
제목 : 채록자가 붙였음.

42. 작은집을 둘 팔자

예전에 한 선비가 외아들을 두었는데, 아들의 관상을 보니, 작은집을 둘 상이었다. 그래서 늘 '여자를 가까이 하지 말라(不近好色)'고 가르쳤다.

선비의 아들이 과거를 보러 가다가 어느 집에서 자게 되었다. 자다가 물을 찾으니 주인 여자가 물을 떠가지고 왔는데, 물그릇을 받을 때 그 여자의 손과 닿았다. 그런데 그 여자는 자기 방으로 가서 그의 손과 닿았던 손가락을 칼로 잘라버렸다.

그는 서울에 가서 과거에 급제했다. 돌아오는 길에 그 집 근처에 오니 그 여자가 나와서 그를 따라가겠다고 했다. 그 이유를 물으니 여자가 대답했다.

"저는 청룡과 황룡이 제 손가락을 물었기 때문에 하늘로 올라가지 못하는 꿈을 꾸었습니다. 그래서 서방님이 잡았던 제 손가락을 잘라 서방님이 등과(登科)하시도록 해드린 것입니다. 저는 죽어도 서방님을 따라가겠습니다."

그는 그 여자를 데리고 가서 동구 밖에서 기다리게 하고는, 집으로 가서 아버지께 자초지종을 이야기했다. 아버지는 노발대발하면서 작두를 갖다놓고는 아들의 목을 자르라고 했다. 온 식구가 만류해도 듣지 않던 아버지는 가정불화를 일으키지 않겠다는 며느리의 다짐을 받고서 아들을 용서하고, 그 여자를 집으로 데려오게 했다.

전에 한 선비가 있는데, 그 선비인즉 아들을 외아들을 뒀어요. 외아들을 두어가지고서, 공부를 시켜서 훌륭한 인재를 맨들라고 한건데, 그 자기 아버지가 자기 아들 관상을 보니까, 절대로 그 관상에는 작은집을 하나 둬야 되는 관상이 나온다 이거여. 그 사람 팔자가. 자기 자식의 팔자가. 그래서 이거를 막기 위해서, 이제 그러니까, 에 7세 소학 8세 소학이

194

나 소학부터 읽혀가면서 애기가,

"너는 불근호색(不近好色)하라."

색을 가까이 말아라 이거지. 아 그래, '불근호색, 불근호색' 하는 것이, 에 뭐 다, 참, 아침 먹을 때나 점심 먹을 때나 뭐 모다 불근호색이야. 앉으면 불근호색. 그러면 그 아들도 거기 뇌에 젖어서 불근호색이지.

'나는 소실 같은 걸 두지 말아야 한다.'

는 걸 명심하고 있는데.

아, 그런데 이 사람 나이가 차가지고 과거를 보러가는 도중인데, 아 한 군데 가서 자다니까루, 자다가, 저녁에 자다가 밤중에 물이 먹고 싶어서, 물이 먹고 싶어가지고 물을 청하니까, 그 안집 주인 여자가 떠억하니 물을 떠다주는데, 그 손으로, 한짝 손으로 받으니까루, 받다보니까, 그 여자의 손을 이렇게 해서 좀 건드렸어요, 손가락을. 요렇게 [손을 뻗어 물건을 받는 시늉을 하며] 받다보니까, 건드리니까 이 여자가 대번 들어가더니 저 부엌에 들어가서 도마에다 놓고서는 칼로다 손을 몽땅 끊어내버리는 거야. 자기 손을 당장.

"아 내가 참, 불근호색하라 어른께서 가르쳐주셨고, 나 자신도 그렇게 알았는데, 이거 무슨 망신이고, 무슨 꼴이냐? 이거 내가 과거보러 올라가야 하느냐, 말어야 하느냐?"

고민중에 있다가 그럭저럭 그날 밤을 새우고서 이왕에 가는 길 안 갈 수 없어서 올라갔다. 이 말씀이야.

올라가서, 이 사람인저 간단한 문제지만 과거를, 과거를 했지요. 과거를 해가지고 돌아오다가 그 주막에서 있질 안하고 윗주막에서 하인들을 식사대접을 하는데, 그 여잔 즉 과부야. 과분데, 거길 와서,

"서방님, 나를 꼭 데려가셔야 합니다."

"그런데 원인이 뭐냐?"

"제가 그날 저녁에 꿈을 꾸니까, 청룡, 황룡이 그 손가락을 물고서 아주 그냥, 하늘로 올라가지 못했습니다. 그래서 서방님이 이 손을 붙들어 놨으니, 이 손을 끊어야만이 청룡, 황룡이 올라가면 서방님이 과거를 할

거 아닙니까? 그래서 제가 손을 끊고, 인제는 죽으나사나 나는 따라가야
합니다."

그러니 참 그걸로 볼 땐 말여, 여간해서 손가락을 끊느냐 이거야. 그래
서 할 수 없이 데려갔어요. 데리구서 가가지고, 동구 밖에 놓고서 자기 아
버지한테 가서 배알을 하고, 그런 사실 얘기를 했어요. 하니까,

"너 임금님이 중하냐, 부모가 중하냐? 암만 네가 어사화(御賜花)를 쓰
고 와가지고 내 앞에 한다 하더라도, 부모의 명령을 거역하는 건 네 불효
여. 넌 죽어야 해."

아 그래서 하인을 시켜서,

"작두를 가져오너라. 이놈 모가지를 잘라야 한다. 멍석 갖다 피고 작두
갖다놔라."

그래 하인이 어느 영이라고 안 할 수가 없지요. 아, 자기 부인이 말리
니 듣나, 친구가 말리니 듣나 말여. 아무도 듣는 사람이 없어. 끊어라 이
거야. 모가지 들이대라 이거야. 그래 들이대는 수밖에. 그때 그 며느리가,

"아버님, 이왕 이렇게 된 거니 어떻게 합니까? 용서하십시오."
이렇게 간(諫)을 하니까, 그 시아버지가,

"오, 네 말이라면 내가 듣겠다."
하고서,

"그럼 치워라."
그래가지고 참 결말을 졌단 얘기가 있는데, 그 원인이 뭐냐 하면은 이렇
게 되면은 큰마누라, 작은마누라 분란이 일어나. 그러니까 가정분란이 일
어나니까, 그 큰마누라가 안하겠다는, 말하자면 다짐을 받는 거거든. 시
아버지가. 그래서 집안이 구수하게 잘 살더랍니다.

채록 일시 : 1980. 8. 8. 17:17∼22
구연자 : 권희덕(남, 65세, 정미업, 한문 수학)
나서 자란 곳 : 충북 제원군 봉양면 신리
사는 곳 : 충북 음성군 맹동면 쌍정리
채록 장소 : 맹동면 쌍정리 노인회관

만나게 된 경위 및 채록 상황 : 채록자가 노인회관을 찾아가니 노인 11명이 담소하고 있었
　　다. 채록자가 찾아온 까닭을 설명하니 노인들은 바로 이해하고 협조해주었다. 우
　　호적인 분위기에서 10여 편의 민담을 채록하였다.

청중 : 동행한 중학생 최진형 군과 마을 노인 11명

처음 들은 때 및 들려준 사람 : 어렸을 때 나서 자란 곳에서 동네 노인한테 들었음.

구연 경력 : 많이 했음.

제목 : 채록자가 붙였음.

일상적인 이야기

43. 호랑이에게 아들을 던져준 며느리

그전에 산골에 사는 이서방의 아내가 나무를 팔러간 남편도, 아랫마을 잔칫집에 간 시아버지도 돌아오지 않아, 아이를 업고 마중을 나갔다.

며느리가 고갯마루턱에 가보니, 시아버지가 술에 취하여 자고 있고, 그 옆에는 호랑이가 앉아 있었다. 며느리는 깜짝 놀라 등에 업고 있던 아이를 호랑이에게 던져주면서 말했다.

"호랑아, 이 아이를 가져가고, 우리 시아버님을 해치지 마라."

그러자 호랑이는 아이를 물고 산 속으로 가버렸다. 며느리는 시아버지를 모시고 집으로 왔다.

얼마 후에 남편이 돌아와 저녁을 먹은 다음에, 아내는 남편에게 사실 이야기를 하였다. 이야기를 들은 이서방은 벌떡 일어나 아내에게 절을 하고, 또 하였다.

이튿날 아침에 이웃에 사는 신서방이 자기집 울타리 밑을 보니, 이서방의 아기가 포대기에 싸인 채 놓여 있었다. 신서방은 이서방에게 아기를 데려다 준 다음에 이 사실을 알고, 의형제를 맺고 재산을 나누어주었다. 이 사실을 안 관에서는 이서방 내외에게 효자·효부상을 주었다.

전에 이서방이라는 사람이 있는데, 이런 소재지에 사는데, 맨날, 며느리를 얻고보니까, 어린 것 하나 낳고 그랬는데, 시장이 나가봐야 그저 입고싶은 것, 애들 뭐 해달라는 것밖에 없거든요. 자기 시아버지더러,

"아버님, 우리 그럴 것 없이 시장에 만날 나가야 애들은 먹고싶고, 어른은 입고싶고 이러니, 도저히 여기서는 안 되겠으니 자리를 옮겨가지요."

이렇게 말을 하거든요, 며누리가.

노인네가 하는 말이,

"그래, 느이 마음이지. 내가 아들 따라갈 뿐이지, 내가 어떻게 하는지 아느냐? 느이 맘대루 해라."

그래서 내외끼리 토의를 해서라무네 산중으로 들어갔시요. 다 단도리를 해서 산중으로 들어갔는데, 낮에는 여자는 조석 해놓고 산나물 캐는 게 일이고, 남자는 장작을 뽀개가지고 장에 가서 나무를 팔아가지고서는 조기 한 마리, 쌀 한 되박 해짊어지고 오는 것이 일이란 말이여.

그래 그럭저럭해서 거기서 몇 해 있는데, 한 날은 자기 시아버지께 위서 청첩이 왔는데, 아마 환갑잔치인가 본데, 청첩이 왔던 모양인데, 술이 아마 과했던가봐요. 술을 좋아하는가 본데, 며느리가 하는 말이,

"아버지, 술 한잔 덜 잡수시고 재터에 일찍 넘어오시요."

"오냐, 그러마."

그런다고 그랬어요. 남편은 나무를 짊어지고 장으로 가고.

그런데 그 날서야말로 남편도 안 오고, 시어르신네도 해가 져도 안 온단 말여.

"야, 이거 안 되겠다."

그래 천상 유아가 하나니까, 유아를 업고서 시부모 마중을 나갔거든. 그러니까 재를 넘어서 재 장산에 올라가보니까, 호랭이가 환하게 불을 써(켜)고 있더래요. 그런디, 희끄무레한 사람이 있거든.

"아이구, 저게 우리 시어르신네인 게로구나."

쫓아가니께, 자기 시어르신네가 술에 취해서 누워 있더래요. 그래 업었던 유아를 이렇게 보스러주면서,

"시아버님을 해치지 말고 애를 가져가라."

고 집어던져주었거든. 집어던지니까 범이 두 발로 냉큼 받아 가버리니 애기가 있어?

"아 아버지, 워짠 잠을 이리 깊이 주무시느냐?"

고. 그래 깜짝 놀라 깨어보니까, 하늘에 별이 총총 났더란 말이야.

“아이고, 네가 여기 워째 올라왔느냐? 이거 내가 너무 술을 과음했나
보다. 가자.”
집에 왔는데, 그래도 남편이 안 왔어요. 남편은 안 왔는데,
“아버지 진지 차리러 나가볼께요.”
“저녁은 생각 없고, 어린 것은 어디 갔니?”
“어린 것은 저쪽 방에 누워 있시유.”
이렇게 말했거든.
그래 자기방으로 갔어요. 얼마쯤 있으니까, 남편이 오거든.
“여보, 오늘 왜 이렇게 늦게 오느냐?”
고.
“아, 나무가 안 팔려 이렇게 늦었다.”
고.
“그러니, 어서 저녁이나 자시라.”
고. 하, 저녁을 막 먹다가 어린애는 어디 갔느냐고 이렇게 묻거든요.
“아버지한테 갖다 드렸는데, 아마 자나봐유.”
“아, 그래.”
하 그래, 저녁밥을 다 먹은 후에 여자가 설겆이를 척 해놓은 다음에 그
런 얘기를 했단 말이요.
“당신도 안 오고, 아버지도 안 오시기에 마중을 나갔더니, 호랭이가 그
렇게 하고 있어서, 업었던 어린애를 집어던졌더니, 우리 아버지를 해치지
말라고 던졌더니, 애를 호랭이가 물어갔다.”
고. 하 그러니까, 남편이 가만히 들으니까, 기가 막히거든요. 일어나서 절
을 한단 말야.
“이렇게 고마울 데가 어디 있느냐? 이렇게 황송할 데가 어디 있느냐?”
하, 그렇게 하는데, 산골은 드문드문 참, 집이 하나씩 있는데, 거기 구
장(區長)이라는 사람이 있는데, 거기 신서방이 있는데, 아래 윗집 사는데,
웃집은 신서방네가 살고, 아랫집은 이서방네가 사는데, 그 구장이 식전에
가다보니까, 남자가 벌떡 절을 하더란 말이요.

"효자는 효자인 줄을 알았는데, 어째 마누라한테 절을 하나?"

구장이 이상하거든요. 그래서는,

"여보."

구장이 부르니까,

"왜 그러냐?"

고.

"뭘로 해서 마누라한테 절을 하느냐?"

고. 그런 얘기를 한단 말이여.

"효자, 효자라 하지만 그럴 데가 어디 있느냐?"

하 그러구 신서방네 볼일을 보러가느라고 가니까, 울타리 밑에 포대기가 있는데, 포대기 밑에 어린애가 눈을 깜빡깜빡 하고 있더래요.

"아 여보 여보! 이리 좀 오라구."

"아니 왜 그래요?"

"이리 좀 오라구."

가보니까 자기 유아가 거기 밑에서 눈을 깜박깜박하고 있드래요. 그래서 들어안고서 애를 들어와서는, 신서방이라는 사람이 가만히 생각해보니까, 세상에 애는 하늘에서 내려준 애거든.

'시영아들(수양아들)을 삼아야겠다.'

이서방은 좀 덜하고 신서방은 잘 살거든요. 하 그래, 같이 살림을 분가해 아주 친형제보다 더 잘하고 살더래요.

그래서 구장이 알아가지고 그 사람에게 효자, 효부상을 주었더래요.

채록 일시 : 1980. 8. 8. 15:01~08
구연자 : 김학선(남, 76세, 농업, 무학)
나서 자란 곳 : 충북 진천군 덕산면 용몽리
사는 곳 : 충북 진천군 덕산면 용몽리
채록 장소 : 덕산면 용몽리 노인회관
만나게 된 경위 및 채록 상황 : 채록자가 노인회관을 찾아가니 구연자 김씨가 다른 노인 한 분과 담소하고 있었다. 채록자는 두 노인으로부터 몇 가지 민담을 채록하였다.
청중 : 마을 노인 1명.

처음 들은 때 및 들려준 사람 : 중년에 사는 곳에서 동네 어른한테 들었음.
구연 경력 : 아이들에게 몇 차례 했음.
제목 : 구연자는 '효자, 효부 이야기'라고 했는데, 채록자가 바꿨음.

44. 아들을 묻으려 한 효자

가난한 효자 내외가 어린 아들이 어머니께 드리는 적은 음식을 축내어 어머니가 배불리 잡수시지 못하는 것을 보고, 아들을 없애기로 하였다.
어느 날 부부가 산으로 어린아이를 업고 가서 묻으려고 땅을 파니, 거기에 금덩어리가 있었다. 그래서 그들은 아들도 살리고, 어머니도 잘 봉양하였다.

어머니하구, 며누리, 아들이 사는디, 아들을 하나 낳았어. 손자지 그러니께.

그런디, 가난히여. 극빈자인디, 내외간에 동냥을, 구걸을 해가지구 어머니를 봉양헌단 말여. 밥이면 밥, 모여가지구 어머닐 봉양하는디, 이 손자가 어머니 밥상에 앉아서 어머니 자시는 것을 그냥 할식(割食)을 히여. 손자라구 이뻐하구 워쩌구 허니께.

그런디, 해심(孝心)이 있기 따므루(때문에) 하늘서 낸 효자라 내외간에 궁리를 했어. 메칠이 됐는가 몇 달이 됐는가는 몰르지만.

"어머니 밥상에 저렇게 달라붙어서 먹고 저러니, 어머니가 얼마 살으시지두 못할 텐디, 읍세자구(없애자고). 우리는 낳으면 또 자식이니께 저걸 뒷산에다 묻어버리자. 그래서 어머니 신혼(身魂)을 편안케 해드리고 밥을 잘 잡숫게 허자."

두 내외 궁리를 해가꾸, 하루는 업구 갔어. 두 내외 뒷산으로.

가서는 참 두 내외 얘기를 허구, 괭이를 갖구 가서 팠어. 파는데, '떵

떵' 맞추더래요. 그래두 팠어. 팠는디, 누런 금이 그냥 꽉 끼어졌어, 거기가 금이. 그래서 그 금을 막 팠어. 파 갖구는 어린애 안 죽여두 맘대루 봉양두 하구 그랬는디.

이 효자가 자식을 죽일 만큼 그런 효자니께, 하늘이 금을 주신 거여. 그런 효자가 있어.

채록 일시 : 1972. 8. 22. 21:10~12
구연자 : 김종학(남, 71세, 농업, 한문 수학)
나서 자란 곳 : 전북 부안군 하서면 둔지리
사는 곳 : 전북 부안군 부안읍 선은리 3구 664
채록 장소 : 부안읍 선은리 3구 664 장기선 씨 댁 마루
만나게 된 경위 및 채록 상황 : 김태곤 교수가 인솔한 원광대학교 민속조사반 학생들과 함께 김교수가 전에 만난 적이 있는 구연자를 찾아갔다. 구연자는 이웃에 사는 매형인 김종학(71세) 씨에게 연락해 오게 하여 구연자의 모친, 부인과 함께 이야기판을 벌였다. 우호적인 분위기에서 14편의 민담을 채록하였다. 구연자는 전라도 말씨로 대화를 구분하며 구연했다.
청중 : 구연자의 매형인 김종학 씨, 구연자의 모친과 부인, 김태곤 교수, 원광대학교 민속조사반 학생 6명
처음 들은 때 및 들려준 사람 : 어렸을 때 어른들한테 들었음.
구연 경력 : 몇 차례 했음.
제목 : 채록자가 붙였음.

45. 효자와 산삼

옛날에 어느 효자가 아버지의 병에 산삼이 좋다는 말을 듣고, 여러 날 동안 산삼을 찾아헤맸다. 그러다가 이상스러운 것이 있어 캐가지고 왔다.
그가 그게 무엇인지 몰라 이웃 노인에게 물으니, 노인은 욕심이 생겨 그것은 별게 아니니 놓아두고 가라고 했다. 노인은 그 효자 몰래 그것을 삶아먹고 눈이 멀었고, 효자의 아버지는 병이 나았다.

옛날에 효자로서 지극한 효성을 가지고 있는 성격인데, 자기 아버지가 아퍼서 백약이 무효여.

그래서 들으니, 산삼을 먹으면은 효과를 본다구 해서, 그 아들이 산이란 산은 다 다녔어. 몇 날 며칠이 됐던지, 몇 달 며칠이 됐던지 다니는디, 무엇이 이상스럽게 하나 뵌디, 캐고싶으더라. 뭣인지도 몰르지 허긴. 뭐 산삼인지 동삼인지도 모르구 캐긴 캤는디, 캐가지고 집으루 왔어.

자기 아버지를 살릴 거인디, 거 뭐인지 몰라서 옆집의 노인들, 노인들한테 물었어.

"이게 뭣이어요? 아버지 드릴려구 캤는디, 이게 뭣인지 모르겠어요."

"야, 그거 못쓰는 거니 거기다 내비둬라."

그래 거기다 내비두고 갔어.

갔는디, 그 영감은 그걸 삶아 먹었어. 삶어 먹었는디, 그 영감은 눈이 멀었어요. 눈이 멀구, 자기 아버지는 아주 희색이 되었어. 그런 얘기두 있어.

그래, 욕심을 그렇게 부릴 것 같으면 못쓴다구. 하늘이 내려서 좋은 약
이니 갖다가 삶어주라구 한 것인디, 그 사람은 눈이 멀었으니, 산 병신 아
녀 그거.

채록 일시 : 1972. 8. 22. 18:20∼22
구연자 : 김종학(남, 71세, 농업, 한문 수학)
나서 자란 곳 : 전북 부안군 하서면 둔지리
사는 곳 : 전북 부안군 부안읍 선은리 3구 664
채록 장소 : 같은 마을 장기선 씨 댁 마루
만나게 된 경위 및 채록 상황 : 김태곤 교수가 인솔한 원광대학교 민속조사반 학생들과 함
　　께 김교수가 전에 만난 적이 있는 구연자를 찾아갔다. 구연자는 이웃에 사는 매형
　　인 김종학(71세) 씨에게 연락해 오게 하여 구연자의 모친, 부인과 함께 이야기판
　　을 벌였다. 우호적인 분위기에서 14편의 민담을 채록하였다. 구연자는 전라도 말
　　씨로 대화를 구분하며 구연했다.
청중 : 구연자의 매형인 김종학 씨, 구연자의 모친과 부인, 김태곤 교수, 원광대학교 민
　　속조사반 학생 6명
처음 들은 때 및 들려준 사람 : 어렸을 때 어른들한테 들었음.
구연 경력 : 몇 차례 했음.
제목 : 채록자가 붙였음.

46. 부모님의 재혼

그전에 어느 고을에 원님이 새로 부임하여 효자라고 소문난 사람을 불렀다.
원님은 그에게 양친이 다 계시냐고 물었다. 아버지만 모시고 있다고 하니, 원
님은
　"아버지를 홀로 계시게 하는 놈이 무슨 효자냐?"
하고는 매를 때렸다. 그 말을 들은 아버지는
　"이제야 원같은 원이 부임했다."
고 좋아했다.
　장날이 되자, 효자는 먹이던 소 두 마리를 끌고 장으로 갔다. 소 팔아 어머
니를 사려고 한다는 효자의 말을 들은 그의 친구가 말했다.
　"홀로 계신 우리 어머니를 자네네 집으로 모시고 갈 테니, 그 소는 나에게
주게."
　이렇게 해서 두 분은 재혼을 하여 잘 살았다. 그 아버지가 돌아가시자, 친구
는 소를 끌고와서 말했다.
　"이것은 전에 자네가 나에게 준 소일세, 한 마리는 지금, 또 한 마리는 나중
에 우리 어머니 돌아가시면 장례비용으로 쓰도록 하세."

워떤 사람은 참 즈이 아버지 홀로 있는디, 불을 뜨겁게 때드리거든. 소
자(孝子)라구, 아 참 소자라구 했어.
　소자라구 하는디, 그 동네로 원이 오면 평생 상을 줘. 상을 주는디, 인
제 원이 갈렸단 말여. 원이 갈리면서 새 원이 들어왔는디, 아전들더러 그
랬지.
　"이 동네 워디 잘하구, 못하는 사람 있느냐?"

하니께,

"아무디, 아무개가 부모게 잘 한다구 소자라구 합니다."

"그려, 그 사람 좀 오라구 해라."

원이 불른다구 해서 갔지. 즈이 아베가

"또 상 좀 타 갖구 올라는 게다."

하구 있는데, 가서 인저

"아이, 원님 이렇게 새루 오셔서 감사하다."

구. 참 절을 허구 이력하구선 있는디,

"너, 양친부모 다 살았니?"

"아뇨, 아버지 혼거로 계시요."

"웅, 너 이놈, 갖다 저 마지대다 달아매구서 막 패라. 느이 아버지 이놈 민안도 못 시켜드리는 놈이, 이놈 늬가 소자라구 혀?"

이러거든. 그 아전들이 모두 마지대다 달아매구선 죙일 패여.

실컷 읃어맞구는 저녁때 저쭉저쭉 오거든. 즈이 아버지가

"그전 같으면 올 텐데 왜 안 오나?"

하구 내다보니께, 저쭉거리구 온단 말여.

"너 왜 저쭉거리니?"

"아이구, 아버지 저는 오늘 아주 된매를 맞았시유."

"왜 그렇게 맞았니?"

"느이 아버지 양친부모 살았냐구 해서, 아버지 혼거로 계시다구 허니께, 너 이놈 그런 놈이, 느이 아버지 민안도 못 시킨 놈이 소자라구 허느냐구, 막 달아매구, 마지대다 달아매구 패는디, 죙일 무수한 매를 맞았시유."

그러드랴. 즈이 아버지가,

"에, 인제 원같은 거 하나 들어왔구나."

그러거든.

그 이튿날은 소나 한 두어 바리 멕이었던지, 소 두 바리를 끌구, 이 녀석이 나가. 인제 월만큼 가니께, 어떤 친구를 만났어.

“자네, 소장사 하나? 웬 소를 두 마리씩 끌구나왔나?”

“아녀, 나 우리 오머니 좀 하나 사러나왔어.”

“진실인가?”

“진실이여.”

“아, 그럼 소 나 주게 야. 우리 어머니 자네 어머니로 보낼께.”

“그렇게 해라.”

그 사람두 오머니가 혼자 있거든. 그래서 인저,

“아무날 그럼 갈 텐데, 기다리구 집에 있게.”

그러거든.

“그래라.”

온다는 날, 참 보름날이 됐던지, 열흘 날이 됐던지, 온다는 날 지둘리고(기다리고) 있으니께, 사인교 한 틀이 들어온단 말여. 그런디 보니께, 그 사람이 뒤따라오거든.

“아이구, 워서 그렇게 우리 어머니를 속히 구했냐?”

그러니께,

“우리 어머니 모시구 왔어. 우리 어머니두 혼거루 계시구 자네 아버지두 혼거루 계시구 허니께, 서루가 고생스러워서 우리 어머니 모시구 왔다.”

“그러냐? 참 좋다!”

그래서 그 날 저녁에 가서 잘 잤는디, 그 이튿날 식전에, 인저 불두 월마 안 뗐는데, 즈이 아버지더러,

“아버지 간밤두 추웠슈?”

“야, 처음 잘 잤다.”

이러거든.

그럭허구 난 뒤 인저 같이 잘살어, 사는디, 그 참 즈이 아버지가 죽었어. 그 소자란 사람 아버지가 죽었는디, 그 사람게도 기별을 허니께, 소 한 마리를 갖구 왔거든. 서로 인제 동복동성 성, 아우 하거든.

“성님, 어디서 이렇게, 웬 소를 한 마리 갖구 왔느냐?”

구 허니께,

"이게 아무때 자네가 준 소여. 한 마리는 지금 쓰구, 한 마리는 우리
어머니 돌아가시면 쓸라겨(쓰려고 해)."

그렇게 허드랴.

채록 일시 : 1986. 12. 27. 3:08
구연자 : 이봉을(남, 75세, 농업, 국문 해득)
사는 곳 및 나서 자란 곳 : 충남 서산군 인지면 야당리 2구 250
채록 장소 : 야당리 원당경로당
만나게 된 경위 및 채록 상황 : 채록자가 경로당으로 찾아가니, 동네 노인 15~16명이 모여
　　있었다. 한쪽에서는 화투판을 계속했고, 채록자에게 호의적인 10여 명은 구연자
　　를 중심으로 둘러앉아 이야기판을 벌였다. 구연자 이씨는 마을에서 이야기 잘 하
　　고, 노래 잘 하는 사람으로 소문이 나 있었다. 이씨는 먼저 전설 4편을 구연하고,
　　이어서 민담 10여 편을 구연하였다. 그리고 민요도 몇 곡 불렀다. 이씨는 기억력
　　도 좋고, 구연력도 뛰어났다.
청중 : 마을 노인 10여 명
처음 들은 때 및 들려준 사람 : 어렸을 때 어른들한테 들었음.
구연 경력 : 몇 차례 했음.
제목 : 채록자가 붙였음.

47. 우애 깊은 형수

　　그전에 형제가 살았는데, 형은 잘 살고, 동생은 못 살았다. 어느 날 큰동서가
베를 짜며보니, 작은동서가 벼를 한 등구미 이고와서 멍석에 널면서 시어머니
께 새를 보아달라고 하고 갔다. 시어머니는 곡식을 채 널면서 큰집 벼를 작은
집 벼 멍석으로 옮겨주었다.

　　저녁 때, 작은동서가 등구미에 벼를 담아보고, 자기가 가져온 양보다 많으니
까 다 덜어서 큰집 벼 멍석에 놓고는, 자기가 가져온 만큼만 가져갔다. 이를 본
큰동서는 크게 감동이 되어 작은동서를 도와주기로 했다.

　　동생 내외는 형수가 준 쌀과 돈으로 술과 안주를 준비하여 형님을 모셔다가
취하도록 대접한 후에 형님을 업고 갔다. 형수는 대대로 장자에게 주는 논의
문서를 주면서 가지고 가라고 했다.

　　이튿날 새벽에 술에서 깨어난 형은 자기가 제일 좋은 논문서를 동생에게 주
었다는 아내의 말을 듣고 크게 놀랐다. 형은 그 논문서를 도로 가져오게 하고
다른 논을 많이 주어 동생도 잘 살게 되었다.

　　그전에 한 선비가 사는디, 형은 재산이 많아서 참말로 부자로 사는디,
동생은 세간 날 적에 자기 살림을 나눠주었겠지만, 그 운이 나빴든지 참
아주 빈(貧)하게 돼버렸어. 그래서 아주 참 때꺼리(끼니를 이을 식량)가
없다시피 됐는데, 그 형이 동정을 하나도 안 해줘요. 동정을 하나도 안 해
줘. 그래 동네 사람들이 형제간에 동정 안 해준단 걸로다가 비웃고 참 이
렇게까지 지내는데.

　　한 날은 그 동생 되는, 인제 그러니께 아낙, 이제 그, 동생의 형수가 이

렇게 벼를 찌는데, 그 동생의 아내 되니께 아랫동서지. 인제 그, 동서가 둥구멩이(둥구미)*다가 뭘 이고 온단 말이여. 그래서 그런데 배깥에다 벼를 널어놓구서 시어머니가 닭을 보는데, 작은동서가 둥구멩이에다가 벼를 떡— 이구 와가지구서, 거기다 멍석을 깔고 널면서

"어머니, 즈아(저희 것)까지 닭 보시요. 저는 일하러 갑니다."

그래 닭이 무서워서 그 시어머니 닭 보고 앉았는 데다, 곁에다 갖다 널었습니다.

그라고 일을 인제 가. 남의 일을. 하루 그라고 참, 일을 하고 와서 저녁에 갖고 가. 인제 그렇게 일을 하러 가고 있는데, 맏며느리가 벼를 짜면서 가만히 본께, 시어머니가 채 줄 적마다 작은아들한테다 벼를 이렇게 덜어주거든. 작은아들네가 못사니께.

"내 맘도 안 됐는데 어머니 맘이야 오죽허랴."

그래 그걸 뭐 나쁘게 생각 안햐.

그 동서가 일을 하고 저녁 때 와서 벼를 가져 가는데, 벼를 떨어서 담어보니께, 둥구미에다 반 둥구미를 갖다 널었는데, 한 둥구미가 넘는단 말이여. 그러니께, 그 동서가 그 멍석에 죄 퍼붓고서 둥구미를 흔들어봐서 자기 가져온 만치 되니께, 이고 가는 기여.

아 그래서 맏동서가 그걸 보니께, 시상에 저런 참신한 사람이 워디 있느냐 말여.

"저렇게 참신한 사람을 우리가 참 못 믿고서 산다문 말이 아니여."

하곤 거기에 그만 맏동서가 감탄이 돼가지구서, 그 이튿날 동서를 불렀어. 불러가지구 왜 그러느냐고 그러니께, 찹쌀 한 말을 줘. 누룩하구 주면서, 가서 술을 해놓라는 거여.

"가서 술을 잘 담가. 한 말 다. 술을 해넣어. 술이 다 되거든 얘기하라."구.

한 일 주일 후에 술이 잘 고여서 다 돼가거든.

---

* 짚으로 엮어 만든 둥글고 울이 높은 그릇.

"아 술이 다 돼간다."

구. 돈을 또 줘. 돈을 주면서,

"이걸 가지고 가서 쇠고기를 사다가 양념을 잘해서 자네 시아주버니를 모셔다가 잘 대접을 하게. 하여튼 독주로다가 물을 치지 말고 잘 걸러서, 서방님은 취하지 말구 아주 맘껏 먹이라 이기여. 만약에 취해서 이제 정신이 모르거든 모시고 오도록 하게."

아 그래 쇠고기를 사다가서니 적쇠에다 굽구, 동생이 그 형을 데리러 간 겨.

"우리 집에 약주가 있으니 약주 한잔 같이 하십시다."

아, 그 사람이 술이라면 아주 그만이야. 술이라면 그만이여요. 술이라면 선웃음을 치는 사람이야.

"아니 술이 무슨 술이 느이 집에 있어? 별일을, 별일이다."

"아 글쎄 뭐, 몇 해가 됐어두 형님이 약주 좋아하시는 걸 알믄서두 그 참, 약주 한 잔 대접 못해서 아주 이번에는 별러서 차린 것입니다."

"그려, 그럼 가자."

간 겨. 참 가서, 이저 술상을 차려 들여왔는디, 이거 한 잔을 먹어보니께, 이거 뭐 홀딱 반하겠어. 입에 짝짝 달라붙는 술이 참, 노르스름한 약주술을 따루는데. 그 쇠괴기 굽는 냄새가 좋지. 그 괴기를 접시에 구워왔는데, 자꾸 권하네. 그 독주를 안주가 좋으니께 그냥 자꾸 먹었든지, 아 그 자리서 그만 쓰러져버렸네. 그래 자기 형수가 했다는 말을 자기 처한테 들었으니깐 형을 업구갔어.

"아 그렇게 쓰러져서 정신 모르도록 잡숫더냐?"

고.

"아, 이렇게 잡숫고 정신도 모릅니다."

"이따가 저녁에 오시오."

아 그래, 저녁 먹구서는 올라가니께, 땅 문서를, 그건 논 한 섬지기가 바로 집 앞에 있는 건데, 참 대대로 내려오면설라무네 큰아들이 차지한 땅인데, 그런데 그걸 준단 말이여. 그 땅문서를.

"이걸 가지고 가시오. 내일 형님이 일어나믄 형님이 준 것같이 답변하면 되니께, 이걸 아무 염려 말고 가져가시오."

이 사람은 아무 영문도 모르고. 이거 큰일 날 일이여. 내일 아침이면 다리갱이가 부러질 텐데. 그 형님이 호랭이여. 아 그런디, 그런 짓을 한단 말이여.

"글쎄 겁내지 말고, 걱정 말고 가지고 가요. 내가 다 처사할 테니께, 서방님은 가지고 가서서, 형님이 뭐라고 딴소리하거든, '아 형님이 줘서 가져왔다'고 이렇게 이얘기를 하면 아무 탈두 없을 테니께, 가지구 가시오."

아 자꾸 우기네, 그래 할 수 없이 가져왔어.

그런데 그 마누라가 어떻게 했느냐 하면, 갖다 눕혀놓은 건 죽은 거나 마찬가지여. 주머니에서 열쇠를 꺼내서 궤짝을 따구서는 땅문서를 꺼내서, 땅문서를 그 아주 좋다는 데, 대대로 장손한테로 돌아가는 땅을 한 섬지기를 문서를 주구서는 막 땅문서를 방바닥에 흐트러놨어.

흐트러놓구서는 나가 있는 거여. 그래 새벽이 다 돼가지구서 일어날 때가 돼가니께, 밖에 나가서 쭈구리고 앉아 있는 기여. 아, 마누라를 찾으면서 물 달라는 기여. 아, 기두망두 쥐소리도 없어. 아 그래 눈을 떠서 이렇게 가만히 보니께, 아 그, 땅문서가 그냥 막, 그냥 죄, 방안에 흐트러졌단 말이여. 이거 원 별일이여.

"아 어디 갔어? 어디 갔어?"
그래도 대답두 없어.
"윗방에 있나 이 여자가?"
그라구서 방문을 여니까, 아 이렇게 [쪼그려 앉아보이며] 똥그랗게 앉아 있어.

"아 왜 그러구 앉았어? 아 왜 그랴? 그런데 이 땅문서는 방바닥에 죄 늘어놓구 우짠 일이야?"

"아이구, 자기 살 생각은 안하구, 동생만 제일이야 그래? 언제든지 장손한테 내려가는 땅 그거 한 섬지기를 주다니. 내가 속이 상해 못살겠다."

구. 아, 그 뭐, 생 짜증을 내고 그라는 기여.

"어쩐 일인지 모르겠네."

"아 당신 엊저녁에 한 생각도 안나, 그래?"

"아 내가 엊저녁에 어떻게 했기에?"

"아 그, 동생을 데리고오더니, 아 그 땅 제일 좋은 것, 대대로 장손한테 내려가는 그 땅문서를 주구서는, 막 이렇게 허쳐놓구서는 당신 그대로 잡디다."

"아이구, 큰일났네!"

"여보 그래, 다른 데 거를 석 섬지기, 넉 섬지기 땅을 주는 게 낫지, 아 그래 하필이면 그런 땅을 줬느냐구?"

막 야단을 한단 말이여.

"지금이라도 당신 동생네 가가지구 이만저만한 데 땅 몇 섬지기를 주구서래미, 그 땅 문서는 도루 찾어유."

아 가만히 생각해보니께, 이미 엎질러져버렸단 말이여. 자기가 준 것을 어떻게 히야?

그래 불렀어.

"아 애, 내 엊저녁에 와서 땅문서를, 내 다른 걸 준다는 걸 그걸 줬어야. 저기 이러저러한 데 있는 것, 그것 석 섬지기 땅 너 가져가거라. 그라고 그건 이리 내놔라 야. 그건 대대로 장손한테 돌아가는 건 너도 알잖어?"

아, 그래 그 땅문서를 내놓구서,

"아이 형님, 이거 맘대루 하세요."

아 그래 논 석 섬지기를 주드래요. 그래가지구서는 참, 안에서 잘해가지구서 형제간에 우애 있게 잘 살았드랍니다.

채록 일시 : 1980. 8. 9. 13:21~34
구연자 : 홍종하(남, 70세, 농업, 무학)
나서 자란 곳 : 충북 음성군 소이면 비산리
사는 곳 : 충북 음성군 음성읍 남천동

채록 장소 : 남천동 노인회관

만나게 된 경위 및 채록 상황 : 채록자가 노인회관에 가서 그곳에 모여 있던 노인 11명과
　　　이야기판을 벌여 우호적인 분위기에서 몇 편의 민담을 채록하였다.

청중 : 마을 노인 11명.

처음 들은 때 및 들려준 사람 : 서른 살 쯤 동네 어른한테 들었음.

구연 경력 : 몇 차례 했음.

제목 : 채록자가 붙였음.

48. 불쌍한 사람을 도운 정진사

옛날에 정씨가 논 서 마지기를 가지고는 살기가 어려워 무명장사를 해보려고 그것을 모두 팔아가지고 길을 나섰다.

어느 주막에 이르니 어린 상주가 시신을 모시고 가다가 돈이 떨어져 떨고 있었다. 정씨는 논 판 돈을 모두 들여 그 상주가 서울로 가도록 해주었다.

그로부터 5~6년이 지난 어느 날, 그 고을에 새로 부임한 원님이 정씨를 찾아왔다. 그 원님은 옛날에 정씨가 도와준 상주였다. 원님은 정씨에게 재산을 나누어주고, 나중에는 진사까지 할 수 있게 해주었다.

그전에 애곡이라는 데 말야, 여기서 30리 가면, 15리 가면 있어요. 거기에 정씨가 살았는데, 세업이라구는 논 서 마지기밖에 안 받았거든. 아무것두 안 받고 논 서 마지기만 받았는데, 이놈을 농사지으면 두 내외 먹으면 마치맞어.

그러니께 하루는 있다가니, 이러다간 우리가 안 되니께, 아들 낳고 하면 못사니께, 우리가 이걸 팔아가지구 미영(무명) 장살 하자. 그래가지구, 그걸 다 팔아가지구, 미영을 떠억 사루다가 중량을 가니께, 그땐 중량에 집이 많아요. 그래 시방 없어요. 많은데, 중량을 주막집에 들어가다보니께, 그 앞 길가에 행상이 사린교루다 해서 행상이 하나 와 있고, 백가마가 올라왔는데, 백가마에 상제가, 열 한 대여섯 살 되는 상제가 들앉았드래. 그런데 보니께 날은 춥고, 상젠 벌벌 떨구 들앉었거든. 그래 주막을 들어가서 가만 생각하니께, 우리는 이왕 산 사람이 살으면 되지만 말야, 고사

이(고생이) 되지 뭐 살꺼니께, 그래 주막집 주인을 보구서,

"서울까지 이 사린교하고, 이 상제까지 보내자면 얼마면 되겠느냐?"

그러구서 품을 사지. 그러니께 주인에 이야기가 그 논 서 마지기 판게 마치맞어. 그래 논 서 마지기 판 것을 쥔 줘가지고서, 사람을 사고, 인제 상제를 태우고, 돈을 주어 서울로 보냈거든. 그러니께, 상제가 열 대여섯 살 되는데, 나와서 사는 곳, 성명 묻드라는 거여.

"내가 아무데 있는 정씨라."

구. 그러냐고. 그라고 해져 갔는데, 그러니까 주인이 몰랐지 뭐.

그러고 인제 몇 해 있더니, 한 사오 년 지났어, 정씨가. 그래 인저 품두 팔구 논까진두 팔아먹었으니, 품을 팔구 그래가지고 사는데, 한 여섯 해가 됐는데, 단양, 그전에 단양 군수거든. 단양 원이 새로 왔다구 그래. 앉아 들으니께. 그러냐구. 그러더니 그 이튿날 통인을 내보냈거든.

"어째 왔느냐?"

고 하니께,

"군수가 여기 나온다. 정선생을 찾아서 군수가 나온다."

구. 그러니께, 뭐 어쩬 일인가 몰랐지 뭐. 그래 군수가 나온다니께, 집에 있다니께, 군수가 참 나왔단 말야. 나와가지구서, 나오니까, 그젠 뭐 멍석을 깔고 자리를 깔구서, 그런데 그만 그 정씨보구 절을 해, 군수가. 군수가 절을 하니, 공짜루 받을 수가 있어. 그래 같이 절을 자꾸 하지. 그래 절을 하구서 내중에 뭐라구 하는 게라.

"내가 그때 중량서 당신 은덕으로 살았다. 살아서 내가 서울 가서 공부를 해가지고"

그전엔 급제만 하면 원을 해요. 아무 고을이고 내가 가겠다면 서울서 제수하거든요.

"그래서 떠억 단양을 원을 해가지구 왔다."

그러니께, 그러냐구. 그러니 뭐 그냥 부자 됐지 뭐. 그래서 군수가 그전엔 삼 년만큼 갈렸는데, 삼 년 올 적에 시방은 월급이지. 전에는 봉급이래요. 봉급을 한 푼도 집엣돈 안 갔다 쓰고, 여기 삼 년 봉급을, 정씨를 다 갖다

주었어. 그 은덕으로.

다 갖다주고 그리구, 서울루 올라가가지구두 아마 벼슬을 높이 했겠지.
그래 정씨 불러서, 불러다가 진사까지 시키고. 그래 정진사라구 유명한
분이 있었어.

채록 일시 : 1981. 1. 14. 15:30∼35
구연자 : 주달성(남, 71세, 농업, 한문 수학)
나서 자란 곳 : 충북 단양군 대강면 금곡리
사는 곳 : 충북 단양군 단양읍 하방리
채록 장소 : 하방리 경로당
만나게 된 경위 및 채록 상황 : 채록자가 동행한 학생 4명과 함께 경로당으로 찾아가니, 노
　　인 18명이 모여 한쪽에서는 화투놀이를 하고, 난롯가에서는 몇 분이 담소하고 있
　　었다. 채록자 일행이 들어가자 노인들은 화투놀이를 그만두고 모두 둘러앉아 이
　　야기판을 벌였다. 우호적인 분위기에서 몇 분이 돌아가며 이야기를 해주어서 10
　　여 편의 민담을 채록하였다.
청중 : 마을 노인 18명, 동행한 학생 4명(김기창, 이인오, 김창진, 권병렬)
처음 들은 때 및 들려준 사람 : 24세 전후에 나서 자란 곳에서 이웃집 노인한테 들었음.
구연 경력 : 몇 차례 했음.
제목 : 채록자가 붙였음.

49. 두 친구

　　예전에 어떤 가난한 사람이 아버지 제사가 돌아오는데, 제사 지낼 돈이 없어 걱정을 하다가 친구를 찾아갔다. 친구는 돈이 없다며 먹이던 소를 내주었다.
　　그는 그 소를 장으로 끌고가서 팔아가지고 오다가 도둑을 만났다. 그는 도둑에게 사정을 했으나 소용이 없었다. 그때 관가의 경비원이 지나다가 조사를 했는데, 그 사람은 둘러대서 도둑을 감싸줬다.
　　도둑은 사실 부잣집의 외아들로 방탕한 생활을 하고 있었는데, 이에 감복해서 집에 돌아가 할아버지께 고하여 그 사람에게 땅문서의 반을 주었다.
　　제사도 마치고 땅문서도 받은 그 사람은 자기 친구와 함께 나란히 집을 짓고 잘 살았다.

　　예전에 두 사람이 아주 친한 친구인데, 참 등너머 사이에 살아요. 한 친구가 자기 아버지 소상이 며칠 안 남아서, 돈은 없구 참 걱정을 하다가,
　　"에이 하는 수 없다. 내일은 저 산너머 친구한테 찾아가서 사정 얘기하구 돈을 좀 꿔달라구 해야것다."
하구서, 그 이튿날 그 친구를 찾아갔어요. 가서 참 그간의 얘기를 하면서, 밤새 술을 먹으며 놀다가 그 얘기를 했어요.
　　"사실은 자네한테 부탁을 하러 왔네. 우리 어머니 제사가 며칠 안 남았는데, 돈은 없구 생각다 못해서 이렇게 염치불구하고 찾아왔네."
그러니까,
　　"아 이 사람 별소릴 다 하네. 자네 부모가 내 부모고, 내 부모가 자네

부모 아닌가? 염치불구라니, 그런 말 말게. 그런데 실은 나한테도 돈이
한 푼도 없네. 다행히 나한테 송아지가 한 마리 있으니, 그늠을 끌고가서
팔어서 제사를 지내도록 하게."

그러거든. 그래 그 날 밤을 거기서 자구, 할 수 없이 소괴뼈를 붙잡구 장
으루 나갔다 그 말이요. 장에 나가서 팔았어요, 소를.

　팔아가지구서는, 집으루 올려구, 인제 팔아가지구서 오는데, 그 재를
또 넘어오니깐요, 재를 넘어오는데, 장에 가서 장을 보구 그렇게 하구 오
느라니까 재 넘는데, 거기서 저물었다 그 말이어요. 아 그런데 웬걸 도둑
늠이 하나 나타나더니, 그래 이놈이 장에서 소 파는 것을 보구서 쫓아선
거야. 쫓아서구는 높은 산꼭대기에 와서, 어둡구 하니까는 돈을 내라구
말여. 꼼짝하는 재간이 있어요? 아무래도.

　그런데 그런 실정 얘기를 허구, 사정 얘기를 헌 거야.

　"사실은 이게 내 돈도 아니다 말여. 친구가 줘서, 우리 부모 제사를 지
내라고 줘서 가져오는 건데, 다 줘두 좋지마는, 너 이거 반만 가져가고 반
은 날 다오 말야."

　사정을 헌 거야. 도적놈한테. 사정을 하니, 도적놈이 그거 봐줄 것 같
으면 달래지도 않지요.

　그래 서로 옥다구니를 하구(옥신각신 하고), 다 달라거니, 그런 실정 얘
기를 허구 반만 가져가라커니 얘기를 하구 앉았는데, 그전에, 옛날에두
그런 큰 산에는 경비원이 있었든 모양이요. 그 저, 관가에서 말야. 시방으
로 말하면 관가에서. 그런디, 순행을 돌던 사람이 보니께는, 어떤 놈들이
둘이 앉아서 서로 옥다구니를 하거든. 그런데 옥다구니를 허니까는,

　"뭘 가지고 그러는가 말여?"

　그저 옥다구니를 허니까는, 그러니까 돈 가진 사람이 썩 나서기를, 그
아무래두 언뜻 생각할 적에 관가에서 나와서 서 있으니까는, 도둑늠이 밉
지 않아요? 미우니까는 도둑늠이라구 그러지. 웬만한 사람 누가 둘러대서
그 사람이 도적놈 아니라구 말할 사람이 쉽지 않다구요.

　"이게 그런게 아니라, 관가에서 나오신 분은 알 필요가 없습니다."

“왜 그런가?”

관가에서 나온 사람이 캘 거 아냐? 캐니까는, 그제서야

“그런게 아니라 이 친구, 이 사람이 친군데, 내가 어제 저녁에 가서 아버지 제사를 지낼라구 돈을 요청을 했더니, 소를 주면서 소를 갖다 팔아서 제사를 지내라구 그래서 이 소를 가지구 가서, 팔아서 제사를 지내구, 반은 쓰구 반은 남겨서, 송아지를 한 마리 사서 키워서 그 친구한테 소 값을 갖다줄려구 가는 길에, 중간에서 만났는데, 이걸 다 받으라구 주니까는 안 받겠구 반만 받겠다구 그래서 서로 옥다구니를 합니다.”

그러니 보니까는 서루 착한 사람끼리만 모였다 그 말야. 그러니까는, 관가에서 허는 말이, 관가에서 나온 사람이 허는 말이,

“그거 좋도록들 해결하구 가시오.”

그러구는 쓱 가버리거든.

도둑늠이 가만히 생각허기를, 그때 도둑늠이 회심이 들어갔다 그 말야.

“야 저 사람이 보통 사람이 아니다. 내가 이렇게 도둑질을 하구 다닐망정 저런 사람이 세상이 또 있겠는가?”

회심을 해가지구는,

“내가 이렇게 하면 안 되겠다.”

구 돈을 반은커녕 하나두 안 받구,

“가지구 가서 제사지내라.”

구 자기는 자기대루 돌아설 적에,

“당신 사는 곳이 어딘지 사는 곳이나 좀 알려주시오.”

그래서 사는 곳를 쓱 적어가지고서 도둑늠은 간 거야. 이 사람은 그 돈을 받아가지구 가서 참 자기 아버지 제사를 지냈어요.

자기 아버지 제사를 지내는디, 그 사람이 그 돈을 다 쓸 이유가 없어요. 돈은 남겨놓구 썼단 말요. 제사를 지내는디, 남겨놓구 쓰구서는, 제사를 다 지내구 있는디, 한 일 개월, 이 개월이 지났어요.

그 도둑늠이 사는 곳을 적어가지구 가서는 그 도둑늠이 어려워서 도둑질을 하는 게 아니어요. 충청도인가 어디서 사는 놈인데, 아주 더러운(대

단한의 뜻) 부자의 손자야. 자기 아버지는 없구, 할아버지 손에서 자라는
놈인데, 자기 아버지는 일찍 죽고 자기 할아버지 손에서 자라나는디, 시
방으로 말하면 있는 집 자식이라. 호의호색하구 참 놀구먹다가, 이게 바
람이 나가지구는 즈이 할아버지가 돈을 잘 안 주지 그러니까, 나중엔 도
둑늠밖에 된 것이 없어요. 맨날 도둑질만 하구 돌아다녔는데, 인제 회심
을 해가지구 집에를 들어가서는, 할아버지보고 그런 얘기를 했다 그 말
여. 그런 얘기를 하니까, 즈이 할아버지가

"너 가서 그 사람을 데려오너라."

그래 이 사람이 사는 곳를 가지고 찾아왔거든. 자기 집에를. 찾아와서
는,

"우리 집에를 좀 가자."
구 그러니까, 할 수 없이 끌려서 갔어요.

가니깐 참 더러운 부잔데, 가니까는 잘 대접을 하구서는 사랑으로, 자
기 할아버지란 이가 자기 손자의 이야기를 들어보니께는, 세상에 그런 사
람이 없거든. 그래서

"내가 여직껏 재산을 참, 요즈음으로 말하면 몇 억대를 가지구 있는 사
람인데, 내가 인제 얼마 안 있으면 죽을 사람여. 죽을 사람인데 참 우리
손주라는 거는 아무것두 세상을 모르구, 나가서 참 도둑질이나 하구 이렇
게 댕기던 놈인데, 실지 이 재산을 줄 만한 사람이 없어서 근심이었는데,
하여간 이 재산은 하여간 우리 손주 반 주고 당신을 반 줄 테니, 이 재산
을 맡아가지구 있어라 말여. 우리 손주까지 맡아라 말여."

그래서 땅문서를 내놓구서는 땅문서를 반을 딱 갈라서 손주 반 주고,
그 사람 반 주고 그런거야. 그래 사양하구 안 받아두 절대 안 된다 말야.
그리구서는 땅문서를 반을 주거든.

그래서 할 수 없이 땅문서를 받아가지고, 이 사람이 자기 집으로두 안
갔어요. 땅문서를 가지고는. 그래가지고는, 자기에게 소를 준 친구한테로
간 거야. 친구한테를 찾아가니까는, 반가이 맞이해서 얘기얘기를 하다가
그 얘기를 헌 거야. 그러구는 땅문서를 내놓으면서,

"이거는 네 재산이니까 네가 맡어라."

그러니까는, 그 사람이 맡을 턱이 있어요? 안 맡을려구 하지. 그래 네거니 내거니 허는 거지.

밤에 술상을 차려놓고 서로 인저 네거다 내거다 옥신각신하니, 밤새 그 얘기고, 술 먹고 나니 큰소리가 나거든. 부인이 가만히 밖에서 들으니까 이거 네거다 내거다 떠들거든. 그래 문구멍으로 가만히 들여다보니, 가운데다 보따리 하나를 놓구서, 이거 네거다 내거다 하며 떠든단 말여.

요즈음 같으면 부인이 들어가서 얘기를 했겠지만, 그러지를 못하구 그 이튿날 아침에 술이 깬 다음에 남편보고,

"어젯밤에는 무얼가지고 그러셨어요?"

하고 물으니께, 부인보고 그 얘기를 했어요. 그러니께, 부인이

"그러면은 서로가 다 친구니 서로 다 가질 수 없을께니, 서로 그럴 거 없이 나란히 집을 짓고 두 집이 가서 똑같이 가지구 살면 될 게 아니요?"

그러니께, 그게 좋겠다고 하구서 모두 다 잘살더래요.

채록 일시 : 1972. 8. 16. 21:00~10
구연자 : 박춘서(남, 50세, 축산업, 국문 해득)
나서 자란 곳 : 경기도 연천군 전곡면 신답리
사는 곳 : 경기도 연천군 전곡면 전곡 1리
채록 장소 : 구연자의 집 마루
만나게 된 경위 및 채록 상황 : 구연자는 채록자의 친척 어른이므로 방학을 이용하여 찾아가서 만났다. 이야기를 잘하는 분으로 소문이 나 있는 구연자는 채록자를 반가이 맞아주고, 여러 가지 이야기를 해주었다. 저녁식사 후에는 마을사람들까지 모이게 하여 이야기판을 벌여 여러 가지 이야기를 채록했다.
청중 : 구연자의 부인과 마을사람 7명
처음 들은 때 및 들려준 사람 : 어렸을 때 어른들한테 들었음.
구연 경력 : 몇 차례 했음.
제목 : 채록자가 붙였음.

50. 밥보자기가 나냐, 볼기가 나냐?

예전에 한 시골 양반이 딸 형제를 두었는데, 큰딸을 가난하나 근본을 잃지
않는 양반집으로 시집을 보냈다.
얼마 후 큰딸의 집을 가보니, 가난하여 큰딸은 치마 대신 밥보자기를 허리
에 두르고 있었다. 그래서 둘째딸은 재산이 좀 있는 집으로 시집을 보냈다. 그
런데 둘째딸네를 가보니, 사위는 돈을 빼앗으려는 양반들한테 볼기를 맞느라고
정신이 없었다.
그 사람은 집으로 돌아오면서 중얼거렸다.
"밥보자기가 나냐, 볼기가 나냐?"
그때 마침 그곳을 지나가던 박문수 어사가 이 사람으로부터 사정 이야기를
듣고 작은사위 집으로 찾아가 자기가 그의 육촌형이라 했다. 그러자 그의 볼기
를 치던 양반들이 크게 걱정을 했다. 박 어사는 작은사위보고 동서에게 재산을
나누어주고 함께 잘 살라고 했다.

예전에 한 양반이 있었습니다. 그분이 아— 자기 슬하에 딸 형제를 두
었는데, 형제를 두었는데, 어디 출가를 시킬려고 하니, 출입도 모자라고
해서 그냥 참고 있는 집인데, 어느 친구가, 가장 친한 친구가 하나 있지
요. 그래 그 친구를 보고서,
"여보게, 내 딸 형제가 있는데, 그 맏딸을 어디 뼈다귀나 안 잃을 데나
하나 말해주구료. 뼈다귀를 안 잃을 데."
그, 양반한테 하라 이 말이지. 그러냐구. 그래서 그 친구가 한군데 말
을 했어요. 한군데 말을 했는데, 시집을 어떻게 보냈단 말여.

228

보낸 뒤에, 한 삼 년 후에쯤 자기딸이 궁금하고 보고도 싶고 해서 찾아 갔더랍니다. 찾아가서,

"이리 오너라."

하고 보니까, 삽짝(사립문)은 다 이그러지고, 초가삼간에 당체 형편없는 집이드라 이거야. 그래 한참 있다가 나오는데 보니간, 앞처마를, 앞치마가 아니라 보재기, 그 상보재기 있지요. 보재기를 앞에다 가리고서 나오더라 이기여. 하, 그걸 보니 아버지가 깜짝 놀랄 수밖에는.

"아 과연 네가 형편없이 어렵구나."

그래 그날 저녁에 참, 딸을 만나서 이런 얘기 저런 얘기 하고서, 하룻밤을 자고서, 그 이튿날 집에 돌아왔단 말씀이야. 그 다음에 그 친구를 만나가지고,

"여보게, 내 딸 밥이나 먹는 데 좀 보내주게. 하나마저 있으니까."

하도 가난하고 그러니까, 밥 먹는 데를 말해달라고 이랬단 말이여.

밥을 먹는 데를 참 말해줬는데, 이 사위인즉 어떤가 하면은, 그 동네 양반한테 밤낮 붙들려다 볼기나 맞고 말여, 아주 못 견디겠단 말여. 돈 뺏어가고. 볼기 때리면 돈 줘야 되잖아요. 하 밤낮 볼기 맞으니까, 볼기 맞느라고 볼일 못 본단 말이여.

그래서 이분이 또 자기 딸을 한번 찾아갔죠. 삼 년만에 또 찾아가보니까, 그 사위가 드러누워서 일어나지를 못해요.

"이게 우쩐 일이냐?"

하니까, 그 딸이 하는 말이,

"아 밤낮 볼기 맞느라고 볼기가 아퍼서 못 일어납니다."

그래, 가만히 생각하니까, 아 이것 재산은 좀 있고, 그전으로 말할 것 같으면 불러가지고 볼기도 치고, 이래가지고 참 토구질(토색질) 하다시피 하지 않습니까?

"아 그러냐."

그 이튿날 아침에 지팡이를 질질 끌면서 동구밖으로 나오면서 하는 말이,

"밥보재기가 나냐, 볼기가 나냐? 밥보재기가 나냐, 볼기가 나냐?"

이래 한타령을 하고 나온다 말씀이여. 한 사람이 앞에서 가만히 들으니까, 그 희한한 곡절이 다 있지.

"당신 왜 그런 소리를 하고 댕기쇼. 물어나 봅시다."
하니까,

"당신 알 거 아니오."

"아니 여보, 나 뭐 참, 다같이 우리 나이 먹은 늙은이끼리 서로 이래 만나서 물어보는데, 뭐 곡절이 있는 것 같소. 좀 알아서 안 되겠소?"
그러니까,

"아 이것 당신이 알 게 아니요."

가만히 생각하니까, 그렇게 물어서 안 되겠거든. 그래서 이 사람이 저 앞에 떼, 잔대미(잔디) 있는 길 위에 앉아서 담배를 한 대 푹푹 먼저 피고 앉았단 말여. 아 그러니까, 당도했지 그 사람이.

"아, 앉아서 담배나 한대 피우고 갑시다."
그러니까 노인도 옆에서 담배를 같이 피우려고 해. 아 그래, 담배를, 담배를 한 대 좋은 담배를 말아서 담뱃대에 해주면서 피우고서, 이런 얘기 저런 얘기 하면서,

"아, 아까 당신 무슨 곡절이요?"
다시 물으니까, 그제서 하는 말이,

"내가 딸 형제를 두었는데, 뼈다구나 안 잃을 집안에 줬더니, 참 내 딸이 밥보재기를 앞에 가리고 나오니 참 한심한 노릇이요. 그래, 둘째딸년을 밥이나 먹는 데 보냈더니, 아 이게 볼기 맞느라고 볼일 못보니 참 이게 내로서는 둘다 딱하고 한심해서 그래 푸념하고 나오다보니 ……."

그런데 바로 그 사람이 박문수 어사여. 아 그래, 알고서 작별을 하고서, 어디 있는 곳도 잘 물었겠지요. 작별을 하고서 바로 원한테 가가지고서, 저 인마(人馬)를 좀 갖춰달라고 그랬어.

"인마를 뭐하실려고 그럽니까?"

"그런게 아니라, 내가 아무데 아무데에 보내면은 아무개가 있는데, 거

기 가서 그 사람을 좀 데려와야겠다.”

고. 그래 인마를 갖춰가지고서 그 볼기 맞는 사람집으로 보냈단 말이여. 관에서 벙거지 쓴 사령들이 쫓아나가서 떠억 좌정을 하고,

“관에서 모셔오랍니다.”

하니까 겁이 덜컥났다. 아 볼기보다도 이제는 죽을 판이 났다 이거여. 그러니, 안 갈 수도 없지. 아 간신히 억지로 기어나와서 가마를 타고 관에 떡 들어오니까, 박 어사께서 어떻게 했나 하면 맨발로, 버선발로 뛰어나오면서 그 사람의 손을 붙들었어.

“아 이거, 동생이 여기 있는 줄 몰라가지고서 여직껏 찾아보지 못해 참 미안한데, 내가 참 여기 와서 가볼걸, 내가 일로 바쁘고 해서 내가 일로 오라고 해서 만나자고 해서 미안하다. 들어와라.”

고. 아 참, 이 사람이 그 사람을 데려다 앉혀놓고서 참 술이라도 한잔 논꾸(나누고),

“내가 자네와 육촌간인데, 내가 육촌간인데, 진작 못 찾아봤어. 그러니 내일 모래 글페(글피)쯤 내가 자네집을 갈 테니까, 그런 줄 알고서 돌아가라.”

그래 돌려보냈지요.

그런데 이 사람이 가만히 생각하니까, 박 어사가 육촌간 형님이 오셨는데, 내일 모레 온다고 하니 그냥 있을 수가 없다 이거여. 그 소문이 자자하지요. 이웃에서 양반들이, 토구질하던 양반들이 가만히 생각하니깐 큰일났거든. 볼기 친 사람들은 절단났다 이거여. 그러니까 어떡켜(어떻게 해). 아 돼지를 잡아온다, 참 소를 잡는다, 떡을 해온다, 술을 해온다 해가지고 자기가 하기 전에 그 가져오는 사람들 것 가지고 잔치가 베풀어지게 됐다 이거야.

아 그래, 떠억하니 박문수 어사가 그 집에 당도를 하니, 당도하니 오죽합니까. 참 예전에 차림새라는 게 굉장하지요. 뭐 전부 역졸들은 다 인도하고, 모든 것을 데리고서 그 집에 당도했는데, 양반님네가 옷갓새를 하고 죽들 와가지고서, 다 만나봐야 한다 이거여. 그래 각처에서 모일 수밖

에는. 그날 하루 종일 먹고, 잔치를 베풀며 그날 해를 지낸 뒤에, 그날 저 녁에 단둘이 앉아서, 단둘이 앉아서 애기를 하기를,

"네 동서 되는 사람을 불러다구."

그래서 그 이튿날 그 동서를 불렀어요. 불러가지고 하는 말이, 박 어사가 뭐라고 하는가 하면은, 볼기 맞는 사람한테다가

"네가 이 재산을 가지고 있어야 만날 볼기 맞느라고 다 뺏겨. 그러니까 이 재산 반만 노나서 네 동서 주고, 네 반만 갖고 해서 잘살아라 말여. 내 가 네한테 무슨 육촌이 되느냐? 나 너 하나, 네 동서가 아주 딱하고, 너두 볼기만 맞는 것 딱한 줄 내가 듣고서, 이거 하나 시정해주려 하니 그런 줄 알고서 앞으로 잘 살도록 해라."

이래고서 박 어사가 떠났단 말이 있어요.

채록 일시 : 1980. 8. 8. 15:51~16:03
구연자 : 권희덕(남, 65세, 정미업, 한문 수학)
나서 자란 곳 : 충북 제원군 봉양면 신리
사는 곳 : 충북 음성군 맹동면 쌍정리
채록 장소 : 맹동면 쌍정리 노인회관
만나게 된 경위 및 채록 상황 : 채록자가 노인회관을 찾아가니 노인 11명이 담소하고 있었 다. 채록자가 찾아온 까닭을 설명하니 노인들은 바로 이해하고 협조해주었다. 우 호적인 분위기에서 10여 편의 민담을 채록하였다.
청중 : 동행한 중학생 최진형 군과 마을 노인 11명
처음 들은 때 및 들려준 사람 : 30년 전(35세 때) 집안 어른한테 들었음.
구연 경력 : 몇 차례 했음.
제목 : 구연자가 말한 것임.
비고 : 옆의 노인들이 박 어사의 행동을 찬양함.

51. **차복**

　　옛날에 한 나무꾼이 부지런히 나무를 하여도 살림이 나아지지 않을뿐더러 해다놓은 나무마저 없어지곤 했다.

　　어느 날 그는 나무의 행방을 알기 위하여 나뭇동 속에 들어가 있었다. 한밤이 되니, 나무가 저절로 움직여 하늘로 올라갔다. 그는 복을 주관하는 사람에게 자기가 여기까지 온 경위를 설명한 다음에, 부지런히 일을 해도 가난을 면할 수 없는 이유를 물었다. 복을 주관하는 사람은 그의 복이 그것뿐이기 때문이라면서 10년 후에 '차복(車福)'의 복을 차복(車福) 해주겠다고 했다.

　　복을 빌어 온 후로 그 사람은 살림이 점점 늘어 10년 만에 큰 부자가 되었다. 10년이 되던 어느 날, 그는 어느 주막집 수레 밑에서 아이를 낳은 여인을 만났다. 그 사람은,

　　"수레 밑에서 태어난 저 아이가 '차복'이로구나. 내가 저 아이의 복으로 부자가 되었으니, 이제는 저 아이에게 복을 돌려주어야겠구나."

하고서, 그 아이에게 재산의 반을 나누어주어 함께 잘살았다.

　　옛날에 한 사람이 아주 빈한하게 사는데, 이 사람은 소복(小福)은 재근(在勤)이란 말을 염두에 두고서,

　　'내가 복은 없지만 아주 부지런하면 잘 살리라.'

하는 생각을 가지고서 아주 부지런히 일을 했습니다. 하루에 남이 나무 두 짐을 하면 슥(석) 짐씩을 꼭 하는데, 그래두 있는 집은 두 짐을 해두 밀채(밀려)나가고, 이 사람은 나무 슥 짐씩을 해두 꼭 무자라요(모자라요). 그래,

"이상하다. 있는 집보다 남길(나무를) 들(덜) 때는디 무자라니 희한한 일이다."

그러구 몇 년을 두구 부지런해봐두 잘 살들 못하거든요. 옛날 어른들 말씀에

'소복은 재근이라더니 모두 거짓말이로구나.'

생각하니, 도적놈이 남글 훔쳐가지 않으면 부족할 리가 없거든요.

"에이 빌어먹을, 마지막 단계이니 내가 남글 해다가 나무 속에서 지키는 수밖에 없다."

생각하구서 하루는 소갈비(소나뭇잎) 한짐을 해가지구 와서는, 마누라한테 얘기를 했어요.

"오늘은 내가 가서 나무를 지킬 테니 내 시키는 대루 좀 해주게."

"뭐 어떻게 하오?"

"내 나무 속에 들어가 파묻힐 테니, 나무 한 짐 해놓은 거 모양으로 사방 꽁꽁 묶어놔두라."

그래 마누라가 남편이 시키는 대로 남편을 속에다 묻고 꼭꼭 묶어놨어요.

한밤중 딱— 되니까, 나무가 자기도 모르게 자기 몸까지 슬슬슬 흔들리거든요.

'애 이거 참 이상하다. 도둑이 반드시 그동안 내 나무를 훔쳐 갔었구나.'

이렇게 생각하구 그 속에서 내색을 안하구 얼마큼 있자니, 흔들리는 것이 없더랍니다. 그래서 날이 샜는지 어쩐지도 모른 채 그 속에 있자니, 사람들이 나와서 그 나무짐을 해치더랍니다.

이 사람이 어딜 갔느냐 하면, 천상엘 올라갔어요. 거짓말인지 실제인진 모르겠습니다만. 그래서 이 사람이 나무 속에서 나오니까 묻기를,

"도대체 어떻게 되서 이 나뭇짐 속에 묻혀왔느냐?"

"예 저는 다름이 아니고, 옛날부터 내려오는 전설이 '부지런하면 잘 산다'해서 내 성의껏 부지런해봤으나, 남은 나무 두 짐을 해두 밀채고, 나는

슥 짐을 해두 부족되니 어쩐 일인가 하구 지켜보다가 여기까지 왔습니다.”

하니 천상에서 복을 주는 사람 하는 애기가,

“과연 늬가 부지런한 사람이여. 그러나 너는 평생에 타고날 때 건추(무우잎, 시래기) 세 타(타래)를 타고 났다. 복이 하 적으니 부지런하면 무엇하느냐. 그러니 네 성의가 지극하기 때문에 10년 후에 차복(車福)이라는 사람의 복이 있는데, 그 복을 우선 빌려다가 10년 동안 잘살다가 너 복을 그 사람한티 물려줘라.”

그랬어요.

그래서 그 복을 받아가지구 자기두 모르게 집엘 떡 당도했는데, 그때서부터 나무 슥 짐을 허면 밀채구, 한푼 두푼 자꾸 돈이 벌리는 게요. 그래 9년 동안 돈을 벌었는데, 그 부근에서 최고 부자가 되었어요.

그래, 이 사람이 남의 복을 타가지고 돈을 이래 벌었으니, 무시 근심을 했습니다.

‘10년 만에 차복이란 사람을 찾아 복을 줘야 하겠는데 …….’

하고 10년 되는 해 1월달부터 차복이란 사람을 찾느라구 각 지방을 일주를 했어요. 도저히 차복이란 사람을 찾을 도리가 없거든요.

그래 10년이 마저 가는 그 날에도 찾다 못 찾고,

‘에라 이젠 못 찾았으니, 집에 가는 수밖에 없다.’

하고 날은 저물고 해서 집을 돌아오는 도중, 목두 마르고 해서 중간 주점에서 막걸리를 떡 마시는데, 그 앞을 보니 자동차를 떡 하날 세워놓구 그 사람덜두 와서 술을 먹거든요. 이 사람은 술을 먹으면서두 근심을 허는 거요. 이때 웬 걸식을 하는 여자 하나가 아주 배가 만삭이 되어가지구 지나오더니, 몸부림을 치면서 어쩔 줄 모르더니, 참 의지할 데가 없으니 차를 세운 그 밑으로 들어가더라 이거요. 들어간 지 얼마 안 있어서 차 밑에서 애 울음소리가 나거든요. 거기서 몸을 풀었어요. 거기서 이 사람이 얼추(얼핏) 생각하기를,

‘아차, 차복이란 사람이 따루 없고, 10년이 마주(마지막) 가는 오늘날

에 저 사람이 차 밑에서 애를 낳았으니 저 사람이 차복이로구나.'

이래 생각을 했어요. 그래, 이 사람이 쫓아가서 애기를 꺼내구, 여자를 구원해서 산권을(산후조리를) 다했습니다. 걸식하는 여자가 얼마나 고맙겠습니까. 그래 이 사람이 그 여자한테 얘길 했습니다.

"사실 내가 이래저래 못살다가 당신 차복이의 복을 빌어다가 10년 동안 번 돈이 엄청 많고 그러니 앞으로는 당신네 복을 밀어줄 테니 이제 갑시다."

하고 그 여자를 자기 집에 모셔다가 자기의 돈을 절반 가르고, 땅을 절반 갈러주고, 그래 그 사람 이름을 차 밑에서 복이 났다 해서 차복이라고 이름을 짓고, 그 복을 반 나눠줘서 차복이란 사람두 잘살구, 과거에 못살던 사람두 잘살구 했다는 그 얘기를 조석으루 앉어서 즈이 부친한테,

"부지런하면 잘산다."

하는 교훈으루 어렸을 때부터 해주셨기 때문에, 잊지를 않구 기억하구 있습니다.

채록 일시 : 1972. 4. 15. 밤
구연자 : 김상겸(남, 39세, 농업, 고교중퇴)
나서 자란 곳 : 강원도 평창군 진부면 신기리
사는 곳 : 강원도 원성군 판부면 금대 2리 일론동 132
채록 장소 : 같은 마을 김상겸 씨 댁 안방
만나게 된 경위 및 채록 상황 : 채록일인 4월 15일(음력 3월 3일)은 이 마을의 공동제의인 산제(山祭)가 있는 날이다. 그래서 김태곤 교수, 이상일 교수와 함께 산제에 대한 조사도 할 겸 이 마을을 찾아갔다. 미리 연락을 받은 이장 김상겸 씨가 찻길까지 마중을 나와주었다. 김씨 댁으로 가서 저녁 식사를 마친 후 마을 어른들 몇 분과 함께 산제 시간인 자정까지 민간신앙에 대한 조사를 하고, 이야기판을 벌여 우호적인 분위기에서 몇 가지 이야기를 채록하였다.
청중 : 마을사람 6명, 김태곤 교수, 이상일 교수
처음 들은 때 및 들려준 사람 : 어렸을 때 아버지한테 들었음. 아버지는 아침, 저녁 식사하면서 자녀들에게 여러 차례 했다 함.
구연 경력 : 여러 차례 했음. 식구끼리도 몇 차례 하였음.
제목 : 채록자가 붙였음. 제목의 '차복'은 車福, 또는 借福의 뜻을 가진 말임.

52. 숯장수와 도사

옛날에 어느 가난한 숯장수의 집에 도사 한 사람이 찾아와 하룻밤 쉬어 가자고 했다. 그 집에서는 없는 살림이나마 도사를 정성으로 대접했다.

숯장수의 집에서 나온 도사가 어느 마을에 가니, 바로 시집을 가지 않으면 죽을 상을 가진 노처녀가 있었다. 도사는 그 처녀를 산 속으로 데리고 가서 버리라고 했다. 그 처녀는 그 숯구이 총각과 결혼을 했다.

색시는 남편이 숯을 굽는 숯구덩이의 이맛돌이 금덩이인 것을 보고, 남편으로 하여금 그것을 팔아오게 했다. 그들 내외는 그 도사가 시키는 대로 부잣집 옆의 터를 사서 새로 집을 짓고 잘살았다.

그전에, 옛날에는 총각이고 뭐고 머리를 다 땋고 안 살었소? 치렁치렁 머리를 땋은 늙은 총각인디, 아버지는 일찌감치 잃어버리고, 어머니 모시고 깊은 산중에 와서 구데기(구덩이) 파고, 숯장사를 해먹고 산단 말여.

숯장사 해 어머니 모시고 먹고 사는디, 숯이나 이렇게 구어서 짊어지고 가서 팔어서, 보리쌀이나 팔어서 먹고 살고, 몇 달을 그러고 있으닝께, 점잖은 도사가―, 그러닝께 도사던 모양여. 와서는, 하루 저녁 자구 가자구 말여. 그렁닝께 깊은 산중에 오막살이구, 그런 양반을 모시구 하루 저녁 주무시게 할 여가가 못 되야. 방구석에선 가마니때기 깔구 자구 말여. 하두 사정을 헌단 말여. 문을 열구,

"이런 꺼적데기에서 이렇게 주무시겠나?"

구 허니께, 아 괜찮다구 허거든. 헐 수 없이 어머니는 인제 정지에서 주무

시구, 도사는 방에다 모셨단 말여. 주무시구 가야지 워떡 허것냐구.

식사라두 해드려야 할 텐디, 뭐이 있어야지. 숯 짊어지구 가서 보리쌀 몇 되 사다놓은 놈을 말여, 즈이 어머니가 꼽살미를 보리만 보리만 삶어서 갖다주닝께, 참 감지하게 잘 잡숫거덩. 된장허구. 잡숫구는 주무시구, 아침에 나갈려구 허는데, 식사를 드리면서,

"보리밥이라두, 반찬 없어두 잡숫구 가셔야지 쓰겠냐구요."

"아 괜찮다구요. 아무날, 며칠 날 댕겨서 또 오겠소."
그러구는 떠났단 말여.

그래 한쪽에 오다가, 크나큰 동네를 들어갈게로 참, 그 처녀두 늙은 처녀여. 그 도사가 보니께, 시집을 못 가면 금방 죽게 생겼어. 그래서 그 주인보고 이야기를 허고,

"여위시오(여의시오) 말여. 안 여위면 이거 금새 죽으니 여위란 말요."
있는 사람이구 하닝께로,

"그래 여위면 어떻게 여위냐구?"

"가마를 태워서 깊은 산중으루 가면 말여, 거리서 한 늙은 총각을 만날 테니, 그럼 거기서 던져주고 와버리시오."

아, 그 색씨가 참 거시기도 뭇허구 죽이느니 말여, 가마를 태워서 깊은 산중으로, 숯장사네 집으루, 그 근처든 모양야. 길루 가서 봉게 참 덥북머리 총각이 숯지게를 짊어지고 와. 그래서 그 가마 메고 온 조군, 지금 그. 교군꾼들이

"늙은 총각 거기 좀 있으라구."
그리구는, 늙은 총각이 있으니께, 거기다 던져 줘버렸네. 그래 가보니께, 와버렸어. 그러니께, 도사가 시킨 노릇이지 그게.

인저 한 사날 있으니께, 도사가 왔어. 오니께, 그 새악씨가 있거든. 새악씨가 인자 참 가서, 도사 가니까, 밥두 인자 대접을, 보리밥이라두 지금 노인 양반이 한 것보담 산나물이라두 뜯어서 잘 대접을 허구 말여. 한, 날짜루 한 달이 됐던지 보름이 됐던지. 그냥 따루따루 거하니께, 알아서 하라구 총각보구 그렇게 얘기하구는, 도사가 그만 떠나버렸어.

떠닝께, 아 둘이 내외간이 되어버렸네, 인자 늙은 총각두 거식해서 무서워서 말여, 같이 잘 수두 없구 그러다가 며칠이 뭥게 부부간이 되어버렸어.

인저 산으루 숯을 구우러 가면, 때가 되두 밥을 먹으러 안 오네. 그래 워치게 안 오느냐 허면, 한 푼이라두 더 벌어야 말여, 집안 식구 하나라두 더 붙었으니께 말여. 구녕이 날것 아니어? 그러니께 점심을 못했어. 그러니 마누라가 인저 밥을 해서 말여 숯구뎅이를 갔다 말여. 산을 떠억 가서 봉게로, 그 숯 구울 것이 없더래요. 그냥 독으로(돌로) 숯 거시끼, 이마를 걸어서 불을 땠는디 말여, 순전 금뎅이루 말여, 주서다가 말여, 이마독두 만들고, 도았두 만들었는디 말여. 아 그렇게 걸어놓구는 그냥 불만 때구 있어. 숯만 굽느라구. 그래서 인자 남편이라구 말여,

"이것 다 그만두구 내려가요."

해두 당체 올라구 해야지.

"이 구데기나 다 구워놓구 가야지, 불 땠다가 숯이 안 익어서 숯장사를 못한단 말여."

아 그만 굽구 가자구 해두 그냥 고집을 부리구 다 구었어.

구어놓구는 같이 내려왔단 말여. 숯을 구우면 한 사날 되어야 가서 열더라구. 뜨거워서. 식은 뒤에.

숯은 그만두고, 마누라가 이마독을, 불땠으니까 그 시꺼멀 것 아니오? 이마독을 써억 빼어서주면서, 그전에 명 베루 짠 명 전대에다 느가꾸(넣어가지고)주면서,

"서울 장안에 가서 '금 사시오, 금 사시오' 외구 다니면 말여, 한참 있다가 금방에서구 워서구 오라구 헐꺼라구. 월마냐구 물으면 월마라구 허지 말구 주는 대루 주슈 말여."

서울 가서

"금 사쇼. 금 사쇼."

허니께,

"가꾸 오라."

구. 가서, 명 전대 속에서 내중게(내주니까) 얼마냐구, 값을 알아야지. 그래서 생각해서 도랑께, 그때만 해두, 지금은 지화(紙貨)가 있지마는, 엽전 동전 시절 아니유. 아 반잘 내기나 잔뜩 쩌매서 주더래요.

그늠을 짊어지구오니, 참 기막히더랑가. 가가지구,

"해유!"

허면서,

"아 사실은 '금 사쇼'허니께, 오라구 해서 가니께, 이렇게 돈을 암만씩 주구 사니 말여, 이게 큰 거저메기(먹기) 아니냐구 말여?"

"이만만 하면 너그 부모 데리구 한숨 쉬어가며 살 것이다 말여. 그래서 집 지을 데를 내가 마련해줄 터이니, 아무데에 가서 돈을 아깝게 생각지 말구 집을 짓구 살어라."

그래가꾸, 그 밑에 가서, 거기가 부자가 큰 집을 짓구 사는디, 그 옆에 가 터가 있어. 그 터가 부잣집 터라구. 그래서 그 동네 사람에게다 소개를 넣어가지구

"돈을 달라는 대루 줄 테니 사도라구 말여."

숯장사가 장사만 해먹고 살던 사람이라 집을 터를 산다고 허니 말여, 그러니께 도사가 시켰어. 달라는 대로 주고 사라 말여. 사게 흥정을 붙여 달라구 허니, 동네 사람이 미친놈으로 인정을 했어. 미친놈이라구.

"그게 미친놈이지. 숯장사 수십 년째 내려오는 놈이 부잣집 터를 사도 라구 허니 말여 미친놈이라구."

이렇게 인정을 하구 있는디, 자꾸 이늠이 쫓아다니면서 사주쇼 말여, 그러니까 한번 가서 애기해본다구 말여. 그러닝게 그 집에서두

"아무개 숯장사가 땅만 사주면 살것다구 허니 말여 파쇼."

허닝게, 아 시원치 않게 알구 말여 땅 임자두. 부잣집 땅 임자두, 무슨 돈이 있겠냐구. 자꾸 애기허니께, 살려면 사라구. 암만 도라구.

소개쟁이가 와서

"암만 도라는데 살래 너?"

"산다."

시켜놓구 갔어. 사만놓으면 집터를 잡아줄려구, 아 그렇게. 도라는 대루 주구 사버렸네 그냥. 몇 냥이 됐던지 도라는 대루 덜컥 주구 사버렸어.

그래, 거기다 따악 집을 짓구 인자, 경장(굉장)할 것 아니여? 참 산에 나무는 있구 말여. 돌 기둥으루 막 집을 투두려 잘 짓는 판여. 그러니께 도사가 터를 잡아줘서 집을 잘 지었어.

지어놓구, 거기서 인자 가구 거기서 잘사닝께, 부자가 자연히 망해버리더래유. 그냥. 총각게루 다 와버려. 살림살이가.

도사 보리밥 한 끄니, 저녁밥 해주구 말여, 부자루 잘살더래유.

[채록자 : 그러니까, 그 도사가 갔을 때 그 부자가 박대를 한 모양이죠?]
[구연자 : 그렇지. 푸대접을 했지. 못 은어먹구.]

채록 일시 : 1972. 8. 22. 22:06~20
구연자 : 장기선(남, 56세, 농업, 한문 수학)
사는 곳 및 나서 자란 곳 : 전북 부안군 부안읍 선은리 3구 664
채록 장소 : 구연자의 집 마루
만나게 된 경위 및 채록 상황 : 김태곤 교수가 인솔한 원광대학교 민속조사반 학생들과 함께 김교수가 전에 만난 적이 있는 구연자를 찾아갔다. 구연자는 이웃에 사는 매형인 김종학(71세) 씨에게 연락해 오게 하여 구연자의 모친, 부인과 함께 이야기판을 벌였다. 우호적인 분위기에서 14편의 민담을 채록하였다. 구연자는 전라도 말씨로 대화를 구분하며 구연했다.
청중 : 구연자의 매형인 김종학 씨, 구연자의 모친과 부인, 김태곤 교수, 원광대학교 민속조사반 학생 6명
처음 들은 때 및 들려준 사람 : 어렸을 때 어른들한테 들었음.
구연 경력 : 몇 차례 했음.
제목 : 채록자가 붙였음.

옛날에 딸 일곱을 둔 부자가 딸들을 차례로 불러 누구 덕에 잘 먹고, 사느냐고 물었다. 다른 딸은 모두 아버지 덕에 잘 산다고 하였으나 막내딸만은 자기 복으로 산다고 하였다. 막내딸의 말에 화가 난 부자는 그녀에게 아침마다 밥을 얻으러오는 거지를 따라가라고 하였다.

이튿날 아침, 그녀가 거지의 뒤를 따라가니, 거지는 그녀가 여우인 줄 알고 도망하였다. 그의 집에 당도한 그녀는 문을 잠그러 나온 그의 어머니에게 자기는 여우가 아니니 함께 살게 해달라고 졸라 허락을 받았다.

그녀가 그의 집을 살펴보니, 담을 쌓은 돌이 모두 금덩어리였다. 그녀는 그에게 금덩어리를 팔아오게 하여 부자가 되었다. 그와 혼인한 그녀는 집을 새로 지으면서 대문을 열고 닫을 때에 자기 이름을 부르는 소리가 나도록 하였다.

그의 아버지는 그녀가 나간 뒤로 집안이 망하여 거지가 되었다. 밥을 얻으러 다니던 그녀의 아버지가 그녀의 집에 와보니 대문을 여닫을 때 나는 소리가 그녀의 이름과 같았다. 그녀 생각이 난 아버지는 안주인을 만나자고 하여 그녀를 만났다. 그녀는 아버지를 모시고 잘 살았다.

옛날에 어떤 부잣집에 딸 칠 형제가 살고 있었대요. 어느 날 아버지가 딸을 모두 불러놓고 큰딸에게

"너는 누구 덕에 먹고 사느냐?"

하고 물으니,

"저는 아버지 덕에 먹고 삽니다."

또, 둘째딸에게

"너는 누구 덕에 먹고 사느냐?"

하고 물으니,

"저도 아버지 덕에 먹고 삽니다."

하고 대답했어요. 다음 딸들도 모두 아버지 덕에 먹고 산다고 대답했으나, 맨 막내딸만은

"저는 제 덕에 먹고 살지 누구 덕에 먹고 살아요?"

하고 대답했는데, 아버지는 노해서 내일 아침 거지가 오거든 딸려보내라고 호령을 했어요.

그 이튿날 새벽이 되니까, 막내딸은 일찍 일어나서 몸단장을 하고는, 거지가 오기를 기다렸어요. 정말 매일 아침 밥 얻으러오는 거지가 오자, 막내딸은 얼른 따라나섰어요. 아버지와 어머니, 온 식구들이 놀래서 어디를 가느냐고 물으며 붙잡아도 한사코 거지를 따라가는 것입니다.

이때 거지는 이 딸이 여우로 보여서, 꽁지가 빠지게 달아나는 것입니다. 이 딸이 막 부르며 뒤따라가니, 거지는 더욱 있는 힘을 다해서 달아나고 있어요. 산 속 깊은 곳에 있는 거지의 집에 닿자 거지는 허둥지둥 문을 열고 들어가며,

"어머니, 저기 여우가 따라와요. 여우가요."

하며 무서워서 떨었어요.

어머니도 놀라서 문을 잠그려 하자, 뒤쫓아온 막내딸은 문을 잡고 거지 어머니에게 자기는 여우가 아니라고 말했어요. 거지 어머니에게

"저는 댁의 아드님과 함께 살려고 왔습니다."

이렇게 말하고는 그 집으로 들어섰습니다.

그런데 이상한 것은 오막살이 거지의 집 담을 온통 금으로 쌓은 것입니다. 아무리 보아도 담은 틀림없는 금으로 되어 있습니다. 그래서 거지에게 마차를 가져오라고 해서 담을 모두 헐어 마차에 싣고 금방으로 가서 팔았어요. 거지는 하루 아침에 부자가 되어 집을 크게 짓고, 몸을 깨끗이 씻고, 좋은 옷을 입으니, 아주 훌륭한 신랑감이 되었어요. 막내딸은 그 거지와 결혼을 하여 잘 살고 있었어요.

그런데 그 딸은 집을 지을 때, 대문을 열 때는 자기 이름을 부르는 소리가 나도록 목수에게 부탁을 해서, 문을 열면 자기 이름을 부르게 되었습니다.

한편, 그 아버지는 딸이 집을 나간 뒤로는 점점 가난해져서 거지가 되었어요. 하루는 어떤 집에 밥을 얻으러 갔는데, 문을 열면 자기 딸을 부르는 소리가 나서, 하도 이상해서 그 집 주인을 만나게 해달라고 졸랐어요. 하인이 와서 거지가 자꾸 주인 마님을 만나겠다고 한다고 말하니, 이 막내딸이 거지를 들어오게 하라고 하고보니, 자기 아버지가 틀림없어요. 그래서 아버지와 모든 식구들을 찾아서 다시 잘 살았답니다.

채록 일시 : 1971. 7. 5. 16:30~34
구연자 : 이영순(여, 28세, 교사, 대졸)
나서 자란 곳 : 서울특별시 종로구 통인동 102
사는 곳 : 서울특별시 성북구 석관동 284-4
채록 장소 : 채록자의 집 안방
만나게 된 경위 및 채록 상황 : 채록자의 아내인 구연자는 어렸을 때 들은 이야기를 모두 해
      보라는 채록자의 부탁을 받고, 이야기를 시작하여 몇 편의 민담을 구연하였다.
청중 : 채록자와 단둘이 앉아 구연했음.
처음 들은 때 및 들려준 사람 : 12~13세 때 어머니 손종옥(50세, 나서 자란 곳 및 사는 곳
      : 서울) 씨로부터 들었음.
구연 경력 : 전에 친구들에게 두세 차례 한 적이 있음.
제목 : 채록자가 붙였음.

54. 쫓겨난 아들

옛날에 아들 삼 형제를 둔 사람이 아들들에게 누구 덕에 먹고 사느냐고 물었다. 그러자, 두 아들은 아버지 덕에 먹고 산다고 하는데, 막내만이 자기 덕에 먹고 산다고 하였다. 그 일로, 쫓겨난 막내는 활만 메고 집을 나섰다.

어떤 고개 밑에 가자 사람들이 모여 있었다. 그 고개에 호랑이가 자주 나타나기 때문에 100명이 모여야 고개를 넘는다는 것이었다. 그가 사람들을 모두 고개 너머로 보내고 홀로 고개 마루에서 있느라니까, 큰 호랑이가 나타나 자기를 도와달라고 했다. 그 호랑이는 아내를 다른 호랑이에게 빼앗겼는데, 자기가 그 호랑이와 싸울 때에 그 쪽을 활로 쏘아달라고 하였다. 그가 그대로 해주었더니 호랑이는 은혜를 갚을 터이니 함께 살자고 했다. 얼마 후, 호랑이는 그를 장가들여 준다며 색시를 업어오고, 초례상을 가져왔다. 그는 그 색시와 혼인을 하고 1년쯤 살다가 말가죽을 뒤집어 쓴 호랑이를 타고 마을로 내려갔다.

그 동네의 부자는 말가죽을 쓴 호랑이를 명마로 알고 자기의 말과 내기를 하자고 하였다. 그는 그 내기에서 이겨 부자의 재산을 다 차지하여 부자가 되어 잘살았다.

옛날에 어떤 사람이 아들 삼 형제를 낳았는디, 그 삼 형제를 가지구, 다불러놓구설랑으니,

“너는 뉘 덕에 먹고 사느냐?”

니께, 두 애덜은 다 즈이 아버지 덕에 먹고 산다고 하는데, 막내 하나이

“너는 뉘 덕에 먹고 사니?”

“아, 내 덕에 먹고 살지, 뉘 덕에 먹고 살아요?”

“에이 요놈, 내쫓자.”

그래 내쫓으니깐, 활을 메구서 그저 두말없이 달아난단 말여. 달아나니께, 불러들이라구 허여. 불르니께, 뭐 뒤나 돌아보기나 허나. 뒤도 돌아보지도 않고 달아나지 뭐.

걔가 어디쯤 갔는데, 큰 고개에 가니께, 사람이 백 명이 뫘는데 못 가구 서서는 모두 쭝긋쭝긋 헌단 말여.

“그래 워띠케 이렇게 있느냐?”

구 하니께,

“저 건널 가면, 큰 호랭이가 있는디, 사람이 100명을 모아야 하는데, 사람이 하나 모잘어서 그러구 있는디, 선상님이 왔으니께 인저 됐습니다.”

고 거기 모인 사람들이 그런단 말여. 그러니께 같이 가는데, 아 인제, 그 사람들을 그 고갤 다 넘겨보냈는데, 큰 호랭이가 하나이 오더니만,

“선상님, 인저 내가 선상님을 만났으니까, 살 테니까 거시끼라구.”

“그래, 무슨 일을 허면 살겠니?”

그러니께,

“저기 큰 돌이 하나 있으니, 거기 올라가서 ‘어흥’ 소리 치면서 뛰어오거든 눈 하나 깜짝 헐테요? 안 헐테요?”

“안 헌다. 해봐라.”

그래 인제 그 큰 호랭이가 산에 올라가서 ‘어흥’ 소릴 치구 뛰어내려온단 말여. 그래 내려와. 내려왔는데, 눈 하나 깜짝 안 거리구 앉았지.

“에— 인저, 선상님, 내가 여편네를 잊어버린 지가 삼 년이 됐는데, 저기 저 산에 큰 호랭이가 하나 있는데, 그늠한테 여편네를 뺏기구 그냥 혼자 있다우.”

“그래라, 그 뭐 뭇헐 거 있니. 그래 어느 날 가설랑 둘이 싸움을 해라.”

그래 둘이 나가서, 호랭이끼리 싸움을 디리 하는디, 그런디, 아 똑같은 것들이니 워따 활을 쏠 수가 있어야지. 그래 활을 못 쐈지. 그래 인제, 호랭이가 다하구 나서, 호랭이가

"활을 쏜다더니 왜 못했수?"

하니까,

"너 그럼, 표를 해가지구 나가거라. 표가 있어야지. 어떤 놈이 맞을지 어떻게 알고 쏘느냐?"

그러라구. 그래 인제, 몸뎅이에다가 표를 해가지구 나갔어. 인저 둘이 쌈덜을 하지. 그래 싸우는디, 냅다 쐈지. 그래, '꽉' 맞아서 잡았지. 잡았는데,

"아 선생님 인제 내가 은혜를 갚으리다."

"그래 갚아라. 무슨 일루 은혜를 갚니?"

"우리 집으루 가십시다."

그래 즈이 굴루 들어가지. 즈이 굴루 들어가니, 새끼 호랭이 그냥, 호랭이가 득실득실한데, 좋다구 밥이 들어온다구 좋다구 한단 말여. 그 선생이

"꼼짝허지 마라 이눔들아."

그래 가만이 있지. 거기서 그럭저럭 메칠이 됐는디, 하루는

"선상님두 장가를 가야지요?"

"그래 장가를 어떻게 가니?"

"장가 갈 수가 있어요."

"그래 해라."

그래 하루는 또, 혼인날을 정해가지구,

"내일은 선상님 장가를 가요."

"그래."

그러구서 혼인날이 됐는데, 어느 곳에 색씨가 초례를 할 텐데, 아 색씨가 똥이 매렵다구 하거든. 호랭이가 새끼보구서,

"너 가설랑 바깥 뒷간을 세 번만 핥구오너라."

그래 바깥 뒷간을 세 번을 핥구 갔지.

이눔의 색씨가 똥이 마련데, 안뒷간에는 안 가지않아. 그저 바깥뒷간으로만 가것다구. 그래 인저, 하인들 해설랑으니 바깥 뒷간으로 보냈지. 그

러니까 호랭이가 커다란 놈 하나 있다가는 그냥 업고 달아났지. 그 색씨를 업구 그냥 즈이 굴루 달아났으니 어떻거여. 아 그러니까 종년은 지키구 있다가 그만 그냥 들어갔지. 그래 색씨 죽었다구 울구 야단이 났지.

인제 그렇게 해서 색씨를 갖다놓구서는,

"선상님, 자, 이만허면 장가 가시지요."

"그래 뭐 있냐? 아무것도 없는데."

"걱정 말아요. 차린 거 다 가져올께요."

거기 차려놓은 걸 다 가져온단 말여. 거기 차려놓은 걸 다 가져오구는, 이만허면 헌다구 초례를 허구 살어.

색씨 업어온 돌날, 색씨 친정엘 간단 말여. 가자구.

"인저 선상님 가시지요."

"그래 간다."

그래 같이 가지. 갔는데, 가설랑은 거시커니께, 울고 야단들이지. 호랭이가 물어간 거 죽었는 줄 알았는데, 살어서 왔다구. 그냥 좋아서 아주 야단들여. 그렇거구서, 그럭저럭 사는디, 호랭이가 허는 소리가

"선상님, 가서 인저 사시거든, 에― 선상님 타구 가신 말을 그 동네 큰 부자가 바꾸자구 헐 테니, 바꾸자구 하거든 제발 쇠죽을 줘두 군말을 허지 말구 쇠죽을 주구 그래야지. 군말 한 마디만 하면 말이 간곳이 없다."

[채록자 : 그 말이 호랑이지요? 호랑이가 말가죽을 뒤집어쓰구 간 건가요?]

응 그렇지. 호랭이지. 그래 그러커구서는 또 갔는디, 그 부자놈이

"댁의 영마허구 내 영마허구 저 강을 뛰어넘기 내기를 허자."

고 그러단 말여. 그러라구 그러구서, 그 호랭이허구 둘이 나가서 큰 강을 뛰어넘기 내기를 헌 거여. 그 강을 뛰어넘기를 하는디, 부자놈 호랭이(말)는 그 강을 뛰어넘다 물에가 빠져 죽었어. 호랭이 선상이 가지구 간 그 호랭이는 그 강을 뛰어넘었다가 도루 뛰어넘어 왔어. 그래 그, 재산을 다 뺏기지 않았어. 그 사람헌테.

그러구서 사는디,

"쇠죽을 갖다주면서 군말 허지 말라."

구 허구서 그 말을 부자한테 주었어. 남은 재산하구 바꿨어.

그런디, 영마더러

"야, 거기 가서 좀 있거라."

영마가 인저 거적(말가죽)을 쓰구서 며칠을 있었어. 그러구서, 하루는 어떻게 했는지 거죽을 홀떡 벗구서 달아났어. 갔어. 그만 영마가 달아났어. 즈이 거기루 갔지, 호랭이는. 그러구서, 그 사람은 재산을 다 뺏기구. 내기해가지구서는. 그러구, 그 사람은 부자가 되어 잘살잖어.

채록 일시 : 1972. 8. 16. 16시경
구연자 : 김갑순(여, 92세, 무학)
나서 자란 곳 : 서울특별시 성북구 번동 415
사는 곳 : 서울특별시 성북구 번동 415
채록 장소 : 구연자의 집 안방
만나게 된 경위 및 채록 상황 : 번동에 사는 친척집을 찾아갔는데, 김씨 할머니가 이야기를 잘하니 찾아가 만나보라고 해서 찾아갔다. 김씨 할머니는 1~2년 전부터 기억력이 감퇴하여 이야기 줄거리가 잘 생각나지 않는다고 하면서 이 이야기를 천천히 구연했다.
청중 : 마을사람 3명
처음 들은 때 및 들려준 사람 : 어렸을 때 어머니한테 들었다고 함.
구연 경력 : 몇 차례 했음.
제목 : 채록자가 붙였음.

55. 불씨를 꺼뜨린 불로초

옛날에 이진사집의 새며느리가 삼대를 내려오는 동안 꺼뜨리지 않은 화롯불을 맡아서 관리하게 되었다. 그런데 밤마다 어떤 것이 화로에다 오줌을 싸서 불을 꺼뜨렸다.

며느리는 잠을 자지 않고 화롯불을 지키다가 화로에 오줌을 싸는 것에 명주실을 꿴 바늘을 꽂아놓았다. 그리고는 명주실을 따라가보니, 어떤 풀잎에 꽂혀 있었다.

며느리는 그것을 캐어가지고 왔다. 그것은 불로초였는데, 병중의 시누이가 그것을 먹고 완쾌되었다. 그래서 그 며느리는 큰 상을 받았다.

옛날 이진사라 하는 집이 있는데 말이요, 그집이 10년을 화리불(화롯불)을 담아가지고 말여, 옛날 화리불이라고 했잖아요. 화리불을 담아가지고, 저 며느리를 하나 얻었는데, 화리를 시어머니가 내놓으면서,

"이게 10년 넘어 11년째 돌아오는 거다. 네 증조부께서 내게다 줘 내 대부터 그렇게 된 것이니께, 이 화리불을 꺼트리지 말고서라무네 꼭 해나가거라."

"어머니가 시키는 대로 하겠습니다."

아, 이게 그 달에는 잘 돼요. 아 자다 말고 화리불을 조심해가지고, 그 불을 가지고 조반을 하고, 이 지경이란 말요. 조반을 하고 그러는데, 한 날은 자다보니까, 뭐가 그냥 오줌을 지르르 화로에다 싸서랑은 텀벙 꺼트려버렸단 말야. 하 깜짝 놀라 일어나서 화리를 다독거려봐도 아무것도 없

250

는데. 허, 그렇게 오줌을 쌌단 말여.

'하 이상하다.'

아 그렇게 하기를, 신고하기를 아마 한 달포간 했단 말여. 이걸 한 잠을 안 자고 지켜도 원제(언제) 하는지 알 수가 없단 말여, 지켜도.

한 날 보니, 뭐 불그스름한 거 들어닸더니, 화리 곁에서 '두르르' 하고서 나간단 말이요.

"하커나, 요놈이구나."

이게 뭔가 하고서는, 이걸 어떻게 잡을 연구를 한단 말이여.

옛날 명주실이 있는데, 명주실에다 바늘을 꿰었어요. 바늘을 꿰어가지고서는 저물 때 뭐가 오나 기달렸단 말이여. 올 때 기다리니까, 아 참, 뭐가 불그스름한 게 화리곁을 들락날락거리더래요. 그래 거기다, 붉은 것에 바늘을 꿰었단 말여. 꿰어서 명주실을 두어 번 감었어. 거기에다가. 하, 감고서는 그 길로다 실을 끌어 사뭇 찾아갔단 말이유.

'이게 어디 가서 묻혔나?'

허구 실을 끌어 한창 찾다보니까, 아마 밤새도록 이 실을 쫓아간 모양이여. 미처 못 쫓아가면 풀러놓고, 풀러놓고 쫓아갔단 말이여.

그래 어느 큰 산중을 들어갔는데, 덤푸사리(덤불) 속으로 쑥 들어갔단 말여. 덤푸사리 속으로 들어가보니, 이게 어떻게 된 거여. 덤푸사리 속을 휘집고 들어간 거여. 거기 가니까, 풀잎새기에 바늘만 꽂혔단 말이유.

'하, 희한하다. 이게 무엇인데 남을 그리 괴롭히고 고생을 시키나?'

하고서라믈랑 꼬챙이를 가지고 가설라무네 거길 허부져 후벼 팠드래요. 파니까 큰 지치(지치과에 속하는 다년생의 약초)가, 큰 놈이 있더래요. 이것을 캐서 들고 나섰는데 말여, 밤에 나섰으니 어디가 붙었는지, 향소불명(向所不明)이요. 어디가 집인지, 어디가 집인지 알 수가 없단 말이요.

그런데 대가집 어른들이 자다가 말고 며느리가 없고 이러니까, 난리가 날 것 아니요. 그래 동네 사람들이 수소문해 산으로 막 더듬었단 말이요. 산으로 더듬어도 영 종무소식이요. 그래도, 식전에 일찍 일어나 갔던지, 이슬 턴 델 갔던지, 이슬 턴 산을 사뭇 쫓아갔단 말이여. 쫓아가 한 덕(언덕)을 갔던지, 얼마를 갔던지, 거의 나절이가 됐더래요. 저리서 이리 가고, 여기서 그리 가고 서로 맞닿더래요. 산중에 이렇게 인기척이 나니까, 여자가 '사람 살리라'고 소리를 질렀어요. 한창 어두워서 통 분간을 못하니까. 쫓아가서 보니까, 그 부인이요.

"이게 어떻게 돼서 이렇게 됐냐?"

"불씨 꺼트리는 놈을 쫓다가 이렇게 되었습니다."

"응, 집으로 가자."

고.

그래, 그 캔 놈을 가지고 왔어. 들어와서 집 안에 들어오니, 밤새도록 그것을 캐느라고 욕을 보니께 사람이 기진을 했지.

"대관절 어떻게 된 거냐?"

"시부모님이 있는데, 이런 얘기 좀 송구스럽습니다. 어머님이 이 화리불을 해가지고 오셔서 삼대째 내려오니 이 불을 꺼트리지 말라고 그러셔서 그리 알고 조심했는데, 자는데 한 달포쯤 되는데, 그날부터 깜짝 놀라 일어나보니, 화리등거리에 오줌을 '스르르' 깔겨서 불을 꺼트려놓고 그래서 이것을 잡으려고 한 달포 밤잠을 못 자고 기달려서, 하루 저녁 보니까, 뭐 불그추름한 것이 오더니, 화리를 들락날락 하더니 '스르르' 오줌을 싸고 가길래, 그래서 이놈을 잡으려고 요령을 내는데, 별수없이 바늘에 명주실을 꿰어가는 수밖에 없었습니다."

얘기를 지르르 하고 나서는,

"이게 뭔지 이놈이 오줌을 깔겼으니, 이것이 뭔지 모르겠습니다."
그러자 자기 시누이가 또, 병중이요. 병중인데,

"그것 참 희한하다. 복필이 볼록하니, 그놈을 쪼개어보자."

쪼개어보니 불로초요. 그걸 까부숴주었는데, 먹고 나더니 그냥 약에 취했어. 그냥 놔둬버렸어요. 그 사흘만에 깨어났단 말요. 머리를 들어눕히고 들어눕히고 하였는데, 완전히 자기말로,

"이게 어떻게 된 일인지 개운하다."

고. 그렇게 해 병 고치고 자기 시누이 고치고. 하, 나라에서 그것을 알아

가지고 효자·효부상을 주었다고요.

채록 일시 : 1980. 8. 8. 14:50~15:00
구연자 : 김학선(남, 76세, 농업, 무학)
사는 곳 및 나서 자란 곳 : 충북 진천군 덕산면 용몽리
채록 장소 : 덕산면 용몽리 노인회관
만나게 된 경위 및 채록 상황 : 채록자가 노인회관을 찾아가니 구연자 김씨가 다른 노인 한
    분과 담소하고 있었다. 채록자는 두 노인으로부터 몇 가지 민담을 채록하였다.
청중 : 마을 노인 1명.
처음 들은 때 및 들려준 사람 : 10여 세 때 어른들한테 들었음.
구연 경력 : 노인회관에서 몇 차례 했음.
제목 : 채록자가 붙였음.

56. 황금대신

조선 초, 청렴하게 산 어느 대신이 퇴직하고 나니, 먹고 살기도 어려웠다. 어느 날 그 부인이 아궁이에서 금덩어리를 발견했는데 부인은 그것을 팔아서 쓰자고 하니 그는 그것을 도로 갖다두라고 하고는, 하인과 집을 바꿨다.

금을 발견한 하인은 그 금을 팔아 자기도 살고, 상전의 아들을 공부시키며 살 수 있도록 해주었다. 그 아들이 후에 대신이 되었는데, 사람들이 그를 황금대신이라고 하였다.

옛날에, 이조 초기 때 일이요. 초기 땐디, 어느 대신 하나가 참, 늙어서 대신을 퇴직허고 나가서 살고 본게, 청박(청백)하게 허다가서 나가서 대신을 퇴직허고보니, 가서 먹고 살 게 없어. 그렇게 살어도 옛날에 거 참 대과 지낸 대신이라 하인은 있거든. 하인을 데리구 멕여 살릴 수 없으니까, 하인은 따로 나가서 살라고 따로 집을 내줬지.

따로 집을 내줬는디, 그 대감의 부인이 하루는 부엌에 가서 뭘 끓여다 먹을라고 재 있는 것을 긁어낼라고 고무래*루 긁구 본게, 뭐이 긁히거든. 긁히는 거를 대고 긁어내고 보닝게로 금덩어리가, 토막만한 거가 나왔단 말이여. 나왔은게, 부인이 하도 좋아서 그놈 가지고서는 두 내외가 살것응게 하두 좋아서, 그놈을 그 냄편헌테 가지고 가서는 이러한 금이 부엌

---

* 곡식을 긁어모으거나 펴거나 밭의 흙을 고르거나, 아궁이의 재를 긁어내는 데 쓰는 물건.

에가서 나왔으니 이걸 가지고 워디 가서 살것다고 그렁게로,

"아 그러면, 거기다가 묻으라고. 그 자리다가 도루 갖다가 묻으라."

고 허닝게, 부인이 할 수 없이, 자기는 서운하지만 헐 수 없이 갖다가, 냄편이 그러구 허닝게 갖다가 묻었거든.

대감이 자기 하인에게 가서,

"너, 너는 식구가 네 자식들이 여럿 생기고, 모두 식구가 여럿이고 나는 단 내외만 있으니 집을 바꿔살자."

그랬어. 바꿔살자고 그러니게, 가만히 있다가 아, 그럴 수가 있느냐고.

"나는 단 내외간이고 너희는 자식들이 여럿인지라 바꿔살자."

고 했어. 바꿨는디, 아 그 하인이 거기 들어와서 조석을 해먹다가 재를 긁어낼라구 보닝게, 뭐이 걸링게 재를 긁어내고 보닝게, 아 그 금덩어리가 쑥 나왔거든. 아, 그 하인은 그놈을 갖다두고서는 가만히 생각을 해보닝게나 그 상전이 먼자 알을 일인디, 집을 바꾼 것밖에는 생각이 안 나.

'내 이걸 팔아가지고서는 나도 먹고 살랴, 상전을 구제해야지.'

이렇게 생각허구서는, 그 자신이 금을 조금씩 조금씩 팔아서 그 상전도 먹구 살기가 걱정 없이 해주고, 자기도 먹고 살고, 그렇게 했어.

그렇게 지내는디, 그런 계제에 그 대감이 아들을 하나 낳아. 아들을 하나 나서, 참 공부를 하는디, 거 하인이 다 해서 공부를 시켜. 공부를 시켜서 참 대과 급제를 해서 사는디, 그분이 아주 호가 황금대신이라고 했어. 황금대신, 금허고 바꿨다고 혀서 황금대신이라고. 조선 초기에 있었어.

채록 일시 : 1980. 1. 5. 17:20~24
구연자 : 박철현(남, 74세, 농업, 국문 해득)
사는 곳 및 나서 자란 곳 : 충남 부여군 규암면 외리 1구
채록 장소 : 외리 1구 노인회관
만나게 된 경위 및 채록 상황 : 노인회관을 물어서 찾아가니 노인 10여 명은 둘러앉아 이야기를 하고 있었고, 7~8명은 화투를 하고 있었다. 둘러앉아 담소하고 있던 분들과 이야기판을 벌이니, 화투하던 분들 중에서도 이야기판에 끼는 분이 있었다. 담배, 술, 과자를 나누며 우호적인 분위기에서 20여 편의 민담을 채록하였다.
청중 : 마을 노인 10명. 동행한 학생 3명(장윤수, 배원룡, 김이곤)
처음 들은 때 및 들려준 사람 : 어렸을 때 나서 자란 곳에서 들었음. 들려준 사람은 기억 못

함. 책에서 본 듯도 함.

구연 경력 : 몇 차례 했음.

제목 : 구연자가 말한 것임.

57. 금도끼와 은도끼

　　어떤 총각이 나무하러 가서 나무를 하다가 도끼를 연못에 빠뜨렸다. 한 노
인이 연못 속에서 금도끼, 은도끼를 가지고 나와서, "이것이 네 것이냐?" 하고
물었다. 총각은 모두 아니라고 하였다. 노인은 다시 연못 속으로 들어가 쇠도
끼를 가지고 나와서, "이거 네 것이냐?" 하고 물었다. 총각은 그렇다고 하였다.
　　이렇게 정직한 총각은 후에 복을 받아 잘 살았다. 그러나 욕심을 부렸던 사
람들은 모두 벌을 받았다.

　　어떤 총각이 나무하러 갔는디, 도끼를 잃어버렸대요. 도끼를 잃어버렸
는데, 무슨 연못이라든가, 그 연못에 도끼를 빠뜨렸는데, 그 연못에서 어
떤 노인이 도끼를 건져 갖구 나오면서, 금도끼·은도끼 뭐 다 가지구 나오
너서 내어놓아도, 이는 곧짜배기라 자기 도끼만 받지, 비싼 도끼는 안 받
았시유.

　　"이것도 내야(내 것) 아니유."

　　"이것두 내야 아니유."

　　또 들어갔다 나오면서,

　　"이게 기냐?"

　　그게 지야라구(제 것이라고) 했대유. 그래서 그 복을 잔뜩 줬는디 …….
또 잊어버렸으니 뭐 허여.

　　그 사람이 도와주어서 잘 살게 됐는디, 그 개갈난(좋지 않은) 도끼 가

진 이가 금도끼가 제야라구(제 것이라고) 가져간 놈들은 모두 벌받구.

채록 일시 : 1986. 12. 23. 15:55
구연자 : 김우순(여, 82세, 농업, 무학)
나서 자란 곳 : 충남 서산군 인지면 차리
사는 곳 : 충남 서산군 음암면 유계리 1구 7번지
채록 장소 : 구연자의 집 안방
만나게 된 경위 및 채록 상황 : 마을사람의 말을 듣고, 이야기 잘하는 사람으로 알려진 김상
　　홍 씨를 찾아갔으나 김씨는 부재중이었다. 김씨의 부인 김재숙 씨에게 찾아온 취
　　지를 설명하니, 김씨는 이야기 잘하는 할머니가 옆집에 사신다고 하며 구연자 김
　　우순 씨 댁으로 안내하였다. 안마당에서 나물을 다듬고 있던 구연자를 안방으로
　　모시고 들어가 이야기를 들었다. 구연자 김씨는 전에는 기억력이 좋고, 이야기도
　　잘했으나 지금은 많이 잊어버렸다고 했다. 김씨 할머니는 안내한 김재숙 씨와 채
　　록자의 권유로 몇 편의 이야기를 구연했다.
청중 : 김재숙(여, 60세), 동행한 김창진 선생
처음 들은 때 및 들려준 사람 : 어렸을 때 친정 어머니한테 들었음.
구연 경력 : 전에는 자주 했으나 최근에는 한 적이 없음.
제목 : 채록자가 붙였음.

58. **회심보**

　　옛날에 가난한 과부의 집에 중이 찾아와 하룻밤 자기를 청했다. 방이 하나 밖에 없는 그녀는 중을 정성껏 대접한 뒤에 아랫목에서 자게 하고, 자기는 윗 목에 누웠다. 밤이 깊어지자, 중은 그녀의 몸에 다리를 올려놓으며 유혹하였다. 정도가 심해지자 화가 난 그녀가 중의 뺨을 때리며 꾸짖으니 중은 잘못을 사과 한 뒤에 떠날 때 거울 하나를 주면서 무엇이든 필요한 것을 생각하면서 거울을 보면 그것을 얻을 수 있을 것이라고 하였다. 쌀이 떨어진 그녀가 쌀을 생각하 며 거울을 보니, 거울에서 쌀이 나왔다. 그것을 얻은 뒤에 그녀는 원하는 것을 모두 얻어 잘 살게 되었다.

　　이 사실을 알게 된 이웃집 과부가 자기 집에도 그 중에 오기를 기다렸다. 어 느 날 중이 오자 그녀는 중을 잘 대접하고, 사랑방이 있는데도 안방 아랫목에 서 자게 한 후 자기는 윗목에 누웠다. 중이 자기를 유혹하기를 기다렸으나 그 런 기미가 보이지 않자, 그녀는 중의 몸에 다리를 올려놓으며 유혹하였다. 그 러자 중은 벌떡 일어나 그녀를 꾸짖었다.

　　이튿날 아침, 중은 떠나면서 그녀에게 거울 하나를 주었다. 그녀가 남자와 관계하는 장면을 생각하면서 거울을 보니, 거울에서 남자가 나와 그녀의 몸을 타고 눌렀다. 처음에 그 일을 좋아하던 그녀는 나중에 정도가 너무 심하여 죽 고 말았다.

　　옛날에 아래윗집에 살았는데, 윗집은 마음이 아주 불량해요. 두 집 다 과부인데, 아랫집은 참 착해요.

　　그런데 어느 날은 다 저녁때 중이 이렇게 들렀어요. 그 아랫집에 들렀 는데, 방은 하나지. 물론 하나여.

저녁을 잘해줘서 먹고 자는데, 안방이 이렇게 [손으로 가리키며] 있으면 손님이니께 중은 아름목 주구, 자기는 웃목에서 자는디, 벼개를 하나, 이렇게 [손으로 일자를 그으며] 칸을 막아서 자는디, 아, 이놈의 중놈이 자다가 보니까, 아-, 다리 한짝을 슬그머니 그 과부 다리에다 올려놓고 잔단 말여.

보니 괘씸허단 말여. 치워놨지. 그러구 조금 있으니까, 이번에는 과부 배때기에다가 척 걸친단 말여.

"이거, 안 되겠다."
그러구는 또 치워놨어.

또 한참 자느라니까, 또 이놈이 몸을 '홱' 돌리면서 다리를 갖다가 이렇게 [팔로 걸치는 시늉을 하며] 한단 말여.

그래 벌떡 일어나서 자는 중놈 뺨따귀를 냅따 '딱' 때렸어.

"이런 요 요망한 중놈아, 네가 중이면 중이었지, 과부 자는 방에 와서 그 따위 행세를 하느냐? 당장 나가거라."
허니까 그때 중이 아, 미안하다구 허면서, 그 밤중에 행장을 수습해가지구 나가면서, 거울을 하나 줬어. 주면서,

"당신이 이 거울 속에서 당신 얼굴을 들여다보면서, 아쉬운 것을 생각하면은 거기서 그게 나온다오."

그래 아침인데, 쌀도 없구 그래요. 그래 쌀을 생각하니, 쌀이 나오거든요. 나무 생각을 하니, 나무가 나오고. 그래 인제 부자가 되었어요.

그런데 이웃집 과부가 가만히 보니까, 참 잘 살거든요. 괘씸허기도 하구. 그래서 어떻게 해서 그렇게 잘사느냐구 물었어.

"그런게 아니라, 중이 하나 찾아왔었는데, 사실이 약차 이만저만 해서 이렇게 했더니, 거울같은 거를 하나 주더라."

이날부터 이 윗집 과부가 행실이 나뻐요. 참 몸단장을 하구, 눈썹을 뽑구 소지랄 개지랄을 하면서, 중이 오기를 기다리나 중이 오나? 석달 열흘째 되던 날 다 저녁때 되었는디, 다 떨어진 바랑자루를 하나 짊어지구 다리를 이렇게 끌면서 들어와요.

들어오자 꽃방석을 내어놓으면서,

"이리 앉으세요, 저리 앉으세요."

하고 사랑으로 들어간다구 하니께,

"아, 이리 안방으로 들어오세요."

하구 밥을 잘해서 먹이구, 사랑에 나가서 자겠다구 하니까,

"아, 사람의 집에 왔다가 사랑에 가 잘겝니까? 안방에서 주무세요."

자는데, 중은 잠을 '쿨쿨' 자요. 자는데, 이 여자는 행실이 나쁜 여자라 슬그머니 중에게 다리를 갖다 얹으니께, 중이 다리를 썩 집어서 치워놓는 단 말여. 한방에 자니, 여자가 견딜 수가 있나? 또 다리를 중의 배때기에 올려놓으니, 중이 다리를 '쓰윽' 밀어놓더니, 또 그러니께 중이 벌떡 일어나더니,

"과부면 과부였지. 과부 노릇을 똑똑히 허지 못허구 이게 무슨 짓이냐?"

그러구는 간다구 나서거든.

"정말 가십니까?"

"가야겠소."

그러더니, 뭘 하나 꺼내주고 가거든.

"옳다, 됐다."

그 이튿날 인제 밥을 하는데, 이 여자가 행실이 나빠요.

"아이구 남자 하나만 있었으면 ……."

허구 밥 허다 말구 생각을 허니까, 이거 참 우수운 얘깁니다. 거울 속에서 절구대(절구공이) 같은 놈이 쓰윽 나오더니, 부엌 바닥에다 눕혀놓고는 디립다 방아를 찧어버리는 거요. 하하하하. 그래가지구는 이제, 실컷 했지요. 그런디 이게 하루에 한 번씩만 했으면 됐을 텐데, 하루에 한 서너 번, 횟수가 너무 잦었어요.

그래서 나중에는

"에이, 너 좀 나오너라."

했단 말이죠.

아이구 그냥 기둥가래 같은 놈이 막 나오더니 방아를 찧는디, 견딜 수가 없어요. 그래서 나중엔 도망을 갔어요. 밥하다 말고 인저 도망을 갔는데, 아 이거 산으로 가면 산으로 쫓아오고, 덤풀 속으로 가면 덤풀 속으로, 하두 쫓아오니까 내를 건너갔어요.

건너가서는,

'이젠 제가 못 쫓아오겠지.'

하고 있는디, 이 이늠이 성난 독사처럼 물을 '쌱쌱' 가르면서 쫓아오거든. 그래서 죽어라 하고 도망치다가 치다가, 이늠한테 방아를 찧어서 죽었다는 겁니가. 여자가.

그래가꾸서, 이게 무슨 얘기냐 하면 '회심보'란 얘기예요. '회심보'. 마음을 고치라는. 그 중이 보통 중이 아니라 도사이구, 과부의 정절을 시험한 겁니다. 그것 [앞 사람의 얘기] 하고는 반대지요.

채록 일시 : 1972. 8. 22. 23:00 ~ 06
구연자 : 김태곤(남, 38세, 교수, 대학원 졸업)
나서 자란 곳 : 충남 서산군 근흥면 안기리
사는 곳 : 서울특별시 성동구 행당동 행응아파트 2동 211호
채록 장소 : 전북 부안군 부안읍 선은리 장기선 씨 댁 마루
만나게 된 경위 및 채록 상황 : 원광대학교 민속조사반과 함께 채록 장소에 가서 장기선 씨, 김종학 씨의 이야기를 듣던 중 김종학 씨의 '66. 퇴침 속의 나무도막'에 이어서 답례로 구연한 것이다.
청중 : 마을사람 4명, 조사반원 7명
처음 들은 때 및 들려준 사람 : 25세경 군에 있을 때 군친구한테 들었음.
구연 경력 : 몇 차례 했음.
제목 : 구연자가 말한 것임.

59. 뵈나? 뵈네

　　옛날에 마음씨 착한 소금장수가 소금을 팔러 다니다가 고목 밑에서 잠을 잤
는데 아침에 나무 위에 있던 이무기가 구슬 하나를 떨어뜨렸다. 그가 그 구슬
을 주워 주머니에 넣고 소금을 팔러 갔는데 구슬을 주머니에 넣으면 사람들이
그를 보지 못하고, 그것을 꺼내면 그를 알아보았다.
　　그는 그 구슬을 주머니에 넣고 부잣집으로 가서 돈궤를 가지고 나왔는데 아
무도 그를 알아보지 못했다. 그는 그 돈으로 땅을 사서 부자가 되었다.
　　마음씨 고약한 이웃 사람이 이 이야기를 듣고, 소금짐을 지고 그 나무 밑으
로 가서 밤을 지냈다. 이튿날 아침, 이무기가 그 사람 앞으로 무엇을 떨어뜨렸
는데 찾을 수가 없었다. 그 사람은 그 근처의 흙, 모래, 풀잎 등을 쓸어 담아가
지고 집으로 와서 아내와 함께 찾기 시작하였다. 그가 한 가지 물건을 주머니
에 넣고 아내에게 “뵈나?” 하고 물으면, 아내는 “뵈네” 하고 대답하였다.
　　이 일이 밤늦도록 계속하자 아내는 귀찮아서 안 보인다고 하였다. 그 사람
은 그 물건을 주머니에 넣고 부잣집으로 가서 돈궤를 들고 나오다가 주인에게
들켜 매를 맞고 돌아왔다.

　　옛날에 한 곳에 소금장수가 있었는데, 하루는 소금짐을 지고 가던 중
큰 고목 밑에서 잠을 자게 되었어요. 밤을 지내고 아침에 일어나 고목 위
를 쳐다보니, 큰 이무기가 내려다보더니, 무엇을 떨어뜨리는데, 주워보니,
파란 구슬 같은 것이었어요. 이 사람은 이것을 주워 주머니에 넣고 길을
떠났어요. 소리를 듣고 사람들이 소금을 사려고 나와보면 사람은 보이지
않더래요. 이 구슬을 꺼내면 다른 사람 눈에 보이게 되므로 구슬을 꺼내

고 소금을 팔곤 하였지요.

이 구슬을 주머니에 넣으면 다른 사람 눈에 보이지 않게 된다는 것을 알게 된 이 사람은 큰 부잣집에 가서 금고를 몰래 들고 나와 부자가 되어 잘살게 되었어요.

이 내용을 안 마음씨 나쁜 이웃 사람이 전 사람과 마찬가지로 소금짐을 지고서 그 고목 밑에 가서 하룻밤을 지내고 아침에 보니, 과연 이무기가 무엇을 떨어뜨리는 것이었어요. 그러나 그것을 찾을 수가 있어야지요. 생각다 못해 이 사람은 그 근처의 흙, 모래, 풀잎 등등을 싹싹 쓸어 담아 가지고 집으로 돌아가서 자기 마누라와 함께 그것을 찾기 시작했어요. 남편이 한 가지 물건을 주머니에 넣고,

"뵈나?"

하고 물으면, 마누라가

"뵈네."

하고 대답을 하고, 이렇게

"뵈나?"

"뵈네."

하면서, 한 가지씩 점검을 해나가다보니 새벽녘이 되었고 마누라는 졸립고 싫증이 나 견딜 수 없었어요. 그래서 한 가지 물건을 집어 주머니에 넣고,

"뵈나?"

하고 묻자, 마누라는 귀찮은 생각에

"안 뵈네."

하고 대답해버렸대요. 그러자 그 남편은

"옳다, 됐다!"

하고 좋아하면서 밖으로 나갔대요.

그 물건을 주머니에 넣었으니 자기 몸이 다른 사람의 눈에 띄지 않으리라 믿고 어느 부잣집으로 들어가 다짜고짜로 그 집 금고를 들고 나왔대요. 이것을 본 그 집 주인과 가족들은,

"이 멀쩡한 도둑늠 봐!"

하고 달려들어 뭇매를 때려 이 사람은 매만 실컷 맞고 돌아왔다는 얘깁
니다.

채록 일시 : 1972. 4. 15. 밤
구연자 : 김태곤(남, 38세, 교수, 대학원 졸업)
나서 자란 곳 : 충남 서산군 근홍면 안기리
사는 곳 : 서울특별시 성동구 행당동 행옹아파트 2동 211호
채록 장소 : 강원도 원성군 판부면 금대리 일론동 김상겸 씨 댁 안방
만나게 된 경위 및 채록 상황 : 채록 장소에서 마을사람 6명과 이야기판을 벌이고 설화를
　　　　채록할 때, 설화를 구연한 마을사람들에 대한 답례로 구연하였다.
청중 : 마을사람 6명, 동행한 교수 1명
처음 들은 때 및 들려준 사람 : 어렸을 때 나서 자란 곳에서 이야기 잘하기로 소문난 당숙모
　　　　한테 들었음.
구연 경력 : 강의시간에 학생들에게 몇 차례 했음.
제목 : 구연자가 말한 것임.

60. **호박 속에 넣은 돈**

옛날에 어떤 사람이 돈꾸러미를 호박 속에 넣어가지고 길을 가다가 주막에서 자게 되었다. 호박 속에 돈이 든 것을 안 주막집 주인은 그가 잠든 사이에 그를 죽이고 돈을 차지하려고 했다.

한방에 들었던 다른 사람이 이를 눈치 채고 호박 임자를 깨웠으나 일어나지 않았다. 그는 주막집 아들이 자던 자리에는 호박임자를, 호박임자가 자던 자리에는 주막집 아들을 눕히고 베개도 바꿔 베어주고는 밖으로 빠져나갔다. 이것을 모르는 주막집 주인은 불 꺼진 방에 들어가 호박임자를 쩔렀다. 그러나 그것은 자기 아들이었다.

놀라서 잠이 깬 호박임자는 호박을 가지고 달아났다.

옛날에 돈덩어리로 엽전 꿴 거 많이 가진 사람이, 그것을 한 호박을 오려갖구서, 큰 호박인데, 이렇게 [호박의 한 끝을 잘라내는 시늉을 하며] 오려갖구서 게다가 꿰미다 꿴 돈을 잔뜩, 하나 호박에 넣구서, 따깽(뚜껑)을 딱 덮어가지구서 어디만큼 가니까, 날이 저물어 여관에 들어갔는디, 어떤 다른 사람도 자러 들어오구, 그이도 자는데, 호박짐을 갖다가 구석쟁이다 세워놓구서는 들어누며 그렇게 코를 골더래요. 죽을라고 그랬는지.

그런데 주인이 그 눈치를 챘드래요. 호박을 갖다 방에다 이렇게, 돈이 든 눈치를. 그러구서 두 노인네가 식칼을 싹싹 갈더라네. 밤에 나가서. 돈을 가지고 온 그이를 죽이고서 돈을 뺏을려고. 그런디 그 같이 온 친구도 아니구 그냥 딴 넘이(남이) 들어와 자다보니께, 호박임자는 코를 골지, 칼은 나가 갈지. 그래서 그이는 워째 살라고 잠을 안 잤던지 꼬집었디야. 그 호박임자를.

"얼른 일어나라고. 도망치라고."

그러니께, 그래도 모르고 자구, 코를 고는데 부득부득 칼은 갈고, 들어올 시간은 되었드랴. 큰일났드랴. 자기도 죽을 생각을 하니께. 자기라도 뛰어야지.

그 집이 외아들인데, 한방에서 자더래요, 또. 그래서 인제 이렇게 불 써놨을 적이지. 호박 곁에서 자는 호박임자하구, 자기 아들 거기서 자구, 그러구 딴사람하고 셋이 잤는데, 그 친구가 호박임자는 아들 버개(베개)를 벼서 아들 자리에 갖다놓구, 아들은 갖다 호박 곁에다 놓구서 호박임자 빈 벼개를 벼주구 뉘어놓구서는 도망을 했대유. 자리가 바뀌었는디, 도망을 허니께는, 그이들은 불을 끄고서 어두운데 칼을 갖고 들어와서 저희 아들을 죽였지. 호박 옆에다 뉜 자리를 보았은께. 밝아서 보구서 나가서 칼을 갈았으니께. 여기서 자기 아들은 자려니 하구서 호박 곁에서 자는 걸 호박임자로 알았은께, 바꿔놨으니께, 죽이는 게 사실 아녀?

그렇게 해서 자기 아들, 외아들을 죽였지. 갖구나가서 묻었다나, 하여간 갖구 나가서 보니까 아들이더라나. 그래서 호박임자는 그제서 잠 깨갖고 호박 짊어지고 도망갔다네.

그래서 보니까, 자기 외아들을 죽였다네. 그래서 사람이 그렇게 할 것이 아니라구. 돈을 가질려구 그래서 그렇게 외아들을 죽였대유.

채록 일시 : 1980. 1. 27. 22:02~05
구연자 : 장옹렬(여, 56세, 농업, 무학)
사는 곳 및 나서 자란 곳 : 충남 당진군 면천면 죽동리
채록 장소 : 죽동 감리교회 주택
만나게 된 경위 및 채록 상황 : 구연자 송씨를 비롯한 이 마을의 몇 분들은 교회 관계로 채록자와 전부터 아는 분들이다. 그래서 채록자가 찾아가거든 옛날이야기를 많이 해달라고 미리 부탁을 하고, 이날 찾아갔다. 이날은 주일날이어서 밤예배를 마치고 교회 주택에 들어가 이야기판을 벌였다. 처음에는 구연자와 장옹렬(여, 56세) 씨만이 들어와 교대로 한 가지씩 이야기를 했는데, 뒤에 이재숙(여, 53세) 씨, 이택(여, 64세) 씨 등도 들어와 매우 우호적인 분위기에서 18편의 민담을 채록했다.

청중 : 마을사람 4명
처음 들은 때 및 들려준 사람 : 처녀 때 나서 자란 곳에서 들었는데, 들려준 사람은 기억 못
함.
구연 경력 : 몇 차례 했음.
제목 : 채록자가 구연했음.
비고 : 구연자는 '사람은 욕심을 내면 안 된다'는 말을 강조하였음.

61. 충주 자리꼽재기

　　옛날에 친구 몇 사람이 짜고서 부자이면서도 돈을 쓰지 않기로 유명한 충주 자리꼽재기를 찾아갔다. 그들이 공수래공수거(空手來空手去)하는 인생을 탄식하자 이에 마음이 움직인 자리꼽재기는 그들을 후히 대접하고 노자까지 주었다.
　　그 자리꼽재기가 한때는 생선장수가 던진 생선을 '밥도둑'이라 하고, 그것을 매달아놓고는 밥 먹을 때 이것을 자주 쳐다보는 아이들에게 밥 많이 먹히니 자주 쳐다보지 말라고 하였다고 한다.

　　옛날에 충주 자리꼽재기가 어떻게 잘은지 말이여, 청주쯤인가 대전 근방에 며시(몇 사람이) 짰어요. 충주 자리꼽재기가 얼마나 잔지 골려 먹을라구. 그래 댓 분이, 낫살(나이살)이나 먹은 분 댓 분이 억부러(일부러) 간 거요. 그래 참, 충주 자리꼽재기 집을 찾아갔어요.

　　방에 들어 앉자마자 이 노인네들이 철철 울거던. 충주 자리꼽재기가 가만히 쳐다봐.

　　"갑짜기 왜 우시나?"

　　이상해서,

　　"형씨네, 왜 이러키 우십니까?"

그라든 말든 철철 그냥 슬프게 울어. 그러다가 눈물을 떡 끄치더니,

　　"참 여기 오다가서 생여(喪輿)를 보니께 그저 눈물이 나네요. 우리도 저와 같이 될 거 아니유?"

"그렇죠."

"공수래공수거(空手來空手去)하니, 심산(深山)에 공복(空腹)이라. 아, 우리가 빈손으로 나왔다 빈손으로 가는 거 아뉴? 그러니 죽어지면 산 속에 혼자 묻힐 몸이니 참 슬퍼서 웁니다."

자리꼽재기가 가만히 생각하니 참 그게 옳거든. 자기는 참 재산을 많이 모아놨어두 죽어지면 헛일이거든.

"여봐라."

하더니, [이때 옆에 있던 노인이 '암만'하고 감탄을 하며 맞장구를 침] 이제 생각하니 심산에 공복이라. 죽어지면 저 모양이 될텐디, 아 그 쌓아놓았다 뭘혀. 아, 인저 마음이 돌았어. 그래서 하인을 불르더니

"돼지 한 마리, 저쪽의 큰 놈을 잡아라."

그놈을 잡아재키더니,

"형씨들 잡수시요."

하면서, 그 좋은 술이니 약주니 해서 만족히 대접을 하드랍니다. 며칠을 묵어, 갈라면 붙잡어. 며칠을 묵었어요. 거기서 그냥 그러구서 떠나오려니께, 노자돈까지 후히 주어서 잘 왔다는 얘기가 있습니다.

[채록자 : 뭐라고 하셨습니까? '자리꼽재기'요?]

[옆의 노인 A : 자리에서 때끼는 게 자리꼽재기여. 자리꼽재기라는 것이 원래에 잘다는 것이여. 자기 것만 알구 남 줄줄도 모르구.]

[채록자 : 그것 말고 다른 얘긴 없습니까? 쉬파리란 놈이 된장을 빨아 먹으니까 10리까지 쫓아가서 잡았다는 얘기 ……]

[옆의 노인 B : 왜 있지. 충주까지 쫓아갔다구 허잖어.]

그 얘기가요, 자리꼽재기가 마당을 쓸거든. 씨니께 장사꾼이 조기를 큰놈을 떤졌대요. 마당에다가.

"어이커나! 이거 밥도둑늠 왔구나. 밥도둑늠."

이놈을 갖다가 천장에 척— 달아매놓구서, 애들 쳐다볼 때마다

"야, 쳐다보지마. 밥 많이 멕힌다."

쳐다보면 물킨께 밥 많이 멕히거든.

아들네가 좀 먹었으면 좋겠는디, 쳐다만봐두 못 쳐다보게 하니 말이여. 쳐다보면 물킨다고 말이여. 밥 많이 먹는다고 쳐다보지 못하게 한단 말이여. 아 이렇게 쳐다보면 입맛이 땡기거든유. 생전 먹어보두 안쿠 했으니게, 여간 입맛이 땡기유? 그래 밥만 떠먹네유. 그래 그 얘기가 그게서 나온 거유.

채록 일시 : 1980. 1. 24. 14:03~08
구연자 : 박준하(남, 59세, 농업, 국문 해득)
사는 곳 및 나서 자란 곳 : 충남 대덕군 산내면 삼계리
채록 장소 : 삼계리 노인회관
만나게 된 경위 및 채록 상황 : 큰길가에 위치한 노인회관을 찾아가니 마을 노인 10명이 담소중이었다. 노인들은 무료하던 참에 잘됐다고 반겨주어 바로 이야기판을 벌일 수 있었다.
청중 : 마을 노인 10명, 동행한 학생(장윤수, 배원룡, 김이곤)
처음 들은 때 및 들려준 사람 : 어렸을 때 사는 곳에서 들었으나 누구한테 들었는지는 기억 못함.
구연 경력 : 몇 차례 했음.
제목 : 구연자가 말한 것임.

62. 단합된 가정에 찾아온 복

옛날 어떤 사람이 아들 오 형제를 두었는데 무척 가난했다. 그래서 육부자는 10살짜리 막내의 말대로 결정하기를 밖에 나갔다가 돌아올 때에는 돌을 하나씩 들고 들어오기로 했다.

이들이 10년 동안 쌓은 돌은 큰 무더기를 이루었다. 그런데 건넛집 부자가 보니 그게 모두 번쩍거리는 금덩이였다. 그래서 많은 돈을 주고 그 돌을 사서 집으로 날랐다. 그런데 그 집 아들에게 무심코 준 돌 하나가 진짜 금덩이였고 나머지는 모두 평범한 돌멩이였다. 그래서 부잣집은 망하고 그 집은 부자가 되었다.

옛날에 한 가정이 오 형제가 사는디, 그때만 해도 어두운 세계라 이말여. 시방은 문화가 발전했지만, 그때만해두 어두운 세계라 머리가 있나? 굶기를 밥먹듯 했다 이말여. 그런디, 애덜은 고만고만해서 열 살, 열세 살, …… 한 20살 먹었는디, 아버지버튀두(부터도) 장사를 헐 줄 아나, 농사를 제대로 짓나 굶기를 밥먹듯 했다 말여.

하루는 온식구가 회를 했다 이말여. 그런디 열 살 먹은 놈이 뭐라고 하는고 하니, 육부자 앉아서 말이지.

"오늘버텀은 제가, 제 명령을 복종해주시오. 10년간 참 작정허구 해볼랍니다."

"뭐냐? 그러면 그래라."

하두 못살으니께, 아뭇놈이나 하라는 대로 헌다 말여. 그러구서 먹으면은

272

일이니께 학교가 있나, 뭐 글두 못 배우구, 나가 밭뙈기에 가 밭이나 매구, 점심때 집이서 죽이면 죽, 그걸 먹구 품팔이하는디, 요새는 전부 돌두 있으면 쌓자구 해서 쌓아. 그런디, 그냥 오면 즈이 아버지가 돌려보내. 그래 매일 육부자가 돌을 갖다가 돌을 쌓는디, 아 이늠이 굉장히 크거든. 육부자가 매일이지. 하루에 두 번 가면 두 개, 시(세) 번 가면 시 개, 그냥 오는 놈은 성의가 없다구 그냥 보내.

10년 됐는디, 그 건너 한 100석지기 하는 사람이 와서 보니께, 그 안에 번실번실하는 금덩이가, 금누리가 있단 말여.

"야 저늠의 거를 사 번져야것다(사버려야겠다)."

욕심이 사람이 있지. 예나 시방이나 욕심으루 망하거든. 이 사람들은 모르지. 식구들은 몰라. 10년간 싸놨어두. 그게 모두 은이라.

한날은 와설랑은,

"야 그 녹누리(돌무더기) 사자."

그렁게루,

"아 그걸 뭐하러 사유? 그거 10년간 육부자가 정성인디 팔 수 읎시유.“

"아니여, 사자. 내 재산을 네게 다 주마."

재산을 아마 시방으루 말허믄 몇 섬지기, 한 댓 섬지기 되나.

"돈이나 많이 주면 팔랍니다."

그래, 댓 섬지기 주구 그 돌누리를 샀단 말여. 다 줬어. 시방 말루 하면 증서를 딱 썼단 말여.

부자닝게, 그 동네 인부를 몽땅 사서 독을 져 근는단(건넌단) 말여. 그런디, 앤 뭐라고 하는고 하니,

"이거 10년간 6부자가 모은 건디, 하나만 주시유."

그런께,

"아, 그래라."

아들이 하나 무심코 주웠지. 그런디 아 이늠이 금뎅이여. 집어내린 늠이. 진짜배기를 내렸단 말여. 몽땅 독멩이를 근넸는디, 몽땅 헛동멩이란 말여.

그 재산을 전부 이애가 다 차지하구, 이애가 곱부자(곱절 부자)가 됐단 말여. 먼저, 재산을 다 찾구 금뎅이를 하나 찾구, 그러구서 꺼꾸루 이 못 사는 거를 그 부자가 차지했어.

채록 일시 : 1980. 1. 25. 19:15~22
구연자 : 서명길(남, 73세, 농업, 무학)
사는 곳 및 나서 자란 곳 : 충남 부여군 규암면 외리 1구
채록 장소 : 외리 1구 노인회관
만나게 된 경위 및 채록 상황 : 노인회관을 물어서 찾아가니 노인 10여 명은 둘러앉아 이야기를 하고 있었고, 7~8명은 화투를 하고 있었다. 둘러앉아 담소하고 있던 분들과 이야기판을 벌이니, 화투하던 분들 중에서도 이야기판에 끼는 분이 있었다. 담배, 술, 과자를 나누며 우호적인 분위기에서 20여 편의 민담을 채록하였다.
청중 : 마을 노인 10명. 동행한 학생 3명(장윤수, 배원룡, 김이곤)
처음 들은 때 및 들려준 사람 : 25세경에 사는 곳에서 이웃 노인한테 들었음.
구연 경력 : 몇 차례 했음.
제목 : 구연자가 말한 것임.

63. 좋은 부모 밑에서 효자 난다

　　옛날 어떤 부자가 효자로 이름난 가난한 친구를 찾아가서 효도하는 것을 보게 되었다.

　　그 친구가 나무를 해가지고 오자, 어머니가 발을 씻겨주는 데도 그는 가만히 있었다. 또 아버지의 상(喪)중이어서 상식상을 올리는데도, 제가 먼저 한 숟가락을 먹는 것이었다.

　　찾아간 친구가 그 이유를 물으니, 부모님께서 하시고 싶어하는 일을 해드리려고 발을 씻겨주셔도 가만히 있었고, 아버지는 생전에 자기를 귀여워하셔서 자기가 먼저 먹는 것을 보셔야 식사를 하셨기에 돌아가신 후에도 그대로 한다고 했다.

　　이 얘기를 들은 부자는 집에 와서 자기도 부모님께 잘해보려고 했으나, 부모님이 받아주지 않아 잘할 수가 없었다.

저 옛날에 어떤 사람이 한 동넨데, 한 사람은 부자로 살고, 한 사람은 아주 가난하게 살았어.

그런데 그 빈한하게 살고, 멧부리서, 저 산 밑에서 사는 사람은 모든 사람이 다 얘기하기로,

"효자다. 그러면 그 사람을 에, 효자문을 세워주고 비를 해줘야겠다."

이런 얘기가 나오고, 그 없다는 그 빈한하게 사는 사람의 친구집은 부잔데, 그 사람은 아무도 누가 그런 얘길 하는 사람이 없어. 그래서 인자 이 부자로 사는 이 사람이 생각을 할 때 너무 마음으로 안됐다 말여.

그래서

'이것이 어떻게 해야 효자 노릇을 하는 건가? 내 그 집을 방문해야 것다.'
그리고 이 사람이 친구를 방문을 했어.
인저 들어가는데, 친구집을 방문했는데 가보니까, 음— 그 친구는 나무를 가고 없어. 그래서
"아무가 집에 있습니까?"
물으니께,
"산에 나무 가고 없네."
그런데 오두룩 기둘이고 앉았지. 그, 이 사람이 나무를 한짐 해가지고 집에 쓱 들어오니까, 지고 들어오니까, 그 어머이가 쫓아나와서 무슨무슨 얘기를 하는고 하니께,
"야, 너 욕봤다. 저, 저짝에, 저— 갖다 부어."
즈그 말씀대로 거 갖다 부었다. 부어다놓고 나니께, 아이 이 지게를 벗기고 아 이, 이, 신발 이거를 벗기고, 양발을 벗겨서, 어 뜨거운 물 뜨사났다가,
"거 가만 섰거라. 내가 닦아주께."
전부 발도 즈그 어머이가 닦아서 이래가 전부해서,
"느 친구가 왔으니, 방에 드가거라."
그리여. 그 아무리 생각해도 이, 지금 이 사람이 볼 때는 불효인데, 효자라코는 볼 수가 없어. 이 사람이 볼 때는. 왜 그런고 하니께 부모를 괴롭힌다 이 말이여. 지가 눈으로 볼 때는. 응, 그랬는데, 괴롭히는데 그 우째서 효자라카는가 싶은 게, 동기만 보는기라.
동기만 보는데, 아 인저 그리고는, 인자 이런 얘기 저런 얘기 하다가 점심이 됐단 말여. 그 사람이 아주 그때 아 상주로서, 그냥 인제 응, 고연(几筵)*을 모시고 그냥 있어. 있는디, 아 인자 상식상이 들어오니까, 딱 지상에 갖다 얹어놓고 밥을 이 사람이 한번 딱 떠서 지가 먹고, 고기 한번 딱

---

  * 영궤(靈几)와 혼백·신주를 모셔 두는 곳.

띠서 지가 먼저 먹고, 그라고 인자 수저를 건다 이말이여. 걸고 곡을 한단 말이여.

'거 이상하다. 저놈이 불효 중에 저렇게 아주 불효가 없는데, 우째서 저 사람을 갖다가 효자라꼬 얘기하고, 이 군 내가 들썩하고, 비를 해세워 주니, 그놈을 효자문을 효자집을 지주고 이 야단을 하느냐?'
하는 것을 생각해볼 때 이상하거든.

그러고 인자 상식상을 물리고, 인자 이 두 사람에 상을 봐 갖다주는디, 겸상을 해서 갖다주는디, 그래 겸상에서 묵으면 인자, 제 친구한테 물었단 말여.

"너 이 사람아, 아까, 에— 나무해가 들어오니, 느그 어머니가, 어머니께서 그 지게를 벗기놓는다, 그놈 우옛 것을 벗겨놓는다, 또 이거 양발을 벗겨서 물을 뜨사놨다 닦아준다 그래도, 너 가만 서서 그냥 닦고 있고, 어찌 그렇게 했나?"

"다른 게 아니고, 부모가 하자 하는 대로, 부모가 하고 싶은 거는 암만 어려운 일이라도 자식은 거역을 말고 하도록 두야 된다. 그래서 그냥 됐다."

"그럼, 거는 그렇다카고, 글먼(그러면) 그 상식밥을 갖다놓고 니가 우째서 먼저 밥을 떠먹고, 고기를 떠먹고, 우째서 니가 수저를 걸었느냐?"

"그 이 사람아, 모르는 것 같으면 이, 내 알려주께. 우리 아버님이 에, 참 40에 근 50 돼서 나를 아들로 봤어. 봐가지고 땅에 노면 뭐 묻을까 겁나고, 내가 아퍼서 고뿔(감기)만, 감기만 걸려서 아파 누웠어도, 밥을 안 먹으면 밥을 안 잡써(잡수서). 언제든지 내 입에 밥이 드가야 아버님이 밥을 잡쉈단 말야. 식사를 하시고. 그러니 안즉까지 정말 고연이 방안에 있으니까, 산 대로 취급을 해줘야지. 이승에 계시는 것처럼. 그러니까, 내가 밥을 먹기 전에는 아버님이 밥을 안 잡술끼라. 그래서 내가 밥을 먼저 뜬기고, 고기도 먼저 먹고, 그래서 그렇게 한기다."

참 그거 그럴싸하거든요. [웃음]

"거 그렇겠다."

인자 얘기를 듣고, 지도 인제 즈그 집에 가서, 인자 지는 부자로 사니께, 그래 한번 해보겠다고 집으로 갔단 말이여. 가가지고, 가보니까 장에 가서 고기도 사왔다. 뭐 어머이, 아버지 해드린다, 뭐를 이래 좌우간 뭐를 해와봐야 즈그 어머이, 아버지가 이 사람 어머니매리(처럼) 이렇게 이 상대방이 이렇기 할 줄 모른다 그 말이여, 그러니께, 한쪽 효자짓을 할 수 없고, 한쪽 효부 노릇을 할 수 없대는구먼. 그래서 상대방이, 고부가 자쪽 사이에, 그 사이에 서로가 귀엽고, 서로가 참 위로하고 이렇게 돼야 이게 이자 효자가 나고 효부가 나는 법이더라. 이게 이런 얘기여.

채록 일시 : 1980. 1. 25. 18:48∼57
구연자 : 하재율(남, 56세, 상업, 국문 해득)
나서 자란 곳 : 경남 밀양군 부북면 대학리
사는 곳 : 충남 부여군 규암면 외리 1구
채록 일시 : 1972. 8. 22. 21:35∼47
채록 장소 : 외리 1구 노인회관
만나게 된 경위 및 채록 상황 : 노인회관을 물어서 찾아가니 노인 10여 명은 둘러앉아 이야기를 하고 있었고, 7∼8명은 화투를 하고 있었다. 둘러앉아 담소하고 있던 분들과 이야기판을 벌이니, 화투하던 분들 중에서도 이야기판에 끼는 분이 있었다. 담배, 술, 과자를 나누며 우호적인 분위기에서 20여 편의 민담을 채록하였다.
청중 : 마을 노인 10명. 동행한 학생 3명(장윤수, 배원룡, 김이곤)
처음 들은 때 및 들려준 사람 : 어렸을 때 나서 자란 곳에서 어른들한테 들었음.
구연 경력 : 젊어서 많이 했음.
제목 : 채록자가 붙였음.
비고 : 나서 자란 곳에서 30여 년 전에 지금 사는 곳으로 이사했다고 하는데, 아직도 경상도 말씨를 쓰고 있었다. 많은 민담을 기억하고 있는 분이었는데, 처음에는 경상도 말씨라고 사양하다가 몇 가지 이야기를 구연했다.

64. 거짓말쟁이의 죽음

    그전에 아이들 몇 명이 산에 올라갔는데, 산 아랫쪽에 있던 아이가 죽는 소리를 하므로 친구들이 달려와보니, 친구들을 놀리기 위한 거짓말이었다. 얼마 후, 그 아이가 또 소리치므로 친구들이 다시 달려가보니 역시 거짓말이었다.
    그 이튿날, 이들이 또 산에 갔는데, 어제 거짓말을 한 그 아이 앞에 호랑이가 나타났다. 그 아이는 겁에 질려서,
    “사람 살려! 호랑이다!”
하고 소리쳤으나, 또 거짓말일 것이라고 생각한 친구들은 돌아보지 않았다. 그래서 그 아이는 호랑이에게 물려가고 말았다.

    그전 한 사람이, 애덜 여럿이 산이를 올라갔는디, 그 그러니께 한 놈은 여ㅡ 아래 산 밑이서 있었구, 몇 놈은 그 위에 가서 있었는디, 그 밑이서 있는 청년 하나가
    “아이구 나 죽는다.”
구 펄펄 뛰구 죽는 소리 하더니, 참 저 꼭대기 있던 애덜이 네로너(내려와) 보니께,
    “그짓말 했지라우.”
허구서는 깔깔 웃더라구.
    그래서 인저, 참 그 위이서니(위에서) 돌을 뒹굴렸댜. 또,
    “아이구, 나 죽는다.”
구 막 펄펄 뛰구 그래서

"우리가 독(돌) 딩굴려서 이렇게 참 은어맞었나?"

하고 빨리 내려와보니께, 깔깔 웃고,

"뭘 독 은어맞어? 속었지라우."

그래서 인저, 또 그 이튿날 또 산이를 갔는디, 또 그 머슴애가 제일 밑으로 내려가더니,

"아이구 나 죽는다. 호랭이 물려죽는다."

구 막 야단을 허니께,

"에이 어제도 속었는디 뭣허러 가느냐? 안 간다."

구 그래서 참 안 갔는디, 저녁이 동네에 들어가서 그 집이를 들어가보니께, 그 머슴애가 안 들어왔지. 그래서

"아이구, 그 소리 지르던 디 좀 가보자."

구 그랬는디, 아 가보니께, 참 호랭이가 다 깨물어 먹구 워디 있간?

그래서 당체 그짓말을 쓰지 말라는 거 그런 말씀을 우리 친정 아버지가 허셨어. 우리 아버지가 그때 동네 글방 앉히구 아이들한티 그짓말하지 말라구.

채록 일시 : 1979. 12. 29. 10:25∼27
구연자 : 김성례(여, 64세, 농업, 무학)
나서 자란 곳 : 충남 부여군 외산면 반교리
사는 곳 : 충남 청양군 청양읍 백천리
채록 장소 : 같은 마을 엄상덕 씨 댁 안방
만나게 된 경위 및 채록 상황 : 경희대 대학원에 재학중인 이복규, 국제대학 국문과에 재학중인 김기창, 이재걸, 장장식 군과 함께 이 마을을 찾아갔다. 이곳은 동행한 김기창 군의 고향이어서 마을사람들이 퍽 호의적으로 대해주었다. 김 군의 주선으로 전날밤에 이어서 아침 일찍부터 우호적인 분위기에서 이야기판을 벌여 몇 편의 민담을 채록하였다.
청중 : 동행한 학생 4명, 집주인 엄씨의 부인
처음 들은 때 및 들려준 사람 : 13세 때 나서 자란 곳에서 친정 아버지한테 들었음.
구연 경력 : 거짓말하지 말라는 뜻으로 여러 차례 구연했음.
제목 : 구연자는 '거짓말하다 죽은 사람'이라고 했는데, 채록자가 고쳤음.

65. 하룻밤을 자도 만리성을 쌓아라

그전에 어떤 사람이 외입을 하러 다니다가 어느 산골 마을에 가서 홀로 사는 여자와 하룻밤을 잘 잤다.

이튿날 그 사람은 그 여자의 부탁으로 여자가 써주는 편지를 가지고 만리성을 쌓는 그 여자의 남편을 찾아갔다. 그 편지를 본 공사 감독관은 그를 잡아 성 쌓는 일을 하게 하고는, 그 여자의 남편은 돌려보내주었다.

그전에 진시황 때 말야요. 시방 저게, 이 만주서부텀 저 임족까지 그게 전부 만리래요. 만리장성이 그거거든요. 그래서 부역이 그땐 굉장히 심했어요. 가면 뭐 만리장성을 다 쌓도록 부역을 해야 되고, 그렇잖으면 오거든. 그런데 집에서 누가 대신 보내주면 그 사람이 오게 됐더라 그거여.

웬 사람이, 그것도 무식하던 거지. 웬 사람이 인제 오입을 가가지고, 한 산골에 들어갔더라 그거여. 산골에 들어갔는데, 외딴 집이 있어. 젊은 여자가 혼자 있는데, 그 날 밤에 잘 잤지 [일동 웃음]. 자알 잤지. 잘 자고 나니께, 그 이튿날 뭐라 하는가 하니, 여자가 편지를 한 장 써주면서

"이걸 만리장성 쌓는 데 아무 구역에 가서, 이 편질 아무개에게 전해주시오."

이놈이 글을 해봤더라면 알겠지만, 그것도 모르고 가져갔지. 가져가가지구서, 만리장성 쌓는 데 그 남잘 찾아가서 편지를 주었단 말야. 주니께, 그 남자가 보제. 갖다가서, 그 감독관이 있을 게 아녀. 감독관한테다 갖다

주었어. 갖다주니께, 그놈을 붙들어서 만리장성을 쌩기고(쌓게 하고) 남 잘 보내주었어.

그래, 하룻밤만 자두 만리장성을 쌓으라는 거여 [일동 웃음].

채록 일시 : 1981. 1. 14. 16:47∼50
구연자 : 주달성(남, 71세, 농업, 한문 수학)
나서 자란 곳 : 충북 단양군 대강면 금곡리
사는 곳 : 충북 단양군 단양읍 하방리
채록 장소 : 하방리 경로당
만나게 된 경위 및 채록 상황 : 채록자가 동행한 학생 4명과 함께 경로당으로 찾아가니, 노
　　　인 18명이 모여 한쪽에서는 화투놀이를 하고, 난롯가에서는 몇 분이 담소하고 있
　　　었다. 채록자 일행이 들어가자 노인들은 화투놀이를 그만두고 모두 둘러앉아 이
　　　야기판을 벌였다. 우호적인 분위기에서 몇 분이 돌아가며 이야기를 해주어서 10
　　　여 편의 민담을 채록하였다.
청중 : 마을 노인 18명, 동행한 학생 4명(김기창, 이인오, 김창진, 권병렬)
처음 들은 때 및 들려준 사람 : 24세 전후에 나서 자란 곳에서 이웃집 노인한테 들었음.
구연 경력 : 몇 차례 했음.
제목 : 채록자가 붙였음.

66. **퇴침 속의 나무토막**

　그전에 어느 총각선생이 양반집에 거처하면서 학생들을 가르쳤다. 그런데 그 집 주인 양반의 딸이 이 총각선생을 사모하여, 밤에 그 총각선생의 방에 들어갔다. 총각선생은 호통을 쳐서 내보냈다. 같은 일이 사흘째 계속되자 선생은 처녀에게 회초리를 꺾어오라 하여 처녀의 종아리를 때렸다. 처녀는 부러진 회초리 도막을 주어가지고 나가서, 그것을 시집갈 때 가지고 갈 퇴침 속에다 넣었다.
　그후 두 사람은 각각 시집, 장가를 가서 자녀를 두었고, 그들이 장성하게 되었다. 그런데 선생의 아들이 일찍 죽어 며느리만 남게 되었다. 그 선생은 아랫도리를 내놓고 잠을 자는 며느리에게 이불을 덮어 준 것이 화근이 되어 며느리를 겁탈하려 했다는 누명을 쓰고 옥에 갇히게 되었다. 이를 판결할 원님은 전에 그 선생으로부터 종아리를 맞은 여인의 아들이었다. 그 여자는 전에 있었던 일을 이야기하고, 퇴침을 뜯어 부러진 회초리 도막을 보이면서,
　"그분은 절대로 그럴 분이 아니니 방면하도록 하라."
고 했다. 어머니의 말을 들은 원님은 그 선생을 방면하고 며느리가 시아버지를 무고했음을 밝혀냈다.
　이것이 퇴침 속에 나무토막을 넣는 유래담이다.

　지금은 학교가 있지만 옛날에는 서당이라구 있잖어. 사숙(私塾). 그전엔 총각덜이 선생으루 더러 글을 가르치는 수가 있어. 그런디 여름에는 휘드르라구 소리를 노래귀로 흥그르면서, 마당이를 돌아댕기면서 글을 읽구는 했어. 말하자면
　"권고일월 ……." [곡조를 붙여서]

그렇게, 흥그리면서 글을 읽어. 애덜 합창해서, 애덜 창가하는 것처럼.

그 집 처녀가 그 총각의 여름 글소리에 참 반했어. 미쳤어. 하루 저녁에는 총각이 혼자 자거든. 아이들은 다 가구. 쫓아들어갔어, 과년찬 처녀가. 대번에 그냥 호령을 했어, 총각이.

"이게 될 일이냐?"

구. 그래 야단맞구 가버렸어.

사뭇 지낼 적에, 들어다녔어, 그 처녀가, 정승의 딸이.

"그러면 회초리를, 매를 갖구오라구. 그러면, 내가 그대의 소원하는 것을 들어주겠다."

그래 헐 수 없지. 그저 미치게 됐으니까 매를 해갖구 갔어.

목침을 놓구는 거기다 올려놨어. 그리구는 아랫도리를 이렇게 [바지를 걷어 올리는 시늉을 하며] 걷었어.

"이거 잡어라."

좌우간 세워놓고는 회초리루 막 그냥 쳤어. 그러니까 부러졌어. 몇 도막으루다 부러지도록 때렸어. 때리고는 내려오라구 했단 말여.

"이제 이래두, 그런 마음을 개과를 못허냐?"

그 처녀가 울면서 막대기 뿌러진 놈 몇 개를 주서서 갖구가 뺀졌어. 나가서, 그 뿌러진 나무를 기념으루, 시집 갈라구 베개 같은 거, 퇴침 같은 거를 맨들거든. 퇴침 속에다 그 막대기를 넣었어. 어디 가면은 퇴침 속에서 '떨렁떨렁' 하는 거를 봤나두 몰라. 그게 그것이여, 그 기념. 그것이 전래해서 내려온 것이여. 요즈음 사람은 순전이 그게 뭣인지를 몰라. 예전 사람들한티 들어서 비로소 알 것이란 말여. 그게 무엇인지를 몰랐으니께. 그것이 그것이여.

출가를 했어. 그 처녀두 출가를 허구, 그 선생도 장가를 가구. 그래서 서로 아들 딸을 다 낳았어. 낳아서, 총각이 아들을 낳아서 키워서 장가를 보냈어. 장가를 보냈는디, 아들은 죽구 며느리만 남았어. 그런디, 양반의 집이라 말여 그전엔 시집을 못 갔거든. 헌게 청춘과수(靑春寡婦)루 살라니까 오죽 답답할 것이냐 그 말여. 시집을 못 가, 그전에는.

그러니께 그 시아버지 되는 이가, 과부루 있으니까 행여나 해서 일상 돌아, 순행을. 밤중에도 몇 차례 돈단 말여. 그런디 며누리가 억지를 쓸려구, 이렇게 누워서 자는 척하구 거기를 벌리구 잤어. 이렇게 [두 다리를 벌려보이며]

가다가 보니, 안 덮자니 그렇구, 덮자니 그렇구. 허지만, 그대루 두구 갈 수가 없단 말여. 그래서 단장 지팽이루, 먼 데서 마루 위에서 자는디, 먼 데서 이렇게 [손짓을 하며] 덮어줬어.

덮어줬는디, 그걸루 거시기를 잡을라구 막 외었어.

"시아버지가 며누리를 겁탈할라구 했다."

구 막 외었단 말여. 그러니, 그 어치게 되겠냐 그 말여.

그래서 인저 잡혀갔어. 그전에 원덜이 있는 원청으루 인저, 잡혀갔단 말여. 강간미수 아녀?

처녀가 아랫도리를 맞은, 그 처녀의 아들여, 그 원이. 그 아들이란 말여. 그 아들한테 큰 벌을 쓰게 됐단 말여. 그러구, 그 아들인지를 몰라, 영감은.

그런디 인저, 자기 집에 와서 인저, 원이 즈그 엄마보구 그런 말을 했어. 오죽해서 며느리를 붙어먹을랴구 했겠냐구요. 그래 잡혀왔니라구. 아무개라구 이름을 밝혀줬단 말여.

그 사람이거던. 그래설랑 과거에 지난 그 일을 말했어. 부끄럼을 생각지 안허구. 그 사람을 살려야 헐 것 아녀? 그러구 자기의 은인이구. 퇴침을 부쉈어. 그래가꾸 막대기 시 개를 내놓으면서,

"사실 내가 몇 살 때에 그 총각헌티 간청을 했으나, 삼 일 저녁째 들어가던 날 매가 부러지더락 맞고 회개를 허구, 이걸 비개(베개) 속에다 기념헐라구 넣었던 것이 이게 이렇게 됐구나. 그럴 리가 없어. 그러니 무죄방면을 시켜라."

그래서는 대번에 그냥 며느리를 잡어다가 보복을 시켰어.

이게 그것이란 말여. 비개가 '딸랑 딸랑' 허는 것이 뭣인지 모를 거여. 그것이 유래가 있는 것이여.

채록 일시 : 1972. 8. 22. 22:50∼58

구연자 : 김종학(남, 71세, 농업, 한문 수학)

나서 자란 곳 : 전북 부안군 하서면 둔지리

사는 곳 : 전북 부안군 부안읍 선은리 3구 664

채록 장소 : 같은 마을 장기선 씨 댁 마루

만나게 된 경위 및 채록 상황 : 김태곤 교수가 인솔한 원광대학교 민속조사반 학생들과 함
께 김교수가 전에 만난 적이 있는 구연자를 찾아갔다. 구연자는 이웃에 사는 매형
인 김종학(71세) 씨에게 연락해 오게 하여 구연자의 모친, 부인과 함께 이야기판
을 벌였다. 우호적인 분위기에서 14편의 민담을 채록하였다. 구연자는 전라도 말
씨로 대화를 구분하며 구연했다.

청중 : 구연자의 매형인 김종학 씨, 구연자의 모친과 부인, 김태곤 교수, 원광대학교 민
속조사반 학생 6명

처음 들은 때 및 들려준 사람 : 어렸을 때 어른들한테 들었음.

구연 경력 : 몇 차례 했음.

제목 : 채록자가 붙였음.

67. 깨진 그릇

　　옛날에 한 각시가 먹을 것이 없어서 매일 돌피를 훑어서 겨우 끼니를 이어
가는데, 남편은 돌피 멍석이 비에 떠내려가도 내다보지도 않고 책만 읽었다.
각시는 고생을 견디지 못하여 집을 나갔다.
　　어느 날, 집을 나가서도 돌피 훑는 신세를 못 면한 그 여자가 출세한 남편이
지나가는 걸 보고, 다시 받아주기를 청했다. 그러자 남편은 깨진 그릇을 다시
붙여보라고 하고는 떠나버렸다.

　　옛날에 한 집에 각시가 갱피(돌피)*를 훑어가지고 생계를 유지하고 살
아가는데, 그 집 남편은 밤이나 낮이나, 비가 오나 눈이 오나 선비라고 책
만 보고 있어요. 그러니까 여자가 하도 화가 나고 못살겠길래 논에 나가
서 갱피만 훑고 있는데, 어느 날 비가 억수같이 쏟아져와 마당에 널어 논
갱피를 남편이 걷지도 않고 공부만 하고 있으니까, 하도 공부밖에 모르니
까, 갱피 덕석이 다 떠내려가도 공부만 하고 있으니까,

　"아무레도 못 살겠다."
고 집을 뛰쳐나와, 그래도 갱피 쪽박을 못 면하고 계속 갱피만 훑고 있으
려니까, 그러던 어느 날, 논두렁에서 갱피를 또 훑고 있는데, 행길가로 전
남편이 군사를 이끌고 말을 타고 나팔을 불면서 지나가요. 과거에 급제를
해가지고서. 그러니까, 그 여자 하는 말이

---

* 포아풀과에 속하는 일년초. 논이나 물가에 많이 나는데 그 열매는 가축의 사료로
　쓰임.

“저기 가는 저 양반아 이내 몸 보고 가소.”

하자, 그 전 남편이

“갱피 훑던 저 마누라 갱피 쪽박 아직도 못 면했는가?”

하면서 다시 외면하면서 갈랴 하자, 그 여자가 옆에 와서 말이

“이몸, 당신 따라 가서 몰물(목욕물)이나 길어줌세.”

“몰물 종은 나도 있네.”

“그러면은 소물이나 길어줌세.”

“소물 종은 나도 있네.”

“그러면 세수물이나 떠줌세.”

“세수물 종도 나도 있네.”

그러면은, 인제 아무래도 안 되겠으니까,

“마당이나 쓸어줌세.”

그러니까,

“마당 쓸 종도 나도 있네.”

하면서, 옆에 깨진 사기 그릇을 들어보이면서,

“이 그릇을 다시 붙여보여라.”

하면서 영영 떠났다는 얘기요.

채록 일시 : 1975. 12. 24. 11:12~14
구연자 : 전흥배(남, 16세, 학생)
나서 자란 곳 : 전남 고흥군 남양면 대곡리 상와
사는 곳 : 서울특별시 동대문구 신설동 97-17
채록 장소 : 서울시 성북구 장위동 68-42 채록자의 집 서재
만나게 된 경위 및 채록 상황 : 채록자의 담임반 학생이었던 전군이 채록자의 집에 와서 구연한 것이다. 전군은 채록자가 민담을 채록하는 것을 알고 채록자에게 들려주기 위해 어렸을 때 어머니한테 들은 이야기를 여름방학 때 고향(전남 고흥)에 가서 다시 어머니께 부탁하여 듣고 왔다고 하였다.
청중 : 채록자와 단둘이 앉아 구연했음.
처음 들은 때 및 들려준 사람 : 어렸을 때 어머니 김내숙(여, 62세, 농업, 무학) 씨한테 들었음. 모친 김씨의 나서 자란 곳 및 사는 곳는 전남 고흥임.
구연 경력 : 없음.
제목 : 채록자가 붙였음.

68. 신방의 아들을 죽인 계모

옛날 임진사가 전실 소생의 아들을 장가들이는데, 계모가 이를 시기해서 박첨지라는 하인을 시켜 신방에 든 신랑의 목을 잘라오게 했다.

첫날밤에 신랑을 잃고, 부정(不貞)한 여자라는 누명을 쓴 신부는 범인을 찾으려고 방물장사를 하며 돌아다녔다. 신부는 박첨지의 집에서 잠을 자다가 박첨지 마누라가 잠꼬대하는 것을 듣고서, 자기 남편을 죽인 범인이 박첨지임을 알아냈다.

시아버지께 그 사실을 고하자, 임진사는 후처와 후처 소생의 아이들을 모두 묶어놓고 집에 불을 지른 다음, 산으로 가서 중이 되었다.

그전에, 옛날 임진사 얘깁니다. 임진사가 누구냐 하면 사명당 얘기예요. 사명당이 임진사였드랬어요. 사명당이 임진사로 나라에 봉헌을 하시다가, 집에 들어가서 농사를 지으시다가 그냥 상처를 허셨어요. 그 양반이 외아들을 두구서 상처를 하셨는디, 재취를 허셔서 아들을 6남을 두셨어요.

본처의 장남이 장성을 해서 장가를 떡— 가는디, 나중에 후취루 들어온 사람이 샘이 나서, 자기 아들은 장가를 안 들이구서 그 외아들 장가들이는 것이 샘이 나서, 그 몸종이 그 몇 대루 내려오면서 종 노릇을 하는 박 첨지란 영감이 있는데, 그 종을 시켜가면서 금은보화에 돈을 뭉떡 줘가면서, 그 이용을 했어요. 종을 갖다가.

"거 첫날 저녁에 목아지를 잘라오면은 내가 금은보화를 주겠다."

그래서는, 이 영감이 황금에 눈이 어두워서는 쫓아갔어요. 첫날 저녁에.

첫날밤에 신방을 꾸미는데, 목아지를 잘라왔어요. 시악씨두 모르게 잘라왔단 말씀야. 시악씨두 모르게 잘라다가 마누라를 갖다 줬는데, 마누라를 주니까는, 이 마누라가 받아서는 창호지에다가 싸구 싸서 항아리에다 담아서는 다락에다 넣었단 말여. 넣는 걸 봤어, 영감이.

아, 뭐 시악씨 집에서는 난리가 아닐 꺼여. 난리구,

"신랑의 목을 잘라 갔으니 간부가 있어서 그랬지."

하구 떠들석허여. 그래 뭐 어떻게 해. 신행 지내는 거 뭐, 그대로 왔지. 임진사가 생각허니 기가 막히지.

그 며누리가 간부라는 누명을 벗기 위해서 찾아왔어. 시집을 찾아오니께, 시아버지가 반대할 꺼 아니여요?

"야, 며누리 될 거 없다. 가라구. 그냥."

그래 며누리가 헐 수 없이 가서,

"누명을 벗어야지 안 되겠다."

하구서 방물장수를 나섰단 말여. 언제든지 원수를 갚겠다구 그냥 천지를 찾으러 다니니, 찾을 수가 있어요.

한 군데를 가니까, 영감 마누라가 사는데, 어디 갈 데가 없으니께 시영(수양) 어머니, 아버지를 삼구서 거기서 자면서 잡을려구 장사를 다니는데, 하루 저녁에는 영감이, 마누라가 꿈을 꾸는데 별나게 꿈을 꾼단 말여. 소리를 그냥. 자 이상한 생각이 들어서 칼을 빼 갖구 마누라를 타구 앉아서,

"바른 대로 대지 않으면 죽이겠다."

구 그냥. 그 이상한 소리가 들리니까. 그 남편이 목아지 잘르는 그 이상한 꿈을 꾸니까. 그래 타구 앉으니께, [채록자 : 누가 꿈을 꾸는 거예요?] 여자. 그 저, 박 첨지 마누라가. 그러니까 여자가 칼을 가지구 몸을 타구 앉아서,

"너 바른 대로 대지 않으면 죽이겠다."

구 허니까, 할 수가 없이 그걸 그냥 대 줬단 말이지. 대 줘서 잡았는데, 아 잡구 보니까는 영락없이 임진사네 그 종이란 말여, 그래,

"목아지는 잘러 워트게 했냐?"

하니께, 다락에다 두었다구 헌단 말여.

여자는 이걸 잡구서는 친정으루다, 시집으루다 오는데 떡허니 보니께, 시아버지가 그냥 아들 산소에 갔다 내려온단 말여. 여자가 떡허니 가서

"아버님 어디 갔다 오십니까?"

하니께,

"네가 내 며느리 될 것 없다."

반대하구선 돌아선단 말야. 그래서는 헐 수 없이 앞에 가서 또 막구, 막구 해서는 그냥,

"내가 원수를 잡았으니까, 아버님은 같이 들어갑시다."

원수를 잡았다는 소리에 귀가 번쩍뜨여서 들어가니께는 작은마누라는 마을에 가구 없구 그런데 그 아버지더러, 시아버지더러 그냥 허는 말이,

"목아지를 잘라다가 다락 속에 항아리 속에다 넣었으니께, 그것을 꺼내보십시오. 다락 속을 뒤져보십시오."

다락에 가서 뒤져보니께는, 하얀 백항아리가 있는데, 그걸 열구보니간 그 안에 종이루 싸구 쌌는데, 그 안에 대가리가 변치두 않구 그대루 있거든. 그것을 보구서 탄복을 하구 있는데, 마누라가 들어온단 말여. 그냥, 마누라가 들어오니까 임 진사가 그냥, 항아리루 면상을 후려갈기구서, 마누라구 애들이구 몰장 묶어서 마루에다 놓구 불을 질렀지 뭐야.

그래, 그 집에다 담박 불을 싸지르구서 서산대사를 찾아갔지 뭐유, 그냥. 서산대사를 그때 찾아가서 거기서 공부해가지구서는 성공하신 양반이요. 임진사가 그렇게 해서 사명당이 되신 분이죠.

채록 일시 : 1972. 8. 16. 21:10∼15
구연자 : 황수현(남, 56세, 농업, 국문 해득)
사는 곳 및 나서 자란 곳 : 경기도 연천군 전곡면 전곡 1리
채록 장소 : 구연자의 집 마루
만나게 된 경위 및 채록 상황 : 구연자는 채록자의 친척 어른이므로 방학을 이용하여 찾아가서 만났다. 이야기를 잘하는 분으로 소문이 나 있는 구연자는 채록자를 반가이 맞아주고, 여러 가지 이야기를 해주었다. 저녁식사 후에는 마을사람들까지 모이

　　게 하여 이야기판을 벌여 여러 가지 이야기를 채록했다.

청중 : 구연자의 부인과 마을사람 7명
처음 들은 때 및 들려준 사람 : 어렸을 때 어른들한테 들었음.
구연 경력 : 몇 차례 했음.
제목 : 채록자가 붙였음.

69. 남장한 신부

　　예전에 후처를 얻은 부자가 전처가 낳은 아들을 이웃 마을로 장가보냈다. 신랑의 계모는 은밀히 하인 한 사람을 매수하여 신방에 든 신랑의 목을 베어오라고 했다.
　　그 하인은 다른 사람의 목을 베어가지고 가서 계모에게 신랑을 죽였다고 거짓말을 한 후, 신랑을 모시고 멀리 도망을 갔다.
　　첫날밤에 신랑을 잃고, 부정(不貞)한 여인이라는 누명을 쓴 신부는 남복을 하고 신랑집 근처에 가서 염탐하던 중, 신랑과 함께 달아난 하인의 어머니를 만나 사건의 대강을 짐작하고, 시아버지를 만나 그간의 이야기를 했다.
　　후처를 문초하여 아들의 죽음이 후처의 소행임을 안 부자는 후처를 벌한 다음, 며느리를 맞아들여 살게 하고는, 집을 나가 중이 되었다.
　　시집으로 온 신부는 첫날밤에 임신이 되어 낳은 아들을 기르며 살았다. 그 아이가 자라서 그간의 일을 알고는 할아버지를 찾아 나섰다. 그 아이는 고생 끝에 할아버지를 만나고, 아버지도 만나 집으로 와서 잘 살았다.

　　예전에유, 예전에 부자 사람이, 예전에는 종들을 많이 거느리고 있었대유. 그래 종을 많이 거느리구 있는데, 그 저기 아들 하나를 낳아놓구서 어머니가 돌아가셔가지구서 후처를 장가들어가지구, 어머니를 은어가지구, 인저 그 자손을 낳구 이렇게 했대요.
　　그래서 큰몸에게서 난 아들을 장가 가게 됐는데, 참 뭐했대유. 그 한 30명 되는 종들을 다 데리고 가게 하드래요. 그 하인들을. 그래서 그 아버지가,

"아니 그렇게 왜, 많이 데려가면 더 좋을 게 뭐 있느냐구. 여기서도 심부름 시키고 해야 한다구."

그러니께, 아니라구.

"이런 때 군사를 두었다 어디에 쓰느냐고. 지금 다 데리고 가서 이렇게 호기(豪氣)를 펴야 할 것 아니냐?"

고. 그럭커구서는 근력 세고, 걸음 잘 걷는 종 하나만 두었대유. 하인을 하나만 남기구서 다 데리구 갔대유.

갔는디, 인저 여기서는 그 어머니가 밤이 되니께, 그 하인을 불러가지구선 들어오라 하더래유. 그 하인이 벌벌 떨면서

"아 이번에 들어가면 날 죽일라구 그러나 어쩌나?"

떨면서 들어가니께 칼 하나를 내주면서,

"너 들어가가지구서 새서방님 목아질 벼오라."

구 그러드래유.

"그러지 않으면 너를 죽인다."

구 그래서

"아니 마님은 무슨 말씀을 이렇게 하시냐?"

구 그러니께,

"아니라구, 가서 베어오라."

구 그러더래유.

그래 인저 할 수 없이, 가두 자기가 죽구, 안 가도 그 마님 손에 죽구 그러니께 할 수 없이 갔대유. 갔는디, 인저 그 새서방님은 신방을 꾸미고서 이렇게 드러누웠으나 영 잠잘 수 없구, 불안하구 자꾸 그래서 할 수 없이 인저 후원 초당에를 나가서 이렇게 거니느라니께, 한 사람이 담을 넘어 들어오드래유. 그래 담을 넘어 들어오는데, 보니께는 자기 하인일러래유.

"네가 이 밤에 웬 일이냐? 무슨 일로 여기 왔느냐?"

니께,

"그런 게 아니라 마님 심부름으로 왔는데, 새서방님이 이 옷을 입으라."

구 그러드래유.

그러는데 보니까, 시체 하나를 메고 넘어오드래유. 그래서 보니께, 그 시체 입었던 옷을 베껴서는 그 새서방님을 입히고, 새서방의 옷은 베껴서 시체를 입혀서 새댁 자는 옆에 갖다 뉘여놓구서 그 목아지 싸서는 가지구 가드래유. 그래 인저 새서방님을 모시고 가드래유. 그래 가니께는, 그 새서방님이

"아니 이게 웬 일이냐?"

구 영문도 모르고 가니께는, 집에 얼추 가가지구는 새서방님을 숨겨놓구서,

"마님 새서방님 목아지 베어왔노라."

고 하니께,

"아이, 그러냐. 저기 고목 구녕이 있으니께, 거기다 갖다가 찔르라구."

그러드래유.

그래 거기 갖다 찔르구서는, 그냥 나와가지구선, 새서방님을 모시구서는 어디만큼 도망을 갔대유.

그래 인저, 그 새댁집에는 초상이 났으니, 웬 난리가 났지 않겠시유. 그러니깐 나와가지구서,

"이게 웬 일이냐? 이렇게 일을 당했으니 어떡하느냐?"

구 그러니께, 그 아버지가

"나는 할 수 없이 그냥 간다."

구 그냥 하인들을 몰구서 그냥 갔대유. 인저 집으로 가가지구선 그냥 머리 싸고서 누워 있는데, 새댁은 아무리 생각해도 인저 이상하드래유.

그래가지구서 그냥 얼마를 있다가, 인제 그냥 이렇게 남복을 하구서 나갔대유. 찾아나가가지구서, 집께 얼추 가가지구 있으니께는, 저기 할머니 한 분이 있드래유. 거기 가서 있으면서, 돈도 많이 줘서 거기서 밥을 해먹고 있으니께, 그런 소문을 듣구서는 찾아오구 그러더라믄유.

그러니께 한 노인이 와가지구서는

"아이, 저런 선비 양반이 이런 누추한 데 와 계시는데 ……."

"아니, 괜찮다."

구 했는데,

"할머니는 뭣 땜에 그렇게 소원을 품고 계시냐?"

구 그러니께,

"아유, 그런게 아니라, 아들 하나를 뒀었는데, 아무디 장가 가는 디 따라가가지구선, 아니 따라가지도 못하구서 있다가, 그날 밤에 도망가가지구서 여적찌(여태까지) 안 들어온다구. 어디 가서 죽었나보다."

구 그러더래유.

"그래 어떻게 돼서 그러느냐구?"

"아무데 이런 재상가 집이 있다구."

"그러면 그 재상가 그분을 만날 수 없느냐?"

구 그러니께,

"그분을 만나려면, 그분은 밤 삼경이 되면은 나와서, 굽 넓다란 목신을 신고 나와가지구, 참 집 한 바퀴 휘ー 돌고 들어가는디, 그때나 만나지 별 사람이 가두 만나지 못하니께, 그때나 가서 만나라."

구 그래서 대문 밖에 가서 이렇게 얼마를 섰으니께, 나오더래유. 나와가지구서, 붙잡구서는 그런 애기를 다 하니께는,

"그러냐?"

구 그러드라문유. 그래 인저 그분이 인저 도망간 하인의 어머니를 잡아다가 문초를 받느라고 때리니께, 어머니가

"저 아무때 새서방님 장가 갈 적에 도망가가지구서 여적지 안 들어온다."

구 그러면서 애기를 하니까, 그 후취 장가 든 분이

"아니 늙은이가 무슨 죄가 있다구 이렇게 하느냐?"

구 막 그러드래유. 그래가지구서 그분을 잡아선 문초받구 하니께,

"그 머리를 갖다가 고목에 넣었다."

구 그러더래유.

그래서 그것을 꺼내가지구 보니께 참 목아지가 들었더라는구만유. 그

래서 인저, 그분을 다 없애버리고, 그 며느리를 불러다가 집에다 앉혀놓
구서 자기는 나가버렸대유. 인저, 도망가서 돌아다니다가 어느 절에 가서
있는데, 인저 그 며느리가 그래두 애기가 있어서 애기를 낳대유. 나서 한
열다섯 살인가 먹었는디,
　"나는 어찌 아버지두 없구 할아버지두 없구 할머니두 안 계시느냐?"
구 그래서 그런 얘기를 다 했대유. 그러니께,
　"할아버지 생긴 모습을 좀 그려달라."
구 그러드래유. 그래서 인제 그려서 주니께는, 그리구 목소리는 우렁차고
이런 얘기를 다 하니께는, 그걸가지구서 가서 할아버지를 어느 절에 있는
걸 찾아가지구 그런 얘기를 다 허니께, 아이 난 우리 손자를 만났다구 …
… 다 잊어버려서 못하겠네유. [채록자 : 천천히 하세요. 잘 하시는데요, 뭐] 그
래서 인저, 찾아가지구 나왔대유.

　오는 도중에, 오다 오다 발이 아파가지구서 워서 쉬고 있는데, 할아버
지가 어디 나갔다 들어오더니,
　"아이구 애, 저기 너의 아빠 결혼 때 도망갔다는 그 하인이 여기 있다
구. 네 아버지 머리를 짤라 왔는디, 그 사람이 저기 있다."
구. 그래 인제, 고발을 해서 잡아들어가게 했대유.

　그럭하구서는 집으로 돌아왔다는구만요. 그렇게 하구서야 내중에 알아
보니까, 그런게 아니라, 그 새서방님을 모시고는 그렇게 돌아다니구 하다
가 인저 저녁이면 다리도 주물러 주고, 그럭하구서 그렇게 모시고 댕였대
유.

　그렇게 있다 찾아가지구서, 서로가 만나가지구, 그 새서방님 목아지 베
러갈 적에 신체 하나 죽인 것 때문에 두 달간 구류 살게 시키구, 그럭하
구서 다 만났대유.

　[채록자 : 계모는 그 새서방을 왜 죽이려고 했나요?] 그 아들을 쥑이야 자기 아
들이 그 집 재산을 전부 다 차지할 수 있을 테니까 그랬지유.

채록 일시 : 1980. 1. 27. 22:15～34

구연자 : 이택(여, 64세, 농업, 국문 해득)

나서 자란 곳 : 충남 당진군 신평면 부수리

사는 곳 : 충남 당진군 면천면 죽동리

채록 장소 : 죽동 감리교회 주택

만나게 된 경위 및 채록 상황 : 구연자 송씨를 비롯한 이 마을의 몇 분들은 교회 관계로 채록자와 전부터 아는 분들이다. 그래서 채록자가 찾아가거든 옛날이야기를 많이 해달라고 미리 부탁을 하고, 이날 찾아갔다. 이날은 주일날이어서 밤예배를 마치고 교회 주택에 들어가 이야기판을 벌였다. 처음에는 구연자와 장응렬(여, 56세) 씨만이 들어와 교대로 한 가지씩 이야기를 했는데, 뒤에 이재숙(여, 53세) 씨, 이택(여, 64세) 씨 등도 들어와 매우 우호적인 분위기에서 18편의 민담을 채록했다.

청중 : 마을사람 4명

처음 들은 때 및 들려준 사람 : 20세경에 사는 곳에서 공주에 사시는 시외숙한테 들었음.

구연 경력 : 몇 차례 했음.

제목 : 채록자가 붙였음.

비고 : 구연자는 잊어버린 부분이 많아 이야기를 반 정도밖에 하지 못했다고 하였음.

70. 모반한 종의 딸

    그전에 신정승이 10여 세 된 외아들 계호를 두고 죽자, 이어서 그의 아내도 죽었다. 어린 계호만 남게 되자 종들은 모반(謀叛)하여 그의 집에 불을 질렀다. 그런 줄도 모르고 자고 있던 그는 어머니가 나타나 목숨이 위태하니 빨리 일어나 도망하라는 꿈을 꾸고 일어나 도망을 하여 간신히 살아났다.

    그는 이름을 바꾸고 이리저리 떠돌아다니다가 고금도에 들어가 어느 집 데릴사위가 되었다. 그런데 그 장인은 바로 몇 해 전에 모반하고 도망한 그 집 종들 중의 한 사람이었다. 그가 늘 몸에 지니고 있던 족보와 종문서를 아내에게 맡긴 것이 빌미가 되어 그의 신분을 안 처가에서는 그를 죽이려고 했다. 그의 아내는 계호에게 자기의 옷을 입혀 탈출시키고 자기가 대신 죽음을 당했다.

    그는 용꿈을 꾸고 찾아나온 오찰방에게 발견되어 그의 딸과 결혼했는데, 첫날밤에 수상한 사람이 문 밖에 어른거리는 것을 보고 놀라 도망을 했다. 찰방의 집에서는 딸에게 간부(間夫)가 있었기 때문이라 하여 딸을 죽이려고 하였다. 그러나 딸이 임신을 하였으므로 아기를 낳으면 죽이기로 하였다.

    계호는 찰방의 집에서 나온 후 용꿈을 꾼 관리의 도움을 받고 과거에 급제하여 암행어사가 되었다.

    신 어사는 찰방의 집 근처에 갔다가 물에 떠내려 온 목함 안에서 어린아이와 편지를 발견하고, 그 아이가 자기의 아들임을 알아차렸다. 이튿날 신 어사는 찰방의 가족들을 불러 조사하여, 결혼 첫날밤의 일이 찰방의 후처가 본처 소생의 딸을 미워하여 꾸민 것임을 밝혀냈다.

    신 어사는 다시 고금도로 가서 자기를 대신하여 죽은 아내의 시체를 찾아 후히 장사하였다.

전에 신정승 양반이 있었는디, 천하 독신 여남은 살 먹은 아들 하나 뒀단 말이유. 그러자 참, 정승이 인제 병이 나가지고 작고했단 말여. 그래, 선산에 가 장례 모시구. 그 부인 양반허구 종들허구 참 아들허구 있이유. 그 아들 이름이 신계호인데, 신계호가 그럭저럭 열두 살 먹었는디, 정승도 작고하고 인저 부인 양반하구 종들하고 이렇게 어린 아들 하나 데리고 지내는디, 종들 때미 상당히 의심을 혀. 정승께선 재산이 많고 참 종들이 백여 명이나 되는디. 그 종이 언제든지 정승이 살어서두 참 잘 믿들 못허니께, 그 아들보고서 언제든지 유언을 혀.

"정신 차려서 공부를 잘허라."

구 말이여.

그래 독선생 앉혀놓구 공부를 시키는데, 그러다 열두 살 먹던 해, 일년간 즈이 어머니가 병들어 누웠어. 그래 저의 어머니가 일러,

"못 일어날 것 같다. 그런께, 종문서허구 족보허구 언제든지 품고 있으라."

구. 믿들 못헌게. 어린 것이라. 그런디 참 품기 싫어가지고 있었는디, 즈이 어머니가 더 아프더니 죽어가꾸 선산에다 장례를 모셨어. 즈이 어머니가 종문서하구 족보하구 품으라고 했은게, 품고 있어. 그런디, 잠을 자면 즈이 어머니 생각이 상당히 난단 말이야. 신계호가, 열두 살 먹은 놈이. 즈이 어머니 생각하고 이렇게 잠을 자다가도 깜짝 즈이 어머니가 보이는 것 같고 한단 말이여.

그런데 하루 저녁은 자는데, 즈이 어머니가 흔들어 깨운단 말이야. 흔들어 깨면서

"네 목숨이 시각에 달했으니 어서 도망질해라."

한단 말이여. 그래 잠결이라 그래 흐지부지 또 꾸부쳐 자는데, 아 재차 흔들어 깨여. 그래 잠을 깨서 벌떡 일어나보니께 꿈인데, 이렇게 쳐다보니께, 뺑돌려 불이 붙었어 집이. 나갈 구녁(구멍)이 있어야지. 문 열어보니께, 문도 바깥에서 잠겼단 말이여. 갇혀서, 잠가서 열어지지도 않고. 그래서 번쩍 벽장에 들어가서 창을 내가지고 벽떼기(벽)를 구멍을 뚫고서 저의 몸뎅이 쬐그만허니께 빠질 만치 구멍 뚫구서 그참 내뛰어버렸어. 몸에

종문서하고 족보하고 품었으니께. 그래 도망을 해가지고는, 그참 댕이며 얻어먹는 기여.

그 이름을 장단 신계호가 아니구 이개호라고 변명을 해서 얻어먹으러 댕겨. 위험하니까. 그러자 점점 날마다, 여러 날 얻어먹다가, 몇 해를 얻어먹다가 공부를 허다 말고, 넘의 서당방 가서 어깨 너머로 글을 배우고, 땅이다 글을 쓰고 이렇게 공부를 하고 배우기도 많이 배웠는디 …….

그래서 그 신계호가 이개호라 해가지고 참 얻어먹다가 고금도란 섬에 들어갔어. 고금도란 섬에 들어갔는디, 그 섬에서 얻어먹다가 인자 저─ 바닥이라네, 어덕(언덕) 밑에서 추운게 떨고 있는데, 참 하얀 노인 양반이

"너 어디 살았느냐?"

고 물으니께, 산 곳을 모른다고 허고, 제 이름은 이개호라고 이렇게 말했단 말이여.

"그전에는 너 어려서 글 배웠느냐?"

하니께, 글방에 좀 다녔다고 그래서 글 좀 지어보라구. 글을 제법 지어.

"내 네가 불쌍하니 내 집에 가서 애나 가르쳐달라."

고.

줄렁줄렁 따라가서는 애들을 가르치고 있는데, 그 쥔이 무남독녀 외딸이 하나가 있는디, 그럭저럭 애들 가르치고 있는데, 이거 크게 될라구 그랬나. 몸체도 그렇고 얼굴도 잘 생기고 의복은 참 깨깟하게 입으니께 참 미끈하게 잘생겼어. 그런데 인저 애들 가르치다 인저 참, 쥔은 딸 하나뿐인디, 그 사위 하나 삼아야 쓰것는디, 쓸 만한, 사위 삼을 만한 사람이 없어. 그래 개호를 불러서는,

"참 이만저만하니 늬가 사위, 데릴사위를 삼아야것다."

"참 얻어먹기도 감사한데, 참 그런 말씀 참 고맙다."

고 대답했어.

그래 날을 잡아가지고 예식을 했어. 인저 내외간이 서당(西堂)에 살고, 낮에는 나와서 애들을 가르치고. 아 몸에다 족보고 종문서니 두터운 놈을 몸에다 품었으니 두리궁그러워서 주체를 할 수가 있어야지. 마누라를 믿

구서 마누라에게 맡겼단 말이야. 아 맡기구서 다니는데, 마누라가 이렇게 척 보니께, 족보를 보니께, 자세히는 몰라도 신정승의 아들이여. 그리고 종의 문서를 보니께, 저의 아버지가 종이여. 딸이 보니 그거 참 이상하거든. 그러니께, 그 딸이 참 이상혀. 아무리 생각해도 이상혀. 그런게, 살짝 제 아버지보구 그런 얘기를 하니께,

  "아차, 이거 탈났다, 탈났다."
하면서, 큰일 났다구 허더랴. 그러면서,

  "너 이런 얘기 하지 말라."
고 하면서

  "없애버릴 텐게 하지 말라."
고.

  참 종이여. 종인디, 재산 전부 팔아가지고 신계호가 죽은 줄 알고 태워버리구서 도망왔지. 양반 노릇하고, 그 재산 가지고 사는디, 탄로가 났단 말이여. 그러니, 여자가 그 소릴 듣고, 남자는 심경을 모르지. 저녁에 돌아오니까 여자가 울고 앉았어. 그래,

  "왜 우느냐?"
니께,

  "이런 얘기 안할려구 하다가 차마 하는데, 당신 오늘 도망가라."
구.

  "도망갈 이유가 무어냐?"
니께, 그런 얘기를 혀.

  "나가 당신이나 잘 살으라."
구. 신계호, 남편보구 그런 말을 혀.

  "여복으로 바꿔서 입고, 나하고 바꿔서 자다가 가라구. 그냥은 나갈 트먹(틈)이 없어. 우리 아버지가 여기서 양반 노릇을 하며 뱃턱이며 워디 다 얘기를 했으니 나갈 수가 없어. 그러니 저녁에 캄캄할 때 틈타서 나가 배 타는데, 가서 '우리 친정 어머니가 죽었으니 건너달라'고 하면 건너 줄지 알 수 없으니께, 그렇게 하라."

구 그래서 그냥 타구서 가는데, 문 열구서 나간게, 여자니께 즈이 딸인 줄
알구서 그냥 둬. 배턱에 가서 근너달라구 사정해서 근너줘서 그냥, 마냥
간 겨.

　밤새도록 가는데, 얼마 가서는 참 지쳤어. 지쳐가지곤 우물가에 가서
엎어져가지고는 물을 흠씬 먹고선 버드나무 밑에서 나자빠져 자는 거여.
　그런디, 근방 양반 하나가 꿈을 꾸니께, 우물가에서 청룡 한 놈이 이렇
게 [손으로 뒤트는 시늉을 하며] 뒤틀려 올라간단 말여. [옆의 노인 : 옳지, 그렇
지.] 그래 참 또 자는디, 재차 그냥 청룡이 뒤틀어 올라가.
　'참 이상하다.'
구서 그 양반이, 찰방 벼슬한 양반이 지팡이를 짚고서 살살 달밤에 나가
본게 여자복을 입었으니께, 여자복을 입어서, 참 그전에 양반을 여자게
손을 못 대니께, 저만치 서서 잠을 깨길 기다리니, 아 잠을 깨야지. 참 얼
마큼 있으니께, 기지개를 쓰는디,
　"여보시오, 일어나시오."
일어나 보거든
　"웬 사람이 이렇게 드러누웠느냐?"
그러니께, 길가다 이냥 고단이 들어서 이렇게 잤다구 실토적 얘기를 다
했어. 고금도에서 어떻다는 것을. 그래가지구 여복을 입고 여기까지 왔다
그랬어.
　"목숨 하나 죽지 않을려고 이렇게 왔다구. 신정승 아들이라."
고 그러면서 고백을 했어.
　"그러냐고! 그 신정승한테 내가 벼슬을, 찰방 벼슬을 했는디, 이런 반
가울 데가 어디 있느냐고? 인제 우리집에 가자고 말야."
　아 또, 이런 후대를 또 받어. 거기 가서 참 애들 가르치고 있는디, 인격
이 잘나고 사람이 잘나고 자격도 있고 그러하니께, 그 찰방이 본처에서
딸 하나 낳고서 죽었어. 그래서 후처를, 고씨를 얻었단 말이여. 후처를 얻
어가지고 아들 삼 형제를 낳고 있는디, 거기서 오래 있었어. 인저 그냥.
또 찰방이 하는 말이 뭐라고 헌고 하니,

"아, 딸 하나가 변변치 못하나마 남의 집 며느리 노릇은 할 만한게 그
냥 사위 삼았으면 좋것다."

구 욕심을 말하니께, 아 이렇게 또 사위 삼는다고 한단 말이여. 그래 나중
에 또 도망하기 싫어서 응답을 허구서 날 잡아서 혼인을 지냈어.

첫날밤에 자는디, 저 어려서부터 고생한 것이 전부 생각이 나. 드러누
면서. 달은 휘영청 밝은디, 참 문득 환하게 비추는디, 참 저 살든 디서 그
런 고생하고, 고금도서 장가 가가지고 그런 고통을 받고, 또 여기 와서 이
런 일을 하나 이런 생각이 들어간단 말이야. 그래 잠이 안 드는디, 과연
어쩌다 보니까, 어떤 놈이 이렇게 눈을 뜨고 손가락으로 문구멍을 뚫고선
들여다보면서,

"잠이 들(덜) 들었나 베(봐)."

그런 소릴 하드랴. 가만히 있으니, 참 큰일났거든. 그 참 얘기도 않고
서 그 참에 도망온 거야. 그때는 종의 문서구 뭐구 그 참 도망해버렸어.
마누라는 첫날밤인디, 그 지경을 당하고선, 첫날밤에 도망을 했단 말야.

그래 그 후처 고씨가 하는 말이, 그 이튿날 찰방 남편을 부르더니,

"아무개 딸 하나가 간부를 둬가지고 신계호가 도망을 해버렸다."

고 이렇게 모함을 혀. 이러니 양반집이서 이런 일이 있으니 어떻게 해. 죽
인다고 난리가 났어. 그런디 찰방이 불러다가 족치니, 그런 일이 없다는
거여. 내외가 자다가서 그냥 도망해버렸다는 거여.

그래 그 너머 찰방 누님 하나가 사는데 상의를 하니까,

"찰방이 자세히 알지도 못하고 생사람 잡으면 안 된다고. 두고봐서 차
차 알아가지고 잘못된 점이 있으면 죽일 테니께. 잘못하면 억울하게 자식
을 죽이는 게 아니냐?"

아 그렇게 해서 있는디, 아 그런 배는 첫날밤에 잔 것이 어떻게 애를
배가지고 더드럭더드럭 허네. 그러니께, 고씨 부인 한다는 말이 뭐라고
하는고 하니, 당신 남편 찰방보구서

"워디서 첫날밤에 어린애 배는 데 봤느냐?"

고 종주먹을 댄단 말야. 그러면서,

　"분명하다."

고. 그거 참 대답도 못허구, 양반 체면에. 그래 또, 누님을 불러다 상의를 한게, 뭐라구 헌고 허니,

　"이렇게 기왕 네가 믿지 못해 죽일 바에 시방 죽이면 둘 죽이는 거다. 그런께 낳걸랑 죽여라."

이랬어.

　애기가 인저 두 갈래지네. 그래 인저 큰 뒤지를 짜가지고 아주 가두어서, 밥을 줘가지고 살려유. 어린애를 낳걸랑 죽이라고 했으니까. 뭐 그 끝은 다음에 하구.

　또 한편, 그 신계호가 또 다른 데로 도망가 얻어먹다가, 나이가 심차고 한 20살 먹었으니께, 그럭저럭 얻어먹다가 나이가 한 20살 먹었단 말여.

　심차 가지고, 얻어먹고 돌아다니는데, 그 신계호가 하루는 들어보니께, 서울서 과거 본다는 소리가 나. 그래 이것으로 과거 본다고 미리, 돈 없은 게 얻어먹어 가면서 서울을 갔어. 올라갔는디, 맨날 얻어먹는 사람이 무슨 돈이 있남? 한 여관에 가서 들었는디, 여관에 가서, 각 지방에서 참 여객(旅客)들이, 과거 보러 손님들이 여관에 잔뜩 왔는디, 저녁을 먹는데, 다 저녁을 먹구서 손님 하나가 무슨 말을 하는고 하니,

　"이 방중에 손 거칠은 사람이 있어. 보따리 잃어버리면"

주인보구서

　"당신 책임이다. 그러니 그것을 잘 가려내라."

제일 그지(거지)가, 얻어먹어서 산산 찢어지고 새까만 것이, 그지가 신계호여. 누구 있가디. 과거보러 왔으니 깨끗이 씻고 잘 왔을 거 아녀. 끄스면 되는 거여. 그런데 밥값이나 내고 다른 데로 가라니, 밥값도 없다네. 그러니 주인이 막 끄집어낸단 말이야. 그러구 토방에서라도 자고 간다네. 그래 토방에서도 못 자고 간다고 그래. 이제 두드려패고 시끄럽게 야단이 났는디, 그래 그 밑의 여관 주인이 허다가 말구서 나라에 가서 과거 보는 일을 보고 있는디, 과거 볼 시설을 하고 있는디, 그런게 인저 울어싸쿠, 살려달라싸쿠, 사정 애기를 해싸쿠 하니, 구경꾼이, 동네 사람들이 다 모

일 거 아녀? 다 모여 구경을 하는디, 그 밑에 여관집 새악시 하나가 영 측은해서 못 견디겠어. 그런디 즈이 방이, 여관 치는 집이니께 빈방이 쎘어. 오라해서 자라고 하면 좋겠거든.

그래서 그 색시가 누구를 시켜서 오라고 했어. 그래 빈방 찬방에 불을 뜨겁게 때구 가 자라고. 그런디, 그 여관집 쫓겨나가지고 거기 가서 자는디, 그전에 여관 하다가서 나라 일을 보는 그 사람이 오다가, 올래두 바뻐서 못 오구 잠을 자는디, 꿈을 꾸니께, 객실에서 청룡 한 놈이 뛰쳐올라가. 그러니까, 이거 참 제 집에 틀림없이 과거 손님이 들었는디, 틀림없이 당선된다는 것을 알구서, 제 집으로 밤에 막 급히 왔어. 즈이 어머니가 뭐라고 하는고 하니, 온게(오니까),

"과년한 딸이 이렇게 넘의 남자를 맘대로 오라고 그랬다."

아 그런 일이 얼마나 반가운 일이냐고 꿈애길 하구, 아 아침에 데려다 놓고서는, 깨길 기다려. 깨서, 그놈을 목간 시켜서 참 의복 좋은 놈, 옷을 입혀놓고보니, 참 잘생겼어. 아주 미끈허니, 아 그래 식구들이 보니 참 잘생겼어. 그래 뭐라고 한고 하니,

"사위삼자."

고.

"참 저는 과거 날짜가 곧 됩니다."

하고 미뤄놓고, 그래 그날 저녁부터는 늘 댕이는 거야. 잘 자라고 해쌓고.

그래 과거 날이 됐는데, 그날은 미리 나가야 하는데 무슨 말을 하나 듣기 위해서 있는디, 세수허구서 하는 말이 그래 뭐라고 하는고 하니,

"오늘이 과거 보는 날인데 지필묵이 없고 아무것도 없으니 ……."

이렇게 걱정만 하니,

"걱정하지 말라."

고 지필묵을 다 주고서는, 참 일어났더니,

"오늘 당선이 되걸랑 제 집으로 가지 말라."

고.

그래 날래(빨리) 가서 과거를 보는데, 첫째로 글을 써서 냈는디, 당선됐

어. 아무개가 당선됐다고 해가지구서, 예전에는 팔뚝에다 비단을 감아가
지고 신계호라고 이렇게 소꼬뱅이다(소고삐에다) 광고를 했다더먼유. 사
람이 막 서루 구경할려고 밟혀 죽다시피 혀.

그래 당선이 돼가지고서는, 나라에서 임금이 불러가지고 갔어. 가서 즈
이 아버지가 신정승이라고 한게 무릎을 탁 치면서,

"그대가 화재에 죽었다는디, 아 어인 말이냐?"
고. 원수 갚으라고 팔도 어사를 내줬어.

그래 참 나와가지고 신부집에 가니, 참 벌써 소를 잡아 부치고 잔치를
베풀었어. 잔치를 치루고서, 여관 주인은 당선한 사람을 밤새도록 때려서
내보냈으니 분명 죽을 것을 각오한 것이야. 이웃집, 아래윗집에서 마음이
떨려서 죽겠는 거야. 이렇게 해가지고 그때 거기서 잔치를 하고, 어디로
가는고 하니 찰방네 집, 내외간 살았던 그 집부터 찾아가는 거여. 역졸보
구 단속하구서 찾아들어 가는디, 그 근방을 염탐하러 낮에 돌아다닌게,
부인네들이 빨래를 하는데, 또 얘기가 두 갈래로 되네.

고씨 부인의 딸이 어린애 날 달이 돼서 어린애를 낳았는데, 뒤지 속에
서 낳았는디, 머슴애를 났어. 그런데 첫이레 넘으면 죽는다고 한 겨. 그런
게 유모보고

"유모, 목수를, 돈 달라고 하는 대로 줄 테니께 조그마한 목함 하나를
짜달라고 해. 물 한점 안 들어가게 짜달라구 해."

목함에다 어린애를 젖을 많이 먹여 비단에다 싸고, 덮고, 족보도 넣고,
편지를 많이 써가지고 어린애 난 시까지 적어서 목함을 딱 덮고서 물에
다 띄웠어.

부인네들이 무엇이 떠내려온게 받아 가꾸 있는디, 신계호가 거기서 무
슨 소리가 나올까 하고 엿들은게, 목함이 떠내려와가지고서는 부인들이
봤단 말이야. 뭐인가 하구 보니께, 어린애가 살았어. 바깥으로 꺼냈는데,
신계호가 그때 쫓아와서 보니까, 종의 문서, 족보를 보니께 자기 거여. 그
런게, 부인네들은 무식하니께.

"그걸 저에게 주시고 이 어린애를 첫번 받은 부인이 젖 잘 먹여서 내

일 아침에 원이 부를 테니께, 부를 때 데리고 오시라고. 잘 데리구 오시면 괜찮을 수가 있을 거라."

구.

그놈을 가지고 산에 가 펴본게, 편지를 펴본게, 참 눈물이 맥혀서 말이 안 나와. 내일 죽는 시간이 다 정해져 있어. 그래 밤을 타가지고 자기가 살던 집에 가서, 어디가 어딘지 잘 아니까. 거기 가서 엿들은게, 유모가 비손을 하는데 기막히게 비손을 해. 그런데 유모 덕분이여. 유모에게,

"내가 내일 만날 텐게 절대 얘기를 하지 말라."

고 신신 당부를 해.

그리고 갈라져서 그 이튿날 잔치를 하는데, 그 후처 고씨 부인 가족덜 다 잔치하는 데 나왔을 거 아녀. 한참 득실거리는 데, 그 사람이 어사 출두를 떠억 했단 말이야.

역졸들이 뭐라고 하는고 하니,

"권씨라는 사람은 생명만 붙여두고, 고씨라는 사람은 실컷 두들겨 패라. 죽지 않을 만큼만 패라."

한단 말야. 식구들이 전부 어사 출두 때문에 다 뒤집어져서 난리가 났을 거 아냐. 그 어린애 난 부인이 자기를 죽일려고 이렇게 시끄러운 줄 알고 가물쳤단(까무러졌단) 말이여. 그래서 급히 가서 구해내가지고서는 찰방, 장인 어른은 찾아도 없어. 영 찾아도 없단 말이여. 다른 사람은 다 찾아도. 그런데 부엌 나무 다발 속에 들어가서는 무서워서 떨어싸서 그래, 나무들이 흔들려서 찾아냈어. 그래, 사위가 바깥에 있는데, 찰방은 그것도 모르고 바깥에 있는 고씨 부인 자기 여편네 죽이라는 소리만 벽력같이 질러.

그래 딸에게, 인제 어린애를 각시에게 주면서,

"이게 누구 아들인가?"

하고 물은게, 자기 아들이지 누구여. 그래 고씨 부인일랑 다 잡아들였는데, 차례로 닦달을 하는데, 웬 놈 하나가, 상놈이 하나가 떨어. 그놈을 족친게, 첫날밤에 어른어른한 게 그놈이여. 돈을 많이 줘서 그렇게 하라구.

그래 고씨 부인도 당할 텐데, 딸이 있다가서 남편보구서 하는 말이,

　"자식이 부모 죽이는 법 없다."

그런게, 장인을 먼저 집으로 보내고 해결했어.

　고금도를 또 들어가서 자는데, 먼저 마누라가 소복을 하고 왔어.

　"자긴 그날 저녁에 죽여서 목을 잘라서 가죽 포대에 넣어서 아무 강 속에 넣었다. 독(돌) 달아서 넣었으니 저는 원을 풀어주면 그만이다. 암디 다 넣었으니 찾아달라."

구 했어.

　그 이튿날 일어나서 원을 불러다가, 전부 잠수질하는 사람을 불러다 뒤져서 가죽푸대를 건져내서 장례를 잘 치루고 그날 저녁에 자는데, 또 왔어.

　"첫째는 우리 부모가 잘못했는데, 자식이 부모 죽이는 법은 없으니께 살려달라."

고 해. 그래 죽이지 않고 살려주었다는 얘기여.

채록 일시 : 1980. 1. 26. 15:38～16:10

구연자 : 이봉순(남, 67세, 농업, 국문 해득)

나서 자란 곳 : 충남 서천군 종천면 흥림리

사는 곳 : 충남 서천군 판교면 현암리

채록 장소 : 현암리 노인회관

만나게 된 경위 및 채록 상황 : 채록자가 노인회관을 찾아가니 노인 15명이 화투를 치거나 담소하고 있었다. 담소중이던 노인 7～8명과 이야기판을 벌이니, 조금 후엔 화투 치던 분들도 이야기판에 끼였다. 담배·술·과자를 나누며 우호적인 분위기에서 민 담 12편을 채록했다.

청중 : 마을사람 15명, 동행한 학생 3명(장윤수, 김이곤, 배원룡)

처음 들은 때 및 들려준 사람 : 약 30년 전에 나서 자란 곳에서 동네 노인한테 들었음.

구연 경력 : 몇 차례 했음.

제목 : 채록자가 붙였음.

옛날에 한 사람이 부모 없이 자라 예쁜 여자와 결혼을 했다. 그런데 이웃집 남자가 그 신부의 미모에 반하여 음심(淫心)을 품고, 점쟁이인 신랑의 고모에게 기회를 만들어달라고 부탁했다.

그 남자와 사련(邪戀)을 하면서 물질적 도움을 받고 있던 고모는 그의 청을 들어주려고 일을 꾸몄다. 고모는 조카가 없는 틈을 이용하여 조카며느리를 찾아가 미구에 닥쳐올 재난을 막기 위해 밤에 산 속 나무 밑에 가서 정성을 드리라고 했다.

신부는 고모의 말대로 나무 밑에 가서 술을 따라놓고 빈 다음, 그 술을 다 먹었다. 신부가 술에 취해 잠든 사이에 이웃집 남자가 와서 신부를 겁간했다.

이를 분하게 여긴 신부는 그 이튿날 다시 그곳으로 가서 그 남자를 유혹한 후 입을 맞추다가 그의 혀를 잘라버렸다. 일의 전말을 안 신랑은 밤에 잘라진 혀를 가지고 고모집으로 가서 고모를 찔러 죽인 후에, 그 혀 도막을 고모의 입 안에 넣어두었다.

이튿날 고모의 아들들은 혀가 잘린 이웃집 남자를 자기 어머니를 죽인 범인으로 믿고 그 남자를 죽였다.

옛날에 한 집안이 살았었는데, 아들 하나 낳아놓구, 부모네는 다 세상을 떴어요. 그래서 그 누가 있었느냐 허면, 그 이웃에 고모님 한 분이 계셨는데, 그 고모님이 뭐를 허느냐 허면, 점을 점(좀) 이렇게 하고 이랬어요.

그래 참, 이 사람이 부모 없이 고생을 하면서 살아가지고 장가를 갔습니다. 그런데 자기 고모하고 좋아하는 사람이 이웃에 건달 녀석이 하나 있었어요. 그래, 이 녀석이 가만히 생각해보니, 자기 좋아하는 여자의 조카며누리가 참 미녀거든. 잘났어요. 그래, 이놈이 하두 못된 놈이라서 자기 좋아하는 그 여자한테 청탁을 넣었어요.

"자, 내가 논을 두 섬지기를 짤라줄 테니, 당신네 그 조카며누리 나한테 소개 한번 붙여주시오."

이러거든. 그래 이 여자는 혼자 살면서 그 사람한테 신세도 많이 졌는데, 논을 또 짤러준다니 거기에 또 호감을 가진 거요. 그래가지구 이 여자가 그 사람한테 그렇게 해주기로 승낙을 했습니다. 하구는 자기 조카한테 떡 — 가가지구는 허는 얘기가, 자기 조카는 없구 조카며누리를 보구선,

"자네 새루 사람이 들어와서 삼 년 동안에 무사해야 하구, 새 집을 짓구 삼 년 동안에 무사해야 된다는데, 내가 점을 이래 해보구, 아는 사람한테 물어보니, 자네가 들어온 후에 액막이 허지 않으면 자네 남편이 일 년두 못 살아 죽으니, 액막이를 꼭 해야 되겠네."

그래, 이 여자가 가만히 생각해보니, 세상에 남편 하나를 바라구 왔는데, 남편이 세상에 죽구나면 뭘 하느냐 이래서,

"그럼 고모님 제가, 그러면 액막이를 여하한 일이 있어도 하겠습니다."

"참 자네 그 액막이 허는 일이 힘든 일일세."

"힘들잖아 세상웁써두(없어도) 남편을 위해서는 제가 액막이를 하겠습니다."

"그래 꼭 하겠나?"

"예 꼭 하겠습니다."

"그럼 내일 져낙(저녁) 자시를 기해서, 꼭 열두시 밤중을 기해가지구, 메를 깨끗이 짓구, 술을 한 되를 받아가지구, 자네네 집 뒤에 가면 큰 고목이 있는데, 고목 밑에 가서 정성껏 기도를 드리고, 그 술 한 되를 다른 데 버리지 말구 먹어야 하네."

그래, 남편을 위한 일이라 안할 도리가 옳거든. 그래 참, 술을 한 되를 사고, 참 깨끗이, 정성껏 메를 지어가지구 고목 밑에 가서 참 정성을 다 드리구는, 먹지 못하는 술 한 되를 다 먹었어요. 다 먹구나니 완전히 술에

취해서 떨어졌는데, 이늠은 자기 좋아하는 여자한테 청탁을 넣었것다, 이제 고목 밑에 와 지키구 서 있는 거야. 그래, 다 참, 그 정성껏 정성을 드린 뒤에는 술을 먹구는 그냥 떨어지니, 정신이 하나두 모르지. 그러니, 그제서야 이 녀석이 슬그머니 와가지구 그 여자에게 옷을 벗기구서 나쁜 행동을 했어요. 그러구선, 그 사람은 갔는데, 이 여자가 얼마 되어 술을 떡─ 깨보니, 자기 옷차림이 그대로 안 있거든요.

'앗차, 내가 정성이 아니라 반드시 내가 당했구나.'

이런 생각을 가졌습니다. 그래 늦게서 집에 들어오니, 남편이 하는 얘기가

"나이가 즉어두 내가 남잔데, 아무리 나이가 즉다구 해서 시집 온 지 얼마 안 되는데, 너 밤으루 놀러 댕기구 네 행동이 좋지 못하다."

구 남편이 이러니, 여자는 꼼짝없이 남자한테 뭐 꾸지람을 들어야 되거든요. 그래, 이 여자가 참 경솔한 여자 같으면은 그런 얘기를 하겠는데, 그런 얘길 일체 안했어요. 안하구,

"절대 저는 그게 아닙니다. 아닙니다."

하구 참 남편한테 애원을 했어요. 그래 나중 견디다 못해서, 여자가

"내일 저녁에 지가 알려드리겠습니다. 이 결과를 알려드릴 테니깐 그져 용서해달라."

구 남편한테 참 빌었어요.

그러구서 인제 그 이튿날, 또 그와 같이 술을 한 되 사고 메를 짓구서는 그 고목 밑에를 찾아 올라갔어요. 올라가니, 그 남자는 숨어서 생각하기를,

'옳지, 어린 남자한테 시집와서 세상 모르다가 나한티 당하니 참 저 여자는 완전히 나한티 넘어갔구나.'

이런 생각을 했어요.

그래 참, 정성을 드리는 척하구, 술을 마시는 척허구 하나두 술을 마시지 않구 그냥 드러누워 있으면서,

'이 남자를 어떻게 해야 내 남편한티 버림을 받지 않구 살까?'

허구 연구를 했어요. 있다가는 이 녀석이 슬슬 오니까, 이 여자가 아양을 좀 부리고 하니까, 이 남자는

'이 여자는 완전히 내 것이다.'

이렇게 생각을 했어요. 그래 이 여자가 허는 얘기가,

"참 어저께도 내가 이렇게 됐는데, 집에 가서 생각해봐두 이곳을 다시 오구싶어서 왔으니 호의를 베풀어주십시요."

남자가 얼씨구 좋다구 생각하구 있는디, 또 여자가 또 허는 얘기가,

"나는 육체 관계보다두 입을 맞대는 게 진미니까, 입을 맞대달라."

구 했어요. 입을 맞대주니까,

"세(혀)를 좀 내 입에 넣어주시요. 나는 이게 참 재미가 제일 좋아요."

그러니까, 이 남자는 여자 입에다 세를 쑥 집어 넣어 줬어요. 여자가 독이 나가지구 세를 딱 물구 튼 것이 그 남자의 세가 반 딱 잘라졌어요.

잘라진 혀를 뱉지 않구 물구 그대루 남편 앞에와 탁 뱉어놓구서는, 허는 얘기가

"일전에 고모님이 오셔서 '정성을 드리지 않으면 당신한티 해롭다' 해서 정성을 드렸더니, 그게 정성이 아니라 고모님이 나에게 욕을 보일려고 했던 것. 내가 억울한 일을 당했으니, 그런 의미에서 남자의 혀를 잘라 왔습니다."

허거든. 남편이 가만히 생각허니, 여자의 잘못이 없구 자기 고모의 잘못이더라 이 얘깁니다. 그래서 그 자기 처를 칭찬을 허구서, 그 밤에 여자가 뱉어놓은 그 세를 들고 칼을 하나 들고 어디를 갔나 하면 자기 고모네 집을 갔어요. 고모네 집을 떡- 가니, 그 해를 짤리킨 그 남자의 아들이 고모네 집에 와서 자고 있어요. 가니 고모가 곤히 자고 있어요. 그래서 고모 입에다 그 혀를 갔다가 물리고, 그 고모 목을 칼로 내려찔렀어요.

그래서 남편이 고모를 죽이고, 이러고 있자니 새벽이 되고 날이 샜는데, 그 아들들이 어머니가 일어나지 않아 보니, 자기 어머니 목에 칼이 꽂혀 있거든요.

"칼이 꽂혀 있으니 이상한 일이다."

허구 아들들이 조사해보니, 자기 어머니 입에 세바닥 짤리킨 게 물려있다 이게요. 그런데 그 이웃의 자기 엄마를 좋아하는 남자가 아닌가 싶어 떡 가보니, 과연 이 사람은 세바닥을 짤리켜가지구 아퍼서 말두 뭇허구 '에 에에 ……' 하면서 떠드니, 알 도리가 있느냐 이게요. 아들이 가만히 생각 해보니,

"자기 어머니 좋아하던 이 남자가 우리 엄마한티 자러왔다가 말을 안 들었던가 어떻게 됐든지 간에 즈이 엄마가 그 남자의 세를 짤른 게 사실 이거든요. 세를 짤리구 분하니께 우리 엄마를 죽인 것은 사실이다."

이렇게 인정을 했어요. 그러나 저 사람은 세를 짤렸으니 표현을 할 수 있느냐 이게요. 표현을 하면은 '이거다, 아니다' 말을 할 텐데. 말을 뭇허 니 어떡하느냐 이거요. 그래서 나쁜 짓 하는 사람의 보복을 다 갚더랍니 다.

채록 일시 : 1972. 4. 15. 밤
구연자 : 김상겸(남, 39세, 농업, 고교중퇴)
나서 자란 곳 : 강원도 평창군 진부면 신기리
사는 곳 : 강원도 원성군 판부면 금대 2리 일론동 1320
채록 장소 : 같은 마을 김상겸 씨 댁 안방
만나게 된 경위 및 채록 상황 : 채록일인 4월 15일(음력 3월 3일)은 이 마을의 공동제의인
　　산제(山祭)가 있는 날이다. 그래서 김태곤 교수, 이상일 교수와 함께 산제에 대한
　　조사도 할 겸 이 마을을 찾아갔다. 미리 연락을 받은 이장 김상겸 씨가 찻길까지
　　마중을 나와주었다. 김씨 댁으로 가서 저녁 식사를 마친 후 마을 어른들 몇 분과
　　함께 산제 시간인 자정까지 민간신앙에 대한 조사를 하고, 이야기판을 벌여 우호
　　적인 분위기에서 몇 가지 이야기를 채록하였다.
청중 : 마을사람 6명, 김태곤 교수, 이상일 교수
처음 들은 때 및 들려준 사람 : 15년 전 군복무할 때 부대에서 부산 출신의 전우한테 들었
　　음.
구연 경력 : 한두 차례 했음.
제목 : 채록자가 붙였음.

72. 진짜 신랑을 알아본 아내

옛날 어느 부자가 아들을 절에 보내어 공부시키는데, 아들이 아내와 떨어지기를 싫어하여 자꾸 집에 왔다. 아버지는 며느리의 방 앞에서 자기의 지팡이와 신발을 놓아 자기가 며느리 방에 들어가 있는 것처럼 꾸몄다. 그러자 이에 실망한 아들이 아주 집을 나가버렸다.

몇 년이 지나도 아들이 돌아오지 않자, 아버지는 자기의 동생에게 돈을 주며 아들을 찾게 했는데, 그는 술만 먹고 놀다가 조카와 비슷한 사람을 데려왔다.

집안 식구들은 나갔던 아들이 돌아왔다고 반가이 맞이했으나, 며느리만은 사람이 바뀐 것을 알고 남편으로 받아들이지 않았다. 그러자 그 집에서는 며느리가 부정(不貞)하기 때문이라 하여, 관가에 고발하여 결국은 사형을 당하게 되었다.

이웃에 살던 아이가 밤길을 걷다가 길을 잃고 해매다가 찾아간 곳이 그 집 아들이 중이 되어 있는 절이었다. 마을 소식을 묻던 아들은 자기 아내 얘기를 듣고 마을로 갔다.

사형집행 날, 그 며느리는 마지막 소원으로 그곳에 모인 사람들 속에 남편이 있는가를 찾아보겠다고 했다. 그래서 거기에 와 있던 자기 남편을 찾아내 누명을 벗고 잘 살았다.

옛날에 부자 한 사람이 살았는데요, 벼슬도 좀 했고 그런 집인데, 외동아들이 하나 있었습니다. 그래서 부자면서 양반 행세를 하는 집안에서 자식을 공부를 안 시킬 도리는 없어. 어렸을 때부터 공부를 좀 시켰습니다. 옛날에는 20세 전에 장가를 들여야 했기 때문에 그 부모네가 장가를 들여놨어요. 장가를 들인 이후부터 자기 아들이 도무지 공부를 하지 않거든

요. 그래서 부모네가

　‘양반 집안에서 공부를 시켜야 출세를 하는데 ······.’

　이렇게 생각하구서 자식을 공부시키기 위해서 자기 아버지가 아들을 절에다 갔다가 위탁을 했어요.

　“내 아들을 공부를 잘 시켜달라.”

고 부탁을 했어요. 이 아들이 절에 가면서부터 공부를 하는디, 그 날부터 몸이 마르면서 얼굴에 병색이 나타났어요. 그래서 절의 중이 하루는 물었습니다.

　“부모네가 나한테 이렇게 부탁을 했는데, 어째 몸이 쇠약해지면서 병증이 있는고?”

하고 물으니, 그 사람 애기가

　“물론 공부도 공부겠지마는, 결혼을 한 이후부터 마누라허구 정이 들었기 때문에 공부도 공부지만, 나는 마누라 곁에를 가야허겠습니다.”

　그래, 그 스승이 가만히 생각하니 남한테 위탁은 받았지, 공부를 안 시킬 도리는 옳거든요. 그래서 이 사람이 어떻게 해서 부부 정리를 끊어줄 수도 없고, 이어 줘 가면서 공부를 시켜야 되겠기에,

　“그럼 거기에 대한 근심은 하질 말아라. 내가 언제고 매일 느이 집을 한 번씩 데리고 갈 테니 거기에 대해선 마음놓고 공부를 해라.”

이리 된 거요. 그래서 절의 이 중이 매일 저녁 이 사람을 자기 집으루 데리고 갔습니다. 데리구 가서, 자기 마누라 방에 갔다가 투숙(投宿)을 시키고, 시간이 끝나면 데리고 오고, 이렇게 됐어요.

　그런데 자기 아버지가 자기 집안을 순회를 떡 하는데 보니께, 며누리 방을 워떤 사람이 왔다갔다 하거든요. 결국은 알아보니, 자기 아들이 꼭 온다는 애깁니다. 그래서 자기 아버지가

　“아차, 내 자식 공부를 시켜야 우리 집안이 되는데 절까지 보내두 공부는 하지 못하구, 자기 마누라 방에 들어오니 어떻게 할 도리가 없구나.”

하구서 매일 근심을 했어요. 그래서 그 시아버지짜리가 연구를 하기를 어떻게 했느냐 하면,

'내 자식이 며누리 방에 못 오도록 금하는 도리밖에 없다.'

이렇게 생각을 했어요. 연구 결과 자기 신발 한 켤레하구, 자기가 짚고 있는 지팽이 하나허구를 며누리 방 앞에다 놓고 디러간(들어간) 것처럼 떡 해놨어요.

아들이 스승이 데리구 와서 자기 마누라 방엘 떡— 들어갈려구 보니, 자기 아버지가 완연히 들어갔거든요. 아버지 신발이 그대로 있구, 아버지 지팡이가 고대루 있으니깐,

'아버지가 내 마누라 방엘 들어갔구나.'

허구 거기서 오해를 했어요. 그래서 이 사람 생각에

'우리 아버지가 나를 공부를 시킬려고 하는 것이 아니고, 우리 마누랄 아버지가 탐이 나서 나를 쫓았구나.'

허구 오해를 했어요. 그래가지구서 이 사람이 이제는 공부구 아버지구 다 떠나가지구 무지 거처없이 떠나서 간다.

간다 헌게 어딜 갔느냐 허면 절루 갔습니다. 절루 가서, 그때는 완전 중이 돼가지구 중 생활을 몇 년 하구 있는 도중인디, 자기 집에서는 아버지가 그런 수단을 꾸민 후 자기 아들의 행방을 모르거든요. 그래 자기 아들을 찾으려고 무한 애를 쓰고, 사방각처에 공고를 해두 찾을 도리가 없다 이겝니다.

자기 삼촌이 하나 있는디, 세상에 못된 부랑자였어요. 그래 자기 형이 돈도 많구 허니까, 하루는 자기 형한티 찾어갔어요.

"형님, 조카를 어떻거든지 내가 찾어올 테니 돈 한 바리, 말 한 필만 주쇼."

"그래, 동상이 찾아 온다면야 말 한 필, 돈 한 바리는 염려가 아니니 찾아오게."

그래서 동상 녀석은 말 한 필에 돈 한 바리를 얻어가지구 어디로 갔느냐 허면 기생집으루 가서 매일 뚜두려먹구 노는 게 일이어요. 그 형의 애로는 하나두 모르지요. 동생이 다 털어먹구는 다시 형한테 와서

"이번엔 조카를 못 찾었습니다."

"그럼 돈 또 한 바리를 실쿠(싣고) 가거라."

그래 돈 한 바릴 실쿠 또 갔어요. 기생집에 가서 매일 술을 먹구 뚜두리며 놀다가 하루는 석양(夕陽) 판이 떡— 됐는데, 밑에 숯을 해서 파는 사람이 지나가는 걸 보니, 자기 조카의 모습허구 모습이 똑같거든요. 그래서 사람들을 시켜서

"저기 가는 숯장수를 불러올려라."

했거든요. 그래 숯장수를 불러올리니, 숯장수는 자기가 죄를 지은 사람야. 그래 와서

"그저 죽을 때가 됐으니, 용서를 해달라구."

항서로 비는 거죠. 그런디, 삼촌 되는 사람 허는 얘기가,

"과연 너는 숯장사 허기보담도 내 말을 잘 들으면 넌 평생 팔자를 고치니 내 말을 들어라."

"예 무슨 말씀인지 지가 듣것습니다."

"너는 지끔부터 우리 형님 집에 가서 내 조카 노릇을 허구, 내가 시키는 대루 해라."

"예, 그렇게 허지요."

이러구서는 자기 형님한테다 연락을 했어요.

"몇 월 메친 날짜에는 내가 조카를 찾어 데리구 가니 그런 줄 아시오."

연락을 해놓구, 그 다음엔 그 사람을 데리구 자기 형님 집엘 들어갔습니다. 가니 자기 어머니, 아버지, 이웃 사람 전부 나와서

"참 이제야 내 아들이 오누나."

허면서 전부 반겨하는데, 자기 마누라두 행주치마를 입구 자기 남편이 온다니 월마나 반가운지 대문 밖에 떡— 나와서 보니, 자기 남편이 아니거든요. 그러나 부모네들은

"이것은 내 아들이다."

허구서 인정을 허는 거요. 그래서 며누리보구

"빨리 저녁을 해와라."

허는디, 며누리는 그 질루(길로) 싸 동이구 자기 방엘 들어가서 나오질 않

았습니다. 나오질 않으니

　"오래간만에 만났으니 괘씸해서 그러겠지."

허구서 시어머니가 나와서 밥을 해다줬어요. 주구서는 얘기를 좀 허다가

　"너는 네 방에 들어가 자거라."

했는디, 그 집 아들이 아니면서 들어가 자라니까 쑥스러운 면이 많거든요. 그래서 웃목에 떡- 앉어 있고, 그 집 며누리는 아랫목에 있는데, 시어머니, 시아버지는 오래간만에 만났으니 엿듣고 들여다보는 거요. 보니 전과 다르거든요. 그렇게 정이 좋든 게, 서루(서로) 하나는 웃목에 있구, 하나는 아랫목에 있구 서루가 등을 지구 있으니, 시어머니 시아버진 그때 생각이 어떻게 들었느냐?

　"내 아들이 그동안 없는 동안에 우리 메누린 반드시 바람이 났구나."

허구 인정을 했어요. 메누린 죽어도 자기 남편이 아니니께 반항할 수밖에 없었지요.

　그날 저녁에 잠자릴 제대루 못하구, 그 이튿날에 시부모네가 소송을 했어요.

　"내 며누리는 천하에 몹쓸 년이니 죽여줍소사."

허구 소송을 했습니다. 소송을 해놓으니, 부모네가 자기 아들이라구 인정을 허는데, 남의 집에서 온 자기 며누리가 내 남편이 아니라구 아무리 해본들 무슨 소용이 있느냐 이게야. 삼춘까지도 내 조카요, 부모네두 내 아들이라구 하는데, 인정이 가지 않기 때문에 어차피 그 애무이(애매하게) 법을 뒤집어쓴게라. 그래 옛날 식으루 큰칼을 떡 차구서 옥에 갇혔지. 사형선고를(사형집행일을) 일 주일 앞뒀어요.

　그런 찰나에, 그 이웃에 살고 있는 초립동이 아이 하나가 시장에 갔다가 오다가 자기두 몰래, 날이 떡- 어두워가지구 천지를 분간할 수 윲게 됐어요. 그래서 이눔의 아가 허둥지둥 길만 찾어서 간다구 간 것이 바루 그 집 아들이 있는 절, 중이 된 곳에 떡- 간 거라. 천신이 물론 시켰겠지 오마는. 그래 그 집 아들, 중이 된 사람이 그 아이가 오니까 물었어요.

　"너는 어디서 살며, 어떻게 된 아인데 우리 절을 다 왔느냐?"

“예, 저는 아무 동네 사는 아무꺼시(아무개)입니다.”

중이 가만히 들어보니, 자기 사는 그 이웃이거든요. 그래서 자기 아버지네 소식은 묻지 못허고

“그 이웃에서는 다들 잘 있느냐? 그 아무개 집은 요새 어떻게 지내느냐?”

물었어요.

“그 집은 요즈음 낭지입니다.”

“왜 그러냐?”

“아 그 집에서는 모처럼 오래간만에 아들이 왔는데두 그 집 며누리는 자기 남편이 아니라구 뻗대가지구 지금 사형 선고를 받게 됐습니다.”

그러면서 그애마저도

“그 년은 아주 죽일 년.”

이라고 욕을 하거든요. 그럴 때 이 사람이 가만히 생각해보니,

“나를 낳은 부모덜이 자식을 모르고, 불과 만난 지 오래되지 않은 여자가 어떻게 분석을 했느냐?”

거기서 이 사람이 탄복을 했습니다.

그래 그 이튿날, 그애를 데리고 사형선고(사형집행) 그 자리를 갔어요. 가니, 그 자리가 딱 진열이 됐는데, 거러지(거지)는 거러지대루, 중은 중대루, 일반인은 일반인대루 줄을 지어가지구 떡 앉았는 거요. 이 남편 되는 사람이 중의 방립을 떡– 해서 머리에 쓰구서는 사형선고 앞자릴 보니 자기 어머니, 아버지, 삼촌이 죽 앉아 있는디, 참 좋은 얼굴로 앉어 있거든요. 그럴 때 이 중이 가만히 생각해보니, 과연 자기 마누라가 나온다 이거요. 얼마나 말르구 고생을 했는지, 그 눈물겹구 감격이 이루 말헐 수 없었지요. 그러나 그 내색을 하나두 않구 앉아 있어요.

조금 있다가 판사가 허는 말이

“지금 이 시간부턴 죽는 몸이니, 평생에 소원에 하고 싶은 얘기 있으면 얘기나 허구 죽어라.”

“예, 저는 죽어두 마땅하겠지만 허구 싶은 얘기가 있을 뿐더러, 이런

만인이 모인 중에 내 남편 되는 사람이 혹시 와 있는지 한번 찾어나보구 죽겠습니다.”

그게야 승낙을 안해줄 수 없구 그래서 승낙을 해줬습니다. 해주니, 다 죽게 된 이 여자가 자기 남편이 자기 추측에두 중이 됐으리라구 믿었는지 어쨌는지는 모르지만, 중덜이 앉아 있는 그 자릴 찾어서 전부 댕기는 겨. 그래 자기 남편이 방립을 쓰구 앉았는 그 앞을 싹 지나가더니 다시 도루 곱잡어서(되돌아서) 오다가, 자기 남편 앉은 그 자리에 와서 아무런 얘기두 웂시(없이) 묵묵부답으루 그 중의 목을 딱 끌어안았습니다. 목을 끌어안으니께, 자기 어머니 아버지는 저런 ‘죽일년’이니 ‘환장한 년’이니 하구 욕을 했으나, 삼춘 되는 사람은 진실로 자기 조카가 아니라는 것을 아니께, 얼굴이 벌써 검어지기 시작헌 거지. 그리구서는 그 여자가 목만 안구서 까무쳤거든(기절했거든). 그러니께 단상에 있던 검사니 판사니 모두가

“그 여자와 중을 불러올려라.”

그래서 불러올렸거든.

그래서 그 여자를 임시 치료를 해주구서, 이제 정신을 차린 후에 자기네 부모한테 물었어요. 중의 방립을 떡— 베끼구보니, 아들이라구 앉아 있는 사람이나 얼굴이 똑같다는 얘기요. 이러니 거기서 판사들이 구별을 헐 수가 없으니께, 어차피 부모한테 물을 수밖에 없지 않습니까? 그래서 부모한테

“이게 당신 아들이요? 당신 옆에 있는 게 당신 아들이요?”

그제서야 자세히 보니, 얼굴이 똑같으니까, ‘이게 내 아들이요.’ 하구 말을 못했다 이겁니다. 그러니 그 며느리 되는 여자한티 물었어요.

“이 사람이 당신 남편이요, 저 사람이 당신 남편이요?”

“이 사람이 바로 내 남편입니다.”

“그래 어떻게 돼서 그랬느냐?”

“우리 시부모네는 낳은 자식이지만 자식을 잘못 봤습니다. 내 남편 되는 사람은 턱밑 오목한 데에 점이 하나 있습니다.”

그래서 판사가 얼굴을 들구보니께, 평생에 남들이 보지 않는 턱밑 오목한 데 점이 하나 딱− 있다 이겁니다. 그래, 그 다음부터 조사를 하기 시작한 거지요. 삼촌을 족치기 시작하니까, 삼촌이 그제서야

"과연 내가 잘못했습니다. 진실로 이 사람은 내 조카가 아닌 걸 형님 돈을 내가 너무 많이 갖다 썼기 때문에, 이 숯장사허는 사람이 비슷하기 때문에 내 조카루 삼아서 데리구 온 겝니다."

그래서 그 죽을 여자를 살리고, 삼촌이 대신 사형선고를 받고. 그러니 부부와 부부끼리에 자기가 낳은 부모네보다도 얼마나 더 정확한가 하는 얘기를 제가 들은 얘기구 해서 했습니다.

채록 일시 : 1972. 4. 15. 밤
구연자 : 김상겸(남, 39세, 농업, 고교중퇴)
나서 자란 곳 : 강원도 평창군 진부면 신기리
사는 곳 : 강원도 원성군 판부면 금대 2리 일론동 1320
채록 장소 : 같은 마을 김상겸 씨 댁 안방
만나게 된 경위 및 채록 상황 : 채록일인 4월 15일(음력 3월 3일)은 이 마을의 공동제의인
　　　산제(山祭)가 있는 날이다. 그래서 김태곤 교수, 이상일 교수와 함께 산제에 대한
　　　조사도 할 겸 이 마을을 찾아갔다. 미리 연락을 받은 이장 김상겸 씨가 찻길까지
　　　마중을 나와주었다. 김씨 댁으로 가서 저녁 식사를 마친 후 마을 어른들 몇 분과
　　　함께 산제 시간인 자정까지 민간신앙에 대한 조사를 하고, 이야기판을 벌여 우호
　　　적인 분위기에서 몇 가지 이야기를 채록하였다.
청중 : 마을사람 6명, 김태곤 교수, 이상일 교수
처음 들은 때 및 들려준 사람 : 열세 살 때 나서 자란 곳에서 아버지한테 들었음.
구연 경력 : 군대 있을 때 몇 차례 했는데, 그때 이 이야기를 들은 사람들은 다들 부부관
　　　계가 중요한 것이라고 했다 함.
제목 : 채록자가 붙였음.

73. 암행어사 김우황

　　김우황이란 사람이 매우 가난해서 평양에서 도백(道伯)을 하는 외당숙에게 도움을 청하러 갔으나, 괄시를 하자 화가 나서 술상을 걷어차고 나왔다.

　　그가 잘 곳을 찾지 못해 북더기 속에서 자려고 할 때, 관아에서 만난 동기(童妓)가 도와주었다. 그는 동기와 가연(佳緣)을 맺고, 몇 달을 함께 지냈는데, 동기는 몰래 김우황의 집으로 돈을 보내서 집까지 장만해주었다.

　　그후 김우황은 과거에 급제해서 어사가 되어 평양에 내려갔다. 그는 폐포파립(敝袍破笠)으로 동기를 찾아가 동기의 마음을 떠보았으나 변함이 없었다. 그는 외당숙을 봉고파직(封庫罷職)하려 하다가 동기의 만류로 그만두었다.

　　이 얘기를 들은 왕은 그 동기를 칭찬하고 김우황과 함께 살도록 해주었다.

　　이조 때인데, 어느 왕 때인지는 모르고, 김우황 씨라구 허시는 분이 있었는데, 아주 성세(형세)가 어떻게 어려운지 모른단 말여. 그래 인저, 집에서 공자왈 맹자왈이나 하구 있지만 소용이 있나? 그 어머니가 계시다가,

　　"너 평양에를 좀 내려갔다 오너라. 평양 도백이 너의 외당숙뻘이 될 뿐 아니라 내 젖을 먹고 자랐어. 내려가면 괄세 안 할 테니 내려갔다 오너라."

　　그래서 피양을 내려갈 텐데 노잣돈이 어디 있나. 없으니까, 자기 부인이 시집 올 적에 채단, 이걸 팔아서 노잣돈을 해준단 말여. 그리구 자기 머리를 비어서, 이전 다리꼭지를 월자라구 그런단 말여. 월자를 만들어서

같이 넣어주면서,

"피양에 내려갔다 올 적에 노자가 떨어지거든 이 월자를 팔어서 올라오오."

그런단 말여. 월자를 주었다 그 말여.

그래 내려갔지. 그래 피양을 들어가서,

"서울서 이러이러한 사람이 왔다구 들어가서 사또게 여쭈면은 곧 들어오라구 허실 테니 그렇게 해라."

들어가서 거래를 하니까, 어서 들어오라구 한다구 해서 들어갔는데, 자기 생각에는

"너 어떻게 왔느냐?"

하고 반갑게 인사를 할 줄 알았더니,

"아 어려운데 노잣돈 먹구 뭘 하려 내려왔냐?"

하구 화를 내시거든. 그래 어떻게 골이 나는지,

"내아에 잠깐 다녀오겠습니다."

그러구 내아에 들어가서 외당숙모를 보구 하니까, 외당숙모 말씀은,

"아 요즈음 거 굶지나 않냐?"

그러구 반가이 대해주고 동기(童妓)를 불러서는,

"이 손님 주안상 차려드려라."

하구 대청에다 주안상을 차려다 준단 말씀여. 그런데 수의사또한테 괄세를 받은 생각을 하니까, 술카징(술은 커녕) 아무것도 생각이 없어. 그래서 술상을 탁 걷어찼어. 차니까, 그 위에 쟁반이니 뭐니 깨질꺼 아냐?

아, 그러구 동헌에 나와서

"갑니다."

그랬지.

"내가 저를 소홀히 본 게 아니라 어려운데 노잣돈 쓰고 온 것이 애석해서 그랬는데, 저놈 뭐하러 왔느냐 소리에 골이 나서 간다구 허는구나."

수의사또두 그만 골이 났지.

"갈라면 가거라."

그러니까, 그만 나왔지. 통인을 시켜서 뭐라고 시켰는고 하니, 그 서방님 어떤 집이고 재우면 경칠 테니 재우지 말라구 그래라.

아 그 나와서, 이 집에 가 자자구 허니 소용 있나, 저 집 가 자자구 하니 된다 하나. 아 수의사또 명령이니 꿈쩍할 수 있나? 그래 인저, 찾아댕기다 댕기다 해는 지구 어두워 가니까, 가을철이든지 벼 북데기(북더기)* 가 이렇게 쌓아놓은 것이 있단 말여. 버 북데기 속을 쑤시고 들어가서 자지.

자니까, 그때에 술상을 칠 적에 동기가 가만히 신언서판(身言書判)을 가만히 보니, 아무래도 훌륭한 남자야. 그래 동기가 나와서 통인을 보구서,

"너 그 서방님 어느 집에서 주무시냐?"

"아 여기서 재우지 못하게 해서 어디루 가셨는지 모릅니다."

"너 어느 방향으루 가셨는지 아느냐?"

그러구서 통인을 데리구 나와서 죽 찾아다니다가,

"여기 와서 없어졌는데 ……."

통인이 그러거든. 그래 북데기 속을, 동기가 뒤적여보니까 거기 있어.

그래 데리구 갔지. 데리구 가설랑 저녁 진지를 잘 대접하구. 동기 말이,

"아까 내가 술상 차릴 적에 보니까 서방님이 과연 남자여. 피양이라고 하는 고장은 아주 천향(賤鄕)이 되서 이방의 딸이라두 기생이 되어 번을 들구 나와야 나종에 살림을 허지, 그렇지 않으면 몰아냅니다. 그래 저두 기한이 될 때까지 여기 댕깁니다. 평생에 소원이 서방님 같은 남자를 만나서 제 신세를 부탁드릴려고 했더니, 천행으로 오늘 서방님을 만났습니다. 제 신세는 서방님한테 부칩니다."

"아 그거는 모르는 소리다. 내가 아낙이 있는 사람이요, 내가 어렵기가 극빈 생활이다. 수의사또한테 시방 구걸하러 왔댔는데, 여편네 하나도 못 거느리는데, 너 그건 아니 할 소리다."

---

* 짚이나 풀, 또는 헌 잡물(雜物)들이 얼크러진 뭉텅이.

“아닙니다. 먹고 살 것은 염려 마시고, 서방님이 허락만 해주신다면 제 소원을 풉니다.”

“알고서 그렇게 한다면 네 소원대로 해주마.”

그러구서, 그 날 저녁에 동기와 함께 잤단 말여.

자구는, 그 이튿날 그 이튿날 한 것이 몇 달 갔어. 집 생각두 잊어버렸단 말여. 하루는 나와서 댕기며 보니까, 과거 과방(科榜)이 붙었어. 돌아와서, 동기가 나왔길래,

“얘, 나가서 구경을 다니니까, 과일(科日)이 붙었더라. 그러니까 내가 과거 보러 올라갈 테니 너는 그렇게 알아라.”

“아 그러시지요. 양반의 후예로 과거 아니 볼 수 있습니까? 그럼 내일 떠나십시요.”

그러구, 나귀에 하인 하나 딸려서 노잣돈을 짊어지운단 말이야.

“우리 식구가 다 굶어죽었는지도 모르는데, 노잣돈밖에는 안 주니 이걸 무슨 염치로 더 달랄 수도 없고.”

헐 수 없이 그냥 올라오지. 올라와서래미 자기 집 근처로 가는데 하인이 딴 데로 가요.

“얘, 이거 잘못 간다.”

“염려마세요.”

얼마를 가더니 큰 집 문 앞에가 당도해. 그러더니,

“여기가 댁입니다.”

“댁이라니.”

“아, 들어가세요.”

그래 큰 문 안을 떡 들어가니, 아 중문까지 있어. 그래 그때 생각이,

“응, 그렇구나. 알았다.”

그래 중문 안에 들어서니까, 자기 어머니가 대청에서 거닐다가라므니

“아, 너 인제 올라오는구나!”

그리구는, 아들은 잘 다녀왔느냐는 말은 안하구,

“아유, 세상에 너의 외당숙 같은 이가 없구나. 너 내려가던 날로 담빡

돈을 올려보내서 집도 장만하구 인제 살게 됐다."

그래 인저 안에 들어가니까, 자기 부인도 역시 같은 얘기야.

"아유, 외당숙 같은 양반이 어디 있어요?"

그래, 그때야 자기 어머니더러 바른 대루 얘기를 했지. 사실이 여차여차해서 나와서 북데기 속에서 자던 얘기와, 동기를 만나설랑은 백년가약 맺은 얘기와, 거기서 올려보낸 돈이 전부 동기야라구(동기의 것이라구). 그래 자기 어머니 말씀이,

"그럼 그 사람은 어떻게 두고 안 올라왔느냐?"

"그건 어머님 명령을 받지 못해서 그냥 올라왔습니다."

그래, 그럭저럭 며칠이 지난 후에 과거날이 되어 들어가서 과거를 봤단 말여. 보니까 참, 알쌍급제(알성급제)야. 그제야말루 한림원에 가서 번을 들구 떡 있느라니까, 위서 불렀어. 그래 들어가니까, 위 말씀이 뭐라고 하는고 하니,

"이번에 팔도 어사를 보내는데, 너 김우황은 글 지은 것을 보니 백성의 행복이다. 피양은 호강(胡彊)* 근처요, 왕가가 불급해서 백성이 도탄에 있것다. 허니 너를 피양 어사를 보낸다."

그러니까 아주 어떻게 좋은지 모르겠단 말야. 그저 평양에 내려가면 단박 그저 자기 외당숙을 봉고파직(封庫罷職)을 시키구, 큰소리 한번 치겠단 말야.

그래 그 이튿날, 서리 역졸을 데리고 떠나지. 떠나가서 중화쯤 가서 그냥 수의복 훌훌 벗어서, 참 역졸을 주구서, 피포파립(敝袍破笠)에 거지 행세를 하고서 피양을 떡 들어갔는데, 서리 역졸들더러

"너 아무날은 광한루 등대하라."
그랬지.

문에 썩─ 들어가서 동기를 찾아가니 달밤인데, 괜히 왔다갔다 하면서 중얼중얼 미친놈 행세를 허지.

---

* 중국과 가까운 곳.

"여기 같은데 아닌가? 어쩐가?"

해가면서. 그때 마침 동기가 번(番)*을 들구서 나오다가 썩 보더니,

"아, 뭘 여기가 어디냐구 그러시오. 어서 들어갑시다."

그런단 말여. 그래 들어와서 앉아서,

"아, 너 볼 낯이 없다. 올라가보니 네가 집두 큼지막한 것을 사주구 살게 됐는데, 그전에 우리 아버지가 흉년에 빚을 많이 지구 돌아가셨다. 그래서 살게 됐으니까 빚쟁이가 그저 덤벼들어설래미 아버지가 진 빚을 내어놓으라고 조지니, 자식된 도리루 아니 갚을 수 있니? 그래서 죄 갚았다. 죄 갚구, 도루 거지가 됐다. 그러니, 궁허구보니 생각나는 게 네 생각밖에 없어서, 그래 헐 수 없어서, 그래 헐 수 없이 부끄럼을 무릅쓰고 또 내려왔다."

"아 그러시죠. 그거 뭐 돈이 상관 있소?"

그러구서 의장을 덜컥 열더니 새 의복을 꺼내서 줘. 그래 의복을 입고설랑으니 같이 자고서, 아침에 동기와 마주앉아 조반을 먹고 나니,

"아, 이거 내가 기생 노릇을 그만둬야지. 나는 불가불 번을 들러 나가야 할 테니 갑갑하더라두 댁에 좀 기시유."

그러니까,

"나도 갑갑하구 혼자 집에 어떻게 있냐? 나두 나가설랑으니 영광전이나 보구 바람 쐬구 들어오것다."

"그럼 그렇게 하슈."

자기 의복을 훌훌 벗더니 그 거지 옷을 입고 나가.

"아 그건 무슨 짓이오?"

"아니야, 짚새기는 제 산이 좋다구, 어려운 사람은 이렇게 허구 나가야지."

그래 광한루 떡 당도하니 역졸이 등대했던 말야.

"너 삼 일 후에는 암행출두를 헐 테니 암행 출도 후에는 수의사또를

---

* 당직을 하는 일.

봉고파직을 시킬 테야. 허니 너 깊이 새겨서 잘 거행해라.”
그러니까 서리 역졸이 긴 대답 허구 뿔뿔이 헤어져.

그리고는, 종일 거닐다가는, 기생 들어올 만한 때에 들어갔거든. 그래 들어가서 보니까는 동기가 벌써 와 있어. 그래 동기가 ‘인저 오슈?’ 하는 말도 없구, ‘어디 갔다 오느냐’는 말두 없구, 인사도 없이 암상*만 발칵 내구 앉았어. 그래 인저 눈치만 보구 있지. 시방말루 식모가 밥을 해가져 와. 그래 저녁을 먹는데, 그전 같으면 술상 머리에 꿇어앉아서, 술을 전반주 후반주를 부어놓는데, 술 먹으라는 말두 없구, 자기는 저녁을 먹어두 웃목에 앉아서는 암상만 발칵 내구 앉아 있단 말야.

그래 저녁을 먹구 나서,

“너 어째서 면상에 골을, 뭐가 잘못 됐냐? 어디가 아프냐? 어째서 골을 잔뜩 내고 앉았냐?”

“그건 알아 뭘 해요?”

“아, 네 일을 내가 모르구 누가 안단 말이냐? 그 어쩐 일이냐?”

“이년이 눈깔은 있어도 알맹이는 없는 년이어요.”

“그 우짠 일이냐?”

“정 물으신다면 내가 대답하겠소. 에, 내가 서방님한테 백년을 의탁하기는 아무때라두 서방님 훌륭히 되기를 바라서였더니, 당신은 올라가신 후에도 관명**도 어사명밖에는 못 쓰겠소. 인저 어사가 환갑이오 그러니까 내가 눈이 있어도 알맹이는 없는 년이오.”

“아 그게 무슨 소리냐? 내가 어사만 했으면, 네 말두 어떨지 모르겠다만 내가 어사를 했냐? 무슨 소리냐?”

“아, 그걸 몰라요? 사람이 좋은 옷은 벗어놓고 거지 옷을 입고 낮에 나가는데, 눈치를 채지 그걸 몰라요? 오늘 미행했소. 가보니까, 삼 일 후에는 암행출두를 할 테니 알아서 거행하라구? 수의사또를 봉고파직시킬 테야? 그 수의사또가 내가 보기에는 잘한 것도 없구 못한 것두 없어. 당신

---

* 남을 시기하고 샘을 잘 내는 잔망스러운 마음.
** 관 위에 쓰는 벼슬 이름과 성명.

이 한 번 면박받았다구 그걸로 남을 박살쥐요? 그러니깐 당신은 죽은 후에 관명은 어사명밖에 못 쓴단 말이오."

가만히 생각하니 과연 동기 말이 옳아.

"그래 그러면, 내가 그 일을 안하면 괜찮지 않냐?"

"그렇죠."

"그럼 내 그 일을 안하마."

그래 그제는 해해 웃고, 같이 그 날 저녁에 정답게 자구, 그 이튿날 영광전 나가니까, 또 서리 역졸들이 등장했어.

"그래, 내가 어저께는 암행출두를 하기로 했더니, 다시 생각하니 그렇지를 않다. 그러니, 노문을 놓고* 부를 테니 삼 일 후에 노문을 놔라."

그래 삼 일 후에 노문을 놓고 출두를 하는데, 큰 백마를 타구서 어사가 들어가서, 마패를 들구서, 자기 외당숙이 가만히 생각하니 큰일났단 말야. 자기 사촌 누님의 아들이 어사를 해가지고 내려오니, 전기에 괄시하던 생각이 나서 큰일났거든. 그래 출도할 적에 감사가 마중을 나갔지. 암만 조카지마는 어사를 해서 가면은 그 앞에 가 절을 하게 마련이야. 그래 인저, 말에서 내려설랑으니 들어갔지. 동헌으로 들어가설랑으니 앉아서 숙질간에 차담상을 잡수시고는, 참 피안도를 서서히 순찰허구 참 올라왔단 말야.

그래 올라왔는데, 하루 저녁엔 위서 부르셔. 부르시는데, 죄다 불러. 팔도 어사를 다 부르시더니,

"너희들 이번에 어사를 해서 갔었는데, 갔다 온 소견 역사를 다 한마디씩 해라."

이렇게 말씀하신단 말씀여. 그래 충청도 간 어사는 뭐라고 허는고 하니,

"어디를 가니까 효자가 있구, 어디를 가니까 열녀가 있구, 어디가 뭐가 있구 했습니다."

하는데, 각 도 어사가 다 그거야. 경과보고가. 그리구 또 어사의 직분이

---

* 공행(公行)의 일정을 공문으로 미리 알림.

그거니까. 그래 마지막으로,

"너 김우황은 어떻게 했냐?"

그래 감우황은 그 얘기야. 자기가 어려워서 어머니 말씀이 피양을 내려가면은 괄시를 안할 테니 내려갔다 오라고 해서 평양을 갔던 말과, 도백이 괄세해설랑으니 화가 나서 내아에 들어가서 술상 치던 얘기와, 그날 저녁에 북데기 속에서 자던 얘기와, 동기를 만나서 함께 살기도 하고, 동기한테 몇 달 있다가 과방 보고 올라온 얘기와, 또 동기가 몰래 돈을 보내 집서껀 장만해 살게 해준 얘기를 다 했어. 이번 과거한 얘기와, 한림원에서 번을 들다가 피양 어사를 가라고 하셨을 때 어떻게 좋은 줄 몰랐었다는 얘기를 하니,

"그래 어째 그렇게 좋드냐?"

"그저 내려가면 단박 피양 감사를 봉고파직 시켜서 박살을 줄 생각을 하니 여간 좋지 않읍디다."

"그래 이번에 내려가서 단박 봉고파직을 시켰냐? 박살을 줬냐?"

"그러지 않았습니다."

서리 역졸들더러 암행출도하여 박살을 주려 하였더니, 동기가 벌써 알고서, 골 내던 애기며, 그래서 노문을 놔가지고 노문 출도를 하던 애기를 했단 말여.

"너 그럼 이번에 동기를 데리고 올라왔느냐?"

"그냥 왔습니다."

"에이, 우째 그런 은인을 그냥 두고 왔냐?"

그래 도승지를 불러가지고,

"애, 칙지(勅旨)를 써라. 동기를 칙령(勅令)을 내려설랑 오도록 해라."

그래 인제, 동기가 칙령으로다가 올라오게 되는데, 각 원(員) 군수들이 칙령을 대줘서 올라왔지.

"올라오거든, 바루 우황의 집으루 가지를 말구 입실시켜라."

하신단 말씀야. 그래 바루 전내루 들어설랑으니 바르르 떨구 구부려 있으니까, 위에서 말씀이

"너 한낱 천기(賤妓)로서 어떻게 그렇게 마음이 마특허냐? 너 치마폭을
벗어라."

치마폭을 내니까 친필로다가 '왕김우황가(往金宇黃家)'라 써주고,

"김우황의 집으루 가거라."

그래서 치마폭을 들구 집으루 왔지. 나중에 순국대부까지 했단 말야.

저 개성 가는 이구물이라고 하는 데, 상산 김씨의 김갑동 씨의 산소가
김우황 씨 산소야.

채록 일시 : 1972. 8. 17. 13:05~23
구연자 : 이범렬(남, 75세, 농업, 한문 수학)
나서 자란 곳 : 경기도 연천군 왕징면 고잔하리
사는 곳 : 경기도 연천군 전곡면 은대 3리
채록 장소 : 전곡면 전곡리 경로당
만나게 된 경위 및 채록 상황 : 채록자가 경로당으로 찾아가니 노인 6명이 모여서 담소하고
    있었다. 노인들은 채록자의 설명을 듣고 바로 협조해주어서 우호적인 분위기에서
    몇 편의 민담을 채록하였다. 이야기는 3명이 돌아가며 했고, 다른 사람이 이야기
    할 때에는 모두 경청하면서 맞장구를 쳤다.
청중 : 마을 노인 6명
처음 들은 때 및 들려준 사람 : 젊었을 때 친구한테 들었음.
구연 경력 : 몇 차례 했음.
제목 : 구연자가 말한 것임.

74. 쫓아낸 딸과의 만남

　서울의 유정승이 딸 하나를 곱게 키웠는데, 이 딸이 그만 청지기 아들과 불
륜의 관계를 맺고 있었다. 이를 안 유 정승은 그 딸을 배에 태워 멀리 내쫓았다.
　물따라 흘러간 그 딸은 해남지방에 닿아서 어느 가난한 집의 며느리가 되었
다. 그 여자는 남편에게 글공부를 시켜서 과거를 보게 했다. 그녀의 남편은 장
원급제해서 양주 목사가 되었다.
　양주로 가던 정승의 딸은 자기 집을 지나다가 아버지가 잘 다니시는 모퉁이
에 글을 지어 붙였다.
　“柳枝一葉飄風去　飛到海南着柳李
　　江上別恨欲復見　明朝來楊州.”
이 글을 본 정승은 양주로 가서 딸과 사위를 만나 잘 살았다.

　그전에 봉화 유씨에 유 정승이라고 서울에 살았는데, 서울에서 정승을
했는데, 유 정승이 아들이 없구 딸 하나밖에 없단 말여. 게 그러니깐, 어
떻게 잘 공부나 시켜서 그 사위나 하나 알쌍과나 시켜서, 사위나 참한 사
람 얻어가지구, 자식 대신 그저 이렇게나 할려구 공부를 자꾸 시키는데,
뒤 후원 별당에다 두고 공부만 그저 냅다 시킨다. 그래 인제, 공부를 할
만큼 할려니까, 나이 열칠팔 세 되니까, 좌우간 자연히 성(性)이란 누가
가르쳐주는 게 아니라 저절로 생기는 게라 이저. 그런데 사서(四書)를 읽
고, 시전(詩傳)·서전(書傳)을 읽는데, 시전을 읽다가 시전에 ‘흥아(興也)라
부아(賦也)라’ 하는 것이 있어. 흥야라 하는 것은 편지하는 셈이구 부야라

하는 것는 답장하는 셈이다 그런 말야. 글은 음란한 글이 많아요. 그런데 그걸 읽다가 가만히 생각하니, 음이, 음양(陰陽)이란 자연히 동하게 마련 이란 말여.

그래서 글을 읽다가 헐 수 없이 시비를 불러서,

"거 아무개 청지기 아들 좀 오라구 그래라."

그전에는 청지기가 뭐냐 하면, 시방 비서나 미찬가지야. 그러니까 청지 기나 청지기의 아들은 무식한 사람이 없단 말야. 대개 글을 잘 가르치지. 그래 참 시비가 불러왔것다. 불러오니까, 떡 들어오라구 하니까, 웬 영문 인지를 모르구 청지기 아들이 어려워하지.

"거 그럴 것 없으니 여기 앉으오."

그러구서 글의 수문수답을 하는데, 이놈도 무식지 않고 하니까, 얘기가 될 게 아니겠어? 얘기도 재미있지만, 며칠을 계속하니까, 자연히 못된 짓 도 하게 된다. 그러니까 자기의 마음을 그만큼 쏟았을 적에는 남녀가 다 그만큼 흥미있게 살게 되어 있는 게 아닌가 하는 생각만 났다 이 말씀야. 양심으로써 참 예문을 못 봤든지, 좌우지간 이게 오래니까 소문이 날 수 밖에 없잖아. 그래 소문이 이렇게 나구보니, 큰일 났단 말야. 대가집에서 그런 일이 난다면 그 윤허가 닿지요. 그래서 어머니가 생각허니 큰일났단 말야.

"이걸 어떻게 한단 말이냐? 아들겸 딸겸 잘 길러서 시집이나 잘 보낼 려고 했더니, 자 일은 망쳤고, 시집은 다 보냈으니 어떻게 한단 말이냐?" 염려를 하다가 정승한테 이야기를 했지. 얘기를 허니 도리가 있느냐 말 야.

"별수가 없소. 이걸 죽일 수도 없고 딴 수가 없으니, 아주 멀리 부지거 처(不知居處)로 내보내는 수밖엔 없어. 죽었다구 허구 그러는 수밖에 없 지."

그렇게 하구서는 하인에게

"아무 날 저녁에 한강에다가 두서너 사람 탈 만한 거루(작은 배)를 준 비해둬라."

이렇게 해놓고는 한밤중쯤에 불렀단 말야. 시비보고

"여기 소저 좀 나오라구 해라."

그래 나오니까 떡 허는 말이,

"너 오늘 저녁에는 어디를 좀 같이 가자."

"어딜 가세요?"

"글쎄 어디구 나만 따라와."

그러니, 더 얘기할 수가 있나? 그래 한강으로 데리구 나갔지. 나가서는 다짜고짜루, 그래두 딸을 이별할 생각을 하면 마음이 좋겠어? 그래 은자(銀子)를 얼마큼, 한보따리 싸서는 배에다 떡 들여놓고,

"너 여기 타거라."

그래 배에다 올려놓고,

"너와는 이걸루 이별이다."

그러구선 아무 소리 없이 배를 넙다 강물로 띄어놓거든.

생전에 배를 타봤나 뭘 아나. 그저 가는 대루 한없이 갈 수밖에. 며칠을 갔던지 간에, 어쨌든 떠내려가다가 해남도라는 데를 갔어. 해남에 가서 배가 모래 사장에 가서 떡 제대로 닿았단 말야.

그래 며칠만에 육지를 보니깐드루, 잠두 못 자구, 벌벌 떨구 며칠을 지냈으니 정신이 빠질 수밖에. 그래 모래 사장으로 기어나가서 털썩 앉았으니, 기막히지 뭐 말할 게 있나? 어딘지도 모르구.

그 아래서 빨래하던 마누라 하나가 떡 쳐다보니까 웬 선녀가, 시골서는 그렇게 잘 입고 그런 여자를 못 봤단 말야. 이조 때지만. 신선인지 사람인지 모르지. 빨래질을 '쾅쾅' 하면서 자꾸 쳐다보다가 또 보니, 앉은 자리에 그대로 앉았다 그런 말야.

"귀신인가? 신선인가?"

하면서 빨래를 다 하구보니까, 해가 다 넘어갔단 말야.

"에이 한번 가서 물어나보자."

그래 가서,

"아씨는 어디서 오신 양반인데, 혼자 이렇게 해가 저물어 가는데 꼼짝

도 않고 앉았으니, 어디서 오신 분이오?"

그래두 대답이 없구. 그렇지만, 그 여자두 뭐라구 해. 아마 그때쯤은 자기가 뭘 했다는 죄 생각이 났을 테지. 그러면서 애걸을 하지. 빨래질을 하던 여자가, 마누라가.

"자 해는 다 가고 어둡는데 여기서, 한데서 주무실 수도 없는 거구, 내 집이 암만 누추하지만 저의 집에 가서 쉬는 게 어떻겠소? 일어나슈, 일어나슈."

그러거든. 자기가 가만히 생각하니 한데서 잘 수는 없구. 슬그머니 일어서니까는, 같이 데리구 들어왔단 말야.

그래 들어와보니까는, 참 방 한칸, 부엌 한 칸에서 있는데, 그 주인이 아들 하나 더꺼머리 총각, 그저 파먹구, 그이(게)두 파먹구 하는 것밖에 없어. 자 그러니, 어디 그 참 저, 안말(안쪽의 마을)은 동네가 있지만, 강변엔 그저 이 아랫집모냥 그렇게 사는데, 워디를 갈 수가 있나? 그저 밥을 얻어먹구 그냥 있는데, 그래 인제 뭐 한 달, 두 달 이렇게 뭐 있지. 그러니 그 커다란 총각은 당체 아주 뭐 쳐다두 못 보지. 아 배운 범절이라든지, 그 옷 입은 것을 본다든지, 인물을 본다든지, 뭐 신선 같구. 인제 뭣해서 허는데, 그 마누라가 가만히 생각을 하니 말여, 이런 며느리를 삼았으면 세상 좋을 텐데. 말이 나가느냐 이런 말야.

그래서 참 몇 달 있다가는 남의 말하듯 말야.

"아유, 저런 아씨를 젠장 우리 며느리루 은었으면 젠장 한이 없겠는데 젠장 허허허허 ……."

이렇게 슬며시 얘기를 헌다. 허나 그 뭐라구 대답할 수도 없구, 그 이렁저렁하구 있는데, 그 몇 번 얘기를 하니까, 자기가 자기 생각을 한대두 우쩔 수가 없어. 어디를 갈 수도 없구, 아무 정승의 딸이라구 말할 수도 없구. 그래서 뭐 말두 어머니라구 허니께,

"거 어머니 말씀을 늘 그렇게 하시는데, 밤낮 그게 한이시라면, 그거 뭐 어려울 것 없으니, 그 뭐 내가 며느리 노릇 해드리면 되지 않소?"

일이 그렇게 되어서 그만 내외가 되고 말았는데, 자 이거 첫날 저녁부

터 좌우간 허는 얘기가,

"글 좀 배우려오?"

"글이 뭐요?"

"글쎄, 내가 가르쳐주는 대로만 하시오."

뭐 너무 칭하지는 (신분·가세·교양 등의 차이가 나는) 데루 장가를 들구보니까, 뭐 소금 섬을 물로 지고 가재두 할 수 없단 말야.

"그럼 하라는 대로 허겠소."

"그럼 그렇게 하시오."

그래, 그 이튿날 가서 책을 사다가 자기가 가르친다 이런 말야. 그래서 삼 년 동안을 가르쳤어. 그래 수문수답을 하구, 글짓는 거라든지 뭐 이렇게 하는데, 좌우간 일하고 들어와서 저녁이면 글 가르치는 걸 삼 년을 어트게 지독히 했든지 삼 년을 가르치니까, 자기 글만하단 말야.

"인젠 됐다."

하는 식으로 하고 있는데, 동네에 자기가 가서보니까, 과일(科日)이 붙었단 말야. 떡 보구와서는 저녁에 들어와서,

"당신 과거 한번 보러가려오?"

"과거가 뭐요?"

"글쎄 과거라는 것은 서울에 올라가서 나라에서 글제를 내면 글제에 화답을 하는 것인데, 잘하게 되면 알쌍과두 허는 건데, 그게 과거요. 아무 날이 과거인데 당신 가려오?"

"아무거고 내가 할 수 있는 것이면 허겠소."

마누라가 아니고 뭐 뭐 상전, 선생야. 선생은 선생이고. 글 배웠으니까.

그래 과일을 몇 날 앞두고, 아버지가 시관(試官)두 하구 했으니까, 과거의 준비와 차림 차림이야 척척이지, 뭐. 지필묵이라든지 뭐 서울에 가선 아무데 가서 자리를 잡고, 그 과거 보러가는 사람 숙소가 따로 있으니까. 그런 데에 가서 있으면서 글제 나오는 것을 잘 보고 거기에 응해서 잘 지으면 장원을 할 수 있고, 그러면 뭐시 하는 거라구 잘 일러서 보냈어.

그래 올라가서 과일을 기다리니, 참 과일이 되었단 말야. 자 그러니까,

과거를 장원을 하게 되면 의성마를 타고 풍악을 울리면설랑은 이렇게 하면서, 전 대신한테 찾아다니며 문안을 댕겨요.

그래 유 정승 집을 찾아가서 뵙는데, 참 유 정승이 기가 막힌단 말여.

"아이구 내 딸이 있었더라면, 저런 사위를 얻었으면, 나두 늙게 괜찮을걸."

하는 이런 생각두 있었을 것이 아니겠소? 그래 참 시원하게 이렇게 해서 보냈지. 그래 인저 그렇게 하구서, 집엘 내려갔단 말여. 과거만 따가지구서 내려갔어.

그런데 그때에 양주에 목사가 비었어. 빈 게 아니라 있기는 있는데, 이 양주목이라 하면은 의정부인데 말야. 그때는 목사라면은 노대신, 정승 이런 거 해먹던 사람들이나 대대로 해왔다 말씀야. 옛날부터 그랬는데, 조정에서 대신들이

"이번에는 우리 양주 목사를 말야 신임, 신 알쌍과한 사람을 시키는 게 어떠냐?"

"에, 한번 그렇게 갈아보자, 늙은이만 시킬 것 없이."

모두들 좋다고 하여 그 사람이 양주 목사루 되었단 말야.

그래 칙지를 갖다가 떡 편지를 해설랑 참 올라오라구. 말하자면 양주 목사 사령을 받아가지구 올라오는 셈이지. 그래, 떡 올라오는데, 솔가(率家)해서 올라오는 게 시(세) 식구밖에 더 있나? 마누라하구 뭐시허구.

떡 서울에 도착하니께, 눈물이 앞을 가린단 말야. 삼 년 동안을 그렇게 해설랑 양주 목사는 해오지만, 그 유 정승, 자기 집 친정 동네를 지낼 적에 참 기가 막힌단 말여. 그래,

"사린교 좀 머물러라."

하구서는 글을 두 귀를 지어서는, 그 자기 아버지가 음, 그 여기서 웃음에 소리 하기를, 웃음의 소리가 아니라 뭐가 빡빡하면 '거 대신의 집 문턱 같다' 하잖아. 그랬는데, 그 아버지가 아침 저녁으로 순행을 다녀요. 어디가 드러우면은 소제를 해라 뭐 해라 하구, 아버지가 잘 댕기는 모텡이에다 글을 두 귀를 지어서 붙이구는 양주 목사를 따라 집엘 왔단 말야.

그래, 목사로 내려와가지고는 명령을 하기를,

"내일이나 모레쯤에는 유 정승이 여기를 내려올 듯하니, 우쨌든 깨끗이 소제를 해라."

그렇게 명령을 내려놓구서는 떡— 있는데, 그래 하루 아침에, 그 아침 저녁에 순시를 다니는데, 한군데를 지나다보니까 글이 붙었는데, 이상스럽단 말야. 그래 유 정승이 떼가지고 소매에다 집어넣구서는,

"자—, 이거 이상스럽다."

하구서는 좋아서 마누라더러

"여보, 빨리 조반 좀 하게."

"아니 왜 오늘 아침엔 조반을 빨리 하라구 그러슈?"

"아, 나 양주 좀 갔다 와야겠어."

"양주요? 양주에 무슨 좋은 일이 있소?"

"가봐야 알지."

유 정승이 조반을 재촉해먹고 양주를 정말 내려왔지.

그런데 유소저는, 말하자면 양주 목사의 부인이지. 그리구 양주 목사는 성은 이가야. 성은 이가인데, 그래 기다리고 있는데, 유 정승이 오신다고 해서 동헌에다 떠억 자리를 마련해놓고 있는데,

'정말 아버지가 오셨나?'

하고 궁금하니께 문틈으로 내다보니까, 정말 아버지가 오셨단 말야.

"유 정승을 내당으로 자리를 옮기오."

하고 연락을 하니 목사라두 부인의 말이라면 잘 듣거든.

유 정승이 오기를 무슨 글을 보고 왔는고 하니, 으음—. 자 이런 놈의 정신봐라. 아—,

"유지일엽이 표풍거(柳枝一葉飄風去)하야, 에— 유지(柳枝), 성이 유가니까. 버들가지 한 잎이 폭풍에 날아가서, 비도해남착유이(飛到海南着柳李)라. 날아 이르러서 해남 땅에 이가하고 산다는 것이 분명하지. 강상별한을 욕부견(江上別恨欲復見)인대, 강상에서 이별한 한을 갖다가 다시 보고자 할진댄, 명조에 내양주(明朝來楊州)하소서."

하니 그 글을 보고서 간 거야.

그래 내당에 가서 떠억 보니깐, 유 정승도 정말 자기 딸인가 하고 궁금했을 게 아니겠어. 그러니까 내당에 가니까, 절을 먼저 떠억 하구 양주 목사더러

"빙장 뵈우시오."

하거든. 아 그래 양주 목사가 깜짝 놀라 절을 하구.

아 그 삼 년 간을 못 보던 딸을 만나고, 양주 목사의 부인이 되어 잘 살았다는 뭐시가 있는데, 그것이 왜 그러냐? 만약에 글을 읽다가 양심에

'이건 내가 못하는 거다'

하는 것만 알구서 했대두 그렇게 될 리가 만무다. 그렇게 생각하구 양심대루 살면 잘될 수가 있다는 얘기여.

채록 일시 : 1972. 8. 17. 13:45∼14:02
구연자 : 권태선(남, 68세, 농업, 한문 수학)
나서 자란 곳 : 경기도 연천군 연천면 차탄리
사는 곳 : 경기도 연천군 전곡면 전곡 2리
채록 장소 : 전곡면 전곡리 경로당
만나게 된 경위 및 채록 상황 : 채록자가 경로당으로 찾아가니 노인 6명이 모여서 담소하고
    있었다. 노인들은 채록자의 설명을 듣고 바로 협조해주어서 우호적인 분위기에서
    몇 편의 민담을 채록하였다. 이야기는 3명이 돌아가며 했고, 다른 사람이 이야기
    할 때에는 모두 경청하면서 맞장구를 쳤다.
청중 : 마을 노인 6명
처음 들은 때 및 들려준 사람 : 젊었을 때 친구한테 들었음.
구연 경력 : 한두 차례 했음.
제목 : 채록자가 붙였음.

웃음과 지혜 이야기

75. 상자 속의 물건 알아맞히기

    옛날에 중국 천자가 조선에 명인이 있나 없나를 시험해보려고, 나무 상자 속에 달걀을 넣고 꼭 봉하여 보내면서, 무엇인가를 알아맞히라고 하였다.
    임금은 이것을 황 정승에게 처리하라고 하였다. 황 정승이 이 문제를 풀지 못해 걱정하고 있을 때, 젊은 선비 하나가 황 정승을 찾아왔다. 황 정승이 딸의 말대로 이 젊은이에게 문제를 풀으라고 하니, 젊은이는 자기를 사위로 삼으면 풀겠다고 했다.
    젊은이는 황 정승의 딸과 결혼을 한 후에,
    "團團石中物   단단한 돌 가운데의 물건은
    半白反黃金   반은 희고 반은 누렇네
    夜夜知時鳴   밤마다 시간을 알아 가르쳐주려 하나
    函中未吐聲   함 속에 있어 소리를 토하지 못하는구나"
라고 썼다.
    이를 본 중국 천자는 조선에도 명인이 있음을 알았다.

    옛날에 대국 천자가 조선도에 명인(名人)이 있나 없나 시험을 볼라고, 이 낭구루다가(나무로) 조만한 궤를 맨들어가지고, 고 속에다 달걀을 딱 한 개 여서(넣어서) 꼭 봉해설나메, 그래서 조선 임군(임금)한테로 내보냈어요.
    그래 내보는데 겉피봉에는, 조선 임군이 떠억 받아보니,
    "조선이 명인이 있거든 이 속에 무어가 들었는지 알아서, 이 궤를 뜯지도 말고 통채로 도로 돌려보내라."

겉봉에다 써놨거던. 그러니 임군이 이것을 뜯어보지두 못하겠고, 알라니 속에 무어가 들은지 알지도 못하겠고. 이걸 우리 임군이 국가에서 이걸 모를 거 같으면, 한국이 고만 낙맹(落名)이 되겠다 이거거든.

하, 뜰에 조정 대신들을 모아놓고 수차에 알아볼라니 알아볼 도리가 없어가지고, 어느 한 신하가

"저— 황 정승한테루다가 그 궤짝을 보내면은 알아볼 도리가 있습니다."

그러거든. 그러니까 임군이 좋아라고 그만 그 궤를 하인들을 시켜서 고만 황 정승의 집으로 보냈거던. 황 정승이 집에 있다가, 아 임군이 궤짝을 떡 갖다주구설나메 갖다놓구서, 이걸

"속에가 무어가 들었나 알아설나메 올리라."

이거거든.

그래 궤 곁에 비봉을 쓴 걸 보니, 대국 천자가 보냈는데, 이거를 모르면은 조선이 낙망이 되구. 그래 이, 황 정승도 몰라가지구 수심만 하고 있는 차에, 젊은 청년 하나이, 손님이 떠억 들어오네요.

"하룻밤 쉬어갑시다."

이러구서는.

"아, 윗방으로 들어가라."

황 정승이 가마이 생각을 해보니, 이걸 모르면은 조선이 낙망이 되니, 이거 도저히 내가, 이름이 있는 사람으로서 이걸 모른다면은 도저히 안 되니,

'예이끼 내 이거 죽을 수밖에 없겠다.'

하고 문을 걸고, 식음을 전폐하고, 고만 이불 깔고 방에 누웠어요.

그래서 이 황 정승은 아들이 없고, 다만 딸 하나뿐이오. 딸이 조석을 해서 문을 열려구 하니, 문을 걸어서 들어갈 도리가 있어야지. 그날 첫번 날에는 못 들어오구. 지억에(저녁에) 지억상을 해가지고 오니, 문을 걸었어. 그때선 부모 문이지마는 확 잡아땡겼어요. 땡기고 쫓아들갔어요.

"아버지는 무슨 수심으로다가 죙일 식음을 전폐하시고 하니, 이거 아

지 못하겠으니, 바른 대로 얘기하시오."

"너 알 거 아니다."

이거다. 할 수 없거든. 이 딸은 나왔어요.

그 이튿날 아침을 또 이 딸년이 해가지고, 가지고 들어가니, 여상(전과 같이) 이불 깔고 드러누웠다 이거야.

"이나서 진지 잡수시오."

"아 밥 생각 없다. 가주 나가거라."

"아버지, 부녀간에 못할 말이 무어가 있습니까? 아버진 나를 보구 살구, 나는 아버질 보고 사는 터에 무어 땜에 그러십니까?"

가만 보니, 한참 생각을 하니, 사실 그렇거든요.

"대국 천자가 이 궤를 내보내서, 이 속에 무어가 들었는지를 알아 올려 보내라 하니 낸들 알 수가 있나? 그렇다고 이걸 모르고 본다면은, 우리 조선이 아주 낙망이 돼. 낙망이 되니, 차라리 이걸 내가 모르고 죽는 거이 낫잖느냐?"

황 정승의 말씀이.

"아유 아버지 걱정 마시고 진지 잡수십시다요. 그걸가지고 뭘 그러십니까?"

딸년이 그러네. 그래 참 부모를 참, 밥을 들게 한 뒤에, 밥상을 물린 뒤에,

"아버지 그거가지구 왜 수심을 띄우고 계십니까?"

"너 알겠니?"

"하, 웃방에 어제 손님이, 젊은이 왔잖습니까? 그분한테 얘기하면 다 압니다."

[옆의 노인 : 아하 그러니께 그 딸이 이인(異人)이로구먼]

그제서는 황 정승이 앉었다가서는 젊은 사람을, 젊은 사람을 내려보내 불러선 한방에 떠억 앉았어.

"여보게, 이 궤 좀 ……."

"예, 절 사우로 삼으면은 그, 알 도리 있습니다."

[옆의 노인 : 그 여자가 벌써 알고 있을까?]

아니, 야 그거 하나 알자고 생전 모르는 사람을 사우 삼을 수 없는 형편, 사실이 좀 난망하다 이기여, 그래서 황 정승이 생각하기를,

'아하 조선 낙명되는 거보다도 내 딸 하나 시생(희생)하는 게 낫다.'

"어 오늘 저녁 사우 삼는다. 가르쳐다고."

"예, 예를 일궈야죠(갖춰야지요). 예를 일궈야 합니다."

[옆의 노인 : 말로 해선 안 된다는 거지.]

야, 이 젊은놈이 배짱은 있는 놈이여. 그래 날을 끊어. 불가불 날 택일해가지고서 행례를 떠억 치루었다 이거여. 행례를 떡 하고서는 제일 첫판에 불러들여.

"가르쳐다고."

"예이, 신방을 시켜야 합니다." [일동 웃음]

할 수 없이 신방을 시켜 줬거든. [옆의 노인들 : 신방을 시켜야지.] 신방을 시켜주고, 그전이나 시방이나 장가를 가면은 신방시키고 나오면은 새벽 따라 의관정대하고 부모 앞에 인사나옵니다. 시방도 그렇지오마는. 부모, 그 장인 앞에 인사하러 떠억 나오니께, 장인이 반가와서 이나(일어나) 앉어서 인사를 터억 받은 뒤에,

"얼른 가르쳐라."

이깁니다. 얼른 가르쳐라.

"예 이리 내노시우."

내놓으니께, 먹을 살살 갈고서, 붓대를 들고서, 종이를 귀에서 젖혀서 글씨를 씁니다. 글씨를 뭐라고 쓰나 하니,

"단단석중물(團團石中物)은 단단한 돌 가운데 물건은,

반백반황금(半白反黃金)이라. 반은 희고 반은 누렇습니다.

야야지시명(夜夜知時鳴)하니, 밤마덩 시간을 가르쳐주니,

함정에 미토성(函中未吐聲)이라. 함정 속에 드니 소리를 내가 토하지 못합니다."

글씨를 딱 썼다 이기여. 써놓고 황정승이 가만 보니께, 달걀이라. 하하
…….

그길로 사람을 임군한테로 올려보냈죠.

"그렇지. 황정승이 그래도 정승이로구나."

궤짝을 내서 그길로 대번에 대국 천자한테다 떠억 들여보내주니까, 천자가 그만,

"하 조선도 명인이 있구나. 이걸 아는 걸 보니. 조선도 명인이 있구나."
그래서 조선이 낙명이 안 되고, 명인이 있다는 거를 그때부텀도 아주 판단해놨다 이런 얘깁니다.

채록 일시 : 1981. 1. 14. 17:56~18:08
구연자 : 김영배(남, 68세, 농업, 한문 수학)
나서 자란 곳 : 충북 단양군 단양읍 대점리
사는 곳 : 충북 단양군 단양읍 대점리
채록 장소 : 하방리 경로당
만나게 된 경위 및 채록 상황 : 채록자가 동행한 학생 4명과 함께 경로당으로 찾아가니, 노인 18명이 모여 한쪽에서는 화투놀이를 하고, 난롯가에서는 몇 분이 담소하고 있었다. 채록자 일행이 들어가자 노인들은 화투놀이를 그만두고 모두 둘러앉아 이야기판을 벌였다. 우호적인 분위기에서 몇 분이 돌아가며 이야기를 해주어서 10여 편의 민담을 채록하였다.
청중 : 날이 저물자 10여 명은 집으로 가고 마을 노인 6명과 동행한 학생 4명만 남아 들었음.
처음 들은 때 및 들려준 사람 : 40세 때 어떤 노인한테 들었음.
구연 경력 : 몇 차례 했음.
제목 : 구연자는 '황 정승 이야기'라고 했으나 채록자가 '상자 속의 물건 알아맞히기'로 바꿨음.

76. 구멍이 아홉 개 뚫린 구슬

    옛날 중국 왕이 조선에도 뛰어난 인물이 있는가를 알아보려고 구멍이 아홉 개 뚫린 구슬을 보내왔다. 조선에 있던 공자는 무슨 뜻인지 몰라 제자 안자를 시켜 알아보게 했다.

    안자는 돌아다니다가 뽕을 따는 여자를 만났는데, 그녀가 짚신을 거꾸로 매달아놓은 것을 보고, 그녀의 이름이 거꾸로 도(倒)자, 짚신 혜(鞋)자, 도혜인 것을 알아차리고, 도혜를 찾아갔다.

    도혜는 그 구슬 이야기를 듣고 실에 꿀을 묻혀서 개미가 그것을 물고 아홉 구멍을 다녀서 실을 다 꿰도록 해서 다시 보내라고 했다.

    이를 받아 본 중국 천자는 조선에도 뛰어난 인물이 있음을 알았다.

    옛날에 제왕(齊王)이 있었더랍니다. 제나라 때 제왕이 조선을 좀 알게 되었답니다. 우리 조선을 성현이 있나 알기 위해서 탐문을 하는데, 공자님이 그때 우리 조선에 도덕을 폈습니다. 한참 도덕을 펴는 중인데, 제나라에서 공자님한테 뭐 뚱그란 거, 달걀 같은 거를 내보냈는데, 이걸 이렇게 보니까 구녕이 아홉 개나 뚫렸더랍니다.

    공자님두 잘 터득을 못하셨지요. 받아놓기는 받아놨는데. 이것 좀 알아서 들여보내라구 했으나, 받아놓기는 했지만 알 도리가 없지요.

    그래 공자님 수제자 안자가

    "이걸 좀 보시오. 이거 알 도리가 없어요."

    안자두 이걸 알아낼 도리가 없다 이런 말이요. 공자님 수제자니까,

"그럼 제가 나서서 어디만큼이라두 탐문을 해서 알아드리도록 해야지요."

이래구 나섰어요.

나서서 어 참, 행방 없이 자꾸 가지요. 아마 오월달쯤 되었던 모양이야. 어느 마을을 지나치는데, 뽕남게(뽕나무에) 색씨가 둘이 앉아 있어. 동쪽에 앉은 색씨는 얽은 색씨가, 빡빡 얽은 색씨가 뽕나무 가지에 앉아 뽕을 따구, 서쪽에 앉은 색씨는 아주 얼굴이 얽지 않구서 미녀구. 이런 색씨가 둘이 마주앉았어. 그래 그 밑으루 지나가면서 안자가 하신 말씀이, 그런 색씨들이 뭘 아나 하구서 알아보기 위해서,

"아 동박사(東薄士) 서미녀(西美女)가 앉았구."

이런 거여. 동쪽은 박색(薄色)이 앉았구, 동박사. 서미녀가 앉았구. 그 색씨가 앉았다 하는 말이,

"입문이 구거하니 걸인지상이고."

밥을 다니며 얻어먹는 사람이라는 거지. 알기는 뭐 저 색씨가 아는데. 아무데 가두 아무것도 뵈이지 않구, 아는 재주가 없단 말야. 도루 돌아서서 오는 거여. 누가 아는 자가 있나 하구 나섰다가 도루 돌아서서 오는 질이야. 또 그 질루 도루 오게 됐어. 오다가보니, 예전엔 저 짚신이라구 우리가 삼어서 신구 그랬는디, 짚신이 하나 새끼줄루 해서 그 뽕나무 끝에 이래− [매달려 있는 시늉을 하며] 매달려 늘어진 게 있더란 말여.

안자가 가만히 생각을 해보니, 궁리를 하는 거지. 짚신을 이렇게 거꾸로 해서 뒤꿈치 있는 데다 매었단 말여.

'에따, 내가 한 가지 터득을 했다. 그게 짚신 혜(鞋)자. 꺼꾸루 도(倒)자, 이 색씨 이름이 도혜구나.'

그래 그 자리서 알구서 사뭇 가면서, 질 가운데 행길을 가면서, 미친 사람이지요.

"도혜− 도혜−"

이렇게 부르며 간단 말요. 꼭 미친 사람이지요.

그래 자꾸 부르면서 가는데, 한군데를 지나니까, 서당방에 앉아서 선생

이 앉아 학동들을 데리고 글 읽는 소리가 이렇게 들린단 말요. 그래 그 앞을 지나면서, 예전엔 아마 서당방에서두 지나는 행인이 하룻밤 유해가 자 하면 쉬어 가라구 이랬답니다.

"여기서, 서당방에서 하루 유해가면 어떻겠습니까?"

"아, 유해가시오."

그래 거기서 자게 됐는데, 자구서 그 이튿날 아침에 세수를 하러 나갔단 말씀야. 동안(동네 안) 샘으로 세수를 하러 나갔더니, 그 색씨가 거기서 물동이를 이구서 그 동네서 나오더라 이거요. 그 보던 색씨가 나오는데도

"도혜－ 도혜－"

그럴거 아닙니까. 세수하러 나가면서, 잠만 깨면 그 소리니까.

그 물동이를 이구서 나오다가 멈칫허더니,

"아 도혜는 왜 찾습니까?"

"아 그런게 아니라, 제나라에서 둥그런 무슨 구슬이 하나 왔는데, 그걸 알 도리가 없어서, 구녕은 이게 아홉 구녕이 뚫렸는데 알 도리가 없어서, 어－ 그걸 좀 알려구 도혜를 찾습니다."

"아이 그러면 뭐 어렵지 않습니다. 이 길루 돌아가세요. 돌아가셔서, 그 구녕이 아홉 구녕이 뚫렸으면 밀꿀을, 밀꿀칠을 당사실에 칠해서 개미 집에다가 갖다가, 뚱그런 구실(구슬)을 갖다놓구 있으면, 그 실에다 꿀을 칠해놓으면 개미가 말짱 물구서 제(모두) 그 구녕으루, 아홉 구녕을 다 꿰 놓을 테니까, 그제선 도루 환송해보내시오."

그래 그제선 좀 알았지요. 그래서 공자님한테 가서 이런 일이 있다고 말을 했지요.

그래서 도루 제나라루 보내니까 제왕이 그러더랍니다.

"아 조선에두 이인이 없는 줄 알았더니 아는 자, 이인이 있구나." 그랬다는 말이 있습니다.

채록 일시 : 1972. 8. 11. 21:30∼37
구연자 : 이상윤(남, 62세, 농업, 국문 해득)

사는 곳 및 나서 자란 곳 : 강원도 원성군 판부면 금대 2리 일론동

채록 장소 : 구연자의 집 안방

만나게 된 경위 및 채록 상황 : 김태곤 교수, 이상일 교수와 함께 찾아가 만났다. 지난 4월 15일에 이어 두번째 찾아간 마을이어서 동민 7~8명과 함께 우호적인 분위기에 서 이야기판을 벌일 수 있었다.

청중 : 부락민 8명, 조사반원 2명

처음 들은 때 및 들려준 사람 : 어렸을 때 나서 자란 곳에서 어른들한테 들었음.

구연 경력 : 몇 차례 했음.

제목 : 채록자가 붙였음.

77. 돌로 만든 말과 모래줄

    예전에 이웃 나라로부터 돌로 50자 되는 말을 만들어서 보내라는 요구를 받은 임금이 근심에 싸여 이리저리 다니고 있었다. 임금이 한 곳에 이르니, 한 노인이 소를 몰면서 소에게 '나랏님보다도 더 미련한 소'라고 하였다.

    임금은 그 사람을 따라가 하룻밤 재워줄 것을 청했다. 이야기중에 그 사람은 이웃집 터는 자기가 잡아준 집터인데, 조 1천 석을 할 자리이고, 자기 집은 임금님이 오실 터라고 했다.

    임금은 그가 보통 사람이 아닌 것을 알고, 나라의 근심을 털어놓았다. 그러자 그 사람은 이렇게 말했다.

    "이웃 나라에 사신을 보내어, '돌로 말을 만들어놓았으니 모래줄 쉰 자를 꼬아서 보내십시오. 그러면 그 끈으로 말고삐를 하여 보내드리겠습니다' 하고 말씀하시면 됩니다."

    임금이 그 사람의 말대로 하니, 이웃 나라에서는 더 이상 아무 말도 하지 않았다.

    이전에 나라가 걱정이 닿았더래요. 무슨 걱정인고 하면, 쉰 자 되는 돌에다가 말을 쉰 자로 만들어서 대국 천자 사신을 들여보내라 했어요. 그러니, 워터케 할 수가 있어야지. 그걸 무슨 장사로 ……. 그래서 걱정이 되서, 나라가 이장저장 그걸 고민하며 돌아다니는겨, 나랏님이.

    돌아다니니께, 어느 장에 가니께, 해가 다 가는디, 나무토막을 하나 소에게다 실려가꾸 끌구가면서, 채찍을 냅다 하면서,

    "이놈의 소, 미련하기는 우리 나랏님보다 더 미련해. 이놈의 소가 진작

352

에 갔으면, 빨리빨리 갔으면 팔지. 그걸 못 팔고 온다.”

구 그러구, 채찍질을 하구 가더래요.

그래서 그 사람을 안 놓칠라구 막 허둥지둥 따라가는 거여. 가서 쬐그만 어떤 산줄기로 가더니, 오두막집에다 갖다 소를 매어놓더래요. 외양간에다.

따라 들어갔어요.

“주인 양반!”

하니께,

“누구시냐고, 들어오시라구.”

“아 지나가다가 날씨가 저물어서 하루 저녁 유해가자고 들어왔다구.”

“그러시냐구, 들어오시라구.”

방이라고 쬐그만 오두막집이니께, 요렇게 [다리를 세우고 앉으며] 앉았어. 야중에 쪼그만 애를 부르더니,

“애, 이 아래 아무개네 가서 손님 오셨다고 좁쌀 한 되만 꿔달라구 해라.”

그러니께, 갔다오더니 개가 하는 소리가,

“안 꿔주던 걸유.”

그러니께,

“에이 천하에 고얀 놈. 내가 집터 닦을 때 좁쌀 백 섬을 종자를 들일 데를 내가 터를 잡아줬는데, 그게 뭐 좁쌀 한 되가 뭐라고 그걸 안 꿔주데? 고얀 놈 같으니라고.”

그러거든. 나랏님 앉아 들으니께, 그래서 한참을 이 얘기 저 얘기 하다가,

“워째 이렇게, 남의 터는 좁쌀을 백 섬을 들일 데를 잡아줬는디, 워째 당신은 간구하게 이렇게 살게 했느냐?”

구 그러니께, 하는 말이 뭐라고 허는고 허니,

“좁쌀만 그거 백 석뿐이지 우리 집터만 못하다.”

구.

“워째 그러냐?”

"좁쌀만 백 석뿐이지, 저는 이렇게 간구하고 개갈 안 나는 집이라도 나
랏님이 거동할 자리다."

그러더래요. 아, 영락없거든요. 가만히 생각하니께, 나랏님이 거동할 자
리라는데, 자기가 벌써 앉았지 않유. 참 기막히게 명인이여. 그래서 인저,
그러냐구. 슬쩍 자구는 일찌감치 갔어요. 집에다 아무 소리두 않구.

참, 간 게 아니라, 그런 소릴 하니께,

"나라가 큰 걱정이다."

"무슨 걱정이요?"

그 사실 얘기를 허니께,

"그럭허지 말구 어떤 사람보구, 심부름을 하나 보내라구. 천자게로. 대
국 천자게로."

"무슨 심부름이냐?"

그러니께,

"가서, 미국 천자보구 하는 말이 '모래줄 쉰 자를 꽈서 조선 천자에게
루 바치면, 그 말은 해놨으니께 보낼 것이다.' 그러면 될 거라."

구 그러더랴.

그러니까, 모래줄 쉰 자를 어떻게 꼬냐 말요. 그래서 졌대유. 그러구
말았대요. 다 거짓말이유.

채록 일시 : 1987. 1. 6. 12:40
구연자 : 박봉신(여, 66세, 농업, 무학)
나서 자란 곳 : 충남 서산군 안면읍 신야리
사는 곳 : 충남 서산군 고남면 고남리 1구
채록 장소 : 같은 마을 김두영 씨 댁 안방
만나게 된 경위 및 채록 상황 : 채록자가 고남면 부면장 김휘 씨의 안내로 김두영 씨 댁을
　　　　찾아가니, 동네 아주머니 5명이 함께 이야기하고 있었다. 매우 우호적인 분위기에
　　　　서 전설 2편과 민담 3편을 채록하였다.
청중 : 마을 아주머니 5명, 김휘 부면장, 김태곤 교수
처음 들은 때 및 들려준 사람 : 어렸을 때 어른들한테 들었음.
구연 경력 : 몇 차례 했음.
제목 : 채록자가 붙였음.

78. 곡소리 안 들은 상옷

옛날에 한 남자가 남편이 시묘살이 간 이웃집 여자의 집에 상옷을 입고 밤 중에 찾아가서, 그 여자의 남편인 양하며 하룻밤을 지냈다. 그 여자는 그날부 터 임신이 되어 아들을 낳았다.

남편이 삼 년간의 시묘살이를 마치고 집에 와보니, 아내가 아이를 낳아 기 르고 있었다. 삼 년 동안 한 번도 집에 온 적이 없는 남편은 결백을 주장하는 아내를 내쫓고 말았다.

쫓겨난 여자는 하도 분해서 원님에게 사실을 밝혀달라고 했다. 원님은 궁리 끝에 곡소리 안 들은 상옷을 가져오는 자에게 큰 상을 주겠다고 방을 붙였다. 이것을 본 이웃집 남자가 그 상옷을 가지고 가자, 원님은 그를 붙잡아 사실을 밝혀냈다.

옛날에 한 사람이 있는데요, 저기 참, 늙은 어머니가 계셨는데, 이제 어머니가 돌아가셨다 이거요. 그 인제, 남편이 시모살이를 갔어요. 시모 살이라면 잘 모르실거요. [채록자 : 시묘살이요?] 시모(侍墓)살이. 산에 삼 년 을, 저기 상옷을 입고서, 부모가 돌아가시면 빨래두 안 해 입구, 이를 잡 어서 베호롱에다 넣어서 물에다 띄웁니다. 살생을 하면 안 되니까.

그렇게 시모살이를, 삼 년을 인제 시모살이를 갔는데, 그 참 그 동네, 그 참 어떤 사람이 있던가 보죠. 하 저 여자를 꼭 한 번 봐야 할 텐데, 도 대체 볼 수가 없드라 이거여. 그래가지구서는 인제 참, 남자가 시모살이 를 갔는데, 인제 그 이우제(이웃의) 어떤 남자가 이 여자를 꼭 봐야 하는데, 혼자 있잖어. 여자가 삼 년을. 그 삼 년을 혼자 있는데, 그 여자를 눈을 속이고, 그 여자를 볼 수가 없드라 이거여.

그런데 이 남자가 상옷을 해입었어. 상옷을 해입고서는 한밤중에 들어가니까, 인제 방갓을 쓰고 들어가면, 자식도 하나도 안 낳고, 참 결혼해서 얼마 안 돼서 삼 년을 가 시모살이를 하는데, 2년쯤 돼서 남편이 밤에 들어오면은 잘 몰르죠. 어렴풋하죠. 비슷한 사람이, 컴컴한 데 들어온 사람에게

"당신이 어쩐 일이냐?"

구 그러니까는, 불 키지 말라 이기여. 남이 알면은 부모의 시모살이 하는 사람이 집에 왔다구 이거 아주 망신이니까 불 키지 말으라 이거여. 그러니께, 이 남자가 자기 남편인 줄 알구. 몰를거여요. 그래서 이 남자가 그 여자하구 참 잤단 말여. 자구선, 새벽이 돼서 일어나서 다시 상옷을 갈아입고 갔다 이거여.

그게 원수죠. 임신이 됐어요. 임신이 돼서 애기를 낳았어. 애기를 낳았는데, 애길 낳았는데, 참 남자가 시모살이 삼 년을 하고서 떡허니 오니까, 애기가 방안에 엎치락뒤치락 허드라 이거여.

"이 사람아, 저건 뭐야?"

"당신이 아무 저녁에 왔다 가지 않었수?"

이거여.

"난 왔다 간 일이 없다."

그래 인저, 남자가 여자를 패고, 막 다짐을 받을 거 아뇨. 그래 여자는 죽어두 자기가 왔다 갔다네. 그래 일이 그만 이래가지구 남자가 여자를 그냥 이혼을 해버렸어.

이혼을 해버렸는데, 이 여자가 그게 분해서 도저히 살 수가 없어. 그러자 인제, 옛날에 고을 원이라고 그러지요. 고을 원이 가고 다시 와요. 그래 인제 고을 원한테 인제 상소를 했어. 쉽게 말허자면.

"사실이 내가 이러저러하고 이러저러 이렇게 분한 데가 없어서, 제가 이혼을 당했습니다. 이걸 원을 좀 풀어주쇼"

이거여.

야, 그거 참 수수께끼가 거 고약하죠. 아 그 원이 아무리 생각을 해도 풀 도리가 없어. 풀 도리가 없는데, 그 인제, 원이 어느 사람보구서

"며칠까지만 네가 이거 알어내라."

그래두 인저 못 알어낸다 이거여. 가만히 생각하구서, 생각을 해보니까 안 되겠드래요. 그래 이 사람이 방을 붙였어. 어떻게 방을 붙였느냐 하면은,

"곡소리 안 들은 상웃을 가져오면 몇백만 원 상금을 준다."

이거여. 응 그러니까 참 이놈이, 이놈의 상웃을 해가지구 상 타러 가는기라. 그래 상을 타러 가서 보니까,

"요놈, 늬가 바로 범인이로구나!"

그래 인저, 잡아 족치니까,

"사실이 이러저러 해가지구, 내가 참 앞집, 뒷집에 사는데, 여자가 삼 년 동안이나 혼자 있어서 탐이 나서, 제가 사실 그렇게 했습니다."

그래 그 여자가 누명을 벗드래요. 그래서 결국 그 여자는 이혼을 당했잖아요. 그렇게 나쁜 일도 당했대요. 그러니까, 남자분들은 그런 것들을 좀 ……. [좌중 웃음]

채록 일시 : 1980. 1. 13. 20:47~53
구연자 : 엄순애(여, 50세, 농업, 무학)
사는 곳 및 나서 자란 곳 : 충북 제원군 봉양면 주포리
채록 장소 : 같은 마을 박덕순 씨 댁 안방
만나게 된 경위 및 채록 상황 : 17시경, 채록자가 동행한 학생 4명과 함께 주포리 박덕순 씨 가게에 들르니, 구연자가 와서 박씨와 이야기하고 있었다. 채록자가 두 사람에게 이야기를 해달라고 하니, 할 이야기는 많이 있는데 지금은 시간이 없다고 하였다. 그래서 저녁에 다시 만나기로 하고 헤어졌다가 저녁식사 후 다시 찾아가서 만났다. 그 집 주인인 박덕순(여, 51세) 씨, 엄순애 씨, 김영복(여, 64세) 씨와 이야기 판을 벌여 우호적인 분위기에서 13편의 민담을 채록하였다.
청중 : 김영복 씨, 박덕순 씨, 동행한 학생 김기창, 이인오, 김창진, 권병렬
처음 들은 때 및 들려준 사람 : 12~3세 때 할머니한테 들었음.
구연 경력 : 친구들에게 몇 차례 했음.

79. **두 남편**

그전에 한 여자가 본남편과 헤어져 다른 남자와 함께 살았다. 본남편은 헤어졌던 아내와 다시 살게 해달라고 원님께 청원을 하였다.
원님은 그 여자를 불러 옥에 가둔 다음, 남자들을 하나씩 불러서 말했다.
"네가 그 여자를 데리고 살도록 해주려고 했는데, 그 여자가 그만 옥에서 죽고 말았다. 그러니 데려다가 장사나 지내주어라."
이 말을 듣고 현재의 남편은 시체를 인수하여 장사 지낼 것을 거절했으나, 전남편은 좋다고 하였다.
원님은 전남편으로 하여금 그 여자를 데리고 살도록 하였다.

그전에 어떤 사람이 여자를 하나 참 본실로다 데리꾸 살았는디요, 어떤 사람 하나가 홀애비였던지, 그 여자를 얻어다 사는 게요. 그런디 참 저 어른 말씀대로, 야중에 인제, 그 본남자가 여자를 찾고 싶네요. 그래서 원님한테루다가 지금으루 말하면 재판하러 간 게지유. 가서
"암치게, 암치게 됐으니, 이 일을 어떡해야 옳습니까?"
그러니께,
"음, 그 여자도 데리꾸오고, 느이도 둘 들어오라."
구 이렇게 했어유.
이방보구서 갖다 가두라 그랬어요.
"가둬라. 이제, 아무 날루다 재판을 판결할 테니까, 여잘랑 가둬두구서, 남자 느이덜랑은 갔다 그 날 오너라."

그렇게 알구서 나갔는디, 그 재판한다는 날, 야중에 얻어간 사람이 일찍 왔더래유. 그러니께 원님이 앉으셨다가,

"야, 너를 그 재판에서 이겨서, 너를 그 여자를 얻어줄라구 했더니, 가 뒀더니, 그 여자가 죽었다. 그, 장사를 지내주얄텐디, 갖다 장사 지내주얄 거 아니냐?"

그러니께

"본남자더러 갖다 장사 지내라구 그러슈. 왜 저를 보고 장사 지내라구 헙니까?"

"그려?"

참 으른들처럼, [채록자 일행을 가리키며] 다 적어놨시유. 그 사람이 말한 거를 적어놓구서,

"널랑은 그럼 나가서 요기 가 있거라."

"본남자를 들어오라구 해라."

본남자가 들어왔는디, 그대루 말을 했시유.

"재판을 해서 너를 이겨서 너를 찾아줄라구 내 맘을 먹었었다. 그랬더니, 그 여자가 죽었다. 그러니께 갖다 장사 지내야 할 거 아니냐?"

"예, 그 불쌍한 중생올시다. 제가 갖다 장사 지내겄습니다."

원님이 그 두 사람의 속을 뽑아 보느라구 헌 거지, 가둬 둔 여자가 왜 죽었겄습니까?

아 그래서 인저, 그 나간 사람더러 들어오라구 하구, 다 적어놓구서, 본남자두 오라구 하구, 야중 얻은 사람두 들어오라구 해가꾸서,

"사람이란 건 경우와 이치를 갖고 사는디, 살았을 적엔 네가 데리구 살아야 옳구, 죽었을 적엔 본남자더러 갖다 장사 지내라구 혀. 에이, 천하에 고약한 사람아."

그래 가꾸서 그 본남자를 찾아주더래요.

채록 일시 : 1986. 12. 25. 16:40
구연자 : 이억룡(남, 71세, 농업, 한문 수학)

나서 자란 곳 : 충남 서산군 인지면 성리

사는 곳 : 충남 서산군 성연면 명천리 195

채록 장소 : 명천리 노인회관

만나게 된 경위 및 채록 상황 : 서산지역 민속조사반 일행이 명천리 이장의 안내로 노인회
관을 찾아가니, 노인 5~6명이 모여앉아 담소하고 있었다. 노인들은 채록자의 취
지를 바로 이해하고 협조하여 곧바로 이야기판을 벌일 수 있었다. 구연자 이씨는
기억력이 뛰어나고, 입담이 좋은, 보기 드문 이야기꾼이었다. 처음에는 구연자만
이 이야기했으나 혼자만 이야기하는 것은 싱겁다 하여 같은 마을의 최학재 씨와
김종철 씨가 거들었다. 그러나 그게 잘 안 되어 구연자가 한 가지 이야기를 하면
채록자가 답례로 한 가지를 하기로 하고, 구연자와 채록자가 교대로 이야기했다.
그렇게 하여 구연자의 민담 20여 편을 채록하였다.

청중 : 마을 노인 5명과 동행한 김창진 선생

처음 들은 때 및 들려준 사람 : 어렸을 때 나서 자란 곳에서 어른들한테 들었음.

구연 경력 : 몇 차례 했음.

제목 : 채록자가 붙였음.

비고 : 이 이야기는 채록자가 구연자에게 답례로 한 '첫날밤에 호랑이에게 물려갔다가
구출됨으로써 신랑이 둘이 된 신부가 제기한 소송을 명쾌하게 판결한 원님'의 이
야기에 이어서 구연한 것임.

80. 한 아들에 두 아버지

두 남자가 아이 하나를 놓고, 서로 자기의 아들이라고 주장했다. 이 일의 판결을 맡은 재판관은 땅에 금을 그리고, 거기에 선 아들의 팔을 잡아당겨 끌려가는 쪽이 아버지라고 했다.
그러자 한 사람은 힘껏 잡아당기는데, 다른 한 사람은 아이가 아파하자 팔을 놓았다. 재판관은 팔을 놓은 사람을 진짜 아버지라고 판결했다.

아들 하난디, 아버지는 둘이란 말이유. 그럼, 서루 내 아들이라 헌다 이기유.

그래 옛날에는, 에— 무슨 의학박사든지 그런 분들이 없기 때문에 혈액 조사두 못허구, 판단하기가 꾕갱이(꾕장히) 어려웠었답니다.

그러니 두 분이 내 아들이라구 서루 싸우는디, 판정관이 판정을 못허드래유. 그래서 가만히 생각해두 아무래두 안 되서 백묵으루 가운데 쭉— 그었대유. 쭉— 긋구서, 어린애를 게 갔다가 세워놓구서, 양쪽에다 내 아들이라는 부모를 모셔놓구서,

"양쪽에서 팔을 쥐구 잡아다녀봐라. 그러믄 끌려가는 쪽으루다, 그분의 아들이다."

그렇게 판정관이 허구서 시켰다느먼그류.

그러니 양쪽팔을 뻗치구 서 있는디, 양쪽에서 잡아다리니, 어린애가 울거 아니유. 막 울더래유. 막 우니께, 한쪽이 놓드라 이기유. 놓으니께, 판

정관이 허는 얘기가

 "이 아들은 놓은 사람의 아들이다."

 그럼 왜 그러냐 그러니께, 암체도(아무래도) 내 아들이, 어른들이 잡아다리니, 여간 아플 게유. 그러니 내가 난 자식은, '얼마나 아프길래 울겠냐?' 허구서래미 아파서 뇌줬다 이기유. 그러니 논 사람의 아들이다. 그러니, 당신 아들이다. 그러니 내 욕심으로 찾아갈 사람은 아프거나 말거나 막 잡아다니구, 진짜 난 분은 뇌주드래유. 그렇게 해서 판정했대유.

채록 일시 : 1979. 12. 26. 밤
구연자 : 윤복동(남, 40세, 농업, 한문 수학)
사는 곳 및 나서 자란 곳 : 충남 예산군 응봉읍 계정리
채록 장소 : 계정리 김용팔(국제대학 국문과 4학년) 군의 집 윗방
만나게 된 경위 및 채록 상황 : 방문 예정일을 김 군에게 미리 알려주고, 설화 구연자들을 모이게 해달라고 하였다. 채록자가 동행한 학생 4명과 함께 도착한 후 김 군의 연락으로 마을사람 7명이 모였다. 담배·술·떡을 나누며 우호적인 분위기에서 채록하였다.
청중 : 마을사람 7명, 김 군 가족 3명, 동행 학생 4명(김기창, 이복규, 이재걸, 장장식).
처음 들은 때 및 들려준 사람 : 2~3년 전에 충남 예산군 홍북면 신정리에 사는 김기복(남, 35세, 농업, 고졸) 씨한테 들었음.
구연 경력 : 몇 차례 했음.
제목 : 채록자가 붙였음.

81. 다시 찾은 옥새

예전에 다정한 두 친구가 살았는데, 하나는 넉넉하고 하나는 가난했다. 그런데 넉넉한 집 친구가 자기 친구를 도와주려고 아버지의 은소반을 감추고는, 친구를 시켜 찾게 해서 사례를 받게 했다.

이 일로 해서, 그 사람은 냄새로 잃어버린 물건을 잘 찾는다는 소문이 널리 퍼지게 되었다. 그래서 그는 중국 천자의 옥새를 찾으러 중국에 가게 되었다. 두 친구는 중국에 가서 사방으로 염탐하여 나쁜 사람들이 옥새를 훔쳐서 연못에 빠뜨린 걸 알아냈다. 그들은 연못물을 품게 하여 옥새를 찾아주고 후한 상을 받았다.

그들이 돌아오는 길에 밭일하던 일꾼들이 그들을 시험한다고 두꺼비를 잡아 짓눌러놓고서는, 무슨 일이 있었나 알아맞히라고 했다. 그러니까 그는 기가 막혀,

"애매한 두꺼비 또 돌에 치었군."

하고 탄식했다. 그것으로 그 사람은 위기를 모면했다.

조선에 돌아온 그는 사람들이 잃어버린 물건을 찾아달라고 귀찮게 할 것을 염려하여 코를 베고, 잘 살았다.

예전에, 참 인제 두 젊은애들 친구가 있는데, 한 집 친구는 가난하구 하나는 넉넉한 살림을 허구. 그런데 다정하기가 한없이 둘이 다정하게 지내는디, 걔가 가난한 집 아이들 봐주구싶어두 자기 아버지 때문에 돈을 줘야 걔를 도와줄 텐데 못 봐주고. 마음은 항상 봐주구싶은데 못하거든.

하루는 꾀를 내어가지구, 있는 집 아이가

"너 내가 돈을 좀 벌게 해줄 테니, 너 내 말을 들어라."

그랬거든.

"그래. 뭐냐?"

그러니까,

"우리 아버지 소반이 은소반이다. 그래 내 그걸 어따 갖다 감출 테니, 고 감춘 데를 내가 대어줄 테니, 그걸 찾느라구 애를 쓰면은 '아무개가 냄새를 잘 맞는다구. 걔를 데려다 찾자구.' 그럴 테니, 그렇게 허면 된다."

그랬어. 그러구서 은소반을 갖다 감췄으니, 조석때가 되니까, 그냥 찾느라구 야단인데, 인제 걔가 보다 못해서,

"우리 아무개가 냄새를 그렇게 잘 맞는다는데, 걔를 데려다 냄새를 맡구 소반을 좀 찾아보시죠."

"아 그러면 아무렇게두 해봐라."

그러니까는 아이, 아무데다 감췄다는 것은 둘이 다 약속을 한 일이니까, 아이가 냄새를 맡는 것처럼 하면서 소반을 찾았단 말야. 아 그러니, 걔는 넉넉지두 못한 살림을 하는데, 소반을 찾아 줬으니 그대로 있을 수 있느냐구 그 아들이 그러니까, 할 수 없이 즈이 아버지가 식량을 좀 준 모양이지.

그래서 인제, 그걸 받아서 살림을 하는데, 아 어트게어트게 그 소문이 나가지구서는, 중국에서, 그냥 냄새를 잘 맞는 사람이 있다는데, 중국에서 천자가 옥새를 잃어버렸어요. 아 그런데 한국에 냄새를 잘 맞구, 잘 찾는 사람이 있다는 그 소문을 듣구서는, 걔들을 초청을 해서 갔단 말여. 그런데 걔들을 데려갔는데, 인저 그런데 가면, 한 달을 달라던지, 20일을 달라던지 했던 모양야.

한 놈의 아는 그대로 방에 있구, 한 놈은 그냥 순행을 도는 거지. 염탐을 허는 거여. 누가 그랬는가 헌 그걸 알려구. 그래서는 허는데, 아 한군데를 가니까는 방에서 수근대구 허는 말이 뭐라구 하는고 하니,

"한국에서 냄새를 잘 맞는 사람이 왔다는데, 그 우리가 아무디 연못에 갖다 옥새를 처넣었는데 그걸 찾으면 어떻게 하느냐?"

이런 걱정을 허구 있거든.

그래서 그걸 알았다 생각하구 와서는, 거진 20일을 말미를 달라구 했으니까, 거진 20일이 될 때쯤 해서 사람을 몇 사람 달라구 해서, 그 연못을 푸니까 틀림없이 연못에서 옥새가 나왔단 말여.

그래 나가서 옥새를 찾아주니까, 후한 상을 중국에서 줘서 두 아이가 받아가지고 나오는데, 어디를, 중국서는 통로가 많았던지 인제 걸어나오는데, 아니 벌에서 일꾼들이 일을 하다가

"저기 한국에서 냄새를 잘 맡는다는 사람이 임금의 옥새까지 찾았다는데, 우리 한번 시험을 해서, 저 사람들이 그렇게 잘 맡는가 해보자."
구 그리구서는, 일꾼들이 두꺼비가 지나가는 것을 잡아서는 돌멩이로 짓눌러놓구서는,

"아 우리가 뭘 거시끼했는데, 냄새를 맡구 찾아봐라."
그러니깐 갑자기 어떻게 찾느냐 말야. 염탐을 해야 찾지. 그래서

"하아, 애매한 두꺼비 또 돌에 치었군."
그러니까 이 친구가 두꺼비를 돌에다 치어놨는데, 애매한 두꺼비 돌에 치어 죽게 됐다니까,

"아 이렇게 잘 맞을 수가 없다."
그러거든.

아 그래서 모면을 허구서 나왔는데, 또 뭐 말하자면 한국에서 나라에서 뭘 잃어버렸다구 찾아달라구 초청을 하는데,

"야 인저 안 되겠으니까 너 코를 비어버리자. 코를 비어서 냄새를 못 맡는다구 하면 될 게 아니냐?"
그러구서, 친구 아이가 코를 비어서 코를 깎아내구 잘 살더래유. 살기를 해해해 …….

채록 일시 : 1972. 8. 16. 22:30~35
구연자 : 이금손(남, 59세, 농업, 국문 해득)
사는 곳 및 나서 자란 곳 : 경기도 연천군 전곡면 전곡 1리 2
채록 장소 : 구연자의 집 마루
만나게 된 경위 및 채록 상황 : 구연자는 채록자의 친척 어른이므로 방학을 이용하여 찾아

가서 만났다. 이야기를 잘하는 분으로 소문이 나 있는 구연자는 채록자를 반가이 맞아주고, 여러 가지 이야기를 해주었다. 저녁식사 후에는 마을사람들까지 모이게 하여 이야기판을 벌여 여러 가지 이야기를 채록했다.

청중 : 구연자의 부인과 마을사람 7명
처음 들은 때 및 들려준 사람 : 어렸을 때 어른들한테 들었음.
구연 경력 : 몇 차례 했음.
제목 : 채록자가 붙였음.

82. 배포 큰 인삼장수

　　전에 한 사람이 인삼과 도라지를 잔뜩 사서 배에 싣고, 중국으로 팔러갔다. 중국 상인들은 자기들끼리 담합하여 인삼을 헐값으로 사려고 했다. 그 사람은 이것을 알고 화를 내면서 말했다.
　　"내가 인삼을 다 불태워버릴망정 헐값으로는 팔지 않겠다."
　　그리고는 불을 피워놓고 도라지를 태우기 시작했다.
　　인삼을 태우는 것으로 안 중국 상인들은 놀라서, 더 이상 인삼을 태우지 말라고 하면서, 시세의 세 배로 값을 주고 인삼을 사갔다.

　　전에 한 사람이 건달루 댕이다가 할 수 없어서 연구를 했어. 중국 사람덜이 한국에 와서 삼을 많이, 그 전에 무역해 갔거든. 대국놈들이.

　　그래서 오기 전에 개성 같은 데를 가서, 옛날 돈으로 3백 냥을 빚을 얻어가꾸는, 금산이니 개성이니 다니면서 삼을 전부 무역을 했어, 이 사람이. 그 중국 사람덜 와서 못 사가게. 전부 무역을 해서는 큰 배에다 그냥 봉지 해서는 한쪽에다 놓고는, 백도라지라구 있지. 도라지. 도라지를 말려서 이렇게 접어놓으면 삼과 비슷해. 그늠도 해서는 한쪽 배에다 잔뜩 실어놨단 말여.

　　물론 중국 들어갈 것 같으면은, 여기서 사러나왔다가, 무역을 하러 나왔다가 삼이 없으니께, 그냥 삼을 가지구 갈 것 같으면 모두 귀허구 싸게 살라구 허거든. 그렇게, 연구를 했어. 백도라지를 한쪽에다 착— 쌓아놓구는.

　　역시나 가니, 가서 삼을 사라구 허닝게, 전부 회의를 해가꾸 말여,

"우리가 될 수 있으면 안 산다구 해가꾸, 가든 뭇헐 텡께, 값이 하찮더 라두 팔텡께 ……."

허구서 가서 말하자면, 옛날 돈으루 한 근에 대해서 닷 냥이나 헌다 헐 것 같으면, 원 스 돈이나 두 돈을 준다구 허구서 팔으라구 했단 말여, 그 사람이. 중국 사람들이.

"내가 이 삼을 여기서 전부 불을 살러 뻔지더라두 그렇게는 안 판다."

허구서는 장작 같은 거, 석유 같은 거를 그냥, 상당히 집채뎅이같이 사서 뉘어놨어. 뉘어서 불을 질러놓구는, 그 배에서 도라지 말여, 도라지 말린 것을 한 주먹씩 자꾸 갖다넣었어.

전부 느니 말여, 이 녀석들이

"이러다가는 금년엔 삼을 구경 못할 테니까, 달란 대루 주구서 사얄랑 가 부다."

구 막 말렸어. 우리가 산다구. 도라지를 갖다 능게(넣으니까).

"그럼 사라."

구. 그때 닷 냥 하덩 거를 열닷 냥이라구 막 불렀단 말여. 이거 환장을 허 구 샀어. 그래가지구 큰 이를 보잖어. 그렁께, 배포가 또 있으야능거여.

채록 일시 : 1972. 8. 22. 22:06∼09
구연자 : 김종학(남, 71세, 농업, 한문 수학)
나서 자란 곳 : 전북 부안군 하서면 둔지리
사는 곳 : 전북 부안군 부안읍 선은리 3구 664
채록 장소 : 부안읍 선은리 3구 664 장기선 씨 댁 마루
만나게 된 경위 및 채록 상황 : 김태곤 교수가 인솔한 원광대학교 민속조사반 학생들과 함 께 김교수가 전에 만난 적이 있는 구연자를 찾아갔다. 구연자는 이웃에 사는 매형 인 김종학(71세) 씨에게 연락해 오게 하여 구연자의 모친, 부인과 함께 이야기판 을 벌였다. 우호적인 분위기에서 14편의 민담을 채록하였다. 구연자는 전라도 말 씨로 대화를 구분하며 구연했다.
청중 : 구연자의 매형인 김종학 씨, 구연자의 모친과 부인, 김태곤 교수, 원광대학교 민 속조사반 학생 6명
처음 들은 때 및 들려준 사람 : 어렸을 때 어른들한테 들었음.
구연 경력 : 몇 차례 했음.
제목 : 채록자가 붙였음.

83. 중국 천자가 된 머슴

그전에 남의집살이하는 총각이 주인집에서 나가겠다는 뜻으로
"나간다 나간다."
했는데, 발음이 나빠서
"난다 난다."
소리로 들렸다. 이 말을 들은 그 마을사람들이 날아보라고 하자,
"고을 사또가 날아보라고 해도 날지 않을 텐데, 너희들 앞에서 날아?"
라고 했다.

이 소문을 들은 사또가 불러 날아보라고 하자 그는 임금님이 날으라고 해야 난다고 했다. 다시 임금님이 불러 날아보라고 하자, 그는 중국 천자 앞에서나 난다고 하였다. 그래서 그는 정말 중국으로 갔다.

한 달 동안 대접을 잘 받고, 날기로 약속한 날 산에 올라간 그는 자살할 곳을 찾아해매던 중, 토끼한테 날 수 있는 부채와 옷을 얻어서 정말로 날아다니는 시범을 보였다.

그것을 본 중국 천자가 그 옷을 입고 부채를 이용, 하늘을 날았으나 내려오는 법을 몰라 소리개가 되었다. 그 총각은 그 틈을 이용하여 천자의 옷을 입고 천자가 되었다.

그전에 한 집에 남의 집 사는 총각아이가, 그 집이두 꽤 심하던 모양야.
아, 그 집에 머슴 안 살구 나갈려구
"나간다 나간다."
허는 말이 새서,
"난다 난다."

했어. 나간다 소리가 새서 나간다구. 그래놓구 나가지는 않구, 그러니까

"난다 난다."

그랬단 말여.

"이느므 자식아, 늬가 날어?"

"아 이 자식아, 내가 난다."

"아 이 자식아, 날거든 날아봐라."

"그 새끼덜, 드러워 못 보겠네. 아 내가 우리, 이 군의 사또가 날라두
날지 말지 한데 너희가 날란다구 날어? 원 망할 자식덜."

그런단 말여. 아 사또한테 상소를 했다.

"잡아오너라."

잡아갔지. 떠억 갔단 말야.

사또께서

"너, 그래 나느냐?"

"예, 납니다."

"그래, 날아봐."

"아이구, 상감님이 날라두 날지 말지 한데 아, 이 한 군 사또님이 날으
란다구 날겠습니까? 안 날지요."

"아 그 자식, 큰칼 씌워 옥에 가둬라."

큰칼을 씌워 옥에 가뒀단 말여, 가둬놓구 나라루 상소를 떠억 했단 말
여. 하니까 답이

"불러올려라."

그래, 불러올렸단 말여. 나라에서 상감님이

"너 나느냐?"

"납니다."

"그 좀 날아봐."

"아이구, 대국 천자께서 날라두 날지 말지 한데, 임금님이 날으란다구
날겠습니까? 못 납니다."

"응, 고것 참 기막힌 놈이로구나. 갖다 가둬두어라."

그리군, 대국 천자한테 떠억 거시끼를 했단 말여.

"조선에 나는 인재가 있습니다."

하구.

"그래, 세상에 나는 사람이 있다니, 사람이 날다니 그거 워떻게 나는
가? 그 좀 들여보내라."

아 떠억 들여보내는데, 아 조선서 나는 사람이 들어온다니까, 아주 구
경꾼들이 워떻게 많은지 백만 장안에 온 가구가 끓어난단 말야.

아 떠억 들어갔지. 아 대단히 거만하게 들어갔단 말여. 대국 천자한테
떠억 들어가니,

"그래, 너 나느냐?"

"네, 납니다."

"거 날아봐라."

"에이그, 거 아무때나 나는 게 아닙니다."

"그럼 원제 나니?"

까짓거 대국까지 들어갔는데 실컷 먹구나 죽을라구,

"한 달 말미를 주시면 날 테니까, 그런 줄 아십시오."

"그렇게 해라."

갖다 잘 모셔놓구는, 매일 소를 잡아 잘 먹인단 말여. 아 난다니까. 그
래 내일쯤 날 텐데, 오늘쯤 허는 말이,

"거, 내일이 날 날이 아니냐?"

"네, 그렇습니다. 대국서 제일 높은 산이 어디입니까? 무슨 산입니까?"

"거, 아무데 있는 곤륜산이다."

"그럼 거기다가 차비를 차려서 하인들, 신하들 모두 시켜서 채일(차일)
을 치구, 게다가 놀이를 잘 꾸며놓구, 눈을 뜨구 계시면 제가 여기서 따라
올라가겠습니다."

"응, 그래라."

아 나라의 거시끼니 좀 잘해. 어쨌든 곤륜산 꼭대기다 채일을 치구는
참 잘해놓구, 고기에 술에 진탕 먹었단 말여.

이제 곤륜산에 올라가서, 이리가 돌아다보구 저리가 돌아다보구. 어디 높은 바위에 올라가서 뚝 떨어져 죽을 데, 그런 데를 찾는단 말여.

"죽으면 제에미 날아가는지 우떻게 가는지 뭐 알어? 죽으면 그만이지."

아 죽는다구 댕기며 찾는 거여.

그러다가 한 모롱가지를 돌아가니까는,

"자식아, 늬가 읃었니? 내가 읃었지."

"자식, 늬가 읃었니? 내가 읃었지."

자꾸 서루 싸운단 말야. 가만히 보니까, 토끼 두 마리가 그런단 말여.

그래 가, 기침을 탁 하면서,

"느이 뭘 그러니?"

"야, 선생님 오셨다. 잘됐다. 재판 좀 해보자."

"아, 이 물건을 내가 읃었는디, 저늠은 뒤에 오면서 지가 먼저 보았다구 지가 읃었다구 그러니 아 이, 우떡하면 좋습니까? 그 답변 좀 해주시오."

"그 애야, 그게 뭐 하는 거냐?"

그러니까, 옛날 무당이 굿할 때 그 큰 부채, 크구, 용 그리구, 방울 달리구 한 부채. 그 인제, 그 의복은 뭐하는 거냐 하면, 여기 왜 혼인집에 가서 저 새악씨 메구가구, 신랑 메구가구 허는, 그 왜 이, 흑포장삼 같은 거 있지 않우. 그 흑포장삼 그거 하나구, 부채구 그거야.

"그래, 이거 뭐하는 거냐?"

하구 퇴끼더러 물으니까,

"이걸 입구서요. 부채를 별안간 쫙 펴가지고 확 부치면, 그만 까맣게 올라갑니다. 슬슬 올라가게 처음부터 하나씩하나씩 펴가면서 부치면, 둥둥 떠서 올라가서 막 돌아댕깁니다."

"그래, 이왕이면 잘됐다. 얘, 이왕이면, 이거를 뺏어서 너를 주면 이 애가 원수질 거, 네 해를 뺏어서 이 애를 주면 늬가 또 날 원수 취급할 거 아니냐? 그러니까, 더 말할 것 없이 날 다오."

아 준단 말여.

그 옷을 입구서래미 부채를 하나씩하나씩 부쳤단 말야. 그러니까 까맣게 올라간단 말야. 아, 곤륜산 꼭대기 제일 위에서 빙빙 돌아. 내려올 적에는 하나씩하나씩 접으면서 부치니 내려온단 말야. 그래서 입구서 부쳐서 올라갔다가 내려와서 채일 위에서 빙빙 돈단 말야.

"야, 조선에 나는 인제 왔다. 아 참 대단하다. 아 그, 조선엔 나는 사람이 있어."

그래 떠억 내려와서, 떠억 시니까(서니까)

"하, 이루 오라."

구. 천자가 앞에다 끌어다 앉히구 아, 주효백반에 잘 먹구 있는데, 천자가 허는 말이,

"여보게, 그래 이걸 나두 입구서 부채루 부치면 나나?"

"하, 납니다."

"그, 나 좀 입어볼까?"

"입어보슈."

아 그래, 옷을 말짱 벗구는, 그 옷을 입구 부채를 펴가지구 '확' 부쳤네. 아 까맣게 올라갔지.

올라갔는데, 워디가 뭐, 내려오는 방법을 알아야 내려오지. 아 그래, 대국 천자는 영원히 솔개미(소리개)가 되었어. 그래서 사람 네리는 데 못 네리구, 많은 인간이 나 하나 먹을 것을 안 주랴 하구 병아리 하나씩 채다 먹구. 그래서 솔개미 영혼이 천자 것이란 말야.

그래서 나무하던 그 사람이 대국 천자 옷을 말짱 다 주워입구,

"야, 가자."

그래, 천자가 되었대유. 그렇게 된 거여.

채록 일시 : 1972. 8. 11. 24:00~10
구연자 : 임석채(남, 79세, 농업, 무학)
사는 곳 및 나서 자란 곳 : 강원도 원성군 판부면 금대리
채록 장소 : 구연자의 집 안방

만나게 된 경위 및 채록 상황 : 김태곤 교수, 이상일 교수와 함께 찾아가 만났다. 지난 4월
　　15일에 이어 두번째 찾아간 마을이어서 동민 7~8명과 함께 우호적인 분위기에
　　서 이야기판을 벌일 수 있었다.
청중 : 부락민 8명, 조사반원 2명
처음 들은 때 및 들려준 사람 : 어렸을 때 사는 곳에서 어른들한테 들었음.
구연 경력 : 몇 차례 했음.
제목 : 채록자가 붙였음.

84. 쫓겨난 임금

옛날 한 시골에 두 내외가 화전(火田)을 일구며 살았는데, 남편이 아내와 떨어져 있기를 싫어하여 일도 하지 않으므로, 아내는 자신의 얼굴을 그려주었다. 남편은 그 그림을 밭가에 놓고 일을 했다.

그런데 바람에 날려간 그 그림을 임금님이 보게 되어서 그 여자는 임금 앞에 불려가게 되었다. 그 여자는 남편에게,

"눈치 삼 년, 뛰엄 삼 년을 배워서 날 찾으라."

하고는 불려가서 임금의 아내가 되었다.

삼 년 후, 여자는 임금께 삼 년간 거지잔치를 하게 해달라고 했다.

잔치를 시작한 지 삼 년이 되던 날, 자기 남편이 새털로 만든 옷을 입고 나타나서 춤을 추니까, 이 여자가 웃었다. 웃지 않던 여자가 웃는 것을 본 임금은 자기도 해본다며 그 옷을 벗겨 입고 춤을 추었다. 이때 그녀의 남편이 용포를 입고 용상에 올라서, 그 임금을 내몰고 임금이 되어 잘 살았다.

옛날에 인저, 한 산골에서 인제, 화전을 파먹고 사는데 두 내외가, 이 사람이 이제 시악씨를 떨어져서 워디 밭을 매러 갈 수가 없을 정도로 눈에 선해서는, 일을 안 나가니, 이눔의 거 뭐 일을 해야 밥을 먹고 살지.

그래서는,

"아 여보, 일은 안 허구 밤낮 나만 지키구 있으면 어떡허우?"

그러니께는, 그 여자가 아 참, 남자가 허는 말이,

"아, 난 증말(정말) 떨어져서는 나가서 일을 헐 수가 없다."

구 허니께,

"그럼 나와 똑같은 그림을 그려줄께니, 두 장을 그려줄께니, 이짝 밭머리에 하나 꽂아놓구, 저짝 밭머리에 꽂아놓구, 매 나가두 볼께요. 이쪽으루 들어와두 볼게 아니유? 그렇게 허라."

구. 그래서 여자가 자기와 똑같은 그림을 두 장 그려서, 인저 떡— 밭모퉁이다 걸어놓구서 일을 하는데, 아 난데없는 회리 바람이 불더니 그늠의 그림이 날아갔구랴. 그림 그려놓은 게.

그래 어딜 갔느냐 허면, 이눔이 참 이제 아마, 지금으루 말하면 장관급 같은 사람 눈에 아마 띠었든 모양야. 그래서는,

"세상에두 이런 여자가 있을까?"

해서 나라에다 바쳤단 말여 그걸. 그 나라에다 바쳤더니, 나랏님이 보구서는, 이런 사람을 찾아오라는 거거든. 그래 인저, 사람을 내보내가지구, 방방곡곡에 그 여자를 찾는 거지. 그 그림을 가지구. 아 그런데 한 군데 산 속을 들어가서 보니께, 그림과 똑같은 여자가 있거든. 그래서 인저, 그 여자를 오래니까, 가야 허것다구 허니께는, 가만히 생각허니께는, 여자가 그 그림 날아간 것을 보구 무슨 변이 날 줄은 알았던 말여. 그랬는데, 아 오래니까는 아, 이 사람을, 잠시두 못 떨어지는 사람을 내버리구 가기두 안 되었지 않아.

"당신이 나를, 삼 년 후에 나를 찾구, 나를 찾을랴면 눈치 삼 년, 뛰엄 삼 년, 이런 걸 전부 배워가지구 있다가 부를 적에 오면은 날 찾을 것이다."

그래서는, 거기서 데려가서는, 나라서 데리구 사는 거지.

그래서는, 이 사람이 맨날 화전이나 해먹었으니 의복을 해입었어? 뭐 있어? 돈이 있어 뭐여. 이눔이 짐승을 잡아먹구, 새를 잡아먹구 해서 워티게 잡아매서 옷을 해입었지. 그러니께, 앞만 가렸지.

아, 그렇게 하구 사는데, 이 여자가 거기 가서 한 삼 년 살구서,

"나는 평상 소원이 있다."

구. 말하자면 자기 영감이지. 나랏님한테.

"무슨 소원이냐?"

구 하니께,

"나는 거지 잔치를 삼 년만 해주면, 나 그게 제일 소원입니다."

"아, 그러면 그래라."

그래서 거지를 안마당에 불러들여서

"느이 맘대루 먹구 소원껏 놀다나가라."

말여. 그렇게 허길 삼 년을 허는디, 주렴을 늘이구 내다봐두 자기 남편은 안 와. 분명히 그지가 됐을 텐디.

그러자, 한 삼 년째 되던 해에 한번 내다보니께는, 자기 남편이 그 새 털루다 옷을 해입은 것이, 그 참 아래만 가렸지 다 해입을 옷이 어디 되겠수. 이제 그걸 입구 와서 먹구서는

"느이 만판 놀다가라."

허니께는 그 새털, 그 앞만 가린 걸 입구 춤을 추는 걸 보니껜, 즈이 시악시가 생전 웃지 않던 건데 웃거든. 그래 인제 나라에서(왕이)

"그게 뭐이 그렇게 우숩단 말인가?"

그러니께는,

"나는 그게 제일 우숩다구 말여."

그렁껜 하두 자기 아내가 웃지두 않구 그러니께는, 그 소원을 풀기 위해서,

"그럼 내가 그 옷을 입구 춤을 춰두 좋아서 웃겠는가?"

"그렇겠지요."

"그럼 너 벗어라."

그래 인저, 그 새털 입은 걸 벗겨서 자기가 입구 춤을 추는데, 자기 남편은 뻘거벗구 있을 꺼 아냐? 그래,

"뛰엄 삼 년, 눈치 삼 년은 뭐헐라구 배웠느냐?"

구 냅다 소리를 치니께는, 그때 눈치를 챘단 말여, 이 사람이.

냅다 올라가더니 용포를 입구 용상에 올라앉으니깐,

"그지(거지)는 싹 내몰아라."

그래 뭐, 그지 옷을 입었으니 그지지 뭐야. 그래 그 나랏님이 그지루 내몰

리구, 잘살더래유.

그러니깐 여자두 의견이 있으면은 그렇게 자기가 잘 사는 수가 있다구.

채록 일시 : 1972. 8. 16. 21:40～45
구연자 : 이금손(남, 59세, 농업, 국문 해득)
사는 곳 및 나서 자란 곳 : 경기도 연천군 전곡읍 전곡 1리 2
채록 장소 : 구연자의 집 마루
만나게 된 경위 및 채록 상황 : 구연자는 채록자의 친척 어른이므로 방학을 이용하여 찾아
　　가서 만났다. 이야기를 잘하는 분으로 소문이 나 있는 구연자는 채록자를 반가이
　　맞아주고, 여러 가지 이야기를 해주었다. 저녁식사 후에는 마을사람들까지 모이
　　게 하여 이야기판을 벌여 여러 가지 이야기를 채록했다.
청중 : 구연자의 부인과 마을사람 7명
처음 들은 때 및 들려준 사람 : 어렸을 때 어른들한테 들었음.
구연 경력 : 몇 차례 했음.
제목 : 채록자가 붙였음.

85. 새끼 밴 황소

옛날 사또보다 부자인 사람에게 사또가 새끼 밴 황소를 구해오라고 하였다.
걱정하는 아버지를 위해 어린 아들이 꾀를 내었다.
　약속한 날 부잣집에는 금줄을 달아놓았다. 새끼 밴 황소를 가져오라고 하자
아버지가 애기를 낳느라고 못 나왔다고 하였다.

옛날에 어느 고을에 사또보다 부자인 어느 부잣집이 있었어요. 그 부
잣집이 너무너무 부자라서 사또가 시키는 일이라면 뭐든지 다 들어주고,
다 했어요.
　그런데 사또가 어느 날 새끼 밴 황소를 구해오라고 명령을 하였어요.
그래서 인제, 돈을 암만 주고라두 구하려고, 또 구하려고 해두요 못 구해
서 앓아 누웠어요. 앓아 누워서 인제 자는 방에서 문 꼭꼭 걸어 잠구구서
앓아 누웠는데, 그 집에 쪼그만 애가 있었는데, 참 영리한 애여요. 일곱
살인가 그래요. 그애가
　"아버지, 무엇 때문에 그래요?"
하고 자꾸만 사정사정해서 인제, 애기해줬어요. 사또가 시킨 일을 이야기
해줬어요. 그러니까, 아들이
　"그런 거라면 문제 없다."
고 하면서, 아버지는 누워 있으라구 그러구서, 문간방 여기다가요 [문쪽을
가리키면서] 새끼하고 꼬추하고(금줄을) 달아놨어요.

드디어 사또 명령 내린 날이 왔어요. 그 새끼 밴 황소를 찾으러 왔는데,

"여봐라!"

하면서 찾으니까, 어린애가 나가가지구,

"느네 아버지 어디 갔냐? 빨리 새끼 밴 황소를 가져오라구 해."

"지금 아버지가 애기를 낳느라구 못 나왔습니다."

그러니까,

"에이 이놈아, 어디 남자가 애기를 낳아?"

"그럼, 황소가 어떻게 애기를 낳아요?"

그러니께,

"아, 그놈 참 똑똑하다."

그러구서 관가로 데리고 가서 상을 줬대요.

채록 일시 : 1979. 8. 15. 22:45∼48

구연자 : 김봉좌(여, 13세, 학생)

나서 자란 곳 : 경북 선산군 선산면 원동 128

사는 곳 : 서울특별시 성북구 하월곡동 41-25

채록 장소 : 서울시 성북구 상월곡동 7-170 인기정 씨 댁 안방

만나게 된 경위 및 채록 상황 : 채록자가 누님 댁에 갔다가 그 근처에서 김 양을 만나 함께 방으로 들어가 생질인 인호진(남, 13세, 학생) 군과 한 자리에 앉아 몇 가지 이야기를 들었다. 채록자는 구연자에게 책에서 읽은 이야기가 아닌 이야기를 해보라고 하여 몇 편의 민담을 채록하였다.

청중 : 인호진 군 및 동네 어린이 4명

처음 들은 때 및 들려준 사람 : 몇 달 전에 어머니 김남진(36세, 초졸) 씨로부터 들었음.

구연 경력 : 없음.

제목 : 채록자가 붙였음.

86. 대사를 골탕먹인 상좌

옛날, 어느 양반집 아이가 자기 집에 시주 받으러 온 중을 도둑으로 몰아 매를 맞게 했다. 중은 매맞은 앙갚음을 하려고 일을 꾸미며, 그 아이를 자기 밑에서 심부름할 상좌로 데려갔다.

아이는 중이 부처님께 능통감투를 달라고 비는 것을 알고, 감투 모양의 것을 몰래 부처님 앞에 갖다놓았다. 중은 그것이 부처님이 주시는 능통감투인 것으로 알고, 그것을 쓰고 나쁜짓을 하다가 실컷 두들겨맞았다.

아이는 중이 암말과 장난하는 것을 알고, 암말을 놀라게 하여 말로 하여금 중을 발로 걷어차게 하였다.

중은 아이를 골탕을 먹이려고 데려왔으나 오히려 아이한테 당하기만 하는 것을 알고 스스로 목숨을 끊었다.

이 아이는 열심히 불도를 닦은 후에 유명한 대사가 되었다.

물론 옛날인디 대가집여. 이제 한 일고여덟 살 먹은 학동이 있는디, 서당에를 댕겨.

그런디, 서당이를 안 갔던가, 부모덜은 다 나가구 혼처(혼자) 있는디, 높은 데에가 먹을 것은 많으나 키가 자라지 않아서 못 먹겠어. 그래서 내려 먹질 못했어.

그러자 마침 문전에서,

"동냥 왔습니다."

소리가 나거든. 그래 보니 중이여. 목탁을 치구 동냥을 왔다구 허는디,

"대사 대사!"

그러구 불렀어. 어린애가 일곱여덟 살 먹은 어린애가.

"동냥을 줄께 들어오시오."

인저 들어왔단 말여.

"저기 저 우게(위에) 있는 선반에 있는 게 떡인디, 저거 좀 내려줘요. 당신두 먹구 나두 먹게 내리라구요."

그러니께, 인저 욕심이 있어서 그랬는지 어린애를 사랑해서 그랬는지, 대청을 들어가 그걸 내릴려구 하니께, 아 이늠이 문을 전부 잠거버리구 바깥으루 나가 잠가버렸어. 잠그구는 외왔어.

"우리 집에 도둑 들어왔다."

구. 그러니께 옆집에서, 개가(그 애가) 그러니까, 아 옆집에서 수십 명이 몰려들었어.

도둑늠 들어왔다구 그래서 들어가보니까 중이거든. 작신, 묶어놓구 그저 뭐 여간 구타를 했어. 구타를 한 뒤에 쫓아보냈단 말여.

어린애한티 이거 둘린 (그럴 듯한 꾀임에 속은) 분이라니, 이거 참 막심허단 말여. 소소무책[束手無策]여. 변명을 해봤던들 쓸데없구. 자기가 그, 남의 집에 들어갔으니 변명할 수도 없단 말여.

"어처께 하면 저놈의 원수를 갚을까?"

하구 한 삼 년 동안을 궁리를 했어.

그리구는 또 왔어. 그 문전에를 와서는 동냥을 달라구 허니께, 아 그놈이 복주깨에다 쌀을 담아가지고는 중을 줄라구 갔어. 가닝게 그 중이 가를(그애를), 오래 됐으니까 모르리라 그러구는 견가면가(그것인가 아닌가)를 했단 말여. 그런디 중이 헌다는 말이 고맙다는 말두 않구는, 한숨을 쉬면서 말여,

"큰일났다."

구 한숨을 쉬면서 가.

이상스럽게 생각허구는, 저그 아버지한테 쫓아들어가서는 말을 했어. 허닝게, 하인들을 시켜서 쫓아갔어.

그래서는 쫓아서 데려다놓구 물어보니,

"죄송한 말이지마는 집의 자제님이 15세가 될 것 같으면 호식(虎食)을 해갈 팔자라."

구. 하- 그, 외아들인디, 기가 막히단 말여, 그 말을 들으니.

"어처케 하면, 이 호식을 안 해갈 방책이 있습니까?"

허니께, 중이 만권 서적을 다 떠들어보더니,

"15세 되더락 나를, 상좌루 따리보내면 호식을 면허겠습니다."

그러거든, 그래 헐 수 없이 따러보냈어. 열다섯 살 되더락. 그러니께 몇 살이 될 때까지 헐른지는 모르지만.

그래서는 상좌루 댕이는디, 일상 그 중이 부처 앞에서 빌기를 말여 능통감토, 능통감토라구 이걸 쓰면은 다른 사람이 모르거든. 뭐 도독질해가도. 옛날에 능통감토라고 말이 있어. 이것만 쓸 것 같으면 다른 사람은 나를 못 봐. 그러니께 혼처만, 뭣이든지 뉘 집에 들어가서 가져두 가져가는 걸 몰라. 들구 부처 앞에 가서 능통감토를 점지해달라구 빌어.

그러니께, 그걸 꼭 본단 말여. 상좌는

"어디케 해야 저걸 거시켤고?"

하며, 하루는 동냥을 가는 데 같이 따라갔어. 따라갔는디, 어딜 가니까 춥구 그러니께, 방으루 들어오라구 했던개벼. 하두 이쁘구 그렇게.

방을 들어가 봉게 이 감투 같은 것이 아름목에 가서 여러 개 접혀가지구 있더래요. 그게 뭐이냐 하면 밥망이여. 밥을 쒸애면 이렇게 덮어놓거든 망 같은 걸루. 솜 넣어서. 더러 봤나 몰라. 그걸루 덮어났는디, 꼭 쓸만히여.

"요거나 하나 훔쳐가꾸 가서 내가 이용을 해야겠다."

그러구 이 밥망을 하나 훔쳤어. 그리구서는 모른 척하구 갔단 말여.

가서는 이 녀석이 어찌 으사[意思, 意見]가 있구, 크게 될 애라. 부처 밑에다 이렇게 [손으로 밀어넣는 시늉을 하며] 가만히 넣었어. 가만히 느서 삐두래미 죄끔만 나오게, 쪼금만 나오게.

하루는 게 가서 불공을 허니 말여 한참 허다가 보니께, 무엇이 있거든, 부처 밑에 가서.

"야, 이게 뭣인가 모른다."

고 떠들어보니 말여, 아 떠들어보니 꼭 능통감토 같단 말여. 써봤어. 아 이거 대가리가 들어가거든.

"야, 이거 됐다."

고 무르팍을 치면서,

"아, 부처님이 나를 구원하실려구 주셨구나."

그러구서는, 동냥 다닐려면 바랑 짊어지구 다니거든. 거기다 넣어갖구 어린내 데리구 갔어.

어느 주막집에 가서 작신 퍼먹었어. 그라구는 먹구, 따악 이늠을 썼어. 쓰구는 그냥 나오거든. 아, 나오니 돈 달라구 안할 것이여? 술값, 밥값을 달라구 아 쫓아가서 막 하니께, 겁이 났단 말여.

'이걸 써두 이러니, 이것이 아닌가보다.'

허구 작신 뚜드려맞았어. 거기서 또 상좌두 따라서 왔지.

뚜드려맞고, 그걸 이제 절에 와서 이렇게 모두 조사를 해봉게 말여. 바느질 실밥이 터졌던가 한쪽이가 구리기가 뺀허게 터졌어.

"참, 이러면 이렇지, 능통감투가 이렇게 나를 맞게 할 리가 있나?"

그러구서, 떨어졌웅게 인저 거기를 꿰맸어.

꿰매 갖구 그 다음날 또 갔단 말여. 가서는, 상점에 가서는 의복감을 잔뜩 이렇게 거시끼 샀어. 사서는 보따리다 느(넣어) 갖구는, 또 그늠을 쓰구는 갔어. 아, 가니 가만히 있을 것이여? 또 그냥 작신 거기서 뚜드려 맞었단 말이여. 아 그래서

'이것두 필요 없다.'

구. 다음날 두구서 그 어늬, 그 아이가 말허기를 말여, 인저, 저 혼자 동냥을 댕이는디 말을 하나 사오라구 했어. 말. 암말을 사오라구 했어. 그래서는 장에를 가서 말을 하나 샀단 말여. 사가지구는 인저 왔는디, 그 말을 마방간에 줘가지구는 잘 먹이거든.

아 이늠이 중놈이라 암말이구 허닝게, 일상 나쁜짓을 해여. 그 말허구 나쁜 짓을 헌단 말여. 아 중놈만 가면은 '으어어' 하구는 궁뎅일 들어줘.

하 인저, 꼬마둥이가 그걸 보구는 말여,

'하 이거, 한번 혼을 좀 내줘야겠다.'

구 그러구 가서는, 꼬마뎅이가 뒤궁뎅이를 '탁탁' 때려봤단 말여. 때리니까 궁뎅이를 들어. 들어서는, 믠(무슨) 꼬타리(꼬챙이) 같은 걸루 팍 쑤셨어. 그런게, 뒷발루 그저 차구 '히히잉' 그러면서 막 지랄을 허거든, 말이.

그날 인저, 중이 거기 가는 거를 가만히 봤어, 상좌가. 아, 뒷궁뎅일 가서 탁탁 투드리니께, 아 발루 어쩌케 찼던지 말여 저기가 나자빠졌어. 할 수 없이 데려다가 안에다 뉘구는 약 같은 거 시중을 허구.

중이 생각허니 말여,

'이제까지 저늠을 욕을 뵐라구 했더니, 내가 저놈한테 둘렸다.'

구 그러구 자살을 했어. 고생을 시킬려구 했는디 오히려 둘렸다구.

그런게, 그애가 거기서 인저 불공을 배워 가꾸 진묵대사, 진묵대사, 절에 옛 이름이 있잖어. 진묵대사가, 그게 진묵대사가 됐어. 아주 옛날에, 절에 진묵대사가 됐어.

채록 일시 : 1972. 8. 22. 21:55∼22:03
구연자 : 김종학(남, 71세, 농업, 한문 수학)
나서 자란 곳 : 전북 부안군 하서면 둔지리
사는 곳 : 전북 부안군 부안읍 선은리 3구 664
채록 장소 : 같은 마을 장기선 씨 댁 마루
만나게 된 경위 및 채록 상황 : 김태곤 교수가 인솔한 원광대학교 민속조사반 학생들과 함께 김교수가 전에 만난 적이 있는 구연자를 찾아갔다. 구연자는 이웃에 사는 매형인 김종학(71세) 씨에게 연락해 오게 하여 구연자의 모친, 부인과 함께 이야기판을 벌였다. 우호적인 분위기에서 14편의 민담을 채록하였다. 구연자는 전라도 말씨로 대화를 구분하며 구연했다.
청중 : 구연자의 매형인 김종학 씨, 구연자의 모친과 부인, 김태곤 교수, 원광대학교 민속조사반 학생 6명
처음 들은 때 및 들려준 사람 : 어렸을 때 어른들한테 들었음.
구연 경력 : 몇 차례 했음.
제목 : 채록자가 붙였음.

87. 상전을 우롱한 하인

옛날 황해도에 어떤 양반이 하인을 데리고 과거를 보러 올라가는데, 이 하인에게 닭을 사오라고 시키면 다리 하나는 떼어놓고 가져오고, 붓을 사오라 하면 싼 붓을 사오고 나머지 돈은 떼먹었다. 그래서 이 양반이 하인의 등에다
"이놈 들어가는 대로 묶어다가 강에 처박아라."
고 써서 집으로 보냈다. 이 하인은 지나가는 이에게 부탁하여 등에다 쓴 글을
"애가 도착하는 즉시 애와 누이동생을 혼인시켜라."
고 고쳐가지고 가서 그 집 딸과 혼인을 했다.

그 양반은 이놈을 없애버리려고, 다른 하인들에게 이놈을 멍구럭에 넣어서 강에다 처박으라고 시켰다. 그러나 다른 하인은 이놈을 그냥 길가에 놓고 가버렸다. 이놈은 유기 장수를 속여서 유기 장수를 대신 멍구럭 속에 넣고 나와서 유기를 팔아 좋은 옷을 해입고 다시 집에 가서는, 어느 선화당의 선관이 살려줬다고 했다. 그러자 주인이 자기도 선화당에 가고싶다고 하였다. 그는 주인 양반을 강으로 데리고 가서 강에다 밀어넣었다.

옛날에 황해도 먼 데서 과거를 보러, 양반이 과거를 보러 하인을 데리고 올라오는데, 아 하루는, 여러 날 걸어오니까, 고기 생각이 나서,
"애, 닭 한 마리 사다가 과라."
"네."
그러군 닭을 한 마리 사 왔는데, 과서는 양푼에다 꺼내 들여가는데,
"다리 하나는 네가 띠어놨지?"
그래 닭 똥집이니 뭔 제가 먹을라구 다 띠어놨지. 그래 나쁘단 말야.

가만히 생각하니까. 살은 모두 제가 먹을라구 대접에다 담아났는디.

"얘, 그런데 어째 닭이 다리가 하나냐?"

"하나예요, 닭이."

그런데 그 앞에 닭이 죽- 있는데, 닭이 요렇게 [두 손의 검지를 나란히 세웠다가 하나를 들면서] 놀다가는 다리 하나를 들지, 보니. 그래, '훠이' 하고 쫓으니까 껑충 뛰는데 다리가 둘이거든.

"그래 저 닭은 다리가 둘인디 어째 이건 하나란 말이냐?"

"잡숫기 전에 '주이, 이놈!' 했으면 나왔지요."

그러더라는구나.

'에이 고약한 놈 자식 같으니.'

속마음으로 그랬지.

"가 붓 사오너라. 글을 지어야겠다."

옛날에는 붓이 쌌지. 시방 같은가? 돈 서너 돈을 주니깐드루 한 돈짜리 붓을 사구 떼먹었지. 두 돈은. 아 글씨를 써보니까 찢어지구 당체 좋지를 않아.

"에이 망할 놈의 자식. 붓두 망한 것두 사왔다."

필쟁이가 마침 지나가는데

"붓 하나 팔구 가오."

하니까,

"그럽지요."

그러거든.

"그래 붓 하나에 좋은 것 얼만가?"

"한 돈만 주세요. 그럼 좋아요."

"아- 서 돈을 주고 붓을 사왔는데, 이놈이 글씨가 안돼. 찢어지구."

"아, 떼먹었지요."

"아, 고약한 놈 같으니."

그리구는 저녁에

"너, 내일은 내려가거라."

"아, 서방님께서 혼자 가세요?"

"나 혼자 가겠다. 너 돌아앉아라."

그리구는 잔등이에다 먹을 갈아가지구 글씨를 쓰는데,

"이놈 집에 들어가는 대루 하인들더러 묶어다가 강에 처박으라고 해라."

이렇게 썼거든. 잔뎅이에다가. 아 그래 저고리를 벗어보라구 하니깐드루 글씨를 그렇게 썼거든. 죽이려구.

그랬는데 이놈이 인제, 어-, 정신봐라. 그래 인제, 먼점에 그렇게 써주니까, 가다가 저고리를 벗고 어떤 사람을 보고,

"이 내 잔등이에 뭐라고 썼소?"

그러니까,

"아- 강물에다가 처박으라구, 죽이라고 썼다."

그러니까,

"에이 인제 죽겠군요."

"가만히 있어라. 내가 고쳐주마."

그리구서는,

"얘는 혼인을 빨리 해야할 테니 누이동생을 사흘 이내루 잔치를 차려서 예를 올려주도록 해라."

이렇게 썼거든. 딴사람이 들여다보구는 안돼서.

그래 집엘 가서,

"서방님께서 제 잔등이에다 뭐라고 글씨를 써보내요."

그래 보니깐드루,

"아 이게 웬일이냐? 아씨하구 혼인을 허라구 했으니?"

"물르것시유. 저고리를 벗으라구 하걸레 벗었더니 그렇게 쓰셨군요."

"에-, 못된 놈의 자식."

그래 헐 수 없이 했지. 워떡해. 영이 그렇게 내려왔으니.

아- 그래 가만히 생각을 해 안 됐으니까는,

'이놈의 자식을 죽이야겠다'

구, 다른 집 하인들을 불러서는,

"망태기에다가 넣어서는 이놈을 둘이 둘러메다가 강에다가 처넣어라."

그러니까는, 그 양반의 영이 어려우니까는 둘레메구 나갔단 말야. 나가다가는

"남을 우리가 왜 죽이냐?"

그리구는 거리 노중인데, 망태기를 그냥 놔두니깐드루, 유기 장수 하나 지나가다가는 떠억 쉬더니,

"댁이 어째 망태기를 쓰고 앉았소?"

하니까는

"에이 내가 눈이 멀었어요. 그래서 여기 이렇게 노중에 앉았으면 떠진다고 그래서 내다달래서 앉아 있어요. 인제 눈 다 떴지요."

"아 그래요?"

"당신도 애꾸라 한쪽을 못 보니 곤치야겠오."

"아 그래야겠소."

아 유기 한 짐을 잔뜩 진 사람인디, 유기 짐을 내려놓구는,

"거, 나오오, 내가 들어앉을 테니."

아 들어앉아 있으니깐드루 이놈이 꼭 동여매구는 유기짐을 지고 달아났지. 아 그래 허소무책(속수무책)이지 어떻게 해.

이놈은 가서 유기 팔고 해서, 옷을 썩 잘해입고 간다간다 한 게 그 집을 또 갔단 말야, 어떻게. 아 옷을 잘해입구.

"아, 너 죽었단 말 있더니 어떻게 된 거냐?"

"아유 죽을 뻔했어요. 어느 강섶(강가)인데, 떠억 게 가니까 선화당이 있는데, 아주 거기서 선관들이 놀구, 글을 짓구 좋더군요. 거기가. 그래 '너 나가거라' 그래서 나왔어요. 그래서 의복서껀 잘해줘서 입었습니다."

"그래. 야 그럼 나두 가자. 거기 좀 가르쳐다오."

"그러세요."

그러구는 어느 강섶을, 비탈 험진 강섶엘 가서는 왈칵 떼밀어서 내려굴러 죽었어, 그 사람이.

남 죽이려다가 제가 죽었지. 그런 얘기두 있어.

채록 일시 : 1972. 8. 17. 18:05 ~ 13
구연자 : 김은봉(남, 83세, 무직, 무학)
사는 곳 및 나서 자란 곳 : 경기도 의정부시 4동 226
채록 장소 : 구연자의 집 마루
만나게 된 경위 및 채록 상황 : 채록자의 친척인 구연자를 찾아가 이야기를 부탁하여 구연
    한 것이다. 구연자는 이야기 잘하는 분으로 소문이 났었으나, 지금은 노쇠하여 시
    력이 약하고, 기억력도 많이 저하되었다고 한다. 비교적 기억상태가 좋은 민담 4
    편을 구연해주었다.
청중 : 채록자의 부인, 외손자
처음 들은 때 및 들려준 사람 : 젊었을 때 친구한테 들었음.
구연 경력 : 몇 차례 했음.
제목 : 채록자가 붙였음.

88. 대감과 땅벌

　　예전에 시골 부자가 벼슬을 하고 싶어서 땅을 팔아가지고 서울로 가서, 그 돈을 어느 대감에게 주면서 벼슬자리를 부탁을 했다. 그는 기다리라는 대감의 말만 믿고 기다리면서 돈을 가져다주고, 또 가져다주곤 하여 많던 재산을 다 팔아다주었다. 그러나, 대감은 이리저리 핑계만 델 뿐 벼슬을 주지 않았다.

　　화가 난 그 시골 부자는 대감을 혼내줄 생각으로 뒤웅박에다 땅벌을 가득 담은 다음, 이것을 고운 보자기로 싸서 대감한테 가지고 가서 말했다.

　　"대감님, 이것은 아주 좋은 약인데, 두 내외분이 문을 걸어 잠그고, 옷을 다 벗고 잡수셔야 효험이 있습니다."

　　이 말을 들은 대감 내외는 그 말대로 하고 뚜껑을 열었다가 벌이 나와 쏘는 바람에 곤욕을 치르었다.

　　실제로는 거짓말이겠지요마는, 예전에 어느 시절에 그랬는지, 양반, 상놈 이런 것이 많았는데, 양반이란 자는 서울 가서 과거를 해가지구 장관을 지내는 게 양반이구, 시골에서 그러지 못헌 사람은 참 상놈인데, 예전에두 그 장관한테 가서 교제를 해가면서 혹 벼슬을 하는 분이 있었습니다. 그래서 돈냥이나 시골에서 있으면, 땅 섬지기나 팔어 짊어지구 서울 올라가서 대관들 집에 가 며칠씩 묵사거리면서(묵으면서) 돈을 바치구서,

　　"그저 감투를 하나 씌워주십소사."

허는 일이 있었는디.

　　마침 서울 어느 대가집허구, 시골 부자 사람허구 알게 됐는데, 그 만나

면

"감투 하나 씌워줘요."

이러면,

"감투 하나 씌워주지."

말만 그러구는 생전 감투 하나 안 준단 말여. 그래서

"하하, 내가 돈을 안 갖다주니까 그런가부다."

그러구선, 한번은 땅을 한 섬지기를 팔어가지구서는 돈 1천 냥이나 해서 짊어지구 대감한티 가서는,

"이번엔 워티게 감투 하나 씌워주시오."

"아, 걱정 말아. 인제 곧 될 거여. 집에 내려가 기달려봐."

아, 집에 내려가 기다리니 한 달 가, 한 해 가, 해두 기두망두 없다 이 말이지.

"에이 이번에는 더 갖다 줘야 되것다."

그러구선, 한 2천 냥을 지구서는 올라갔지. 가서는,

"이번엔 워티게 하나 씌워주십소사."

"아 먼저두 내가 곧 해줄라구 마음은 먹었었는데 그땐 잘 안 됐구, 인젠 아마 곧 될 꺼여. 내려가 기달리구 있어."

아, 내려가 기달리니 기두망두 없단 말여.

"하하, 내 재산이 많은 줄 아는구나. 이번엔 톡톡 팔아가지구 올라간다."

톡톡 팔어가지구 올라왔지. 올라가 다 바치구 나니, 또 내려가 기달리라구 허는데, 뭐 기달리니 기두망두 있나요. 그러나 그 새중간에 연락은 자주 허구 이러니께, 시골 사는 사람 말이라두 대감이 꿀보다 더 달게 생각을 하구, 마음에 싹 들도록 대감하구 서로 사귀(사귀어)났단 말이지.

그러나 베슬을 안 주는 게 하두 괘씸스러워서,

"인저는 요놈의 자식을 혼을 내키야지, 가냥(그냥) 됐다가는 안 되것다. 그러구 발뒤꿈치에 부스럼은 안 났으니께 그냥 내빼며는 되니께, 요놈 한번 혼나봐라."

허구선 …….

촌에 이런 [두 손으로 둥글게 원을 그려보이며] 커다란 말 바가지가 있습니다. 박을 초가을게 하나 뚝 따가지구선 그늠을 말려서 됨박(뒤웅박)을 팠어요. 두룽박(뒤웅박)을 파가지구서 사방을 찾아다니다가 한군데를 가니께 땡삐(땅벌) 집이 있는디, 땡비집에 가서 그 됨박 아구리를 그 구멍이다 대구서 땅을 '후당당' 허구 굴르니께, 이늠의 땅비가 '윙윙' 하구서 그 됨박으루 하나 가뜩 들어왔단 말이지. 이늠을 잔뜩 틀어막어가지구 집에 와서는 비단보에 싸구싸구 쌌단 말여.

하루는 이걸 해짊어지구는, 지팡막대를 집구는 대감 교제하러 가는 길이지. 대감이 벼슬을 씨껴(시켜)달라구 해마두(해마다) 돈 몇 천 냥씩 갖다주더니, 그제는 안 와서 기달리던 참이란 말이지. 한번 찾아오는디, 뭘 한짐 짊어지구 오는 걸 보니, 대감이 펙 반가웠단 말여.

"아 워째 그렇게 늦었는가?"

"예, 호구를 하다보니 늦었습니다."

"아니 그런데 등에다 뭘 그렇게 많이 지구 와?"

"아 이거 뭐 많지두 않어요."

"아, 어서 들어오게."

그래선 들어가니 좋은 자리에다 앉히구, 진수성찬에다 대접을 허는디, 대접을 기건 잘 받았단 말여. 그러구서, 대감허구 둘이 앉어서 밤에 얘길 허는데,

"내가 대감 집에 수년간 댕기구, 내가 대감 집에 와서 정이 담뿍 들었소. 그래서 참 다른 사람보다 정이 깊어서 이번에 내가 가져왔는디, 참 이렇게 맛 좋은 것은 못 잡숴보셨을 겝니다."

"아 그게 뭔디 그렇게 맛이 좋아?"

"이건 세상에서 참 잡숴 본 분이 드문데, 제 말을 곧이들으시구, 저하군 워낙 친밀허시기 때메(때문에) 이거 보신약 되는 걸 가져왔는데, 내일은 내가 갈 테니, 내일 저녁에 잡수시는데, 다른 때 잡숴서는 안 돼요. 꼭 지무실 적에, 한밤중쯤 되걸랑은 누가 들어오지 뭇허게 문을 꼭꼭 걸어

잠그구, 두 내외분이 우티를(옷을) 다 벗어놓으시구서는, 꼭 이불 담요를 다 깔어놓으시구서는, 두 내외분이 발가벗으시구 잡수시야지 달리 잡수시면 약이 안 됩니다.”

“아 그려. 뭔 약이 그래 좋은 약이 있어?”

“아무렴요. 만수무강허신답니다, 이것만 잡수시면.”

“아 그럼 먹어야지. 아 참 고맙네. 그런 약을 구할라구 그동안 애두 많이 쓰구 돈도 숫허게 썼으나 못 구했는디, 참 자네 친절허네. 내 이번에 먹을 테네. 여적지 벼슬 한 자리 뭇 줬지마는, 이 약 먹구 내가 참 좋다면 큰 고을 한 자리 주지.”

“예, 그저 고맙습니다. 저는 내려가겠습니다.”

아 그 이튿날, 자구선 내려왔지.

“세상에 이 사람이 이렇게 친절히 하니, 이 약을 먹으면 아마 부귀영화 해가지구선 몇 만 년 살것지.”

허구, 그날 저녁에 자식덜두 들어올까봐 문을 꼭 걸어 잠그구서는, 두 내외 자리를 싹 펴구, 옷을 홀딱 벗구서는 비단보를 클르는 게라. 한 껍데길 펴니 또 비단보가 있구, 또 한 껍데길 펴니 비단보가 있구 그러거든.

“하아, 이거 중하긴 중한 게구나. 비단보에다 여러 번 싼 걸 보니 굉장히 귀한 물건이로구나. 그렇지, 그 사람이 성의 있는 사람이니 이렇게 해가지구 올께야. 좋은 약이니까 우리 둘이 먹세. 먹구선 몇 천 살씩 살아보세.”

둘이 주거니 받거니 허기를,

“영감덕에 나두 오래 살것네.”

“아—, 자네만 살어. 나두 살지.”

“이러구보니 이 세상에 부러운 게 뭐 있나?”

허면서 비단보를 끌르구서보니께, 말만한 뒤웅박이 하나 들었단 말여.

“옳지. 여기 인저 약이 들었구나.”

아, 마개를 쑥 잡아 빼니까 벌이 ‘왕’ 하구 나와 방에 가득한데, 몸둥이에 디리 뎀벼 쏘는데, 배길(견딜) 수가 있나? 벌이 쏘는 데마다 따거우니

께 이걸 잡느라구 둘이 후당탕거리구,

"아이구 죽것네, 아이구 죽것네."

허면서 두드린단 말여. 아 그러면서 죽는다구 소리를 질르구 야단이란 말여. 아들네가 방에서 가만히 보니까, 아 어머니 아버지가 자다 말구 쌈을 해쌌커든. 쫓아나와서 문을 열라니 문을 꼭꼭 걸어 잠것단 말여.

"아이구 아버지 문좀 베껴(문고리를 벗겨) 줘유. 웨 그리 두 내외가 싸우십니까?"

허면서 밖에서는 문좀 베끼라구 야단이지, 문 베낄 여가가 있어요? 몸뚱이에 쌔까맣게 들어 뎀벼서 여기저길 쏘니, 그놈 때리느라구 서루 뚜드리기만 허지.

"아 우리 어머니 아버지 죽는다구. 저렇게 뚜들겨 패니 살 수가 있느냐?"

구 야단이여. 그늠 때리느라구 서루 뚜드리구 뚝딱거리니, 서루 싸우는 줄 안 게란 말여. 얼마나 뚜드려팼던지 벌 마리 수대루 다 때려잡었단 말여. 다 때려잡구 나니, 그늠이 쏠 때는 그늠 때리느라구 정신이 없었는데, 다 때려잡구 나니 기운이 빠져 척 늘어졌는데, 아 아들이 어트게 문을 뜯구서는, 워트게 됐던지 서로 뚜드려서 몸뚱이가 부었단 말여.

"아니 왜들 그러시는 거요?"

"아이구 애야, 왜나 마나 사람 죽것다."

"아니 왜 그러세요?"

"늬가 아다시피 시골 아무개, 그 있지 않느냐? 그늠이 나한테 벼슬 한 자리 달라구 땅 섬지기 팔어다 주었어. 그러나 내가 자리가 마땅치 않아 못 보냈더니 이번엔 좋은, 아주 세상에 먹어보지 못허던 약이라면서, 이걸 먹으면 만수무강헌다구 두 내외 잘 적에 옷을 다 벗구 먹으라구 허기 때문에 이렇게 했더니, 열구보니께 땡삐 집이구나. 그늠이 날어들어 몸뚱이를 다 쏘니, 이거 뭐 어트게 할 수 없어서 여적지 뚜드려잡느라구 이렇게 뚜드렸다."

"아이구 아버지, 그늠 내일 가서 당장에 다리갱이를 분질러놓겠습니다."

"옳다. 늬가 내 자식이로구나. 그렇지, 애비의 원수를 갚어야지."

아 둘째늠이 있다가,

"형님, 내일이 뭐요? 나는 지금 담박 가서 그늠의 다리깽일 분질러놓겠습니다."

"옳지. 늬가 더 효성이 있구나!"

시째(셋째)늠은 가만히 있다가,

"아버지 후회 마셔요."

"왜 이늠아?"

"아버지가 그 사람헌티 잘못했으니까 그렇지, 아버지가 그 사람헌티 잘했다면 그럴 리가 있겠습니까? 아 그 사람두 근근히 큰힘 들여 벌어가지구서 논 몇 섬지기 아버지한테 갖다 드렸는디, 아버지가 벼슬 한 자리라두 줬으면 그럴 리가 없지 않습니까?"

"아 저늠은 발칙해 못쓸 놈이구나."

하구 아버지가 호령이란 말여. 맏성두 있다가,

"아 이느무 자식, 아버지를 저렇게 만들어놨는디 어물어물 헐 거 없이 그늠을 담박 가서 잡아와야 헌다."

구 허니께, 시째가 한사쿠 말리거든.

말리나 마나 그 소릴 안 들었단 말여. 그러구선 이늠을 곧 잡어다가 어티걸라구 이늠의 사는 곳을 찾어가보니, 이늠 워디루 내뺐지. 찾기는 뭘 찾어. 한번 욕 뵈이구 말라구 작정을 한걸. 그래서 우스운 얘깁니다마는 선한 자래야 된다구, 남헌티 너머(너무) 못쓸 일을 허면은 끝에 가서는 아마 좋지 뭇헌 일이 돌아오는가 봅니다.

채록 일시 : 1972. 4. 15. 밤
구연자 : 김형식(남, 53세, 농업, 한문 수학)
나서 자란 곳 : 충북 단양군 매포면 도곡리
사는 곳 : 강원도 원성군 판부면 금대 2리 일론동
채록 장소 : 같은 마을 김상겸 씨 댁 안방

만나게 된 경위 및 채록 상황 : 채록일인 4월 15일(음력 3월 3일)은 이 마을의 공동제의인 산제(山祭)가 있는 날이다. 그래서 김태곤 교수, 이상일 교수와 함께 산제에 대한 조사도 할 겸 이 마을을 찾아갔다. 미리 연락을 받은 이장 김상겸 씨가 찻길까지 마중을 나와주었다. 김씨 댁으로 가서 저녁 식사를 마친 후 마을 어른들 몇 분과 함께 산제 시간인 자정까지 민간신앙에 대한 조사를 하고, 이야기판을 벌여 우호적인 분위기에서 몇 가지 이야기를 채록하였다.

청중 : 마을사람 6명, 김태곤 교수, 이상일 교수

처음 들은 때 및 들려준 사람 : 20여 세 때 나서 자란 곳인 단양에서 '팔도'라는 사람한테 들었음.

구연 경력 : 사는 곳에 와서 한 번 했음.

제목 : 채록자가 붙였음.

89. 대감과 도둑

옛날 도둑질을 잘하는 사람이 하나 있었는데, 이웃에 사는 정승이 그를 없 애버리려고 내기를 청했다. 내기는 정승 부인의 반지를 약속한 날까지 훔치면, 정승이 그에게 땅 몇 섬지기를 주고, 그렇지 못하면 죽이기로 했다.

며칠 후 그는 정승과 똑같은 옷을 입고 가서 가지고 간 허수아비를 방문 앞 에다가 세워놓았다. 사흘 밤을 새워 정신이 혼미한 정승은 허수아비를 그 사람 으로 착각하여 총을 쏜 뒤, 그것을 치우러 뒤꼍으로 갔다. 그 사이에 그는 정승 과 똑같은 옷을 입고 나타나서 정승부인을 속이고 반지를 빼앗아갔다.

얼마 후 정승은 또 내기를 하자고 했는데, 아무 날 정오까지 자기 백말을 끌 고 가라는 것이었다. 정승은 하인을 시켜 한 사람은 말을 타고 앉고, 한 사람은 고삐를 붙들고, 또 한 사람은 꼬리를 붙들고 있으라고 했다.

그는 거지로 변장하고 고기와 독한 술을 가지고 가서 말을 지키는 하인들에 게 먹여 졸게 하고 말을 가져갔다.

정승한테 많은 재산을 얻은 그는 도둑질을 하지 않고 잘 살았다.

예전에 한 놈이 도적질을 참 잘허거든요. 그런데 정승이 그 이웃에 하 나 살고 있었어요. 정승, 정승이 살고 있었는데, 저놈을 도적질을 못하게 죽여야 할 텐데, 그냥은 지길(죽일) 수가 없단 말여. 그래 그늠하구 내기 를 허는 거여. 그래 인저, 그늠을 불렀어요. 자기 사랑 앞으로 지나가는 걸 '아무개야' 부르고, 이름은 잊어버렸어요. 불러가지고서는,

"너 도둑질을 그렇게 잘허니, 나허구 내기를 허자."

"대감님이 내기하자면 내기허죠. 뭐, 얼마구 하것습니다. 그럼 뭘 내기

를 헙니까?”

“내가 지키구 있을 테니까, 우리 마누라가 찌구 있는 금반지를 빼 갈 것 같으면 논을 몇 섬지기를 떼주겠단 말여.”

“그럼 기약(계약)을 씁시다.”

그거야, 도둑님이.

“대감님허구 기약을 써야지, 대감님이 안 준다면, 나는 어떻게 합니까?”

그래 대감님허구 기약을 쓴 거야.

“논 몇 섬지기를 주겠다. 내가 지킬 테니까, 마누라가 찌구 있는 반지를 아무 날 저녁까지 빼가면은 논 몇 섬지기를 주것다.”

구 기약을, 종이 내놓구 썼단 말여. 그래서 지금 같으면,

“내일 저녁에 오너라.”

그랬는디, 가긴 뭘가. 안 갔지. 지키구 앉았는 거여. 밤을 새구 있지. 그런데 저늠을 지길려구, 그때두 총이 있었던가 부죠. 총을 가지구 들어오기만 허면 쏴 지길려구 잔뜩 벼르고 있는데, 안 갔지 뭐예요.

그러구 연구를 허길, 뭐라고 연구를 했느냐 하면, 즈이 마누라한테다 옷을, 옷감을 좋은 것으루 끊어다가, 저 거시기 대감이 입구 다니는 저 거시니 도포, 도포를 지었어요. 옷을 똑같으게. 그렇게 시켰지, 마누라보고. 마누라는 영문도 몰르구는,

“아 이런 옷을 해서는 뭘 해요? 이런 옷을 나라에 다니는 사람이나 입는디, 이런 옷을 해서는 뭘 하느냐구요?”

“아 글쎄, 시키는 대루만 하라.”

구. 그렇게 다 해놨는데, 그날부터 사흘 저녁을 안 갔어. 그런데 안 간 건 뭔고 하니 잠을 제대루 못 자게 하기 위해서 안 간 거죠.

그래가지구는, 사흘 지나 나흘 되는 날 저녁이 갔으요. 갈 적에 어뜨케 허구 갔느냐 허면 허수애비를 하나 만들어가지구서는, 가지구 들어가서는 방문턱 옆에다 들어가면서 세웠단 말여. 아 세우구서는, 이늠이 대감과 옷을 똑같이 입구서는 들어갔거든요. 들어가니까는, 대감이 총으루다

그어 됐단 말요. 그래 자빠져 죽는 것이 허수애비가 자빠졌지, 저는 안 죽었거든. 그래 대감두 그전에두 살인을 치면 대감두 겁은 났던 모양이죠. 겁이 나니까는 마누라보구

"내 저 거시니, 사람을 쳤으니 어떻게 허느냐구? 갖다 뒤꼍에다 끌어다가 거적때기라두 덮어야 되것어."

그러구서는 대감이 끌구서 뒤꼍으로 간 뒤에, 아 이눔이 방문턱 옆에 숨어 있다가는 마누라보구서는, 대감 마누라지. 마누라보구서는,

"아 그거, 마누라 금반지 워쨌나봐. 워디 빼봐. 금반지 잊어버리지 않았나?"

아 즈이 영감인 줄 알았지. 옷을 똑같이 입었으니까 말여.

"아 여기 있어요, 여기."

그러구서는 빼준단 말여. 그래 이눔은 가지구서 그만 도망가버렸지 뭐여.

아, 대감님이 신체(시체)를 끌어다가는 감춰놓구서는 들어와서 마누라보구서,

"아 그 금반지 잊어버리지 않았나 좀 봐."

"금반지 시방 대감님이 빼달라구 해서 빼드렸는데, 무슨 금반지를 또 달라구 해요?"

아 그러니까는,

"아이쿠, 이눔한티 속았구나!"

아 그럴듯하게 금반지를 이눔이 가져갔단 말여. 헐 수 없이 이눔한티 속았거든,

그 이튿날, 이눔이 왔단 말여.

"대감님 약속한 대루 나한테 논 몇 마지기 주셔야지요."

대감이 헐말이 있나. 기약까지 써놨으니.

"그래 주마."

그러구서 땅문서를 떼어서는, 논을 아무디 거 주었단 말여.

그리구 나서는, 이눔이 며칠 놀고 있는데, 대감이 분해 죽겠거든. 저늠을 지길려구 했는디, 지기지는 못허구 되려 땅만 뺏겼단 말여. 그래 또 한 번

불렀지요.

"너 나하구 내기를 또 한 번 허자."

"아 대감님이 허시자면 열 번이라두 허지요. 그럼 무슨 내기입니까?"

"이번에는, 내가 타구 다니는 말이 있지 않냐? 백말. 말이 있는데, 그거를 아무 날 아무 시에."

시방 말허면 12시여요. 그때두 정오를 알리는 저기가 있었던 모양여요. 시방으루 말해서, 예를 들어 말하자면,

"싸이렌을 딱 불 적에 말을 감쪽같이 네가 끌어가거라 말여. 그러면은 내가 지는 거구, 네가 끌어가지 못허면은 네가 지는 거니까, 그때 지면 너는 지긴다."

"아 약속대루 헙시다. 그럼 또 계약을 쓰셔야지요. 이번에는 뭘 주시겠어요?"

"먼저만큼 주마."

그래가지구는 계약을 썼어요. 계약을 쓰구서는 또 내기를 허는 거요. 그 날, 아무 날 가질러 가기루 했는디, 이눔이 이번엔 어뜨게 뇌를 썼는고 하니, 그지 행세를 허구 가는 거요. 집의 마누라한테다가

"술을 하되 독주를, 술을 한 잔만 먹으면은 취해서 정신을 못 차리게 독주를 허구, 또 한 병은 아무거나 술처럼 해서 넣어라."

그러구서는 이눔이 그지 행세를 허구 가는 거여. 술을 병에다 해서 걸머지구, 보따리에다 쇠갈비니 쇠불고기니 뭐니 잔뜩해서 걸머지구, 떡이니, 과일이니 해서 걸머지구, 떠억 준비를 해가지구서, 그 날에 거기를 간 거여.

가니까는, 대감님 어뜨케 시켰느냐 허면, 종덜보구서는

"너 아무 날 아무 시에 누가 와서 말을 끌어 갈 테니까, 말을 끌어가지 못하게 해라."

허구 시켰단 말여. 한 눔은 말을 타구 앉어 있게 허구, 대감은 딴 방에서 있는데, 한 눔은 괴삐(고삐)를 붙들구 있구, 한 눔은 꽁지를 붙들구 있구. 그러니 워트게 훔쳐가느냐 말여 이걸. 그러니 이눔은 벌써, 거 도둑질 잘

허는 눔이 확실히 머리가 좋은 모양여. 그걸 이용할려고 흉계를 꾸민 거여.

쩔뚝쩔뚝 하면서, 흔 털렝이(헌 옷)를 입구거, 그지 행세를 허구서 떡— 짊어지구서 가니께는, 한 눔은 말을 타구 앉었구, 한 눔은 괴삐를 붙들구 있구, 한 눔은 꽁지를 붙들구 있는디, 게 이눔이 뭐라구 허는고 허니,

"에이, 워떤 대감집에서 생일 잔치 허는 데서 은어가지구 왔는디, 여기서 좀 먹구 가야 되것다."

이늠이 이러더니, 거기 앉아서 쇠갈비, 불갈비 뭐 벌려놓구는, 이늠이 처먹거든. 그런디 그 말을 타고 있는 놈이 떡 내려다보니께는, 저늠이 어디서 참 쇠갈비니 뭘 가지구 와서 잘두 처먹는단 말여. 그래 자기두 생각이 나거든. 술 생각이 난단 말여. 고기 생각두 나구.

"야 이늠아 나두 한 점 줄려므나."

그러니깐,

"그래라."

그리구선 술을 한 잔 따라주면서

"야 이거 먹어라."

술을 한 잔 따라주면서 갈비를 한 대 준단 말여. 그래서 시 늠이 다 보니 다 먹구싶지 안 먹구싶은 늠이 어디 있쇼. 그래,

"나두 한 점."

"나두 한 잔."

해가지구 한 잔씩 먹었는데, 금새 술이 취해서 쪼금 있으니까 정신이 없어서, 그냥 끄덕끄덕 졸고 있는 거야.

그새에 그냥 가위를 준비해가지구 갔거든. 그래, 괴삐 쥐고 있는 놈은 괴삐를 가위루다가 싹뚝 짤르구, 또 꽁지를 쥐고 있는 늠은 꽁지를 가 짤르구, 그리구 말을 타구 있는 늠은 인제 말허자면 끈으루 고리를 만들어가지구, 고리를 이렇게 [고리를 만들어 거는 시늉을 하며] 걸구 이렇게 걸구 해가지구, 위에다 이다(판자)를 쓱 집어넣구서는 천장에다가 걸어놨으니께, 이늠은 말 타구 앉은 것마냥 앉아 있는 거란 말여. 그리구 끌구서는

나오니께, 시방으루 말헐 것 같으면 종을 땡땡 친단 말여. 그래 끌구 나왔지.

대감이 12시가 됐으니까,

"저늠들이 말을 잊어버렸나? 그놈이 와서 끌어 갔나?"

하구서 나와보니께, 아이 한 늠은 그냥 괴삐만 붙들구 끄덕끄덕 하구 있구, 한 놈은 말 꽁지만 붙들구 끄덕끄덕 졸구 있구, 한 늠은 보청에 매달려선 그저 끄덕끄덕 졸구 있단 말여.

"이늠의 자식들 졸구만 있다!"

고 소리를 지르니까, 정신이 바짝 나서 내다보니께, 말은 있기는 뭘 있어. 끌어 갔지 뭐. 그래서는 또 속았지 뭐야.

그래 그 이튿날, 그늠이 대감한테 찾아갔지. 찾아가서,

"대감님, 워트게 하시것습니까?"

"아 약속대루 해야지 뭘 어뜩해."

그래 대감은 헐 수 없이 논 멫 마지기를 또 줬지 뭐야.

그래 그 다음에는 도둑질 안허구 잘 먹구 살더래요.

채록 일시 : 1972. 8. 16. 21:20∼30
구연자 : 박춘서(남, 50세, 축산업, 국문 해득)
나서 자란 곳 : 경기도 연천군 전곡면 신답리
사는 곳 : 경기도 연천군 전곡면 전곡 1리
채록 장소 : 구연자의 집 마루
만나게 된 경위 및 채록 상황 : 구연자는 채록자의 친척 어른이므로 방학을 이용하여 찾아가서 만났다. 이야기를 잘하는 분으로 소문이 나 있는 구연자는 채록자를 반가이 맞아주고, 여러 가지 이야기를 해주었다. 저녁식사 후에는 마을사람들까지 모이게 하여 이야기판을 벌여 여러 가지 이야기를 채록했다.
청중 : 구연자의 부인과 마을사람 7명
처음 들은 때 및 들려준 사람 : 어렸을 때 어른들한테 들었음.
구연 경력 : 몇 차례 했음.
제목 : 채록자가 붙였음.

90. 도둑질로 부자 된 막내

　　옛날에 가난한 집 아들 삼 형제가 집을 나와 길을 가다가 세 갈래 길에 이르
렀다. 삼 형제는 각각 한 길씩 잡아 가면서 돈을 벌어가지고 와서 만나기로 했
다.
　　만나기로 약속한 날이 되자, 첫째와 둘째는 그동안 도시에 가서 또는 머슴
살이하여 번 돈을 가지고 왔으나, 막내는 빈손으로 왔다. 그는 도둑질하는 기
술을 배워가지고 왔다고 했다.
　　얼마 후, 첫째와 둘째는 다시 돈을 벌러 갔으나 막내는 집에서 놀기만 했다.
그러던 어느 날, 막내는 어머니에게 저 건너 장자집에 가서 그 집 막내딸과 혼
인하게 해달라고 하라고 했다. 그 말을 들은 장자집에서는 노발대발하며 막내
를 잡아다 혼내주려고 했다. 피해다니던 막내는 그 집에 가서,
　　"도둑이야!"
하고 소리치기도 하고, 어느 날 도둑질하러 가겠다고 예고하여 하인들이 삼엄
한 경비를 하게 하기도 했다. 막내는 지키던 사람들이 지쳐 잠든 틈을 이용하
여 감쪽같이 장자집 막내딸을 업어왔다.
　　장자집에서는 어쩔 수 없이 그를 사위로 삼고, 재산을 나누어주어 잘 살게
해주었다.

　　옛날에 두 노인이 살으셨는디, 한 탯줄[胎]에 아들 삼 형제를 낳았어.
그냥 계속계속, 일 년에 하나씩. 그렁께 한 살씩, 한 살씩 낳았던 모양여.
그러니께, 형이지만 한 살 차(差)지 열 살 먹으면 열한 살, 이저 열한 살
이면 열두 살, 삼 형제를 낳았는디, 하 참 구차히여.
　　그전엔 부자, 장자라구 있잖히여. 장자집에 다니면서 어머니가 밥이나

404

얻어다가 먹이면서래미, 참 밥이나 얻어서 끓여서 갖다 먹였단 말여. 먹이면서 키운단 말여. 아, 그놈들이 잠잠(점점) 자라서 커네요. 열두 살두 먹구, 열세 살두 먹구.

즈그 어머니가 하루 아침에는,

"늙은 부모가 밥을 얻어다주는 것만 먹을라구 말구 느이덜 다른 뇌동(노동)을 해서 어치게 살아나가보자."

장자 큰아들이

"야, 어머니가 저렇게 말씀을 허시넌디, 우리가 집이서 참, 어머니가 밥 얻어다주는 것을 먹구 있을 수가 없다. 우리가 회(회의)를 해가지고 삼 형제 하루에 똑같이 나가자. 나가다가, 워디던지 가면 삼거리 나설 것 아니냐? 질(길)이 세 갈래 갈라지는 디(데)가 있을 것이다. 거기서 스이(셋이) 분산을 허자."

거기서 스이 보따리를 싸가지구 나섰단 말여. 어디만큼 가니까, 참 삼거리가 나서. 질 세 간데(군데)로 갈러지는 데가 나서. 거기서

"넌 어디로 갈래? 난 아무데로 간다."

그래서 큰성은 오른쪽으로 가고, 가운데 동상은 가운데 질로 갈라고 허고, 끝에 동상은 끝의 길로 갈라고 허고, 그래서 삼 형제 확 풍길(흩어질) 적에,

"우리가 일 년이 됐든지, 이 년이 됐든지 말여 섣달 그믐날 저녁으 원제든지, 올해 가서 일 년을 고생허구, 열두 달 고생허구, 섣달 그믐날 저녁으 여기서 만나자. 만나가지고 여기서, 만나가지고 집이를 가자. 내가 몬저 오면 내가 여기서 지다리고, 누구던지 와서 지달리기루 허자."

약속을 딱— 허구서 갔어.

가서는 한 일 년을 고상을 했어. 넘으 집을 살구, 인저 큰자식은 거시기 도회지 큰 공장 같은 데를 가서 일을 허구. 또 한가운데 동상은 남의 집에 고용살이를 허구. 지게 짊어지구 노동을, 땅을 파구. 막둥이 동생은 도덕질(도둑질)만 배웠던 모양야.

그런디, 참 섣달 그믐날 저녁이 됐던지, 큰형이 와서 기다리닝게, 아무

두 안 왔어. 담배를 먹구 지달리구 있으닝께 둘째가 오더랴. 오는디, 지침 소리를 듣구서 아무게 아니냐닝게, 아 성님이 아니냐구, 나다구. 어서 오라구. 그래 둘이 앉아서 끝에 동상이 안 온다구, 한참 있으니께, 키할려(키까지) 장승같이 커 갖구 왔더래요. 그냥 새커먼 놈이 '후유' 한숨을 쉬면서 당도했어.

성제간이(형제간이) 만나니께 반가울 꺼 아니오? 집이를 왔어. 집이 와서 어머니를 찾으닝께 어머니두 참 반가워하구. 어서 오라구.

즈그 성제, 그러니께 장형허구 두째성허구는 돈을 많이 벌어 갖구오구, 막둥이 동상은 돈을 못 벌구 그지(거지)가 돼가꾸오구.

"너는 무슨 생활을 했냐?"

"너는 무슨 생활을 했냐?"

허니께, 즈그 성은

"나는 아무디 가서 좋은 생활을 했구, 좋은 일을 많이 했다구요."

즈이 가운데 성은

"나는 농촌에 가서 말여 땅 파고 뇌동일을 해서 암만씩 벌어갖구 왔다."

구 허는디, 동상은 뭐 했냐구 해두 아무 말도 않더랴.

"야 이늠아, 도둑질을 배웠으면 도둑질을 배웠다구 말을 해야지 왜 안 허냐?"

그러니께,

"난 도둑질밖에 뭇 뱄어라우."

그래서 그러냐구.

그래 동상을 주이 부모네게 맡겨놓고 나섰더라느만. 주이 성제간이. 명절을 세구 말여. 가면서,

"너는 객지 가서 도둑질밖에 뭇 뱄으니께(배웠으니까), 부모 밑에서 일이나 꿍꿍 해먹구, 우리는 암데 가서, 다른 디에 가서 생활을 해가지고 오마. 틀림없이 오마."

인저 두 형들은 나갔는디, 저는 주이 어머니허구 있응께로 즈그 어머

니가 자꼬 밥만 먹고 퍼자빠져 논다고 말여,

　"아 느그 형들은 나가서 다 돈을 벌러가고 있는디, 너는 우째서 호랭이가 물어가두 엿새나 뜯어먹게 생긴 늠이 말여, 펀펀 자빠져 노냐 말여?"

　"걱정 마슈. 성님들보담 내가 어머니를 잘 편하게 모실 테니까, 걱정 마슈."

그러거든. 그래 하두 답답해서

　"어치게 네가 나를 성들보다 구제를 잘 해줄래?"

　이 녀석 한단 말이 뭐라고 하는고 하니,

　"어머니, 항상 밥 을어오던 그 장자집에 가서 말여, 그 막동이 딸이 있넌디, 아 사위 삼으라구 그 말 좀 허시유."

　그 말 좀 허라구 허더랴. 아 이거 환장허지. 부부간에 말여, 사람 죽일 일이지. 밥두 못 을어다 먹구 늙은이가 맞아 죽을 이얘기를 헌다 말여.

　당장 뭐라구 했어. 그러니께 걱정 말구 그 얘기나 해두라구 말여. 하두 복떡치니께(극성스럽게 졸라대니까) 죽구 살구 판가름 허구, 즈이 어머니가 가서 그 말을 했어.

　"우리 막뎅이(막내)아들 놈이 이 댁의 막뎅이딸허구 혼인허자구 허니, 어치게 하면 좋으냐?"

구. 벼락 날 것 아니유. 장자집에서. 그놈을 패 죽인다구 말여. 하인들을 불러서 잡어오라구 말여. 그래 이놈이 도망가구 읇구 읇구 그려. 계속 며칠을 계속이네.

　나중엔 이늠이 둘왔어. 와서는 밤중쯤 그 집에 들어가서 사드레(사다리)를 났던지, 뭣을 났던지 지붕에를 올라갔던 모냥이라, 그놈이. 올라가서는, 인자 장자집 지붕에 올라가서,

　"이 집에 도둑이오, 도둑이오."

허구 소락땡일(소리를) 질렀어. 세 번을 그냥. 지붕엘 올라가서.

　하인들이 나와서보구 사방을 나와서보니께, 도적이 있으야지, 도적놈이. 아 그래, 그냥 조사무사 잠자버렸어.

　'도적이야' 그러니께 작실하게 야단났더랴 그냥. 하인들, 머슴들, 집안

식구. 모두들 나서서 찾다가 잠자니께 그냥 내려와서 즈이 집으루 왔어.

"내가 엊즈녁으(엊저녁에) 가서, 어머니 밥 은어오던 장자집에 가서 '도적이야' 헝게 나를 잡을랴고 굉장합디다. 뭇 잡었어. 또 가서, 며칠 있다가 또 갈라우."

그날 저녁에 즈그 어머니한테 얘기를 했어.그래 인저 즈이 어머니가 그 말을 했어. 그 집에 가서.

"사실이 이만저만해서 그날 도적질을 온다니 잘 지키시오."

참 오뉴월이 됐던 모양입니다. 웅, 모기는 들썩들썩 허니께 그냥 머슴들이 보릿대 갖다놓구, 그냥 마당에 도적이 아무 날 저녁에 온다니께 지킬 것 아녀. 그날 저녁에 안 가. 또 그 이튿날두, 한 일 주일을 계속해서 안 갔어. 계속. 사람들은 일 주일간 지키지 도적을.

지켰는디, 그 순간에 이늠이, 그냥– 다 잠을 자더래요, 지쳐서. 그래서 이늠이 노끈댕이를(노끈을) 가지꾸 가서 말여, 이전에 상투 안 꼽았소? 상투 꼽은 수대루, 이냥 잠을 자는디, 상투를 전반 다 엮어버렸대 그냥. 마당에다 그냥 죽– 가며 상투를 전반 짜매났어. 짜매서 지둥(기둥)에다 매어놓고 지붕으로 올라가서

"도적이야."

그러니께, 아 서루 그냥

"놔라."

"놔라."

그러군 그냥 야단났더래요.

주인이 와서보니께, 아 상투를 죄다 쩌매났는디, 이거 놓으라구 잠결에 말여 잉, 서로가 서로를 놓으라구 야단이구 있는디, 주인이 와서보니께로 상투를 죄다 쩌매났는디 아 도적놈이 없네.

지붕으로 가만히 올라가서 엿을 보닝게로 야단들이구. 주인이 칼로, 가새(가위) 같은 걸루 상투를 죄다 짤라놓구.

집에 와서 즈그 어머니보구,

"그런 야단을 했으니 어머니가 내일 저녁에 또 가시오. 내일 저녁에 또

큰 도적이 들어오니 잘 좀 지키라구 해요."

아 그냥 또 며칠 저녁을 가구보니께, 그 사람덜두 역시나 도적 지킨다구 지키구 있는디, 또 가서 상테기(상투)를 다 쩌매놓구 말여, 장자 그 집 막뎅이(막동이)딸을 말여, 자는 방에 가서 업어와버렸네 그냥. 그때는 주이 집으루 업어와버렸어.

아, 와보니께, 딸을 도적 맞아버렸어. 큰일났거든. 아 그래 하인덜 시켜서 그 늙은이를 잡어다 조징게 말여, 조징게로,

"아, 우리 막둥이 아덜놈이 도둑늠이라구. 가서 다른 것은 안 훔치구서 이렇게 됐으니 어찌면 쓰느냐구요?"

그래서 가만히 생각허닝게로 큰걱정이더라누만. 죽이지도 살리지도 못허구.

그래서 인제 할 수 없어서, 그런 거시끼 내용을 알구 인자 집을 멀리, 멀리 집도 짓고, 논도 주구 해가지고, 헐 수 없이 사위를 삼어가지구 말여, 넘부끄렇게 거기서 살랄 수는 없구, 한 몇 백 리 밖에다 집두 짓고 농토도 장만해서 농사두 지어먹구 살아라구 말여, 이사를 시키고 사위를 삼어버렸어.

나중엔 큰자식 성제보담 즈그 어머니를 호의로 잘 모시구. 그래 잘하구 살더랴. 즈이 형덜이 와서보닝게로. 그러구 장담을, 허더래야. 성덜이 오닝게로,

"성님덜은 암만 돈 벌어두 어머니 이런 지와집 속에서 편히 못 살린다."

구.

도적질두 큰 도적질이지. 이런 도둑질이 어디 있어.

채록 일시 : 1972. 8. 22. 21:35~47
구연자 : 장기선(남, 56세, 농업, 한문 수학)
사는 곳 및 나서 자란 곳 : 전북 부안군 부안읍 선은리 3구 664
채록 장소 : 구연자의 집 마루
만나게 된 경위 및 채록 상황 : 김태곤 교수가 인솔한 원광대학교 민속조사반 학생들과 함

께 김교수가 전에 만난 적이 있는 구연자를 찾아갔다. 구연자는 이웃에 사는 매형인 김종학(71세) 씨에게 연락해 오게 하여 구연자의 모친, 부인과 함께 이야기판을 벌였다. 우호적인 분위기에서 14편의 민담을 채록하였다. 구연자는 전라도 말씨로 대화를 구분하며 구연했다.

청중 : 구연자의 매형인 김종학 씨, 구연자의 모친과 부인, 김태곤 교수, 원광대학교 민속조사반 학생 6명

처음 들은 때 및 들려준 사람 : 어렸을 때 어른들한테 들었음.

구연 경력 : 몇 차례 했음.

제목 : 채록자가 붙였음.

　　옛날 어느 대감집 옆에 그 집 하녀가 아들과 함께 살고 있었다. 대감집에는 뱀이 한 마리 살고 있는데, 그 집에서는 그것을 업이라고 믿고 있었다. 그것을 알고 있는 하녀의 아들은 눈 오는 날 동아줄 자국을 내서 대감집 업이 자기집으로 온 것처럼 꾸몄다. 그러자 대감이 업을 돌려달라고 해서, 다시 동아줄 자국을 내서 뱀이 다시 그 집으로 간 것처럼 해두고, 논 60마지기와 돈 6백 냥을 받아서 잘살았다.

　　옛날 옛날 어떤 대감집 옆집에 한 노파와 아들이 살았는데, 그 아들은 꽤 게으름쟁이라서 일도 안하구, 그의 어머니가 대감집의 하인으로 삯일을 하여서 간신히 하루하루 끼니를 이어가구 있었는데, 어느 겨울, 눈 오는 날 하루는 그 엄마가 보다보다 못해,

　　"애 이놈아, 나이를 그만큼 먹었으면 일이나 좀 해야지."
하니까,

　　"어머니, 걱정 마셔요. 내가 어머니 편안하게 살게 해드릴 테니까요."
하더니, 그 다음날, 그 대감집에는 한 뱀이 있었는데, 그 뱀이 대감집의 복이라 생각하고 그 뱀이 다른 집으로 나가면은 복이 새어나간다구 믿는 것을 그 아들은 알고 있어서, 큰 동아줄을 그 대감 안방에서 시작해가지구 눈이 온 길에다가 새끼줄 자국을 내구 그 담을 넘어서 자기 집 담에다가 갔다 두었는데, 그 이튿날 새끼줄이 나간 자국을 보고,

"아이쿠 이거 우리 뱀이 나간 거 아니야? 어디로 갔지?"

하구서 쫓아가보니까, 바루 옆집 자기 하녀의 아들 집으로 들어갔더라는 것입니다.

그런데 대감이 그 아들보고,

"이 뱀이 왜 느네 집으로 왔느냐?"

니까,

"꿈에 어떤 신선이 나타나서, '느네는 내일부터 복을 누릴 것이다' 하여서 일어나보니까, 뱀이 들어온 흔적이 있었습니다."

"아, 그거 우리집으로 다시 돌려줄 수 없나? 내가 논 몇 마지기하고 집을 줄 테니까."

"아, 생각 좀 해보구요."

하더니 생각해보구서,

"싫습니다."

하니까,

"아, 그럼 내가 돈을 더 줄 테니까 생각 좀 해보라."

구 하니까,

"좋습니다. 그럼 좀 기다려보십시오."

하구서, 그 이튿날 밤에 동아줄로 자국을 내서 뱀이 다시 들어간 것처럼 해놓으니까, 일어나보구서 고맙다구 하면서, 논 60마지기하구, 돈 600냥하구, 밭 얼마하구 집이랑 갖다주니까, 그걸 받아가지구 오래오래 잘 살다가 나중에는 나라의 훌륭한 일군이 되었습니다. 커서 35살인가 되어 나라의 정승이 되어 이름을 떨쳤답니다.

채록 일시 : 1973. 7. 15. 14:40∼44
구연자 : 박용선(남, 13세, 중학생)
나서 자란 곳 : 경기도 오산군 가남면 오산리
사는 곳 : 서울특별시 동대문구 보문동 5가 214
채록 장소 : 서울시 성북구 석관동 284-4, 채록자의 집 서재
만나게 된 경위 및 채록 상황 : 채록자의 담임반 학생인 박군이 채록자의 집에 놀러왔기에
　　채록자가 권면하여 구연한 것이다.

청중 : 채록자와 단둘이 앉아 구연했음.
처음 들은 때 및 들려준 사람 : 10살 때 나서 자란 곳에서 할머니한테 들었음.
구연 경력 : 동생, 시골에 사는 친구들에게 몇 차례 했음.
제목 : 채록자가 붙였음.

92. 꾀로 어머니의 나쁜 버릇을 고친 아들

옛날에 한 부부가 일곱 살 먹은 아들을 데리고 살았다. 그런데 아이의 어머니가 밤마다 외출을 하므로 아들이 뒤를 밟아보니, 어머니는 이웃집 홀아비의 집으로 가곤 하였다.

어느 날 아버지가 다른 밭으로 일하러 가려고 하자, 아들은 아버지에게 홀아비네 밭이 있는 등 안쪽 밭으로 가자고 하였다. 아버지는 점심밥까지 싸가지고 아들이 말하는 밭으로 가서 일을 하였다. 등너머에서는 그 홀아비가 자기 밭에서 일을 하고 있었다.

점심때가 되자, 뜻밖에도 아이의 어머니가 닭고기와 인절미를 해가지고 왔다. 점심밥을 싸가지고 왔는데, 이게 웬일이냐고 묻자, 아이의 어머니는 어물어물하였다.

아이는 등너머에서 일하고 있는 홀아비 아저씨에게 준다고 떡을 가지고 가다가 떡은 산등성이에 놓고 가서,

"아저씨, 우리 아버지가 아저씨를 때려죽이러 온대요."

하고 말했다. 그리고, 자기 아버지한테 와서는 또 엉뚱한 말을 하였다.

"아버지, 아저씨가 등너머에 도낏자루 할 나무가 많다고 연장 가지고 와서 베시래요."

아이의 아버지는 도끼를 들고 등을 넘다가, 산등성이에 떨어져 있는 떡을 주웠다. 이것을 본 홀아비는 '저 사람이 나를 죽일려고 도끼 들고, 돌을 주워가지고 오는구나' 하고는 도망을 했다.

집까지 도망간 홀아비는 영문도 모르고 뒤쫓아간 아이의 아버지에게 잘못을 사과하고, 다시는 그런 짓을 하지 않겠다고 하였다.

옛날에 어느 과댁이 하나가 살았어요. 아들 하나를 데리구. 그런디 과

414

댁이 아니네. 참, 잘못됐네. 영감하구, 아들하구 살었는데, 아ー 뒷집에
홀아비가 하나 있었어.

그런디 항상 어머니가, 자다보면 아이를 다독거리구 나가구, 나가구 하
거든. 그러니까, 그애가 쪼끔 있다가 보구 보구, 눈 뜨구 보구서는 가만
있었어. 하루는 가만히 엄마 뒤를 따라 나갔어요. 다독다독 덮어놓고 나
갔는데. 그래서 나가보니께, 뒷집 홀아비 할아버지네 사립문을 열고 들어
가거든요. 그래서 '아차 엄마가 이런 저거가 있었구나' 하고 다시 와가꾸,
그 뒷날 아버지보고

"아버지, 오늘은 어디 밭으로 일하러 가셔유?"
그러니께,

"저 너머 워디루 간다."

"그러면은 그 밭이 아니구, 저 등너머 고개 너머, 그 뒷집 할아버지네
밭 가는데, 거기께루 가셔요."

"왜?"

"거기두 일 있잖아요, 아버지. 나두 따라갈께, 오늘은 그리 가요."
그러니께,

"그럼 그러자. 게두 할 거 있구, 게두 할 거 있으니께, 가자."
그러구 갔는데, 얼마 있으니께, 아들이 올라갔다 내려왔다 하거든요. 등
성이를.

"너 왜 그렇게 저기하니?"

"엄마가 점심 가지구 올꺼예요."

"어, 점심 싸가지구 왔잖어?"
그러니께,

"아니유, 좀 있어봐유, 아버지."
그러면서 왔다갔다, 갔다왔다 하다가 얼마 안 있으니께, 어머니가 밥 광
주리를 이고 와요. 그러니까,

"아버지 아버지, 얼른 가서 밥 광주리 받어요?"
그러니께 쫓아내려가서,

"아니 왜, 밥은 가지구 왔는데 또 해갖구 와?"

그러면서 광주리를 인저, 내려놓구보니까요, 인절미두 했구, 닭두 잡고 그래서

"왜 이렇게 닭을 잡고, 인절미두 했어?"

그러니까,

"아, 이웃집 개가 닭을 이렇게 잡아놔서, 썩기 전에 영감 애써서 해왔어유."

"그럼, 인절미는 왜 했나?"

"위 다락에 있는 쌀을 쥐가 다 먹고, 쪼금 남았길래 그냥 뭉쳤어요."

이제, 이럭허구서는 같이 먹는데, 아들이

"아버지, 아버지, 저 넘어 할아버지, 뒷집 할아버지 떡 좀 몇 개 갖다 줄까요?"

그러니께,

"그래."

그래, 떡을 몇 개 갖다가 산등성이에 놓구서는 내려가서,

"할아버지 할아버지, 우리 아버지가 할아버지 패 죽인대요."

그러구서는 얼른 올라왔어요. 와가꾸서는 아버지한테 하는 소리가,

"아버지 아버지, 저 넘어 도끼자루 할 나무들이 참 많다구, 아버지 연장 가지구오시래요."

아 그래서 아버지가 연장을 둘러메고, 넘어갔단 말여. 그 등성이 넘어 가다보니께, 인절미가 등성이에가 있으니께, 아버지가 줏었단 말여요. 그 러니께,

"업쌔, 정말 나를 패 죽일려고 저렇게 돌팍(돌)을 업드려서 줍는 게구 나."

하구, 막 집을 외돌아져서, 외돌아서 자기네 집으로 막 달려가는데,

"여보게 여보게, 왜 도망가나?"

그러면서 악착같이 쫓아가니께, 하나는 쫓기구, 하나는 쫓아가는 심(셈) 이 된 거유.

416

인제, 이렇게 되니까 막 도망가더니, 자기네 집으루 도망가면서,

"나 좀 살려달라."

구 하면서, 펄쩍 주저앉드래유. 그러니까,

"아니 왜 도끼자루 있다구, 할 거 많다구 날보구 연장 가지구오라구 안 했나?"

"아주 인제는 다시 잘못 안 한다."

구, 막 싹싹 빌구서는, 그날부터 버릇을 싹 고쳤대유.

채록 일시 : 1986. 12. 24. 11:20
구연자 : 김정애(여, 56세, 농업, 초졸)
나서 자란 곳 : 충남 대전시 선화동
사는 곳 : 충남 서산군 해미면 동암리 317
채록 장소 : 해미면 동암리 332-5 윤상석 이장 댁 안방
만나게 된 경위 및 채록 상황 : 이장 댁 안방에서 이야기판을 벌이고, 같은 마을의 오수본 (남, 75세) 씨, 오영렬(여, 66세) 씨 등의 이야기를 녹음하고 있을 때, 구연자 김씨 가 왔다. 이야기판의 성격을 파악한 뒤에 채록자와 오영렬 씨의 권면으로 이 이야 기를 시작하였다. 김씨는 기억력도 좋고, 구연 능력도 좋았다. 이야기를 더 해달 라고 했으나, 바빠서 빨리 가야 한다고 돌아갔다가 한참 후에 다시 와서 두 편의 이야기를 더 구연하였다.
청중 : 마을 아주머니 4명, 오수본 씨, 동행한 김창진 선생.
처음 들은 때 및 들려준 사람 : 어렸을 때 친정에서 친정 어머니한테 들었음.
구연 경력 : 손주들을 데리고 몇 차례 했음.
제목 : 채록자가 붙였음.

93. 샛서방을 좋아하는 아내 버릇고치기

옛날에 한 남자가 샛서방을 둔 아내의 행동을 보려고 거짓 외출을 하자, 아내는 이웃집 남자를 불러들였다.

그 사람은 다시 집으로 와서 술에 취해 자는 이웃집 남자의 귀에 아내 몰래 닭국물을 부어 죽게 하고는, 아내가 죽인 것처럼 꾸몄다. 밤이 되자 남편은 아내에게 시체를 갖다버리라고 하고는 그 장소에 가서 소리쳤다. 아내는 다시 시체를 업고 집으로 왔다.

그 사람은 한밤중에 시체를 죽은 사람의 집 앞으로 가지고 가서는, 죽은 사람의 목소리로 문을 열라고 했다. 죽은 사람의 아내가 문을 열지 않자, 그 사람은 죽은 사람의 목소리를 꾸며

"문 안 열어주면 나는 여기 목을 매달아 죽겠다."

고 하고는, 시체의 목을 매달았다.

이튿날 아침에 남편을 잃은 여자는 자기의 잘못으로 남편이 죽었다고 통곡을 했다. 이렇게 하여 그 남자는 샛서방을 좋아하는 아내의 버릇을 고쳤다.

옛날에 두 내외가 살았어요. 그랬는데, 그 여자가 새신랑을 좋아해. 새신랑을 좋아하는데, 참 하루는 하두 여자가 그 새신랑을 좋아하니까, 남자가 참 그만 부아도 나고 하니까,

"내 어디 오늘은 좀 갔다가 오겠다. 외출하러 갔다 오겠다."

이러니까, 아주 여자가 좋아하거든. 간다니까, 만날 지키고, 뭐 그 사람 볼 새가 없으니까. 아 그러니께, 아주 갔다오시라고 아주, 그날은 존대를 뭐 깎듯이하고 막 아주, 싸우고 이러던 게 아주 좋아하드래. 그래서 인제

418

간다 그래놓구선, 아 뒤 밑에 가 어디가 숨어서 지켰대. 얼마나 이놈하고 좋아하나 이걸 볼라구. [좌중 웃음]

그러자니까 아, 이놈이 슬슬 인제 어디 갔다 오니까, 이 여자가 그 남자 좋아하는, 집에 쫓아가드니, 그 남자를 데리고 저의 집으로 가드래. 가만히 엿보니까, 아 가드니 뭐 닭을 막 잡드래. 닭을 막 잡구 뭐 이래가지구서는, 막 뭐 아주 부글부글 뭐 막 뭐 막 100도로 끓더래요. [좌중 웃음] 100도로 막 끓더래. 그러니까 참 그걸 보니께, 뭐뭐 참 심정이 사나워 죽겠지 뭐. 그러는데 가만히 있드래. 아이 그래서 이 남자가 아주 한참 인제 그 오글 바짝하게, 참 재미가 나게 먹을 정도야. 아주 그 정도에 이 남자가 집엘, 아주 맥이 하나도 없는 게, 아주 아픈 척하고서 흐느적흐느적 하구서 들어간다. 남자하고 둘이 있는데 들어간다 이거지.

들어가니께, 하마 이 남자하구 하마, 술을 먹어가지구서는 헐렐레해가며 떨어졌더래. 그런데 닭국은 막 끓는데, 닭국은 막 끓는데 술을 먼저 먹어가지구 막 취해서 드러누웠더래. 그러니까 이 남자가 들어가 가주구서는, 들어가니까 하, 뭐 이 여자가 눈치가 들 좋은 게 싫어하드래.

"아이 왜 어디 가신다더니만 왜 이렇게 도로 오시느냐?"
고. 그러니까,

"아 저기까장(까지) 가다보니까 몸이 이렇게 아파 가주구서는 도로 온다."
구. 들어와 문 열래니까 하마 그 좋아하던 남자가 드러누워서 막 코를 드렁드렁 골드래. 술이 취해가지구.

"이 남자는 누구여?"
인제 모르는 척하고 그러니까,

"아이고 아무것의 아버진데 왔다가 술 한잔 먹고 저렇게 드러누웠더니 잠이 들었어요."
그러드래.

"그럼 저 보글보글 끓는 거 저건 뭐요?"
그러니까 우물쭈물하드래. 그래서 열어보면서

"아이 닭국인데, 누굴 멕일라고 이렇게 잘해놓았어?"
이러니,
"아이 내가 먹을라고 그랬는데, 저이가 와서, 저렇게 와서 술이 취해서
드러누워 있어서, 못 먹고 있다."
고 그러드래.
그러니께 인저, 그래놓구선 물을 이러, 마누라는 동일 이구 물을 이러
가드래.
"애 이런, 너도 못 먹고 나도 못 먹고, 네 요놈이 아주 내가 감정적으
로 여태 지내갔는데 안 되겠다."
고이 잠들어 자는 거를 닭국 그, 펄펄 끓는 거를 숫갈로 똑똑 떠서 귀
에 넣었대요. 아, 뜨거운 거를 넣었더니 대번 죽드래. 응 닭국 뜨거운 거
를 요기다가 [귀를 가리키며] 인제 그만 솔솔 들어부으니께 죽드래, 게다가.
응. 그러니까 인제 물 이고 왔잖어. 그래 인제 왔는데,
"아이고 점심을 잡수어야지요?"
하고 본사내한테 우물쭈물하드래.
"먹어야지. 배고퍼. 가지고와. 저 끓는 게 뭔지 저거하고 가져와."
이러니께, 그래 인제 둘이 내외밥을 먹다가
"아이 여보게 똥을 곁에다 두고 먹지, 사람을 어떻게 곁에다 두고 먹
나? 저 사람 깨우게."
마누라한테다, 인제 남자가 그러니까,
"일어나유 일어나유. 아무것이 아버지 일어나유."
이러구 하니까, 생전 뭐 뭐. 죽은 게 뭐 대답을 해.
"여보게 그 술 취한 사람은 귀를 꿰뚫어야지 일어나네."
남자가 그러드래.
아, 그 귀를 꿰들자 귀가 익어가지고 귀가 퐁당 빠지거든.
"어 이년아, 너 남의 신랑을 어째서 너 이년, 귀를 빼놔 죽이느냐?"
구 여자를 막 야단하거든.
"너 왜 귀를 뺐으니 큰일났다. 이년."

하이구 그러구 막 야단허니까, 여자가 뭐 참 지랄이 나지 뭐. 지랄이 나지
뭐. 그러니께 아이 그래, 인제,

　"너 이거 큰일났다 이년."

이제 그만 하다보니께, 밤이 됐지.

　"너 이년 아주 쥐도 새도 모르게 저 사람을 너 업어라."

　아주 인제 마누라 버릇을 가르칠라고 그랬지 뭐. 업으라 그러니께, 그
참 뭐 장대한 걸, 그 뭘 죽은 걸 뭐 업을라니까 뭐 지랄나지 뭐.

　"업어가지고, 그래 아주, 쥐도 새도 모르게 감쪽같이 해서 치워야 한
다. 그러니까 뭐 업어라."

　그 인제 하이 업을래니까, 지 혼자 업을래니까 뭐뭐 생전 업혀.

　"엎드려라."

그러더니 등허리다, 큰 뻣뻣한 걸 갖다 업혀놓니까 업고 나간다.

　"아무데 어디 사태밭 떨어진 데 거기다 갖다묻어라."

그래구선, 또 이 남자가 이게 마누라가 가기 전에, 나간 뒤에 살짝 또 가
가지구선, 사태밭 떨어진 데 가 앉았네. 그리군 끙끙 하고 업고 가니까,

　"하아, 이 밤에 아닌 밤중에 이 어떤 년이 누굴 업고 여길 오느냐?"

고 소리를 막 치거든. 아 그러니깐, 또 업고 그 길로 집에로 온다. 또 어
느새 집엘 와 남편이 앉았네. 앉아가지구,

　"이년 거기 갖다, 아무데 어디 사태고랑에 던지고 오랬더니만, 거기다
파묻고 오랬더니, 이년 왜 또 업고 왔느냐?"

고 소릴 지르네. 그러니깐,

　"아이구 거기를 가니까 , 그 산, 그 산 주인이 앉았다가 어떻게 소리를,
호령을 하는지 도로 업고 왔다."

구.

　"그럼 아무데 거기 무슨, 아주 저기, 그 한 무슨 서렁(수렁)이 있으니
까, 그 한 서렁이 있으니, 거기다 갖다가 굴려놓고 오너라."

　그러드래. 아 그래서 인제 또, 거기를 지고 가. 또 업혀주드래. 아주 땀
을 뭐 구슬땀을 흘리구 뭐 지랄나지 뭐. 그래 인제 그걸 또 업구서는 또,

그 서렁으로 업고 가니깐, 또 남편이, 애멕일라구 그러지. 또 거기가 앉어
가지구서,

  "아, 어느 년이 이거 밤중에 이 뭐를 해서 이리 업고 오느냐?"
고 소리를 막 지르고 야단허니게, 또 업고 집에를 왔네. 아이구 인제 또
업구 와가지구,

  "아이구 어떻게 하느냐고. 거길 가니까 또 주인이 앉었다가 막 소릴 지
르고 막 야단해서 도로 업고 온다."
고 그러니께,

  "그럼 거기 내려놔라."
그래 내려놨지. 내려놓으니까,

  "이 남자가 처음에 와서 뭐라고 얘기허더냐?"
그러니까,

  "이 남자가 처음에 와서, 우리집에 올 적에 ……."
  에, 그 죽은 남편네 그 마누라가 소금 한 되 사고 조랭이 하나 사오라
고 그러드래. 그런데 진종일 와 술 쳐먹고, 거기 와 그만 죽었어. [좌중 웃
음]

  "그럼 가 조랭이 하나 사고 소금 한 되 사가지고 오너라."
이러드래. 그래 소금 한 되 사다가 인제 오지랖에다 요렇게 [두 손으로 동그
란 모양을 만듦] 해서 동여매고, 조랭이 사가지고 옷고름에다, 광목 저고리
옷고름에다 이렇게 쫌매고(잡아매고), 인제 그래구서는 '업어라' 이러드
래.

  그 인제 업혀서는 인제 지고 나가는데, 가더니마는 그 집 대문간에다
갖다가, 울타리에다 인제 달아놓는 거. 사내를. 그 인제, 아주 밤중이 된
뒤에 한참 곤하게, 잠 안 깰라 할 때,

  "여보게 여보게, 문 열어주게."
그러니까,

  "아 소금 한 되 사고, 조랭이 하나 사오랬더니 이 밤중에 와가지구 웬
문을 열래느냐?"

고 소리를 지르고, 여편네가 안 열어주거든.

"그럼 나는 여기 목 매 죽을래."

하드래. 이 남자가.

"아 죽거나 말거나 누가 알아."

이러드래. 아, 얼싸좋다. 인제 거기 울타리다가 조랭이 여기 달리고 소금예 달리어 목을 매가지구는, 그 집 대문간에다 달어놓았어. 달어놓구 집엘 왔어.

그러니까 아침에 나와서 문을 이래 열라 하니까, 사내가 소금 한 되 사서 이렇게 싸고, 조랭이를 달고 이래고는 목을 매달고 죽었드래. 그러니까 대문 열자마자 막 대성통곡을 하니까, 동네 사람이 마냥 모이더래잖어.

"아이구 그 문 열어달랠 때 열어줄 것을 안 열어줘갖구. 우리 남편 죽었네."

하고 막 울드래. [좌중 웃음]

채록 일시 : 1980. 1. 13. 21:10~23
구연자 : 김영복(여, 64세, 농업, 초졸)
사는 곳 및 나서 자란 곳 : 충북 제원군 봉양면 주포리
채록 장소 : 같은 마을 박덕순 씨 댁 안방
만나게 된 경위 및 채록 상황 : 17시경, 채록자가 동행한 학생 4명과 함께 주포리 박덕순 씨 가게에 들르니, 구연자가 와서 박씨와 이야기하고 있었다. 채록자가 두 사람에게 이야기를 해달라고 하니, 할 이야기는 많이 있는데 지금은 시간이 없다고 하였다. 그래서 저녁에 다시 만나기로 하고 헤어졌다가 저녁식사 후 다시 찾아가서 만났다. 그 집 주인인 박덕순(여, 51세) 씨, 엄순애 씨, 김영복(여, 64세) 씨와 이야기판을 벌여 우호적인 분위기에서 13편의 민담을 채록하였다.
청중 : 김영복 씨, 박덕순 씨, 동행한 학생 김기창, 이인오, 김창진, 권병렬
처음 들은 때 및 들려준 사람 : 어렸을 때 친구한테 들었음.
구연 경력 : 몇 차례 했음.
제목 : 채록자가 붙였음.

94. 우리집에서 노름해라

옛날에 노름꾼 남편과 아들을 둔 부인이 꾀를 내어 두 사람에게 집에서 노름하라고 했다. 부자(父子)가 노름하는 동안 부인은 술과 음식을 팔았다. 부자가 밤새 노름을 하고보니, 돈은 모두 부인에게 가 있었다. 이를 본 부자는 그후 노름을 하지 않았다.

옛날에 어떤 한 사람이 있었는디, 아들이 하두 노름을 해서 노름쟁이를 두었는데, 아버지가 보다보다 안 돼서 노름쟁이를 따라, 아니 응— 아들도 노름하구 아버지도 노름했대유. 대를 이어서유. [일동 웃음] 그래서 엄마가 안 돼서 하루는,

"그렇게 노름하러 다니지 말고, 우리집에서 노름하라구. 아버지하구 아들하구."

그래서 인제 붙여줬대유. 셋이가유 엄마랑. 그렇게서 하는데유, 밤새 해두 딴 사람이 없드래유. 엄마는 술 팔구, 먹을 것 팔구, 밥 팔구 그렇게 하구, 아버지하고 아들하구 노름하구.

밤새 했는디, 돈은 하나도 아버지도 안 갖구, 아들도 안 갖구 그렇게 그냥 엄마에게로 다 들어갔더래유. 그래서

"이거 보라구. 노름을 암만 댕이며 해두 다 그 집 재산 만들어주러 다니지 소용없다."

그래서 노름을 안 하러 다녔다는 얘기유.

채록 일시 : 1980. 1. 27. 22:41~43

구연자 : 이재숙(여, 53세, 농업, 국문 해득)

나서 자란 곳 : 충남 당진군 송산면 무수리

사는 곳 : 충남 당진군 면천면 죽동리

채록 장소 : 죽동 감리교회 주택

만나게 된 경위 및 채록 상황 : 구연자 송씨를 비롯한 이 마을의 몇 분들은 교회 관계로 채록자와 전부터 아는 분들이다. 그래서 채록자가 찾아가거든 옛날이야기를 많이 해달라고 미리 부탁을 하고, 이날 찾아갔다. 이날은 주일날이어서 밤예배를 마치고 교회 주택에 들어가 이야기판을 벌였다. 처음에는 구연자와 장웅렬(여, 56세) 씨만이 들어와 교대로 한 가지씩 이야기를 했는데, 뒤에 이재숙(여, 53세) 씨, 이택(여, 64세) 씨 등도 들어와 매우 우호적인 분위기에서 18편의 민담을 채록했다.

청중 : 마을사람 4명

처음 들은 때 및 들려준 사람 : 약 10년 전에 사는 곳에서 친구한테 들었음.

구연 경력 : 이야기한 적 없음.

제목 : 채록자가 붙였음.

95. 말 잘하는 사위

옛날 어느 산골 부자가 말 잘하는 사위를 구한다는 광고를 냈다.
어떤 사람 하나가 찾아와서 선을 보게 되었는데, 저녁때라서 호롱불을 켜게
되었다. 호롱불이 가물거리자 딸이,
"엄마, 저 부 봐."
하자 어머니는
"쟤, 마 봐."
했다. 듣고 있던 사위가,
"두 다 바바."
하니, 장인이
"하나나 또또."
했다.

옛날에 두메 산골에 한 가정이 살았대요. 그런데 그 지방의 말이라는
게 원래가 반벙어리 말하듯이 그렇게 말을 할 줄 몰라요. 그런 동네가 있
는데, 이 집이가 그럭저럭 삼전을 해가지구 그 동네에선 갑부라는 소리를
들었다, 이거여요.

그런데 딸 자식 하나밖에 없는데, 인저 외동딸인데, 그애를 시집을 인
저 보내야 되것드라 이거요. 시집을 보내야겠는데, 그 두메 산골에선 그
래두 양반 행세를 하구, 돈 좀 있구 재산이 있으니까, 그 동네서 유지 행
세를 허구 있는데, 그래두 그 집에서는 그 부모네가
"우리 딸 시집을 보낼 때는 말 좀 잘하고 똑똑한 사위를 봐야겠다."
이렇게 희망을 하는 거지요. 그래가지고, 이 사람이 저 장으루 나가는 장

꾼들한테 광고를 몇 자 써서,

"말 잘하고 똑똑한 사위를 둔다."

이러한 광고를 써서 써붙였대요.

장바닥에다, 장에다 이걸 써붙이니까 인제 정말 참, 이게 거짓부렁 애기지마는, 한, 그 내가 말도 잘하고 똑똑하다는 자신이 만만한 사람이 왔대요. 그러니까, 부모도 없구, 오고 갈 데가 없는 이런 놈이니까 장가나 잘 들어보겠다구, 처가 덕이나 보겠다구, 이런 맘을 먹구 거기를 나왔는데, 그래 장에서 그 집에까지 오느라니까 해가 져서 어둑어둑해서 그 집엘 왔는데, 그 이 집에서 사위를 선본다 하니까 들어갔는데, 사랑방에 들어가 앉아 있으려니까 밥을 지어왔더래요. 그래 저녁식사를 먹구 앉아서, 그 두메산골이니까 콩기름인가 뭔가를 가지고 호롱불을 켜는데, 그래 인제 호롱불을 켜니까, 따께(호롱불의 심지 끝에 생긴 딱지)가 앉구 그러면 띠어내고 불을 켜야 잘 붙을 텐데, 떼어내지를 않으니까, 인제 그러니까, 딸도 두메 산골에서 배운 게 없고, 말할 줄 모르구 어머니두 그렇고, 아버지두 그렇구, 사위 즉 선뵈러 간 사람, 그러니까 장모·장인·딸·사위 될 사람 네 사람이 모여서 인제 이 불 켜는 데서부터 어두워지니까, 불을 켤 거 아니어요.

그래 인제 불을 켜니까, 어머니가 광솔불을 댕겨서 불을 켜는 거요. 이 불이 따커리 앉아서 어릿어릿하구, 흐리구 꺼질 것 같으니까, 딸이라는 것이 말을 허는 거여요.

"엄마, 저 부 봐."

이렇게 했다 이거요. 말을 그렇게 헐 줄 몰라요.

"엄마, 저 부 봐."

그러니까 그 어머니가 가만히 보니까, 즈이 딸은 더 못난 건 사실이다 이런 말야. 그러니까 똑똑한 사위를 얻겠다구 맞선을 보는 자리에서 그렇게 말을 허니까, 이 사람이 어떻게 하겠어요. 그러니께 어머니가 허는 말이,

"재 마 봐."

이거여요. '재 말 좀 봐라' 이거야.

사위가 가만히 보니까, 이놈도 정말 말할 줄 몰랐던 모양이죠.

"두다 바바."

이랬어요. 둘다 바보란 얘기죠.

그런데 장인이 가만히 보니깐, 참 기가 막히더라 이런 말요. 똑똑한 놈이 하나도 없더라 이거요. 그래,

"하나나 또또."

그러더래요.

"하나나 또또."

이거 우습지 않아요? 그래 그런 얘기가 있어요. 말이 그렇게 좋지 못했던 모양이죠. 하하하.

채록 일시 : 1972. 8. 17. 14:30~34
구연자 : 정공영(남, 46세, 농업, 중퇴)
나서 자란 곳 : 경기도 부천군 북도면 장봉리
사는 곳 : 경기도 연천군 전곡면 전곡 3리
채록 장소 : 전곡면 전곡리 경로당
만나게 된 경위 및 채록 상황 : 채록자가 경로당으로 찾아가니 노인 6명이 모여서 담소하고 있었다. 노인들은 채록자의 설명을 듣고 바로 협조해주어서 우호적인 분위기에서 몇 편의 민담을 채록하였다. 이야기는 3명이 돌아가며 했고, 다른 사람이 이야기할 때에는 모두 경청하면서 맞장구를 쳤다.
청중 : 마을 노인 6명
처음 들은 때 및 들려준 사람 : 어렸을 때 나서 자란 곳에서 어른들한테 들었음.
제목 : 채록자가 붙였음.

옛날 어떤 바보가 장가를 들어서, 색시집을 가게 되었다. 색시가 먼저 가면서 자기집은 '염뚱'이니 '염뚱염뚱'하며 오라고 했다.

바보가 '염뚱염뚱'하며 또랑을 건너다 그 말을 잊었다. 그 바보는 웅덩이가 빼앗아간 줄 알고, 망건을 벗어 물을 푸기 시작했다. 지나가는 사람이 이것을 보고,

"에이, 염뚱 없는 사람."

해서, 다시 생각이 났다.

우물가를 지나다가 어떤 색시에게 길을 물었는데, 그 색시가 자기 아내인 것을 알아보지 못했다. 간신히 집을 찾아갔으나, 아내는 남편이 하도 바보니까 화가 나서 누워 있었다. 남편이 국수를 갖다주는데, 그 여자가 하도 화가 나서 방구를 뀌니까 뜨거워서 그러는 줄 알고,

"식었다. 불지 마라."

고 했다.

옛날에 어떤 바보 총각이 있었는데, 그 총각이 인저 장가를 들어가지고 색씨집 장인걸음(再行)*을 가게 됐는데, 색씨집을 찾을 수가 없어요. 그래가지고서 아르켜주기를, 색시가

"우리 집은 '염뚱'이니까 '염뚱염뚱' 그러고 오면 될 것이다."

고 해, 떡을 한 석 짝 싸가지고 가는데, '염뚱염뚱' 하고 계속 길을 가요.

가다가 또랑을 건너다가 그 말을 잊어먹었는데, 아무리봐도 그 말이

---

* 혼인한 뒤에 신랑이 처음으로 처가에 감.

얼루 갔는지 몰라요. '염뚱염뚱' 그 말이 생각이 안 나서 보니까, 발 밑에 가 웅덩이가 있으니까,

"옳지! 저게 뺏아갔구나."

그래갖고 그 물로 내려가서, 망건을 벗어가지고 물을 막고, 물을 푸기 시작해요 그러니까, 지나가던 사람이

"에이, 염뚱 없는 사람."

그러니까,

"옳지 옳지 건졌다 건졌다."

그러면서 계속 '염뚱염뚱' 하고 가요. 그러다가 우물가를 지나다가, 어떤 색씨가 국수를 씻고 있으니까,

"여기 엊그저게 두데바지(차일) 치고 장가 간 집 어디만큼 되요?"

그러니까 그 여자가, 그 여자가 실은 자기 아내였어요. 누구가 아니고.

"아갸아갸 저 인상아!"

그러면서, 국수를 한 주먹 쥐어주면서,

"저 개만 따라가라."

고 그러니까, 그 개가 울타리로 뛰어가면 울타리로 가고, 변소로 가면 변소로 가고 해서 그 개를 계속 따라가는데, 우뜬(어떤) 쪼그만 초가집을 그 개가 쑥 들어가요. 그러니까,

"옳지. 저 집이구나!"

하면서 가서 인사를 하는 거여요. 이제 왔다고 그러니까, 장모가 빨리 들어가라고, 방으로, 그래요.

"저애가 지금 밥도 안 묵고 누워 있다."

고 그러니까, 그 여자는 자기 남편이 하도 바보니까, 화가 나서 인자 국수 시쳐가지고 와서 누워 있는 거여요.

"저애가 밥도 안 먹고 그러니까 저 국수 좀 갖다가주라."

고 그러니까 남편이 국수를 가지고 가서 주니까, 그 여자가 하도 화가 나니까, 방구를 '뽕' 끼니까, 뜨거워서 그런지 알고

"식었다. 부지 마라."

그랬대요.

채록 일시 : 1975. 12. 24. 11:15∼18
구연자 : 전홍배(남, 16세, 학생)
나서 자란 곳 : 전남 고흥군 남양면 대곡리 상와
사는 곳 : 서울특별시 동대문구 신설동 97-17
채록 장소 : 서울시 성북구 장위동 68-42 채록자의 집 서재
만나게 된 경위 및 채록 상황 : 채록자의 담임반 학생이었던 전군이 채록자의 집에 와서 구
　　연한 것이다. 전군은 채록자가 민담을 채록하는 것을 알고 채록자에게 들려주기
　　위해 어렸을 때 어머니한테 들은 이야기를 여름방학 때 고향(전남 고흥)에 가서
　　다시 어머니께 부탁하여 듣고 왔다고 하였다.
청중 : 채록자와 단둘이 앉아 구연했음.
처음 들은 때 및 들려준 사람 : 어렸을 때 어머니 김내숙(여, 62세, 농업, 무학) 씨한테 들었
　　음. 모친 김씨의 나서 자란 곳 및 사는 곳는 전남 고흥임.
구연 경력 : 없음.
제목 : 채록자가 붙였음.

97. 장님과 벙어리 부부의 대화

길을 가다가 '불이야!' 소리를 들은 장님 남편이 벙어리 아내에게 어디에 불이 났느냐고 물었다. 아내가 남편의 샅에 손을 대자, 남편은 '진골' 하였다. 누구네냐고 묻자, 아내가 남편의 손을 만지니 남편은 '손서방네군' 하였다.
얼마나 탔느냐고 하니 아내는 남편의 성기를 만졌다. 그러자 남편은
"다 타고 가등만 남았군."
했다.

남자는 소경이고 여자는 벙어리여. 그런디, 을어먹으러 다녀. 을어먹으러 다니는디, 어디만큼 가니께, 불났다구.
"불이야, 불이야."
하거든. 소경이 보지는 못하구서라무니, 벙어리더러, 말은 알아들었던지
"워디가 불났디야? 워디가 불났어?"
그러니 이렇게 손을 붙잡거든.
"워디가 불났디야?"
그러니께 사타구니에다 손가락을 갖다 찔러넣는다 말여.
"진골, 진골?"
그러거든.
"진골 누구네가 불났나?"
손을 만치니께,

"진골 손서방네. 하, 밥 잘 주는 집이?"

그러거든.

"월마나 타구 월마나 남었나?"

그러니께, 자지를 만지니께,

"다 타구 꼬쟁이만 남았네그려."

채록 일시 : 1986. 12. 27. 15:43
구연자 : 이봉을(남, 75세, 농업, 국문 해득)
사는 곳 및 나서 자란 곳 : 충남 서산군 인지면 야당리 2구 250
채록 장소 : 야당리 원당경로당
만나게 된 경위 및 채록 상황 : 채록자가 경로당으로 찾아가니, 동네 노인 15~6명이 모여
    있었다. 한쪽에서는 화투판을 계속 했고, 채록자에게 호의적인 10여 명은 구연자
    를 중심으로 둘러앉아 이야기판을 벌였다. 구연자 이씨는 마을에서 이야기 잘 하
    고, 노래 잘 하는 사람으로 소문이 나 있었다. 이씨는 먼저 전설 4편을 구연하고,
    이어서 민담 10여 편을 구연하였다. 그리고 민요도 몇 곡 불렀다. 이씨는 기억력
    도 좋고, 구연력도 뛰어났다.
청중 : 마을 노인 10여 명
처음 들은 때 및 들려준 사람 : 어렸을 때 어른들한테 들었음.
구연 경력 : 몇 차례 했음.
제목 : 채록자가 붙였음.

98. 거짓말한 사람은 똥을 먹어야

그전에 짖궂기로 소문난 오성대감이 저녁에 마실갔다 오면은 엉덩이를 댓돌에 대어 차게 한 후에 들어와 아내의 배에 대고 녹이곤 했다. 약이 오른 그의 아내는 그 댓돌을 불로 뜨겁게 하여 남편의 못된 버릇을 고치게 했다.

오성대감은 친구에게 그의 아내를 보았다고 하면서, 배꼽 밑에 점이 있더라고 했다. 그 친구는 오성의 말을 사실로 믿고 아내를 내쫓으려 하였다. 그의 아내는 오성대감을 식사에 초대하여 똥을 넣은 만두를 먹게 하고는,

"거짓말하는 분은 똥을 잡수셔야 합니다."

하고 말하여, 그 말이 농담이었음을 토로케 하였다.

저 오성대감이라는 이가 참 그렇게 심술궂더래요. 아 심술궂은데, 꼭 마실을 갔다오면은 인저 노줏돌(밟고 올라다니기 편하도록 봉당 밑에 놓은 넙적한 돌)에다 궁뎅이를 꼭 얼궈(얼려)갖구 꼭 요 마누라 배 위에 와서 뇍인대요. [좌중 웃음] 아주 저녁마다 이놈의 배가 아파서 죽을 지경여. 그래서 마실을 갔다가 올 적에 노줏돌에다 궁뎅이를 훌렁 벗고 대면 바짝 얼궈. 그래 갖구선 마누라 배에서 그냥 와 뇍이는 거라. 아 요놈의 마누라가 저녁마다 그러니 분할 거 아녀.

그래 하룻저녁에는 인제 올 만해서 불을 퍼다 부었어. 불을 퍼다 붓고선 싹 씰어냈지. 아 그래구서는 와서, 또 아니나 달라 척척척 오더니, 궁뎅이를 훌렁 까더라는구먼. 게 털썩.

"아이구, 이거 뜨거워라. 요놈의 마누라한테 내가 속았구나."

그러구 다시는 그 장난 안허드래요.

아이 그러더니, 그 다음에는 이렇게 참 절친한 친구가 있잖아요.

"나는 네 마누라 봤다."

구 애길 했대요. 그러니께 인제 허는 말이,

"얘이 이 망할 놈, 봤다구? 얘이 미친 놈. 그래 봤으면 뭔 표가 있더냐?"

"네 마누라 배꼽 밑에 점 있더라."

아 그러니께, 이 남자가 꼭 속드라 이거여. 아이 이거 큰일 났거든.

"야, 이놈이 꼭 보긴 본 모양인데, 요놈의 마누라를 어떻게 허나?"

어떻게 헐 수가 없드래요. 그래서 신랑이 인제 아주 인제 이혼을 하는 거예요. 오성대감이 인제 그렇게 한 거지. 인제 친구 부인한테 오성대감이 그렇게 짓궂었대요.

그래 인제 아주 인제 이혼을 해서 보따리를 다 싸놓았어. 가라구. 그래 인제 부인이 가기는 가야 할 텐데,

"당신이 도대체 나한테다 무엇을 위해서, 날 가라느냐? 내가 알고 가야겠다."

그러니까는,

"네가 이래저래해서 오성대감이 이런 얘기를 허드라."

이거여. 그러냐구.

"그 오성대감을 오늘 저녁에 오시라구 하십시오."

그런데 이 사람이 인제 만두를 빚었어요. 만두를 빚어서 인제 커다랗게 해서, 인제 자기 신랑 앞에다 큰 걸 하나 놓고, 그 사람 앞에다 하나 놓고 그랬는데, 언제나 오면은 꼭 바꿔먹는대요. 그런데 만두를 이만하게 해서 거기다 똥 하나 가뜩 넣었어. 그래가지고는 인제 다 삶어가지고는, 우려가지고 신랑하고 먹는디 아니나달러. 오더니 자기는 그런 생각도 안했지. 널름 바꿔먹더라는구먼. 그래 널름 바꿔먹더니, 위에 큰 걸로 먼저 먹을 거 아니예요? [좌중 웃음] 큰 걸 먼저 먹으니까,

"아이 쿠려 쿠려."

그러드래.

그 여자가 참 째껴(쫓겨)갈 사람이니 얼마나 분혀. 문 뒤에 숨었다가

"예, 그짓말허시는 분은 똥을 잡숴야 합니다."

그러더래.

"아이구 애, 내가 무슨 그짓말했니? 내가 무슨 그짓말했니?"

그러냐구.

"저는 그짓말헌 일이 없다."

구.

"아이 그렇게 말씀을 허셨다면서요?"

"아이구, 자네가 꼭 그 말을 참말로 여겼냐?"

그러드래.

"그래, 그렇다. 우리 마누라 지금 짐 다 싸놓았다."

"그거는 내가 농담이다."

왜 저 이 촌에 가면 변소간이 발이 높으고 한 거, 으슬픈 거 한 거 있잖아요? 지금은 다 회삼무리(시멘트로 바른) 변소지만. 그래 인제 어디 화장실에 갔던 걸 아마 봤던가봐. 그래 인제 배꼽 밑에 점 있는 것 알지. [좌중 웃음] 그래서 이 여자가 째껴갈 판여. 인제 참, 다시 그걸 몽덕(누명)을 벗었지. 그래서 인제 그 사람이 그 몽덕을 벗었대요. 하하하하.

채록 일시 : 1980. 1. 13. 22:30~35
구연자 : 엄순애(여, 50세, 농업, 무학)
사는 곳 및 나서 자란 곳 : 충북 제원군 봉양면 주포리
채록 장소 : 같은 마을 박덕순 씨 댁 안방
만나게 된 경위 및 채록 상황 : 17시경, 채록자가 동행한 학생 4명과 함께 주포리 박덕순 씨 가게에 들르니, 구연자가 와서 박씨와 이야기하고 있었다. 채록자가 두 사람에게 이야기를 해달라고 하니, 할 이야기는 많이 있는데 지금은 시간이 없다고 하였다. 그래서 저녁에 다시 만나기로 하고 헤어졌다가 저녁식사 후 다시 찾아가서 만났다. 그 집 주인인 박덕순(여, 51세) 씨, 엄순애 씨, 김영복(여, 64세) 씨와 이야기판을 벌여 우호적인 분위기에서 13편의 민담을 채록하였다.
청중 : 김영복 씨, 박덕순 씨, 동행한 학생 김기창, 이인오, 김창진, 권병렬
처음 들은 때 및 들려준 사람 : 어렸을 때 이웃집 할머니한테 들었음.
구연 경력 : 몇 차례 했음.

99. **잘못 붙인 중의 입술**

어느 농부의 아내가 가을에 들로 점심밥을 이고 가다가 밥광주리를 인 채 소변을 보았다. 그때 큰 민물게 한 마리가 나와 여자의 음순(陰脣)을 물었다. 여자는 손을 쓸 수가 없으므로, 지나가는 대사에게 게를 떼달라고 했다. 중이 '어디를 물렸는가?' 하고 들여다 볼 때, 그 게는 다른 한쪽 다리로 중의 입술을 물었다.

점심밥을 기다리던 농부가 와서 이것을 보고, 게를 잡아떼었다. 그 바람에 게가 물었던 두 곳의 살점이 떨어졌다. 그들은 재빨리 떨어진 살점을 제자리에 붙이긴 하였으나, 그만 둘을 바꿔 붙이고 말았다. 그래서 중이 염불을 할 때와 여자가 걸음을 걸을 때에는 각각 이상한 소리가 났다.

가을에 벼를 비는디, 즈이 마누라더러 밥을 해갖구 오라구 했어. 일꾼 몇 은어가꾸 벼를 비는디. 밥을 해가꾸 이구 가는디, 소피(소변)가 마렵거든. 가을에 벼 빌 때니께. 그래서 갈대밭 옆이서 어디서, 이구서 무거워서 내려는 못놓구, 이렇게 [두 손을 머리 위로 올리며] 이구서 소피를 보는디, 아 큰 놈의 묵그이(민물게)란 놈이 나오너서, 그 벼슬 사태를 물구 있어. 그런디, 아 인제 뗄 수두 없구, 이거 당체 큰일났어.

그런디, 중이 온단 말여.

"아이구, 대사님, 대사님."

"왜 그러느냐?"

구.

"난 소피하다 호문을 묵그이라 물었는디, 이것 좀 떼달라."
구 그러니께,

"워디 워디?"

하며 이렇게 [고개를 숙이고서 위쪽을 쳐다보는 시늉을 하며] 들여다보니께, 묵그이란 놈이 이짝 발루다가 입술을 …… 또, 중의 입술을 물었거든. 물었는디, 아 중의 입술 놓도 않구, 그 여자 호문도 안 놓구, 둘이가 이렇게 들여다보구 있구. 그냥 엉거주춤 앉았어.

그 인저, 베 비다 '어째 밥 안 해갖구 오나?' 하구 오며 보니까, 중하구 즈이 마누라는 뭐 이구서 그러구서 앉았거든.

"아, 왜 그러냐?"

니께,

"아 당체, 소피마려서 소피하다가, 이저 묵그이란 놈이라 호문을 물었어. 그래서 일어를 못나고 있는디, 이 대사가 지나가는디, 이것 좀 떼달라니께, 들여다보다 이 대사 입술을 한짝 발로 물어설라무니 이렇게 둘이가 있노라."

구 그러니께, 냅다 밥광주리를 내려놓구, 냅다 후다닥해서 떼버렸단 말여. 그런디, 인저 중의 입술이가 여자 호문이가 이렇게 한 점 있구, 또 여자 그 호문이가는 중의 입술이 한 점 있구. 잘못 붙였어. 뗀 게. 그래서 중이 나무아미타불 할라구 하면,

"씹뻐꿍 씹뻐꿍 씹뻐꿍."

그러거든. 인저 그 여자는 걸음 걷는 대루

"나무아미타불, 나무아미타불."

이러드랴.

채록 일시 : 1986. 12. 27. 15:20
구연자 : 이봉을(남, 75세, 농업, 국문 해득)
사는 곳 및 나서 자란 곳 : 충남 서산군 인지면 야당리 2구 250
채록 장소 : 야당리 원당경로당
만나게 된 경위 및 채록 상황 : 채록자가 경로당으로 찾아가니, 동네 노인 15~16명이 모여

있었다. 한쪽에서는 화투판을 계속 했고, 채록자에게 호의적인 10여 명은 구연자를 중심으로 둘러앉아 이야기판을 벌였다. 구연자 이씨는 마을에서 이야기 잘 하고, 노래 잘 하는 사람으로 소문이 나 있었다. 이씨는 먼저 전설 4편을 구연하고, 이어서 민담 10여 편을 구연하였다. 그리고 민요도 몇 곡 불렀다. 이씨는 기억력도 좋고, 구연력도 뛰어났다.

청중 : 마을 노인 10여 명
처음 들은 때 및 들려준 사람 : 어렸을 때 어른들한테 들었음.
구연 경력 : 몇 차례 했음.
제목 : 채록자가 붙였음.

100. 중들의 의지력 시험

    옛날에 어느 절의 주지가 자기의 후계자를 뽑기 위해 열 명의 중을 한자리에 모이게 했다.
    주지는 열 중의 사타구니에 작은 북을 매달게 하고는, 한 사람씩 차례로 얇은 옷을 입은 예쁜 여자의 뒤를 따라서 돌게 하였다. 모두 '둥둥둥' 북소리를 내는데, 한 사람만은 소리가 나지 않았다. 그 사람은 어찌나 힘이 좋았던지, 성기가 북을 찢어버렸기 때문이었다.
    주지는 그 사람을 자기의 뒤를 이을 후계자로 뽑았다.

    옛날에, 어느 저기, 주쥬(주지) 스님이 자기는 다 나이가 먹어서 주주 생활을 떠나야 될 텐디, 상좌를 하나 구해야 되거든. 그런디 어느 누가 의지력이 많은 줄을 물러가지고, 그 참, 그거 보고 뭐라구 허나 그냥 중 보고? 상좌를 허야 할 텐디, 상좌를 인저, 그 온 절을, 큰 절이니까, 맡길 사람이 인저 읊어가지고, 몇 군데 그 중들, 한 열 정도를 오라구 그랬대요.
    오라구 그래서 인저 그 자기 뭐지? 자기 사는 그 방으로 오라 그래가꾸, 열 명을 쪽 앉혀놓구서, 예쁜 아가씨를, 아주 얇은 옷을 입혀가지구, 그 앞으로 살살 거닐게를 했더래유. 여자한테. 그래가지구, 이제 열 명을 쪽— 세워놓구, 북 하나씩을 꺼냈다. 여기 [몸의 아래쪽을 가리키며] 가루쟁이다가. 그래 가꾸서는, 그 여자가 얇은 옷을 입구 돌아다니니까, 하나씩 하나씩 그 북을 안구 돌으라구 그랬대유. 여자를 따라서, 몇 바퀴를. 그래 여자가 세 바퀴면 세 바퀴를, 돌으라구 허니까, 북을 그냥 '둥둥둥둥' 치

더래유. 그 여자를 보고, 고추가. 그래가지구 '둥둥둥둥' 치는디, 아홉이
가 다 그렇게 둥둥 소리가 나더랴, 북소리가. 껴가꾸 대니는데. 여자 따라
서 허는디.

그런디 하나는, 열 사람이 마지막인디, 영 소리가 안 나더랴. 그래서
인자, 그거를 참 보니께, 스님이 보니께, 주주가. 이- 그만 너무 쎄서 북
을 찢구 들어갔드랴. 그래가지구,

"아, 늬가 의지가 큰 놈이구나."
말야. 그래서 그이를 상좌로 모셨다는 고런 얘기 들었어요.

채록 일시 : 1986. 12. 24. 15:13
구연자 : 김창화(여, 47세, 농업, 초졸)
나서 자란 곳 : 충남 서산군 부석면 월계리
사는 곳 : 충남 서산군 해미면 동암리
채록 장소 : 같은 마을 김상겸 씨 댁 안방
만나게 된 경위 및 채록 상황 : 채록일인 4월 15일(음력 3월 3일)은 이 마을의 공동제의인
　　　산제(山祭)가 있는 날이다. 그래서 김태곤 교수, 이상일 교수와 함께 산제에 대한
　　　조사도 할 겸 이 마을을 찾아갔다. 미리 연락을 받은 이장 김상겸 씨가 찻길까지
　　　마중을 나와주었다. 김씨 댁으로 가서 저녁 식사를 마친 후 마을 어른들 몇 분과
　　　함께 산제 시간인 자정까지 민간신앙에 대한 조사를 하고, 이야기판을 벌여 우호
　　　적인 분위기에서 몇 가지 이야기를 채록하였다.
청중 : 마을사람 6명, 김태곤 교수, 이상일 교수
처음 들은 때 및 들려준 사람 : 젊었을 때 시주 받으러 다니는 중으로부터 들었음(불교도인
　　　그 집에서는 가끔 스님을 재워주었다고 함).
구연 경력 : 몇 차례 했음.
제목 : 채록자가 붙였음.

101. 방갓이 아니라 뻥갓이다

　옛날에 한 농부가 산골짜기에 있는 논에 가서 일을 하였다. 그는 쓰고 간 방 갓을 논다랑이 옆에 벗어 던져놓았다. 그런데 그 방갓은 마침 거기에 앉아 있 던 소리개를 덮어버렸다. 소리개는 방갓을 쓴 채 날아갔다.
　갑자기 비가 쏟아졌으므로 농부는 어떤 집 추녀 밑에 서서 비를 피하고 있 었다. 그때 그 집주인 내외는 자손 만드는 일을 하고 있었다. 일이 절정에 이르 자, 아내가 남편에게 좋으냐고 물었다. 그러자 남편은 하늘로 올라가게 좋다고 하였다. 이 말을 들은 농부는 조금 전에 소리개가 자기의 방갓을 쓰고 하늘로 높이 날아간 것을 생각하며,
　"하늘에 올라가거든 내 방갓 좀 찾아다주시오."
하고 말했다. 밖에서 사람 소리가 나자, 집주인은
　"방갓이 아니라 뻥갓이요."
하면서, 쏙 빼고 나왔다. 그러자 농부는
　"뻥갓이 아니라 방갓이요."
하고 다시 말했다.
　대낮에 그런 일을 하다가 들킨 집주인은 그 농부를 잘 대접하였다.

　옛날에 참, 아흔아홉 다랑이처럼 자지잔, 산골에가 논이 있던 모양인 겨. 그래서 인저, 그 논 임자가 삿갓을 쓰고서 논에를 갔는디, 인저 삿갓 을 쓰고서 돌아다니며 논 일을 볼라니께 잘 안 뵈니께, 벗어서 이렇게 [손 짓을 하며] 났는디, 아아― 방갓이랴. 삿갓이 아니라. 옛날에는 방갓인데, 방갓을 벗어놓느라니께, 호리개(소리개) 이렇게 앉은 디다 방갓을 풀쑥 났던 모냥이여. 그러니께 그걸 쓰고 앉았지.

아 그런디, 비가 주룩주룩 와서, 논을 다 둘러보구서 가서, 어떤 집 꿀
창 밑에 섰느라니께, 그 호리개조차 들어섰었는지 물르겠어. 가서 이렇게
섰느라니께, 안에서

"좋지, 좋지?"

그러드랴. 좋다구 그러니께,

"아유, 산으로 가게 좋애."

각씨가 이러니께, 인제 또, 그 영감이,

"좋지?"

그러니께,

"아유, 하늘로 올라가게 좋아."

그러니께 그 꿀창 밑에 가 섰던 이가, 그 방갓을 호리개라 채 갖고 훨훨
날러가버렸디야. 그이라 쓰던 방갓을.

"아이구, 하늘로 올라가거들랑 내 방갓 좀 찾어다주유."

바깥에 선 이가.

내외분이 자손을 마련하는디,

"좋아?"

"하늘로 올라가게 좋애."

그러니께, 바깥에 선 남자가, 방갓 호리개라 채 간 남자가,

"아이구, 하늘로 올라가거들랑 내 방갓 좀 찾아다주유."

그랬대유.

배깥에서 사람 소리가 나니께,

"방갓이 아니라 뺑갓이다."

그러면서 쏙 빼구 나오니께, 바깥에 섰던 이가,

"아니, 뺑갓이 아니라 방갓이유."

그랬대유.

나와서보니께, 사람이 섰으니께, 너무 우스워서래미, 그들이 나와서래
미 그 양반을 데리구 들어가서 노비를 잔뜩 주면서래미,

"아이구, 즈이덜이 대낮에 이렇게 해서 죄송합니다."

그러니께,

"아이구, 천만의 말씀이유. 논에 왔다가 방갓을 벗어났더니 호리개라 채갖구서 갔는디, 하늘로 올라간다구 그러길래, 하늘로 올라가걸랑 내 방 갓 좀 찾아다달라구 한 적이 있습니다."
그러니께는 참 죄송스럽다구 하면서 노비를 주더래유.

이렇게 고정하구 착한 사람은 고런 울타리 밑이가 섰어두 도와준 겔러 믄그류, 옛날에는.

채록 일시 : 1986. 12. 24. 11:10
구연자 : 오영렬(여, 65세, 농업, 무학)
사는 곳 및 나서 자란 곳 : 충남 서산군 해미면 동암리
채록 장소 : 동암리 이장 윤상석 씨 댁 안방
만나게 된 경위 및 채록 상황 : 전날 해미면 사무소에서 이장에게 서산 민속조사단 일행이 갈 것이라는 연락을 하였으므로 동민들이 조사반 일행이 갈 것을 미리 알고 있었다. 조사단이 도착하자 이장 부인의 연락으로 남녀 동민 몇 사람이 이장 댁으로 모였다. 구연자도 그 중의 한 사람이다. 마을사람들은 각각 나뉘어 조사단의 조사에 응해주었는데, 채록자는 마을사람 3명과 함께 우호적인 분위기에서 채록하였다.
청중 : 동네 아주머니 3명, 동행한 김창진 선생
처음 들은 때 및 들려준 사람 : 어렸을 때 어른들한테 들었음.
제목 : 채록자가 붙였음.

102. **학질 잘 떼는 총각**

　　그전에 노대감 한 분이 등 너머 사는 총각이 학질 잘 뗀다는 소문을 듣고 자기에게 붙은 학질을 떼어달라고 부탁을 했다. 총각은 말목 네 개와 새끼 서너 발을 가지고 식전에 뒷동산으로 오라고 했다.

　　대감이 이튿날 식전에 오라는 곳으로 가니, 총각은 말목 네 개를 박고 대감을 엎드리라고 하더니, 손과 발을 그 말목에 묶었다. 그리고는 뻑을 했다. 학질을 뗀 대감은 이 말을 아무에게도 하지 못했다.

　　또 다른 대감의 부인이 학질에 걸려 그 총각한테 학질을 떼달라고 했다. 총각은 같은 방법으로 학질을 떼주었다. 그 부인 역시 그 말을 아무에게도 하지 못했다.

　　또 한 사람은, 30대 된 총각이 있어. 장가 못 간. 그 워디 노대감이 하루걸이를 앓아서라무니, 별짓을 해두 안 떨어져. 그래 인저 물어보니께, 어떤 사람이 그러거든.

　　"저 등 너머 사는 아무, 그 30대 된 총각, 그눔이 잘 뗀대유,"

　　그러거든. 그런께는,

　　"그 사람 좀 오라구 해라."

　　오라구 그래서 갔어. 가니께,

　　"야, 늬가 하루걸이를 잘 뗀다니, 하루걸이를 앓아서 죽겠다. 그것 좀 떼다구."

"예, 내일 식전에 저 아무디 뒷동산으로 산내끼(새끼) 서너 발하고, 방천(말뚝) 네 개하구 갖구 오슈."

그러거든.

"그러라구."

방천 네 개하구, 산내끼 서너 발하구 끌구는 올라갔어. 올라가니께, 이 눔이 네 구퉁이에다가 말뚝을 '콱콱' 박더니만

"예, 엎드리시기요."

대감더라 엎드리랴. 엎드리니께, 발루, 손, 다 꼭꼭 읽애 매여. 방첩이다. 읽어매구서래미 뒤 귓말을 빼더니만, 이눔이, 똥구멍에다 대구 그 지랄을 혀.

"아, 이런 놈 좀 보라구."

"아, 이럭하면 떨어집니다."

포개놓구는,

"이제 떨어졌습니다. 가시기요."

그놈 어떻게 식전 참에 뻑했거든. 그러구 갔는디, 거 참 워치게 말을, 소문두 뭐 낼 수 없구, 워치게 헐 수가 없어.

근디, 어떤 또, 노대감의 안이(아내)서가 하루걸이 앓아서, 또 영 안 떨어지는디,

"예, 저 너머 노대감 워치게 하루걸이 뗐나 좀 가 문의해 볼 게라." 구 문의허니께, 문의헌 게 아니라, 그 총각더라 가서 좀, 또 좀 떼달라구 그랬지. 그런께,

"그럭허시기유. 아무 날 식전이 방천 네 개하구 산내끼 서너 발 갖구 그루 올라오시기요."

올라갔단 말여. 올라가니께, 방천을 쿡쿡 네 가운데 또, 박더니만,

"예(여기) 반듯이 드러누우라."

구. 드러누우니께, 손발을 또, 다 산내끼루 읽어매여. 읽아매구서는, 그냥 아, 빨개 벳겨놓구는 식전 참이 대감 마누라를 그걸 했단 말여.

아, 워치게 소문두 못 내구 큰일났거든. 그런께, 생각 허다허다,

"에, 내 저 너머 노대감님은 워치게 뗐나 가 물어볼 게라."

구 가서,

"대감님 접때 그 아무디 총각이라 하루걸이 워치게 땝디까?"

그러니께,

"아이구, 그놈 말두 말라구, 고약한 놈 말두 말라."

구 이러드랴. 그래서 그놈은 대감 뻑두 하구, 대감 마누라 썹두 했디야.

채록 일시 : 1986. 12. 27. 15:30
구연자 : 이봉을(남, 75세, 농업, 국문 해득)
사는 곳 및 나서 자란 곳 : 충남 서산군 인지면 야당리 2구 250
채록 장소 : 야당리 원당경로당
만나게 된 경위 및 채록 상황 : 채록자가 경로당으로 찾아가니, 동네 노인 15~16명이 모여
    있었다. 한쪽에서는 화투판을 계속 했고, 채록자에게 호의적인 10여 명은 구연자
    를 중심으로 둘러앉아 이야기판을 벌였다. 구연자 이씨는 마을에서 이야기 잘 하
    고, 노래 잘 하는 사람으로 소문이 나 있었다. 이씨는 먼저 전설 4편을 구연하고,
    이어서 민담 10여 편을 구연하였다. 그리고 민요도 몇 곡 불렀다. 이씨는 기억력
    도 좋고, 구연력도 뛰어났다.
청중 : 마을 노인 10여 명
처음 들은 때 및 들려준 사람 : 어렸을 때 어른들한테 들었음.
구연 경력 : 몇 차례 했음.
제목 : 채록자가 붙였음.

103. 세상에서 제일 긴 이야기

아주 옛날에 임금님 한 분이 계셨습니다. 그 임금님은 옛날 애기를 너무너무 좋아해서, 옛날 애기를 제일 오래하는 사람을 자기 사위로 삼는다고 했어요. 부마로요. 삼는다고 하니까, 여러 곳에서 사람들이 몰려와서 사흘이나 나흘 하다가는 지쳐서 가버렸어요.

어느 한 젊은이가 옛날 이야기를 제일 오래 하겠다고 왔어요. 젊은이가 하는 이야기가,

"서울에 살던 쥐가요 먹을 게 없어 인제 강을 건너는데, 참 바다를 건너는데, 먹이 많은 데로 간다고 바다를 건너는데요, 쥐들이 건널 수 없잖아요? 그러니까 쥐들이 꼬리를 물고, 꼬리를 물고 주욱 이어서 꼬리를 물고, 하면 건너갈 수 있다고 생각해서, 건너가려다가, 쥐 꼬리 물고 퐁당, 쥐 꼬리 물고 퐁당, 쥐 꼬리 물고 퐁당 ……."

자꾸 사흘 동안 그것만 계속했대요. 그러니까 지쳐서,

"아유 졌다."

그러면서 부마로 삼았대요.

채록 일시 : 1972. 8. 15. 11:00～02
구연자 : 김봉좌(여, 13세, 학생)
나서 자란 곳 : 경북 선산군 선산면 원동 128
사는 곳 : 서울특별시 성북구 하월곡동 41-25
채록 장소 : 서울시 성북구 상월곡동 7-170 인기정 씨 댁 안방

만나게 된 경위 및 채록 상황 : 채록자가 누님 댁에 갔다가 그 근처에서 김 양을 만나 함께
　　　방으로 들어가 생질인 인호진(남, 13세, 학생) 군과 한 자리에 앉아 몇 가지 이야
　　　기를 들었다. 채록자는 구연자에게 책에서 읽은 이야기가 아닌 이야기를 해보라
　　　고 하여 몇 편의 민담을 채록하였다.
청중 : 인호진 군 및 동네 어린이 4명
처음 들은 때 및 들려준 사람 : 몇 달 전에 어머니 김남진(36세, 초졸) 씨로부터 들었음.
구연 경력 : 없음.
제목 : 채록자가 붙였음.

수록 민담 분류표

숫자는 이 책에 실린 이야기의 차례 번호이며 번호가 없는 것은 이 책
에 수록되지 않은 것이다.

A. **기원**(起源)

1. 창세(創世)
2. 인류
3. 동물   8, 9, 10
4. 식물
5. 창성(創性)
6. 신앙[금기적, 풍습적, 씨족적,
   치역적, 천후(天候), 제사)   66
7. 언어

B. **탄생**

1. 이상탄생(異常誕生)   34, 36, 40
2. 재생(再生)
   (1) 부활(復活)   17, 18, 23
   (2) 환생(還生)   19, 21, 26, 27, 28
   (3) 환생(幻生)   20

C. **금기**(禁忌)

1. 보지 마라
2. 말하지 마라
3. 듣지 마라
4. 먹지 마라
5. 손대지 마라

D. **변신**(變身)

1. 둔갑(동물, 인간) 6, 22, 24, 25, 26,
                                   27
2. 착주(捉呪)
3. 탈신(脫身)
4. 화신(化身)   29
5. 화석(化石)

E. **주물**(呪物)

1. 재보(財寶)
2. 은신(隱身)
3. 장애   23
4. 질주(疾走), 비행(飛行)
5. 용력(勇力)
6. 작불구(作不具)
7. 수의(隨意·如意寶)
8. 치료   33

F. **이계**(異界)

1. 천상계   51
2. 저승   15, 16
3. 선계(仙界)   20
4. 지하계   11, 12, 13
5. 용궁   18

편저자 최운식

1942년 충청남도 홍성 출생
서울교육대, 국어국문학과 졸업
성균관대 대학원 국어국문학과 수료
문학박사
서경대(전 국제대) 교수 역임, 현재 한국교원대 교수

저서
『충청남도 민담』(집문당, 1980), 『국문학 입문』(공저, 성균관대학교 출판부, 1982), 『심청전 연구』(집문당, 1982), 『심청전(주석본)』(시인사, 1984), 『문학교육론』(공저, 집문당, 1986), 『한국의 민담 1』(시인사, 1987), 『한국의 신화』(공편저, 시인사, 1988), 『전래동화 교육론』(공저, 집문당, 1988), 『한국설화 연구』(집문당, 1991), 『한국인의 삶과 죽음』(한울, 1992), 『민속적인 삶의 의미』(한울, 1993), 『가을햇빛 비치는 창가에서』(계명문화사, 1993), 『한국고소설 연구』(보고사, 1995), 『한국구비문학 개론』(공저, 민속원, 1995), 『한국의 점복』(공저, 민속원, 1995), 『홍성의 민담』(홍성문화원, 1996), 『전설의 현장을 찾아서 1』(민속원, 1997), 『백령도-명승지와 민속순례-』(집문당, 1997), 『홍성의 무속과 점복』(홍성문화원, 1997), 『전래동화 교육의 이론과 실체』(집문당, 1998), 『한국 민속학 개론』(공저, 민속원, 1998), 『한국의 효행 이야기』(집문당, 1999), 『한국의 馬 민속』)(집문당, 1999).

한국의 민담 1

ⓒ 최운식, 1980, 1999

지은이 | 최운식
펴낸이 | 김종수
펴낸곳 | 도서출판 시인사

편집책임 | 손경애
편집 | 심효정

초 판 1쇄 발행 | 1987년 6월 30일
제2판 1쇄 발행 | 1999년 8월 25일
제2판 2쇄 발행 | 2006년 5월 25일

주소 | 413-832 파주시 교하읍 문발리 507-2(본사)
        121-801 서울시 마포구 공덕동 105-90 서울빌딩 3층(서울 사무소)
전화 | 영업 02-326-0095, 편집 02-336-6183
팩스 | 02-333-7543
홈페이지 | www.hanulbooks.co.kr
등록 | 1993년 8월 11일, 제9-345호

Printed in Korea.
ISBN 89-85032-18-6   03810

* 가격은 겉표지에 표시되어 있습니다.